Theresia Graw

Der Freiheit entgegen

THERESIA GRAW

Der Freiheit entgegen

Roman

Ullstein

Besuchen Sie uns im Internet:

www.ullstein.de

Wir verpflichten uns zu Nachhaltigkeit

• Klimaneutrales Produkt
• Papiere aus nachhaltiger
  Waldwirtschaft und anderen
  kontrollierten Quellen
• ullstein.de/nachhaltigkeit

MIX
Papier
FSC FSC® C083411

Originalausgabe im Ullstein Paperback
1. Auflage Juni 2023
© Ullstein Buchverlage GmbH, Berlin 2023
Umschlaggestaltung: bürosüd° GmbH, München
Titelabbildung: © akg-images / Mondadori Portfolio (Frau/Straße) ; ©
www.buerosued.de
Gesetzt aus der Quadraat Pro powered by *pepyrus*
Druck und Bindearbeiten: CPI books GmbH, Leck
ISBN 978-3-86493-207-6

1.

Durch die großen quadratischen Fenster fiel helles Vormittags-
licht in den Hörsaal der Bayerischen Staatslehranstalt für Photographie an der Clemensstaße in München-Schwabing, wo die
zwanzig eng gestellten Stuhlreihen bis auf den letzten Platz besetzt waren. In der fünften Reihe saß Clara von Thorau in ihrem
neuen smaragdgrünen Samtkleid mit der breiten schwarzen
Schleife um die Taille, die karamellblonden Locken zu einem
Pferdeschwanz zusammengebunden, und lauschte mit klopfendem Herzen den Worten des Professors, der vorne an seinem
Pult stand und die angehenden Fotografen und Fotografinnen begrüßte.

»Im Namen der Institutsleitung heiße ich Sie herzlich willkommen im Sommersemester 1962 und wünsche Ihnen einen guten Start in die Ausbildung!«

Es war Claras erster Tag an der Akademie, und sie war überglücklich, dass sie es geschafft hatte, den Eignungstest zu bestehen und dazuzugehören. Neugierig sah sie sich um und stellte
fest, dass sie eine der wenigen jungen Frauen im Raum war.
Ganze zehn Studentinnen zählte sie unter den rund zweihundert
Zuhörern.

»Neben der technischen Grundausbildung werden Sie sich
mit theoretischen Aspekten sowie der Geschichte der Fotografie

auseinandersetzen, bevor Sie sich mit Gestaltungstechniken, Komposition und Inszenierung beschäftigen werden ...«

Während Professor Roth detailreich die Abläufe der Ausbildung schilderte, kribbelte es Clara vor Aufregung in den Fingern. Sie wollte nichts von der Geschichte der Fotografie hören oder sonstigen theoretischen Kram. Sie wollte fotografieren! Sie wollte ihre Kamera in die Hand nehmen und Bilder machen. Und zwar jetzt gleich. So lange hatte sie auf diesen Tag gewartet, seit sie im Sommer die Schule beendet hatte. Weil sie im Herbst noch keine achtzehn Jahre alt gewesen war, hatte sie nicht gleich zum Wintersemester anfangen können. So hatte sie die vergangenen Monate damit zugebracht, ihren Vater, den Fotografen Curt von Thorau, bei der Arbeit zu begleiten oder ihrer Mutter Dora in der Tierarztpraxis auszuhelfen. Sie hatte einen Schreibmaschinenkurs belegt und auch etwas Stenografie gelernt, um die Zeit sinnvoll zu verbringen, wie ihre Eltern gemeint hatten. Jetzt aber war es endlich so weit, und sie konnte ihre Ausbildung zur Fotografin beginnen, der sie so lange entgegengefiebert hatte.

»Ich verstehe ja, dass Sie ungeduldig sind und am liebsten sofort loslegen würden.« Professor Roth schien ihre Gedanken lesen zu können. »Sie alle fotografieren leidenschaftlich gern. Ständig sind Sie auf der Suche nach dem nächsten Klick, nach dem noch stärkeren Motiv, drücken auf den Auslöser, um ein noch besseres Bild einzufangen. Und Sie sind gut darin. Sonst wären Sie nicht hier. Aber Herzblut und Leidenschaft allein reichen nicht aus, meine Damen und Herren, um das perfekte Foto zu machen. Ohne Fachkenntnis, etwa über Belichtungszeiten, Bildentwicklung oder die Wartung von technischen Geräten wird aus Ihnen niemals ein echter Profi.«

Clara nickte mit glühenden Wangen. Im Alter von zwölf Jahren hatte sie den Spaß am Fotografieren entdeckt und immer öfter mit einer alten Kamera ihres Vaters herumgeknipst. Wie faszinierte sie gewesen war, als sie in der Dunkelkammer zum ersten Mal die entwickelten Bilder vor sich gesehen hatte. Damit hatte sie einen Augenblick ihres Lebens eingefangen, etwas Vergangenes für immer festgehalten, das war wie ein kleines Wunder. Mit der Zeit waren ihre Bilder besser geworden, und jetzt wollte sie das Fotografieren von Grund auf lernen und einen Beruf daraus machen. Sie würde in die Fußstapfen ihres Vaters treten, dessen Bilder regelmäßig die wichtigsten Magazine Deutschlands schmückten. Clara war dankbar, dass ihre Eltern sie bei ihrer Entscheidung unterstützten. Dabei wusste sie nur zu gut, dass es keine Selbstverständlichkeit war, als Frau eine Ausbildung zu machen und einem Beruf nachzugehen. In ihrer Klasse hatte sie mit ihren Zukunftsplänen beinahe als Exotin gegolten. Die meisten ihrer Mitschülerinnen sahen ihr Lebensziel darin, treusorgende Ehefrauen und Mütter zu werden, und mit ihrer Berufstätigkeit wollten sie lediglich die Zeit bis dahin überbrücken. Clara hatte zwar nichts dagegen, auch irgendwann einmal eine eigene Familie zu haben, aber im Moment war das nicht das Wichtigste.

Professor Roth sprach noch immer. Trotz der gekippten Fenster war es warm und stickig im Saal. Clara war nicht die Einzige, die ungeduldig mit den Füßen scharrte. Sie betrachtete den Fotoapparat, der an einem Gurt um ihren Hals hing, und drehte gedankenverloren am Objektiv. Noch fotografierte sie mit einer alten Kamera ihres Vaters, die er ihr vor einiger Zeit überlassen hatte. Damit machte sie gute Bilder, aber jetzt, als angehende Fotografin, hätte sie gerne einen eigenen Apparat gehabt. Clara lächelte in Gedanken an das, was sie später zu Hause erwartete. Mit vielsagendem Blick hatte ihr Vater heute Morgen ein Geschenk auf die Anrichte im Wohnzimmer gelegt.

»Das bekommst du heute Nachmittag, wenn du deinen ersten

Tag an der Photoakademie hinter dir hast«, hatte er augenzwinkernd gesagt. Sie war sich sicher, dass es der Fotoapparat war, den sie sich schon so lange wünschte, und sie brannte darauf, ihn endlich in Händen zu halten.

Als der Vortrag des Professors zu Ende war, schob Clara beschwingt Stift und Notizblock zurück in ihre Tasche und stand auf, um sich auf den Weg zu ihrem ersten praktischen Kurs zu machen. Bald war der Hörsaal erfüllt vom aufgeregten Getuschel und Gemurmel der vielen Menschen, die nun auf den Ausgang zu drängten. Zwei junge Männer, die direkt vor Clara hergingen, unterhielten sich besonders laut.

»Hast du gesehen? Da sind ja ein paar hübsche Mädchen in unserem Semester«, sagte der eine von ihnen, ein schlaksiger Rotschopf. »Das könnte ganz lustig werden ...«

Der andere, ein kleiner stämmiger Typ mit kurz geschorenen blonden Haaren, zuckte mit den Schultern. »Ich bin nicht hier, um Mädchen kennenzulernen. Da quatsche ich besser eine im Tanzschuppen an. Ich frage mich ehrlich, was die hier machen. Denkst du wirklich, Frauen haben das Zeug zu einer richtigen Fotografin? Frauen und Technik – ich weiß nicht, so was langweilt die doch bloß.«

»Vielleicht sind sie auch hier, um ihren zukünftigen Ehemann kennenzulernen.« Der Rotschopf lachte. »Die Auswahl ist jedenfalls groß. Und ein Fotograf als Ehemann, das klingt doch ganz schick!«

Clara hatte der Unterhaltung der beiden notgedrungen zugehört, während sie hinter ihnen durch den Flur ging. »Moment mal«, sagte sie laut. »In welchem Jahrhundert lebt ihr eigentlich? Denkt ihr etwa allen Ernstes, dass Frauen keinen anspruchsvollen Beruf erlernen sollten?«

Die beiden drehten sich zu ihr um. Der Rotschopf grinste sie an, ein wenig verlegen, der andere betrachtete Clara herablassend.

»Jedenfalls keinen, für den Männer besser geeignet sind. Verkäuferin oder Stenotypistin, das lasse ich ja noch gelten. Aber um irgendwann mal niedliche Bilder fürs Familienalbum zu knipsen, braucht ihr hier nicht so eine aufwendige Ausbildung zu machen.«

Clara schnappte empört nach Atem, doch sie kam nicht mehr dazu, etwas zu antworten, denn sie hatten den Seminarraum erreicht, und die Türen schlossen sich hinter ihnen. »Und jetzt wird es Zeit für Ihre erste praktische Aufgabe, liebe Studentinnen und Studenten. Das Thema unserer Übung heißt ›Menschen in der Stadt‹ ...«

Augenblicklich waren Clara die beiden jungen Männer egal.

...

Müde, aber glücklich kam Clara am späten Nachmittag nach Hause. Noch schwirrte ihr der Kopf von den vielen neuen Eindrücken an der Photoakademie, doch sie freute sich schon auf den nächsten Tag.

»Wie ist es dir ergangen?«, erkundigte sich Claras Vater, als er ihr die Tür öffnete.

Clara fiel ihm begeistert um den Hals. »Es war ganz großartig, Papa. Wir haben schon unsere ersten Bilder gemacht, bei einem Streifzug durch Schwabing. Und im Praxiskurs hat mich der Professor zweimal für meine Antworten gelobt.«

»Ich habe nichts anderes erwartet, mein Mädchen.« Curt von Thorau strich seiner Tochter sichtlich stolz über den Kopf.

Im Wohnzimmer war der große Tisch mit Kuchen und Kaffeegeschirr für fünf Personen gedeckt. In der Mitte lag das Geschenk. Es hatte etwa das Format eines Schuhkartons, war in buntes Blümchenpapier gewickelt und mit einer dicken roten Schleife versehen. Clara konnte ihren Blick kaum davon lösen. Der ganze Raum duftete nach frisch Gebackenem, und in einer Vase auf der Fensterbank stand ein Blumenstrauß, die ersten Tulpen des Jahres aus dem Garten, beschienen von milder Frühlingssonne.

»Was ist denn hier los? Ich habe doch gar nicht Geburtstag heute!«, rief Clara vergnügt.

»Aber wir haben etwas zu feiern!«

Clara fuhr herum, als sie hinter sich die vertraute Stimme ihrer besten Freundin hörte. Sie und Claras Mutter kamen gerade aus der Küche, die dampfende Kaffeekanne und einen Marmorkuchen in den Händen.

»Sanni!«, rief Clara verblüfft. »Was tust du denn hier?«

»Überraschung!« Sanni stellte die Platte auf dem Tisch ab und klatschte begeistert in die Hände. »Du hattest deinen ersten Tag an der Photoakademie, und bei mir lief es klasse heute beim Vorsprechen an der Schauspielschule. Das musste ich dir unbedingt sofort erzählen. Und weil du noch nicht zu Hause warst, habe ich deiner Mutter ein bisschen geholfen. Stell dir vor, ich bin tatsächlich eine Runde weiter. Für morgen haben sie mich noch einmal eingeladen, und dann heißt es hopp oder topp!«

»Oh, das sind großartige Nachrichten.« Die beiden Freundinnen umarmten einander. »Dann hat es sich ja gelohnt, dass ich dir heute die Daumen gedrückt habe. Herzlichen Glückwunsch! Und morgen drücke ich noch einmal ganz fest für die finale Entscheidung. Sie wären schön dumm, wenn sie dich nicht nehmen würden, so hübsch wie du bist.«

»Dein Wort in Gottes Ohr«, rief Sanni fröhlich.

Lächelnd betrachtete Clara ihre Freundin, die nun das Messer vom Tisch nahm und resolut den Kuchen aufschnitt. Bei jeder Bewegung tanzte der weite Glockenrock ihres rot-weiß-getupften Kleides um ihre langen Beine. Sanni war überaus attraktiv mit ihrer schlanken Figur, den großen hellen Augen und den kinnkurzen blonden Haaren, die sie nach der neuesten Mode zu einer schicken Außenwelle geföhnt hatte. Die beiden hatten sich vor ein paar Jahren an der Schule kennengelernt, als Sanni zum zweiten Mal eine Klasse wiederholen musste und Claras Banknachbarin wurde. Rasch hatte sie festgestellt, dass diese Susanne Achinger keineswegs so begriffsstutzig oder faul war, wie es ihr die Lehrer vorwarfen. Vielmehr war sie eine liebenswerte und lebensfrohe junge Frau, der es nicht an Klugheit mangelte, allerdings fand sie die meisten Dinge im Leben erheblich interessanter als den Stoff, den sie für die Schule lernen sollte. Anstatt ihre Freizeit mit dem Pauken von mathematischen Formeln oder französischer Grammatik zu verbringen, ging sie viel lieber tanzen. Mit Ach und Krach hatte sie schließlich den Schulabschluss geschafft. »Hauptsache, ich bin durch«, hatte Sanni damals grinsend gesagt. »Hey, ich will Schauspielerin werden. Wenn ich erst im Kino zu sehen bin, fragt keiner mehr danach, wieso ich in Mathe eine Vier minus hatte ...«

Clara kannte kein Mädchen, das so selbstbewusst war wie sie. Schon solange die beiden einander kannten, stand Sannis Berufswunsch fest. Sie strebte auf die Leinwand, wollte Filme drehen, fürs Fernsehen oder – lieber noch – fürs Kino, am liebsten in Hollywood, wie ihr großes amerikanisches Vorbild Marilyn Monroe.

Clara hatte sich gefreut, als Sanni sie vor ein paar Wochen bat, die Bewerbungsfotos für die Schauspielschule zu machen. Sie waren einen Samstagnachmittag lang durch den Englischen Garten spaziert, und Clara hatte eine komplette Filmrolle mit der posierenden Sanni verknipst. Die meisten Bilder waren gut geworden, und jetzt war Clara ein bisschen stolz auf sich. Mit ihren Fotos hatte sie einen kleinen Anteil an Sannis Erfolg.

»Ich kann es noch gar nicht richtig glauben.« Dora von Thorau betrachtete die Mädchen kopfschüttelnd. »Jetzt seid ihr richtige junge Damen geworden!«

Clara gab ihrer Mutter einen Kuss.

»Du und Papa, ihr werdet euch daran gewöhnen müssen.«

»Ach, wo ist die Zeit nur hin?« Doras Stimme klang belegt vor Rührung, während sie begann, den Kaffee einzugießen. »Ich habe das Gefühl, als wäre gerade erst dein erster Schultag gewesen.«

Verstohlen betrachtete Clara das vertraute Gesicht ihrer Mutter. Zum ersten Mal bemerkte sie, dass sich um ihre Augen ein paar winzige Fältchen bildeten, wenn sie lachte, und ihre dunklen Locken glänzten hier und da schon silbrig. Im nächsten Jahr würde sie vierzig werden. Für welches Sorgenfältchen und welches graue Haar war sie verantwortlich, weil sie ihrer Mutter Kummer bereitet hatte?

In einem Gefühl von tiefer Verbundenheit schlang Clara ihre Arme um Dora. »Danke, Mama, danke von Herzen für alles!« Und in diesem einen Wort, Mama, lag alle Liebe, die sie für Dora empfand. Denn Dora war nicht ihre leibliche Mutter. Sie hatte Clara angenommen, nachdem ihre leibliche Mutter während der Luftangriffe in Königsberg gestorben war. Damals, im Krieg, war Clara ein kleines Baby gewesen, und sie hatte keine Erinnerung an diese Frau. Seit sie denken konnte, hatte es Dora in ihrem Leben gegeben, und sie konnte sich keine bessere Mutter vorstellen. Erst sehr viel später hatte sie ihren Vater kennengelernt, Curt, der in den Wirren der Kriegs- und Nachkriegsjahre lange verschollen gewesen war, eine Zeit lang sogar im Stasi-Gefängnis gesessen hatte. Er und Dora hatten viele Schwierigkeiten zu überwinden gehabt, bevor sie endlich zueinanderfanden und heirateten. Aber jetzt, das spürte Clara jeden Tag, konnte die beiden nichts mehr auseinanderbringen. Sie wünschte sich, irgendwann auch einmal eine solche große Liebe zu erleben. Bis auf ein paar kleine Flirts in der Tanzschule hatte sie mit jungen Männern noch nicht viel Erfahrung. Aber das Leben fing ja auch erst heute so richtig an.

Clara sah sich an der Kaffeetafel um.

»Für wen ist eigentlich das fünfte Gedeck?«

Sie hatte die Frage kaum ausgesprochen, als es an der Haustür klingelte.

»Nanu?« Stirnrunzelnd machte sie auf.

»Deine Eltern meinten, hier gibt es heute eine kleine Überraschungsparty für dich.« Mit einem verlegenen Lächeln stand Leo vor ihr.

»Ach, wie nett, komm rein!«, begrüßte sie ihren Freund aus Kindertagen fröhlich. »Und ich dachte, du bist mit deinen Abschlussprüfungen an der Uni so beschäftigt, dass du für nichts anderes mehr Zeit hast.«

»Das stimmt«, sagte er. »Aber für dich mache ich gern eine Ausnahme. Ich muss doch wissen, wie dein erster Tag an der Photoakademie war.«

Leo Bertram wohnte im Nachbarhaus, und sie waren miteinander aufgewachsen. Sie hatten sich kennengelernt, kurz nachdem Clara mit ihren Eltern in die hübsche Villa in dem Münchner Vorort Grünwald gezogen war. Damals war sie zehn Jahre gewesen, und in jenem Sommer 1954 hatten sie und die anderen Kinder der Nachbarschaft fast jeden Tag miteinander Fußball gespielt und mit den späteren Weltmeistern mitgefiebert. Meist waren Leo und seine jüngeren Brüder dabei gewesen. Aber mit Leo hatte sie sich immer am besten verstanden, obwohl er sechs Jahre älter war als sie. Manchmal hatte Leo ihr bei den Hausaufgaben geholfen oder abends auf Clara aufgepasst, wenn ihre Eltern an den Wochenenden ins Kino oder ins Theater gingen und sie noch zu klein gewesen war, um allein zu bleiben. Zusammen hatten sie Märchenschallplatten gehört und später Filme im Fernsehen angeschaut, die zu sehen ihr die Eltern vermutlich nicht erlaubt hätten. Aber an Leos Seite war sogar ein aufregender Krimi zu ertragen gewesen, weil sie an den spannendsten Stellen das Gesicht an seiner Schulter vergraben konnte. Mit seinen nun vierundzwanzig Jahren war er längst ein erwachsener Mann, und sie sahen einander nicht mehr so oft wie früher. Aber befreundet waren sie noch immer.

»Ich habe dir was mitgebracht«, sagte Leo und zog eine kleine hübsch verpackte Schachtel aus der Jackentasche. »Alles Gute zum Start in dein neues Leben!«

»Ein Geschenk? Das ist aber nett von dir. Vielen Dank! Das mache ich sofort auf.«

Clara nahm das Päckchen in die Hand. Es war etwa so groß wie eine Zigarettenschachtel, aber quadratisch. Rasch zog sie das Papier herunter. Sie hielt eine kleine Holzschatulle in der Hand, deren Deckel mit einem Stern in Intarsienarbeit verziert war. Neugierig klappte sie die Schachtel auf. Ein Kompass aus Messing war in das Holz eingelegt.

Clara sah auf. »Der ist ja hübsch! Danke schön, Leo. Ich freue mich.«

»Damit du im Leben nicht die Orientierung verlierst«, erklärte er augenzwinkernd. »Jetzt, wo du auf eigenen Beinen stehst.«

Noch einmal betrachtete Clara den Kompass in ihrer Hand, das sternförmige Muster, die Buchstaben, die die vier Himmelsrichtungen darstellten, und den leicht zitternden Zeiger. Sie drehte den Kompass, bis dessen Spitze genau auf das N wies. »Jetzt kann ich nicht mehr verloren gehen«, rief sie übermütig.

»Was für ein Glück – und dabei habe ich keineswegs vor, eine Dschungelsafari zu unternehmen.«

»Wer weiß, wohin dich das Leben verschlägt.«

Dankbar umarmte Clara Leo, was ihn sichtlich verlegen machte. Mit leicht erröteten Wangen wischte er sich eine seiner braunen Haarlocken aus der Stirn und schob sich die verrutschte Nickelbrille zurecht, als sich Clara wieder von ihm abwandte. Sie klappte den Kompass zu und legte ihn zur Seite.

»Aber jetzt will ich wissen, was Mama und Papa für mich haben«, rief sie und rieb sich erwartungsvoll die Hände.

»Ich schätze, dafür wirst du viel Verwendung haben«, kommentierte Curt lächelnd, während Clara das Paket vom Tisch nahm.

»Ist es das, was ich denke?«, jauchzte sie.

»Mach es einfach auf!«

Clara löste die Schleife, zerriss das Papier und hielt einen Karton in den Händen. Als sie sah, was darauf stand, stieß sie einen begeisterten Schrei aus.

»Eine Fotokamera! Tatsächlich! Und es ist eine echte Kodak Retina. So ein toller Apparat. Danke! Vielen Dank! Endlich habe ich eine eigene Kamera. Ihr seid die Besten!«

Clara gab erst ihrem Vater, dann ihrer Mutter einen Kuss, dann drückte sie den Karton an sich und tanzte lachend eine Runde durchs Wohnzimmer.

»Pass auf!«, rief Dora. »Sonst geht noch was kaputt, wenn du damit so herumhüpfst.«

Schließlich blieb Clara stehen. Sie öffnete den Karton und nahm vorsichtig die Kamera heraus.

»Ich habe schon einen Film eingelegt«, erklärte Curt. »Du kannst gleich loslegen mit dem Fotografieren.«

»Na dann los«, rief Clara. »Lasst uns schnell Kaffee trinken und Kuchen essen und dann geht's raus zur Fotosafari.«

»Leider ohne mich«, sagte Leo und hob entschuldigend die Hände. »Ich muss heute noch dringend was für meine Prüfungen tun.«

Clara verzog enttäuscht das Gesicht. »Hat das nicht Zeit bis morgen? Ich starte doch nur einmal in mein neues Leben. Wer weiß, wann wir wieder Grund zum Feiern haben?«

Aber Leo zuckte mit den Schultern. »Es tut mir ja auch leid, Clara. Aber ich habe ziemlich viel Stoff zu pauken und nicht mehr viel Zeit. Ich will mein juristisches Staatsexamen auf keinen Fall verbummeln. Wenn du erst so weit bist mit deinen Prüfungen, wirst du verstehen, was ich meine.«

»Na gut ...« Clara nahm die Kamera vors Gesicht und richtete sie auf Leo. »Aber vorher noch einmal lächeln!«, rief sie, während sie seine Augen fokussierte. Als er sie ansah, drückte sie auf den Auslöser und fing seinen betretenen Gesichtsausdruck ein.

...

Am folgenden Nachmittag war Clara nach der Photoakademie mit Sanni am Eiscafé Europa an der Leopoldstraße verabredet, der Schwabinger Flaniermeile, an der sich Cafés, Lokale und Modeboutiquen aneinanderreihten. Die Sonne schien, und die Leute strömten aus den Läden, Büros und Werkstätten, um das warme Frühlingswetter zu genießen. Die Männer, die draußen in den Bistros saßen, hatten ihre Sakkos ausgezogen und über die Stuhllehnen gehängt, manche Frauen trugen kurzärmelige Kleider.

Clara entdeckte Sanni, die gerade die Eiskarte neben dem Straßenverkauf studierte, und winkte ihr schon von Weitem zu.

»Hey, wie lief es heute an der Schauspielschule?«

Als Sanni sich zu ihr umdrehte, erkannte Clara an dem fröhlichen Strahlen in ihrem Gesicht, dass sie bei ihrem entscheidenden Vorsprechen Erfolg gehabt hatte.

»Wie es aussieht, darf ich dir gratulieren? Du siehst umwerfend aus.«

»Ja, stell dir vor! Ich hab's geschafft, Clara! Sie haben mich tatsächlich angenommen. Ich habe den Vertrag in der Tasche. Ach, ich bin der glücklichste Mensch der Welt.«

»Das ist ja fantastisch! Alles andere hätte mich auch gewundert. Wenn man dich so ansieht, könnte man meinen, hier steht die Monroe persönlich.«

Tatsächlich sah Sanni dem Hollywoodstarlet heute zum Verwechseln ähnlich. Sie trug ein weißes, plissiertes Kleid, dazu Pumps mit atemberaubenden Absätzen. Sie hatte sich die Haare platinblond gefärbt, ein geschwungener schwarzer Lidstrich und eine Reihe falscher Wimpern betonten ihre Augen. Zudem zierte heute ein aufgemalter schwarzer Schönheitsfleck ihre linke Wange. Für einen Augenblick schien sich Sanni zu verwandeln. Sie drehte ihren Oberkörper zur Seite und blickte Clara mit leicht gesenkten Lidern über die Schulter an. Ein verführerisches Lächeln lag auf ihren knallrot geschminkten Lippen. »Gib einem Mädchen die richtigen Schuhe, und sie wird die Welt erobern«, hauchte sie. Dann brach sie in ein herzliches Lachen aus.

Die beiden gönnten sich zwei Eiswaffeln und bummelten damit über die Leopoldstraße. Währenddessen berichtete Sanni sprudelnd vor Lebensfreude und in allen Einzelheiten von ihrem Vorsprechen:

»Am Anfang den lustigen Text aufzusagen, das war ja gar kein Problem für mich. Aber dann, als ich diesen dramatischen Gretchen-Monolog aus Goethes Faust vortragen musste, du weißt schon, da wo sie fast an ihrer Liebe zu ihm verzweifelt ... Na, da musste ich mich schon sehr zusammenreißen. Und weißt du was? Ich hab mir dabei einfach vorgestellt, ich wäre dieses Gretchen: unehelich schwanger von einem windigen Typen und müsste das jetzt meinen Eltern beichten ... Puh, du glaubst nicht, wie sehr meine Stimme gebebt hat vor Angst.«

Gut gelaunt hob Sanni vor einem Geschäft einen breitkrempigen Strohhut mit kirschrotem Ripsband vom Gestell und setzte ihn auf.

»Na, wie wäre es damit?«

Clara hob einen Daumen. »Passt perfekt«, befand sie. »Du siehst aus, als wärest du gerade aus Hollywood eingeflogen. Den musst du kaufen.«

Sanni tat es kurz entschlossen und behielt den Hut gleich auf. Clara schien es, als wären ihre Schritte noch selbstbewusster als zuvor.

»Deine Eltern können stolz auf dich sein«, sagte sie, »dass du es geschafft hast. Aus Hunderten Bewerberinnen zu den zehn Mädchen zu gehören, die am Ende an der Schauspielschule angenommen werden – das ist eine tolle Leistung. Was haben sie eigentlich dazu gesagt?«

Sanni seufzte. »Ehrlich gesagt, ich habe meinen Eltern noch gar nicht erzählt, dass ich mich an der Schauspielschule beworben habe.«

»Aber Sanni!«, rief Clara erschrocken.

»Na ja, du kennst sie doch. Sie sind so furchtbar altmodisch in ihren Ansichten. Warum sollte ihre Tochter eine lange Ausbildung machen, wenn sie am Ende doch heiratet. Dabei wissen sie, dass ich gar nicht heiraten will. Ich bin kein Familienmensch. Wenn ich sehe, wie viel Streit und Ärger es bei uns immer gibt ... Nein, danke. Ich gehe lieber meinen eigenen Weg. Ich dachte, wenn ich es an die Schauspielschule geschafft habe, dann erfahren sie das noch früh genug. Sonst hätten sie sich nur unnötig aufgeregt. Jetzt kann ich ihnen den Vertrag unter die Nase halten, und es gibt kein Zurück mehr.«

»Aber du bist noch nicht volljährig. Du darfst doch ohne die Einwilligung deiner Eltern keine Ausbildung beginnen! Was ist, wenn sie es dir nicht erlauben?«

»Warum sollten sie es mir verbieten? Ich bekomme ein Stipendium. Die Schauspielschule kostet meine Eltern keinen Pfennig. Es gibt keinen Grund, weshalb sie etwas dagegen haben sollten. Allerdings ...« Sannis Stimme wurde etwas kleinlauter. »Allerdings wäre es mir tatsächlich ein bisschen wohler, wenn du dabei bist, wenn ich es ihnen erzähle. Dann meckern sie vielleicht nicht so sehr. Kommst du noch kurz mit zu mir nach Hause?«

»Ach, Sanni, du bist unverbesserlich. Aber natürlich mache ich das!«

Sanni lebte mit ihren Eltern einen kurzen Fußweg entfernt in der Georgenstraße, in einer Wohnung direkt über der väterlichen Bäckerei. Es war Mittwoch, und wie üblich an den Mittwochnachmittagen war der Laden um diese Uhrzeit bereits geschlossen. Doch im Hausflur schlug Clara noch der vertraute Duft nach frisch gebackenem Brot entgegen. Sie liebte diesen Geruch und atmete genüsslich ein, während Sanni, die neben ihr die Stufen hinaufstieg, unwillig die Nase krauste.

»Was freue ich mich auf die Zeit, in der ich nicht mehr jeden Tag diesen Mief riechen muss«, murmelte sie.

Vor der Wohnungstür blieb sie stehen.

»Warte kurz. Ich muss mir die Schminke aus dem Gesicht wischen, mein Vater kriegt einen Tobsuchtsanfall, wenn er mich so aufgedonnert sieht.«

Sanni zog ein Taschentuch und einen Handspiegel aus ihrer

Handtasche. Seufzend wischte sie sich über die Lippen, die Augenlider und die Wangen, bis von dem Marilyn-Monroe-Double nicht mehr viel übrig geblieben war. Dann sperrte sie die Tür auf.

Sannis Eltern saßen am Küchentisch, als die beiden eintraten. Frau Achinger war damit beschäftigt, eine dunkle Wollsocke zu stopfen, ihr Mann hatte sich hinter der Tageszeitung verschanzt. Vor ihnen auf der geblümten Wachstuchtischdecke standen zwei Tassen und eine bauchige Kanne, die unter einer wattierten Kaffeehaube verborgen war.

»Na, da bist du ja endlich! Und grüß dich, Clara, schön dich auch mal wieder bei uns zu sehen.« Sannis Mutter sah von ihrer Handarbeit auf. Sie war eine kräftige, rotbackige Frau, deren gelblich blondierte Wasserwellen herausgewachsen waren, am Ansatz wurden ihre bereits grauen Haare sichtbar. »Aber was hast du denn für einen furchtbaren Hut auf, Sanni! In welcher Klamottenkiste hast du den denn gefunden?«

»Den habe ich mir gerade gekauft. Zur Feier des Tages. So was trägt man jetzt in Schwabing.«

Herr Achinger ließ raschelnd die Zeitung sinken und sah seine Tochter an.

»Nimm diesen Hut ab, Susanne. Sofort. Du legst es wohl darauf an, dass dir draußen die Männer nachgucken.« Damit wandte er sich wieder seiner Lektüre zu.

Sanni presste verärgert die Lippen zusammen. Doch folgsam nahm sie den Hut vom Kopf und drehte ihn in den Händen.

»Wollt ihr denn gar nicht wissen, was es zu feiern gibt?«

»Was denn?«, erkundigte sich ihre Mutter.

Sanni schöpfte Atem, wie um Mut zu tanken.

»Ihr dürft mir gratulieren. Ich habe gerade die Aufnahmeprüfung an der Münchner Schauspielschule geschafft. In drei Wochen fängt meine Ausbildung an.«

Frau Achinger betrachtete ihre Tochter verblüfft. »Ich wusste gar nicht, dass du dich da beworben hattest. Dein Vater und ich, wir dachten, du hilfst uns im Laden.«

Herr Achinger blätterte geräuschvoll die Zeitung um.

»Diesen Quatsch schlägst du dir mal ganz schnell aus dem Kopf«, sagte er, ohne aufzusehen.

»Nein, das mache ich nicht, Papa. Ich habe die Zulassung bekommen, und jetzt werde ich Schauspielerin. Das ist kein Quatsch. Das ist eine richtig große Leistung.«

»Es gibt so viele Mädchen, die von einem Platz in der Schauspielschule träumen«, sprang Clara ihrer Freundin bei. »Und Sanni hat es als eine von wenigen geschafft, weil sie so begabt ist. Sie können sehr stolz auf Ihre Tochter sein.«

»Aber das ist doch bestimmt teuer«, wandte Sannis Mutter ein.

Sanni erklärte ihren Eltern, dass sie ein Stipendium erhalten hatte, und fügte hinzu: »Ich habe den Vertrag schon in der Tasche, unterschrieben vom Leiter der Schauspielschule persönlich.«

»Den kannst du gleich wieder zurückbringen«, erklärte Herr Achinger unwirsch. »Du wirst diesen Blödsinn nicht machen. Meine Tochter eine Schauspielerin? Kommt gar nicht infrage! Ein billiges Mädchen, das vor der Kamera fremde Männer küsst oder halb nackt auf dem Tisch tanzt. Was man da alles so hört aus dem Kino ... Nein, Susanne, das erlaube ich dir nicht.«

»Aber, Papa!« Sannis Stimme wurde schrill. »Du kannst mir das doch nicht verbieten.«

»Und wie ich dir das verbieten kann.«

»Aber in ein paar Monaten bin ich doch sowieso einundzwanzig, Papa, dann bin ich volljährig und brauche deine Erlaubnis nicht.« Sie stampfte wütend mit dem Fuß auf.

»Das mag sein. Aber jetzt bist du es noch nicht. Und deshalb sage ich: Deine Mutter und ich, wir werden den Vertrag nicht unterschreiben. Schlag dir diese Schauspielerei aus dem Kopf. Du arbeitest in der Bäckerei. Fräulein Lehmann hat heute gekündigt, weil sie nächsten Monat heiratet. Ich brauche dringend eine neue Aushilfe. Montag um sechs Uhr stehst du hinter der Theke!«

»Nein, Papa, auf keinen Fall.« Sannis Stimme bebte, sie war den Tränen nahe. »Warum stellst du nicht eine andere Verkäuferin ein?«

»Warum sollte ich Geld für eine Verkäuferin ausgeben, wenn ich eine Tochter im Haus habe, die mit ihrem Leben nichts anzufangen weiß?«

»Aber ich weiß etwas mit meinem Leben anzufangen. Ich will Schauspielerin werden.«

Herr Achinger warf die Zeitung klatschend auf den Tisch. Sein massiger kahler Schädel war hochrot vor Empörung. »Solange du deine Füße unter meinen Tisch stellst, tust du, was ich dir sage, mein Kind. Und ich sage dir, du wirst Montag früh in der Bäckerei anfangen. Wenn du jeden Tag um sechs an der Ladentheke stehst, dann werden dir deine Flausen schon vergehen. Ende der Diskussion.«

Als die Freundinnen wenig später in Sannis Zimmer zusammensaßen, warf sie den Strohhut wütend zu Boden. »Warum können meine Eltern nicht begreifen, dass es heutzutage Frauen gibt, deren Lebenssinn nicht darin besteht, zu heiraten und Kinder zu bekommen?«

Clara ließ ihre Blicke durch das Zimmer wandern, dessen Wände mit etlichen Bildern von Marilyn Monroe dekoriert waren. Dazu hatte Sanni die Titelseiten von Zeitschriften und andere Fotografien aus Zeitungen und Magazinen herausgeschnitten und mit Heftzwecken oder Klebstreifen an der geblümten Tapete befestigt. Selbst von der Tür ihres Kleiderschranks lächelte das amerikanische Starlet mit den blonden Locken. Auf dem Bord über dem Kopfteil ihres Bettes bewahrte Sanni ihre Kosmetikartikel auf: Ein halbes Dutzend Lippenstifte in unterschiedlichen Rottönen standen da aufgereiht, daneben ein Töpfchen Make-up, Bürsten, Spangen, Haarspray und ein winziges Parfümfläschchen mit Chanel No 5, dem Lieblingsduft der Monroe, und er war sündhaft teuer gewesen, wie Clara wusste. Fast zwei Jahre lang hatte Sanni jede Woche einen Teil ihres Taschengeldes zurückgelegt, bis sie sich endlich den allerkleinsten Chanelflakon leisten konnte, der in der Parfümerie an der schicken Maximilianstraße zu bekommen war.

Jetzt nahm sie das Fläschchen vom Regal. Vorsichtig zog sie den Glasverschluss ab und hielt ihre Nase über die Öffnung. Mit geschlossenen Augen atmete sie den Duft des Parfüms ein. Sogleich glitt ein Lächeln über ihr Gesicht.

»Ah, wie ich das liebe. Das tut so gut, das ist wie ein Zauberelixier ...«

Sie reichte den Flakon an Clara weiter, damit sie auch noch einmal an dem wunderbaren Parfüm schnupperte, dann steckte sie den Pfropfen wieder auf das Fläschchen und stellte es zurück auf das Regal.

Tatsächlich schien der Duft sie belebt zu haben. Entschlossen stand Sanni auf, hob den Hut vom Boden und hängte ihn an einen Haken an der Zimmertür. Dann drehte sie sich zu Clara um, die Hände in die Hüften gestemmt.

»Nur noch drei Monate, Clara. In drei Monaten werde ich volljährig – und dann können sie mir nichts mehr vorschreiben. Dann mache ich, was ich will. Ich will endlich leben!«

2.

Während Sanni in der Bäckerei ihrer Eltern arbeitete und ihre Träume von einer Karriere als Schauspielerin vorerst begraben musste, war Clara glücklich, jeden Tag etwas Neues über das Fotografieren zu lernen. Sie war eifrig dabei und ging den beiden jungen Männern, über die sie sich am ersten Tag so geärgert hatte, möglichst aus dem Weg. Am besten gefielen ihr die praktischen Kurse an der Akademie, und sie sah selbst, dass ihre Bilder, die sie den Professoren regelmäßig zu bestimmten Themen vorlegen musste, von Woche zu Woche besser wurden. Nichts liebte sie mehr, als mit ihrer neuen Kamera in der Hand bei jedem Wetter durch die Stadt zu spazieren, auf der Suche nach einem ungewöhnlichen Detail oder einem neuen Blickwinkel. Der Gedanke, dass sie auf ihren Fotos etwas zeigte, was so vielleicht noch niemand wahrgenommen hatte, machte sie glücklich.

Ende Juni wurde es endlich richtig Sommer in München. Clara hatte von ihren Eltern die Erlaubnis bekommen, das lange Wochenende bei Sanni in Schwabing zu verbringen. Der Donnerstag war ein Feiertag, und auch am Freitag blieb die Hochschule geschlossen.

»Herrlich«, fand Clara, »vier freie Tage. Vier Tage zum Ausschlafen, Ausgehen und Feiern. Und keiner fragt, wann wir nach Hause kommen.«

Was sie ihren Eltern nicht gesagt hatte, war, dass Sannis Eltern und ihr Bruder an diesem Wochenende gar nicht daheim waren. Sie waren zu einer Tauffeier zu Verwandten aufs Land gefahren, und die beiden Freundinnen hatten sturmfreie Bude.

Sie und Sanni hatten einander untergehakt, während sie die Leopoldstraße entlangflanierten. Es war der 21. Juni, der erste laue Sommerabend nach vielen Regentagen. Von den Hauswänden strahlte noch die Hitze des Tages. Auf dem Schwabinger Boulevard drängten sich die Spaziergänger, Einheimische und viele Touristen, wie Clara an den vergnügt plaudernden Stimmen erkannte. Die Straßencafés waren bis auf den letzten Klappstuhl besetzt. Obwohl die Sonne bereits hinter den Dächern verschwunden war und die Häuser lange Schatten warfen, saßen die Leute noch immer in luftigen Kleidern oder mit hochgekrempelten Ärmeln vor ihren Eisbechern und Biergläsern. Aus einem VW-Käfer-Cabriolet, das mit zurückgeklapptem Verdeck am Café vorbeiknatterte, klang laute Musik aus dem Autoradio. Clara erkannte den Song »Let's twist again« von Chubby Checker, der seit dem vorigen Jahr landauf, landab in allen Rundfunkstationen und Musikclubs gespielt wurde. Unwillkürlich schnippte sie im Takt mit den Fingern.

Clara liebte die besondere Atmosphäre dieses Stadtteils. Hier in Schwabing fühlte sich das Leben irgendwie anders an als im übrigen München. Freizügiger, fröhlicher, aufregender. In dem Viertel zwischen dem Englischen Garten und dem Siegestor gab es nicht nur jede Menge Lokale, vom feinen Restaurant bis hin zur verqualmten Bierkneipe, sondern auch Kabarettbühnen und kleine Theater, Jazzclubs und andere Tanzkeller. Straßenmusiker spielten ihre Lieder, und auf dem Gehweg entlang der Leopoldstraße hatten Künstler ihre Werke ausgestellt. Zwischen den Stämmen der hohen Pappeln am Straßenrand waren Leinen gespannt, an denen Maler ihre Bilder mit Wäscheklammern aufgehängt hatten und zum Verkauf anboten. An den Mauern und Zäunen, die die Grundstücke umgaben, lehnten Staffeleien mit Leinwänden in unterschiedlichsten Formaten, und wer im Vorbeigehen Lust auf ein Porträt von sich bekam, konnte sich auf einen kleinen Hocker setzen und sich gleich vor Ort von einem der Künstler zeichnen lassen.

»Ich habe gehört, dass in diesem Jahr sogar Maler aus Paris hergekommen sind«, erklärte Sanni, während sie das kleine Aquarell einer Windmühle betrachtete, und fügte sehnsüchtig hinzu: »Ach, Paris, da möchte ich auch gern mal hin. Und nach Rom und London und New York ...«

»Du Träumerin! Hier ist es doch auch fein.«

Clara genoss den Abend mit allen Sinnen. Es war schon nach zehn Uhr, und noch immer konnte man ohne Strickjacke herumlaufen, ohne zu frieren. Die Luft roch nach einer Mischung aus Ölfarbe und Zigarettendunst, nach erhitztem Asphalt und dem Qualm der vorbeifahrenden Autos. Von irgendwoher wehten undefinierbare Klänge von Musik heran.

»Warte mal!« Clara hielt einen Moment inne. »Hörst du das auch? Da hinten spielen ein paar Leute Gitarre. Lass uns mal gucken gehen.«

Die beiden bogen in eine schmale Seitenstraße ab und fanden sich nach ein paar Schritten in einer Menschentraube wieder. Am Wedekindplatz, einer kleinen baumbestandenen Grünfläche unweit der Leopoldstraße, saßen fünf junge Männer auf einer Bank vor dem Brunnen und musizierten. Sie spielten auf ihren Gitarren und sangen mehrstimmig dazu. Es waren fremdländische Lieder, Clara kannte sie nicht und verstand kein Wort dieser Sprache, doch die merkwürdig sentimentalen Melodien berührten sie im Inneren. Immer mehr Leute gesellten sich dazu, wiegten sich beim Zuhören im Takt der Musik und applaudierten, wenn ein Lied zu Ende war.

»Was spielt ihr da?«, rief Sanni, als die fünf eine kurze Pause machten, um eine Wasserflasche herumzureichen. »Das klingt toll.«

Einer der Burschen sah auf.

»Das sind russische Volkslieder«, erklärte er grinsend und schob sich mit dem Handrücken eine Haarsträhne aus der Stirn. »Das letzte war ein Seemannslied vom Schwarzen Meer. Auf Deutsch heißt es ›Mein kleiner Seemann‹.«

»Mach weiter!«, rief jemand aus der Menge. »Ihr seid klasse.« Und eine Frau jauchzte: »Ihr solltet auf eine Konzertbühne!«

Die fünf lachten nur, nahmen ihre Gitarren wieder auf und spielten weiter. Ihre Stimmen hallten von den umliegenden Häuserwänden wider. Die Lieder wurden jetzt rhythmischer, die Zuschauer klatschten begeistert mit.

Clara war wie verzaubert. Stand sie wirklich mitten in München? Sie fühlte sich auf einmal wie in eine ferne fremde Welt versetzt. An diesem Abend, so schien es ihr, war alles möglich.

Sie zuckte zusammen, als plötzlich eine barsche Stimme über den kleinen Platz schallte und für einen Augenblick sogar das Gitarrenspiel übertönte.

»Schluss da unten mit dem Lärm! Hören Sie sofort mit dem Gejaule auf, oder ich alarmiere die Polizei wegen Ruhestörung.«

Clara drehte sich um. Im dritten Stock des Hauses hinter ihr hatte jemand ein Fenster geöffnet. Ein Mann beugte sich heraus, die rechte Faust drohend erhoben. Doch die Leute auf dem Platz lachten nur.

»Es ist doch so ein schöner Sommerabend heute!«, entgegnete Sanni und winkte dem Mann freundlich zu. »Und die Burschen spielen so gut.« Die Gitarristen ließen sich nicht beirren und zupften und sangen ungerührt weiter. Auch die übrigen Zuhörer ignorierten den Protest des Mannes und klatschten und wippten im Takt der Musik.

»Es ist bald elf«, donnerte die empörte Stimme des Mannes herunter. »Habt ihr da unten schon mal was von Nachtruhe gehört? Anständige Leute müssen morgen früh raus. Bei dem Krach kann ja keiner schlafen.«

»Diese Nacht ist doch viel zu schön, um sie zu verschlafen!«, rief Clara ihm zu. »Kommen Sie lieber zu uns runter.«

»Das wäre ja noch schöner. Mit so Gammlern wie euch habe ich nichts zu tun. Wenn hier nicht bald Ruhe ist, gibt es Ärger.«

Krachend flog das Fenster zu.

Sanni und Clara sahen einander schulterzuckend an und wandten sich wieder den Gitarristen zu.

»Da kann man nichts machen. Solche Spießertypen kenne ich. Die kapieren einfach gar nichts.«

Clara fuhr herum, um zu sehen, wer das gesagt hatte. Ein junger Mann stand neben ihr und grinste sie aus dunklen Augen an. Er mochte Mitte zwanzig sein und war einen halben Kopf größer als sie. Über seiner Stirn glänzte eine schwarze Haartolle. Seine abgewetzte Lederjacke, die er mit einem Finger am Aufhänger festhielt, hatte er sich lässig über die Schulter gehängt, die Arme unter seinen aufgekrempelten Hemdärmeln waren sonnengebräunt. Clara spürte, wie ihr unter seinem forschen Blick die Röte in die Wangen schoss, und hoffte, dass er das nicht bemerkte. Da lag etwas in der Art, wie er sie ansah, das sie beinahe schwindlig machte.

»Ja, die Jungs machen klasse Musik«, rief sie ihm rasch zu und wusste nicht, ob sie erleichtert oder enttäuscht sein sollte, als Sanni, die von dem kurzen Wortwechsel nichts mitbekommen hatte, ihren Arm fasste und sie mit sich zog.

»Komm, lass uns weiter nach vorn gehen, da sieht man besser.«

Inzwischen war der ganze Wedekindplatz voller Leute. Selbst auf der Fahrbahn war kaum mehr ein Durchkommen. Es war eine einzige große Freiluftparty. Die beiden Freundinnen schlängelten sich durch die Menschenmassen. Aus dem Augenwinkel nahm Clara wahr, wie das Fenster im dritten Stock noch einmal geöffnet wurde und der Mann erneut schimpfte. Doch inzwischen war es so laut auf der Straße, dass sie seine Worte nicht verstehen konnte. Und eigentlich war es ihr auch egal, was der Mann sagte. Niemand interessierte sich hier unten für das Gemecker eines alten Spießbürgers. Hier tobte das Leben, und sie wollte keine einzige Sekunde dieser wunderbaren Sommernacht verpassen. Noch einmal drehte sie sich zu dem jungen Mann mit der Haartolle um, aber im Gedränge war er nicht mehr zu sehen.

Clara vermochte nicht zu sagen, wie lange die fünf Gitarristen noch musiziert hatten, als sich von der Leopoldstraße her plötzlich ein Polizeiwagen mit gellender Sirene näherte. Erschrocken sprangen die Leute auseinander, als das Auto mit quietschenden Bremsen in der Nähe des Brunnens stehen blieb. Zwei Beamte stiegen aus und bahnten sich einen Weg durch das Gedränge, bis sie direkt vor den Musikern standen.

»Hören Sie augenblicklich auf mit dem Lärm«, sagte der eine Polizist mit barscher Stimme, ein kräftiger Typ Ende fünfzig.

»Aber den Leuten gefällt's!«, entgegnete einer der Musiker freundlich.

»Den Anwohnern gefällt dieser Krach ganz und gar nicht. Los, stehen Sie auf. Sie sind festgenommen wegen Ruhestörung.«

»Das soll wohl ein Witz sein?«

Statt einer Antwort packte der Polizist den jungen Mann am Arm und riss ihn hoch. Auch der zweite Polizist schritt nun ein.

»Keine Widerrede, Freundchen, sonst haben Sie noch ganz schnell eine Anzeige wegen Widerstands gegen die Staatsgewalt am Hals.«

Inzwischen war ein weiterer Polizeiwagen auf den Platz gekommen. Ein Beamter stieg aus. Drohend erhob er den Schlagstock, der an seinem Gürtel gehangen hatte. »Mitkommen. Alle fünf.«

Grob nahm er dem einen die Gitarre aus der Hand und warf sie zur Seite. Krachend fiel das Instrument auf den Asphalt. Das Geräusch von splitterndem Holz ließ Clara zusammenzucken. Ein paar Sekunden lang war es still auf dem Platz. Alle Menschen, die das abrupte Ende des Konzerts und die rabiate Festnahme beobachtet hatten, schienen für einen Augenblick die Luft angehalten zu haben. In dem Moment aber, in dem die Polizisten die fünf jungen Männer zu den Streifenwagen schoben und hineinbugsierten, entlud sich die angestaute Empörung.

»Das ist ja wie damals bei Adolf!«, schrie es irgendwo aus der Menschenmenge. »Verdammte Nazi-Polizei!«

Starr vor Schreck beobachtete Clara, wie ein paar der Zuschauer auf einen der Streifenwagen zustürzten, in den die Polizisten eingestiegen waren, und an dem Fahrzeug rüttelten. Einige kräftige Männer hoben die grüne BMW-Limousine hoch und ließen sie wieder fallen, sodass die Stoßdämpfer ächzten.

»Aufhören!«, befahl einer der Beamten durch das heruntergekurbelte Seitenfenster. Doch das hatte keine Wirkung.

»Nazi-Polizei!«, schallte es immer wieder wütend durch die Menschenmenge.

»Die Jungs haben doch nur ganz friedlich Musik gemacht«, rief Sanni den Beamten zu. »Die dürfen Sie nicht festnehmen.«

Der Protest der Leute blieb unbeachtet. Die beiden Polizeiwagen fuhren an. Doch niemand machte Platz, um sie durchzulassen. Mit laufenden Motoren standen die Fahrzeuge inmitten der Menschenmenge.

»Los, die dürfen wir nicht wegfahren lassen.«

Diese Stimme kannte Clara. Der Bursche mit der Haartolle war plötzlich neben ihr aufgetaucht. Ihr Herz machte einen kleinen Satz.

»Wir müssen die Luft aus den Reifen lassen!«, rief er. Im nächsten Moment kniete er neben einem Fahrzeug. Atemlos sah Clara zu, wie er am Ventil eines Hinterreifens hantierte. Zischend entströmte die Luft. Drei andere Männer folgten johlend seinem Beispiel.

Die Polizisten hatten inzwischen die Sirene eingeschaltet, und unter dem Heulen des Martinshorns rollten die Wagen nun im Schritttempo durch die Traube von Menschen, die nur widerwillig aus dem Weg gingen. Auf platten Reifen ruckelten und rumpelten die Wagen Richtung Leopoldstraße. Immer wieder mussten sie anhalten, weil sich ihnen Leute mit ausgebreiteten Armen in den Weg stellten oder mit ihren Fäusten auf die Motorhaube schlugen.

»Lasst die Männer frei!«, schrien immer mehr Menschen. »Die haben nichts getan. Das ist eine Sauerei! Das sind Nazi-Methoden!«

Pfiffe und Buh-Rufe klangen durch die Nacht. Clara und Sanni schlossen sich dem Strom der Leute an, die die Autos unter wütendem Protest begleiteten.

»Lasst die Männer frei!« – »Das ist doch kein Polizeistaat hier!« – »Nazi-Polizei!«

Vielstimmig hallte es von den Hauswänden wider. Immer mehr Menschen, die an diesem Sommerabend durch Schwabing schlenderten, waren neugierig geworden und kamen heran, um zu sehen, was da los war. Es waren Tausende, die schließlich auf der Leopoldstraße standen und die mühsame Abfahrt der demolierten Polizeiwagen beobachteten. Auf der Fahrbahn wimmelte es von Menschen, die Autos stauten sich auf beiden Seiten, hin und wieder war lautes Hupen zu hören. Auch eine Trambahn war im Gedränge der Leute stecken geblieben und klingelte schrill. Aus der Ferne ertönte weiteres Sirengeheul von Einsatzfahrzeugen, die rasch näher kamen. In der Dunkelheit und der Menge der Menschen konnte Clara nicht genau erkennen, wie viele Autos es waren, die am Straßenrand und auf den Gehwegen stehen blieben, aber es schien ihr mindestens ein Dutzend zu sein.

»Willkommen auf der Straßenfete!«, schrie jemand, und die Leute lachten. Flackernde Blaulichter warfen einen gespenstischen Schein durch die Nacht, und Clara hörte eine harsche Männerstimme, die durch ein Megafon verzerrt wurde: »Hier spricht die Polizei. Machen Sie sofort die Straße frei. Das ist eine polizeiliche Aufforderung. Machen Sie augenblicklich die Straße frei!«

Niemand folgte. Ganz im Gegenteil. Das Johlen der Protestierenden wurde nur lauter. Auch aus den Restaurants und Kneipen der umliegenden Straßen kamen Leute heraus und schlossen sich der Menschenmenge auf der Leopoldstraße an.

»Du liebe Zeit, das ist ja ein richtiges Volksfest«, jauchzte Sanni freudig. »Ist das nicht verrückt? Auf einmal gehört die Straße uns.«

Übermütig tanzte sie ein paar Schritte Cha-Cha-Cha, soweit das in der dicht gedrängten Menschenmenge möglich war. Clara nickte nur. Sie war viel zu aufgeregt, um etwas zu sagen. Das hier war etwas ganz Neues, etwas Unerhörtes, eine prickelnde Erfahrung: Etwas Verbotenes zu tun, die öffentliche Ordnung zu stören, das Alltägliche hinter sich zu lassen und sich über die Anweisung der Polizei hinwegzusetzen – so etwas hatte sie noch nie gemacht. Und doch hatte sie das Gefühl, im Recht zu sein!

Aber es war nicht nur die ungewohnte Lust am Ungehorsam, die Clara warm ums Herz werden ließ. Es war auch der Junge mit der Haartolle, der ihr nicht aus dem Kopf ging. Er stand noch immer nur ein paar Meter neben ihr, und ab und zu begegnete ihr sein grinsender Blick, wenn sein Gesicht in der Menge der johlenden Leute auftauchte.

»Auseinander! Wenn Sie der polizeilichen Anweisung nicht Folge leisten, sind wir gezwungen, Gewalt anzuwenden.«

Verzerrt durch ein Megafon schallte erneut die Stimme des Polizisten durch die Nacht, doch er erntete nur Gelächter.

Plötzlich entstand eine Unruhe in der Nähe der parkenden Einsatzfahrzeuge. Clara konnte nicht genau erkennen, was passierte. Aber die Leute rannten auseinander, Schreie waren zu hören, dann das entsetzte Kreischen einer Frau.

»Die prügeln auf die Leute ein!«, schrie jemand. Die Nachricht verbreitete sich in Windeseile. »Vorsicht, die Bullen haben Gummiknüppel! Die nehmen alle Leute fest, die sie zu fassen kriegen ...«

»Los, wir hauen ab!« Sanni fasste Claras Hand. »Das wird mir zu brenzlig hier. Ich habe keine Lust, die Nacht in einer Zelle zu verbringen.«

»Ja, verschwinden wir, schnell.«

Die beiden bahnten sich einen Weg durch das Gedränge, was nicht ganz einfach war, weil die Leute in verschiedene Richtungen strömten, um sich vor der anrückenden Polizei in Sicherheit zu bringen. Plötzlich spürte Clara, wie jemand ihre Schulter griff. Erschrocken fuhr sie herum, in der Überzeugung, einem Polizisten mit Schlagstock gegenüberzustehen. Doch es war der Junge mit der Haartolle.

»Hey, Mädels, geht ihr schon nach Hause? Jetzt, wo das Polizeifest erst so richtig anfängt?«

Clara lächelte schief und nickte. »Ist wohl besser so. Bevor wir einen Knüppel abbekommen.«

»Schade. Sehen wir uns wieder? Morgen? Gleiche Zeit, gleicher Ort? Um neun im Rialto?«

Clara war es, als würde ihr Herz für einen Moment aussetzen.

»Klar«, brachte sie heraus, dann hatte Sanni sie auch schon weitergezogen.

An diesem Abend war an Schlaf natürlich nicht zu denken. Ganz Schwabing schien in Aufruhr zu sein. Clara und Sanni war es über Umwege gelungen, den Polizisten und dem Getümmel auf der Leopoldstraße zu entkommen. Alle Straßen rund um den Boulevard waren blockiert gewesen durch protestierende Menschen, Polizeifahrzeuge mit eingeschaltetem Blaulicht und andere Autos, die in dem Tumult stecken geblieben waren. Erst weit nach Mitternacht hatten die beiden die Wohnung erreicht.

Jetzt saßen sie atemlos und aufgewühlt von den Ereignissen am Küchentisch. Sanni goss Mineralwasser in zwei Gläser. Durch das offene Fenster waren aus der Ferne noch immer die Sirenen der Einsatzfahrzeuge zu hören.

»Wie? Du hast eine Verabredung mit diesem schicken Typen? Aber du kennst den doch überhaupt nicht.«

»Ich weiß«, gestand Clara. »Ich kenne nicht einmal seinen Namen. Aber ich freue mich wie verrückt, ihn wiederzusehen.«

Sanni lächelte, während sie den Stöpsel des Bügelverschlusses über die Öffnung der Flasche stülpte.

»Du grinst ja über beide Ohren. Bist du etwa verknallt? Oh, ich wäre so gern Mäuschen bei eurem Rendezvous, aber keine Sorge, ich weiß mich anderweitig zu beschäftigen.«

Clara betrachtete das Wasserglas in ihren Händen, aus dem sie nur wenige Schlucke getrunken hatte. »Meine Eltern würden es mir nie im Leben erlauben, mich mit einem wildfremden Kerl zu treffen. Zumal einem, den ich bei so einer Randale kennengelernt habe. Gut, dass sie nichts davon wissen.«

Sanni zuckte unbekümmert mit den Schultern.

»Er sah nett aus. Und ich finde, dass es absolut richtig war, gegen die Festnahme der Musiker zu protestieren. Das war eine Unverschämtheit. Man darf sich nicht alles gefallen lassen. Aber jetzt lass uns endlich zu Bett gehen. Ich bin hundemüde und muss morgen früh im Laden stehen. Mein Vater kriegt einen Anfall, wenn ihm zu Ohren kommt, dass ich nicht pünktlich aufgemacht habe.«

Clara lag noch hellwach auf ihrer Luftmatratze, als die ersten Strahlen der Morgensonne durch die nachlässig zugezogenen Vorhänge fielen, und lauschte Sannis gleichmäßigen Atemzügen im Bett neben sich. Vor ihren Augen sah sie noch immer das Grinsen des jungen Mannes, den sie bald wiedersehen würde. Sie war so aufgeregt. Noch sechzehn Stunden, dachte sie. Dann schlief sie ein.

3.

Der Leopoldstraße war nicht anzusehen, was für eine Aufregung es hier tags zuvor gegeben hatte. Die Leute flanierten umher oder saßen mit Bier- oder Limonadengläsern in der Hand unter den Sonnenschirmen vor den Lokalen wie an jedem Sommerabend. Und doch meinte Clara eine besondere Atmosphäre wahrzunehmen. Da schien etwas in der Luft zu liegen, es juckte ihr förmlich auf der Haut.

»Ich bin ja verrückt«, schalt sie sich selbst in Gedanken. »Bloß, weil ich mit diesem Burschen ein Eis essen gehe ...«

Sie war viel zu früh aufgebrochen und hatte noch ein wenig Zeit bis zu ihrer Verabredung. Ziellos schlenderte sie über die Leopoldstraße. Sie hatte ihre Kamera dabei und fotografierte ein paar Straßenkünstler. Vielleicht konnte sie eines der Bilder für ihren Porträtkurs an der Akademie verwenden. Je später der Abend wurde, desto mehr Leute strömten herbei. Als es zu dämmern begann, schien es auf dem breiten Boulevard förmlich zu brodeln. Es war kaum mehr Platz auf dem Gehweg.

Der junge Mann mit der dunklen Haartolle saß bereits an einem der kleinen Tischchen vor dem Eiscafé Rialto, als Clara um kurz nach neun dorthin kam. Er sah sie sofort und winkte ihr zu.

»Hallo, schönes Fräulein. Ich bin froh, dich zu sehen.« Er drückte die Zigarette, die er gerade rauchte, im Aschenbecher aus und erhob sich, als Clara zum Tisch kam. Wohlerzogen rückte er ihr einen Stuhl zurecht.

»Danke.« Sie setzte sich.

»Ich war mir nicht sicher, ob du tatsächlich kommen würdest. Ich habe mich noch nie unter so merkwürdigen Umständen mit einem Mädchen verabredet.« Er lachte leise, während er sich wieder in seinen Stuhl fallen ließ und sich bequem zurücklehnte. Seine dunklen Augen schienen förmlich zu blitzen. »Ich bin übrigens Freddy.«

Sie reichten einander die Hand.

»Clara«, sagte sie. »Und ich kann dir verraten, dass ich mich auch noch nie mit jemandem getroffen habe, den ich eigentlich gar nicht kenne.«

»Dann wird es höchste Zeit, dass wir uns kennenlernen. Ich verspreche dir, ich bin kein Strolch. Magst du ein Eis? Was isst du am liebsten? Vanille? Schokolade?«

»Erdbeer!«, antwortete Clara.

»Oh, da gehen unsere Geschmäcker leider ein wenig auseinander. Mein Favorit ist Schokolade.« Er grinste. »Aber immerhin mögen wir ähnliche Musik, glaube ich. Denn wenn ich mich nicht getäuscht habe, dann haben dir die Songs gestern Abend ganz gut gefallen, oder?«

»Ja, die Jungs waren großartig! Der ganze Abend war großartig. Bis zu dem Moment, an dem die Polizisten auftauchten.«

»Tja, das waren echte Spaßverderber.«

Er sah auf, als ein Kellner an den Tisch kam und die beiden nach ihren Wünschen fragte.

»Zwei Eisbecher mit Sahne, bitte. Einmal Schoko, einmal Erdbeer. – Das ist doch okay für dich, oder?«, wandte er sich an Clara, die lächelnd nickte.

Wenig später löffelten sie ihre Eiscreme, und Clara konnte

sich nicht erinnern, jemals so ein köstliches Erdbeereis gegessen zu haben. Was vor allem aber an der Gegenwart dieses hinreißenden Freddy lag.

»Warst du gestern Nacht noch lange auf der Leopoldstraße?«, erkundigte sich Clara. »Wie ist die Sache denn ausgegangen? Ich wohne gerade bei meiner Freundin in Schwabing, und wir haben noch stundenlang die Polizeisirenen gehört.«

»Ja, sie sind am Ende mit mehreren Mannschaftswagen angerückt. Da wurden noch etliche Leute wegen Ruhestörung festgenommen. Ich hatte Glück, ich bin ihnen entwischt. Aber wir dürfen uns so was nicht gefallen lassen. Das war eine Unverschämtheit, die Jungs abzuführen wie brutale Schwerverbrecher, nur weil sie ein bisschen Musik gemacht haben.«

»Ja, das finde ich auch. Und dabei heißt es doch immer, die Polizei sei dein Freund und Helfer.«

Freddy nickte. »Von wegen! Vor zwei Wochen hat es schon mal Ärger gegeben in Schwabing. Bei einem Jazzkonzert in der Aula der Uni. Da kam es zu Rempeleien mit der Polente, weil die Leute im Freien weiterspielen wollten. Es muss heftig zugegangen sein. Mehrere Polizeiwagen wurden beschädigt und ein paar Leute festgenommen.«

»Das ist ja schlimm.«

»Allerdings. Wo wir doch alle froh sind, dass wir diesen grausamen Polizeistaat der Hitlerzeit hinter uns gelassen haben. Und dass wir nicht drüben im anderen Teil Deutschlands leben müssen. Die DDR-Polizei geht auch nicht gerade zimperlich mit den Leuten um. Überhaupt der Osten ... Unvorstellbar, dass sie da voriges Jahr die Mauer gebaut haben. Damit ihnen nicht die Leute alle davonlaufen. Der reine Wahnsinn. Aber hier – hier leben wir doch im freien Westen, habe ich gedacht.«

»Als Kind habe ich ein Jahr in Ostberlin verbracht. Ich kann mich zwar nicht mehr gut daran erinnern, aber ich weiß, wie froh meine Eltern sind, dass wir uns rechtzeitig hierher absetzen konnten.«

»Ah – ihr seid geflohen? Stell dir vor, gewissermaßen bin ich auch ein Flüchtling.«

»Tatsächlich?«

»Nein, nicht wirklich, ich übertreibe.« Freddy grinste sie an. »Ich habe mich bloß mit meinem Vater verkracht und bin von zu Hause abgehauen. Ich komme aus Hamburg, weißt du, mein Alter hatte da große Pläne mit mir. Ich sollte seinen Betrieb übernehmen, aber das ist nicht mein Ding. Das würde mich langweilen. Ich will doch nicht hinter einem Schreibtisch versauern. Ich will was erleben. Am liebsten würde ich ein paar Jahre lang in einem VW-Bus durch die Welt fahren. Nach Südfrankreich und nach Marokko. Zwischendurch irgendwo ein bisschen Geld verdienen und dann wieder weiter. Aber meine Eltern verstehen das nicht. Die verstehen gar nichts. Die sind ...« Für einen Moment schien sich sein Blick zu verdüstern. »Ach, was soll's.« Er sprach nicht weiter.

»Und was tust du hier in München?«, fragte Clara, die ihm verblüfft gelauscht hatte. Freddy war anders als alle anderen jungen Männer, denen sie je begegnet war. Selbstbewusster, aufmüpfiger, aufregender.

»Ich mache in München gerade eine Ausbildung zum Automechaniker«, antwortete er. »Beim Onkel eines ehemaligen Klassenkameraden. Es macht mir Spaß, mit meinen Händen zu arbeiten und an Motoren rumzuschrauben. Meine Eltern finden zwar, das ist unter meinem Niveau ...« Er machte eine verächtliche Handbewegung. »Aber das ist totaler Quatsch. So eine Lehre kann schon nützlich sein. Vor allem, wenn man mit einem altersschwachen Bulli durch die Welt fahren will ... Und was machst du?«

»Nun.« Clara schlang die Arme um die Kameratasche. »Ich bin im ersten Semester an der Bayerischen Staatslehranstalt für Photographie hier in Schwabing.«

Es klang plötzlich so brav und langweilig in Freddys Gegenwart. Doch er hob respektvoll staunend eine Augenbraue.

»Oh, du wirst Fotografin? Das klingt toll. Vielleicht lade ich dich ja zu meiner Weltreise ein. Dann kannst du unterwegs die tollsten Fotos machen. Vom Eiffelturm oder vom Sonnenaufgang in der Sahara.« Er zwinkerte ihr zu.

»Ich denke nicht, dass mir meine Eltern so eine aufregende Reise erlauben würden.« Sie senkte verlegen den Blick. »Ich bin schon froh, dass ich das lange Wochenende bei meiner Freundin hier in Schwabing verbringen darf. Ich bin ja erst achtzehn.«

»Dann muss ich wohl noch drei Jahre warten mit meiner Weltreise, damit ich dich mitnehmen kann.«

Clara errötete. »Du bist frech. Ich habe noch gar nicht gesagt, ob ich Lust darauf habe.«

»Das stimmt. Tut mir leid. Ich wollte nur einen Witz machen. Habe ich es mir jetzt für immer und ewig mit dir verdorben?«

»Quatsch.«

Sie lächelten einander an. Irgendetwas Merkwürdiges passierte bei diesem Blick in Claras Bauch. Auf einmal schien es ihr, als tanzte dort etwas herum, etwas Kleines, Leichtes. Als würde ein Schwarm Schmetterlinge Kapriolen schlagen. Noch nie war sie gleichzeitig so verwirrt, so aufgeregt und so selig gewesen wie in Freddys Gegenwart. Wie konnte derselbe Mensch nur so dreist und so sympathisch sein!

»Hey, was ist denn da auf der Straße los?«

Freddys verblüffte Worte rissen Clara aus ihren Gedanken. Sie sah sich um. Auf der Leopoldstraße stauten sich die Autos. Ungeduldiges Hupen war zu hören. Und dann sah auch sie das, was Freddy so erstaunte: Mitten auf der Fahrbahn tanzten einige junge Leute. Sie verdrehten ihre Hüften im Rhythmus von Twist-Musik, die von irgendwoher aus dem Lautsprecher eines Transistorradios schepperte. Daneben standen andere, lachten und klatschten oder schnippten im Takt mit den Fingern und schienen sich köstlich zu amüsieren. Niemand kümmerte sich darum, dass jetzt auch eine Straßenbahn im Verkehrsstau stecken geblieben war und ein schrilles Bimmeln ausstieß. Vier junge Männer schleppten einen kleinen Cafétisch und Stühle herbei und machten es sich auf der Fahrbahn gemütlich. Einer von ihnen prostete Freddy und Clara mit seinem halb vollen Bierglas zu.

»Die erobern schon wieder die Straße«, stellte Freddy begeistert fest. »Komm, da machen wir mit!«

Er nahm ein paar Münzen aus seiner Jackentasche, warf sie auf den Tisch und stand auf. Ehe Clara sichs versah, hatte er ihre Hand ergriffen und zog sie mit sich. Ohne Bedauern ließ sie die zusammengeschmolzenen Reste ihres Erdbeereises stehen. Mit diesem Freddy durch Schwabing zu tanzen war doch viel interessanter als Eiscreme, egal wie laut und empört die ausgebremsten Autofahrer auch hupen mochten.

Sekunden später fand sich Clara in einem wilden Getümmel wieder. Mitten auf der Straße ging es zu wie auf dem Oktoberfest. Die Menge jauchzte und johlte. Aus allen umliegenden Cafés und Restaurants wurde immer mehr Mobiliar auf die Fahrbahn geschleppt. Vor dem Café Europa hatten ein paar junge Frauen die Tische erklommen und tanzten darauf herum, dass ihre Rocksäume flatterten, während ihnen die umstehenden jungen Männer mit ihren Bierflaschen in der Hand zujubelten.

»Das ist himmlisch!«, schrie Clara gegen den Lärm an, und

Freddy grinste zurück. Schon hatte er sie an der Taille gefasst und hob sie ebenfalls auf einen der Tische. Dann schwang er sich selbst hinauf. Eine Sekunde lang blieb Clara verdutzt stehen, doch als Freddy übermütig lostanzte und mit den Armen durch die Luft ruderte, vergaß sie ihre Scheu und twistete los. Es war ihr völlig egal, wie viele Leute dabei zuschauten und ob das peinlich aussah oder nicht. Es machte einfach Spaß, mit Freddy auf einem kleinen, wackeligen Cafétisch herumzutanzen und mit all den anderen den Text des Liedes mitzugrölen, das sie schon so oft im Radio gehört hatte: »It's allright all night, ist okay all day ... yeah, yeah ...«

Ein bizarres Glücksgefühl durchrauschte Clara. Mehr noch als am Abend zuvor genoss sie es, etwas Unerhörtes zu tun. Etwas, das ihre Eltern ganz und gar nicht gutheißen würden. Aber genau darum machte dieser unglaubliche Abend so viel Vergnügen. Wer konnte schon von sich behaupten, in einer hinreißenden Sommernacht mitten auf der Leopoldstraße Twist getanzt zu haben? Clara sah sich um, in der Hoffnung, dass irgendwo Sannis lachendes Gesicht in der Menge auftauchte, aber sie war nirgendwo zu sehen. Vermutlich lag sie bereits im Bett, weil sie morgen früh wieder so zeitig aufstehen musste, um in der Bäckerei zu arbeiten.

Als die Klänge von Joey Dees *Peppermint-Twist* verebbt waren, hielt Clara atemlos inne und schnappte nach Luft. Diesen Moment musste sie festhalten. Sie nahm die Kamera aus der Tasche und begann zu fotografieren, während bereits das nächste Lied aus dem Transistorradio schallte. Es war Connie Francis, deren Stimme im Trubel der Straße kaum mehr zu hören war: »Die Liebe ist ein seltsames Spiel, sie kommt und geht von einem zum andern ...«

Clara knipste ein paar Bilder von den anderen jungen Frauen, die singend und mit erhobenen Armen auf den Tischen tanzten, von der langen Autoschlange, die sich inzwischen vermutlich bis zum Marienplatz staute, und von den Leuten, die verägert aus den Fenstern der oberen Etagen der Häuser herunterschauten. Schließlich machte sie auch ein Foto von Freddy, der neben ihr auf dem Tisch stand und sich zur Musik bewegte.

»Komm, pack den Apparat weg«, rief er. »Du sollst heute nicht arbeiten, sondern das Leben genießen! Und außerdem kann ich dich nicht in den Arm nehmen, wenn du die Kamera in deinen Händen hältst.«

»Da hast du recht«, gab sie keck zurück.

Sie steckte den Fotoapparat zurück in die Tasche, die ihr an einem langen Riemen über der Schulter hing, und genoss es, wie Freddy seine Arme um sie legte und sie beim Tanzen an sich drückte.

Es wurde allmählich dunkel. Zwischen den Pappeln am Straßenrand gingen die Laternen an, und an den Wänden der größeren Geschäftshäuser flammten hier und da bunte Reklamelichter auf. Noch immer war es drückend heiß, und Clara lief der Schweiß über die Stirn. Doch sie spürte es kaum. Sie spürte nur das übermütige Treiben dieser Sommernacht und Freddys Nähe, das knarzende Leder seiner Jacke und seine Arme, die sie umschlangen. Gelächter brandete auf, als ein Mopedfahrer, der sich mit seinem Krad vorsichtig an den Feiernden vorbeischlich, von den Umstehenden mit einer kleinen Dusche aus einem Bierglas bedacht wurde.

Es waren mittlerweile Tausende Leute, die die Leopoldstraße gestürmt hatten. Hinzu kamen die vielen Schaulustigen, die vom Gehweg aus das Treiben auf dem Boulevard beobachteten. Anwohner betraten in ihren Schlafanzügen und Nachthemden die Balkone ihrer Häuser und versuchten mit wütendem Geschimpfe, dem Lärmen ein Ende zu bereiten. Aber natürlich hatten sie keinen Erfolg damit. Die Leute auf der Straße winkten ihnen nur zu und riefen ausgelassen:

»Kommt doch runter und macht mit!«

Ein paar Minuten später kam, was kommen musste: Aus der Ferne waren Polizeisirenen zu hören. Clara sah auf. Von ihrem Platz auf dem Tisch konnten sie die Leopoldstraße nach Süden zu gut überblicken. Vom Siegestor her näherte sich flackerndes Blaulicht. Es mussten Dutzende Polizeiwagen sein.

»Aha, es geht wieder los!«, kommentierte Freddy das Geschehen. »Die Bullen rücken an. Tja, junge Leute haben Spaß in einer fantastischen Sommernacht? Das muss natürlich sofort unterbunden werden.« Seine Stimme troff vor Sarkasmus.

»Was wollen die Polizisten denn schon gegen so viele Leute ausrichten?«, entgegnete Clara.

Immer mehr Wagen rasten heran und bahnten sich dann langsam ihren Weg durch den Stau der Autos. Bald standen am Bürgersteig und in den Grundstückseinfahrten kreuz und quer Polizeifahrzeuge, Streifenwagen, aber auch etliche große Mannschaftswagen mit vergitterten Fenstern. Bei diesem Anblick lief Clara nun doch ein Schauer des Unbehagens über den Rücken. Das hier sah anders aus als gestern. Heute schien der Polizeieinsatz besser organisiert zu sein. Sie beobachtete, wie Polizisten aus den Autos stiegen. Bald wimmelte es von uniformierten Männern. Kommandos waren zu hören. In kürzester Zeit hatte sich quer über die Straße eine Polizeikette gebildet, und dann tönte es laut durch ein Megafon: »Hier spricht die Polizei. Machen Sie sofort die Fahrbahn frei. Ich wiederhole: Machen Sie sofort die Fahrbahn frei. Dies ist eine polizeiliche Aufforderung. Wenn Sie die Straße nicht augenblicklich frei machen, wird eine Räumung angeordnet.«

»Na, dann räumt mal schön auf!«, spottete Freddy.

»Ordnung ist das halbe Leben!«, schrie ein junger Mann, der auf einem Tisch neben ihnen stand und ein halb geleertes Bierglas in den Händen hielt. Er setzte das Glas an den Mund, leerte es in einem Zug und schleuderte es dann im hohen Bogen über die Köpfe der Menschen gegen eines der Polizeifahrzeuge. Das Klirren des Glases ging unter im Gelächter der Umstehenden.

Noch einmal dröhnte die Ansage des Polizisten zwischen den Häuserwänden: »Machen Sie die Straße frei – oder sie wird gewaltsam geräumt.«

Niemand dachte daran, dieser Aufforderung Folge zu leisten. Ganz im Gegenteil: Die Leute strömten nun erst recht aus den Kneipen und Tanzkellern herbei, um zu sehen, was sich hier draußen gerade ereignete. Clara spürte ihr Herz hämmern. Obwohl sich nun immer mehr Polizisten vor ihnen aufbauten, fühlte sie sich stark und unbesiegbar, frech und mutig. In dieser herrlichen Sommernacht gehörte die Straße den Menschen. Mochten die Trambahnen doch stecken bleiben und die Autos einen Umweg fahren.

Wieder klirrte irgendwo ein Glas.

»Ihr seid hier nicht erwünscht!«, schrie jemand zu den Polizisten hinüber.

Clara öffnete ihre Kameratasche und nahm noch einmal den Fotoapparat heraus. Eigentlich war es um diese Uhrzeit schon viel zu dunkel, um zu fotografieren, aber die Straßenlaternen und die vielen Lichter der Polizeifahrzeuge verbreiteten ein wenig Helligkeit. Sie sah durch den Sucher, stellte scharf, so gut es ging, und knipste los.

Auf einmal ging alles ganz schnell. Ein harsches Kommando erschallte, und die Polizeikette setzte sich in Bewegung. Ein paar der Feiernden wichen zur Seite, andere weigerten sich. Ein Gerangel entstand. Menschen schrien auf, einige stürzten zu Boden, andere schubsten und drängten sich durch die Menge. Clara sah, dass die Beamten einige Leute packten und in die bereitgestellten Mannschaftswagen verfrachteten.

»Wie brutal seid ihr denn?«, brüllte Freddy.

Im ersten Moment wusste Clara gar nicht, was los war, bis sie die Schlagstöcke in den Händen der Polizisten sah. Ohne Rücksicht schlugen sie auf die jungen Leute ein, um sie von der Straße zu vertreiben. Schmerzensschreie vermischten sich mit Wutgeheul. Jetzt flogen nicht nur Gläser und Flaschen, sondern auch Stühle durch die Luft. Aus einem Papierkorb am Straßenrand stieg beißender Qualm auf, jemand musste den Inhalt in Brand gesetzt haben.

Sie reckte die Kamera in die Luft und drückte wahllos auf den Auslöser. Wahrscheinlich würden die meisten Bilder verwackelt und unscharf sein, aber sie wollte die Ereignisse dieses Abends unbedingt auf Zelluloid bannen. So etwas hatte sie noch nie gesehen.

»Was tust du denn da?« Freddy ergriff ihren Arm. »Du kannst doch jetzt nicht fotografieren. Los, wir müssen hier weg. Oder möchtest du auch einen Knüppel auf den Kopf bekommen?«

Er sprang vom Tisch und half ihr herunter. Clara hatte sich den Fotoapparat um den Hals gehängt, und Hand in Hand versuchten die beiden, sich durch das Gedränge der Menschen zu schlängeln, irgendwohin, wo sie vor den Schlagstöcken der Polizisten sicher waren. Aber in dem Gewühl der vielen Menschen war es fast unmöglich, voranzukommen.

»Verdammt!«, rief Freddy. »Die Bullen kommen jetzt auch von der anderen Seite. Die kesseln uns ein!«

»Das lassen wir uns nicht gefallen«, brüllte jemand in der Menge. »Wir lassen uns hier nicht vertreiben. Wir sind doch keine Verbrecher.«

Clara schlug das Herz bis zum Halse. Wo war sie hier bloß hingeraten?

Gerade hatten sie doch noch ausgelassen gefeiert – und jetzt? Krampfhaft und mit verschwitzten Fingern hielt sie Freddys Hand fest, um ihn in diesem Tohuwabohu nicht zu verlieren. Kurz geriet sie ins Straucheln, als sie über einen Fuß oder eine Bierflasche am Boden stolperte, so genau konnte sie das nicht erkennen, aber Freddy fing sie auf.

Keuchend standen sie schließlich am Eingang eines Lokals und schnappten nach Luft. Das Getöse um sie herum war ohrenbetäubend. Das Schimpfen und Schreien der Menschen vermischte sich mit den gellenden Sirenen der Polizeifahrzeuge und den harschen Worten aus dem Megafon, die noch immer durch die Straße schallten: »Verlassen Sie die Fahrbahn, sonst greifen wir noch härter durch.«

»Wir haben die Fahrbahn doch schon verlassen, es ist ja wohl nicht verboten, auf dem Bürgersteig zu stehen«, protestierte Clara. Sie konnte nicht glauben, was gerade vor ihren Augen geschah. Von einer koordinierten Aktion der Polizei war auf der Straße inzwischen nichts mehr zu erkennen. Die Polizeikette hatte sich aufgelöst, und jeder einzelne Beamte war damit beschäftigt, mutmaßliche Ruhestörer zu schnappen oder zu verprügeln. Die allerdings wehrten sich mit allen Kräften, setzten ihre Fäuste ein, Steine oder Bierflaschen. Es war eine einzige Rauferei im Gange, eine Massenschlägerei wie in einem schlechten Film.

»Und da haben wir vor ein paar Minuten noch ganz ausgelassen Twist getanzt!«

Clara hatte diese Worte kaum ausgesprochen, als sich vom Siegestor her eine berittene Polizeistaffel näherte. Es mussten Dutzende Tiere sein. Hoch zu Ross ritten die Polizisten über den Gehweg, bahnten sich rücksichtslos ihren Weg zwischen den

Stühlen, Tischen und Sonnenschirmen. Möbel stürzten um, Gläser und Teller zerbarsten auf dem Boden. Auch diese Männer waren bewaffnet, mit Schlagstöcken vertrieben sie jeden, der nicht schnell genug zur Seite sprang. Entsetzt sah Clara, wie ein junger Mann nach einem heftigen Hieb durch den Gummiknüppel aufschrie und zu Boden sank. Die Hufe des Pferdes verfehlten seine Beine nur um ein paar Zentimeter. Clara presste sich Schutz suchend an Freddys Brust. In diesem Moment verspürte sie selbst einen kräftigen Schlag auf dem Rücken, und für einen Augenblick meinte sie, keine Luft mehr zu bekommen. Tränen schossen ihr in die Augen. War das hier tatsächlich ihr geliebtes München-Schwabing? Es fühlte sich an, als wäre sie mitten in einen Bürgerkrieg geraten.

»Verdammte Schweinehunde!«, stieß Freddy aus.

Clara hob den Kopf und sah ihn erschrocken an. Blut lief ihm übers Gesicht. Über seiner linken Augenbraue klaffte eine Platzwunde.

»Der hat mich erwischt«, japste er. »Der verdammte Bulle hat mich mit seinem Knüppel erwischt.«

»Geschieht euch ganz recht da unten!«, brüllte jemand aus einem Fenster über dem Kneipeneingang herunter. »Prügelstrafe ist die einzige Sprache, die ihr Rowdys versteht.«

»Das sieht schlimm aus.« Claras Stimme zitterte vor Entsetzen. »Du musst ins Krankenhaus. Das muss genäht werden.«

»Ach was, das ist bloß ein kleiner Kratzer.«

Er hob ein zerbrochenes Bierglas auf, das vor seinen Füßen auf dem Boden lag, und schleuderte es wutentbrannt dem berittenen Polizisten hinterher.

»Lass das!«, flehte Clara und hielt seine Hand fest. »Sonst nehmen sie dich auch noch fest.«

Mit schreckgeweiteten Augen beobachtete sie, wie sich vier

Polizisten aus dem Getümmel auf der Straße lösten und geradewegs auf sie zukamen. Freddy hatte die Beamten auch gesehen.

»Schnell, rein da!« Er riss die Tür des Lokals auf, und die beiden schoben sich in den Gastraum, in dem es bereits zum Bersten voll war. Neben der Theke stand ein weinendes Mädchen, das Gesicht verschmiert von Wimperntusche, die Frisur zerrupft. Der Kragen ihres Kleides war halb abgerissen.

»Der Polizist hat einfach draufgehauen«, schluchzte sie. »Dabei bin ich nur kurz mal rausgegangen, weil ich sehen wollte, was da draußen für ein Krach ist.«

Clara reichte ihr ein Taschentuch. Doch noch bevor sie der anderen ein paar tröstende Worte sagen konnte, ging hinter ihr die Tür auf, und die vier Polizisten traten ein. Zwei von ihnen marschierten geradewegs auf Freddy zu, die anderen sahen sich im Lokal um.

»Junger Mann, wir haben gesehen, wie Sie ein Glas auf einen unserer Kollegen geworfen haben. Dürften wir bitte Ihre Papiere sehen?«

Freddy ließ sich nicht einschüchtern. Er verschränkte die Arme vor der Brust und entgegnete: »Der Mann hat meine Begleiterin und mich grundlos mit dem Knüppel geschlagen. Ich bin verletzt. Da werde ich mich ja wohl noch wehren dürfen.«

Der Beamte ging darauf gar nicht ein. »Ihre Ausweispapiere bitte«, sagte er noch einmal. Freddy betrachtete ihn wortlos und mit zornig funkelnden Augen.

»Nun mach schon«, flüsterte Clara ihm zu. »Sonst nehmen sie dich am Ende mit.«

Unwillig zog Freddy seine Geldbörse aus der Innentasche seiner Lederjacke, holte den Ausweis heraus und reichte ihn dem Polizisten, der das Papier in aller Ruhe studierte.

»Alfred Tönnsen, wohnhaft Feilitzschstraße 15. Soso, das ist doch direkt am Wedekindplatz, genau da, wo diese Kommunisten gestern die Straßenblockade ausgelöst haben.« Er blickte auf. »Sie gehören wohl auch zu den Radaubrüdern. Das habe ich mir doch gedacht.«

»Blödsinn«, knurrte Freddy, und Clara erklärte rasch: »Nein, wir haben nur ganz friedlich der Musik zugehört.«

Der Beamte warf ihr einen skeptischen Blick zu, doch er gab Freddy den Ausweis zurück.

»Halten Sie sich zu unserer Verfügung, junger Mann, wir müssen da noch ...«

Weiter kam er nicht, weil es an der Bar plötzlich laut wurde. »Was fällt Ihnen ein? Lassen Sie mich los! Sie dürfen mich nicht festnehmen, ich habe nichts getan ...«

Mit entsetztem Blick beobachtete Clara, wie zwei Beamte einem Mann die Arme auf den Rücken drehten und ihn unter dem Protest aller anderen Gäste des Lokals abführten.

»Komm«, flüsterte Freddy Clara zu, während die beiden Polizisten, die ihn gerade noch kontrolliert hatten, abgelenkt waren. »Lass uns hier verschwinden. Da gibt es doch bestimmt auch einen Hinterausgang.«

Unbemerkt verließen sie den Gastraum. Tatsächlich fanden sie am Ende des Toilettengangs eine Tür, die wieder ins Freie führte. Über einen Innenhof und eine kleine Mauer gelangten sie auf eine schmale Seitenstraße.

»Geschafft!« Sie blieben stehen, um Atem zu schöpfen. Der Lärm von der Leopoldstraße schallte beängstigend laut herüber, das Schimpfen und Schreien der Menschen, die Kommandos der Polizisten und über allem das ohrenbetäubende Jaulen der Sirenen.

Freddy legte seinen Arm um Claras Schultern, und ein wenig Blut aus seiner Platzwunde tropfte auf ihre Bluse.

»Da muss ein Pflaster drauf«, stellte Clara fest.

Freddy lächelte sie an, als wäre nichts gewesen. »Ich habe welche zu Hause. Klebst du es mir drauf? Ich wohne ja gleich um die Ecke. Da haben wir unsere Ruhe von diesem ganzen Rabatz.«

Einen Atemzug lang zögerte Clara. Es musste beinahe Mitternacht sein. Sie kannte Freddy doch kaum. Ihre Eltern würden es niemals gutheißen, dass ein junger Mann sie um diese Uhrzeit mit nach Hause nahm. Andererseits war es auch nicht sehr verlockend, während dieses Krawalls zu Sannis Wohnung zu laufen, die genau auf der anderen Seite von Schwabing lag. Da schien es ihr weit weniger gefährlich, Freddy zu begleiten.

»Ja, gehen wir«, sagte sie.

• • •

Behutsam tupfte Clara ein Taschentuch auf Freddys blutende Stirn. Sie hatte ein paar Tropfen Wodka auf den Stoff geträufelt, um die Wunde zu desinfizieren. Etwas Besseres hatten sie in seiner Bude nicht gefunden.

»Wir brauchen etwas Hochprozentiges«, hatte sie erklärt und sich in seinem Zimmer umgesehen, in dem sich nur wenige Möbel befanden, ein schmaler hölzerner Spind, ein durchgesessenes Klappsofa, ein Tisch mit zwei Stühlen und ein Regal, darauf ein paar Bücher und Aktenordner, etwas Teegeschirr, ein elektrischer Samowar und ein Plattenspieler nebst einem Stapel Schallplatten.

»Wein, Wodka oder Eierlikör?«, hatte Freddy grinsend gefragt und die Tür des Schranks geöffnet, in dem sich neben seinen Kleidern auch ein paar Gläser und Flaschen befanden. Clara hatte nach dem Wodka gegriffen und ein frisches Tuch aus ihrer Tasche genommen. Jetzt lag Freddy mit geschlossenen Augen vor ihr auf dem Sofa und ließ sich von ihr verarzten.

»Aua«, sagte er. »Das brennt.«

»Das muss so sein. Da ist ja auch reichlich Alkohol drin. Aber das hilft, damit sich die Verletzung nicht entzündet.«

»Du bist doch angehende Fotografin und keine Krankenschwester.« Er sah sie mit einem Auge an. »Woher kennst du dich so gut mit Medizin aus?«

»Meine Mutter ist Tierärztin. Ich habe ihr nach der Schule öfter assistiert.«

»Na, vielen Dank.« Freddy richtete sich in gespielter Empörung auf. »Ich bin aber ein Mensch und kein Ochse!«

Clara lächelte. »Das macht in diesem Fall keinen großen Unterschied. Und jetzt halt still! Ich bin noch nicht fertig.«

Nach einer Weile legte sie das blutverschmierte Taschentuch zur Seite, nahm Freddy das dicke Pflaster aus der Hand und klebte es vorsichtig über die Wunde.

»So sollte es heilen. Ich befürchte allerdings, dass du eine Narbe zurückbehalten wirst.«

»Das macht nichts. Dann werde ich mich jedes Mal, wenn ich in den Spiegel sehe, an diesen aufregenden Abend erinnern. Und an dich. Wobei ...« Er nahm ihre Hand. »Das war jetzt nicht sehr charmant. Entschuldige bitte. Natürlich würde ich auch immer an dich denken, wenn ich keinen Polizeiknüppel abbekommen hätte.«

»Da bin ich aber froh.«

Clara lächelte verlegen. Es war unglaublich. Vor einer Viertelstunde hatte sie sich noch mitten im Bürgerkrieg gewähnt, hatte vor der Rohheit der Polizisten gezittert, und jetzt konnte sie schon wieder herumalbern und flirten.

Freddy lebte zur Untermiete in der Wohnung einer alleinstehenden alten Dame, die ihren Mann und ihren Sohn im Krieg verloren hatte, und ihre einzige Tochter war vor ein paar Jahren nach Amerika ausgewandert, wie Freddy Clara berichtete. Nun bewohnte er ein möbliertes Zimmer zu einem günstigen Mietpreis, weil er ihr mit den Einkäufen half und auch sonst gelegentlich zur Hand ging.

Die Altbauwohnung im dritten Stockwerk eines schäbigen Gründerzeithauses hatte hohe Decken mit bröckelnden Stuckverzierungen, an denen altmodische Kronleuchter hingen, und bei jedem Schritt knarzte der Holzboden unter den Teppichen. Die schweren, dunklen Möbel im Flur und im Wohnzimmer sahen so aus, als stünden sie hier schon seit dem vorigen Jahrhundert, und waren über und über dekoriert mit kleinen Porzellanfiguren, goldgeränderten Sammeltellern und geblümten Kaffeetässchen. Das antiquierte Ambiente passte so gar nicht zu Freddy mit seiner saloppen Kleidung und seinen frechen Ansichten, aber er zuckte nur mit den Schultern, als Clara ihn darauf ansprach:

»Ich bin froh, dass ich hier wohnen kann. Die Miete ist billig, die Lage mitten in Schwabing ist klasse, und vor allem kann ich hier im Grunde tun und lassen was ich will. Die gute Frau Geisbauer sieht und hört nämlich nicht mehr besonders gut, und außerdem geht sie immer schon früh zu Bett. Was für ein Glück! Wäre sie noch wach, würde sie sicherlich etwas dagegen haben, dass ich um diese Uhrzeit Damenbesuch habe.«

Er zwinkerte ihr zu, und Clara spürte, wie sich ihre Wangen röteten bei seiner frechen Bemerkung.

»Vielleicht sollte ich doch allmählich nach Hause gehen ...«

»Quatsch. Der Abend fängt doch gerade erst an, richtig gemütlich zu werden. Möchtest du einen Tee trinken? Oder hast du Lust auf ein bisschen Musik? Ich habe ein paar ganz gute Platten. Was magst du hören? Dass du Twist gern magst, habe ich ja schon gemerkt. Und wie sieht's mit Rock 'n' Roll aus?«

Clara kam nicht dazu zu antworten, weil es an der Tür klingelte. Freddy runzelte die Stirn.

»Nanu, wer kommt mich denn um diese Uhrzeit noch besuchen?«

»Vielleicht ein Betrunkener, der sich am Klingelschild geirrt hat«, vermutete Clara.

Noch einmal schellte es.

»Dieser Idiot weckt mir noch die Frau Geisbauer auf«, grummelte Freddy. Kopfschüttelnd ging er zur Wohnungstür, die sich gleich neben seinem Zimmer befand, und drückte auf den Öffner. Als er die Tür aufmachte, fuhr er erschrocken zusammen. Auf der Fußmatte standen die beiden Polizisten aus der Kneipe. Clara unterdrückte einen Aufschrei, als sie sah, dass die beiden Freddy zur Seite schoben und die Wohnung betraten.

»Guten Abend, Herr Tönnsen, wir waren noch nicht fertig mit Ihnen. Es gibt da noch ein paar Fragen zu klären.«

Sie stapften in Freddys Zimmer, wo sich Clara verschüchtert auf das Sofa fallen gelassen hatte. Freddy blieb mitten im Raum stehen und schob lässig die Hände in die Hosentaschen. »Was wollen Sie von mir?«

»Wo waren Sie am Abend des 21. Juni?«, erkundigte sich der eine Polizist, während sich der andere im Zimmer umsah.

»Ich wüsste nicht, was Sie das angeht«, entgegnete Freddy und beobachtete stirnrunzelnd, wie der Beamte die Schranktür öffnete und dann das Bücherregal inspizierte.

»Na, sieh mal einer an, was haben wir denn hier!« Der Beamte stieß einen leisen Pfiff aus. »Jede Menge russische Literatur, Tolstoi und Dostojewski ...« Er zog ein paar Bücher heraus und warf sie klatschend auf den Tisch. »Dazu eine Flasche Wodka und ein Teekocher aus sowjetischer Produktion. Sie sympathisieren mit den Russen, scheint mir. Gestern bei der Randale am Wedekindplatz haben diese Gammler die Leute doch auch mit russischer Volksmusik aufgehetzt. Und wie es aussieht, Freundchen, gehören Sie auch zu den Krawallmachern. Sie sind festgenommen, Herr Tönnsen. Kommen Sie mit!«

Mit zwei Schritten waren die Polizisten bei Freddy, packten ihn und drehten ihm die Arme auf den Rücken.

»Hey, das tut weh. Was soll der Blödsinn? Es ist ja wohl nicht verboten, russische Bücher zu lesen. Da stehen auch amerikanische Romane, Ernest Hemingway und John Steinbeck. Haben Sie die gesehen? Und was Französisches von Sartre. Verdammt! Ich habe nichts verbrochen. Lassen Sie mich gefälligst los!«

Doch die Beamten griffen nur fester zu.

»Das können Sie dem Staatsanwalt erzählen«, sagte der eine Polizist. Der andere fügte an Clara gewandt hinzu: »Und Sie, junges Fräulein, sollten sich gut überlegen, ob dieser Herr hier der richtige Umgang für Sie ist.«

»Freddy hat nichts Böses getan«, entgegnete Clara mit bebender Stimme. »Ich kann das bezeugen. Ich war den ganzen Abend lang mit ihm zusammen. Sie dürfen ihn nicht festnehmen.«

»Was wir dürfen, entscheiden wir immer noch selbst.«

Die Polizisten bugsierten Freddy hinaus. Stumm vor Schreck stand Clara im Zimmer und lauschte den polternden Schritten im Hausflur. Erst als unten die Tür ins Schloss gefallen war, wagte sie es, aus der Wohnung zu schleichen.

Clara musste einen kilometerlangen Umweg laufen, um die Krawalle auf der Leopoldstraße so weit wie möglich zu umgehen, denn inzwischen schien in ganz Schwabing der Ausnahmezustand zu herrschen. Überall war das Getöse der Polizeisirenen zu hören, und es roch durchdringend nach dem Qualm von brennenden Mülleimern und Feuerwerkskörpern. Die Gehwege waren übersät mit Glasscherben und zerbrochenen Flaschen. An der Siegfriedstraße standen zwei Mannschaftswagen der Polizei mit eingeworfenen Fensterscheiben. Clara lief, ohne anzuhalten. Es war nach zwei Uhr, als sie endlich in der Wohnung von Sannis Eltern ankam. Sanni saß aufrecht im Bett und las im Schein ihrer Nachttischlampe ein Buch, als Clara eintrat.

»Gott sei Dank, da bist du ja endlich!« Sie warf das Buch zur Seite. »Wo warst du denn die halbe Nacht lang? Ich habe solche Angst um dich gehabt. Ich habe gedacht, entweder liegst du mit eingeschlagenem Schädel im Krankenhaus, oder du bist eingekerkert. Himmel, wie hätte ich das deinen Eltern erzählen sollen. Oder meinen.« Sie rückte zur Seite und klopfte mit der flachen Hand auf die Matratze. »Komm, setz dich her und erzähl mir sofort, was los gewesen ist. Das sah ja draußen aus wie beim Weltuntergang. Ich bin nur einmal kurz gucken gegangen bei dem Krach – und dann gleich wieder nach Hause gerannt. Herrje, was habe ich mir für Sorgen um dich gemacht.«

»Das ist lieb von dir.« Clara lachte und weinte zugleich vor Erleichterung, endlich irgendwo zu sein, wo sie keine Angst mehr haben musste, einen Polizeiknüppel oder eine Bierflasche an den Kopf zu bekommen. Sie ließ sich auf Sannis Bett nieder. »Mir ist nicht viel passiert. Freddy hat es schlimmer erwischt.«

»Freddy? Ist das der Bursche, mit dem du heute verabredet warst?«

»Ja, das ist ein ganz famoser Kerl. So klug und furchtbar lustig. Wir hatten anfangs wahnsinnig viel Spaß.«

Ihr wurde warm ums Herz bei der Erinnerung an den verrückten Tanz auf dem Tisch.

»Hey!« Sanni legte grinsend den Kopf schief. »Was sehe ich denn da für ein verklärtes Lächeln in deinem Gesicht? Los, red schon! Ich will alles wissen.«

Clara erzählte ihrer Freundin in sämtlichen Details von diesem aufregenden Abend.

»Meinst du, ich werde ihn noch einmal wiedersehen?«, fragte sie schließlich. »Wir haben noch nicht einmal Telefonnummern ausgetauscht.«

Sanni zuckte mit den Schultern. »Immerhin weißt du, wo er wohnt.«

So sehr Clara auch darauf brannte, Freddy wiederzusehen, am nächsten Abend wagten sich die beiden Freundinnen nicht mehr aus dem Haus, aus Angst, erneut in irgendwelche Straßenschlachten zu geraten. Sie verbrachten den Samstagabend ganz brav auf dem Balkon, tranken eine Flasche Wein und spielten zur Musik vom Plattenspieler Halma und Malefitz, während in der Ferne schon wieder die Sirenen jaulten, kaum, dass die Sonne untergegangen war.

4.

In diesen Tagen gab es kein anderes Thema in München als die Schwabinger Krawalle. In den Büros, Geschäften und Hörsälen, in den Zeitungen und Radioberichten wurde darüber diskutiert, wer Schuld daran trug, dass es zu solch schweren Tumulten gekommen war.

»Ich kann nicht glauben, dass du dabei gewesen bist, Clara. Da erlauben wir dir einmal, ein Wochenende bei Sanni in Schwabing zu verbringen – und dann das. Mir wird ganz anders, wenn ich mir vorstelle, dass du mitten in diesem furchtbaren Getümmel gesteckt hast. Was dir hätte passieren können! Warum bist du nur zur Leopoldstraße gegangen?«

Es war Sonntag. Clara saß mit ihren Eltern daheim in Grünwald beim Abendessen und ließ deren Standpauke über sich ergehen.

»Wir waren nur ein Eis essen«, verteidigte sie sich. »Und plötzlich standen Tausende Leute auf der Straße und machten die Fahrbahn dicht. Eigentlich war das anfangs noch ganz lustig. Woher hätte ich denn wissen sollen, dass die Polizei so brutal dagegen vorgeht?«

Claras Vater schüttelte den Kopf. »Du bist doch sonst immer so vernünftig. Ist es dir nicht in den Sinn gekommen, dass es verboten ist, die Fahrbahn zu blockieren?«

Clara zuckte mit den Schultern. »Da haben doch alle mitgemacht. Es war wie eine einzige große Fete.«

»Nicht alles, was Spaß macht, ist auch erlaubt«, gab ihre Mutter zu bedenken. »Auch nicht, wenn es viele tun.«

»Aber das, was manche Polizisten gemacht haben, war bestimmt auch nicht erlaubt«, empörte sich Clara. »Die haben mit ihren Schlagstöcken einfach draufgedroschen, auf jeden, der ihnen in die Quere kam.«

»Den Beamten sind vermutlich die Nerven durchgegangen. Das ist ja auch kein Wunder, wenn man bedenkt, was für ein Tohuwabohu diese Verrückten in Schwabing da angerichtet haben …«

»Das waren keine Verrückten, das waren ganz normale Leute wie du und ich. Wir haben einfach einen schönen Sommerabend auf der Leopoldstraße genossen.«

»Offenbar nicht«, entgegnete Dora ungewohnt streng. »Sonst wäre es gar nicht erst zu den Krawallen gekommen. Und ich begreife nicht, warum du dich da eingemischt hast. Hättest du nicht rechtzeitig weggehen können?«

»Ich konnte nicht weglaufen. Ich musste jemanden verarzten, der einen Schlagstock abbekommen hat und verwundet war. Du kannst stolz auf mich sein, Mama. Ich hab in deiner Praxis was gelernt!«

Dora lächelte milde. »Jedenfalls sind wir froh, dass du wieder heil zu Hause bist.«

»Apropos Bilder in der Zeitung. Ich habe auch ein paar Fotos von den Krawallen gemacht. Die Lichtverhältnisse waren nicht besonders gut, aber vielleicht sind ein paar Bilder doch noch was geworden. Kannst du den Film entwickeln, Papa?«

Curt sah seine Tochter an. »Ja, das mache ich gern. Aber nur unter der Bedingung, dass du dich in Zukunft von so einer Randale fernhältst. Sonst können wir dir nicht mehr erlauben, dass du dich abends in Schwabing herumtreibst.«

Später stand Clara in der Dunkelkammer neben ihrem Vater und beobachtete im schwachen roten Licht der Lampe, wie die Aufnahmen nach dem Bad in der Entwicklerflüssigkeit allmählich sichtbar wurden. Tatsächlich waren nur wenig Bilder brauchbar. Die meisten waren verwackelt, unscharf oder zeigten irgendwelche Lichtflecken. Aber einige Fotos waren doch etwas geworden. Clara betrachtete die nassen Abzüge, die ihr Vater vorsichtig mit Wäscheklammern an einer quer durch den Raum gespannten Leine aufhängte. Auf dem einen Bild war die Polizeikette gut zu erkennen, auf einem anderen hatte sie den Moment eingefangen, in dem einer der Beamten den Schlagstock hob, um auf einen jungen Mann einzuprügeln.

Am besten aber gefiel Clara das Foto, auf dem Freddy sie angrinste. Bei seinem Anblick verspürte sie wieder diesen kleinen wohligen Schauer. Ach, Freddy ... Clara seufzte leise. Wo mochte er gerade stecken? Ob die Polizei ihn tatsächlich für länger in Gewahrsam genommen hatte? Seit dem Abend, der so dramatisch mit seiner Festnahme geendet hatte, hatte sie nichts mehr von ihm gehört. Am Samstagnachmittag war sie noch einmal zu dem Haus gegangen, in dem er wohnte. Sie hatte allen Mut zusammengenommen und geklingelt, aber es hatte niemand geöffnet. Nein, ihm durfte nichts Schlimmes passiert sein. Das hatte er nicht verdient!

»Und wer ist dieser nette junge Mann auf dem Foto?« Clara spürte, wie sie bis unter die Haarwurzeln errötete, und war froh, dass ihr Vater das im schwachen Licht der Kammer nicht sehen konnte. »Das ist Freddy. Ich kenne ihn noch nicht so lange. Er ist der Mann, der den Schlagstock des Polizisten abbekommen hat und dem ich nachher die Platzwunde auf der Stirn verarztet habe.«

»Ah ... Ich verstehe.« Clara hörte das Lächeln in der Stimme ihres Vaters. »Kann es sein, dass dieser Freddy auch der Grund war, weshalb du auf der Leopoldstraße geblieben bist, als es ungemütlicher wurde?«

»Ich glaube ja«, antwortete Clara leise. »Er ist sehr nett.«

Curt legte seinen Arm um ihre Schulter und drückte sie an sich. »Soso. Muss ich mich etwa an die Vorstellung gewöhnen, dass mein Töchterchen verliebt ist?«

»Aber, Papa, was redest du denn da? So gut kenne ich ihn noch gar nicht. Und jetzt lass uns gucken, was aus meinen Fotos geworden ist.«

Es gab Dinge, die sie lieber mit Sanni besprechen wollte als mit ihrem Vater.

...

Clara spannte den Schirm auf, als sie am Dienstagnachmittag aus dem Hauptportal der Photoakademie trat. In der Nacht hatte es ein heftiges Gewitter gegeben, das dem beinahe tropischen Sommerwetter der vergangenen Tage ein jähes Ende bereitet hatte. Heute war der Himmel grau verhangen, und es regnete leicht.

»Hallo, schönes Fräulein, nimmst du mich mit unter deinen Schirm?«

Clara drehte den Kopf bei diesen Worten, und ihr Blick begegnete dem vertrauten Grinsen unter der dunklen Haartolle.

»Freddy! Was machst du denn hier?«

Er stand ein wenig vor dem Wetter geschützt unter einem Baum neben dem Eingang. Mit drei Schritten war sie bei ihm. Er drückte sie wie selbstverständlich an sich.

»Ich warte auf meine Angebetete«, erklärte er. »Seit zwei Stunden stehe ich hier, um bloß nicht den Moment zu verpassen, an dem du herauskommst. Ich wusste ja nicht, wann du heute Vorlesungsschluss hast, und habe geschätzt, dass es irgendwann zwischen drei und fünf sein müsste.«

»Ach, das ist nett von dir, dass du gewartet hast. Hat dir dein Chef heute extra früher freigegeben?«

»Oh nein. Ich musste ein wenig flunkern. Ich habe ihm gesagt, dass ich heute Nachmittag noch einen dringenden Termin beim Arzt habe. Wegen meiner Wunde.« Er tippte sich an das Pflaster, das noch immer auf seiner Stirn klebte. »Und mein Chef hat mir das sofort geglaubt. Er ist eben ein guter Mensch ...«

»Ach, Freddy, du bist unmöglich. Du darfst doch nicht schwindeln!«

»Was blieb mir denn anderes übrig?« Er sah sie treuherzig an. »Ich musste dich unbedingt wiedersehen. Seit drei Tagen zerbreche ich mir den Kopf darüber, wie ich dich finden kann. Ich habe doch keine Telefonnummer von dir und weiß nicht, wo du wohnst. Das Einzige, was ich wusste, war, dass du hier zur Schule gehst. Und heute habe ich gedacht, versuche ich mein Glück. Siehe da, es war mir wohlgesonnen.«

»Ich wollte dich am Samstag besuchen«, gestand Clara, deren Herz aufgeregt flatterte. »Ich habe am Nachmittag bei dir geklingelt, aber es hat niemand aufgemacht. Ich habe mir Sorgen um dich gemacht. Du musst mir unbedingt erzählen, wie es dir ergangen ist, nachdem die Polizisten dich abgeführt hatten. Ich bin so froh, dass sie dich nicht in den Knast gesteckt haben.«

»Na, und ich erst!« Freddy lachte. »Aber das war eigentlich keine große Sache. Sie haben mich bald wieder laufen lassen. Sie mussten dann doch einsehen, dass nicht jeder, der einen Roman von Tolstoi oder Dostojewski liest, eine kommunistische Revolution plant.« Freddy legte seinen Arm um Claras Schultern, und sie schlenderten unter ihrem Schirm die Clemensstraße entlang in Richtung Straßenbahnhaltestelle. »Das Ganze hat mich allerdings nicht davon abgehalten, an den nächsten Abenden wieder auf die Leopoldstraße zu gehen und mit all den anderen gegen diese Polizeiwillkür zu protestieren. Ich gebe zu, ein bisschen hatte ich auch gehofft, dich da wiederzutreffen.«

»Ich habe mich nicht mehr rausgetraut.«

»Schade. Da hast du was verpasst. Es war jedes Mal ein Volltreffer. Wir haben Abend für Abend die halbe Stadt lahmgelegt. Man darf sich von diesen brutalen Bullen nicht einschüchtern lassen. Und ich sage dir, in den Nächten ging es noch übler zu als am Freitag. Das war wie im Bürgerkrieg. Überall Verletzte, auf beiden Seiten. Ich weiß gar nicht, wie viele die am Ende abgeführt haben. Aber ich habe mich nicht mehr erwischen lassen. Angeblich sind sogar Leute aus anderen Städten hergefahren, um mitzumachen, als wäre das Ganze eine Sommergaudi. Dabei war es zuletzt echt kein Spaß mehr. Gestern ist einer von einem Polizeiwagen überfahren worden. Der liegt lebensgefährlich verletzt im Krankenhaus, soweit ich weiß.«

»Das ist ja furchtbar.«

Freddy nickte. »Verglichen damit bin ich mit meiner Beule am Kopf noch glimpflich davongekommen. Einmal ist sogar der Münchner Oberbürgermeister nach Schwabing rausgefahren, um die Leute zu beschwichtigen. Aber der hatte keine Chance mit seiner Sonntagsrede. Der wurde einfach ausgebuht und ausgepfiffen, bis er wieder abgezogen ist.«

»Davon habe ich im Radio gehört. Ganz schön schlimm das alles.«

»Die Polizei ist selbst schuld. Warum ist die auch so rabiat gegen ein paar friedliche Musiker vorgegangen? Wenn die am ersten Abend zu den Jungs am Wedekindplatz gesagt hätten, ›okay, spielt noch zwei Lieder, aber dann ist Schluss für heute‹ – ich glaube, dann wären alle zufrieden gewesen, und nichts wäre passiert.«

»Gut möglich. Aber was meinst du, weshalb waren die Polizisten denn gleich so streng?«

Freddy zuckte mit den Schultern. »Was weiß ich. Vermutlich ist das noch die alte Schule. Viele von denen haben ja noch bei den Nazis gelernt. Das ist lang her, könnte man meinen, aber in ihren Köpfen steckt der braune Mist noch drin.«

»Aber Freddy!«, rief Clara erschrocken.

»Na, was denkst du denn! Wie viele Millionen Deutsche haben damals Hitler zugejubelt, und wo sind die auf einmal hin? Die haben sich doch nicht in Luft aufgelöst. Meinst du, diese Typen haben nach dem Krieg einfach einen Schalter umgelegt und sind von einem Tag auf den anderen kreuzbrave Bürger geworden? Nee, ganz sicher nicht. Jedenfalls nicht alle. Die schwingen zwar keine Hakenkreuzfahnen mehr, aber die sind immer noch da. Glaub mir! Die arbeiten auch heute noch als Richter, als Lehrer, als Politiker, als Industrielle ... überall an wichtigen Posten im Land. Und ganz sicher auch bei der Polizei. Aber keiner redet darüber. Bloß die Klappe halten. Bloß nicht mehr an diese schlimme Zeit denken ... pffft. Ich sage dir, Clara, irgendwann fliegt uns das alles um die Ohren.«

Freddy war ungewohnt ernst geworden bei diesen Worten.

Clara war bestürzt, so kannte sie ihn gar nicht. Er war doch sonst immer so lustig.

»Bist du dir sicher?«, fragte sie leise.

Freddy zuckte mit den Schultern. »Natürlich, was sonst. Genau darüber bin ich mir übrigens mit meinem Vater in die Haare geraten. Er meint, das sei der Lauf der Dinge, und findet das gar nicht so schlimm. Andere Zeiten, andere Sitten, sagt er bloß. Wir haben uns ziemlich gestritten, und ich war so sauer, dass ich abgehauen bin aus Hamburg. Du musst wissen, die Tönnsen-Werft ist ein ziemlich bekanntes Unternehmen in Hamburg, und ich würde eine Menge Kohle verdienen, wenn ich da einsteigen würde. Stattdessen habe ich alles hingeschmissen. Zack. Aus und vorbei!«

Freddy sah auf. »Aber egal jetzt.« Seine Augen blitzten schon wieder unternehmungslustig. »Lass uns nicht länger über meine unerfreulichen Familiengeschichten reden. Ich bin heilfroh, dass ich nach München gekommen bin, sonst hätte ich dich ja gar nicht kennengelernt.« Er lächelte Clara an. »Und heute Abend werde ich wieder zur Leopoldstraße gehen. Hoffentlich gibt es wieder so ein Spektakel wie in den vergangenen Nächten. Die Bullen hätten das verdient. Kommst du mit? Ich verspreche dir, ich passe auf dich auf, damit dir nichts geschieht. Je mehr Leute dabei sind, desto besser.«

Clara schluckte. »Ich finde ja, dass du recht hast. Aber meine Eltern erlauben mir das nicht. Sie waren schon am Sonntag ganz aus dem Häuschen, als sie erfahren haben, dass ich in die Krawalle geraten bin. Sie haben mir verboten, mich da noch mal einzumischen, sonst darf ich nie mehr nach Schwabing.«

»Das wäre allerdings traurig.«

»Ich fürchte, ich muss jetzt nach Hause fahren. Und außerdem ...« Clara sah auf. Der Regen war heftiger geworden. »Ich schätze, bei diesem Wetter macht es nicht besonders viel Spaß, draußen auf dem Tisch zu tanzen.«

Freddy blieb unvermittelt stehen. »Wohl wahr«, sagte er nachdenklich. Sie hatten die Leopoldstraße erreicht. An den Bäumen entlang des Gehwegs klebten Zettel.

Clara ging darauf zu und sah sich die kleinen Flugblätter an.

»Wegen schlechter Witterung fällt das Polizeisportfest heute aus«, las sie.

»So ein Witzbold«, knurrte Freddy. »Aber wie es aussieht, ist der Spuk fürs Erste vorbei.«

Als sie zur Haltestelle kamen, näherte sich bereits die Tram.

»Ich muss los«, sagte Clara.

»Und wann sehe ich dich wieder?«

»Ich weiß nicht. So bald wie möglich.« Ihr Herz klopfte.

Freddy nahm ihre Hand. »Hast du am nächsten Wochenende Ausgang? Gehst du am Samstag mit mir ins Kino? Da gibt es auch garantiert keine Prügelei, es sei denn auf der Leinwand.«

»Oh, Freddy, das wäre toll.«

»Dann sind wir verabredet? Ich freu mich. Sagen wir um sieben vor der Filmburg?«

Clara nickte, und Freddy gab ihr einen Kuss, sanft und zärtlich, nur ein Hauch. Als sie in die Trambahn einstieg, hatte sie das Gefühl, einen halben Meter über dem Boden zu schweben. Von ihrem Sitzplatz aus winkte sie ihm so lange zu, bis sie ihn nicht mehr sehen konnte. Und selbst als sie viel später in ihrem Bett lag und an ihn dachte, spürte sie seine weichen Lippen noch auf ihren.

· · ·

Unkonzentriert verfolgte Clara an den nächsten Tagen die Lehrstunden zur Fotografie. Wie sollte sie über Belichtungszeiten, Blendenstufen und ASA-Werte nachdenken, wenn ihr die ganze Zeit Freddys grinsendes Gesicht vor Augen stand. Am Samstag würde sie ihn endlich wiedersehen. Die Tage schienen nur noch im Schneckentempo zu kriechen.

»Fräulein von Thorau!« Die Stimme von Professor Roth riss sie aus ihren Gedanken. »Weilen Sie noch unter uns – oder wo halten Sie sich gerade auf?«, fragte er spöttisch. »Jetzt habe ich Ihnen dieselbe Frage schon dreimal gestellt. Wodurch zeichnet sich ein Weitwinkel-Objektiv aus?«

Clara erschrak und spürte, wie ihre Hände feucht wurden. Tatsächlich hatte sie die letzte Viertelstunde im Hörsaal damit verbracht, vor sich hin zu träumen. Sie hatte kein Wort von dem mitbekommen, was der Professor des Kurses »Technische Grundlagen der Photographie« gerade erzählt hatte. Stattdessen hatte sie still vor sich hin lächelnd Herzchen und Kringel in ihren Notizblock gemalt.

In der Reihe hinter ihr wurde getuschelt.

»Das ist wohl der Beweis, dass Frauen jeglicher Sinn und Verstand für Technik fehlt.«

Clara erkannte die Stimmen wieder. Das waren dieser Rotschopf und sein Kumpel, die neulich schon über studierende Frauen hergezogen hatten. Über die Schulter warf sie den beiden jungen Männern einen verärgerten Blick zu und richtete sich auf.

»Gegenüber der natürlichen perspektivischen Wahrnehmung des menschlichen Auges hat ein Weitwinkelobjektiv eine kürzere Brennweite und einen größeren Blickwinkel, Herr Professor. Dadurch werden weit entfernte Gegenstände also kleiner dargestellt. Solche Objektive sind besonders geeignet, wenn man viel aufs Bild bekommen möchte, in der Architekturfotografie zum Beispiel.«

Nachdem Clara gesprochen hatte, war es eine Sekunde lang still im Hörsaal, dann herrschte anerkennendes Gemurmel. Auch der Professor nickte. Clara atmete erleichtert auf. Glücklicherweise hatte sie von ihrem Vater auch ein paar technische Details zur Fotografie gelernt. Und was die verschiedenen Objektive anging, wusste sie natürlich längst Bescheid. Doch sie nahm sich die Ermahnung des Professors zu Herzen und beschloss, in Zukunft besser aufzupassen. Der Rotschopf und sein Freund durften nicht recht bekommen mit ihrer Einschätzung, was Frauen und Technik anbetraf.

. . .

Längst war wieder Ruhe eingekehrt in Schwabing, als Clara und Freddy einander am Samstag vor dem Kinopalast an der Leopoldstraße trafen. Die Maler präsentierten ihre Bilder unter den Pappeln am Gehweg, und die Menschen saßen vor den Cafés und Restaurants, als hätte es die Krawalle des vergangenen Wochenendes nie gegeben. Nur ein mit braunem Packpapier zugeklebtes Fenster im Erdgeschoss eines Geschäftshauses erinnerte daran, dass hier vor ein paar Tagen Scheiben zu Bruch gegangen waren.

Nach ein paar Regenschauern Anfang der Woche war der Sommer zurückgekehrt nach München. Der Abend war lau und sonnig. Fast zu schade, um sich im dunklen Kinosaal zu verstecken, dachte Clara, als Freddy sie vor dem Filmpalast zur Begrüßung küsste. Am liebsten wäre sie den ganzen Abend lang Arm in Arm mit ihm durch die Schwabinger Straßen spaziert, damit alle Leute sehen konnten, wie verliebt sie beide waren.

»Worauf hast du Lust?«, fragte er. »Such dir einen Film aus.«

Clara warf einen flüchtigen Blick auf die bunten Plakate, die in den Glaskästen neben der Kasse ausgehängt waren. Im Grunde war es ihr egal, welcher Film gleich über die Leinwand flimmerte, solange nur Freddy neben ihr saß.

»Vielleicht den hier? *Citizen Kane.* Guck, der ist erst gestern angelaufen. Ist das nicht dieser alte Streifen aus Amerika, über den da alle reden?«

Freddy nickte. »Ja. Von dem habe ich auch schon gehört. Und

guck mal«, Freddy zwinkerte. »Hier steht, er dauert zwei Stunden. Lang genug für einen romantischen Abend im Kinosessel.«

Er kaufte zwei Eintrittskarten, und sie betraten Hand in Hand den Kinosaal, der kurz vor der Vorstellung schon im Dämmerlicht lag. Clara folgte Freddy zu ihren Plätzen in der letzten Reihe. Erst war sie enttäuscht, weil die Köpfe anderer Kinobesucher die Sicht auf die Leinwand behinderten.

»Warum sitzen wir nicht weiter vorne?«, flüsterte sie, während der Vorspann des Films lief. »Da ist doch noch was frei, und da kann man viel besser sehen.«

Freddy legte seinen Arm um ihre Schultern und drückte sie an sich.

»Du bist doch nicht wirklich ins Kino gegangen, um einen alten Schwarz-Weiß-Film zu gucken?«, erwiderte er grinsend. Er küsste sie. »Hier hinten sind wir wenigstens ungestört.«

Clara spürte ihr Herz pochen. Wieder und wieder küssten sie sich. Was interessierte sie dieser Film aus Amerika, in dem alle Leute über das seltsame letzte Wort eines verstorbenen Zeitungsmillionärs rätselten! *Rosebud?* Was es mit diesem Begriff auf sich hatte, war ihr ganz egal. Clara nahm nur noch Freddys Lippen wahr und seine Hände, die über ihre streichelten. Es war himmlisch. Sie verschwendete kaum einen Blick auf die Leinwand. Als nach zwei Stunden die Lichter wieder angingen, war sie traurig, dass der Film vorbei war.

Arm in Arm schlenderten sie danach über die abendliche Leopoldstraße. Es war dunkel geworden, und die Straßenlaternen beleuchteten die ausgestellten Ölbilder und Pastelle der Kunstmaler auf dem Gehweg.

»Ich muss jetzt nach Hause«, sagte Clara nach einer Weile seufzend. »Gleich kommt die letzte Tram nach Grünwald, die darf ich nicht verpassen.«

»Jetzt schon? Schade. Aber so spät am Abend lasse ich ein so hübsches Mädchen wie dich nicht allein mit der Straßenbahn fahren. Komm, ich bringe dich mit meinem Moped nach Hause.«

»Ich wusste gar nicht, dass du ein Moped hast. Aber da wirst du eine Weile unterwegs sein.«

»Das ist ja gerade das Schöne.« Er grinste. »So habe ich noch ein bisschen länger was von dir. Und bei der Fahrt spüre ich die ganze Zeit, wie du dich an mich drückst.«

»Du bist frech, Freddy. Und verrückt.«

»Das stimmt. Verrückt nach dir.« Er küsste sie, und Clara hatte das Gefühl, Pudding in den Knien zu haben.

Sein Moped stand vor dem Haus in der Feilitzschstraße. Er zog sich die Lederjacke aus und reicht sie Clara.

»Hier, zieh du sie besser an.« Sie schlüpfte hinein. Die Jacke war ihr viel zu groß, aber wunderbar warm. Freddy knöpfte sie ihr bis zum Hals zu.

»So ist es gut. Damit du mir bloß nicht frierst unterwegs.«

»Und du? Dir wird es aber kalt werden im Hemd.«

»Ach was, ich mache mir warme Gedanken.«

Sie knatterten durch das nächtliche München, der Fahrtwind ließ Claras Locken wehen. Sie schlang ihre Arme um ihn und schmiegte sich eng an Freddys Rücken. Sie genoss seine Nähe. Was für ein herrlicher Abend! Was für ein herrlicher Sommer! Wie hatte sie je fröhlich sein können, ja, wie hatte sie je leben können ohne ihn?

»Was machst du morgen?«, fragte Freddy, als sie vor Claras Elternhaus angekommen waren und er den Motor des Mopeds ausgeschaltet hatte. Clara rutschte vom Sozius.

»Ich weiß noch nicht. Ich muss noch einen Übungsbogen für die Fotoschule am Montag ausfüllen ...«

»Aber morgen soll wieder so tolles Wetter werden. Viel zu

schade, um den ganzen Tag lang im Haus zu sitzen und zu arbeiten. Wollen wir nicht lieber ein Picknick am Starnberger See machen? Ich lade dich ein. Wann soll ich dich abholen? Sagen wir um elf?«

»Oh, ja. Das klingt fein. Ich bearbeite den Übungsbogen gleich in der Früh, dann habe ich das hinter mir und alle Zeit der Welt für dich.«

»So soll das sein, meine Herzallerliebste.«

Sie küssten sich, als müssten sie sich für Wochen oder Monate trennen und nicht nur für ein paar Stunden. Aber schließlich zog sich Freddy dann doch seine Lederjacke an und stieg zurück auf das Moped. Clara winkte ihm nach, bis er die Straße hinuntergerollt war. Tänzelnd vor Glück ging sie ins Haus, und während des Zähneputzens betrachtete sie im Spiegel über dem Waschbecken ihr Gesicht, das ihr heute rosiger und strahlender vorkam als sonst.

Gewissenhaft stellte sie sich den Wecker auf dem Nachttisch, doch als der am Morgen um sieben zu scheppern begann, schaltete sie ihn stöhnend aus und rollte sich auf die andere Seite des Kopfkissens, um noch ein bisschen weiterzuschlafen. Sie war viel zu müde, um sich jetzt Gedanken über die theoretischen Grundlagen des Fotografierens zu machen. Und außerdem musste sie doch hübsch und ausgeschlafen sein, wenn Freddy sie nachher abholte. Das Übungsblatt konnte sie genauso gut noch am Abend bearbeiten.

Es wurde ein traumhafter Sonntag. Sie picknickten auf einer Wiese am Starnberger See und genossen die Sonne und den Blick übers Wasser, das gesprenkelt war von den weißen Dreiecken der Segelboote, während hinter dem südlichen Ufer im sommerlichen Dunst schemenhaft die Kulisse der Berge aufragte. Clara genoss jede Sekunde und war so glücklich, dass sie an nichts anderes mehr denken konnte. Erst am nächsten Morgen fiel ihr ein, dass sie vergessen hatte, das Arbeitsblatt für die Photoakademie auszufüllen.

Während der Fahrt nach München holte sie es aus der Tasche, nahm einen Stift zur Hand und beantwortete die Fragen, so gut es in der ruckelnden Straßenbahn ging. Es kam ihr so fremd vor, sich auf einmal wieder mit fotografischen Formeln zu beschäftigen. Viel lieber hätte sie weiter vor sich hingeträumt und das nächste Wochenende mit Freddy herbeigesehnt. Aber sie wollte vernünftig sein. Hastig arbeitete sie die Aufgaben durch. Nicht alle Antworten fielen ihr gleich ein, aber sie hatte nicht mehr genug Zeit, darüber nachzudenken, und war froh, als sie das Blatt zu Beginn der ersten Vorlesungsstunde abgab. Es war ja nur eine kleine Zwischenprüfung.

Zwei Tage später rief sie Professor Roth nach seiner Unterrichtsstunde zu sich. Clara war in Eile, denn sie hatte sich für den Nachmittag mit Freddy zu einem Spaziergang verabredet. Nur unwillig blieb sie an der Tür stehen und drehte sich um, als sie ihren Namen hörte.

»Fräulein von Thorau, bitte einen Moment noch. Dürfte ich Sie kurz sprechen.«

Sie versuchte ihre Ungeduld zu verbergen und trat lächelnd an das Pult des Professors. »Ja, bitte?«

Er räusperte sich, bevor er mit ernster Stimme sprach. »Ich habe mir Ihr Übungsblatt zur allgemeinen Theorie der Fotografie angesehen und bin – ehrlich gesagt – ziemlich enttäuscht von Ihnen. Es ist ein Privileg, an unserer Akademie zur Fotografin ausgebildet zu werden, und deshalb erwarten wir von unseren Schülern, dass sie ihre Arbeiten äußerst gewissenhaft erledigen. Leider kann ich das bei Ihnen nicht erkennen, Fräulein von Thorau.

Ihr Übungsblatt sieht aus wie hingeschmiert, und es strotzt nur so von haarsträubenden Fehlern, auch bei den einfachsten Fragen, die wir hier im Unterricht nun wirklich eingehend besprochen haben. Sie haben die schlechteste Note im ganzen Kurs bekommen. Gerade noch eine vier. Dabei hatte ich anfangs den Eindruck, dass Sie dem Unterricht sehr aufmerksam gefolgt sind. Und auch Ihre Bewerbungsmappe hat gezeigt, dass Sie durchaus nicht untalentiert sind. Aber das allein reicht nicht. Ich muss Sie dringend ermahnen, Ihr Studium der Fotografie ernster zu nehmen. Wenn Sie noch einmal eine derart schlampige Arbeit abgeben ...« Er schüttelte langsam den Kopf, während er ihr fest in die Augen sah. »Dann sehe ich Ihre Zukunft an der bayerischen Staatslehranstalt für Photographie ernsthaft gefährdet.«

Clara war es bei der Gardinenpredigt des Professors heiß und kalt den Rücken hinuntergelaufen.

»Das kommt bestimmt nicht wieder vor«, versicherte sie. »Es tut mir leid. Es war nur so schönes Wetter am Wochenende, und mein Freund und ich ...«

Mit einer unwirschen Handbewegung unterbrach sie der Professor. »Das kann ich als Entschuldigung nicht akzeptieren. Guten Tag.«

Er nahm seine Tasche und ging aus dem Saal. Clara biss sich auf die Unterlippe. Mit hochrotem Gesicht blieb sie noch einen Moment lang vor dem Pult stehen. Sie schämte sich, so heruntergeputzt worden zu sein, und schwor sich, ihrem Studium von nun an wieder mehr Aufmerksamkeit zu schenken.

Doch ihre guten Vorsätze waren leichter gedacht als getan. Freddy überraschte sie immer mit neuen Unternehmungen, und sie vermochte sich seinem Charme nicht zu entziehen.

»Lass dich nicht verrückt machen von diesem pedantischen

Professor«, sagte er, während sie im Englischen Garten in einem Ruderboot über den Kleinhesseloher See schipperten. Clara hatte ihm gerade von dem peinlichen Tadel im Hörsaal erzählt. »Der Mann macht sich bloß wichtig. Stopf dir den Kopf nicht zu voll mit diesem theoretischen Kram. Als Fotografin bist du eine Künstlerin. Da kommt es vor allem auf Begabung und Fantasie an, auf Originalität und Einfallsreichtum, und nicht darauf, ob du irgendwelche Formeln auswendig gelernt hast.«

»Ach, Freddy, ich glaube, so einfach ist das nicht.«

5.

»Welches Schweinderl hätten S'denn gern?«, fragte der Moderator
Robert Lembke seinen Studiogast und wies auf eine Reihe von
Sparschweinen aus Porzellan, die vor ihm auf dem Tisch standen.

Es war Mittwochabend. Fast zwei Wochen waren vergangen
seit dem Ausbruch der Schwabinger Krawalle. Im Fernseher lief
die Ratesendung »Was bin ich?«. Clara saß mit ihren Eltern im
Wohnzimmer vor dem Bildschirm, wo das Rateteam der Sendung
durch geschicktes Fragen den Beruf des Kandidaten herauszu-
finden versuchte. Wurde eine der Fragen mit Nein beantwortet,
warf der Quizmaster mit der Halbglatze und der dunklen Hornbrille ein Fünfmarkstück in das ausgewählte Sparschwein, und
der Nächste im Rateteam durfte sein Glück versuchen. Clara
liebte diese Sendung und hatte bislang kaum eine verpasst, seit
sich die Familie vor fünf Jahren einen Fernseher angeschafft hatte.
Gerade war eine Hausfrau aus Wuppertal zu Gast, und die vier im
Studio hatten ihre liebe Mühe, diesen Beruf zu erraten.

»Könnte Ihr Beruf auch von einem Mann ausgeübt werden?«,
fragte einer aus dem Rateteam. Die Frau warf dem Moderator einen fragenden Blick zu, und nach kurzem Zögern antwortete Robert Lembke kopfschüttelnd: »Sagen wir Nein.« Klirrend landete
ein Geldstück im Sparschwein.

»Warum eigentlich nicht?«, überlegte Dora laut. »Warum

sollte es nicht auch Männer geben, die im Haushalt arbeiten, so wie es Frauen gibt, die in einem anderen Beruf ihren Mann stehen.«

»Dann hieße dieser Beruf aber Hausmann und nicht Hausfrau, liebste Dora«, gab Curt augenzwinkernd zu bedenken. »Insofern hat Lembke völlig recht.«

»Aber die Tätigkeit bleibt doch dieselbe, egal ob sie ein Mann oder eine Frau ausführt: Arzt, Ärztin. Fotograf, Fotografin ...«, beharrte Dora. »Ich wette, Clara sieht das genauso, nicht wahr?«

Clara fuhr hoch, als ihr Name fiel. »Wie bitte?«

Sie hatte die Unterhaltung ihrer Eltern nur mit halbem Ohr wahrgenommen, so wie sie auch die Sendung im Fernsehen zuletzt nicht mehr verfolgt hatte. Auf dem Wohnzimmertisch lag noch die Wochenendausgabe der Zeitung. Der große Bericht auf der Titelseite hatte ihre Aufmerksamkeit gefesselt. Es war ein ausführlicher Artikel über die Schwabinger Krawalle.

»Hunderte Anzeigen nach der Schlacht am Boulevard Leopold«, stand da in dicken Lettern und darunter etwas kleiner: »Was ist bloß in München los?« Auf einem Foto war zu sehen, wie zwei behelmte Polizisten einen jungen Mann abführten, der sich offenbar gegen den eisernen Griff wehrte. Der eine Ärmel seiner Jacke war an den Schultern halb abgerissen.

»Habt ihr gelesen, was die Zeitung über die Schwabinger Krawalle schreibt?«, fragte Clara ihre Eltern. »Es ist nicht zu fassen.«

Sie schob ihre halb geleerte Teetasse zur Seite, nahm das Blatt vom Tisch und las laut vor:

»Abend für Abend haben sich Tausende von jungen Leuten auf Münchens Straßen zusammengerottet, um den Verkehr zu blockieren und sich Krawalle mit den Ordnungshütern zu liefern. In blinder Wut demolierten die Rowdys Autos und Trambahnen mit Steinen, Bierflaschen und durch Fußtritte. Selbst das Auto des Oberbürgermeisters, der am Sonntagabend im Krisengebiet schlichtend eingreifen wollte, wurde von den Krawallmachern angegriffen. Besonders schockierend erscheint die Tatsache, dass sich auch etliche junge Frauen nicht zu schade waren, bei den Raudaubrüdern mitzumischen. Seit dem Zweiten Weltkrieg hat München nicht mehr solche Gewalt erlebt. Da alle Aufrufe zur Besonnenheit und zur Beendigung des sinnlosen Tumults von Seiten der Polizei vergeblich waren, sahen sich die Beamten gezwungen, mit Brachialgewalt gegen die Störer vorzugehen. Unbarmherzig schlugen die Beamten mit Gummiknüppeln in die Menge, wodurch vereinzelt auch Passanten zu Schaden gekommen sein sollen. Rund 400 Rabauken wurden festgenommen. Ob – wie allgemein vermutet wird – kommunistische Drahtzieher hinter den Ausschreitungen stehen oder zumindest organisierte Rädelsführer, wird jetzt vor Gericht geklärt. Den Krawallmachern drohen hohe Geldstrafen sowie Gefängnisstrafen von etwa einem Jahr. Auch gegen einige der Polizisten wurde vonseiten der Unruhestifter Anzeige erstattet. Allerdings ist nicht davon auszugehen, dass die Beamten dafür verurteilt werden, für die Wiederherstellung der Ordnung in München gesorgt zu haben.«

Clara warf die Zeitung zurück auf den Tisch. »Das ist der größte Unsinn, den ich je gelesen habe. Kein Wort davon, dass die Polizei mit ihrer absolut unverhältnismäßigen Festnahme der Musiker die Proteste selbst ausgelöst hat. Dass ihre schwer bewaffnete Reiterstaffel wahllos und brutal gegen alle Leute vorgegangen ist, die da gerade auf der Straße unterwegs waren, alte Menschen, schwangere Frauen, furchtbar. Und wenn ich das lese: kommunistische Drahtzieher ... Es ist lächerlich. Als wenn irgendjemand in Schwabing den großen politischen Umsturz in Deutschland geplant hätte! Wir wollten feiern und den schönen

Sommerabend genießen, bevor die Beamten losprügelten. Es ist so ungerecht.«

Clara traten plötzlich die Tränen in die Augen. Sie sah Freddy vor sich, wie er mit seiner notdürftig versorgten Platzwunde von den Polizisten abgeführt wurde. Wie gut, dass er wieder freigelassen worden war. Aber wie viele andere junge Männer saßen wohl noch immer in einer Gefängniszelle, weil sie es gewagt hatten, sich gegen prügelnde Polizisten zu wehren?

Dora legte ihre Hand auf Claras Unterarm. »Liebes, ich verstehe deinen Zorn und deinen Kummer. Das war sicher ein schreckliches Erlebnis, und ich habe noch immer schlaflose Nächte, wenn ich daran denke, dass du da mittendrin warst. Aber du musst auch Verständnis für die Polizisten haben. Sie müssen doch für Ordnung sorgen. Und natürlich sind sie nervös. Seit die DDR im vorigen Jahr die Mauer gebaut hat, sind hier im Westen alle sehr alarmiert, wenn es um den Kommunismus geht. Du und ich, wir haben doch damals in Ostberlin erlebt, welche furchtbaren Auswirkungen dieses System hat ...«

»Verzeih, Mama, aber das mit der Angst vor dem Kommunismus ist doch Quatsch. Was hatten diese Auseinandersetzungen denn mit Politik zu tun? Kein Mensch hat irgendwelche politischen Parolen gerufen. Das Ganze fing mit ein paar harmlosen Musikern an, die es gewagt haben, auf der Straße Gitarre zu spielen.«

»Russische Volkslieder, wie man hört ...«

»Ja. Unter anderem. Deshalb ist man doch noch lange kein Kommunist, und schon gar nicht gehört so einer in eine Gefängniszelle. Wisst ihr, ich habe weniger Angst vor dem Kommunismus, sondern viel mehr vor den ganzen alten Nazis, die bei der Polizei noch immer das Sagen haben. Die Beamten in Schwabing jedenfalls, die haben losgeknüppelt wie ein Nazi-Schlägertrupp.

Wer nicht sofort spurt, kriegt eines mit dem Schlagstock über den Schädel ...«

»Aber was redest du denn da, Clara!« Curt war aufgestanden, um den Fernseher auszuschalten, weil sich keiner der drei mehr für die Sendung interessierte. Mit gerunzelter Stirn blieb er vor dem schwarzen Bildschirm stehen und betrachtete seine Tochter. »So aufmüpfig kenne ich dich gar nicht.«

»Man macht sich so seine Gedanken, wenn man da mittendrin steckt.« Clara sah ihre Eltern ernst an. Als sich ihr Vater wieder in den Sessel gesetzt hatte, fragte sie: »Sagt mal, stimmt es wirklich, dass noch immer viele Leute bei uns herumlaufen, die schon unter Hitler Karriere gemacht haben? Und die jetzt bei der Polizei, an der Uni, im Gerichtssaal oder sonst wo noch immer wichtige Posten und Ämter innehaben?«

»Vermutlich sind bei der Entnazifizierung nach dem Krieg ein paar Mitläufer durchgerutscht.« Dora zuckte bedauernd mit den Schultern. »Vielleicht auch ein paar Schuldige. Aber man konnte doch nicht jedem einzelnen Nazi den Prozess machen. Das hätte unsere Gerichte völlig überfordert. Es musste ja weitergehen in Deutschland.« Als Clara schwieg, fügte sie hinzu: »Ich verstehe deine Empörung, liebes Mädchen. Die Vergangenheit war mehr als schrecklich, und wir haben viel verloren durch Hitler und den Krieg. Menschen, die wir liebten. Unseren Gutshof in Ostpreußen, das berühmte Trakehner-Gestüt der Twardys, das seit so vielen Generationen im Besitz der Familie war ...« Sie sah Clara mit ernstem Blick an. »Du weißt, wie viel wir durchgemacht haben. Die Flucht, die marodierenden russischen Soldaten, du warst zu klein, um dich an all das noch zu erinnern. Es war grauenhaft. Und Millionen Menschen ist es noch viel schlimmer ergangen. Die Vorstellung, dass viele Leute, die damals in all das Furchtbare verstrickt waren, ungestraft davonkommen, fühlt sich schrecklich an. Das finde ich auch. Aber irgendwann muss man einen Schlussstrich ziehen und nach vorne blicken.«

Nachdenklich nahm Clara ihre Teetasse in die Hand, trank aber nicht, sondern betrachtete die goldbraune Flüssigkeit schweigend, als hätte sie etwas darin verloren.

»Die meisten Leute in Deutschland haben gar nicht gewusst, was wirklich los war«, fuhr Dora fort. »Mir ging es doch genauso. Wir waren ahnungslos. Wir wurden jahrelang eingelullt von den verlogenen Berichten in Radio und Zeitung, die im Grunde nur Hitlers Parolen verlautbarten. Man darf nicht jeden, der damals ›Heil Hitler‹ gerufen hat, dafür verurteilen.«

Curt nickte langsam. »Ich bin das beste Beispiel dafür. Wusstest du, Clara, dass ich am Anfang ein paar Jahre lang für Hitlers Propagandaministerium gearbeitet habe?«

»Nein!«, rief Clara und zuckte entsetzt zusammen. Das Teegeschirr klirrte in ihren Händen. »Papa, wie konntest du!«

»Ich war damals sehr jung, kaum älter als du jetzt, und hatte keine Ahnung, was los war. Ich habe für Hitlers Hetzblätter fotografiert, ohne mir etwas dabei zu denken. Das Einzige, was damals für mich zählte, war die Tatsache, dass ich nach Herzenslust herumreisen und an den spannendsten Orten der Welt sein konnte. Ich war so naiv und habe mir überhaupt keine Gedanken gemacht, für wen ich da eigentlich arbeitete. Erst mit der Zeit gingen mir die Augen auf. Aber da war es schon zu spät. Es wäre lebensgefährlich gewesen, Kritik zu äußern. Wenn herausgekommen wäre, dass ich damals in diesen Lagern fotografiert habe, dann wäre ich jetzt nicht mehr am Leben.«

Clara schluckte bestürzt. »Das habe ich nicht gewusst«, brachte sie heraus. »Was für Lager waren das denn? Hast du diese Fotos noch? Darf ich sie sehen?«

Curt schüttelte den Kopf. »Nein. Diesen Anblick werde ich dir nicht zumuten.«

»Warum nicht? Was war so schlimm daran?«

»Das ist nichts, womit du dich belasten solltest, Clara«, antwortete Curt schließlich. »Es waren Todeslager. Dieser Anblick sollte einem jungen Menschen wie dir nicht zugemutet werden.«

Clara trank endlich einen Schluck Tee, der in der Tasse längst kalt geworden war. Sie dachte über den Begriff »Todeslager« nach, vermochte sich aber nichts darunter vorzustellen. Ihre Blicke wanderten zurück zu der Zeitung auf dem Tisch. »Jedenfalls finde ich das Verhalten der Polizisten bei den Schwabinger Krawallen empörend. Es war einfach nicht fair. Und ich finde, man sollte dagegen protestieren.«

Sie betrachtete noch einmal das Foto des Artikels, das die brutale Festnahme eines jungen Mannes zeigte. Clara kam ein Gedanke, und plötzlich war sie wie elektrisiert.

6.

»Gut, dass du da bist, Leo!«

Clara war erleichtert, als er ihr zwei Tage später die Haustür öffnete, nachdem sie schon mehrmals geklingelt hatte. Er war blass, seine Haare waren zerzaust und seine Finger voller Tintenflecken. Es war ihm anzusehen, dass er trotz des schönen Sommerwetters den ganzen Tag am Schreibtisch saß und für seine Prüfungen lernte. Bei Claras Anblick lächelte er.

»Schön, dich mal wieder zu sehen. Was gibt's?«

Clara kam sofort zur Sache.

»Als ich dir im vorigen Jahr erzählt habe, dass ich mich für eine Ausbildung an der Photoakademie interessiere, da hast du mir etwas von einer Studentenzeitung erzählt, die an der Uni kostenlos verteilt wird, weißt du noch?«

»Ja, natürlich. Das Uni-Blatt kommt zweimal im Semester raus. Ich glaube, ich habe oben in meinem Zimmer noch die letzte Ausgabe. Möchtest du sie lesen?«

»Ja, aber eigentlich möchte ich eher etwas schreiben.«

»Für das Uni-Blatt?«

Clara nickte.

»Willst du von deinen Erfahrungen im ersten Semester berichten?«, fragte Leo. »Solche Sachen veröffentlichen sie immer gerne.«

»Nein, das nicht. Es geht um diese Schwabinger Krawalle von neulich. Wir sind da reingeraten, Freddy und ich.«

»Freddy?« Leos Stirn runzelte sich für einen Augenblick fragend. »Ist das etwa der Bursche, der dich abends manchmal mit seinem knatternden Moped nach Hause bringt?«

»Ja. Er ist jetzt mein Freund.« Clara ärgerte sich, dass sie rot wurde. »Und ich hoffe nicht, dass du uns nachspionierst!«

»Natürlich nicht.« Auch Leo wirkte verlegen. »Aber weil ich vom Schreibtisch in meinem Zimmer einen direkten Blick auf die Straße habe, lässt es sich nicht vermeiden, dass ich ab und zu mitbekomme, was vor eurem Haus passiert. Aber keine Sorge, bei euren Abschiedsküssen sehe ich immer weg.«

»Das will ich auch hoffen.«

Leo räusperte sich. »So, aber jetzt sag mal. Was hast du vor?«

»Ich will berichten, wie es bei den Krawallen wirklich war. In der Zeitung steht, den Leuten wäre nichts passiert, wenn sie sich nur anständig benommen hätten. Aber es waren die Polizisten, die von Anfang an rabiat durchgegriffen haben. Und dann haben sie plötzlich auf alles draufgeknüppelt, was sich bewegt hat. Das muss man den Menschen in München doch sagen. Sonst denken alle, dass da nur Randalierer auf der Straße waren, die sich mutwillig mit der Polizei geprügelt haben. Mag sein, dass es an den letzten Tagen der Krawalle tatsächlich so war, weil die jungen Leute wütend waren, aber angefangen hat alles ganz friedlich.«

Clara erzählte, was sie und Freddy an jenen Abenden in Schwabing erlebt hatten.

Leo schüttelte bestürzt den Kopf. »Das ist ja unglaublich.«

»Und jetzt will ich einen Bericht darüber schreiben. Ich habe auch Fotos dazu. Du sagtest doch, dass man kein ausgebildeter Journalist sein muss, um im Uni-Blatt einen Artikel zu veröffentlichen, nicht wahr?«

»Gute Idee. Dafür ist eine Studentenzeitung da, dass sich junge Studierende ein bisschen im Journalismus ausprobieren können. Ich weiß, dass die Burschen und Mädels vom *Uni-Blatt* ständig Leute suchen, die etwas für ihre Zeitung verfassen. Ein Kumpel von mir hat da neulich einen kleinen Artikel geschrieben. Geld bekommt man dafür zwar nicht, aber dann erfahren immerhin die Studenten und Professoren an der Uni, was los war. Und alle, die das Blatt sonst noch in die Hände bekommen.«

»Allerdings habe ich noch nie einen Zeitungsartikel geschrieben. Hilfst du mir ein bisschen?«, fragte Clara hoffnungsvoll.

»Morgen gehe ich mit Sanni und Freddy ins Freibad, kommst du mit? Dann können wir miteinander besprechen, was ich schreiben soll.«

Leo fuhr sich unentschlossen mit der Hand durch die Haare.

»Ach, Clara, du weißt doch, dass ich kurz vor den Prüfungen stehe, und ...«

»Oh, bitte, Leo. Du musst doch zwischendurch auch mal eine Pause machen. Man kann nicht immer nur lernen. Davon kriegt man Kopfschmerzen. Und morgen ist doch Samstag. Bitte, komm mit! Außerdem wird es Zeit, dass du meinen Freddy endlich kennenlernst.« Sie grinste schief. »Du musst doch wissen, wer dieser Mann ist, der mein Herz im Sturm erobert hat.«

Leo lenkte schließlich ein. »Na gut, weil du es bist. Und weil ich mir ansehen muss, ob dieser Freddy auch der Richtige für dich ist.«

. . .

Am nächsten Nachmittag breiteten die vier ihre Badelaken auf der Wiese des Schwabinger Freibads aus. Es roch nach Chlor und Sonnenöl, und vom Kiosk am Eingang wehte ein Hauch von Bratwurstdunst herüber. Am Schwimmbecken war das Jauchzen und Krakeelen der herumtobenden Kinder zu hören und das platschende Geräusch, wenn jemand vom Sprungbrett ins Wasser hüpfte.

Kurz zuvor hatte Clara Leo und Freddy miteinander bekannt gemacht, und die beiden hatten sich freundschaftlich die Hände gereicht.

»Ah, du bist also dieser nette Spielgefährte, von dem mein Mädchen so oft erzählt hat«, bemerkte Freddy mit einem Zwinkern, und Leo sagte grinsend: »Schön, dass ich endlich den jungen Mann kennenlerne, dessen Moped immer so laut vor unserem Haus knattert.«

Dann hatten sie gelacht und einander auf die Schulter geklopft und ihre Badesachen ausgepackt. Clara war erleichtert, dass das Kennenlernen der beiden so unkompliziert gewesen war.

Zufrieden streckte sie sich auf ihrem Handtuch aus. Angesichts der Hitze war sie froh über den kühlenden Schatten der alten Bäume, über denen sich ein wolkenloser Himmel wölbte. Sie hatte Stift und Schreibblock mitgebracht, um den Bericht für die Studentenzeitung zu schreiben. Vielleicht würden bald zum ersten Mal auch Fotos von ihr veröffentlicht. Bei diesem Gedanken strahlte sie voller Vorfreude.

»Hoffentlich bekomme ich das hin«, sagte sie nachdenklich zu den anderen und betrachtete das weiße Blatt vor sich. »So was wie eine Reportage habe ich noch nie geschrieben. Eigentlich fotografiere ich doch nur.«

»Was heißt hier ›nur‹?«, rief Sanni und streifte ihre Sandalen von den Füßen. »Es ist doch schon mal ein ganz entscheidender Vorteil, dass du die passenden Bilder mitliefern kannst.«

Sie nahm ein kleines rotes Fläschchen aus ihrer Badetasche,

winkelte die Beine an und begann, sich die Zehennägel zu lackieren.

»Es ist doch ganz leicht«, erklärte Freddy. »Schreib einfach, was wir an den beiden Krawall-Abenden erlebt haben.«

»Und mit deinen Fotos kannst du belegen, dass du die Wahrheit erzählst«, bemerkte Leo. »Ich wette, du wirst das richtig gut machen.«

»Aber wehe, du bist in Zukunft so beschäftigt mit deiner Journalisterei, dass du keine Zeit mehr für mich hast«, wandte Freddy ein. Er beugte sich zu Clara hinüber und gab ihr einen Kuss.

»Bestimmt nicht«, versprach sie. »Du kommst für mich natürlich immer an erster Stelle.«

»So soll das sein. Und wer kommt jetzt mit ins Wasser?«

»Später«, erklärte Clara. »Erst will ich anfangen zu schreiben.«

»Ich bin dabei.« Sanni schraubte das Nagellackfläschchen zu. Einen Augenblick lang betrachtete sie mit zufriedener Miene das Ergebnis ihrer Arbeit, zehn kirschrot glänzende Fußnägel. Dann schlüpfte sie aus ihrem Kleid und schlenderte im Bikini Richtung Schwimmbassin. Aber sie sprang nicht hinein. Vielmehr genoss sie es, in ihrem blau-weiß karierten Zweiteiler am Beckenrand in der Sonne zu liegen und die Blicke aller anderen auf sich zu ziehen.

Auch Freddy sah ihr nach, während er noch damit beschäftigt war, sich das Hemd aufzuknöpfen. »Sanni sieht aus wie eine echte Hollywoodschönheit«, konstatierte er anerkennend. »Ist dieses Wasserstoffblond ihrer Haare eigentlich echt? Ein Jammer, dass das mit der Schauspielschule nicht geklappt hat.« Doch er hielt sich nicht lange damit auf, Sannis Frisur und ihre langen nackten Beine zu betrachten, sondern lief quer über die Wiese zu den anderen Jungs, die am Sprungturm anstanden, um sich von einer

Gruppe kichernder junger Mädchen für ihre waghalsigen Sprünge ins Wasser bewundern zu lassen.

Clara beobachtete ihn lächelnd. So verlockend das Wasser an diesem heißen Tag auch war, heute hatte sie Wichtigeres zu tun als zu schwimmen. Während Leo bäuchlings neben ihr lag und eines seiner juristischen Lehrbücher studierte, machte sie sich daran, die Ereignisse der Schwabinger Krawallnächte zu schildern.

»Keiner der vielen Flaneure auf Schwabings Prachtboulevard hätte am 21. Juni 1962 damit gerechnet, dass dieser herrliche laue Sommerabend eine so dramatische Wendung nehmen würde. Halb München schien nach den vielen Regentagen auf den Beinen zu sein, die Jugend der Stadt amüsierte sich.«

Trotz all der schrecklichen Dinge, die danach geschehen waren, macht es ihr Spaß, sich den Abend in Erinnerung zu rufen, an dem sie Freddy kennengelernt hatte. Sie sah alles genau vor sich, als hätte es sich erst gestern zugetragen.

»Inmitten dieser ausgelassenen Stimmung zupften ein paar junge Männer am Wedekindplatz ihre Gitarren. Ihre verträumten Melodien lockten immer mehr Zuschauer heran. Bald waren es Hunderte Passanten, die den russischen Volksliedern lauschten, die die Musiker zum Besten gaben. Doch die ausgelassene Stimmung endete jäh, als ein Polizeiwagen auftauchte. Einer der Anwohner hatte sich wegen Ruhestörung beschwert ...«

Clara sah auf, nachdem sie die ersten Sätze geschrieben hatte, und stellte fest, dass Leo sein Lehrbuch hatte sinken lassen und sie beobachtete.

»Und?«, fragte er. »Kommst du gut voran mit deinem Text?«

Clara nickte. »Ja, es macht richtig Spaß. Und bei dir? Schön übrigens, dass du heute mitgekommen bist.« Sie drehte kurz den Kopf, um sich zu vergewissern, dass Freddy noch immer am Sprungturm beschäftigt war, dann fragte sie: »Wie gefällt dir mein Freddy?«

»Oh, ich glaube, er ist in Ordnung. Und er sieht natürlich sehr gut aus. Allerdings finde ich, er hat manchmal eine ziemlich große Klappe, aber ich kann schon verstehen, weshalb du mit ihm gehst. Der macht was her. Nicht nur in der Badehose.«

Clara lächelte. »Also – haben wir deinen Segen?«

Leo stutzte. »Den braucht ihr ja wohl nicht. Oder würdest du deine Einstellung zu Freddy ändern, wenn ich anderer Meinung wäre?«

»Natürlich nicht. Aber es ist mir wohler, wenn mein bester Kumpel und mein Freund sich gut verstehen.«

Clara sah ihn an. Doch Leo wich ihrem Blick aus und wandte sich wieder seinem Lehrbuch zu.

»Warte – darf ich dir kurz vorlesen, was ich bis jetzt geschrieben habe, bevor du weiterlernst?«

»Na klar«, und als sie fertig war, nickte er. »Das klingt spannend. Du hast Talent zum Schreiben.«

»Findest du? Danke.«

»Wenn du deinen Bericht rechtzeitig fertig bekommst, könnte er schon in der nächsten Ausgabe des Uni-Blatts veröffentlicht werden. Das wäre gut. Soweit ich weiß, ist das nämlich die letzte Zeitung für dieses Semester.«

»Ah – dann schreibe ich schnell weiter. Ich würde es nicht aushalten, bis zum Herbst warten zu müssen, bis sie meinen Artikel drucken. Dann interessiert sich vermutlich niemand mehr für die ganze Sache.«

Freddy kam vom Becken zurück. Er schüttelte seine nassen Haare, und Wasserspritzer tropften auf Claras Notizblock. Erschrocken legte sie ihre Hände darüber.

»Bitte pass auf, Freddy, du verschmierst mir die Tinte, du Wasserfrosch!«

»Was? Du nennst mich einen Wasserfrosch?« Freddy rollte sich zu ihr und legte seinen Arm um Claras Rücken. »Dann musst du mich küssen! Ich bin ein verzauberter Prinz!«

Lachend tat sie ihm den Gefallen.

Freddy warf einen Blick auf ihre Notizen. »Vergiss nicht zu schreiben, wie mich die Polizei aus meiner Wohnung geschleppt hat, nachdem sie mir im Lokal erst eins über die Rübe gegeben haben.«

»Aber, Freddy, das kann ich nicht machen. Dann wüssten ja alle, dass ich so spät abends noch bei einem jungen Mann auf dem Zimmer gewesen bin ...«

Freddy lachte. »Ach, meine süße, brave Clara! Ich glaube, du bist das anständigste Mädchen von München. Woran du denkst! Sorgst du dich so sehr um deinen guten Ruf?« Er küsste sie noch einmal. »Du bist wirklich goldig. Genau deshalb habe ich dich so lieb, mein Mädchen.«

»Bitte, Freddy«, entgegnete Clara zutiefst verlegen. »Sag doch so was nicht, wir sind nicht allein hier!«

Obwohl Leo konzentriert in sein Buch starrte, war seinen roten Wangen anzusehen, dass er natürlich jedes Wort mitbekommen hatte und dass es auch ihm ein wenig unangenehm war, Freddys unverblümtes Flirten mitzuhören.

»Hey, Leo!«, rief Freddy ihm gut gelaunt zu. »Du solltest auch mal besser mit ins Schwimmbecken kommen. Dein Rücken ist so blass, als hätte er noch nie einen Sonnenstrahl abbekommen.

Außerdem sind da ein paar hübsche Mädchen im Wasser. Denen könntest du mal zeigen, was du am Sprungturm draufhast.«

Nun wurde Leo noch röter. »Alles zu seiner Zeit«, murmelte er.

»Ich bin mir aber nicht sicher, ob die hübsche Brünette mit dem frechen grünen Badeanzug da hinten noch so lange auf dich wartet«, spottete Freddy grinsend, und zu Clara sagte er: »Aber du kommst mit ins Wasser, oder?«

»Gleich, Freddy, lass mich noch ein paar Sätze schreiben. Es läuft gerade so gut.«

»Komm mit, bitte, es ist so heiß. Und deine Reportage kannst du doch nachher weiterschreiben.« Freddy nahm ihr den Stift aus der Hand und drohte ihr spielerisch mit dem Finger. »Wenn du nicht mitkommst, muss ich ja denken, du magst den Leo lieber als mich.«

»Ach, Freddy, red keinen Quatsch.«

Clara warf Leo einen entschuldigenden Blick zu, doch er sah gar nicht auf. Sie klappte ihren Notizblock zu, stand auf und folgte Freddy zum Schwimmbecken. Behände kletterte er die Leiter zum Fünfmeterbrett hinauf. Von oben winkte er zu ihr hinunter und rief: »Achtung, meine Schöne, der nächste Sprung ist nur für dich!«

Clara warf ihm eine Kusshand zu. Freddy war wirklich ein ausgezeichneter Sportler und machte am Sprungturm eine gute Figur. Ein paar Leute am Beckenrand applaudierten, als er sich mit einem Salto ins Wasser stürzte. Claras Herz schwoll an vor Stolz darüber, dass sie sein Mädchen war.

• • •

Der Redaktionsraum der Studentenzeitung lag im Kellergeschoss des Universitätshauptgebäudes. Über eine schmale Wendeltreppe neben einem Seiteneingang der Uni gelangte Clara dorthin. Auf der nur angelehnten Tür klebte ein Zettel mit dem handgeschriebenen Hinweis »Das Uni-Blatt – studentischer Redaktionsbetrieb Montag bis Freitag von 17 bis 19 Uhr«. Von innen waren Stimmen zu hören.

Fünf Tage waren vergangen seit dem Besuch im Freibad, und Clara hatte jede freie Minute damit verbracht, ihre Reportage über die Schwabinger Krawalle zu schreiben und die passenden Fotos auszusuchen. Der Bericht musste perfekt sein, und er sollte so bald wie möglich veröffentlicht werden. Ihre erste journalistische Arbeit hatte sie so sehr in Beschlag genommen, dass sie deshalb sogar zweimal eine Vorlesungsstunde an der Photoakademie geschwänzt hatte.

Clara sah auf ihre Armbanduhr. Halb sechs. Sie trat ein.

Der Redaktionsraum war das unordentlichste Zimmer, das Clara je gesehen hatte. Es war winzig, mit einem kleinen vergitterten Fenster hoch oben in der Wand, und bot gerade einmal Platz für einen Schreibtisch mit Stuhl, ein Bücherregal und ein durchgesessenes, mit verblichenem roten Stoff bezogenes Sofa. Von den Möbeln war allerdings nicht viel zu sehen, denn jede nur erdenkliche Stell- und Sitzfläche im Raum war mit Stapeln von Büchern und vergilbten Papieren bedeckt. Selbst auf dem Linoleumboden türmten sich kniehoch alte Zeitungen und Magazine. In einer Ecke standen ein überquellender Aschenbecher und ein paar leere Wasserflaschen. Die Wände waren dicht an dicht bedeckt mit Plakaten, auf denen für längst vergangene Theateraufführungen und Festivitäten geworben wurde, dazu ein Kalender, von dem seit Oktober 1961 kein Blatt mehr abgerissen worden war. Es war stickig im Zimmer, die Luft roch abgestanden, nach Staub und altem Papier. Ein junger Mann und eine junge Frau beugten sich gerade über eine Schreibmaschine, die halb vergraben in dem Durcheinander von alten Zeitungen, Notizheften und Stiften mit aufgeklappter Abdeckung vor ihnen auf dem Tisch stand. Die zwei bemerkten Clara gar nicht, weil sie damit beschäftigt waren, lautstark darüber zu streiten, wie man das neue Farbband richtig einsetzte.

»Entschuldigung«, sagte Clara. »Bin ich hier richtig bei der Studentenzeitung?«

Die beiden drehten sich zu ihr um.

»Ja«, erklärte der junge Mann. »Aber nicht mehr lange, wenn dieses blöde Teil hier nicht endlich wieder funktioniert.« Er schlug ärgerlich mit der flachen Hand auf das Gehäuse der Maschine.

»Am besten beantragen wir bei der Universitätsleitung eine neue«, erklärte die junge Frau und wischte sich mit dem Handrücken die Haare aus der Stirn. »Das Ding ist doch ständig kaputt. Da hilft auch das neue Farbband nichts.« Schulterzuckend wandte sie sich an Clara: »Ich bin Tina, und das ist Harald. Wir haben heute Redaktionsdienst. Aber wie du siehst, kämpfen wir gerade gegen die Tücken der Technik. Und wer bist du?«

Clara stellte sich vor. »Ich habe einen Artikel über die Schwabinger Krawalle geschrieben, und es wäre klasse, wenn einer von euch ihn sich mal angucken könnte. Ich würde ihn gern in eurer Zeitschrift veröffentlichen.«

»Tja«, sagte Tina. »Klingt gut, aber dazu müsste das Ding hier erst mal funktionieren.«

Clara zog drei zusammengefaltete Papierbögen und einen Briefumschlag mit Fotos aus ihrer Tasche. »Hier. Ich habe meinen Text zu Hause schon fertig getippt. Ich habe auch die passenden Fotos dazu. Aber ich sehe mir eure Maschine gerne mal an. Ich habe letztens einen Kurs im Maschinenschreiben gemacht, seitdem kenne ich mich ein bisschen aus mit den Dingern.« Sie trat näher. »Ah, eine alte Olympia. Mit so einem ähnlichen Modell habe ich schon gearbeitet. Darf ich gucken?«

»Na klar.« Der junge Mann nickte. Seine Hände waren schwarz vom Farbband. Er zog ein Tuch aus der Hosentasche und wischte sich notdürftig die Finger ab. »Gib mir mal deinen Artikel. Ich lese ihn, während du versuchst, das doofe Gerät zu reparieren.«

Clara reichte ihm die Blätter und die Fotos, die sie für den Artikel ausgesucht hatte, und betrachtete die Schreibmaschine. »Da braucht man nicht viel zu reparieren«, erklärte sie fachkundig. »Ich sehe schon, ihr habt das Farbband verkehrt eingesetzt.«

Vorsichtig nahm sie die zwischen den Spannfedern verkeilte Spule heraus und sorgte mit wenigen Handgriffen dafür, dass die Schreibmaschine wieder funktionstüchtig war. Dann klappte sie die Abdeckung zu.

»Da sage noch einer, Frauen verstünden nichts von Technik!« Tina nickte Clara anerkennend zu.

»Und vom Schreiben verstehen sie bisweilen auch was«, kommentierte Harald, der an der Wand lehnte, die Augen noch immer auf Claras Text gerichtet. »Ich hab das zwar nur am Rande mitbekommen, was da neulich los war in Schwabing. Aber wenn ich das hier lese, dann habe ich das Gefühl, mittendrin zu sein. Wirklich gut gemacht, Clara. Und die Fotos hast du auch selbst geschossen?«

»Ja, ich mache gerade eine Ausbildung an der Photoakademie in Schwabing. Meine Kamera habe ich immer dabei.«

»Prima, dann sorgen wir dafür, dass dein Artikel in der nächsten Ausgabe des Uni-Blatts erscheint. Das Bild hier mit dem prügelnden Polizisten ist ein echter Hingucker. Was meinst du, Tina, sollen wir das auch fürs Titelblatt nehmen? Zusammen mit der Schlagzeile ›Gummiknüppel auf der Leopoldstraße – wie eine Münchner Studentin die Schwabinger Krawalle erlebt hat‹?«

Tina und Clara nickten gleichzeitig.

»Okay. Du bist dabei, Clara. Wir sind mit unseren Texten ein bisschen in Verzug, aber übermorgen können wir hoffentlich alles zur Druckerei bringen, und nächste Woche liegen die Hefte dann überall in der Uni aus.«

»Danke, das ist toll. Ich freu mich sehr.« Clara konnte ihr Grinsen kaum unterdrücken.

»Na, und wir erst!« Tina lächelte zurück. »Wir können immer Leute gebrauchen, die für unser Blättchen arbeiten. Vor allem, wenn sie Ahnung von Schreibmaschinen haben ... Und eine echte Fotografin hatten wir noch nie.«

»Ich bin ja noch keine richtige Fotografin«, wehrte Clara verlegen ab. »Nicht, solange ich noch in der Ausbildung bin.«

»Für unsere Verhältnisse bist du ein Profi.«

Vergnügt verließ Clara den Redaktionsraum und stieg die Wendeltreppe hinauf. Draußen blinzelte sie erst in der grellen Sonne. Dann entdeckte sie Freddy, der sie an dem großen runden Brunnen vor dem Universitätsgebäude erwartete. Er saß auf dem steinernen Rand und winkte ihr zu.

»Ich hab's geschafft!«, rief sie strahlend. »Mein Bericht über die Krawalle wird nächste Woche in der Studentenzeitung zu lesen sein.«

»Herzlichen Glückwunsch! Ich habe nichts anderes erwartet.« Mit breitem Grinsen zog Freddy eine Sektflasche aus dem Wasser des Brunnens und hielt sie in die Höhe wie eine Trophäe. »Und sieh mal an, was ich hier gerade gefunden habe!« Er zwinkerte ihr zu und rutschte von seinem Sitzplatz herab. »Ich wusste doch, dass wir etwas zu feiern haben würden. Komm, wir gehen rüber in den Englischen Garten und stoßen auf deine famose Zukunft als Journalistin an.«

Clara umarmte ihn. »Du bist so lieb! Aber du weißt doch, dass ich heute gar keine Zeit zum Feiern habe. Ich muss morgen meine Fotomappe für die Semesterprüfung abgeben. Ich bin furchtbar spät dran, weil ich in der letzten Zeit nur noch an meinen Artikel gedacht habe und ein paar Stunden geschwänzt habe. Das ist wichtig, Freddy. Ich muss den Film vom letzten Fotokurs entwickeln. Wenn ich die Bilder nicht rechtzeitig einreiche, verliere ich am Ende noch meinen Ausbildungsplatz.«

»So schlimm wird es schon nicht sein, und bis morgen ist noch lange hin«, antwortete Freddy. »Für einen Schluck Sekt zur Feier des Tages ist Zeit genug. Die Flasche hat gerade genau die richtige Temperatur.«

»Aber ich kann wirklich nicht lange bleiben. Mein Vater hat versprochen, mir heute Abend beim Entwickeln der Bilder zu helfen. Und ohne ihn schaffe ich das nicht. Ich habe noch nie allein in der Dunkelkammer gearbeitet, und bei diesen Fotos darf wirklich nichts schiefgehen. Meine Zukunft hängt an den Bildern.«

Freddy gab ihr einen Kuss. »Und meine Zukunft hängt an dir.« Er legte seinen Arm um sie und führte Clara mit sich.

Zehn Minuten später lagen sie auf der Wiese im Englischen Garten und betrachteten die Schwalben, die am Himmel über ihnen ihre Kreise zogen. Clara hatte nur ein paar Schlucke Sekt getrunken, und doch fühlte sie sich ganz beseelt an Freddys Seite. Wie romantisch es doch war, dass er sie von der Redaktion abgeholt hatte, um mit ihr zu feiern. Glücklich schmiegte sie sich an ihn.

»Danke, dass du dich so sehr mit mir freust. Mein Vater wird verstehen, dass ich heute ein bisschen später nach Hause komme.«

»Das will ich meinen.« Sie küssten einander, und es gab nichts auf der Welt, das Clara in diesem Moment wichtiger war, als bei Freddy zu sein. Er reichte ihr noch einmal die Sektflasche, und mit jedem Schluck schwand in Claras Bewusstsein die Dringlichkeit, ihre Fotos zu entwickeln.

Es war fast Mitternacht, als sie schließlich nach Hause kam. Kein Licht war mehr zu sehen, und alles war still. Nur aus dem Schlafzimmer ihrer Eltern drang ein leises Schnarchen heraus. Auf dem Kopfkissen ihres Bettes lag ein Zettel, auf dem sie die Handschrift ihres Vaters erkannte:

»Liebe Clara, wo warst du denn? Wollten wir nicht heute Abend deinen Film für die Fotomappe entwickeln?«

Sie biss sich auf die Lippen. Aber noch war sie ganz erfüllt von Freddys ansteckender Zuversicht. Dann würden sie sich eben in aller Frühe um die Bilder kümmern. Clara stellte den Wecker auf sechs Uhr. Morgen war Freitag, und an den Freitagen pflegte ihr Vater vormittags seine Korrespondenzen und anderen Papierkram zu erledigen. Da würde er gewiss ein paar Stunden entbehren können, um mit ihr die Abzüge zu machen.

Doch als sie am nächsten Morgen müde und mit kleinen Augen in die Küche kam, saß Dora dort allein beim Frühstück.

»Wo ist denn Papa?«, fragte Clara erschrocken. Dora sah auf.

»Er ist gerade zum Flughafen gefahren. Da ist doch heute diese Tagung in Köln ...«

»Er ist nicht zu Hause?« Clara schrie auf. »Aber er hat versprochen, mit mir die Fotos für meine Semesterprüfung zu entwickeln!«

»Ja, ich weiß. Aber ihr wart für gestern verabredet. Er hat stundenlang auf dich gewartet und war – ehrlich gesagt – ein bisschen ärgerlich, weil er vergeblich so lange aufgeblieben ist. Wo warst du denn bloß den ganzen Abend?«

Mit wackeligen Knien ließ sich Clara auf den Stuhl fallen. »Freddy und ich, wir haben ein bisschen gefeiert, weil die Studentenzeitung meinen Artikel über die Schwabinger Krawalle abdruckt.«

»Wie schön, dass es geklappt hat.« Dora goss Kaffee in eine zweite Tasse und schob sie Clara hinüber. »Ich gratuliere dir ganz herzlich, mein Schatz. Papa kommt heute Abend zurück. Dann könnt ihr die Bilder entwickeln.«

»Aber heute Abend ist es zu spät«, jammerte Clara. »Ich muss meine Fotomappe spätestens heute Nachmittag abgeben. Ach, was mache ich denn jetzt bloß? Ich konnte doch nicht ahnen, dass Papa heute Morgen nicht zu Hause ist.«

»Und wenn du deinen Professor um einen kleinen Aufschub bittest? Den gewährt er dir bestimmt, wenn du ihn ganz freundlich fragst.«

»Ganz sicher nicht«, sagte Clara zerknirscht. »Ich habe ihn nämlich schon zweimal um Aufschub gebeten, weil ich mit dem Artikel für die Studentenzeitung so beschäftigt war. Erst gestern hat er gesagt, dass heute der allerletzte Termin für die Abgabe ist.«

»Oh, Clara!« Dora sah sie bestürzt an. »Und jetzt?«

Clara trank einen Schluck Kaffee und stellte die Tasse wieder ab. »Dann muss ich die Bilder eben allein entwickeln. Ich habe Papa oft genug zugesehen. Es wird schon klappen.«

Mit zitternden Händen stand Clara kurz darauf in der Dunkelkammer. Wie viele Dutzend Male hatte sie ihrem Vater bei seiner Arbeit hier assistiert, hatte unter seiner Anleitung die Gerätschaften bereitgestellt und die Chemikalien angerührt. Aber plötzlich allein für alles verantwortlich zu sein, und das bei so wichtigen Fotos, das ließ ihr Herz vor Aufregung hämmern. Zunächst galt es, die Negative herzustellen, um daraus dann die Papierbilder zu machen. Clara atmete tief durch.

Kamera, Entwicklerdose, Schere und Gummihandschuhe ordentlich auslegen, sodass sie diese auch im Dunkeln rasch greifen konnte, war noch das Einfachste. Erheblich komplizierter war es, die einzelnen chemischen Konzentrate mit der richtigen Menge Wasser zu mischen, Entwicklungsflüssigkeit, Stopplösung, Fixierer. Die Anleitung stand in der Handschrift ihres Vaters auf einem Blatt, das seit Jahren an einer Schranktür über der Arbeitsplatte der Dunkelkammer hing. Clara sah sich den Text an, den sie doch schon so oft gelesen hatte. Und dann ging es los. Sie schaltete die Lampe im Raum aus. Es war wichtig, in absoluter Finsternis zu arbeiten, denn auch nur der geringste Lichteinfall würde die Bilder zerstören. Sie tastete nach der Kamera. Mit wenigen Handgriffen hatte sie die Klappe geöffnet und die belichtete Filmrolle herausgenommen. Vorsichtig zog sie den Film von der Spule und wickelte ihn Zentimeter für Zentimeter auf die Spirale des Entwicklertanks. Als der gesamte Film aufgespult war, steckte sie die Spirale in den Tank und verschloss ihn mit dem lichtdichten Deckel. Jetzt konnte sie die Lampe im Zimmer anschalten.

Danach goss sie die Entwicklerflüssigkeit in die spezielle Öffnung und schloss sie wieder. Jetzt musste die Dose einige Minuten lang gedreht und gewendet werden, damit sich die Chemikalie gleichmäßig über den Film verteilte. Dabei gurgelte es leise, gluck – gluck – gluck. Das war ein vertrautes monotones Geräusch. Ja, genau so musste es sich anhören, wenn man eine Filmspule entwickelte.

Clara lächelte zufrieden. Nacheinander goss sie die verschiedenen Flüssigkeiten in die Entwicklerdose, bewegte sie minutenlang, leerte die Dose, und goss die nächste Chemikalie hinein. Die Vorgänge wiederholten sich. Clara arbeitete voll konzentriert. Von der Arbeit mit ihrem Vater wusste sie, dass es beim Entwickeln des Films galt, einen genauen Zeitplan einzuhalten. Lange

Pausen, um zu überlegen, was sie als Nächstes tun musste, waren nicht drin. Außerdem mussten die Fotos in ein paar Stunden bei Professor Roth auf dem Schreibtisch liegen. Sie konnte es sich auch deshalb nicht leisten zu trödeln.

Beim letzten Spülgang spürte sie, dass sie schwitzte. Sie war so aufgeregt. Endlich war es so weit. Sie nahm den Film mit den nun lichtbeständigen Negativen aus der Entwicklerdose, um ihn zum Trocknen aufzuhängen. Mit angehaltenem Atem starrte sie auf den Streifen und sah – nichts.

Clara stieß einen erstickten Schrei aus. Da, wo zumindest schemenhaft Häuser, Bäume und Menschen zu sehen sein sollten, war alles schwarz. Kein Motiv, keine Kontur, nichts. Minutenlang starrte sie auf die ruinierten Negative. Was war passiert? Hatte sie irgendwelche Flüssigkeiten vertauscht? Ein falsches Mischungsverhältnis angerührt? Bei einem der Vorgänge nicht lange genug gewartet? Was es auch immer gewesen sein mochte, der Film war nicht mehr zu retten.

Wimmernd sank Clara auf den Fußboden und schlug die Hände vor das Gesicht. Sie hatte alles verdorben. Die schönen Fotos für ihre Abschlussmappe waren weg. Unwiederbringlich verloren. Wie sollte sie das nur dem Professor erklären? Warum nur hatte sie sich gestern von Freddy verleiten lassen, mit ihm zu feiern! Warum nur war sie nicht sofort nach Hause gegangen, wie sie es eigentlich vorgehabt hatte! Warum nur musste ihr Vater ausgerechnet heute nicht zu Hause sein! Clara verbarg das Gesicht in den Händen und weinte bitterlich.

Sie hatte sich die vom Weinen noch rote Nase gepudert, als sie wenige Stunden später nach der Unterrichtsstunde zu Professor Roth ans Pult trat. Es machte die Sache nicht einfacher, dass auch der Rotschopf und sein Kumpel dort standen. Offenbar hatten die beiden so kurz vor dem Ende des Semesters ebenfalls etwas mit dem Professor zu besprechen. Nur zu gern hätte Clara die jungen Männer vorgelassen, damit sie nicht hörten, was sie nun beichten musste. Doch Professor Roth sprach sie gleich an.

»Ah, Fräulein von Thorau. Endlich. Ich nehme an, Sie wollen Ihre Fotomappe einreichen? Das wird aber auch wirklich Zeit.« Sein Blick fiel auf ihre leeren Hände, und sein bisher freundliches Gesicht wurde ernst. »Wo sind die Bilder?«

»Es tut mir furchtbar leid«, stammelte Clara. »Bei mir ist heute früh in der Dunkelkammer etwas schiefgelaufen. Die Fotos sind nichts geworden. Der ganze Film ist hin. Wenn es bitte möglich wäre, dass ich ausnahmsweise noch ein paar Tage Zeit bekomme, um die Mappe einzureichen? Ich muss neue Bilder machen. Aber ich verspreche Ihnen, dass ich die Mappe am Montag einreiche. Ganz bestimmt.«

Sie bemerkte das Feixen in den Gesichtern der beiden jungen Männer, denen Claras Geständnis natürlich nicht entgangen war, doch sie sah den Professor unverwandt an und bemühte sich um ein Lächeln, während sie auf seine Antwort wartete.

Professor Roth war ihr der sympathischste Lehrer an der Schule. Er war eigentlich immer zu einem kleinen Scherz aufgelegt und großzügig und geduldig, wenn es nach seinen Unterrichtsstunden Fragen gab. Wenn jemand Verständnis für sie hatte, dann er.

»Aber verehrtes Fräulein von Thorau!« Professor Roth rang sichtlich um Fassung. »Eigentlich hätten Sie Ihre Arbeit schon vor einer Woche abgeben sollen, wie alle anderen Studenten dieses Kurses, und Sie sind die Einzige, die das nicht rechtzeitig geschafft hat. Ich habe Ihnen bereits zweimal einen Aufschub gewährt, aber irgendwann ...« Er schüttelte den Kopf. »Irgendwann ist auch meine Geduld am Ende.«

»Bitte«, rief Clara noch einmal. »Nur noch drei Tage. Ich verspreche Ihnen hoch und heilig ...«

Doch der Blick aus seinen Augen war kühl, als er sie unterbrach. Nie zuvor hatte sie ihn so streng erlebt: »Es gibt Fristen und Termine, die müssen eingehalten werden, Fräulein von Thorau. Ich kann für Sie nicht die Prüfungsordnung dieser Akademie ändern. Letzter Abgabetermin ist heute, und wenn Sie Ihre Bilder nicht rechtzeitig einreichen ...«

»Aber ich hatte meine Fotos doch gemacht, Herr Professor. Ich bin mir sicher, dass sie toll geworden wären, und ich hätte sie auch pünktlich abgegeben, wenn mir nur beim Entwickeln nicht dieses Missgeschick passiert wäre.«

»Tja«, raunte der Rotschopf seinem Freund zu. »Da findet man doch wieder bestätigt, was allseits vermutet wird: Manche Tätigkeiten sind einfach zu kompliziert für Frauen.«

Clara presste die Lippen aufeinander. Der Professor hob bedauernd die Schultern. »Es tut mir wirklich leid, Fräulein von Thorau. Aber die Frist für die Abgabe Ihrer Mappe ist abgelaufen. Und damit haben Sie die Zulassung zum zweiten Semester verwirkt. Zu meinem großen Bedauern sehe ich keine Möglichkeit, dass Sie Ihr Studium in unserem Hause fortsetzen. Sie können sich Ihre bisher eingereichten Arbeiten in der nächsten Woche im Sekretariat abholen.«

7.

Clara verließ das Akademiegebäude wie in Trance. Sie war so entsetzt, dass sie noch nicht einmal weinen konnte. Plötzlich und unerwartet war ihr Traum von einer Ausbildung als Fotografin geplatzt. Wie sollte sie das nur ihren Eltern beibringen? Was würde ihr Vater sagen, der immer so stolz auf seine Tochter gewesen war? Und wie sollte sie selbst je wieder in den Spiegel sehen? Denn das Schlimme war, es war einzig und allein ihre Schuld. Sie konnte niemand anders für ihr Versagen verantwortlich machen. Sie hatte sich mit Freddy herumgetrieben, gefeiert und Spaß gehabt, anstatt sich um das wirklich Wichtige im Leben zu kümmern: ihr Studium, ihre Ausbildung an der Photoakademie. Bis zuletzt hatte sie geglaubt, mit einem charmanten Lächeln den Professor für sich gewinnen zu können und noch eine allerletzte Chance zu erhalten. Aber sie hatte sich geirrt. Und jetzt war es plötzlich vorbei. Was sollte sie nur tun?

Auf der Suche nach einer Antwort trottete Clara durch die sonnigen Straßen Schwabings wie durch Nebel. Es war Freitagnachmittag, das Wochenende zum Greifen nahe. An der Leopoldstraße herrschte das übliche Treiben. Fetzen von flotter Musik und übermütiges Hupen lagen in der Luft, aber heute konnte sie das fröhliche Leben in Schwabing nicht trösten, so sehr sie es normalerweise auch liebte. Die Verzweiflung darüber, ihren Ausbildungsplatz verloren zu haben, lag wie ein grauer Schleier über allem.

Es gab nur einen Menschen, der sie vielleicht wieder aufheitern konnte: Freddy!

Sie beschleunigte ihre Schritte. Die Autowerkstatt, in der Freddy arbeitete, lag nicht weit entfernt, in einer schmalen Parallelstraße zwischen Leopoldstraße und Englischem Garten. Clara hatte ihn dort gelegentlich nach seinem Feierabend abgeholt, wenn sie sich zu einem Bummel durch Schwabing verabredet hatten.

Das Tor stand offen, und sie durchquerte den Hof, in dem ein schwarzes Taxi mit zerbeultem Kotflügel stand. Zwei Männer in blauen Arbeitsoveralls standen neben dem Wagen und begutachteten den Schaden.

»Entschuldigung, ich suche Freddy Tönnsen. Ich muss ihn dringend kurz sprechen.«

Der ältere der beiden Männer nickte Clara zu.

»Der ist da drin und schraubt an seinem Wagen herum.«

»Danke.«

Clara öffnete die Tür zur Werkhalle. Sie fand Freddy unter einem aufgebockten VW-Bus, dessen Karosserie mit bunten Blumen bemalt war. Er lag mit dem Rücken auf einem flachen Rollbrett und bearbeitete etwas an der Unterseite des Wagens. Clara beugte sich zu ihm hinunter. »Freddy!«, rief sie.

Er rollte hervor, richtete sich auf und sah sie mit einem fröhlichen Lächeln an. »Ja, was machst du denn hier?« Der Maulschlüssel, mit dem er gerade gearbeitet hatte, landete scheppernd in einer Werkzeugkiste, dann schwang er sich hoch. Mit einer Hand wischte er sich die Haartolle aus dem Gesicht, und seine Finger hinterließen einen schwarzen Ölstreifen auf seiner Stirn. »Was für eine Überraschung am helllichten Tag. Und ich dachte, du sitzt brav in einer Vorlesung. Hattest du Sehnsucht nach mir? Komm, lass dich küssen!«

Er beugte sich zu ihr und spitzte die Lippen, aber Clara spürte die sanfte Berührung kaum.

»Wie gefällt dir mein neues Auto?«, fuhr Freddy munter fort und ließ seine Blicke stolz über den bunt bemalten Bus wandern. »Ich habe das Moped verkauft und dafür den Bulli hier angezahlt. Er hatte ein paar Roststellen, aber unter dem bunten Lack sieht man sie kaum mehr. Ich hoffe, dir gefällt das Blumenmuster. Ich muss nur noch den Querlenker austauschen, dann ist er startklar.«

Clara hatte gar nicht richtig zugehört.

»Freddy«, sagte sie unglücklich. »Es ist etwas Furchtbares passiert.«

»Was denn?«

Mit stockender Stimme erzählte sie ihm alles.

»Oh, mein armes Mädchen! Was für eine blöde Sache.« Freddy betrachtete sie, dann seine schmutzigen Hände. »Und ich bin so dreckig, dass ich dich noch nicht mal in den Arm nehmen und trösten kann.«

»Was soll ich denn jetzt nur machen?«

Clara spürte, wie ihre Oberlippe zu zittern begann.

»Hey, lass dir von diesem Blödmann bloß nicht die Laune verderben.«

»Ach, du, mein Professor ist kein Blödmann. Er hält sich nur an die Regeln, er kann ja nichts dafür, dass ich den Abgabetermin meiner Mappe vermasselt habe.«

»Willst du diesen Typen etwa noch verteidigen? So ein Spießer!«, schimpfte Freddy. »Kleinlich und engstirnig ist der Mann! Der klammert sich an Fristen und Termine, als wenn es nichts Wichtigeres gäbe. Dabei machst du so tolle Fotos, du bist ein Talent, ein Freigeist, eine Künstlerin! Das muss er doch sehen. Er muss doch wissen, dass man ein Genie nicht durch starre Regeln bremsen darf.«

»Na ja«, wandte Clara zögerlich ein. Freddys Enthusiasmus und seine vielen Komplimente waren ihr heute beinahe unangenehm. »Es gibt gewisse Regeln, wenn man ins nächste Semester vorrücken möchte ...«

»Bla bla bla, vergiss den Mann, Clara! Vergiss diese ganze dämliche Photoakademie! Davon hängt ja wohl nicht dein ganzes Lebensglück ab, oder?«

Clara seufzte.

»Vermutlich nicht, Freddy. Aber ich weiß nicht, ob meine Eltern das auch so sehen. Sie werden schrecklich enttäuscht von mir sein, wenn sie erfahren, dass ich von der Akademie geflogen bin. Ich trau mich gar nicht nach Hause.«

»Na, dann bleibst du einfach bei mir!«, entschied Freddy mit der ihm eigenen Munterkeit. Er nahm einen Lappen, der auf einem Regal an der Wand lag, und wischte so gut es ging seine öligen Hände daran ab. »Weißt du was? Wir sollten deinem Professor dankbar sein. Jetzt gibt es nämlich endlich keinen Grund mehr, weshalb du mich nicht auf meiner großen Fahrt mit dem Bulli begleiten kannst.« Beinahe zärtlich klopfte er mit der flachen Hand auf das Wagenblech des VW-Busses. Mit einem breiten Lächeln sah er Clara an. »In ein paar Wochen bin ich mit meiner Ausbildung hier fertig. Und dann geht's los. Frankreich, Spanien, Marokko, immer der Nase nach, worauf wir Lust haben. Du und ich, wir machen es uns schön. Wir lassen uns von deinem Professor doch nicht das Leben vermiesen.« Nun nahm er Claras Hand und drückte sie. »Mein Bus ist bald wieder wie neu. Und dann fahren wir zwei los. Drei Monate? Ein halbes Jahr? Ganz egal. Wir nehmen uns alle Zeit der Welt. Hier hält uns nichts mehr. Und wenn der Winter kommt, sind wir längst irgendwo im Süden und aalen uns am Strand des Mittelmeers, während die Leute hier in München Schnee schippen und über das Glatteis fluchen. Was sagst du dazu?«

»Ach, Freddy.« Clara lächelte, obwohl ihr eigentlich viel mehr zum Weinen zumute war. »Du bist verrückt! Ich kann doch nicht einfach mit dir wegfahren. Schon gar nicht so lange und ohne zu wissen, wann ich wiederkomme. Meine Eltern würden das nie und nimmer erlauben.«

Freddy zog eine Zigarettenschachtel und Streichhölzer aus der Brusttasche seines Arbeitsoveralls und begann zu rauchen. Er war ernst geworden. »Dann fahren wir eben nur für drei Wochen weg. Es sind doch jetzt sowieso bald Sommerferien. Komm, gib deinem Herzen einen Schubs. Drei Wochen, nur du und ich und die Sonne über uns ...«

Statt einer Antwort seufzte sie sehnsüchtig.

»Hey!« Freddy strich ihr mit dem Handrücken zärtlich über die Wange. »Mach einfach mal was Unvernünftiges. Es wird dir guttun. Ein paar Wochen lang leben wir in absoluter Freiheit. Ich fahr dich, wohin du willst. Und wenn wir zurückkommen, braun gebrannt und mit einem Haufen belichteter Filmrollen, dann sehen wir weiter ...«

»Das klingt himmlisch, Freddy. Wirklich. Ich würde so furchtbar gerne mitkommen. Aber in manchen Dingen sind meine Eltern sehr altmodisch. Wir kennen uns erst seit ein paar Wochen. Ich weiß genau, dass sie es mir nicht erlauben werden, mit dir so lange in der Gegend herumzugondeln.«

»Dann sagst du es ihnen gar nicht erst.« Freddy zuckte mit den Schultern.

Stirnrunzelnd sah sie ihn an. »Wie stellst du dir das vor? Soll ich heimlich meine Tasche packen, nachts aus dem Fenster klettern und einfach für ein paar Wochen verschwinden? Nein, das geht nicht.«

»Du musst natürlich ein bisschen flunkern. Wir denken uns eine schöne Geschichte aus. Was ist mit Sanni? Erzähl ihnen, dass du mit Sanni verreist. Das würden sie dir erlauben, oder?«

Clara nickte mit einem trockenen Gefühl in der Kehle. »Ich denke, ja. Aber ich habe meine Eltern noch nie angelogen. Jedenfalls nicht so arg.«

Freddy grinste. »Einmal ist es immer das erste Mal. Du musst wissen, was dir wichtiger ist: Mit mir unterwegs zu sein und im Fahrtwind die große Freiheit zu spüren oder das kleine brave Mädchen von Mama und Papa zu bleiben ...«

Clara lehnte ihre Stirn gegen Freddys Brust. Sein fleckiger Overall roch nach Öl und Farblack und ein bisschen nach dem Rauch seiner Zigarette. In diesem Moment erschien ihr das wie der Duft der großen weiten Welt, der Geruch der Freiheit. Es tat gut zu spüren, wie Freddy sie an sich drückte. Sie fühlte sich getröstet und geborgen in seinem Arm. Ihr war es, als färbte seine Zuversicht und seine Sorglosigkeit mit jedem Atemzug ein wenig auf sie ab. Ja, vielleicht hatte er recht. Vielleicht sollte sie den Rauswurf von der Akademie als Chance begreifen. Als Ruf des Schicksals. Es war Zeit, ein neues Kapitel ihres Lebens aufzuschlagen.

. . .

»Du bist verrückt, Clara. Das ist mit Abstand die abenteuerlichste Idee, die du jemals hattest.«

Sanni schüttelte den Kopf, sodass die blonden Locken unter ihrem weißen Servierhäubchen tanzten. Die beiden Freundinnen saßen auf der kleinen Holzbank, die neben dem Hinterausgang der Backstube an der Hauswand stand. Hier in dem Schwabinger Innenhof zwischen den hohen Mauern war es schattig und still, nur vom Dach gurrte eine Taube. Der Geruch von frisch gebackenem Brot lag in der Luft, vermischt mit dem von Bratkartoffeln, der von irgendwoher aus einem Küchenfenster drang.

Sofort nach ihrem Gespräch mit Freddy war Clara zur Bäckerei in die Georgenstraße gegangen, um Sanni von ihren Reiseplänen zu erzählen. Weil im Laden gerade nicht viel Betrieb war, hatte Frau Achinger nichts dagegen gehabt, dass ihre Tochter eine kleine Pause machte, und jetzt saßen die Freundinnen zusammen, kauten nachdenklich an der Salzbrezel, die sie sich geteilt hatten, und überlegten, wie sie es anstellen sollten, damit Clara ihre Reise mit Freddy antreten konnte, ohne dass ihre Eltern etwas davon erfuhren.

»Es kann eigentlich gar nichts passieren«, erklärte Clara. »Auf dem Weg hierher habe ich mir alles genau überlegt. Ich sage meinen Eltern, dass ich für drei Wochen mit dir verreise. Zum Wandern in die Berge, zum Baden an die Adria oder wohin auch immer. Dagegen werden sie nichts einzuwenden haben, und dann bin ich frei für Freddy. Du darfst dich in dieser Zeit natürlich nicht bei uns zu Hause blicken lassen und auch niemals anrufen. Aber warum solltest du das tun, wenn du weißt, dass ich nicht daheim bin. Und dass meine Eltern deinem Vater oder deiner Mutter begegnen und von ihnen erfahren, dass du gar nicht verreist bist, ist mehr als unwahrscheinlich.« Clara grinste. »Noch nie war ich so froh, dass wir da draußen in unserem Vorort wohnen …«

»Himmel, du hast wirklich an alles gedacht. Ich bin beeindruckt.« Nachdenklich kratzte Sanni mit dem Fingernagel ein paar dicke Salzkrümel von ihrer Brezel und ließ sie auf den Schoß ihrer weißen Bäckerschürze fallen. Dann fügte sie hinzu: »Du hast dich verändert, Clara. Freddy hat dich verändert. Vor ein paar

Wochen hättest du dir lieber die Zunge abgebissen, als deinen Eltern so ein Lügenmärchen aufzutischen.«

Clara errötete. »Ich weiß. Ganz wohl ist mir bei dieser Sache auch nicht. Aber was soll ich tun? Freddy möchte so gern mit mir diese Reise machen, und ich möchte so furchtbar gern mitkommen. Und so großzügig meine Eltern auch sind, diese Tour würden sie mir gewiss nicht erlauben. Wenn Freddy und ich wenigstens verlobt wären ...«

»Vielleicht macht er dir unterwegs einen Antrag.« Sanni drückte lächelnd Claras Hand. »Ist schon in Ordnung. Ich gebe dir ein Alibi. Wann wollt ihr losfahren?«

»Danke, Sanni! Du bist ein Engel. Wir haben noch gar keine Details besprochen. Ende des Monats vermutlich.«

»Oh – dann werde ich meinen 21. Geburtstag wohl ohne euch feiern müssen.«

»Ich weiß. Bist du mir böse? Aber Freddy hat im August Urlaub, und sonst geht es nicht.«

»Na, ich werde es verschmerzen. Dann holen wir die große Fete eben nach. Hauptsache, ich bin endlich volljährig. Ich verstehe schon, dass ihr den Sommer ausnutzen wollt. Du hast doch jetzt auch bald Semesterferien an der Akademie, oder?«

»Ach, Sanni.« Claras gute Laune fiel so plötzlich zusammen wie ein prall gefüllter Luftballon, in den jemand eine Nadel steckt. »Ich habe dir ja noch gar nicht erzählt, was für eine schlimme Geschichte mir heute passiert ist.«

In wenigen Worten berichtete sie auch ihrer Freundin, dass sie ihren Ausbildungsplatz verloren hatte. »Meinen Eltern erzähle ich besser noch nichts davon«, schloss sie seufzend. »Sonst verbieten sie mir womöglich, in den Sommerferien zu verreisen, weil sie so enttäuscht von mir sind.«

»Oh, oh, oh, was für eine ärgerliche Sache.« Sanni legte einen

Arm um Claras Schulter und drückte sie tröstend an sich. »Herzlich willkommen im Klub der geplatzten Träume. Was wirst du nun machen? Wenn du eine Anstellung brauchst: Mein Vater würde dir ganz sicher einen Job im Laden geben, wenn du ihn danach fragst. Aber ich denke nicht, dass es das ist, was du langfristig tun willst, oder?«

Clara schüttelte den Kopf. »Ich weiß noch gar nicht, was ich überhaupt irgendwann tun will. Ich weiß nur, dass ich mit Freddy zusammen sein möchte.«

· · ·

Clara tat alles, wie sie es geplant hatte. Sie verriet zu Hause nicht, dass sie von der Akademie geflogen war, und fuhr weiterhin jeden Morgen mit der Straßenbahn von Grünwald in die Stadt, wo sie sich die Zeit damit vertrieb, am Marienplatz und in der Kaufinger- und der Neuhauserstraße an den Schaufenstern der Geschäfte vorbeizuschlendern oder im Englischen Garten auf der Wiese zu liegen und die vorbeiziehenden Wolken zu beobachten, während die anderen Studenten die letzten Vorlesungen und Übungsstunden des Semesters absolvierten. Endlich erschien auch das *Uni-Blatt*, in dem ihr Artikel über die Schwabinger Krawalle stand. In allen Gebäuden der Universität, auch in der Mensa und den Bibliotheken lag die Gratiszeitung aus, und Clara sah, dass viele Leute ihren Bericht lasen. Sie hätte so stolz und glücklich sein können. Aber ihr schlechtes Gewissen verdarb ihr die Freude darüber. Nur als Leo eines Abends herüberkam, um ihr zu dem starken Artikel zu gratulieren, glitt für einen Moment ein strahlendes Lächeln über ihr Gesicht.

»Das ist eine großartige Reportage geworden«, sagte Leo. »Jetzt kann ich mir genau vorstellen, wie es damals in Schwabing war. Ich glaube, dass du eine gute Journalistin abgeben würdest. Hast du über so einen Beruf schon mal nachgedacht?«

Clara zuckte mit den Schultern. »Bis jetzt habe ich immer nur daran gedacht, dass ich Fotografin werden möchte …«

Sie schluckte. Selbst Leo, vor dem sie bislang noch nie ein Geheimnis gehabt hatte, wusste nichts von ihrem Rauswurf an der Photoakademie.

Clara schämte sich sehr, als Dora und Curt am Ende der Woche eine Flasche Sekt für sie öffneten und mit ihr auf ihre ersten veröffentlichten Fotos und ein gelungenes erstes Semester anstießen. Wie von Clara erhofft, hatten sie keine Einwände, als sie darum bat, zusammen mit Sanni eine Zugreise nach Italien machen zu dürfen.

»An den Gardasee oder an die Adria, so ganz genau haben wir uns das noch nicht überlegt«, sagte sie und wunderte sich selbst, dass sie nicht einmal rot wurde dabei.

»Wie schön. Das habt ihr euch verdient.« Dora lächelte. »Aber ihr müsst uns jede Woche eine Postkarte schicken, damit wir wissen, dass es euch gut geht.«

Clara biss sich auf die Lippen. Mit diesem Wunsch hatte sie nicht gerechnet, und damit waren ihre eigentlichen Reisepläne durchkreuzt. Sie konnte unmöglich mit Freddy nach Frankreich und Spanien fahren, wenn ihre Eltern Postkarten aus Italien erwarteten. Aber der Schreck währte nicht lange. Denn letztlich war es ihr egal, wohin sie reisen würde, solange sie nur mit Freddy zusammen war.

8.

Am Tag vor der geplanten Abfahrt stand Clara in ihrem Zimmer und betrachtete das Chaos. Auf dem Fußboden lag aufgeklappt die noch leere Reisetasche, die Türen ihres Kleiderschrankes standen offen, und auf ihrem Bett türmten sich in einem kunterbunten Durcheinander sämtliche Sommerkleider, Röcke, Hosen und Blusen, die sie besaß. Sie konnte sich einfach nicht entscheiden, welche Garderobe die hübscheste war, um darin an Freddys Seite über den Markusplatz von Venedig oder die Spanische Treppe in Rom zu spazieren. Mit einem vorfreudigen Seufzen blickte sie durch das geöffnete Fenster hinaus auf die tief hängenden grauen Wolken, unter denen die Schwalben herumflitzten. Es sah wieder nach Regen aus, wie so oft in diesem Sommer. Genau das richtige Wetter, um in den sonnigen Süden aufzubrechen.

Ein dröhnendes Geräusch ließ sie aufhorchen. Von ihrem Zimmer aus konnte sie die schmale Straße überblicken, die vor dem Garten ihres Elternhauses entlangführte und auf der normalerweise nur die wenigen, ihr gut bekannten Autos aus der Nachbarschaft verkehrten. Aber dieses Motorbrummen hatte sie noch nie gehört.

Im nächsten Augenblick rollte ein mit bunten Blumen bemalter VW-Bus heran und stoppte vor dem Gartenzaun. Clara erschrak. Freddy! Was machte Freddy denn hier? Die Gedanken wirbelten durch ihren Kopf. Warum kam er sie besuchen? Wollte er sie etwa schon abholen? Aber sie hatten doch vereinbart, erst morgen loszufahren. Und außerdem wusste Freddy doch, dass ihre Eltern nicht wissen durften, dass er es war, mit dem sie nach Italien fahren würde. Was war da los? Wenn er nun ihre Reisepläne ausplauderte, war alles verloren.

Mit angehaltenem Atem beobachtete sie, wie er aus dem Wagen stieg und die Fahrertür hinter sich zuwarf. Noch bevor er das Gartentor geöffnet hatte, rannte Clara aus ihrem Zimmer und die Treppe hinunter, um ihren Eltern zuvorzukommen, die im Wohnzimmer beim Nachmittagstee zusammensaßen.

»Freddy«, hauchte sie und versuchte das nervöse Zittern in ihrer Stimme zu unterdrücken. »Was machst du denn hier?«

»Hallo, Clara.« Sein Gesicht war ernst. »Ich muss mit dir reden.«

Ihr Herz schlug augenblicklich bis zum Hals.

»Entschuldige das Durcheinander«, bat Clara kurz darauf mit einem schiefen Lächeln, nachdem sie hinter Freddy die Tür ihres Zimmers geschlossen hatte. »Ich würde am liebsten alle meine Kleider mit auf die Reise nehmen. Aber ich hab doch noch Zeit bis morgen mit dem Einpacken, oder? Sag, was ist denn los? Warum bist du gekommen?«

Freddy schob ein paar von Claras Blusen zur Seite und ließ sich schwerfällig auf der Bettkante nieder. Er sah sie an, sein Gesicht war ungewöhnlich blass, die Haartolle, die er normalerweise mit reichlich Pomade in Schwung brachte, hing ihm strubbelig in die Stirn.

»Wir können nicht fahren«, sagte er tonlos.

Clara hätte vor Schreck beinahe geschrien. »Was? Warum nicht?«

Freddy zuckte mit den Schultern. »Ich muss nach Hamburg.«

»Aber wieso?« Clara spürte, wie die Tränen der Enttäuschung in ihren Augenwinkeln brannten. »Was – was ist passiert?«

»Mein Vater hatte einen Herzinfarkt. Ich habe heute früh ein Telegramm von meiner Mutter bekommen.«

»O Gott, das tut mir leid.«

»Danke. Ich hab natürlich gleich zu Hause angerufen. Die Ärzte sagen, er hat Glück gehabt. Er wird wieder gesund. Aber ich muss sofort zurück, das verstehst du doch, oder?«

Clara nickte stumm und ließ sich neben ihm auf der Bettkante nieder.

»Ich weiß«, fuhr Freddy fort. »Ich hatte dir gesagt, dass ich mich mit meinem Vater so sehr verkracht habe, dass ich ihn nie wiedersehen will. Aber ...«

»Das ist doch selbstverständlich«, fiel Clara ihm ins Wort. »Natürlich musst du deinen Vater im Krankenhaus besuchen. Dann verschieben wir unsere Reise eben um ein paar Tage, bis du wieder zurück bist.«

»Es ist nicht nur das. Clara, ich ...« Er nahm ihre Hand und streichelte sie. »Ich gehe weg aus München. Ich gehe zurück nach Hamburg. Für immer. Ich fange am Montag in unserer Firma an.«

»Was? Aber Freddy!« Nun wurde Clara laut. »Das kannst du nicht tun! Du hast doch gesagt, du würdest nie und nimmer im Betrieb deines Vaters arbeiten. Wegen dieser ganzen braunen Vergangenheit. Weißt du denn nicht mehr? Und jetzt willst du es doch tun?«

»Natürlich weiß ich, was ich gesagt habe. Aber es geht eben nicht anders. Meine Mutter war ganz verzweifelt am Telefon. Ich kann sie mit dem ganzen Chaos doch nicht allein lassen. Und solange mein Vater krank ist, kann er mir im Geschäft wenigstens nicht reinquatschen. Ich bekomme einen richtigen Vertrag und werde eine Menge Geld verdienen. So was kann man nicht ablehnen, Clara.« Er sah sie an. »Ich fahre noch heute zurück nach Hamburg. Ich hab schon all meine Sachen aus meinem Zimmer in den Bus geräumt. Ich bin nur hergekommen, um mich von dir zu verabschieden.«

Eine Weile lang sagte Clara nichts. Freddys Worte hallten in ihrem Kopf wie in einem großen leeren Saal. Abschied. Abschied. Freddy wollte sich von ihr verabschieden? Das war so unvorstellbar. Sie wollten doch morgen gemeinsam zu der Reise ihres Lebens aufbrechen.

»Und was wird aus mir?«, flüsterte sie schließlich. »Wann werden wir uns wiedersehen?«

»Ich weiß es nicht. Es tut mir so leid, Clara. Ich habe mir das nicht gewünscht.«

Sie schlang ihre Arme um ihn und presste sich an seine Brust. Nein, es war unmöglich, sich von Freddy zu trennen. Sie liebten sich doch! »Du darfst nicht gehen. Du darfst nicht weggehen von mir. Schlimm genug, dass wir unsere große Reise nicht antreten können. Aber dass du für immer weggehst ...« Der Rest ihrer Worte ging im Schluchzen unter.

Er strich ihr sanft über das Haar. »Ich will das ja auch nicht, meine süße kleine Clara, aber manchmal ...«

»Dann tu es nicht, dann bleib hier!«, stieß sie hervor und sah ihn mit verweinten Augen an. Mit beiden Daumen strich er ihr die Tränen aus dem Gesicht.

»Mach's mir doch nicht so schwer, bitte. Denkst du, mir tut das nicht weh?«

Sie schluckte. Eine Weile sahen sie einander wortlos an. Plötzlich veränderte sich Freddys Gesicht. Etwas von seinem verschmitzten Grinsen kehrte zurück.

Er tippte Clara mit einem Finger auf die Nasenspitze. »Dann musst du eben mit mir nach Hamburg ziehen, mein Mädchen.

Was hält dich denn noch in München, wenn ich nicht mehr hier bin? Du bist doch neuerdings Fotoreporterin. Und ich sage dir, in keiner Stadt Deutschlands gibt es mehr Zeitungs- und Magazinverlage als in Hamburg. Die sind immer auf der Suche nach guten Bildern und Geschichten. Es wäre doch gelacht, wenn du da keine Arbeit finden würdest.«

»Ach, Freddy, nur weil ich einen Artikel für eine Studentenzeitung geschrieben habe, bin ich noch lange keine Journalistin. Außerdem bin ich doch erst achtzehn. Ich kann nicht einfach weggehen von hier.«

»Wer hat behauptet, dass es einfach wäre? Nichts im Leben ist einfach. Manchmal muss man sich durchboxen und bekommt eins auf die Nase. Das gehört dazu. Wichtig ist, dass man sich nicht unterkriegen lässt und jedes Mal wieder aufsteht.« Und als Clara nicht antwortete, fuhr er fort: »Du musst entscheiden, was dir wichtig ist, Clara. Deine vertraute Umgebung, die alte Sicherheit, deine Familie, deine Freunde – oder ich und der Aufbruch in ein neues, aufregendes Leben. Ich wüsste genau, was ich wählen würde.«

Freddys Euphorie war wieder da, und mit leuchtenden Augen malte er ihre gemeinsame Zukunft aus. »Ich kenne so viele Leute in Hamburg. Die Tante eines Kumpels von mir leitet eine kleine Pension in der Stadt. Es wäre bestimmt kein Problem, da ein Zimmer für dich zu bekommen. Das ist kein Luxus und kostet nicht die Welt. Außerdem verdienst du ja Geld, wenn du erst als Fotoreporterin bei einer Zeitung arbeitest. Wie wäre das denn – ein Leben an meiner Seite in der großen und aufregenden Stadt Hamburg!«

Clara schluckte. »Das wäre himmlisch, Freddy, wirklich. Ich würde so gern mit dir gehen. Aber denk doch nur, wie arg ich schwindeln musste, damit mir meine Eltern diese Reise nach Italien erlauben. Und jetzt nach Hamburg zu gehen? So ganz allein in eine fremde Stadt?« Sie schüttelte seufzend den Kopf.

Freddy bedeckte ihr Gesicht mit zärtlichen Küssen. »Denk darüber nach!«, bat er und sah sie noch einmal an, die Hände um ihre Wangen gelegt. »Der Abschied von dir würde mir wirklich leichter fallen, wenn ich wüsste, dass du nachkommst. Aber jetzt muss ich los. Ich hab noch eine lange Fahrt vor mir. Leb wohl, mein Mädchen – oder besser: Auf Wiedersehen, nicht wahr?«

Später konnte sich Clara gar nicht mehr richtig daran erinnern, wie sie aufgestanden und hinuntergegangen waren. Es ging auf einmal alles so schnell, und ein Wirbel unterschiedlichster Gefühle tobte in ihr: Die Enttäuschung darüber, dass ihre Reise mit Freddy geplatzt war, dass er künftig nicht mehr in München sein würde, die Sehnsucht danach, mit ihm dieses neue und aufregende Leben in Hamburg zu führen, von dem er ihr vorgeschwärmt hatte – und gleichzeitig dieser große Kummer, dass diese Zukunftspläne wohl für immer ein Traum bleiben würden. Ob sie einander je wiedersehen würden?

Mit Tränen in den Augen stand Clara am Gartenzaun und sah zu, wie Freddy in seinen bunten VW-Bus stieg, mit dem sie beide doch hatten in den Sommer fahren wollen. Es kam ihr vor, als stünde sie neben sich, als wäre sie nicht Clara, sondern eine fremde junge Frau, die einen fremden jungen Mann dabei beobachtete, wie er den Motor anwarf und ihr zum Abschied durchs Fenster zuwinkte, bevor der Wagen mit lautem Röhren anrollte, in der nächsten Garageneinfahrt umständlich wendete und dann die Straße hinunterfuhr, um die Ecke bog und nicht mehr zu sehen war. Clara faltete das kleine Stück Papier auseinander, das ihr Freddy vorhin noch in die Hand gedrückt hatte. Ihre Augen waren voller Tränen, sodass sie die Schrift kaum lesen konnte. Eine Adresse und eine Telefonnummer standen darauf.

»Auf Wiedersehen in Hamburg, mein Mädchen! Hier kannst du mich immer erreichen. Dein Freddy.«

• • •

»Was ist los, Clara? Warum ist Freddy denn so schnell wieder weggefahren?«

Dora war ins Zimmer gekommen, wo Clara mit verweintem Gesicht auf ihrem Bett lag. Sie hatte die Fenstervorhänge zugezogen und all ihre Kleider, die vorhin noch gebügelt und ordentlich zusammengefaltet dort gelegen hatten, achtlos auf den Fußboden geworfen. Ohne zu antworten, zog sie sich das Kopfkissen über die Ohren.

Dora setzte sich zu ihr und legte ihr eine Hand auf den Rücken. »Habt ihr euch etwa gestritten? So was kann passieren. Man kann sich auch wieder vertragen. Wichtig ist, dass man immer miteinander redet. Ist Freddy beleidigt, weil du morgen mit Sanni verreist und er allein bleiben muss?«

Mit einem Ruck riss Clara das Kopfkissen zur Seite.

»Nein, so ist es nicht. Es ist alles viel schlimmer. Es ist ...« Weiter kam sie nicht. Von Weinkrämpfen geschüttelt verstummte sie. Dora strich ihr über die Haare, doch Clara schob ihre Hand weg.

»Ich verreise morgen nicht, ich verreise nie mehr, und jetzt lass mich bitte in Ruhe!«

Bis zum nächsten Tag blieb Clara mehr oder weniger im Bett. Sie aß nichts, sie trank nur ab und zu einen Schluck Wasser und wollte niemanden sehen und hören, sosehr ihre Eltern auch versuchten herauszubekommen, was vorgefallen war. Mit der Trennung von Freddy war auch ihr Herz gebrochen, das spürte Clara genau. Sosehr sie versuchte, an etwas anderes zu denken, es gelang ihr nicht. Freddys Grinsen, seine Stimme, der Geruch seiner Lederjacke, das Gefühl seiner zärtlichen Küsse schoben sich immer wieder in ihr Bewusstsein. Ohne Freddy fühlte sie sich wie eine Maschine, der man den Motor ausgebaut hat. Nie wieder würde ihr ein Mann begegnen, den sie so sehr liebte wie ihn, da war sich Clara sicher. Und es gab nicht einmal mehr etwas anderes, auf das sie sich freuen konnte, das zweite Semester an der Photoakademie beispielsweise. Ach, wenn sie doch ihre Ausbildung etwas ernster genommen und nicht immerzu nur an Freddy gedacht hätte! Schon wieder liefen ihr die Tränen aus den Augen. Wie konnte ihr Leben von einem Moment auf den anderen so absolut sinnlos geworden sein?

»Bitte sprich mit mir. Du kannst mir alles sagen.«

Erneut war Dora an ihr Bett gekommen. Sie hatte ein Tablett auf das kleine Nachtschränkchen gestellt, beladen mit einer Tasse duftenden Pfefferminztees und ein paar Schokoladenkeksen. Daneben stand ein kleines Glasschüsselchen mit frischen Himbeeren aus dem Garten. »Allmählich machen wir uns wirklich Sorgen um dich. Kein Problem ist so groß, dass wir nicht miteinander eine Lösung finden würden.«

»Oh doch«, brachte Clara trotzig heraus. »Meines schon!«

Dora antwortete nicht. Sie blieb schweigend auf dem Bettrand sitzen und wartete. Schließlich richtete Clara sich auf.

»Freddy geht weg aus München. Für immer. Er geht zurück nach Hamburg, weil sein Vater krank ist und er in der Firma arbeiten muss.« Stockend berichtete sie, was Freddy ihr erzählt hatte.

»Das tut mir furchtbar leid, Clara. Oh, ich verstehe so sehr, dass du traurig bist.« Dora drückte das Mädchen an sich, und eine Weile verharrten sie stumm in dieser Umarmung. Dann sagte Dora: »Warum hast du mir das nicht gleich erzählt? Vielleicht finden wir zusammen etwas, das dich ein bisschen trösten könnte. Du solltest deine Urlaubsreise mit Sanni nicht länger verschieben. Ich denke, es wäre es gut, wenn du mit ihr nach Italien fährst. Ihr würdet viel Schönes erleben. Das würde dich für eine Weile von deinem Kummer ablenken.«

Bei Doras liebevollen Worten begann Clara wieder zu weinen.

»Ich fahre doch gar nicht nach Italien. Ich wollte nie mit Sanni verreisen!«

»Aber das verstehe ich nicht. Du hast doch gesagt ...«

Clara ließ Dora nicht ausreden.

»Ich habe gelogen, Mama. Ich hab was Schlimmes angestellt. Es ist so schrecklich. Ich hab alles falsch gemacht. Ich weiß gar nicht, wo ich anfangen soll.«

Clara löste sich aus der Umarmung und wischte sich die Tränen aus dem Gesicht. Sie hatte das Gefühl, sie müsste ersticken, wenn sie nicht endlich mit der Wahrheit herausrückte, so schmerzhaft das auch werden würde. All die Lügen und Flunkereien der vergangenen Wochen lagen wie ein schwerer Stein direkt auf ihrem Herzen.

»Ich wollte mit Freddy wegfahren«, sagte sie leise. »Ich hatte Sanni bloß vorgeschoben, weil ich ja weiß, dass ihr mir den Urlaub mit Freddy niemals erlauben würdet.«

Clara sah, dass Doras Gesicht bei jedem Wort ihres Geständnisses blasser wurde.

»Das hattest du wirklich vor?«, fragte sie ungläubig. »Du hast uns belogen?«

Clara nickte. In diesem Moment begriff sie selbst nicht mehr, wie sie je auf diese Idee hatte kommen können, die beiden Menschen, die sie mehr liebten als alles andere auf der Welt, so schamlos anzulügen. Bittere Reue erfasste sie. Und stammelnd fügte sie hinzu: »Aber das ist noch nicht alles.«

»Noch nicht alles?« Doras Miene war ernst, geradezu entstellt von Schmerz. »Ich kann mir nicht vorstellen, was jetzt noch kommen soll.«

»Es geht um meinen Ausbildungsplatz an der Fotoschule. Ich hab getrödelt und meine Aufgabenmappe nicht rechtzeitig abgegeben. Erinnerst du dich an den Tag, an dem ich versucht habe, meine Bilder zu entwickeln, weil Papa nicht da war?«

Dora nickte. »Ja, natürlich.«

»Aber es hat nicht geklappt«, gestand Clara und schluchzte schon wieder. »Ich habe alle Fotos ruiniert und den allerletzten Abgabetermin verpasst. Ich habe keine Erlaubnis bekommen, in das nächste Semester vorzurücken. Sie haben mich von der Staatslehranstalt geworfen.«

»Aber Clara, du bist doch jeden Tag in die Stadt gefahren.«

»Ja. Weil ... weil ich mich nicht getraut habe, euch davon zu erzählen.«

Nie zuvor hatte Clara in Doras Augen eine solche Enttäuschung gesehen. Es lag eine tiefe Bitterkeit darin, die ihr erst richtig deutlich machte, welchen Verrat sie an ihrer Mutter begangen hatte. Einige Sekunden des Schweigens vergingen, bis Dora antwortete:

»Ich verstehe dich nicht, Clara. Waren dein Vater und ich jemals so streng zu dir, dass du dich in irgendeiner Sache uns nicht hättest anvertrauen können? So kenne ich dich gar nicht.«

Clara zuckte mutlos mit den Schultern.

»Ich weiß. Ich ... ich weiß gar nichts mehr. Und jetzt ist Freddy auch noch weg.« Sie schluchzte laut auf. »Bitte verzeih mir! Ich bin so unglücklich. Ich bin so furchtbar unglücklich.«

Stumm drückte Dora ihre Tochter an sich und strich ihr immer wieder über die Haare. Clara versank in ihren Armen, wie damals, als sie ein Kind gewesen war und die Windpocken sie gequält hatten oder die große Wunde am Knie, nachdem sie mit den Rollschuhen gestürzt war. Jetzt waren es nicht nur Tränen des Kummers, sondern auch Tränen der Scham und der Erleichterung, weil sie endlich die Wahrheit gesagt hatte, so schmerzhaft die auch war. Lange saßen die beiden so, schweigend, weinend, eng aneinandergeschmiegt. Clara hatte vergessen, wie gut es tat, in den Arm genommen und getröstet zu werden.

»Das Leben wird weitergehen, mein Kind. Wir haben schon Schlimmeres erlebt, und immer ist das Leben weitergegangen. Komm. Wir reden mit deinem Vater.«

Als Clara wenig später frisch geduscht und umgekleidet die Treppe hinunterging, vernahm sie durch die geschlossene Küchentür die lauten Stimmen ihrer Eltern. Nie zuvor hatte sie miterlebt, dass Dora und Curt miteinander stritten, aber heute ging es bei ihrem Gespräch hoch her.

»Vielleicht waren wir nicht streng genug mit ihr«, rief Curt, und seine Stimme bebte vor Empörung. »Vielleicht haben wir Clara immer zu viel durchgehen lassen. Wir haben sie verwöhnt und verhätschelt, weil sie unser einziges Kind ist. Wir haben immer eine Entschuldigung gefunden, wenn sie etwas falsch gemacht hat, anstatt sie zu tadeln. Und jetzt bekommen wir die Quittung. Eine feige Lügnerin haben wir aus ihr gemacht.«

»Ich denke, wir haben zu viel von ihr verlangt«, entgegnete Dora leise. »Clara hatte eine schwere Kindheit, das dürfen wir nicht vergessen. Denk doch nur: So früh hat sie ihre Mutter verloren, dann die furchtbare Flucht aus Ostpreußen, das harte Leben der Nachkriegszeit, dann das bittere Jahr in Ostberlin, und kaum hatte sie sich dort ein wenig zurechtgefunden, mussten wir schon wieder weg ... Was hat das Mädchen nicht alles mitgemacht! So etwas hinterlässt Spuren bei einem Kind. Das dürfen wir nicht vergessen. Wir sollten nachsichtiger sein. Sie hat einen Fehler gemacht, und sie bereut ihn bitterlich.«

Clara blieb auf der untersten Treppenstufe stehen. Es beschämte sie zu hören, dass ihre Eltern ihretwegen so heftig diskutierten. Am liebsten hätte sie auf dem Absatz kehrtgemacht und sich wieder oben im Bett verkrochen. Doch sie besann sich anders und öffnete die Küchentür. Curt und Dora verstummten augenblicklich. Während Dora am Tisch saß, eine Kaffeetasse in der Hand, ging Curt im Raum auf und ab, die Hände in den Hosentaschen vergraben.

»Da bist du ja«, sagte er schroff und blieb stehen. Mit ernstem Blick betrachtete er sie, auf seiner Stirn bildeten sich zwei steile Falten.

Clara nickte mit einem schmerzenden Kloß im Hals. Sie kannte ihren Vater nur als großzügigen und freundlichen Menschen, der über die meisten Schwierigkeiten des Lebens mit einem Lächeln hinwegging. Sie konnte sich nicht daran erinnern, dass er jemals mit ihr geschimpft hatte. Aber heute war ihm die Empörung über seine Tochter im Gesicht abzulesen.

»Deine Mutter hat mir alles erzählt«, knurrte er und nahm seine Wanderung durch die Küche wieder auf. »Das ist ja eine schöne Bescherung. Ich hatte mich so sehr gefreut, dass meine Tochter in meine Fußstapfen treten und Fotografin werden wollte. Ich habe dich immer darin unterstützt, Clara. Und nun? Nun wirfst du alles hin, aus Übermut, wegen einer albernen Sommerlaune ...«

»Nein, Papa, ich habe gar nichts hingeworfen. Es war ...« Clara zuckte ratlos mit den Schultern. Wie sollte sie ihm das alles erklären?

»Unser Mädchen ist verliebt in diesen Freddy.« Doras Stimme klang besänftigend. »Und wenn man verliebt ist, Curt, dann spielt das Herz schon mal verrückt – wie du dich vielleicht noch dunkel erinnerst?«

Clara meinte das liebevolle Augenzwinkern förmlich aus Doras Stimme herauszuhören. Doch ihr Vater war viel zu aufgebracht, um auf diese kleine Neckerei einzugehen.

»Pah. Das ist kein Grund, Fristen zu vergessen und uns dann auch noch solche Lügengeschichten aufzutischen.«

»Es tut mir leid«, murmelte Clara mit gesenktem Blick, doch Curt schien sie kaum zu hören.

»Und ich hatte immer gedacht, du bist eine vernünftige junge Frau«, fuhr er fort. »Eine Frau, der es wichtig ist, eine ordentliche Berufsausbildung zu haben.«

»Das ist mir ja auch wichtig«, entgegnete Clara. »Und eigentlich weiß ich sehr genau, was ich will. Ich will Reporterin werden. Es hat mir großen Spaß gemacht, diesen Artikel für die Unizeitung zu schreiben.«

Die dunklen Augen ihres Vaters waren funkelnd vor Zorn auf sie gerichtet.

»Na, so ernst kann es dir mit diesem Wunsch ja nicht sein, meine liebe Tochter, sonst hättest du deine Ausbildung an der Photoakademie etwas gewissenhafter betrieben.«

»Nun wollen wir nicht länger streiten«, sagte Dora versöhnlich und stand auf. »Wenn es Claras Traum ist, Journalistin zu werden, wird sie einen Weg dorthin finden. Für ihre Eseleien ist sie hart genug bestraft worden, Curt. Sie hat ihren Ausbildungsplatz verloren und ihre erste große Liebe dazu. Ich bin mir sicher, dass sie aus ihren Fehlern gelernt hat. Wir sollten jetzt nach vorn sehen.«

9.

Am folgenden Tag, es war Sonntag, der 5. August, feierte Sanni ihren 21. Geburtstag. Da Claras Urlaubsreise ausgefallen war, konnte sie nun doch an der Familienfeier bei den Achingers teilnehmen. Sie hatte schon vor Wochen ein hübsches, mit geblümtem Seidenstoff bezogenes Etui für Sanni gekauft, in dem sie einen Lippenstift aufbewahren konnte. In dem aufklappbaren Deckel war ein kleiner Spiegel angebracht, was praktisch war, wenn man sich unterwegs die Lippen nachziehen wollte. Mit dem schön verpackten Geschenk machte sich Clara an diesem Nachmittag auf den Weg nach Schwabing.

Clara hatte Sanni noch gar nicht erzählt, was sich in den vergangenen Tagen Dramatisches ereignet hatte, und beschloss, die Freundin mit ihrem Besuch zu überraschen. Üblicherweise feierten die Achingers die Geburtstage der Familie mit einem Kaffeekränzchen, zu dem auch Sannis Großeltern und einige andere Verwandte anreisten, die in der Nähe wohnten. Tatsächlich saß eine große Geburtstagsgesellschaft an der langen Tafel im Wohnzimmer, wo sich auf Tellern und Platten Kuchen und Torten türmten. Frau Achinger schenkte gerade Kaffee aus, als Clara eintrat, Herr Achinger reichte Kognak, und die Luft im Raum war schwer von Zigarettenqualm und den Ausdünstungen der vielen Leute am Tisch. Doch Sannis Platz war leer.

»Die sitzt in ihrem Zimmer und schmollt«, erklärte Sannis jüngerer Bruder Peter, der Clara die Tür geöffnet und sie hereingebracht hatte. »Aber wir feiern trotzdem. Ich lass mir doch die gute Torte nicht entgehen!«

Clara stand im Raum und drehte die Tüte mit ihrem Geschenk in den Händen.

»Was ist denn passiert?«, erkundigte sie sich bei Frau Achinger, nachdem sie die Runde am Tisch begrüßt hatte. »Ist Sanni etwa krank?«

»Das kannst du sie selbst fragen«, entgegnete Herr Achinger, noch bevor seine Frau etwas sagen konnte. »Unser Fräulein Susanne hat eben manchmal so ihre Launen ... Aber wenn sie in fünf Minuten nicht endlich an den Tisch kommt, ziehe ich ihr die Ohren lang.«

Clara drehte sich mit einer gemurmelten Entschuldigung um und ging hinaus. Mit einem Fingerknöchel pochte sie vorsichtig an Sannis geschlossene Zimmertür.

»Sanni!«, rief sie. »Ich bin's. Was ist denn los? Warum magst du deinen Geburtstag nicht feiern?«

Statt einer Antwort kam ein Schluchzen aus dem Zimmer. Erschrocken trat Clara ein.

Sanni lag rücklings auf dem Bett, das Gesicht zur Zimmerdecke gerichtet, ihre Augen waren verweint, die Wimperntusche lief ihr in schwarzen Bächen über die Schläfen. Aus dem Kofferradio neben ihrem Bett dudelte leise Musik. Wie so oft hörte Sanni den amerikanischen Soldatensender AFN. Clara schloss rasch die Tür hinter sich und setzte sich zu Sanni ans Bett.

»Du liebe Zeit, jetzt sag doch endlich, was ist passiert?«

Sanni richtete sich auf. Ihre blondierten Haare standen wirr und strubbelig um ihren Kopf. Der schwarze Leberfleck, den sie sich auch heute wieder auf die Wange gemalt hatte, war verschmiert. Für einen Augenblick wurde ihre bekümmerte Miene von einem Ausdruck der Verblüffung überlagert, als sie Clara sah. »Du? Hier? Aber wieso? ... Ich dachte, du bist über meinen Geburtstag mit Freddy in Italien?«

Clara machte eine abweisende Handbewegung. »Das hat nicht geklappt. Es ist so viel passiert ... Aber das erzähle ich dir später. Jetzt sag schon, was mit dir los ist.«

Sanni wischte sich mit dem Handrücken über die tropfende Nase.

»Ach, Clara, hast du das etwa noch nicht gehört? Auf AFN berichten sie von nichts anderem mehr.«

»Nein, was denn?«

»Marilyn.« Sanni brach augenblicklich wieder in Tränen aus. »Sie ist ...«

»Was ist denn mit Marilyn? Nun sag schon.«

»Sie ist tot, Clara. Marilyn Monroe lebt nicht mehr. Man hat sie heute früh tot in ihrem Bett gefunden. So ganz genau weiß noch keiner, was passiert ist. Angeblich hat sie zu viele Schlaftabletten genommen.«

Clara schwieg bestürzt. Dann flüsterte sie: »Aber sie war doch noch so jung und so berühmt ...«

»Ja, so jung und so berühmt und so schön und so lustig. Und jetzt ist sie ...« Sanni sprach das Wort nicht mehr aus. Sie drehte den Kopf und betrachtete mit stumpfem Blick die Poster über ihrem Bett, von denen eine quicklebendige Marilyn Monroe so fröhlich herablächelte. »Ich kann es mir gar nicht vorstellen. Und das ausgerechnet an meinem Geburtstag. Meinem 21. Jetzt wird es für mich immer der Tag sein, an dem Marilyn gestorben ist.«

Clara legte ihren Arm um Sannis Schultern, die vor Kummer ihren Kopf hängen ließ. »Aber du lebst«, sagte Clara vorsichtig. »Du und ich, wir leben, wir haben unsere Zukunft noch vor uns.«

»Unsere Zukunft ...« Sanni zog ein Taschentuch unter ihrem Kopfkissen hervor und putzte sich die Nase. »Meine Zukunft war es, so zu werden wie Marilyn. Aber erst durfte ich nicht an der Schauspielschule anfangen, und dann ist sie gestorben. Was mache ich denn jetzt?«

»Du wirst deinen eigenen Weg gehen. Du bist nicht Marilyn Monroe, sondern Sanni Achinger. Hey, du bist erwachsen. Herzlichen Glückwunsch übrigens. Ich habe dir ja noch gar nicht zum Geburtstag gratuliert. Und ein Geschenk habe ich auch für dich!«

Sie reichte Sanni das Päckchen.

»Danke, das ist lieb von dir.«

Sanni packte das Geschenk aus und umarmte Clara.

»Und jetzt erzähl du mir bitte, wieso es mit eurer Reise nicht geklappt hat«, sagte sie. »Haben deine Eltern etwa was herausbekommen?«

»Nein, es war alles anders.«

Clara berichtete von Freddys überraschendem Besuch, von ihrem Geständnis und allem, was danach passiert war.

»Der Sommer der geplatzten Träume«, sagte Sanni düster. »Wenn ich wüsste, wohin, würde ich weggehen von hier. Ich bin jetzt 21. Ich kann machen, was ich will.«

»Du hast es gut.« Clara stöhnte leise. »Ich wüsste sofort, wohin ich gehen würde, wenn ich volljährig wäre. Nach Hamburg zu Freddy.«

Im Radio wurde ein neuer Musiktitel angekündigt, und augenblicklich war der Raum von Marilyn Monroes verführerischer Stimme erfüllt, voller Inbrunst sang sie »Diamonds are a girl's best friend« aus dem Musical-Film *Blondinen bevorzugt*.

Von neuerlichem Kummer überwältigt sackte Sanni zusammen, und Clara drückte sie an sich.

In diesem Moment flog die Zimmertür auf. Herr Achinger

stand da und rief unwirsch: »Jetzt hör endlich auf zu flennen, Susanne. Benimm dich heute mal wie eine erwachsene Frau, und komm runter zum Kaffeetrinken. Du hast Gäste. Die warten auf dich.«

Sanni sah auf. »Mir ist heute nicht nach feiern zumute, wirklich nicht, Papa. Ich hab dir doch gesagt, dass Marilyn Monroe gerade … «

»Papperlapapp!« Er ließ sie nicht ausreden. »Nur weil irgendwo in Amerika so ein albernes Hollywood-Sternchen gestorben ist? Das ist kein Grund, deine Gäste warten zu lassen. Nimm dich gefälligst zusammen.«

»Nur noch fünf Minuten«, bat sie. »Bitte, Papa. Ich muss mir nur noch die Nase pudern.«

»Mir reicht's!« In zwei Schritten war Sannis Vater bei ihr. Ein Hauch von Kognak umgab ihn. »Ich hab wirklich genug von deinen lächerlichen Launen. Und mach diesen blöden Sender aus.« Er drehte an den Knöpfen des Kofferradios, bis er endlich den richtigen fand und das Gerät abschaltete. Dann fasste er seine Tochter grob am Arm und riss sie hoch.

»Komm jetzt, du hast Gäste.«

»Aua. Lass mich los.«

»Und wisch dir diese grässliche Schminke aus dem Gesicht. Wie ein Flittchen siehst du aus. Wird Zeit, dass du dir mal was anderes zum Vorbild nimmst als dieses dumme Blondchen aus Amerika. Das hat jetzt alles ein Ende.«

Mit einem Ruck riss Herr Achinger das Marilyn-Monroe-Poster von Sannis Kleiderschrank, knüllte das Papier zusammen und warf es auf den Boden.

»Papa!«, kreischte Sanni entsetzt. Aber er hörte nicht. Er trat an das Fußende ihres Bettes und rupfte alle Bilder, die er zu fassen bekam, von der Wand und zerriss sie, bevor er sie zu Boden warf.

»Lass das, Papa!«, schrie Sanni noch einmal. Ihre Stimme klang schrill. »Hör auf damit! Das darfst du nicht!«

Wutentbrannt sah er sich zu ihr um.

»In meinem Hause darf ich machen, was ich will. Und ich will nicht, dass meine Tochter rumläuft wie ein billiges Mädchen. Denkst du, ich lasse dich auch so enden wie diese Monroe?«

Vollends in Rage geraten, machte sich Herr Achinger über die Kosmetikartikel von Sannis Regal her. Mit einer einzigen Handbewegung fegte er die Lippenstifte, das Make-up-Töpfchen, Claras Etui mit dem Spiegel und schließlich den Parfümflakon herunter, bis alles über den hölzernen Fußboden rollte. Augenblicklich roch das ganze Zimmer intensiv nach Chanel No 5. Sanni stieß einen Entsetzensschrei aus. Beim Herabfallen hatte sich der Glasstöpsel gelöst, und das kostbare Parfüm sickerte in den Bettvorleger.

»Mein Chanel!«, wimmerte Sanni. »Mein teures, echtes Chanel.« Sie stürzte zu Boden und hob das Fläschchen auf, aber es war leer. »Du hast mein ganzes Parfüm ausgeschüttet.«

Wie versteinert hatte Clara die Szene beobachtet. Sie schnappte erschrocken nach Luft, unfähig, auch nur ein einziges Wort herauszubekommen. Das hübsche Etui, das sie Sanni gerade noch geschenkt hatte, war bis vor die Tür gekollert. Der Klappdeckel war aufgegangen, der Spiegel darin gesprungen. Bei diesem Anblick traten ihr selbst die Tränen in die Augen.

»Das wird dir eine Lehre sein«, polterte Herr Achinger. »Solange du unter meinem Dach wohnst, tust du, was ich dir sage. Jetzt räum hier auf! Wirf das Zeug in den Müll, und dann kommst du zum Kaffeetrinken!«

Er stapfte aus dem Zimmer.

Sannis 21. Geburtstag war die traurigste Feier, die Clara je erlebt hatte. Zwar war Sanni schließlich der Aufforderung ihres Vaters gefolgt, hatte sich das Gesicht gewaschen und war mit einem schmalen Lächeln auf den Lippen an die Kaffeetafel gekommen, wo sie mit ihren Tanten und ihren Großeltern plauderte, während sie mit einer Kuchengabel in dem Stück Buttercremetorte herumstocherte, das auf ihrem Teller lag. Doch Clara hatte ihr angesehen, dass sie all ihre schauspielerischen Fähigkeiten aufbringen musste, um so ruhig und gelassen zu wirken. In ihrem Innersten, das wusste Clara, tobte noch immer ein Orkan.

Drei Tage nach Sannis Geburtstag fuhr Clara mitten in der Nacht hoch. Ein Geräusch am Fenster hatte sie aufgeschreckt. Sie lauschte. Wieder hörte sie etwas. Ein leises Knacken. Da war es noch einmal. Tick. Tick. Jemand warf kleine Steinchen gegen die Scheibe.

Sie schlug die Bettdecke zurück, stand auf und zog die Fenstervorhänge zurück. Ihr Herz schlug wie eine Trommel. Ob Freddy zurückgekommen war? Trotz der sternklaren Nacht konnte sie nichts erkennen. Erneut prasselte etwas gegen die Scheibe. Vorsichtig öffnete Clara einen Fensterflügel.

»Hey, wer ist da?«, rief sie leise in die Dunkelheit.

»Ich bin's, Sanni«, kam es mit gedämpfter Stimme von unten zurück.

»Du? Was machst denn du hier mitten in der Nacht?«

»Erklär ich dir gleich. Kannst du mich reinlassen?«

Auf bloßen Füßen schlich Clara die Treppe hinunter und öffnete geräuschlos die Haustür. Da stand Sanni, den Strohhut in der einen, einen prall gefüllten Koffer in der anderen Hand.

Clara starrte erst ihre Freundin an, dann das Gepäck. »Was ist denn jetzt los?«

»Ich habe einen Entschluss gefasst.«

Sanni stapfte an Clara vorbei ins Haus.

Wenig später saßen die Freundinnen im Halbdunkel des schwachen Mondlichts zusammen auf Claras Bett. Sannis Koffer stand neben dem Kleiderschrank, darauf lag der Hut. Ihre Sandalen mit den kleinen Absätzen hatte sie mit Schwung von den Füßen geschleudert, sodass sie unter den Schreibtisch gerutscht waren.

»Ich gehe weg von zu Hause«, erklärte sie flüsternd, aber entschlossen. »Für immer. Gestern bin ich wieder mit meinem Vater zusammengerasselt. Er hat mir verboten, mit Bluejeans im Laden zu stehen. Es hat keinen Zweck. Warum sollte ich mich noch länger mit ihm herumstreiten? Ich kann es ihm ohnehin nicht recht machen. Ich habe meinen Eltern einen Abschiedsbrief auf den Küchentisch gelegt und ihnen alles erklärt. Heute fange ich mein neues Leben an.«

Clara schluckte betroffen. »Und was wirst du tun?«

»Ich weiß es noch nicht genau. Ich will auf eigenen Beinen stehen, so viel steht fest. Wer weiß, vielleicht gehe ich nach Hamburg. Einen Job hinter der Theke finde ich überall. Und wenn Freddy für dich ein Zimmer organisieren kann, dann kann er das auch für mich.« Sie ergriff Claras Hand, die vor Schreck ganz kalt geworden war.

»Aber Sanni, du kannst doch nicht einfach weggehen«, flüsterte Clara bestürzt.

Sanni zuckte mit den Schultern. »Aber irgendetwas muss sich ändern in meinem Leben. Ich habe München so satt, Clara. Alle wollen mir vorschreiben, wie ich zu leben habe: Meine Eltern, diese Schwabinger Kleinbürger und die Prügelpolizisten, die sofort Zeter und Mordio schreien, wenn ein paar junge Leute auf der Straße ihren Spaß haben. Nein, das ist alles so von gestern.

Manchmal denke ich, ich bekomme in dieser Stadt keine Luft mehr. Ich muss weg von hier.«

Sanni stöhnte leise. »Kann ich bei euch bleiben, so lange, bis ich weiß, wie es mit mir weitergeht?«

Clara nickte.

»Natürlich.«

Sie hingen eine Weile ihren Gedanken nach, bis im Haus das leise Klappern von Türen zu hören war. Draußen begann das erste graue Licht des Morgens zu schimmern.

Clara erinnerte sich daran, dass ihr Vater heute in aller Frühe zu einem mehrtägigen Fototermin nach Stuttgart aufbrechen wollte, um Bilder für die Werbebroschüre einer großen Autofirma zu machen. Als er tags zuvor davon berichtet hatte, hätte sie ihn gerne gefragt, ob sie ihn als Assistentin begleiten durfte, wie sie es früher oft getan hatte. Aber im Moment war das Verhältnis zu ihrem Vater viel zu angespannt, als dass sie ihn darum gebeten hätte.

»Komm, Sanni, heute Nacht müssen wir nichts entscheiden. Lass uns noch ein paar Stunden schlafen. Nachher, wenn die Sonne scheint, sieht die Welt wieder besser aus.«

»Du redest wie meine Oma!« Sanni kicherte, doch sie kroch folgsam zu Clara unter die Bettdecke, und die beiden Freundinnen schmiegten sich aneinander, wie sie es als kleine Mädchen oft getan hatten, wenn die eine bei der anderen übernachtet hatte. Erst als die Morgensonne hell ins Zimmer schien, wachten sie auf.

Das Haus lag still, als Clara und Sanni in die Küche kamen. Auch aus der Tierarztpraxis im Erdgeschoss nebenan drang kein Laut herüber. Normalerweise waren immer ein Bellen, Maunzen, Krächzen oder menschliche Stimmen zu hören, wenn Dora bei der Arbeit war und ihre Patienten versorgte – sofern sie nicht außer Haus beschäftigt war. Als Clara nach der Kaffeedose griff, entdeckt sie einen Zettel: »Ich bin heute früh zum Berglacher Hof gerufen worden«, schrieb Dora. »Eine komplizierte Fohlengeburt. Das kann dauern, die Praxis bleibt deshalb bis zum Mittag geschlossen. Bitte gib das so weiter, falls jemand für mich anruft. Und Papa ist unterwegs nach Stuttgart zu einem wichtigen Fototermin. Alles Liebe, bis später.«

Clara legte den Zettel zur Seite.

»Wir haben heute Vormittag sturmfreie Bude«, erklärte sie Sanni, während sie Kaffeepulver in den Filter löffelte. »Meine Eltern sind nicht da. Wir können in aller Ruhe Zukunftspläne schmieden.«

Sanni hatte sich auf die Eckbank gesetzt, die nackten Füße auf der Sitzfläche, die Arme um die Knie geschlungen. Nachdenklich stützte sie den Kopf darauf.

»Hör mal, Clara. Ich habe nachgedacht. Warum gehen wir eigentlich nicht zusammen nach Hamburg, du und ich.«

Clara fuhr herum, den Löffel in der Hand, und eine Spur von Kaffeepulver verteilte sich auf dem Küchenfußboden.

»Ich?« Entgeistert betrachtete sie ihre Freundin.

Sanni nickte ernst.

»Ja, wie wäre das? Warum sollten wir noch länger in München bleiben? Du willst zu Freddy, und ich will in die weite Welt. Also. Los geht's! Auf nach Hamburg!«

»Aber Sanni ... Das – das ist verrückt.« Clara legte den Löffel zur Seite und klappte den Deckel der Kaffeedose zu.

Einen Augenblick lang hielt sie inne und dachte nach. Sie hatte ihren Ausbidungsplatz verloren, und ihre große Liebe lebte nicht mehr in der Stadt. Mit dem brutalen Polizeieinsatz bei den

Krawallen war sogar der Reiz Schwabings verblasst. Und ohne Sanni? Was hielt sie eigentlich noch in München?

»Du hast recht«, sagte Clara mit klopfendem Herzen. »Wir sollten zusammen nach Hamburg gehen, wir zwei. Ich könnte dort als Reporterin arbeiten. Und ob du in München oder in Hamburg in einer Kneipe arbeitest, ist nun wirklich egal. Ja, lass uns verrückt und mutig sein!«

Ein zustimmendes Grinsen breitete sich in Sannis Gesicht aus. »Donnerwetter! Das ist ein Wort! Wir starten in das Abenteuer unseres Lebens. Wir lassen uns von niemandem mehr was sagen. Ich finde, dafür kann man schon ein bisschen Ärger mit den Eltern in Kauf nehmen.«

Clara nickte. Doch ihr Herz hämmerte vor Aufregung. Noch vor ein paar Stunden war der Gedanke, die vertraute Umgebung zu verlassen, um Freddy nach Hamburg zu folgen, undenkbar gewesen. Aber jetzt, zusammen mit Sanni, war alles anders.

In ihrem ganzen Körper begann es aufgeregt zu kribbeln. Sie würde Freddy wiedersehen. Sie würde einen Job bei einer Zeitung bekommen. Sie würde ein herrlich ungebundenes Leben haben – und doch die beste Freundin an ihrer Seite wissen, von der sie immer Hilfe und Unterstützung bekommen würde. Ob ihre Eltern das verstehen würden? In Hamburg hatte sie die Chance, von vorne anzufangen. Sie würde ihrem Vater beweisen können, dass sie das Zeug hatte, um Fotoreporterin zu werden. Dann würde er nicht mehr so enttäuscht sein.

Sie könnten gleich aufbrechen. Ihre Reisetasche stand ohnehin schon gepackt in der Ecke. Und ihre Eltern würde sie anrufen, sobald sie in Hamburg angekommmen war.

Clara hatte das Gefühl, als drehte sich in ihrem Kopf ein Karussell in atemberaubender Geschwindigkeit. Sie drückte Sanni an sich und gab ihr im Überschwang der Gefühle einen Schmatz auf die Wange. »Ja. Wir zwei, wir trauen uns was! Und jetzt rufe ich gleich Freddy an, damit er weiß, dass wir kommen und er uns eine Unterkunft besorgt.«

10.

»Bitte beeil dich«, drängte Clara, während Sanni vor dem Garderobenspiegel stand und sich in aller Ruhe die Lippen nachzog. »Wenn wir noch länger trödeln, kommt meine Mutter nach Hause, bevor wir weg sind, und dann ist alles verpatzt.«

Sanni steckte den Lippenstift ein und ließ den Verschluss ihrer Handtasche zuschnappen. »Ich bin ja schon so weit. Aber mit etwas Make-up fühlt sich das Leben einfach besser an, finde ich. Und die Autofahrer nehmen einen lieber mit, wenn man gepflegt aussieht.«

»Du meist das also ernst, dass wir per Autostopp nach Hamburg fahren sollten?«

»Aber ja. Es ist ganz einfach. Wir stellen uns an die Autobahn und halten den Daumen raus. Wir sind zwei hübsche Mädchen – was meinst du, wie schnell da jemand anhalten wird, um uns mitzunehmen.«

Clara schluckte. »Ich bin noch nie zu fremden Leuten ins Auto gestiegen ... Ich bin mir nicht sicher, ob das eine gute Idee ist.«

»Na klar, das ist nicht nur gut, das ist perfekt. Wenn wir die Fahrtkosten sparen, haben wir mehr Geld, um in Hamburg über die Runden zu kommen. Und wir gucken uns die Leute im Wagen natürlich vorher genau an.«

Clara nickte. Sie warf einen letzten Blick in die Küche, wo der

Brief auf dem Tisch lag, den sie ihren Eltern hinterlassen hatte. Hastig und mit einem nicht ganz reinen Gewissen hatte sie ihnen geschrieben, was sie vorhatte. Behutsam schloss sie die Küchentür, als wäre jemand da, den sie nicht wecken wollte. Ihr Herz klopfte zum Zerspringen. Erst vor einer Viertelstunde hatte sie mit Freddy gesprochen. Er war sofort am Telefon gewesen, als sie anrief. Wie sehr er sich gefreut hatte, als sie ihm sagte, dass sie und Sanni heute nach Hamburg fahren würden. »Das ist die beste Nachricht des Jahres«, hatte er gesagt. »Ich kann es nicht abwarten, dich endlich wieder im Arm zu halten. Und ich weiß auch schon, wo ihr wohnen könnt.«

Clara hatte sich die Adresse der kleinen Hamburger Pension aufgeschrieben, die er genannt hatte, und bewahrte den Zettel in ihrer Geldbörse auf wie eine Kostbarkeit. Sie nahm ihre Reisetasche in die Hand.

Leb wohl, liebes Zuhause, du liebe vertraute Umgebung und ihr lieben vertrauten Menschen, dachte sie, während sie draußen die Tür abschloss. Vor dem Gartentor wanderte ihr Blick hinauf zum ersten Stock des Nachbarhauses. Hinter der Fensterscheibe in Leos Zimmer erkannte sie schemenhaft seine Gestalt. Er saß am Schreibtisch, über seine Bücher gebeugt, ohne aufzusehen. Für einen Moment wurde ihr Herz schwer. Auch ihn würde sie in Hamburg vermissen. Sie nahm sich vor, ihm gleich nach ihrer Ankunft eine Postkarte zu schreiben und alles zu erklären. Clara schluckte den allerletzten Zweifel hinunter. Nein, jetzt nur nicht sentimental werden. Es konnte losgehen. Heute brach ihr neues Leben an. Das Geheimnis der Freiheit ist Mut, das hatte Clara mal irgendwo gelesen. Nie zuvor war ihr dieser Satz so wahr und wichtig erschienen wie heute.

Als sie die Autobahnauffahrt München-Schwabing am nördlichen

Stadtrand erreicht hatten, stellten Clara und Sanni fest, dass sie nicht die Einzigen waren, die darauf hofften, von einem Autofahrer mitgenommen zu werden. Zwei junge Männer in schmutzigen Nietenhosen und mit langen, ungepflegten Haaren standen am Straßenrand und winkten nach amerikanischer Art lässig mit dem Daumen, Zigaretten im Mundwinkel. Clara rümpfte ein wenig die Nase. Gammler, würden ihre Eltern zu solchen Leuten sagen, junge Menschen, die mit der bürgerlichen Gesellschaft nichts zu tun haben wollten und ihren Lebensunterhalt nicht durch regelmäßige Arbeit verdienten, sondern durch Schnorren, Betteln oder manchmal auch durch Gitarrespielen in den Einkaufsstraßen. Seit ein paar Jahren gab es immer mehr solcher Leute in den Städten, auch in München. Sie lebten ein Leben in absoluter Unabhängigkeit von allen Zwängen und Verpflichtungen, für den Preis, von den meisten anderen Menschen schief angeguckt oder verachtet zu werden und gelegentlich sogar eine Nacht in Polizeiarrest verbringen zu müssen.

Sie fragte sich, ob sich wohl heute noch irgendein Autofahrer dieser beiden unansehnlichen Burschen erbarmen würde. Doch zu ihrer Verblüffung stoppte in diesem Augenblick ein alter Opel Admiral und nahm die Gammler mit.

Ein anderer Tramper zeigte das Ziel seiner Reise auf einem Stück Pappkarton an, das er in Händen hielt: »Student nach Nürnberg«, stand in großen, krakeligen Buchstaben darauf.

Clara beobachtete, wie ein Lastwagen anhielt und der junge Mann mit dem Pappschild in die Führerkabine kletterte. Dann rollte der Lkw wieder an.

»Der hat es auch geschafft«, bemerkte sie und sah dem abfahrenden Lastwagen nach, der sich vorsichtig in den rollenden Verkehr einfädelte.

»Jetzt sind wir an der Reihe«, erklärte Sanni und hob einen

Arm, um zu winken. »Und denk dran: Immer schön lächeln, damit uns ein netter Autofahrer in seinen Wagen einlädt ...«

Doch eine Weile geschah nichts. An ihnen sausten die Autos vorbei, schwere Fernlaster, elegante Cabrios, knatternde Motorräder, qualmende Omnibusse und Straßenkreuzer, die in der Sonne blitzten. Manchmal winkte ein Fahrer zurück, doch die meisten blickten nur stur geradeaus und fuhren unbeirrt ihren Weg. Es schien so, als wollte niemand mehr anhalten, und Clara tat bald der hochgehobene Arm mit dem ausgestreckten Daumen weh.

Doch endlich verlangsamte einer der Wagen die Geschwindigkeit. Sanni juchzte. Es war ein schicker weißer Mercedes, der wenige Meter vor ihnen mit rot leuchtenden Bremslichtern ausrollte und schließlich stehen blieb.

»Komm, der ist für uns«, rief Sanni, nahm ihren Koffer und lief auf den Wagen zu. »Was haben wir doch für ein Glück. In so einem noblen Schlitten habe ich noch nie gesessen.«

Clara folgte ihr mit klopfendem Herzen. Als sie das Auto erreichten, hatte der Fahrer bereits die Seitenscheibe heruntergekurbelt. Es war ein gepflegter, etwas fülliger Herr Ende fünfzig, das gescheitelte Haar war an den Schläfen schon grau, er trug eine Hornbrille, und unter seinem offenen Sakko spannte sein gewaltiger Bauch das weiße Hemd.

»Na, die Damen, wo soll's denn hingehen?«, rief er den Freundinnen leutselig zu.

»Wir sind unterwegs nach Hamburg«, erklärte Sanni strahlend. »Können Sie uns mitnehmen?«

»Ganz so weit fahre ich heute nicht, aber immerhin nach Hannover, bis dahin könnt ihr mitfahren. Wäre mir ein Vergnügen.«

»Oh, wunderbar. So ein Glück, das ist ja schon die längste Strecke.«

»Setzt euch rein. Wer möchte neben mir auf den Beifahrersitz und die beste Aussicht genießen?«

Sanni und Clara blickten einander schulterzuckend an.

»Geh zuerst nach vorn«, entschied Sanni schließlich. »Es macht mir nichts aus, auf der Rückbank zu sitzen. Wir machen zwischendurch sicher mal eine Pause, dann können wir tauschen.«

Clara nickte. Sie verluden ihr Gepäck und stiegen ein. Kurz darauf rollte der Wagen mit zunehmender Geschwindigkeit über die Autobahn. Clara lehnte sich glücklich zurück. Auch sie war noch nie in einem so vornehmen Wagen gefahren. Er schien noch ganz neu zu sein und roch nach frischem Leder. Ihr breiter Sitz war bequem wie ein Sessel. Sie streckte die Beine aus und beobachtete, wie draußen die Landschaft an ihnen vorbeizog, erst ein paar Häuser noch, dann nur noch Wiesen und Felder. Adieu, München, dachte sie und: Hamburg, wir kommen!

Trotz der hoch stehenden Augustsonne war es angenehm kühl im Wagen. Durch die Lüftungsschlitze am silbrig glänzenden Armaturenbrett zog eine frische Brise herein, und aus dem Autoradio kam klassische Musik.

»Ein Pfefferminzbonbon gefällig?« Der Mann am Steuer reichte ihnen eine Rolle Drops, und Clara und Sanni bedienten sich.

»Nun, erzählt doch mal, was wollen zwei so hübsche Mädchen wie ihr denn in Hamburg?«, erkundigte er sich. »Urlaub oder Verwandtschaftsbesuch?«

»Keines von beiden«, erklärte Clara bereitwillig. »Wir bleiben länger da. Vielleicht für immer. München kennen wir jetzt genug, wir wollen auch mal etwas anderes erleben. Wir sind ja noch jung.«

Der Mann schmunzelte. »So ist es recht, immer schön neugierig bleiben, sonst verpasst man womöglich was Schönes. Und zwei so aufgeweckte Mädchen, wie ihr es seid, haben da oben ganz sicher ihren Spaß ...«

Mit einem Seitenblick zwinkerte er ihr zu.

»O ja, den werden wir haben.« Clara nickte, etwas verlegen, weil sie den Eindruck hatte, dass sich der Mann am Steuer ein wenig über sie und Sanni lustig machte. »Aber wir fahren nicht nur zum Vergnügen nach Hamburg. Wir wollen dort auch Arbeit finden. Mein Freund lebt in Hamburg, und er hat gesagt, dass es da sehr viele Möglichkeiten für uns gibt.«

»Na, das will ich meinen.« Der Mann lachte schallend. »Nirgendwo ist es einfacher für schöne Mädchen, Geld zu verdienen als in Hamburg.«

Grinsend sah er Clara an, die bei diesem Blick errötete. Es lag etwas in den kleinen Augen hinter der Hornbrille, das sie verunsicherte.

»Ich möchte als Journalistin arbeiten«, erklärte sie schnell. »Und ich weiß, dass es sehr viele Zeitungsverlage in Hamburg gibt, die immer auf der Suche nach guten Leuten sind.«

»Und wohin sind Sie unterwegs?«, fragte Sanni den Fahrer, wobei sie sich ein wenig vorbeugte.

»Nach Hause. Ich hatte in dieser Woche ein paar Geschäftstermine in München. Ich bin in der Automobilbranche tätig.«

»Ah«, machte Sanni, »daher der tolle Wagen.«

Der Mann nickte. »Wenn man so oft so lange Strecken fährt wie ich, ist es wichtig, ein bequemes Fahrzeug zu haben – und wenn mir dabei noch so zwei reizende junge Damen Gesellschaft leisten, umso besser.«

Wieder zwinkerte er Clara zu, der es inzwischen ein wenig unbehaglich zumute wurde. Warum betonte dieser Mann ständig, wie sehr er sich darüber freute, zwei junge Mädchen mitgenommen zu haben? Die anderen Tramper an der Autobahnauffahrt hätte er ganz sicher nicht eingeladen.

Eine Weile herrschte Schweigen im Wagen. Zu hören war nur das Brummen des Motors und Mozarts »Kleine Nachtmusik«, die leise aus den Lautsprechern des Autoradios dudelte.

»Du kannst dich entspannen, junges Fräulein, ich bin ein sehr sicherer Fahrer«, sagte der Mann plötzlich zu Clara. Noch bevor sie etwas antworten konnte, legte er seine rechte Hand auf ihren Oberschenkel. Ihr stockte der Atem. Erschrocken betrachtete sie die fleischigen Finger auf ihrem Rock, den einen schmückte ein dicker schwarzer Siegelring.

»Bitte«, brachte sie endlich hervor. »Ich ... ich möchte das nicht.«

»Du bist doch nicht etwa schüchtern? Ich tu dir doch nicht weh. Wir wollen doch nur ein bisschen Spaß haben auf unserer langen Reise, oder? Deshalb seid ihr doch in mein Auto gestiegen, oder?« Er ließ seine Hand, wo sie war. Das Grinsen in seinem Gesicht kam Clara jetzt abscheulich vor.

Auch Sanni schien für einen Augenblick sprachlos, dann beugte sie sich vor und rief:

»Hey, haben Sie schlechte Ohren, Mister? Das ist nicht lustig. Sie sollen sofort Ihre Pfote da wegnehmen. Sonst kurbele ich das Fenster runter und schreie ganz laut um Hilfe.«

»Na, immer langsam, junges Fräulein! Ich bin doch kein Schwerverbrecher. Ich umgebe mich nur gern mit schönen, aufgeschlossenen Frauen.« Der Mann blickte Sanni durch den Rückspiegel an und schnalzte tadelnd mit der Zunge. Doch er gehorchte und legte die Hand zurück ans Steuer. »Himmel, ihr seid aber empfindlich. Da ist doch nichts dabei. Ihr werdet euch in Hamburg noch ganz schön umgewöhnen müssen. Da sind die

Mädchen nicht so zimperlich wie ihr, die wissen, was wirklich Spaß macht ...«

Der Pfefferminzdrops schmeckte Clara plötzlich schal im Mund. Noch immer meinte sie, den warmen Druck seiner Hand auf ihrem Schenkel zu spüren. Ekel wallte in ihr auf. An was für einen Mann waren sie hier geraten? Sie wollte hier raus, und zwar sofort. So hatte sie sich ihren Autostopp nicht vorgestellt.

Der Wagen fuhr jetzt an einem großen blauen Verkehrsschild vorbei. Hannover 580 Kilometer, stand darauf. Sie unterdrückte ein Stöhnen. Das war ja endlos! Wären sie doch nur mit dem Zug gefahren! Clara drehte den Kopf und warf Sanni einen flehenden Blick zu. Die begriff sofort.

»Ich denke, wir fahren lieber mit jemand anders weiter«, erklärte Sanni. »Bitte halten Sie am nächsten Parkplatz an!«

Der Mann am Steuer lachte. »Meine Damen, das hier ist doch kein Taxi. Wann und wo wir anhalten, das entscheide immer noch ich. So ist das beim Autostopp.«

Clara schluckte. Das Hochgefühl der ersten Minuten hatte sich in nackte Angst verwandelt. Selbst die edlen Ledersitze fühlten sich auf einmal kalt und unbequem an.

»Mir ... mir ist furchtbar schlecht«, behauptete sie. »Ich glaube, ich vertrage das Autofahren nicht mehr. Ich muss mich übergeben. Schnell, halten Sie bitte an ...«

»Ist ja schon gut«, erwiderte der Mann. »Ich wollte sowieso an der nächsten Raststätte zum Tanken rausfahren.«

Kurz darauf tauchte ein Hinweisschild neben dem Seitenstreifen auf, und der Fahrer setzte den Blinker.

Clara konnte sich nicht erinnern, wann sie schon einmal so erleichtert gewesen war wie in dem Moment, in dem sie und Sanni ihr Gepäck nahmen und die Autotüren hinter sich zuwarfen.

»Gott sei Dank, den sind wir los!« Der Stoßseufzer kam aus tiefstem Herzen.

»Viel Glück noch auf der Fahrt nach Hamburg«, rief der Mann ihnen vom Auto aus zu, dann winkte er den Tankwart heran.

Clara und Sanni antworteten nicht. Sie schlichen zum Rasthaus, dessen Eingangstür gleich neben der Tankstelle lag, und bestellten sich an der Theke zwei Kaffee. Claras Knie zitterten noch immer, als sie neben Sanni zu einem der kleinen Tischchen im Gastraum ging, wo sie sich setzten. Von ihrem Platz aus beobachteten sie durch die großen Fensterscheiben, wie der Mercedes betankt wurde und nach ein paar Minuten weiterfuhr.

»Puh«, kommentierte nun auch Sanni. »Bin ich froh, dass wir da raus sind. Was für ein unsympathischer Zeitgenosse. Und ich dachte, ein Mann, der so einen schicken Wagen fährt, kann kein schlechter Mensch sein.«

Clara nickte. »So kann man sich täuschen ...«

»Es tut mir leid, dass er dich angefasst hat. Ich wünschte, ich hätte vorn gesessen.«

»Jetzt ist es ja vorbei. Gott sei Dank.«

Am liebsten hätte sich Clara zum nächsten Bahnhof durchgeschlagen, um mit dem Zug weiterzufahren. Aber Sanni hatte recht. Eine Fahrkarte war viel zu teuer. Sie mussten ihr Geld zusammenhalten, bis sie in Hamburg eine Anstellung gefunden hatten.

»Guck dir das an!«, rief Sanni. »Der kommt doch wie gerufen. Schnell, trink aus! Da draußen wartet unser nächster Chauffeur.«

Clara folgte Sannis Blick. An der Zapfsäule, von der eben erst der Mercedes weggefahren war, rollte gerade ein roter Lieferwagen heran. Das laute Scheppern und Klappern des alten Autos drang noch ein paar Sekunden lang durch die Fensterscheibe der Raststätte, dann wurde der Motor ausgeschaltet und verstummte.

Selbst auf die Entfernung war zu erkennen, wie verrostet der Wagen war. Das italienische Nummernschild hing ein wenig schief und verbogen unter der Motorhaube. Das Auffallendste aber war der große grün-weiße Schriftzug, der quer über die Seite des Wagens angebracht war: *Ristorante Pizzeria Bella Napoli, Hamburg – original italienische Speisen.*

»Das ist unser Mann«, jauchzte Sanni und sprang auf. »Der hat zwar vielleicht kein besonders schickes Auto, aber er bringt uns direkt nach Hamburg.« Sie kicherte. »Jedenfalls, sofern die alte Kiste nicht vorher zusammenbricht. Aber wenn sie von Neapel bis hier gehalten hat, schafft sie es hoffentlich auch noch nach Hamburg. Los, komm.«

Ehe Clara etwas erwidern konnte, war Sanni schon nach draußen gelaufen. Clara folgte ihr hinaus zur Zapfsäule, wo der Tankwart gerade dabei war, den roten Lieferwagen zu bedienen.

Dessen Fahrertür öffnete sich, und ein junger Mann stieg aus. Er holte sich einen Wassereimer, der neben der Zapfsäule stand, und begann mit einem Schwamm die fleckige Windschutzscheibe zu säubern.

»Aber mein Herr, nicht doch, das mache ich ...«, begann der Tankwart, doch der Mann aus dem Auto winkte nur ab. Clara schätzte, dass er nur ein paar Jahre älter war als sie selbst. Er trug eine blaue Anzughose, die schon bessere Zeiten gesehen hatte, dazu ein kariertes Hemd, das so weit aufgeknöpft war, dass man sein weißes, geripptes Unterhemd darunter erkennen konnte. Die schwarzen Locken fielen ihm bei jeder Bewegung ins Gesicht, sooft er sie auch zurückstrich. Als er die Mädchen auf sich zukommen sah, lächelte er sie freundlich an.

»Una bellissima giornata, belle signorine«, rief er munter.

»Guten Tag«, erwiderte Clara, die immerhin genug Italienisch verstand, um auf seinen Gruß zu antworten. Er reagierte mit einem Lächeln, das eine gerade Reihe blitzweißer Zähne sehen ließ. Sie fasste sofort Vertrauen zu ihm. Dieser freundliche junge Mensch würde sich ganz sicher keine Unverschämtheiten herausnehmen.

»Sprechen Sie vielleicht auch Deutsch?«, erkundigte sich Sanni.

»Eine bisschen«, antwortete der Mann mit unüberhörbarem Akzent in der Stimme. »Was kann ich helfen?«

»Sie sind doch sicher unterwegs nach Hamburg, oder?« Sanni zeigte auf die Aufschrift am Wagen. »Können Sie uns mitnehmen? Das wäre furchtbar nett. Wir müssen nämlich auch dorthin.«

»Autostopp?« Er schien einen Augenblick lang zu überlegen, dann zuckte er zustimmend mit den Schultern. »Ist in Ordnung. Wenn meine Schwester hat nichts dagegen.«

Clara blickte durch die Windschutzscheibe ins Innere des Wagens. Erst jetzt sah sie die junge dunkelhaarige Frau, die sie vom Beifahrersitz aus beobachtete.

»Perfekt, besser kann es nicht sein«, murmelte sie Sanni zu. »Wenn der Typ mit seiner Schwester unterwegs ist, fasst er uns garantiert nicht an.«

Der Tankwart war fertig, und der junge Italiener bezahlte ihn. Dann öffnete er die Fahrertür, beugte den Kopf und wechselte in seiner Muttersprache ein paar Worte mit seiner Schwester. Mit Erleichterung sahen sie, wie die Frau im Auto schließlich nickte.

»Maria ist einverstanden«, erklärte der junge Mann, während er sich das Hemd ordentlich zuknöpfte. »Könnt ihr mitfahren. Ich zeige euch, wo ihr könnt die Gepäck abstellen.«

Sie gingen um den Wagen herum, und der Italiener klappte die beiden Hecktüren auf. Claras Augen gingen über. Der Laderaum des Wagens war bis zur Decke mit Lebensmitteln gefüllt. Da stapelten sich Paletten voller Tomatendosen und Mehltüten,

Weinkisten, Kanister mit Olivenöl und Körbe voller Orangen und Zitronen. Mit Mühe fanden Clara und Sanni einen Platz, wo sie Koffer und Reisetasche unterbringen konnten. Dann kletterten sie auf die schmale Rückbank des Autos, und wenig später rollte der Lieferwagen mit ohrenbetäubendem Rattern über die Autobahn. Der Lärm des Motors stand in krassem Missverhältnis zu der Geschwindigkeit, mit der sie vorankamen. Es waren nicht einmal achtzig Stundenkilometer.

»Tut mir leid, iste eine alte *macchina*«, erklärte der junge Mann und drehte sich kurz zu den beiden Freundinnen auf dem Rücksitz um. »Fährt nicht schneller, müssen wir haben die Geduld. Aber hoffe ich, kommen heute noch an in Hamburg. Mein Name ist Dino. Und das ist meine Schwester Maria. Wir kommen aus Italien. Von weit. Von Neapel. Wir fahren zu mein Onkel in Hamburg. Hat dort eine wunderbare Ristorante. Da werde ich arbeiten. Und Maria auch. Kennt ihr Pizza? Beste italienische Essen.« Er nahm die rechte Hand vom Steuer, drückte Daumen und Zeigefinger zusammen, sodass sie einen Ring bildeten, und sagte genussvoll: »*Buonissimo.*«

»Das glaube ich gern«, antwortete Clara, der der offenherzig plaudernde Mann in diesem klapprigen Auto so viel sympathischer war als der zwielichtige Herr in seiner schicken Limousine. »Ich habe noch niemals Pizza gegessen. Aber ich würde es furchtbar gerne einmal probieren.«

»Ich auch!«, fügte Sanni hinzu. »Aber jetzt wollen wir lieber nicht mehr übers Essen reden, sonst bekomme ich nämlich schrecklichen Hunger.«

Vom Beifahrersitz her raschelte es. Maria drehte sich zu den beiden Freundinnen um und hielt ihnen mit einem auffordernden Kopfnicken eine geöffnete Papiertüte hin. Ein paar duftende Pfirsiche lagen darin.

»*Per favore*«, sagte sie. »*Ho portato qualche pesca. Prendetene pure.*«
Und Dino fügte hinzu: »Die haben wir von zu Hause mitgenommen. Sind die zuckersüß, beste Pfirsiche von Welt.«
Clara nahm dankend zwei Früchte aus der Tüte und reichte
eine davon Sanni. Heißhungrig biss sie hinein. Tatsächlich hatte
sie noch nie einen Pfirsich gegessen, der so saftig und köstlich
schmeckte wie dieser.
»*È buono?* Ist gut?«, fragte Maria, und Clara nickte, während sie
sich mit dem Handrücken den Pfirsichsaft abwischte, der ihr über
das Kinn tropfte. »Einfach wunderbar!«
Obwohl es eng war auf der Rückbank und der alte Lieferwagen so langsam dahinklapperte, dass an der geringsten Steigung
selbst Busse und schwere LKW an ihm vorbeizogen, genoss Clara
die Fahrt.
Sie hatten die Fenster aufgekurbelt, und von draußen zog warmer Sommerwind in den Wagen, der ihre Haare wehen ließ. Sie
fuhren an den grünen Hopfenfeldern der Hallertau vorbei, wo
sich die Pflanzen an den langen Holzstangen rankten. Später rollten sie durchs Frankenland und bestaunten die Weinberge und
die Würzburger Residenz, die auf ihrer Anhöhe von der Autobahn
aus gut zu sehen war. Währenddessen plauderten sie ununterbrochen. Auch für die Geschwister aus Italien war diese Reise
der Aufbruch in ein neues Leben, wie Dino erzählte. Die beiden
stammten aus einem kleinen Dorf in der Nähe von Neapel, wo sie
vor vier Tagen losgefahren waren. Nach dem Ende seines Militärdienstes war Dino schon einmal für ein paar Wochen bei seinem
Onkel in Hamburg gewesen, um in dessen Pizzeria auszuhelfen.
Jetzt sollte es für immer sein. »Meine Eltern wäre lieber, wenn ich
würde übernehmen ihre Zitronenplantage in San Pietro«, erklärte
Dino. »Aber habe ich nicht Lust, Rest von meine Leben in unsere
kleine Dorf zu verbringen. Will ich etwas sehen von die Welt. Und

Hamburg ist große Stadt. Außerdem liebe ich, in die große Küche gute Essen kochen und mit die nette Gäste plaudern. Ein Tag, wenn meine Onkel ist zu alt für Arbeit, dann werde ich Chef von *Ristorante Bella Napoli*.«

Nicht ohne Stolz legte er sich bei diesen Worten die Hand auf die Brust.

Clara und Sanni erfuhren, dass Dinos Onkel Mitte der fünfziger Jahre als Gastarbeiter in die Stadt gekommen war, wo er zunächst am Hafen gearbeitet hatte. Dann hatte er sich in eine Deutsche verliebt und geheiratet und war für immer dort geblieben. Von Anfang an hatte er eisern gespart und sich vor ein paar Jahren endlich seinen lang gehegten Traum von einem eigenen Lokal in Hamburg erfüllt. Da er keine Kinder hatte und seine Frau vor einiger Zeit verstorben war, hatte er seinen Neffen gebeten, ihn in seinem Restaurant zu unterstützen, und Dino hatte nur zu gern Ja gesagt. Der junge Mann berichtete das alles in holprigem, aber lustigem Deutsch und begleitete jeden Satz mit einer lebhaften Geste.

»Wo hast du Deutsch gelernt?«, wollte Clara wissen. »Du sprichst sehr gut.«

»Danke, habe ich gelernt von *un disco*, von ein Schallplatte«, berichtete Dino. »Meine Onkel hat geschickt Platte mit Deutsche Sprachkurs und dickes Buch mit die Grammatik dazu. Habe ich ganze Sommer gehört Deutsche Sprache und nix Musik. Hat nicht immer gemacht Spaß, aber muss ich können Deutsche Sprache, wenn ich in Hamburg in Ristorante arbeiten will.«

»Das hat sich gelohnt«, stellte auch Sanni anerkennend fest. »Du kannst dich sehr gut ausdrücken. Jedenfalls verstehen wir dich ausgezeichnet. Und was ist mit dir, Maria?«

»Oh, nix, nix die Deutsch …«, stammelte sie erschrocken.

Clara betrachtete sie verstohlen. Maria war ganz anders als

ihr Bruder, eine schüchterne, schweigsame junge Frau, die kaum zwanzig Jahre alt sein mochte. Sie war attraktiv mit ihren hohen Wangenknochen und den großen braunen Augen, doch darunter lagen tiefe Schatten, als habe sie lange nicht mehr gut geschlafen. Sie trug ein durchgeknöpftes schwarzes Leinenkleid, wie auf einer Beerdigung, und ihre langen, dunklen Haare waren zu einem dicken Zopf zusammengeflochten. Wie Dino berichtete, hatte Maria die Umgebung ihres Heimatdorfes noch nie verlassen, und ihr war anzusehen, dass es ihr ein wenig bang war vor dem Leben in der Fremde, zumal sie fast kein Wort Deutsch sprach.

»Schon zehn Kilometer hinter Neapel hatte Heimweh.« Dinos Worte klangen ein wenig spöttisch, doch während er sprach, blickte er seine Schwester mit einem nachsichtigen Lächeln an. »Iste keine Wunder, muss sie lassen ihren Verlobten zurück in San Pietro, um Onkel Giancarlo und mir zu helfen. Aber schon nächstes Jahr, sie fährt zurück. Und dann werden sie heiraten, Maria und Lorenzo.«

Als sie den Namen Lorenzo hörte, huschte ein seliges Lächeln über Marias Gesicht, doch der freudige Glanz in ihren Augen verschwand gleich wieder. Wahrscheinlich erinnerte sie sich gerade wieder daran, wie lange es noch dauerte, bis sie ihren Liebsten endlich wiedersehen durfte, überlegte Clara. Die junge Frau tat ihr leid. Tröstend legte sie ihre Hand auf Marias Schulter und sagte:

»Keine Sorge, in Hamburg gibt es so viel Aufregendes zu erleben, da vergeht die Zeit wie im Flug. Ehe du dichs versiehst, Maria, ist nächstes Jahr, und dann kannst du deinen Lorenzo wieder in die Arme nehmen.«

»Viele Dankeschön«, brachte sie mühsam heraus, nachdem Dino Claras Worte für seine Schwester übersetzt hatte. »Mille grazie.«

»Hach«, rief Sanni glücklich. »Ist das nicht wunderbar? Wir sind noch gar nicht in Hamburg angekommen und haben dort schon Freunde gefunden.«

Dino lachte die beiden durch den Rückspiegel an. »Iste lustige Gesellschaft mit euch«, sagte er. »Müsst ihr uns bald kommen besuchen in Ristorante Bella Napoli. Seid ihr unsere Gäste.«

»Oh ja, wir kommen auf jeden Fall«, versicherte Clara. »Und wir freuen uns schon sehr darauf.«

Ihr begegnete Marias scheues Lächeln, es war voller Dankbarkeit, und in diesem Moment wusste sie, dass ihre Reise in ein wunderbares neues Leben gerade erst begonnen hatte. Das Leben in einer neuen Stadt mit neuen Freunden und neuen Erlebnissen. Es würde nicht immer einfach sein, es würde Rückschläge geben, gewiss, und Enttäuschungen, so wie vorhin auf dem Beifahrersitz des Mercedes. Aber so wie sie aus dieser brenzligen Situation herausgekommen war, so würde sie auch alle anderen Schwierigkeiten überwinden. Eine Welle von Mut und Zuversicht pulsierte durch Claras Adern. Es war richtig gewesen, ihrem Zuhause den Rücken zu kehren und etwas Neues zu wagen. Heimlich drückte sie Sannis Hand. Die beiden Freundinnen lächelten einander an. Eine wunderbare Zukunft lag vor ihnen, ein unabhängiges und selbstbestimmtes Leben in einer aufregenden Stadt. Und sie fuhren geradewegs dorthin, immer geradeaus, der Freiheit entgegen.

11.

Als die vier in Hamburg ankamen, dämmerte der Abend bereits. Clara war überwältigt von dem Anblick, den die große Stadt ihnen bot. Auf beiden Seiten der Fahrbahn tauchten plötzlich die Kräne des Hafens auf, gigantische Konstruktionen aus Stahl, die bis in den Himmel zu reichen schienen, dazu Türme von Holzkisten, Fässern und Säcken. Sie sah riesige Schiffe, Speicher, Silos, Lagerhallen, Brücken und überall grelle, blinkende Lichter, die sich im Wasser der Elbe spiegelten. Beim Anblick der großen, geschäftigen Stadt spürte Clara einen seltsamen Druck auf den Magen. Selbst die Häuser erschienen ihr hier höher als die in München, die Straßen voller, lauter und fremder. Sie fühlte sich ein wenig verloren und war froh, dass Sanni an ihrer Seite war.

»Unser neues Leben fängt gerade an, ist das nicht famos?«, flüsterte Sanni.

Clara nickte und schluckte tapfer den Kloß im Hals hinunter.

Dino hatte angeboten, Clara und Sanni direkt bis zu der Pension zu fahren, in der Freddy das Zimmer für sie organisiert hatte. Die beiden hatten Dinos zerknitterten Stadtplan auf ihren Knien ausgebreitet und versuchten nun, sich in dem abendlichen Verkehrsgewirr zurechtzufinden. Schließlich fanden sie die gesuchte Adresse im Bezirk St. Georg unweit des Bahnhofs. Clara hielt den Atem an. Der Lieferwagen stoppte in einer engen Gasse vor einem schäbigen, dreistöckigen roten Klinkerhaus mit weißen Sprossenfenstern, das wie eingeklemmt zwischen zwei anderen heruntergekommenen Gebäuden aus dem 19. Jahrhundert stand.

»Hausnummer 62«, stellte Sanni fest. »Hier sind wir richtig.«

»Ich wusste gar nicht, dass wir über einer Kneipe wohnen würden«, murmelte Clara und ließ ihre Blicke über die schmuddelige Häuserfassade wandern.

»Zur blauen Glocke« stand auf dem rostigen Blechschild über der Eingangstür, und wie gerufen stolperten zwei junge Männer in Seemannskleidung heraus, als der Wagen angehalten hatte. Arm in Arm schwankten sie die Straße hinunter. Dabei grölten sie etwas in einer Sprache, die Clara nicht kannte.

Obwohl sie sich darauf gefreut hatte, sich nach der langen Fahrt endlich wieder strecken und bewegen zu können, fiel es Clara jetzt schwer, aus dem Wagen zu steigen. Am liebsten wäre sie mit Dino und Maria zum Lokal ihres Onkels weitergefahren. Die beiden waren ihr so vertraut geworden in den vergangenen Stunden, und im Ristorante Bella Napoli sah es ganz gewiss einladender aus als hier.

Doch Sanni war voller Unternehmungsgeist. Sie hatte schon die Autotür geöffnet und war hinausgesprungen. »Auf geht's, Hamburg, wir kommen!«, rief sie munter, und Clara folgte ihr. Die beiden holten ihr Gepäck aus dem Laderaum und verabschiedeten sich herzlich von Dino und Maria mit dem Versprechen, sich so bald wie möglich in der Pizzeria blicken zu lassen.

Dann betraten sie die Blaue Glocke. In dem kleinen Schankraum herrschte Hochbetrieb. Dichter Zigarettenqualm schlug ihnen entgegen, dazu roch es nach Bier und Schnaps und Schweiß. Aus einer Jukebox tönte in voller Lautstärke der Schlager »Heißer Sand« von Mina, der den ganzen Sommer über auch in den Münchener Radioprogrammen gedudelt hatte. Manche Leute sangen mit, die anderen mussten einander anschreien, um sich bei der lauten Musik unterhalten zu können. Der Lärmpegel war ohrenbetäubend. Es gab nur wenige kleine Tische, an einem saßen drei Männer zusammen und spielten Skat. In der Ecke saß ganz allein ein kleiner, asiatisch aussehender Mann, vor ihm eine halb geleerte Flasche Kognak. Er schien betrunken zu sein und weinte lautlos.

Die meisten Besucher aber standen an der Theke, es waren zumeist Männer, manche von ihnen in Begleitung einer leicht bekleideten, grell geschminkten jungen Frau, die bei näherer Betrachtung gar nicht mehr so jung waren, wie Clara feststellte. Verlegen traten sie an den Schanktisch, hinter dem eine dralle Mittsechzigerin mit blond gefärbtem, hochtoupiertem Haar gerade dabei war, Bier zu zapfen. Sie trug einen speckigen, ehemals weißen Kittel, der so gar nicht zu ihren sorgfältig nachgezogenen knallroten Lippen passte.

»Entschuldigung«, schrie Sanni gegen den Krach in der Gaststube an. »Sind Sie hier die Wirtin? Frau Grotjahn? Wir haben ein Zimmer in der Pension angemietet.«

Die Frau sah auf. »Die Damen aus München? Wird aber auch Zeit, dass Sie endlich da sind. Freddy sagte, Sie kommen mit dem Nachmittagszug. Der ist lange durch. Ich dachte schon, Sie haben es sich anders überlegt. Eine Stunde später, und ich hätte das Zimmer an jemand anders vergeben. Kann es mir nicht leisten, auf zwei leeren Betten sitzen zu bleiben.« Sie drehte den Kopf. »Schorsch?«

Hinter der Theke wurde ein Vorhang zur Seite geschoben, und ein unrasierter, bulliger junger Mann steckte seinen Kopf durch die Türöffnung. »Was?«, fragte er, eine Zigarette im Mundwinkel.

»Kümmere dich mal für einen Moment um die Bar, Schorsch. Ich hab Kundschaft für die Pension.«

Mit diesen Worten schob die Wirtin ein Tablett mit frisch gefüllten Biergläsern über den Tresen und trat auf die Mädchen zu.

»Na, dann kommt mal mit, ihr beiden Hübschen.«

Sanni und Clara folgten ihr aus der Kneipe und durch ein muffiges Treppenhaus hinauf in den ersten Stock. Das Gebäude sah innen genauso renovierungsbedürftig aus wie von außen. Jede einzelne der ausgetretenen Holzstufen knarzte, sobald man einen Fuß daraufsetzte, und an den Wänden blätterte der graue Putz ab. Am Ende eines Ganges, von dem auf beiden Seiten mehrere Zimmer abgingen, öffnete Frau Grotjahn eine Tür, drehte einen Lichtschalter an und ließ Clara und Sanni eintreten. Sie standen in einem schmucklosen Raum mit einer vergilbten Blümchentapete, in dem sich ein Doppelbett, ein Schrank, ein Sessel und ein Waschbecken befanden. Über dem Bett lag eine mit Rosenranken bestickte Decke, auf der zu lesen war: »Ein gutes Gewissen ist ein sanftes Ruhekissen«. Ein Hauch von kaltem Zigarrenqualm hing zwischen den alten Möbeln. Clara ging zum Fenster. Durch die schmutzigen Scheiben sah sie zur Straße hinaus auf die gegenüberliegende Hausfassade.

»Bitte sehr«, sagte die Wirtin. »Der Zimmerschlüssel steckt. Drei Mark die Nacht mit Frühstück. Abgerechnet wird jeweils am Ende der Woche. Bad und Toilette sind im Flur gleich gegenüber, Frühstück stelle ich Ihnen morgen früh um sieben vor die Tür. Eine Tasse Kaffee und zwei Scheiben Brot für jede, sonntags gibt es Rundstücke und noch ein Ei dazu.«

»Rundstücke?«, erkundigte sich Clara, die diesen Begriff noch nie gehört hatte.

»Brötchen«, erklärte die Wirtin. »Ich glaube, bei euch da unten im Süden sagt man Semmeln dazu. Aber ich rate euch: Lasst das Tablett mit dem Frühstück nicht zu lange draußen stehen. Im Zimmer nebenan wohnt ein junger Seemann, der hat immer ordentlich Hunger und nimmt das manchmal nicht so genau mit dem Essen anderer Leute ...«

Clara schluckte. »Ja, wir werden daran denken. Vielen Dank schon mal.«

»Na, dann, schöne Zeit in Hamburg!« Mit diesen Worten ließ Frau Grotjahn die beiden allein. Sanni warf ihren Koffer mit Schwung auf das Bett, klappte ihn auf und begann pfeifend ihre Sachen in die eine Seite des Kleiderschranks zu räumen. Clara rührte ihre Tasche noch nicht an. Auf einmal vermisste sie die vertraute Umgebung und ihr gemütlich eingerichtetes Zimmer zu Hause in Grünwald. Sie öffnete das Fenster, um frische Luft ins Zimmer zu lassen, doch ihr schien es, als wehte nur Straßenstaub herein. Ihr Blick fiel auf ein Pfandhaus auf der anderen Straßenseite, dessen Scheiben fast blind vor Schmutz waren, und einen heruntergekommenen Schnapsladen daneben.

»Ach, Sanni. Ich hatte nicht erwartet, dass wir so schäbig wohnen würden in Hamburg. Warum hat uns Freddy kein besseres Zimmer gesucht? Und was ich fast noch schlimmer finde: Er scheint mit unserer Wirtin ziemlich vertraut zu sein, mit einer Frau, die so eine Spelunke führt! Sie hat ihn beim Vornamen genannt ...«

»Mach dir darüber doch keine Sorgen!« Sanni war wie immer unbekümmert. »Diese Frau Grotjahn hat eine schreckliche Haarfarbe und eine ziemlich laute Stimme, aber sonst ist sie doch ganz in Ordnung. Und was dieses Zimmer hier angeht ...« Sie sah sich um, als habe sie die abgewetzten Möbel und die ausgeblichene Tapete bislang noch gar nicht wahrgenommen. »Nun ja, es ist sicher kein Luxushotel. Aber immerhin kostet es nicht viel. Und das ist doch für den Anfang das Wichtigste. Wenn wir beide einen schönen Job haben und gutes Geld verdienen, dann nehmen wir uns natürlich eine bessere Wohnung.«

»Ach, du hast ja recht.«

Eine Frau, die draußen neben dem Schnapsladen an der Hauswand lehnte, erregte Claras Aufmerksamkeit. Sie trug ein auffallend kurzes Kleid, schwarze Netzstrümpfe und ziemlich hochhackige Schuhe. Als ein Mann vorbeiging, sprach sie ihn an. Die beiden redeten kurz miteinander, dann gingen sie miteinander weg.

»Sanni!«, stieß Clara hervor. »Du glaubst nicht, was ich gerade gesehen habe. Ich glaube, da war eine Dirne auf der Straße.«

Sanni lachte nur, nahm einen Stapel gebügelte Blusen aus dem Koffer und schob sie in ein Schrankfach. »Hey, Clara, wir sind in Hamburg. Ich schätze, wir werden hier noch öfter Damen dieses Gewerbes begegnen. Und jetzt komm, räum deine Sachen ein. Ich will schlafen. Ich bin hundemüde. Obwohl ich den ganzen Tag lang nur gesessen habe, fühle ich mich, als wäre ich von München zu Fuß hergekommen.«

Sie schlug den Deckel des leeren Koffers zu und schob ihn auf den Schrank.

Kurz darauf lagen sie im Bett. Kaum hatten sie das Licht ausgeschaltet, vernahm Clara Sannis gleichmäßige Atemzüge. Doch sie selbst konnte lange nicht einschlafen. Die Matratze war verschlissen, eine kaputte Sprungfeder stach sie in die Schulter, wie auch immer sie sich drehte. Und durch die dünnen Wände des Hauses hörte sie das Wummern der Jukebox aus der Kneipe. Hatte sie die richtige Entscheidung getroffen? Oder war es ein Fehler gewesen, Freddy nach Hamburg zu folgen? Claras Gedanken wanderten nach Grünwald. Was ihre Eltern wohl gerade machten? Wie mochten sie auf ihren Brief reagiert haben? Ob sie wütend waren oder traurig? Gleich morgen früh musste sie unbedingt anrufen, damit sich Curt und Dora keine Sorgen machten. Und Leo? Was mochte er gerade denken?

Noch einmal machte sie Licht. Leise stand sie auf und nahm den Kompass, den Leo ihr damals geschenkt hatte, aus dem Seitenfach ihrer Reisetasche. Sie drehte ihn so lange, bis sie sehen konnte, wo Süden war. Von da, Hunderte Kilometer entfernt, war sie heute Morgen aufgebrochen und nach Hamburg gefahren. Clara beschloss, auch Leo am nächsten Morgen anzurufen. Sie stellte den Kompass auf das Nachtschränkchen, machte das Licht wieder aus und kroch zurück unter die Bettdecke.

Jetzt fühlte sie sich etwas wohler.

Unten spielte der Musikautomat »Zwei kleine Italiener« von Conny Froboess, und die Leute in der Blauen Glocke grölten beim Refrain jedes Mal mit. Zwei kleine Italiener ... Nun musste sie doch lächeln. Dinos und Marias Gesichter tauchten vor ihrem inneren Auge auf. Es tat gut, die beiden in dieser Stadt zu wissen. Sie hatte schon Freunde in Hamburg. Und morgen würde sie auch Freddy wiedersehen. Mit diesem Gedanken schlief sie endlich ein.

• • •

Als Clara die Augen aufschlug, schimmerte helles Morgenlicht durch die dünnen Fenstervorhänge. Sie war von einem Geräusch aufgewacht und konnte sich nicht erklären, woher es gekommen war. Doch dann klopfte es an der Tür, ein wenig lauter jetzt. Das Frühstück – schoss es Clara durch den Kopf. Sie musste das Tablett mit dem Frühstück hereinholen, bevor es sich der Matrose aus dem Nebenzimmer stibitzte. Leise, um Sanni nicht zu wecken, stand sie auf und öffnete die Tür. Sie stieß einen erstickten Freudenschrei aus. Vor ihr stand Freddy. Er grinste über das ganze Gesicht und hielt ein Tablett mit zwei dampfenden Kaffeetassen und einem großen Teller mit vier bereits bestrichenen Scheiben Marmeladenbrot in den Händen.

»Einen wunderschönen guten Morgen und herzlich willkommen in Hamburg, meine Damen. Darf ich euch das Frühstück servieren? Das habe ich vor der Tür gefunden ...«

Clara nahm ihm das Tablett ab, stellte es rasch auf den Tisch im Zimmer und fiel Freddy um den Hals.

»Ich bin so froh, dass du endlich da bist. Jetzt wird wirklich alles gut.«

»Das will ich meinen. Das ist hier zwar nicht gerade das prächtigste Hotelzimmer der Stadt«, sagte er, während er seine Blicke durch den Raum wandern ließ, »aber so kurzfristig war kein besseres in dieser Preisklasse zu bekommen. Das Wichtigste ist, dass du endlich bei mir in Hamburg bist.«

Auch Sanni war inzwischen aufgewacht. Mit kleinen Augen schälte sie sich unter der Bettdecke hervor.

»Ich rieche frischen Kaffee«, sagte sie gähnend und reckte sich. »Guten Morgen, Freddy, reich mir doch bitte mal die Tasse rüber.«

Sie frühstückten auf dem Bett. Clara hatte die Fensterflügel weit geöffnet, und im Sonnenschein, der von draußen hereinfiel, sah das Zimmer gar nicht mehr so ungastlich aus wie am vorigen Abend.

»Als Erstes muss ich heute meine Eltern anrufen«, erklärte sie. »Sie sollen wissen, dass ich gut angekommen bin und dass sie sich keine Sorgen machen brauchen.«

»Du könntest ihnen doch auch ein Telegramm schicken«, überlegte Freddy laut. »Dann können sie dich nicht anmeckern und dir die Laune verderben.«

Doch Clara schüttelte den Kopf. »Nein, das wäre feige. Es ist schon schlimm genug, dass ich ihnen nur einen Brief hinterlassen habe, bevor ich losgefahren bin. Ich will wenigstens kurz mit ihnen reden.«

»Aber wehe, du lässt dich von ihnen überzeugen, zurück nach München zu fahren!« Freddy zog Clara an sich und küsste sie. »Das erlaube ich dir nämlich nicht.«

»Oh, nein!« Clara lachte. »Das wird ganz sicher nicht passieren.«

Doch so unbekümmert sich Clara in dem Moment auch gab, als sie kurz darauf Frau Grotjahn bat, ihr Telefon benutzen zu dürfen, klopfte ihr Herz doch heftig. Sie legte eine Mark auf den Tresen der Blauen Glocke und wählte die vertraute Münchner Telefonnummer. Es tutete nur einmal, dann hob Dora auch schon ab und nannte ihren Namen.

»Ich bin's«, sagte Clara. »Wir sind in Hamburg, und mir geht es gut.«

»Gott sei Dank, dass du dich endlich meldest. Wir haben uns solche Sorgen gemacht.« Doras Stimme klang ernst. »Es wäre besser gewesen, wir hätten miteinander über deine Pläne geredet.«

Jetzt tat es Clara leid, dass sie sich nur mit einem lapidaren Abschiedsbrieflein von ihren Eltern verabschiedet hatte, und sie versuchte zu erklären, wie es dazu gekommen war. Dora hörte ihr zu.

»Wir müssen wohl akzeptieren, dass du deinen eigenen Weg gehen möchtest«, sagte sie schließlich. »Wenn es das ist, was du brauchst, dann versuch dein Glück in Hamburg. Wir vertrauen dir. Ich weiß, dass du im Grunde deines Herzens ein vernünftiger Mensch bist und dass wir uns auf dich verlassen können. Wenn du Hilfe brauchst oder einen Ratschlag, wir sind immer für dich da.«

Clara schluckte. Sie hatte eine Gardinenpredigt erwartet, laute Vorhaltungen und die energische Aufforderung, sich in den nächsten Zug nach München zu setzen und sofort zurückzufahren – nicht aber diese verständnisvollen Worte. Als sie den Hörer auflegte, hatte sie Tränen der Rührung in den Augen.

Sie betrachtete den schwarzen Telefonapparat und dachte nach, dann betätigte sie erneut die Wählscheibe.

Einige Sekunden später hatte sie Leo am Apparat.

»Nanu«, sagte er, nachdem sie sich gemeldet hatte. »Wieso rufst du an? Sonst kommst du doch immer rüber, wenn du was zu bereden hast. Bist du etwa krank?«

»Nein. Ich bin in Hamburg.«

Einen Augenblick lang schwieg Leo verblüfft. »In Hamburg? Bist du in die Ferien gefahren? Davon hast du mir ja gar nichts erzählt.«

»Es war ziemlich kurzfristig«, erklärte Clara. »Und ich mache hier auch keine Ferien. Es ist so – ich bin mit Sanni hergefahren. Vielleicht für immer.«

»Für immer? Und so plötzlich? Was wollt ihr denn da?« Leo klang bestürzt.

»Ach, das ist eine lange Geschichte.«

»Hm. Hat die vielleicht was mit Freddy zu tun?«

»Ja, auch.« Clara erklärte ihm, was geschehen war. »Ich versuche hier einen Job bei einer Zeitung zu finden, Freddy ist da ganz zuversichtlich.«

»Soso, ist er das. Ich bin erstaunt, dass deine Eltern dir das erlauben. Und was ist mit deiner Ausbildungsstelle an der Photoakademie? Die schmeißt du doch hoffentlich nicht hin aus lauter Verknalltheit in diesen Freddy!«

»Das ist keine Verknalltheit, das ist Liebe.« Clara ärgerte sich über Leos respektlose Wortwahl. »Und außerdem hat sich das mit meiner Ausbildung erledigt. Ich habe einen wichtigen Prüfungstermin versäumt und bin rausgeflogen.«

»Das ist jetzt nicht dein Ernst, Clara! Wie konnte das denn passieren? Die Schule war dir doch immer so wichtig! Ich weiß noch genau ...«

»Und jetzt ist mir eben etwas anderes wichtig«, fiel ihm Clara ins Wort. »Es ist mir wichtig, mit Freddy zusammen zu sein und ein schönes Leben zu haben. Und zwar in einer aufregenden neuen Stadt. Es gibt so viele Zeitungsverlage in Hamburg, da werde ich bestimmt eine Stellung finden.«

Leo schwieg einen Augenblick lang, dann sagte er: »Du hast dich verändert, Clara. Du bist nicht mehr dieselbe, seit du diesen Freddy kennengelernt hast.«

»Jawohl. Ich bin kein kleines Mädchen mehr. Und ich habe mich entschieden, etwas Neues und Aufregendes zu unternehmen. Es ist ein Wagnis, ja, und meine Eltern sind auch nicht gerade begeistert darüber. Aber damit muss ich leben. Das kannst du natürlich nicht verstehen, weil du immer so furchtbar rechtschaffen und klug und vernünftig bist.«

Clara hatte sich in ihre Empörung hineingesteigert und heftiger gesprochen als beabsichtigt. Leo ging auf ihren Tonfall nicht ein.

»Jedenfalls würde ich mein Studium niemals an den Nagel hängen, bloß weil ich in jemanden verliebt bin. So etwas rächt sich irgendwann. Und wenn Freddy dich darin bestärkt, dann ist er nicht der richtige Mann für dich.«

»Blödsinn, Leo«, rief Clara. Dass er Freddy kritisierte, machte sie wütend. »Du kennst ihn gar nicht richtig.«

»Ich will ja nur nicht, dass du auf die Nase fällst, Clara. Du wolltest doch immer eine selbstständige Frau sein, deine Berufsausbildung war dir so wichtig. Du warst anders als die meisten anderen Mädchen. Dafür habe ich dich bewundert. Und jetzt? Jetzt hast auch du nur diesen einen Mann im Kopf, träumst von einem

Leben an seiner Seite und vertust alle Chancen, die du hattest, um Journalistin zu werden.«

»An meinen Zukunftsplänen halte ich fest, nur dass Freddy jetzt dazugehört«, erklärte Clara spitz. »Du begreifst das vermutlich nicht, weil du ja nicht aus deiner Haut kannst. Du bist und bleibst ein alter Streber, der sich den ganzen Tag hinter seinen Büchern verkriecht. Warum gönnst du mir nicht, dass wenigstens ich Spaß habe im Leben?«

Leo antwortete nicht.

»Außerdem, du kannst da gar nicht mitreden, du warst ja noch nie verliebt«, fuhr Clara fort. »Warte nur ab, bis du die richtige Frau kennenlernst, dann weißt du, was ich meine.«

Sie legte auf, ohne sich von Leo verabschiedet zu haben. Ihr Puls ging schnell. Noch nie hatte sie sich mit ihrem Kindheitsfreund gestritten. Im Grunde waren sie bislang immer einer Meinung gewesen. Und jetzt? »Du warst anders als die anderen Mädchen, dafür habe ich dich immer bewundert«, hatte Leo gesagt. Ihr wurde warm bei diesem Gedanken, und gleichzeitig fröstelte es sie, wenn sie sich ihre eigenen harschen Worte in Erinnerung rief. War dieses Telefongespräch das Ende ihrer Freundschaft?

Und wenn schon, überlegte Clara und hob den Kopf. Wir haben uns verändert, Leo und ich, in den vergangenen Jahren. Irgendwann gehen alle Kinderfreundschaften auseinander, das ist der Lauf der Dinge. Man lebt ja nicht in der Vergangenheit, sondern auf die Zukunft ausgerichtet. Und ihre Zukunft war Freddy.

• • •

Für ihren ersten Tag in Hamburg hatte sich Freddy extra freigenommen. Er hatte sich den Zweitwagen seines Vaters ausgeliehen, einen silbernen kleinen Sportflitzer mit offenem Verdeck.

Auf dem Gehweg vor der Blauen Glocke wirkte er wie ein bizarrer Fremdkörper.

»Wir machen heute eine Stadtrundfahrt«, erklärte Freddy, nachdem Sanni und Clara im Auto Platz genommen hatten. »Ihr sollt euer neues Zuhause kennenlernen. Ich zeige euch alles, was ihr in Hamburg gesehen haben müsst.«

Er startete den dumpf brummenden Motor, und der Wagen rollte los. Es war ein Sommertag wie im Bilderbuch. Clara und Sanni trugen Sonnenbrillen und bunte Kopftücher, damit ihnen der Fahrtwind im offenen Wagen die Haare nicht zerzauste, und amüsierten sich über die bewundernden Blicke der Passanten, während sie mit breitem Lächeln im Gesicht durch die Straßen der Stadt kurvten, vorbei an historischen Gebäuden, hübschen Parkanlagen, alten Kirchen und modernen Geschäftshäusern.

Auf der Binnenalster tummelten sich Segelboote und Ausflugsschiffe, Ruderer zogen ihre Bahnen, und der Uferweg war bevölkert von Spaziergängern und Radfahrern. Clara war froh, dass sie daran gedacht hatte, den Fotoapparat und eine extra Filmspule mitzunehmen. Es gab so viele wunderbare Fotomotive.

Sie gönnten sich ein Eis im Alsterpavillon und erfreuten sich an den vielen Enten und Schwänen auf dem Wasser. Später flanierten sie über den Jungfernstieg und den Neuen Wall und bestaunten die Schaufensterauslagen der Luxusboutiquen und Juwelierpaläste. Freddy chauffierte die beiden Freundinnen durch die Nobelviertel Uhlenhorst und Winterhude, wo sie die großen alten Stadthäuser, prächtige Villen und parkähnliche Gärten bewunderten. Dann fuhr er mit ihnen zu den berühmten Landungsbrücken, wo sie eine Barkasse bestiegen und eine Rundfahrt auf der Elbe unternahmen. Clara machte eine Aufnahme nach der anderen. Auf dem Wasser schien der Himmel blauer zu leuchten als anderswo. Es war windig, Wolkenfetzen zogen rasch vorbei, und auf den Wellen wippten weiße Schaumkronen. Das kleine Ausflugsschiffchen hopste auf und nieder.

Clara genoss den ungewohnten Geruch nach Öl und Fisch und Algen und fotografierte die Passagierdampfer, Frachter und Schlepper auf dem Fluss. Ein gewaltiger persischer Tanker mit schäumender Bugwelle zog vorbei und verbreitete einen so hohen Wellengang, dass sich die kleine Barkasse schief legte, und Clara wurde an Freddys Brust gedrückt.

»Hey, du bist ja auf einmal ganz anhänglich«, sagte er lachend, und sie gab ihm einen Kuss.

Im Sonnenlicht des Nachmittags sahen die riesigen Kräne und Brücken des Hafengeländes gar nicht mehr so bedrohlich aus wie am Abend zuvor. Schiffe aus aller Welt lagen hier dicht nebeneinander. Clara erkannte die französische, die spanische und die brasilianische Flagge. Von den Werftanlagen dröhnte das Hämmern, Kreischen und Stampfen der Schiffsbauarbeiten herüber. Nach einer Weile bog die Barkasse in ein Gewirr von kleinen Kanälen ab, wo es ruhiger war. Fleete nannte Freddy diese Wasserstraßen.

»Das ist die Speicherstadt, die größte Lagerhausanlage der Welt«, erklärte er und klang so stolz, als habe er sie selbst gebaut. »Die Backsteinhäuser stehen da schon seit dem vorigen Jahrhundert, abgesehen von den Gebäuden, die im Krieg zerstört wurden. Da werden Kaffee, Tee, Kakao, Gewürze und was auch immer aus aller Herren Länder angeschifft.«

Den Samstag verbrachten sie am Elbstrand. Clara und Sanni waren mit einem Ausflugsdampfer hinaus nach Blankenese gefahren, wo Freddy mit seinen Eltern wohnte. Er holte die Mädchen am Anleger ab. In Scharen strömten die Ausflügler vom Schiff, auf der Promenade drängelten sich die Spaziergänger. Am Strand hatten es sich die Leute auf Badelaken, Sonnenliegen oder in einem der gestreiften Strandkörbe gemütlich gemacht. Kinder tobten am flachen Ufer durch das Wasser. Es roch nach Meer und Teer und Tang. Ein großes Lastschiff steuerte langsam auf den Hafen zu, seine Bugwellen rollten heran und klatschten sanft ans Ufer.

Später stiegen sie die vielen Stufen zum Treppenviertel hinauf und gönnten sich im Schatten einer Birke einen Kaffee in den Elbterrassen. Von ihrem Tisch aus hatten sie einen großartigen Blick auf den Strom und beobachteten die Frachter.

»Hier oben sieht man schon eine Stunde früher als unten am Strand, welches Schiff bald in den Hafen einfahren wird«, erklärte Freddy. »Und man kann den Pötten eine Stunde länger zusehen, wie sie Richtung Nordsee verschwinden.«

Clara war begeistert. Sie fotografierte, bis eine weitere Filmspule voll war.

»Und heute Abend zeige ich euch das, wofür meine Stadt vor allem in der ganzen Welt bekannt ist«, verkündete Freddy. »Hamburgs sündige Meile!«

»Bist du dir sicher, dass das etwas für Mädchen wie uns ist?«, fragte Clara zweifelnd.

»Aber klar!« Freddy grinste. »Wir gehen zum Tanzen in den Kaiserkeller, das ist ein ganz harmloser Spaß. Keine Sorge, ich passe auf euch auf, damit ihr unterwegs nicht versehentlich in einem Striptease-Club landet.«

»Och«, machte Sanni frech. »Warum eigentlich nicht? So etwas habe ich noch nie gesehen.«

12.

Dieser Abend, vielmehr diese Nacht, war anders als alle Nächte, die Clara und Sanni bis dahin erlebt hatten. Freddy führte sie zur Großen Freiheit, einer Seitenstraße der berüchtigten Reeperbahn. Nachtclubs, Kneipen und andere Amüsierbetriebe wetteiferten mit schriller Neonreklame um die Gunst der Besucher. An allen Hauswänden und sogar quer über die Straße flimmerten bunte Lichter. Das Safari warb mit einem leuchtend gelben Elefanten, ein stilisierter Globus schmückte das Tabu, und über dem Eingang eines Cabarets lockte eine leicht bekleidete Dame aus bunten Neonröhren. Eine Bikini-Bar gab es und ein Stipteaselokal, das auf einem reißerischen Plakat am Eingang ein echtes Pariser Abenteuer versprach, sogar einen Schaumbad-Club, bei dem Clara nur eine vage Ahnung hatte, welche Vergnügungen in diesem Etablissement wohl angeboten werden mochten. Nylon-Wäscheschau. Pigalle-Revue bis zum Morgen. Nächte im Harem. Das Bad im Sektglas. Das Angebot für frivole Zerstreuung war uferlos.

Laute Musik und derbes Gegröle klangen aus den Lokalen, wenn sich eine Tür öffnete. Die Gehsteige waren voller Leute. Zu Claras Erstaunen waren hier keineswegs nur betrunkene Matrosen unterwegs. Zwar spazierten Grüppchen von Seeleuten über die Straße, gut zu erkennen an ihren typischen Matrosenanzügen und den weißen Kappen. Doch tatsächlich schien es auch für Hamburger Frauen nichts Ungewöhnliches zu sein, den Abend in St. Pauli zu verbringen. Seriös gekleidete Paare mittleren Alters schlenderten über die schmale, kopfsteinbepflasterte Straße ebenso wie junge Frauen in wippenden Röcken und junge Männer, die ihre knatternden Motorroller am Rand der Fahrbahn abgestellt hatten. An den Eingängen zu den Bars standen livrierte Herren, die die vorbeigehenden Passanten – mal mehr, mal weniger energisch – dazu aufforderten, ihr Lokal zu besuchen. Sie verteilten Handzettel und zogen gelegentlich einen Zauderer am Ärmel näher. Freddy allerdings wies alle diese dubiosen Angebote unerschrocken zurück und führte die Freundinnen zu einem Ecklokal gegenüber der Sankt Joseph Kirche.

Tanzpalast der Jugend stand über dem Eingang, und auf einem Plakat daneben: *Mit Stereoklang.* Clara spürte sofort ein aufregendes Kribbeln in den Beinen. Endlich mal wieder tanzen! Kaum hatte Freddy eine der beiden gläsernen Flügeltüren des Kaiserkellers aufgezogen, dröhnte auch schon das Wummern der Bässe herauf. Neugierig folgten Clara und Sanni ihm die Treppe hinunter ins Untergeschoss und dann um die Ecke durch ein düsteres, verwinkeltes Gewölbe, in dem Clara schon nach wenigen Schritten die Orientierung verloren hatte.

Der Kaiserkeller machte seinem Namen alle Ehre. Es war ein großer, abgedunkelter Raum mit einer Tanzfläche in der Mitte, auf der schon etliche Paare zur Musik einer Live-Band tanzten. Drei Burschen mit Gitarren und Schlagzeug standen auf einer kleinen, provisorischen Bühne und gaben ihre Version von Chubby Checkers *»Lets twist again«* zum Besten. Nicht immer trafen sie den richtigen Ton, aber man sah ihnen an, wie viel Spaß sie bei ihrem Auftritt hatten – und sie machten mit ihren Instrumenten einen Höllenlärm.

Auf der gegenüberliegenden Seite des Raumes spielten ein paar Leute an einem Flipperautomaten. An der Bar war kaum mehr ein Stehplatz zu haben. Zielsicher steuerte Freddy auf einen der wenigen Tische im Raum zu, der noch frei war, und sie setzten sich. Clara betrachtete das riesige Wandgemälde hinter ihnen: Ein tosendes Meer und graue Sturmwolken waren darauf zu sehen, eine düstere Stimmung, die so gar nicht zu dem Gelächter und der guten Laune im Lokal zu passen schien. Die schlichten Holzmöbel waren schon arg ramponiert, etliche Brandflecke zierten die Tischplatte, offenbar reichten die Aschenbecher manchmal nicht aus für die vielen Zigaretten, die hier geraucht wurden.

»Ich glaube, ich bin im Paradies!«, schrie Sanni begeistert. »Die Jungs da oben geben richtig Zunder. Ein irrer Schuppen ist das hier. Dagegen kommt mir das Babalu an der Leopoldstraße beinahe langweilig vor!«

»Ja, das hier ist der beste Tanzclub der Stadt«, klärte Freddy die beiden Freundinnen auf. »Wenn nicht sogar von ganz Deutschland. Die bringen hier die tollsten Bands aus England auf die Bühne. Vor einiger Zeit hat hier sogar Tony Sheridan gespielt. Und im Frühjahr soll hier eine Supertruppe aus Leeds oder Liverpool aufgetreten sein. Ich hab vergessen, wie die heißen, die Beatboys oder die Beatles oder so ähnlich. Meine Kumpels haben mir davon erzählt. Die Shows müssen spektakulär gewesen sein. Ich hab gehört, dass die Jungs im Herbst noch mal nach Hamburg kommen. Da müssen wir dann unbedingt hingehen.«

»Die Burschen da auf der Bühne gefallen mir auch ganz gut«, sagte Clara und wippte gut gelaunt im Takt der Musik mit dem Fuß. Freddy winkte einen Kellner heran. Nachdem die drei ihre Getränkebestellung aufgegeben hatten, schob er dem Mann ein Markstück zu. »Das ist für Sie«, sagte er halblaut. »Es wäre nett, wenn wir vorerst nichts weiter zu bestellen brauchen. Sonst sind wir am Ende des Abends pleite.«

Der Kellner nickte grinsend und steckte sich die Münze in die Jackentasche. »Alles klar, Chef. Ich lass euch dann in Ruhe.«

»Wenn man ihnen nicht gleich ein Trinkgeld zusteckt, kommen sie nämlich jede halbe Stunde und fordern einen auf, was zu bestellen«, erklärte Freddy, nachdem der Kellner zurück zum Tresen gegangen war.

»Ich habe sowieso nicht vor, viel am Tisch zu sitzen«, erklärte Sanni. »Was trinken kann ich in jedem Lokal, aber hier will ich tanzen.«

Sie wartete gar nicht erst ab, bis der Kellner zurückkam, um die Getränke zu bringen, sondern stürzte sich sofort auf die Tanzfläche und drehte ihre Hüften im Takt der Twist-Musik. Augenblicklich waren alle Augen im Raum auf Sanni gerichtet, wie sie mit den Armen durch die Luft ruderte und bei jedem Schritt den Saum ihres Rockes hochfliegen ließ. Dann wieder ging sie atemberaubend tief in die Knie, während ihre Hüften unentwegt rotierten. Die umstehenden Leute lachten und applaudierten. Angefeuert durch den Applaus bewegte sich Sanni immer ausgelassener.

»Komm!« Freddy nahm Claras Hand. »Das können wir auch.«

Wenig später tanzten auch sie im Getümmel, und es störte Clara nicht im Geringsten, dass ihr ständig irgendjemand auf den Fuß trat und dass bei dem Krach, der hier drinnen herrschte, an eine vernünftige Unterhaltung nicht zu denken war. Es fühlte sich himmlisch an, Freddys Hand zu halten und mit ihm zu dieser hinreißenden Musik im Kaiserkeller herumzutoben und ab und zu einen Kuss von ihm zu bekommen. Einen Augenblick lang dachte sie zurück an ihre erste Tanzstunde vor ein paar Jahren, als sie in dem großen, hellen Spiegelsaal neben all den anderen Mädchen verlegen darauf gewartet hatte, dass sie einer der jungen Männer auf der anderen Seite mit hochrotem Gesicht und schweißfeuchten Händen zum Tanzen aufforderte. Und wie sie ein paar Tage vor dem Abschlussball noch mit Leo in seinem Zimmer Wiener Walzer und Foxtrott geübt hatte, damit es beim großen Auftritt auch wirklich klappte. Bei dieser Erinnerung musste Clara lächeln. Wie wenig hatte ihr steifes und unbeholfenes Tanzen von damals mit dem ausgelassenen Twisten von heute Abend zu tun!

Verschwitzt und durstig kehrten Clara und Freddy nach einer Weile zurück an den Tisch. Atemlos trank Clara ein paar Schlucke ihrer Cola. Sie sah sich nach Sanni um und entdeckte sie an der Bar, wo sie im Gespräch mit einem fremden Mann war.

»Nanu, mit wem unterhält sich Sanni denn da?«

Freddy hob die Augenbrauen. »Das ist der Boss vom Kaiserkeller. Was hat sie denn mit dem zu bereden?«

»Meinst du, wir bekommen Ärger, weil wir den Kellner bestochen haben?«, fragte Clara erschrocken.

»Quatsch. Guck dir doch mal an, wie Sanni strahlt. Wahrscheinlich hat sie gerade das Kompliment ihres Lebens bekommen.«

Tatsächlich kam Sanni kurz darauf in bester Laune an den Tisch zurück.

»Ihr ahnt nicht, was gerade passiert ist.« Sie musste schreien, um sich im Lärm des Kellers verständlich zu machen. Kichernd ließ sie sich auf den Stuhl fallen. »Stellt euch vor, ich habe einen Job bekommen. Der Chef vom Kaiserkeller hat mich angesprochen. Ihm hat gefallen, wie ich getanzt habe. Und er hat mich gefragt, ob ich nicht Lust hätte, das professionell zu machen. Na klar habe ich das. Der Mann besitzt noch einen anderen Tanzclub, ein bisschen weiter oben auf der Straße, da geht es etwas frecher zu als hier, sagt er. Und ab morgen werde ich da jeden Abend den Leuten vortanzen. Zusammen mit ein paar anderen hübschen Mädchen. Damit die Gäste in Stimmung kommen. Ist das nicht grandios? Ich mache etwas, was mir größten Spaß macht, und bekomme auch noch Geld dafür.«

»Aber, Sanni, was ist denn das für ein Club?« Clara runzelte skeptisch die Stirn, und auch Freddy sah für einen Moment ernst aus: »Bist du dir sicher, dass das kein Stripteaselokal ist?«

Sanni zuckte mit den Schultern. »Nein, ich glaube, ganz so ist es wohl nicht. Der Mann sagt, einen Badeanzug darf ich beim Tanzen anbehalten ...« Sie lachte unbekümmert und schüttelte die blonden Locken. »Das wird ein Heidenspaß.«

»Ach, Sanni, ich weiß nicht ... Vor fremden Leuten im Badeanzug tanzen ... Was würden denn deine Eltern sagen, wenn sie wüssten, wie du dein Geld verdienst?«

»Hey, Clara. Das interessiert mich im Moment nicht die Bohne. Meine Eltern leben 800 Kilometer von hier entfernt, und ich bin alt genug, um zu entscheiden, was ich tue und was ich lasse.« Sie nuckelte am Strohhalm ihres Colaglases. »Und wer weiß: Vielleicht taucht ja zufälligerweise mal ein Filmproduzent in dem Club auf und sieht mich tanzen – und dann geht's endlich los mit meiner Karriere auf der Leinwand.«

»Wenn das mal gut geht ... Ich drück dir die Daumen.«

Doch Sanni hörte schon gar nicht mehr hin. Kaum hatte die Band zu einem neuen Song angesetzt, wirbelte sie wieder über die Tanzfläche.

Es war schon hell draußen, als die drei am frühen Morgen aus dem Kaiserkeller wieder auf die Straße traten. Im trüben Grau des beginnenden Tages war die Große Freiheit kaum mehr wiederzuerkennen. So quicklebendig die Straße am Abend gewirkt hatte, so verlassen sah sie nun aus. Die bunten Neonreklamen waren ausgeschaltet, es war kaum mehr jemand unterwegs, ein betrunkener Mann schwankte über den Gehweg und sang ein unverständliches Lied vor sich hin. Erst jetzt sah Clara, wie heruntergekommen und schmutzig die Straße war. Zerbrochene Gläser, Flaschen und zertretene Zigarettenschachteln lagen überall herum, im Rinnstein klebten Papierschnipsel, Fetzen von Zeitungspapier und Werbeblättchen. An einer Lache, von der Clara gar nicht wissen wollte, was es war, pickten ein paar Möwen herum. Zwei Straßenkehrer waren dabei, den gröbsten Unrat zusammenzufegen.

Clara war erleichtert, als Freddy sie endlich vor der Pension absetzte und sie sich wenig später die Bettdecke über die Ohren ziehen konnte.

• • •

Da Sanni nun einen Job hatte, beschloss auch Clara, ihre berufliche Zukunft in Angriff zu nehmen. Ihre Ersparnisse, die sie von zu Hause mitgenommen hatte, schmolzen allmählich dahin, es wurde Zeit, Geld zu verdienen. Ein paar Tage nach dem Abend im Tanzkeller holte sie in aller Frühe die Abzüge ihrer ersten Hamburg-Fotos ab, die sie zum Entwickeln in ein Drogeriegeschäft am Bahnhof gebracht hatte. Während Sanni nach ihrem ersten Auftritt als Vortänzerin im Indra-Club noch im Bett lag und schlief, nahm Clara vorsichtig den Stapel aus dem Umschlag und sah die Bilder durch, die Schwäne auf der Alster, die Schiffe am Hafen, die schier endlosen Ziegelmauern der Speicherstadt, den Leierkastenmann mit seinem Äffchen auf der Promenade am Elbstrand, den Ausblick auf den Strom von den Elbterrassen aus. Nicht alle Fotos waren perfekt geworden, aber mit den meisten war sie sehr zufrieden. Sie suchte die zehn besten heraus und steckte sie in eine Mappe, in der bereits ihr Abschlusszeugnis von der Schule und ihre Reportage über die Schwabinger Krawalle lagen. Beim Blick auf den Artikel hielt sie inne, und ihre Gedanken wanderten zurück nach München. Sie erinnerte sich an jenen Nachmittag im Freibad, an dem sie begonnen hatte zu schreiben, und für einen Augenblick wurde sie ganz melancholisch. Wie sehr Leo sie damals angespornt hatte! Sie sah ihren alten Freund vor sich, wie er auf dem Badelaken neben ihr gelegen und von seinem Buch aufgesehen hatte, um sie zu beobachten. »Du hast Talent zum Schreiben«, hatte er gesagt. Noch jetzt spürte sie das warme Gefühl von Stolz und Glück, das seine Worte in ihr ausgelöst hatten. Würde sie heute davon träumen, Journalistin zu werden, wenn Leo damals nicht so sehr an sie geglaubt hätte? Doch rasch schob sie diesen Gedanken beiseite. Sentimentalität half ihr nicht weiter. Entscheidend für ihre Zukunft als Reporterin war, dass sie flott schreiben und gut fotografieren konnte, und das wollte sie jetzt beweisen.

Sie legte noch einige besonders gelungene Bilder aus ihren Übungsserien für die Photoakademie dazu, dann klappte sie die Mappe zu und presste sie aufgeregt an ihre Brust. Diese Auswahl ihrer Arbeiten würde sie den verschiedenen Redaktionsleitern vorlegen, um sich zu bewerben. Tags zuvor hatte sie sich die Adressen der wichtigsten Zeitungen und Zeitschriften in Hamburg aus dem Telefonbuch herausgesucht. Wenn es Sanni so einfach gelungen war, als Tänzerin engagiert zu werden, warum sollte sie dann nicht eine Stellung als Fotoreporterin bekommen?

Wenig später stand Clara vor einem hohen Backsteingebäude am Alsterufer und sah ehrfürchtig die Fassade hinauf. *Neuer Hamburger Tagesbote*, stand in den typischen dicken Lettern der Zeitung an der Hauswand, darüber lief in Leuchtbuchstaben die Wettervorhersage über eine Tafel: *Heiter bis wolkig bei 21 Grad.* Clara schluckte aufgeregt. Wie wäre das, wenn sie hier künftig jeden Tag ein und aus gehen würde – als Mitarbeiterin der Redaktion!

Sie hob den Kopf und drückte die schwere Eingangstür auf. Nach wenigen Schritten betrat sie eine mit dunklem Holz getäfelte Halle, aus der eine breite, geschwungene Marmortreppe in die oberen Etagen führte. Auf der linken Seite des Raumes stand eine Sesselgruppe aus schwarzem Leder, auf dem Tisch davor lagen neben einem gläsernen Aschenbecher fächerförmig ausgebreitet ein paar Zeitschriften. An der gegenüberliegenden Wand fuhren die Kabinen eines Paternoster-Aufzugs auf und ab. Eine Empfangsdame saß hinter einem Tresen und begrüßte Clara freundlich, als sie mit klopfendem Herzen näher kam.

»Guten Morgen. Mein Name ist Clara von Thorau. Ich möchte bitte den Chefredakteur sprechen.«

»Gern, wann haben Sie Ihren Termin?«, erkundigte sich die Frau, eine üppige Brünette in den Vierzigern, die eine an den Seiten spitz zulaufende Hornbrille trug. Sie ließ ihre Blicke über ein großes aufgeschlagenes Kalenderbuch wandern, das zwischen einem Telefon und einem Schreibblock vor ihr auf dem Tisch lag.

»Oh, tut mir leid, ich habe noch keinen Termin. Ich möchte mich als Fotografin vorstellen, ich habe meine Unterlagen bereits mitgebracht.« Clara klopfte mit der flachen Hand auf ihre Schultertasche.

Die Empfangsdame blickte auf. Bedauernd schüttelte sie den Kopf. »Ohne Termin kann ich Sie leider nicht zum Redaktionsleiter vorlassen. Herr Doktor Bargemann hat heute wirklich viel zu tun.« Ihr Blick wanderte zu den Zeigern einer überdimensionalen Uhr, die über den beiden Aufzügen an der Wand hing. »Und gerade sitzt er außerdem in der Vormittagskonferenz. Da ist er unabkömmlich.«

»Es macht mir nichts aus, ein wenig zu warten.«

Die Empfangsdame räusperte sich. »Liebes Fräulein, ich kann Ihnen wirklich nicht versprechen, dass Sie heute noch ...« Sie unterbrach sich, weil das Telefon vor ihr klingelte. Mit einem entschuldigenden Blick zu Clara nahm sie den Hörer ab und meldete sich.

»Neuer Hamburger Tagesbote, guten Morgen ... Ja, ich höre ... Oh, das tut mir aber leid ... Selbstverständlich. Ich werde Herrn Doktor Bargemann sofort Bescheid geben ... Ja, gern ... In Ordnung. Dann trage ich Sie für den nächsten Mittwoch ein, selbe Zeit wie heute. Bis dahin, gute Besserung!«

Sie legte auf und sah Clara mit einem Lächeln an. »Das nenne ich aber Glück. Da ist gerade ein Gesprächstermin beim Chefredakteur frei geworden. Um zehn Uhr dreißig. Gleich nach der Konferenz. Ich melde Sie im Redaktionssekretariat an.«

Clara nickte. »Das ist ja großartig. Vielen Dank.« Wenn das heute nicht ihr Glückstag war! Sie ließ sich auf einem der Ledersessel nieder, nahm eine Zeitschrift vom Tisch und blätterte darin. Aufmerksam betrachtete sie eine mehrseitige Fotoreportage über die große Sturmflut, die Anfang des Jahres in der Stadt gewütet hatte. Geborstene Deiche und Straßen, die einer Seenlandschaft glichen, Häuser, die bis zum ersten Stockwerk unter Wasser standen, Menschen mit verzweifelten Gesichtern, die gerade ihr ganzes Hab und Gut verloren hatten und sich nun in einem Boot in Sicherheit bringen ließen. Beim Betrachten der Fotos hatte man das Gefühl, als befände man sich selbst inmitten des Chaos. Clara lief ein Schauer über den Rücken angesichts der Katastrophe vom Februar, bei der in Hamburg mehr als 300 Menschen ums Leben gekommen waren. Doch die Bilder waren beeindruckend. Sie biss sich aufgeregt auf die Lippen bei der Vorstellung, dass bald auch ihre Fotos in einer Zeitung zu sehen sein würden, und es würde ihr Name darunter stehen.

Wenig später brachte sie der Aufzug in die erste Etage. Als sie dem Paternoster entstieg, befand sie sich in einem riesigen Büro. Auf der einen Seite gab eine Fensterfront den Blick auf die Alster frei, auf der anderen Seite waren mehrere geschlossene Türen, hinter denen Clara weitere Einzelbüros vermutete. Etwa ein Dutzend Schreibtische standen hier, an denen Leute arbeiteten. Abgesehen von drei jungen Frauen, die an kleineren Tischen etwas abseits saßen, waren es ausschließlich Männer. Der Raum war erfüllt von Stimmengewirr und vom Geräusch etlicher Schreibmaschinen, vom Schnarren der Walzen und vom Klingeln am Ende jeder Zeile. Hin und wieder schellte an einem der Tische ein Telefon, und irgendwo ratterte unentwegt ein Fernschreiber. Clara war wie elektrisiert.

Ja, hier wollte sie arbeiten. Mittendrin in diesem Trubel, unter dem gerade die neueste Ausgabe der Zeitung entstand, die tags darauf von Zigtausenden Menschen in Hamburg und Umgebung verschlungen werden würde.

Noch während sie sich umsah, erhob sich eine junge Frau von einem der Tische am Fenster und kam auf Clara zu.

»Guten Tag, Sie müssen Fräulein von Thorau sein. Die Dame vom Empfang hat Sie gerade angemeldet. Termin beim Chef, nicht wahr?«

Clara nickte, ein wenig eingeschüchtert von der forschen Art der anderen. Die Frau mochte Ende zwanzig sein, ihre kupferfarbenen Haare trug sie modisch hochtoupiert, der Duft von reichlich Haarspray umgab sie. Sie trug ein schickes Kostüm aus einem Stoff in schwarz-weißem Pepitamuster. Es war kniekurz und so eng geschnitten, dass sich die beachtlichen Kurven ihres Körpers deutlich darunter abzeichneten. Dazu stolzierte sie auf hohen, dünnen Pfennigabsätzen mit Messingbeschlag umher, die dabei ein klackerndes Geräusch von sich gaben und bei jedem Schritt auf dem dunkelgrünen Linoleum einen winzigen runden Abdruck hinterließen.

»Ich bin Hertha Fuchs«, stellte sie sich vor. »Chefassistentin, die rechte Hand seiner Exzellenz, Doktor Bargemann. An mir kommt keiner vorbei, der durch seine Tür möchte. Aber keine Angst, ich beiße nur selten.«

Die junge Frau grinste so frech, dass Clara nicht anders konnte, als zurückzulächeln. Hertha Fuchs sah nicht nur beeindruckend aus, sie schien auch über ein beeindruckendes Selbstbewusstsein zu verfügen. Und mit ihrer freundlichen Respektlosigkeit dem Chef gegenüber war sie Clara auf Anhieb sympathisch.

»Dann mal hereinspaziert in die gute Stube, Fräulein von Thorau. Hier entlang, bitte.«

Clara folgte der Frau durch die Reihen der Schreibtische und registrierte nervös, dass alle Augen im Raum auf sie gerichtet waren.

»Sind Sie eine der Bewerberinnen für die neue Stelle als Stenotypistin?«, erkundigte sich die Chefassistentin.

»O nein, ich möchte hier als Fotoreporterin arbeiten.«

»Ah.« Hertha Fuchs schien erstaunt. »Als Fotoreporterin? Na, so was.«

Bei diesen Worten klopfte sie bereits an eine der schweren Türen auf der anderen Seite des großen Raumes und öffnete sie, nachdem sie eine Männerstimme von innen dazu aufgefordert hatte.

»Das ist Fräulein von Thorau«, gab die Assistentin bekannt. »Sie ist kurzfristig für den Termin um zehn Uhr dreißig eingesprungen.«

Mit einem aufmunternden Lächeln verabschiedete sie sich und schloss hinter Clara die Tür.

»Guten Tag, Herr Doktor Bargemann.« Zögerlich trat Clara näher.

»Moin, Fräulein von Thorau. Was führt Sie zu uns?«

Der Chefredakteur war ein großer schlanker Mann um die sechzig, dessen volles Haar schon beinahe weiß war. Er saß in dunkelblauem Blazer, blau-weiß gestreiftem Hemd und Clubkrawatte an einem großen Schreibtisch, auf dem sich Zeitungen und andere Papiere türmten. Dazwischen lag eine halb aufgerauchte Zigarre in einem Porzellanaschenbecher und verbreitete harzig riechenden Qualm.

Die Wände seines Büros waren mit Einbauschränken aus edlem Mahagoniholz verkleidet. Nur eine Nische war frei. Darin stand ein zweisitziges Sofa mit einem kleinen runden Tisch, ein altes Ölgemälde, das den Hamburger Hafen im Abendlicht darstellte, hing an der Wand.

»Bitte nehmen Sie doch Platz.« Herr Bargemann wies auf den Besuchersessel, der sich ihm gegenüber vor dem Schreibtisch befand. Clara setzte sich.

»Ich möchte als Fotografin bei Ihnen arbeiten«, sagte sie und versuchte dabei so selbstbewusst zu klingen wie Hertha Fuchs. Sie nahm ihre Mappe aus der Tasche. »Ich habe Ihnen einige Arbeitsproben mitgebracht, damit Sie sich ein Bild machen können. Ich habe in München bereits eine Fotoreportage veröffentlicht. Hier, sehen Sie. Es ist mir gelungen, ein paar wirklich gute Bilder von den Schwabinger Krawallen zu machen. Bestimmt haben Sie davon gehört. Das war eine ungeheuerliche Sache, die im Sommer für viel Aufregung in Bayern gesorgt hat. Meine Reportage ist vor ein paar Wochen in einer Münchner Studentenzeitung erschienen.«

»Soso, in einer Studentenzeitung.« Herr Bargemann hob die Augenbrauen. Er hatte Clara die Mappe abgenommen und blätterte nun darin. Er betrachtete ihr Schulzeugnis und studierte den Ausschnitt aus dem *Uni-Blatt*, dann nahm er ein Foto nach dem anderen in die Hand und musterte es jeweils eingehend.

»Hm, hm«, machte er. »Da sind tatsächlich ein paar ganz ordentliche Aufnahmen dabei. Den zornigen Blick des Polizisten mit dem Schlagstock, den haben Sie wirklich gut eingefangen. Und hier, das Licht am Hamburger Hafen ... Ja, durchaus ordentlich.«

Clara nickte eifrig. »Das Fotografieren liegt mir praktisch im Blut. Mein Vater ist auch ein sehr erfolgreicher Fotograf, müssen Sie wissen.«

»Aha.« Herr Bargemann sah auf. »Haben Sie schon eine fotografische Ausbildung absolviert? Sie sind noch so jung.«

»Ja. Nein.« Clara errötete. »Ich habe ein Semester an der Bayerischen Staatslehranstalt für Photographie in München gelernt. Aber ...« Dass sie da rausgeflogen war, wollte sie dem Chefredakteur lieber nicht verraten. »Ich ... ich habe festgestellt, dass ich lieber praktisch arbeiten möchte. Sie sehen ja, was für gute Bilder ich mache.«

Herr Bargemann ging noch einmal in Ruhe alle Fotos durch und legte sie schließlich auf einem Stapel zusammen. Er betrachtete Clara einen Moment lang schweigend, bevor er ruhig und freundlich sagte:

»Ich will Sie nicht enttäuschen, junges Fräulein. Sie haben sicher ein gewisses Talent. Das mag reichen fürs Familienalbum und für eine Studentenzeitschrift, in der sich jeder mal ausprobieren kann. Aber als Fotografin für unsere traditionsreiche Zeitung mit einer täglichen Auflage von mehreren Hunderttausend Exemplaren?« Er schüttelte langsam den Kopf. »Da sehe ich Sie leider nicht. Verzeihen Sie, dass ich Ihnen das so direkt sage, aber es ist nicht meine Art, lange um den heißen Brei herumzureden.«

»Aber ich könnte es doch probieren. Ich beweise Ihnen, dass ich eine gute Fotografin bin. Wenn Sie möchten, brauchen Sie für meine Fotos auch erst einmal gar nichts zu bezahlen.«

»Verehrtes Fräulein von Thorau.« Der Chefredakteur steckte Claras Fotos zurück in die Mappe und schob sie ihr über den Tisch zu. Dann nahm er die Zigarre aus dem Aschenbecher. Er streifte die Asche ab und rauchte. »Wir haben eine Reihe von fantastischen Fotografen im Verlag. Die Kollegen beliefern uns seit Jahren jeden Tag verlässlich mit hervorragenden Bildern. Ich habe keinen Grund, eine junge Frau einzustellen, die gerade mal Spaß daran hat, sich in der Männerwelt des Journalismus zu beweisen, bevor sie sich ins Familienleben zurückzieht. Im Vertrauen gesagt, das ist ohnehin kein Geschäft für das zarte Geschlecht. Da muss man schnell sein und hart und unempfindlich. Was meinen Sie, was Sie als Pressefotograf gelegentlich zu sehen bekommen? Einen schrecklichen Unfall, Tote womöglich. Nein, das ist Ihnen als Frau nicht zuzumuten.«

Clara spürte, wie ihre Lippen vor Enttäuschung bebten.

»Lassen Sie das doch meine Sache sein«, brachte sie heraus. »Als ich bei den Schwabinger Krawallen fotografiert habe, da war das auch kein Kaffeekränzchen ...«

Ein mildes Lächeln breitete sich im Gesicht des Chefredakteurs aus, als er sie ansah. »Sie sind eine tapfere junge Frau. Das glaube ich Ihnen. Und ich will Sie auch keineswegs davon abhalten, weiterhin zu fotografieren. Ja, tun Sie das! Aber es bleibt dabei, ich kann Sie als Fotografin nicht einstellen. So sympathisch Sie auch sind. Es tut mir leid.«

Clara erhob sich, während ihre Hände die Armlehnen des Stuhls fest umschlossen.

Herr Bargemann musterte sie nachdenklich. »Ich könnte Ihnen ein Angebot machen«, fuhr er schließlich fort. »Wenn es Ihnen vor allem darum geht, Geld zu verdienen.«

Clara horchte auf.

»Wie ich Ihren Bewerbungsunterlagen entnehme, haben Sie sich in der Schule recht gute Englischkenntnisse angeeignet, und Maschineschreiben können Sie auch.«

»Ja, ich habe im vorigen Jahr einen Kursus an der Volkshochschule gemacht.«

»In der Tat, das Maschineschreiben ist eine sehr gute Qualifikation für eine junge Dame.« Er zog an seiner Zigarre. »Ein hübsches Äußeres und zehn flinke Finger – das eröffnet Ihnen beruflich eine Reihe von Perspektiven. Es ist nämlich so, Fräulein von Thorau, wir suchen gerade dringend eine neue Schreibkraft für unsere Redaktion. Die beiden anderen Kolleginnen kommen mit der Arbeit kaum noch hinterher. Ihre Aufgabe wäre es, die Meldungen und Berichte unserer Redakteure nach Diktat zu schreiben, gelegentlich auch das Protokoll unserer Konferenzen zu tippen und wenn Not am Mann ist, auch mal das Telefon zu bedienen. Das wäre doch ein schöner Beruf für eine aufgeschlossene, kontaktfreudige junge Frau wie Sie. Und das ist ein Beruf mit Zukunft. Sie können gleich am nächsten Montag anfangen. Ich sage meiner Assistentin ...«

»Oh, nein, vielen Dank.« Clara griff sich die Bewerbungsmappe vom Tisch und schob sie zurück in ihre Tasche. »Das ist nicht das, wofür ich nach Hamburg gekommen bin. Tut mir leid. Ich will als Fotojournalistin arbeiten und nicht als Tippse.« Sie warf den Kopf in den Nacken. »So schnell gebe ich nicht auf, Herr Doktor Bargemann. Wenn Sie mich nicht einstellen möchten, dann finde ich eben woanders eine Stelle. Zum Glück sind Sie nicht der einzige Verlag in Hamburg.«

Das klang ein wenig patzig. Aber sein Angebot, als einfache Schreibkraft zu arbeiten, erschien Clara wie eine schallende Ohrfeige.

Herr Bargemann nickte. »Da haben Sie natürlich recht. Ich wünsche Ihnen viel Glück, Fräulein von Thorau. Und wenn Sie es sich anders überlegen mit meinem Angebot, dann melden Sie sich bei uns. Aber warten Sie damit nicht zu lange. Die Stellen bei uns im Verlag sind bei jungen Damen sehr begehrt.«

»Danke. Auf Wiedersehen.«

Mit raschen Schritten verließ sie das Büro des Chefredakteurs und eilte draußen an den Schreibtischen vorbei auf den Aufzug zu.

»Fräulein von Thorau!« Aus den Augenwinkeln registrierte Clara, wie Hertha Fuchs ihr zuwinkte. Es war schade, dass sie die nette Assistentin nicht mehr wiedersehen würde. Bestimmt wäre es lustig geworden, mit ihr zusammenzuarbeiten.

»Es hat nicht geklappt, leben Sie wohl!«, rief sie der jungen Frau rasch zu, aber sie sah sie nicht an dabei, damit Hertha Fuchs nicht mitbekam, dass ihr Tränen der Wut und Enttäuschung in die Augen gestiegen waren.

Draußen an der frischen Luft atmete Clara tief durch und wischte sich mit beiden Händen durch das Gesicht. Der Tag war noch nicht zu Ende. Es gab noch viele andere Verlage in der Stadt. Entschlossen nahm sie den Zettel heraus, auf dem sie sich die Adressen notiert hatte, und machte sich auf den Weg zum nächsten Zeitungshaus.

• • •

Drei Tage später saß sie mit Blasen an den Füßen und in Tränen aufgelöst mit Freddy auf einer Bank an der Alster. Der Himmel war grau, ein leichter Wind ließ sie frösteln. Das Wetter entsprach genau der Stimmung, in der sich Clara befand.

»Ich kann es nicht glauben«, schluchzte sie. »Wieso will mich denn niemand als Fotografin einstellen? Sie wollen es mich nicht einmal probieren lassen. Nicht ein einziger Chefredakteur gibt mir eine Chance. Sie sagen, so ein Job ist nichts für zartbesaitete Frauen. So ein Unsinn! Ich weiß genau, dass ich es könnte. Dass ich gut darin bin.«

Freddy legte tröstend seinen Arm um ihre Schultern. »Dann machst du eben einen anderen Job. Es gibt tausend Möglichkeiten für schlaue Mädchen wie dich. Vielleicht kann ich dir helfen. Bei uns in der Werft suchen wir gerade Leute für das Lager. Du würdest auf jeden Fall gutes Geld verdienen, und dort könnten wir uns jeden Tag sehen. Hey, wäre das nicht toll: Wir beide arbeiten in derselben Firma. Allerdings wäre ich dann dein Chef, und du müsstest immer tun, was ich dir sage.« Er grinste sie schelmisch an. »Deine Arbeit wäre auch nicht besonders schwierig. Du müsstest den Bestand in den Regalen überwachen und die Bestelllisten führen und ab und zu vielleicht etwas Material verräumen ...«

»Ach, Freddy. Dafür bin ich doch nicht nach Hamburg gekommen, um bei euch im Lager ein paar Kartons herumzuschieben. Da würde ich lieber die Stelle als Aushilfssekretärin annehmen. Dabei würde ich wenigstens jeden Tag mit den Journalisten zusammenarbeiten und könnte vielleicht beim Zugucken etwas lernen.«

»Na gut. Das verstehe ich. Dann tu das doch! Vielleicht ergibt es sich irgendwann, dass du in die Redaktion wechseln kannst.«

Clara zuckte traurig mit den Schultern. Die Vorstellung, bei Herrn Doktor Bargemann zu Kreuze zu kriechen und nun doch um die Stelle als Schreibkraft zu betteln, war geradezu beschämend. Doch dann tauchte das grinsende Gesicht von Hertha

Fuchs vor ihrem inneren Auge auf, und sie musste lächeln. Der Gedanke, mit dieser netten Frau zusammenzuarbeiten, hatte etwas Tröstliches. Und war es Sanni nicht ähnlich ergangen? Sie hatte von einer großen Karriere als Hollywoodschauspielerin geträumt und arbeitete jetzt als Vortänzerin in einem Nachtclub. Manchmal lief das Leben eben anders, als man es erwartet hatte. Und es würde ja nicht für immer sein. Seufzend zog Clara ihre Geldbörse aus der Handtasche, klappte sie auf und zählte die Münzen. Genau acht Mark sechsundvierzig lagen darin, und in ein paar Tagen musste sie der Zimmerwirtin ihren Teil der Wochenmiete bezahlen. Sie konnte nicht mehr länger auf ein Wunder warten. Sie musste Geld verdienen. Sie nahm zwei Groschen aus dem Beutel und sah sich nach der nächsten Telefonzelle um.

· · ·

»Ich habe auch als Redaktionsschreibkraft angefangen«, erklärte Hertha Fuchs. Heute trug sie ein maigrünes Kostüm, das nicht weniger körperbetont geschnitten war als das Pepita-Modell vom vorigen Mal, dazu farblich passende Pumps. »Und dann habe ich mich in den folgenden Jahren hochgearbeitet, hin zur Assistentin des Chefs. Man muss nur wissen, was man will, und vor allem: Immer schön lächeln, so was mögen die Männer.«

Sie zwinkerte Clara gut gelaunt zu, dann ging sie ihr voran durch die Redaktionsräume des Hamburger Zeitungsverlags. Schweren Herzens hatte Clara schließlich Herrn Bargemann angerufen und erklärt, dass sie die Stelle als Schreibkraft annehmen werde. Glücklicherweise hatte er sie noch nicht vergeben und Clara sofort zugesagt. Auf ihren patzigen Auftritt von ihrem letzten Besuch war er nicht mehr eingegangen.

Und nun war Claras erster Arbeitstag. Auch wenn sie hier

nicht als Fotografin eingestellt wurde, so würde sie doch immerhin künftig jeden Tag im Umfeld der Journalisten beschäftigt sein. Das war ihr ein Trost.

Wie bei ihrem ersten Besuch fand Clara die Betriebsamkeit in dem großen Redaktionsbüro aufregend, und es erfüllte sie sogar mit einem gewissen Stolz, als Hertha Fuchs sie den anderen als die neue Mitarbeiterin des *Neuen Hamburger Tagesboten* vorstellte.

»Meine Herren, das ist Clara von Thorau aus München. Diese junge Dame wird künftig die Kolleginnen an den Schreibmaschinen unterstützen und mithelfen, Ihre scharfsinnigen Artikel und mitreißenden Reportagen zu Papier zu bringen. Aber Vorsicht, Fräulein von Thorau tippt schneller als ihr Schatten.«

Sie hob lachend den Zeigefinger, und Clara errötete, als sie feststellte, dass die Blicke aller Männer im Raum auf sie gerichtet waren.

»Was erzählen Sie denn da?«, flüsterte sie Hertha zu. »So gut kann ich doch noch gar nicht Schreibmaschine schreiben.«

Die Chefassistentin zuckte grinsend mit den Schultern. »Es kann nicht schaden, den Herren Journalisten erst mal Respekt einzuflößen«, antwortete sie mit gesenkter Stimme. »Wenn die Typen beim Diktat neben deinem Schreibtisch stehen und dir auf die Beine gucken, dann sind sie so abgelenkt, dass sie gar nicht mehr merken, ob du schnell oder langsam tippst.«

Als künftige Kollegin war Hertha Fuchs zum zwanglosen Du gewechselt, wie Clara erfreut registrierte.

»Bist du dir sicher?«, hakte sie nach.

»Absolut, aber du darfst natürlich keine langen Röcke tragen ...«, fügte Hertha mit einem Seitenblick auf Claras adrettes, hochgeschlossenes Bürokleid leise hinzu, und mit normaler Lautstärke fuhr sie fort: »Die Tätigkeit als Schreibkraft in der Redaktion ist eine sehr verantwortungsvolle Aufgabe. Die wichtigsten

Eigenschaften für deinen neuen Job sind ein rasches Auffassungsvermögen, eine sichere Rechtschreibung und vor allem Verschwiegenheit, ganz egal, was dir da zu Ohren kommen mag. In den Konferenzen wird manchmal über sehr vertrauliche Recherchen gesprochen. Davon darf auf keinen Fall die Konkurrenz erfahren.«

Clara nickte. Der Job erschien ihr auf einmal gar nicht mehr so öde.

Hertha wies auf ein kleines Pult am Fenster, auf dem eine abgedeckte Schreibmaschine stand. Sie nahm die Kunststoffhaube herunter und legte sie zur Seite.

»Bitte schön. Das ist dein Arbeitsplatz. Papier und Ersatzfarbbänder liegen links in der Schublade. Mein Schreibtisch ist gleich gegenüber. Wenn du Fragen hast, melde dich jederzeit. Mittagspause ist von zwölf bis eins. Wir können zusammen in die Kantine gehen, dann zeige ich dir alles, was du da wissen musst.«

»Nur zu gern. Es ist doch alles noch recht neu für mich.«

Hertha lächelte. »Das war es für uns alle am Anfang. Aber nach ein paar Tagen wird es dir so vorkommen, als hättest du nie etwas anderes gemacht.«

Clara sah der Chefassistentin nach, die sich nun an ihren Platz setzte, nicht ohne vorher ihren engen Rock glatt zu streichen. Mit geübten Händen spannte sie einen frischen Bogen Papier in ihre Maschine und begann in atemberaubender Geschwindigkeit zu tippen. Die beiden Sekretärinnen an den anderen Schreibtischen nickten Clara zur Begrüßung kurz zu und vertieften sich dann wieder in ihre eigene Arbeit.

»Dann wollen wir doch mal sehen, was unser neues Schreibfräulein kann.«

Clara sah auf. Sie hatte sich gerade erst – noch etwas nervös – auf ihren Bürostuhl gesetzt und war damit näher an den Tisch gerollt, als auch schon einer der Redakteure zu ihr trat, ein hagerer Mann Ende vierzig, mit der fahlen Haut eines starken Rauchers.

»Albert Kienhoff, Politikredaktion«, stellte er sich vor.

Hastig zog Clara ein Blatt Papier aus der Schublade. Vor Aufregung benötigte sie ein paar Anläufe, bis es korrekt zwischen den Walzen klemmte. Herr Kienhoff schien ihre Unruhe nicht zu bemerken. »Für den Einstieg habe ich erst mal nur einen kleinen Artikel für Sie. Bitte schreiben Sie! Dachzeile: Hoher Besuch. Überschrift: Frankreichs Staatspräsident kommt nach Deutschland ...« Clara tippte mit, so schnell sie konnte. Er unterbrach sich. »Herrje, Sie müssen doch die Überschrift auf eine neue Zeile setzen. Wissen Sie das denn nicht?«

Clara schüttelte den Kopf. Mit hochroten Wangen zog sie das Papier aus der Maschine, warf es neben dem Schreibtisch in den Papierkorb und legte ein neues ein.

»Also noch mal von vorn ...« Der Politikredakteur seufzte hörbar und fuhr schließlich mit dem Text seines Artikels fort: »Dienstag, vierter September 1962. Der französische Staatspräsident de Gaulle beginnt heute seinen ersten Staatsbesuch in der Bundesrepublik ...«

Clara schwitzte so sehr, dass ihr beinahe die Finger von den Tasten rutschten. Ab und zu vertippte sie sich und musste den Fehler umständlich mit einem Korrekturstreifen ausbessern, der neben der Maschine lag. So schnell wie Hertha, von deren Schreibmaschine ein einziges Rattern zu ihr herüberklang, ging es bei Clara noch lange nicht. Aber immerhin lieferte sie schließlich einen fehlerfreien Text ab.

»Prima«, sagte Herr Kienhoff, nachdem er den getippten Text noch einmal durchgelesen hatte. »Den Vorbericht für die morgige Ausgabe hätten wir schon mal geschafft. Und jetzt bringen Sie mir bitte einen Kaffee, schön schwarz und stark.« Süffisant fügte er hinzu: »Ich hoffe, beim Kaffeekochen sind Sie etwas flotter als beim Schreibmaschineschreiben.«

»Aber ich bin hier doch nicht die ...«, setzte Clara empört an, doch sie stoppte, als Hertha ihr Tippen unterbrach und sich zu ihr umdrehte.

»Für ein paar kleine Freundlichkeiten den Herren Journalisten gegenüber haben wir natürlich immer Zeit«, erklärte sie lächelnd. »Komm, Clara, ich habe ganz vergessen, dir zu zeigen, wo die Kaffeeküche ist.«

Clara folgte ihr in einen kleinen fensterlosen Raum am anderen Ende des Großraumbüros, in dem sich ein Schrank, eine Kochplatte und ein Spülbecken befanden.

»Was erlaubt der sich eigentlich?«, fragte sie, nachdem Hertha die Tür hinter den beiden zugezogen hatte. Im Licht der Neonröhre beobachtete Clara, wie die Assistentin den Kessel von der Herdplatte nahm und ihn mit Wasser füllte. »Ich bin hier schließlich als Schreibkraft angestellt worden und nicht als Kellnerin oder Küchenhilfe.«

Hertha verdrehte die Augen. »Das gehört zu unserem Job einfach dazu, Clara. Vor allem, wenn du mal was werden willst in der Redaktion.« Sie schaltete die Herdplatte ein und holte eine Kanne, einen Filter und eine Dose Kaffee aus dem Schrank. »Die ideale Sekretärin ist hübsch gekleidet und wohlgeformt. Sie gibt keine Widerworte und lacht über jeden Witz, den die Männer machen, aber natürlich nicht zu laut. Sie kocht Kaffee, der mindestens so gut schmeckt wie der ihrer Ehefrauen und Mütter, und sie hat die Geburtstage aller Mitarbeiter in ihrem Kalender notiert. Das ist das ganze Geheimnis. Die Männer sollen sich doch wohlfühlen in unserer Gegenwart. Dann geben sie uns auch die besten Posten. Meinst du, ich wäre hier Chefassistentin geworden, wenn ich gesagt hätte, kocht euch euren Kaffee doch selbst, ihr Blödmänner, und glotzt mir außerdem nicht immer so auf den Hintern?« Sie zuckte mit den Schultern, während sie Kaffeepulver in den Filter löffelte. »Nein, das gehört einfach dazu. Es ist ein Geben und Nehmen im Büro. Wir sind ansehnlich und nett, und dafür bekommen wir eine ordentliche Stellung.«

»Aber Hertha, ich will meine Stellung doch nicht, weil ich vielleicht eine hübsche Nase habe und mich die Männer gerne in ihrer Nähe haben. Ich will meinen Job, weil ich gut darin bin. Weil ich etwas leisten kann.«

Der Wasserkessel begann zu pfeifen. Hertha hob ihn vom Herd, zog die Tülle ab und goss das kochende Wasser vorsichtig in den Filter. Augenblicklich war die kleine Küche erfüllt vom Duft frisch gebrühten Kaffees.

»Jedenfalls ist das mein Weg«, antwortete sie schließlich. »Vielleicht bin ich nicht intelligent genug für einen anderen Weg. Aber ich komme ganz gut damit klar.«

»Du bist fantastisch in deinem Job. Wie schnell du tippen kannst!«, beeilte sich Clara zu sagen. »Ich bewundere dich sehr. Ich wünschte, ich hätte deinen Charme und dein Selbstbewusstsein. Ich werde immer ganz nervös, wenn ich merke, dass mich die Leute angucken.« Clara seufzte. »Deshalb arbeite ich ja so gern als Fotografin hinter der Kamera.« Für einen Augenblick schwappte die vertraute Enttäuschung wieder in ihr hoch. Doch sie gab sich diesem Gefühl nicht lange hin. »Na ja, was soll's! Jetzt bin ich erst einmal froh, dass ich hier überhaupt Geld verdienen kann. Und wenn das bedeutet, dass ich den Herren Redakteuren gelegentlich ihren Kaffee mache ... In Gottes Namen, das werde ich wohl überleben.«

Clara nahm ein Tablett, das an der Wand lehnte, und stellte die Kaffeekanne darauf. Hertha holte Tasse, Untertasse und ein Löffelchen aus dem Schrank. Zuletzt legte sie Zuckerwürfel dazu.

»Schwarz mit zwei Stückchen Zucker für Herrn Kienhoff. Bloß keine Büchsenmilch, davon wird ihm schlecht. Der Chef hingegen hasst es, wenn sein Kaffee süß ist. Dafür kippt er sich jede Menge Milch hinein.« Sie lachte, als sie Claras bestürztes Gesicht sah. »Keine Sorge, meine Liebe, mit der Zeit lernst du, was die Männer wollen.«

Clara seufzte und balancierte das Tablett aus der Küche.

13.

Als Clara am Ende der Woche ihre erste Lohntüte erhielt, war sie unendlich stolz auf sich. 45 Mark in drei Scheinen, ihr erstes richtig verdientes Geld. Dass sie nur als Schreibkraft arbeitete, war erst einmal zweitrangig.

»Was hältst du davon, wenn wir Dino und Maria am Samstag im Bella Napoli besuchen?«, fragte Sanni, nachdem sie Frau Grotjahn die Wochenmiete für ihr Zimmer bezahlt hatten. Auch sie hatte beim Indra ihren Lohn bekommen, dazu hatte sie die Trinkgelder gespart, die ihr reichlich von den männlichen Besuchern des Clubs zugesteckt wurden. »Da ist noch viel Geld übrig in der Tüte. Für eine Pizza und ein Glas Wein reicht es bestimmt.«

»Oh, feine Idee! Hast du was dagegen, wenn ich frage, ob Freddy mitkommt?«

»Natürlich nicht. Je mehr wir sind, desto lustiger wird es.«

Tatsächlich waren die beiden froh, Freddy dabei zu haben, als sie sich am nächsten Abend auf den Weg machten. Denn das Bella Napoli lag mitten im Hamburger Rotlichtviertel, und da wollten Clara und Sanni nun wirklich nicht allein herumspazieren. Sie bogen von der Reeperbahn in die Davidstraße ab und durchquerten sie in wenigen Schritten Richtung Hafen. Dann standen sie vor einem zweistöckigen Bau mit rostrot gestrichener Fassade, der zwischen den Kneipen und Casinos der Nachbarschaft eher wie eine Baracke aussah. Aber die schmucklosen Lettern über der Eingangstür ließen keinen Zweifel: Bella Napoli. Sie hatten das Ristorante von Dinos Onkel gefunden.

Freddy öffnete die Tür und schob einen schweren Vorhang zur Seite, damit Clara und Sanni vor ihm eintreten konnten. Augenblicklich fühlten sie sich wie in eine andere Welt versetzt. Im Inneren sah es aus wie in einer italienischen Hafenkneipe. Die niedrige Decke wurde von dunklen Holzbalken gestützt, Fischernetze hingen an den Wänden, dekoriert mit getrockneten Seesternen, Muscheln und bunten Glaskugeln, wie sie von den Fischern als Schwimmer benutzt werden. Dazwischen blaustichige Fotos in dunklen Bilderrahmen, die Leute und Leben in Süditalien zeigten, und neben einer verstaubten Mandoline hing der blaue Wimpel eines neapolitanischen Fußballvereins.

Es roch köstlich nach frisch gebackenem Hefeteig, nach Tomatensauce und geschmolzenem Käse. Der Raum war erfüllt von den Gesprächen der Gäste und dem gelegentlichen Klirren von Gläsern und Geschirr.

Dino, der gerade an einem der rustikalen Holztische zwei Pärchen bewirtet hatte, kam sogleich auf Clara und Sanni zu.

»*Buona sera*«, rief er und strahlte über das ganze Gesicht. »Guten Abend, meine lieben Freundinnen. Ist es eine Freude, dass ihr seid gekommen, in unsere wunderbare Ristorante. Und habt auch noch eine nette Mann mitgebracht. *Benvenuto*. Bitte, kommt, hier habe ich Platz für euch.«

Er führte sie zu einem Tisch im hinteren Teil der Wirtsstube, wo sie sich setzten. Eine bauchige, mit Bast umwickelte Weinflasche stand auf dem Tisch, in deren Öffnung eine tropfende Kerze steckte und den Duft von Bienenwachs verbreitete. Clara war begeistert.

»Was kann ich euch bringen zu trinken? Einen guten Rotwein aus meine Heimat? Und natürlich die Pizza!«

»Oh ja, Dino, Pizza müssen wir unbedingt probieren.«

»*Bene.* Sage ich Onkel Giancarlo, soll er drauflegen besonders viele Tomaten und die Käse für euch.«

Mit einem Grinsen verbeugte er sich und ging, um ihre Bestellung weiterzugeben.

»Das ist ja ein lustiger Vogel«, bemerkte Freddy, als Dino hinter einer schulterhohen Klapptür in der Küche verschwunden war, die für einen Moment den Blick auf einen kuppelförmigen gemauerten Ofen freigegeben hatte. »Ich kann mir vorstellen, dass ihr eine vergnügliche Reise hattet bei ihm im Auto.«

»Allerdings.« Sanni nickte. »Dino ist ein richtig netter Kerl. Aber ich frage mich, wo Maria ist.«

Als Dino wenig später die Weinflasche brachte und den Korken herauszog, erkundigte sich Clara: »Sag, was macht denn deine Schwester? Ist sie nicht auch nach Hamburg gekommen, um hier im Lokal zu arbeiten?«

»Maria arbeitet in Küche«, antwortete er, während er Wein in die Gläser schenkte. »Hilft beim Putzen von die Gemüse und Spülen von Geschirr. Kann sie kein Deutsch sprechen, kann sie Gäste noch nicht bedienen.« Er hob bedauernd die Schultern.

»Aber wie soll sie denn Deutsch lernen, wenn sie den ganzen Tag mit deinem Onkel in der Küche steht? Hat sie vielleicht ein paar Minuten Zeit? Wir wollen ihr wenigstens Hallo sagen.«

Dino nickte Clara zu. »Ist in Ordnung, ich werde fragen. Sie ist noch eine bisschen schüchtern. Aber ich werde sie bitten, euch die Pizza zu bringen.«

Mit hochrotem Kopf kam Maria ein paar Minuten später aus der Küche. Sie balancierte drei wagenradgroße Teller in ihren Händen.

»*Buon appetito!*«, sagte sie und stellte die Teller ab, sichtbar erleichtert, dass alles gut geklappt hatte.

»Guten Abend, Maria. Es ist schön, dich wiederzusehen. Und wie köstlich das riecht ...« Sanni hielt die Nase über die dampfende Pizza und schnupperte.

Clara nickte Maria zu. »Wie geht es dir? Hast du dich ein bisschen eingelebt in Hamburg?«

Verlegen senkte Maria den Blick. »Nix Deutsch«, brachte sie heraus.

Clara überlegte einen Moment.

»Geht es dir gut oder geht es dir schlecht?«, fragte sie schließlich. Dabei legte sie eine Hand aufs Herz, mit der anderen zeigte sie auf Maria. »Gut?«, fragte sie noch einmal mit einem extra breiten Grinsen. »Oder nicht gut?« Dabei machte sie eine ganz traurige Miene.

Maria verstand, und ein kleines, scheues Lächeln zeigte sich in ihrem Gesicht. Nach kurzem Zögern hob sie die Hände und zog ihre Mundwinkel mit den Fingern nach unten. Dabei zuckte sie mit den Schultern, wie um sich zu entschuldigen.

»Ach, du Arme«, rief Clara erschrocken. »Du sollst doch nicht traurig sein in Hamburg.«

Maria sagte noch etwas auf Italienisch, das die drei nicht verstanden, und ging zurück in die Küche. Clara blickte ihr versonnen nach. Am liebsten wäre sie hinterhergelaufen und hätte Maria in den Arm genommen.

Sanni hatte sich inzwischen ein Stück Pizza abgeschnitten und in den Mund geschoben.

»Verrückt«, sagte sie kauend. »Dieser Tomatenfladen sieht ja sehr sonderbar aus, aber er schmeckt großartig.«

Clara pflichtete ihr bei, nachdem auch sie den ersten Bissen probiert hatte. »O ja, hmm, wunderbar. Ich glaube, wir kommen noch öfter her, um Pizza zu essen.«

Später am Abend, als sich das Restaurant allmählich leerte und niemand mehr etwas zu essen bestellte, brachte Dino noch eine Flasche Wein und zwei Gläser, und er und Maria setzten sich zu den dreien an den Tisch. Kurz darauf kam auch ihr Onkel aus der Küche dazu, und es wurde noch ein sehr langer und sehr gemütlicher Abend. Giancarlo war ein kleiner, magerer Mann Ende fünfzig mit einem dünnen schwarzen Oberlippenbart und kräftigen Koteletten, der gerne und viel redete. Dabei sprach er ein einwandfreies Deutsch mit nur leichtem italienischen Akzent und unterhielt das ganze Lokal mit seinen Anekdoten. Schon bald rückten die Leute vom Nachbartisch ihre Stühle heran, ebenfalls Italiener, wie sich herausstellte. Auch sie waren vor einigen Jahren als Gastarbeiter nach Hamburg gekommen und Stammgäste bei Giancarlo. Als Dino die dritte Flasche Wein öffnete, nahm sein Onkel die Mandoline von der Wand und begann zur Freude aller darauf herumzuzupfen, und dann schmetterte er mit seiner kräftigen Bassstimme das berühmte neapolitanische Volkslied »Santa Lucia« durch das Lokal. Alle Italiener im Raum sangen aus vollen Kehlen mit. »*O dolce Napoli, o suol beato ...*«

Clara war überwältigt, sie konnte nicht glauben, in was für eine wunderbare Atmosphäre sie hier geraten war. Freddy nahm ihre Hand und drückte sie. »In einer Hafenkneipe in Neapel könnte es jetzt nicht gemütlicher sein«, flüsterte er ihr zu, und sie nickte glücklich.

Da fiel ihr Blick auf Maria, die stumm und mit zusammengepressten Lippen am anderen Ende des Tisches saß. Sie starrte auf ihre ineinander verkrampften Hände, während ihr die Tränen über die Wangen liefen.

»Hey, was ist los?« Clara beugte sich zu ihr und nahm tröstend ihre Hand. »Ach, verflixt, ich wünschte, ich könnte dir helfen.«

»*Sono molto triste*«, sagte Maria. Sie schluchzte leise. »*Mi manca casa mia*.«

Und obwohl Clara keine Silbe Italienisch verstand, begriff sie doch, dass Maria unter schrecklichem Heimweh litt, und das schöne italienische Lied erinnerte sie an alles, was sie zurückgelassen hatte. Ratlos streichelte Clara Marias schmale, kühle Hand.

»Es ist doch nur für ein knappes Jahr«, versuchte auch Freddy zu trösten. Clara hatte ihm Marias Geschichte erzählt. »Dann kannst du wieder nach Hause. Die Zeit geht schnell herum.«

Clara schüttelte den Kopf. »Nein, Freddy. Ein Jahr ist eine Ewigkeit, wenn man die Sprache des Landes, in dem man lebt, nicht spricht. Wenn man nicht ins Kino oder ins Theater gehen kann. Wenn man kein Wort im Radio oder in den Zeitungen versteht, die am Kiosk ausliegen. Und wenn der Mensch, den man liebt, unerreichbar weit weg ist.«

Das Santa-Lucia-Lied war verklungen, und die anderen Leute im Lokal lachten und applaudierten.

»Warum kann denn dein Verlobter eigentlich nicht auch nach Hamburg kommen?«, fragte Freddy. »Hier gibt es doch für alle Arbeit.«

Dino hatte das Gespräch mit angehört. Er schüttelte langsam den Kopf.

»Das kann nicht sein«, antwortete er an Marias Stelle. »Ist unmöglich für Lorenzo, kommen nach Deutschland.«

»Na gut, aber besuchen wird er sie ja wohl in diesem Jahr«, rief Clara. »Für zwei Wochen oder wenigstens für ein paar Tage!«

Wieder wog Dino den Kopf. »Wird er nicht setzen einen Fuß in die Deutschland.«

Clara runzelte die Stirn. »Aber warum denn nicht? Er hat doch bestimmt Sehnsucht nach Maria.«

»Hat er das bestimmt. Aber trotzdem kommt niemals.« Dinos Miene verfinsterte sich. »Ist das eine lange Geschichte. Ist Geschichte aus große Krieg. Lorenzos Vater ist gestorben in damalige Zeit, erschossen von ein deutsche Soldat. Seit damals sein Mutter hasst alle Deutschen, ganzes Land Deutschland. War sie sehr böse auf Maria, dass sie geht in diese Land. In Land von die Feinde. Und Lorenzo sieht alles bisschen so wie seine Mama. Hat ihm auch nicht gut gefallen, dass sie mit mir ist hier in Hamburg.« Er zuckte bedauernd mit den Schultern. »Aber schaffe ich hier nicht alleine, bin ich froh, dass Maria hilft. Halten wir zwei immer zusammen, seit wir waren die kleinen Kinder.«

»Das glaube ich dir.« Clara nickte. Sie betrachtete Maria, die still am Tisch saß und mit ihren Gedanken ganz woanders zu sein schien.

»Deutsche und Italiener sind doch längst keine Feinde mehr«, schaltete sich Sanni ein. »Wie viele Deutsche fahren jeden Sommer an die Adria und genießen da das *dolce vita* mit *gelato* und *vino*! Und denk doch nur, wie gut wir vier uns verstehen.«

»Ja, ist das eine große Glück.« Dino nickte.

»Ich finde, man darf nicht zulassen, dass das eigene Leben nur noch von Hass bestimmt wird«, fuhr Clara fort. »Ich begreife ja, dass Lorenzo und seine Mutter dem Mörder seines Vaters niemals verzeihen werden. Aber müssen sie deshalb für immer und ewig alle Deutschen hassen? Nein. Aus Hass entsteht nichts Gutes.«

Dino übersetzte für seine Schwester, was Clara und Sanni gesagt hatten, und wiederholte ihre Antwort für die anderen auf Deutsch: »Hat sie das auch schon zu Lorenzo gesagt. Hat ihm von euch geschrieben und von unsere liebe Freundschaft. Aber

Lorenzo ist – wie heißt ...?« Er suchte vergeblich nach dem passenden deutschen Wort. »Lorenzo ist wie dicke Eisen und ändert nix sein Meinung«, sagte er schließlich.

»Kurzum, ein Sturkopf!«, rief Sanni und schüttelte den Kopf.

»Gut, wenn er nicht will, dann unternehmen wir an den Wochenenden einfach etwas zusammen, wir gehen spazieren oder Boot fahren oder ein Eis essen oder vielleicht auch mal zum Tanzen«, schlug Clara eifrig vor. »Dabei kommst du mal auf andere Gedanken und vergisst dein Heimweh und deine Sehnsucht nach Lorenzo für ein paar Stunden.«

Marias Augen weiteten sich erschrocken, nachdem Dino ihr Claras Vorschlag übersetzt hatte. Sie sagte zu ihm etwas auf Italienisch. Es klang besorgt. Aber Dino schüttelte den Kopf, als er ihr antwortete.

»Kein Problem«, wiederholte er auf Deutsch, damit die anderen ihn auch verstehen konnten. »Neben Arbeit in Ristorante bleiben ab und zu eine bisschen freie Stunden für Zeit mit Freundinnen.«

»Va bene«, sagte Maria leise und lächelte zaghaft.

»Das will ich meinen«, rief Sanni. »Und du musst auch mitkommen, Dino. Wie ich immer sage: Je mehr wir sind, desto lustiger wird es.«

· · ·

Die fünf verabredeten sich für den nächsten sonnigen Nachmittag, an dem das Bella Napoli geschlossen war, zu einer Bootspartie auf der Alster. Freddy und Dino übernahmen das Rudern, und sie schipperten gut gelaunt zwischen Ausflugsdampfern, Seglern, Enten und Schwänen über das Wasser. Anschließend gönnten sie sich Eis mit Sahne am Alsterpavillon, und Clara war erleichtert, als sie sah, dass dieser vergnügliche Tag sogar Marias sonst so ernstes Gesicht fröhlich strahlen ließ.

Clara, Sanni und Maria trafen sich nun öfter, zu einem Schaufensterbummel, zu einem Nachmittag am Elbstrand oder zu einem Spaziergang im »Planten un Blomen«, der großen Parkanlage mitten in der Stadt, in der bereits die ersten Herbstastern blühten. Maria taute zusehends auf und lernte mit der Zeit ein paar Brocken Deutsch. Mit jedem Satz, den sie zu sprechen wagte, wuchs ihr Selbstbewusstsein, und Clara und Sanni waren erstaunt, wie gut sie bald mit der fremden Sprache zurechtkam.

14.

Die letzten milden Spätsommertage flogen dahin. Clara gewöhnte sich an das Leben in der fremden Stadt und an ihre Arbeit im Zeitungsverlag. Hertha hatte recht behalten. Nach ein paar Wochen war die Routine in Claras Arbeitsalltag eingekehrt. Sie lernte die verschiedenen Ressorts und die Kollegen kennen, ihre Namen, ihre Gewohnheiten, ihre Vorlieben, und sie vertippte sich kaum mehr beim Schreiben. Ohne mit der Wimper zu zucken brachte sie den Redakteuren heiße oder kalte Getränke an den Schreibtisch, und ab und zu ging sie sogar zum Zigarettenautomaten, um die Raucher mit Nachschub zu versorgen, wenn sie Clara im Zeitdruck kurz vor Redaktionsschluss flehentlich darum baten und ihr ein paar Münzen zuschoben. Sie gewöhnte sich an die Blicke der Männer und versuchte zu lächeln, wenn sie einen Witz machten, den sie so gar nicht lustig fand. Sie gewann Übung darin, Anrufe anzunehmen und weiterzuleiten oder gelegentlich ein Telefonat für die Redakteure zu führen. Sie verlor nicht mehr die Fassung, wenn der Chef der Werbeabteilung sie freitags bat, einen Rosenstrauß für ein gewisses Fräulein Lilo Jansen in Hamburg Altona zu bestellen, obwohl sie von Hertha wusste, dass er mit Frau und drei Kindern in Eppendorf lebte. Spätestens da begriff sie, was es mit der Verschwiegenheit auf sich hatte, die ihr am ersten Arbeitstag nahegelegt worden war.

Am liebsten aber war es Clara, wenn sie Hertha an den Nachmittagen zu einer der großen Redaktionskonferenzen begleiten durfte. Dann versammelten sich alle Redakteure im Sitzungszimmer um einen großen runden Tisch und besprachen bei Kaffee, Kognak und reichlich Zigaretten mit Doktor Bargemann die Themen des Tages, den Leitartikel und den Aufbau der Seiten. Clara fand es spannend mitzuerleben, wie eine Zeitung entstand. Sie lauschte den Diskussionen aufmerksam. Manchmal hätte sie sich gerne eingemischt und ihre Meinung zum Besten gegeben! Doch das stand ihr nicht zu. Ihre Aufgabe war es, schweigend auf ihrem Stuhl neben der Tür zu sitzen, wo sie mit einem Schreibblock in der Hand die wichtigsten Beschlüsse der Konferenz protokollierte und nur ihre Stimme erhob, wenn einer der Herren sie um eine kurze telefonische Nachfrage zu dem ein oder anderen Thema bat. Dennoch war Clara glücklich und stolz, ein kleines, aber wichtiges Rädchen im großen Getriebe der Zeitungsredaktion zu sein, in dieser klugen und emsigen Männerwelt.

Als Clara Mitte September ihre nächste Lohntüte erhielt, verprasste sie gleich einen Teil davon, indem sie am Sonntagabend mit Sanni ins Kino ging. Sie sahen sich den amerikanischen Film »West Side Story« an, der seit einiger Zeit in den deutschen Kinos lief. Den beiden standen noch die Tränen der Rührung in den Augen, als sie nach zweieinhalb Stunden Vorstellung aus dem plüschigen Art-déco-Palast an der Mönckebergstraße wieder ins Freie traten.

»Himmel, bin ich froh, dass Freddy und ich zusammen sein können, ohne dass uns jemand das Leben schwer macht«, seufzte Clara erleichtert. Sanni lachte leise.

»Ja, ihr habt es gut, ihr zwei Turteltäubchen.«

Die Freundinnen hakten einander unter und schlenderten im Abenddunkel noch ein wenig an den erleuchteten Schaufenstern der Einkaufsstraße entlang. Zuvor hatte es geregnet, Gehweg und Straße glänzten nass, und die Reifen der Autos zischten im Vorbeifahren durch die Pfützen. Hin und wieder blieben die beiden vor einem der Geschäfte stehen, betrachteten die Auslagen und stellten sich vor, wie dieses Kleid oder jene Bluse wohl an ihnen aussehen mochte.

»Sag mal«, begann Sanni nachdenklich. »Jetzt, wo wir zwei ein bisschen Geld verdienen, da könnten wir uns ja eigentlich auch jede ein eigenes Zimmer in der Pension leisten, was meinst du?«

Clara blieb stehen. »Darüber habe ich noch gar nicht nachgedacht.«

»Wir arbeiten zu so unterschiedlichen Zeiten. Ich weiß, dass du jede Nacht aufwachst, wenn ich um vier oder fünf aus dem Indra zurückkomme. Die Matratze quietscht immer so fürchterlich, wenn man sich drauflegt. Und ich fahre auch jedes Mal aus dem Tiefschlaf hoch, wenn ein paar Stunden später dein Wecker klingelt. Das ist doch wirklich nicht ideal. Frau Grotjahn hat mir heute erzählt, dass der Matrose von nebenan ausgezogen ist. Was meinst du, soll ich das Zimmer übernehmen? Dann wohnen wir immer noch zusammen, aber jede hat ihre Ruhe. Wir könnten uns ja durch Klopfzeichen an der Wand verständigen«, fügte sie grinsend hinzu.

»Hoffentlich ist das nicht zu teuer. Ich bin gerade froh, dass ich ein paar Mark übrig habe, um ins Kino zu gehen und mir vielleicht irgendwann mal wieder was Neues, Hübsches zum Anziehen kaufen zu können.«

Sanni fasste ihren Arm. »Es kostet zwei Mark mehr, wenn wir je ein Zimmer für uns haben. Ich habe die Wirtin heute gefragt. Ich denke auch an dich und Freddy. Sicherlich wollt ihr zwei auch mal länger zusammen sein und eure Ruhe haben. Ich wette, er träumt schon davon, endlich mal eine Nacht mit dir zu verbringen ...«

»Aber Sanni!«, rief Clara erschrocken. »Was redest du denn da? Freddy und ich – wir sind noch nicht mal verlobt!«

»Ach, komm schon.« Sanni stieß Clara freundschaftlich den Ellenbogen in die Seite. »Du brauchst dich nicht so empört aufzuplustern wie eine alte Jungfer von anno dazumal. Wir leben in modernen Zeiten, und glaub mir, die Wirtin der Blauen Glocke ist die letzte Frau, die sich darüber aufregen würde, wenn du zu später Stunde noch Herrenbesuch hast.« Sie kicherte frivol. »Jedenfalls will ich eurem Liebesglück nicht im Wege sein.«

Clara spürte, dass sie knallrot geworden war, und war froh, dass ihre Freundin in der Dunkelheit nicht sehen konnte, wie sehr sie das Gespräch in Verlegenheit brachte. »Das ist lieb und rücksichtsvoll von dir, aber dazu gibt es keinen Anlass. Freddy ist ein anständiger Mann. So etwas hat er noch nie erwähnt.«

»Wie könnte er auch, wenn er weiß, dass ich im Bett daneben liege ...« Sanni gluckste.

Eine Weile gingen sie schweigend weiter und hingen ihren Gedanken nach.

»Na gut, vielleicht ist es besser, wenn wir jeweils ein eigenes Zimmer haben«, sagte Clara schließlich. »Aber nur, damit wir einander bei unseren unterschiedlichen Arbeitszeiten nicht stören.«

»Das ist aber eine feine Geste von Sanni!« Freddy zündete sich eine Zigarette an und drehte den Kopf zur Seite, um den Rauch nicht in Claras Gesicht zu pusten. Nachdem sie fast eine Stunde lang Twist getanzt hatten, saßen sie bei Bier und Limonade im Kaiserkeller zusammen. Es war Freitagabend, und Clara hatte ihm gerade von Sannis Umzug ins Nebenzimmer erzählt.

»Es war auch wirklich höchste Zeit, dass du dein eigenes Bett hast. Die blaue Glocke ist doch kein Mädchenpensionat. Und wir haben endlich einen Ort, an dem wir mal für uns sein können. Bei meinen Eltern geht das nicht. Die sind so entsetzlich konservativ.«

»Und wenn es deine Verlobte wäre?«, fragte Clara keck. »Hätten sie dann auch was dagegen?«

Darüber hatten sie noch nie geredet, und Clara fühlte sich ziemlich verwegen, das Thema Verlobung anzusprechen. Aber wie hatte Sanni gesagt? Wir leben in modernen Zeiten. Warum sollte nicht auch einmal die Frau in diesen Dingen aktiv werden! Es konnte nicht schaden, Freddy eindeutige Signale zu geben.

Tatsächlich breitete sich ein fröhliches Grinsen in seinem Gesicht aus. Er nahm Claras Hand und streichelte sie.

»Du bist ja süß! Jetzt fehlt nur noch, dass du einen goldenen Ring aus deinem Handtäschchen hervorzauberst ... Aber im Ernst: Ist das nicht ein bisschen spießig, so eine Verlobung? Oder denkst du, man kann einander nur richtig lieb haben, wenn man die gleichen Ringe am Finger trägt?«

Clara schluckte. Seine Reaktion war nicht ganz so romantisch ausgefallen, wie sie sich das vorgestellt hatte. Aber das gehörte zu diesen modernen Zeiten vermutlich auch dazu.

»Nein, natürlich nicht«, beeilte sie sich zu sagen.

»Ich habe dich jedenfalls wahnsinnig lieb«, fuhr Freddy fort. »Auch ohne Verlobung. Du glaubst nicht, wie großartig ich es finde, dass du nach Hamburg gekommen bist. Und dass du jetzt diesen Job im Verlag hast. Ich bin so stolz auf mein Mädchen.«

Er küsste sie zärtlich, und Clara wurde es warm vor Glück. So leise, wie es bei dem Lärmpegel im Kaiserkeller möglich war, sagte er: »Und weißt du was? Heute bleiben wir nicht so lange hier wie sonst immer. Ich bringe dich gleich zur Pension – dann schleichen wir zwei uns in dein Zimmer hinauf und machen uns einen gemütlichen Abend.«

Claras Herz schlug augenblicklich schneller, und eine merkwürdige Hitze breitete sich in ihrem Körper aus.

Um kurz vor Mitternacht standen sie vor der Blauen Glocke. Aus der Kneipe drangen Musik, Gelächter und Stimmengewirr heraus auf die Straße. Umständlich kramte Clara nach dem Schlüssel in ihrer Tasche und schloss die Haustür auf. Hand in Hand mit Freddy huschte sie durchs Treppenhaus. Das knarzende Geräusch der Holzstufen kam ihr heute besonders laut vor. Hoffentlich bemerkte niemand, dass sie zu so später Stunde noch einen jungen Mann mit aufs Zimmer nahm. Nun, überlegte Clara weiter, vermutlich hatte Sanni recht, es gab nichts, was es in diesem Haus noch nicht gegeben hatte. Die nicht mehr ganz junge Frau aus dem zweiten Stock, die tagsüber gelegentlich in einem abgetragenen Negligé und fleckigen Plüschpantoffeln durchs Haus lief, empfing täglich wechselnde Männerbekanntschaften. Das war nicht zu übersehen und schien niemanden im Haus zu stören. Und der Matrose aus dem Zimmer nebenan war auch kein Kind von Traurigkeit gewesen, so viel war sicher. Das hier war eben kein braver Münchner Vorort, sondern St. Georg, und niemand interessierte sich dafür, was ein Fräulein Clara von Thorau hinter ihrer verschlossenen Zimmertür machte. Trotzdem verspürte Clara ein seltsames Gefühl im Magen, als sie kurz darauf neben Freddy auf ihrem Bett saß und er sie an sich drückte.

»Du glaubst gar nicht, wie sehr ich mich darauf gefreut habe, endlich mal mit dir allein sein zu können«, murmelte er ihr ins Ohr, während er mit einer Hand liebevoll durch die Haare strich. »Endlich nur wir zwei, und wir haben die ganze Nacht vor uns.«

In diesem Moment gab das Bettgestell ein hässliches Knarzen

von sich. Clara fuhr erschrocken zusammen. Es war, als hätte sie das Geräusch aus einem Tagtraum herausgerissen. Plötzlich nahm sie die Schäbigkeit des kargen Zimmers wahr wie nie zuvor. Die vergilbte Tapete, den ausgefransten, zertretenen Teppich auf dem alten Holzboden, den Kleiderschrank, dessen Scharniere kaum mehr die Türen hielten, das Waschbecken mit dem angeschlagenen Emaillerand, aus dessen Hahn es unentwegt tropfte.

»Freddy ... Freddy, ich glaube, ich kann das nicht.« Sie richtete sich auf. »Was ist, wenn ich schwanger werde?«

Er grinste. »Keine Sorge, ich pass schon auf.«

Sie sah ihn zweifelnd an. »Ich bin mir nicht sicher, ob das reicht.«

»Ach, Clara, willst du damit etwa wirklich warten, bis wir verlobt sind?«

»Ich weiß nicht, aber ... Bitte, Freddy, du musst nach Hause gehen. Ich ... bin noch nicht so weit.«

Sie registrierte den Moment der Enttäuschung in seinem Gesicht, eine winzige Bewegung seiner Mundwinkel, als hielte er mit Mühe eine verdrießliche Antwort zurück. Doch dann zuckte er mit den Schultern und strich ihr sanft über die Wange. »Na gut, kein Problem, gedulden wir uns eben noch ein bisschen. Ich dachte halt bloß, wenn du ein eigenes Zimmer hast, dann ...« Er unterdrückte einen Seufzer.

»Tut mir leid, Freddy. Bitte sei mir nicht böse.«

Er schüttelte wortlos den Kopf.

Sie war so verwirrt. Einerseits tat es weh zuzusehen, wie er aufstand und sich die Jacke anzog. Sie hatte ihn doch so gern! Andererseits war sie erleichtert, als er nach einem raschen Abschiedskuss aus dem Zimmer ging und die Tür hinter ihm ins Schloss fiel. Sie lauschte seinen Schritten im Flur. In dieser Nacht würde sie ganz gewiss nicht schwanger werden. Eine Träne kitzelte sie im Augenwinkel. Hoffentlich war Freddy nicht wütend auf sie, weil sie ihn enttäuscht hatte und sich so zierte wie eine alte Jungfer. Dabei liebte sie ihn doch so sehr. Aber schwanger werden – das wollte sie auf keinen Fall.

...

Schrill schepperte am Montagmorgen der Wecker. Clara fuhr aus einem Traum hoch. Ein Blick auf die grünlich schimmernden Zeiger sagte ihr, dass es noch nicht einmal sechs Uhr war. Für einen Augenblick war sie verwundert, dann fiel es ihr wieder ein: Heute musste sie eine Stunde früher aufstehen als sonst. Schon für halb acht war eine außerordentliche Redaktionskonferenz einberufen worden, in der über die nächste Sonderbeilage beraten werden sollte, die viermal im Jahr mit der Zeitung veröffentlicht wurde. »Da müssen wir vorher noch einiges vorbereiten, sieh zu, dass du pünktlich da bist«, hatte Hertha ihr eingeschärft.

Clara schälte sich aus den Kissen und fröstelte sogleich. Die Heizung im Raum war aus und der Fußboden eiskalt. Es war endgültig Herbst geworden. Regen schlug gegen die Fenster, in kleinen Rinnsalen lief das Wasser die Scheibe hinunter und ließ die Lichter in den Fenstern der gegenüberliegenden Häuser verschwimmen. Es war noch nicht einmal hell draußen.

Am Waschbecken ließ sie sich rasch etwas kaltes Wasser über das Gesicht laufen, dann schlüpfte sie in ihre Kleider und öffnete die Tür, um zu sehen, ob Frau Grotjahn das Frühstück schon gebracht hatte. Tatsächlich, das Tablett stand bereits da. Kaffeeduft stieg ihr in die Nase. Clara hatte das Tablett gerade aufgehoben und inspizierte das Marmeladenbrot, als aus Sannis Zimmer ein Geräusch kam. Sie stutzte, denn normalerweise schlief ihre Freundin um diese Zeit noch tief und fest, weil sie erst am frühen Morgen aus dem Indra nach Hause gekommen war. War da etwa eine Männerstimme zu hören? In diesem Moment ging nebenan die Tür auf. Ein Mann trat heraus auf den Flur, das Sakko über dem Arm, die Krawatte nachlässig gebunden, das Hemd zerknittert mit einem deutlich sichtbaren Lippenstiftfleck am Kragen. »Gute Nacht, Süße, sieh zu, dass du noch ein paar Stunden Schlaf bekommst«, rief er mit leiser Stimme zurück ins Zimmer und zog hinter sich die Tür zu. Als er Claras neugierigem Blick begegnete, zuckte er wie ertappt zusammen. Dann grinste er verlegen, murmelte ein knappes »Guten Morgen« und verschwand die Treppe hinunter.

Clara wäre vor Schreck beinahe das Frühstückstablett aus den Händen gefallen. »Gute Nacht, Süße ...« Die Stimme des Mannes klang ihr noch in den Ohren. Das war eindeutig. Wer war das, und warum hatte Sanni ihr nie etwas von ihm erzählt? Clara stolperte zurück in ihr Zimmer, stellte das Tablett so hastig auf den Tisch, dass der Kaffee aus der Tasse schwappte, und lief erneut hinaus auf den Flur. Energisch pochte sie an Sannis Tür.

»Sanni? Bist du noch wach?«

»Ja, was ist denn los?«, kam deren Stimme schlaftrunken zurück. »Warum bist du schon auf?«

Clara drückte die Klinke hinunter und betrat das Zimmer. Sanni lag mit kleinen müden Augen und verstrubbelten Haaren im Bett. Sie trug kein Nachthemd, sondern einen winzigen schwarzen Büstenhalter. Es roch ungelüftet, nach Schweiß und Zigaretten.

»Ist was passiert?«, fragte Sanni und richtete sich auf.

»Allerdings!« Clara setzte sich zu ihr auf die Bettkante. »Wer war dieser Mann? Ich habe gesehen, wie er aus deinem Zimmer kam.«

»Ach so.« Sanni ließ sich erleichtert wieder ins Kissen sinken.

»Ich dachte schon, jemand ist gestorben oder sonst was Schlimmes ...« Ein mattes Lächeln breitete sich allmählich auf ihrem Gesicht aus.

»Du hast mir nie erzählt, dass du einen Freund hast.«

»Das ist kein richtiger Freund, Clara. Das ist Jürgen. Er ist Stammgast im Indra und hat mich sehr gern.«

»Kein richtiger Freund? Aber was ist er dann?«

»Er ist ein guter Kerl. Ich glaube, er würde mich sogar heiraten, wenn mir das wichtig wäre. Aber weißt du, es ist mir nicht wichtig. Jürgen ist nicht der Mann, den ich heiraten möchte.«

»Sanni! Du hast eine Nacht mit ihm verbracht. Und du möchtest ihn nicht heiraten?«

Sanni gähnte, während sie antwortete. »Nein, Clara. Er ist lustig und großzügig. Er ist ein toller Tänzer, und wir haben wirklich viel Spaß miteinander. Aber heiraten? Dazu bin ich doch noch viel zu jung. Ich bin einundzwanzig. Ich möchte mich noch ein bisschen amüsieren in meinem Leben.«

Clara schluckte. »Und weiß dieser Jürgen, wie du darüber denkst?«

»Aber natürlich. Er ist ein sehr moderner Mann.«

»Ich finde es nicht modern, sondern verantwortungslos, mit jemandem zu schlafen, nur weil es vielleicht Spaß macht.«

Sanni lachte leise. »Ich weiß. Du bist ja auch ein braves Mädchen. Deshalb habe ich dir nichts von ihm erzählt. Normalerweise kriegst du es nicht mit, wenn er morgens nach Hause geht, weil du um diese Zeit noch schläfst. Warum bist du denn eigentlich heute so früh aufgestanden?«

»Ich muss zu einer wichtigen Konferenz. Aber das ist mir jetzt gerade egal. Himmel, Sanni, hast du denn gar keine Angst, dass du schwanger wirst? Schwanger von einem Mann, den du noch nicht mal richtig liebst?«

»Nein, habe ich nicht. Ich nehme natürlich die Antibabypille, ich bin ja nicht doof.«

»Die – was?« Clara war sich nicht sicher, ob sie das Wort richtig verstanden hatte.

Sanni lächelte und nahm ihre Hand.

»Ach, Clara, du bist ja wirklich ahnungslos. Man kann neuerdings ein Medikament nehmen, das eine Schwangerschaft verhindert. Amerikanische Ärzte haben das entwickelt. Ich sage dir, diese Erfindung ist eine Revolution. Die ist mindestens so wichtig für die Menschheit wie die Erfindung des Rades oder des Telefons. Du schluckst jeden Tag eine kleine grüne Pille – und kannst mit einem Mann schlafen, ohne dass du Angst haben musst, ein Baby zu bekommen. Ist das nicht wunderbar? Wie viele unglückliche, in der Not geschlossene Ehen hätten verhindert werden können, wenn es das Medikament schon länger gegeben hätte? Wie viele Selbstmorde von unehelich schwangeren Frauen und wie viele Kindstötungen hätten durch die Einnahme dieses Medikaments verhindert werden können ... Clara, ich sage dir, die Antibabypille ist ein Segen für die Frau!«

Clara hatte ihrer Freundin sprachlos zugehört. »Ich habe noch nie davon gehört.«

»Man kann sie auch erst seit einem Jahr in Deutschland bekommen. Und eigentlich ist sie dafür da, um Monatsbeschwerden zu lindern. Dass sie auch Schwangerschaften verhindert, steht auf der Schachtel ganz klein bei den Nebenwirkungen.« Sanni kicherte. »Aber ich glaube, 99,9 Prozent der Frauen lassen sich diese Pille vom Arzt verschreiben, weil sie genau auf diese Nebenwirkung setzen.«

»Das ist ja unglaublich.« Clara war zutiefst beeindruckt. Wenn es tatsächlich so einfach war, eine Schwangerschaft zu verhindern – ob sie dann vielleicht auch die Antibabypille nehmen sollte? So hätte sie jedenfalls eine große Sorge weniger und würde Freddy gewiss sehr glücklich machen.

»Und diese Pille bekommt man beim Arzt?«, erkundigte sie sich.

Sanni nickte. »Ja. Beim Frauenarzt. Aber bist du mir böse, wenn ich dich bitte, mich jetzt allein zu lassen?« Ihre Stimme klang auf einmal wieder ganz schwach und schläfrig. »Ich bin hundemüde und muss unbedingt ein bisschen schlafen.«

»Na, klar. Ich muss ja auch dringend los.«

Clara drückte ihr ein Küsschen auf die Wange und schlüpfte hinaus. In ihrem Zimmer trank sie den lauwarm gewordenen Kaffee in wenigen Schlucken aus, zog sich den Mantel an und hängte sich die Tasche um. Das Marmeladenbrot vom Frühstückstablett aß sie auf dem Weg und kam gerade rechtzeitig im Verlagsgebäude an.

...

Doktor Steidel hatte seine Praxis in der Steinstraße, gleich beim Aufgang des U-Bahnhofs. Aus dem großen Fenster seines Besprechungszimmers konnte Clara den schlanken, spitzen Kirchturm von Sankt Petri sehen. Sein monotones Glockenläuten klang von ferne herüber. Der Frauenarzt war ein übergewichtiger Herr unbestimmten Alters mit rotblonden, kurz geschorenen Haaren. Er trug eine große helle Hornbrille, durch die er Clara mit seinen eisgrauen Augen abschätzend betrachtete, ohne jeden Anflug eines Lächelns.

»Welche Beschwerden führen Sie zu mir?«, erkundigte er sich schnörkellos.

Clara, die ihm am Tisch gegenübersaß, knetete nervös die Henkel ihrer Handtasche in den Händen. Sein kühler Blick war ihr unangenehm. Und die Vorstellung, dass dieser Mann sie womöglich gleich untersuchen würde, war noch viel unangenehmer. Am liebsten hätte sie sich umgedreht und wäre gleich wieder hinausgelaufen. Aber sie musste doch unbedingt das Rezept für die Antibabypille bekommen, damit sie endlich die lang ersehnte erste Nacht mit Freddy verbringen konnte. Sie hatte die Adresse des Arztes im Telefonbuch nachgeschlagen und sich für ihn entschieden, weil er noch am selben Tag einen Termin für sie frei gehabt hatte.

»Eigentlich habe ich gar keine Beschwerden«, antwortete Clara. »Es ist nur so, dass mein ... mein Verlobter und ich ... Also, ich habe gehört, dass es jetzt so ein Medikament aus Amerika gibt ...«

Aus Scham wagte Clara nicht, dem Arzt in die Augen zu sehen. Was war das doch für ein peinliches Gesprächsthema. Doch mit hochroten Wangen sprach sie tapfer weiter: »Und wir beide, Freddy und ich, wir finden, dass wir noch etwas zu jung sind für eine Schwangerschaft, also ich meine natürlich, dass ich dafür zu jung bin ...«

Weiter kam sie nicht.

»Hören Sie mal, mein Fräulein!« Die Stimme des Arztes donnerte durch den Raum, und Clara zuckte erschrocken zusammen. »Falls Sie erwartet hatten, dass ich Ihnen diese neue Antibabypille verschreibe, da irren Sie sich gewaltig. *Anovlar*, das ist ein sehr heikles Präparat, ein Arzneimittel, das grundsätzlich nur an verheiratete Frauen mit gewissen Beschwerden abgegeben werden darf – und auch nur, wenn sie schon Kinder haben. Das ist keine bunte Zauberpille, mit der man sich als junges Mädchen ein flottes Leben machen kann. Ich habe Verantwortung, verstehen Sie das? Und ich werde nicht Rezepte für diese Tabletten ausgeben als wären es Pfefferminzpastillen.«

»Ich weiß, Herr Doktor Steidel«, entgegnete Clara einge-schüchtert, »aber ...«

»Da gibt es kein Aber.« Der Doktor ließ Clara gar nicht zu Wort kommen. »Ich bin Arzt. Ich habe einen Eid abgelegt, und an den halte ich mich: Medikamente werden nur an kranke Patienten abgegeben. Wissen Ihre Eltern eigentlich, dass Sie hier sind und was Sie da von mir verlangen? Na, vermutlich nicht. Ich werde je-denfalls ganz gewiss nicht Ihr schamloses, unsittliches Leben be-fördern und das Ihrer ganzen verdorbenen Generation.«

Als er endlich fertig war mit seiner Suada, war es totenstill im Raum. Selbst Sankt Petri schwieg. Nur durch die geschlossene Zimmertür drang gedämpft die Stimme der Sprechstundenhilfe herein, die draußen gerade ein Telefongespräch führte. Clara wäre am liebsten im Boden versunken. Was hatte sie nur getan? Warum hatte ihr Sanni nicht erzählt, wie kompliziert das mit die-ser Pille war! Ob der Arzt sie nun für ein leichtes Mädchen hielt? Für eine Dirne gar? Wie entsetzlich peinlich! Nie zuvor hatte sich Clara so sehr geschämt. Mit zitternden Knien stand sie schließ-lich auf und schlich grußlos aus dem Behandlungszimmer.

• • •

»Ich konnte doch nicht ahnen, dass du schnurstracks zum Arzt laufen würdest!«, rief Sanni, nachdem Clara ihr von dem uner-freulichen Besuch bei Doktor Steidel erzählt hatte. »Man muss als unverheiratete Frau ein paar Tricks anwenden, um an die Pille zu kommen. Eines von den Mädchen, die mit mir im Indra tanzen, hat eine Schwester, die arbeitet im Vorzimmer eines Frauenarztes. Der ist sehr nett und guckt nicht immer so genau hin, ob die Frau verheiratet ist oder nicht, wenn er ein Rezept für die Antibabypille ausstellt.«

»Meinst du, der würde auch für mich ...?«

Sanni nickte zuversichtlich. »Ich frage sie gleich morgen.«

Als Clara eine Woche später die unscheinbare, grünweiße Schachtel *Anovlar* in den Händen hielt, erschien es ihr, als würde in diesem Moment ein neues Zeitalter anbrechen. Was für ein wunderbares und aufregendes Leben erwartete sie nun! Sie konnte mit Freddy zusammen sein, wann immer und so oft sie wollten, ohne die ständige Angst, dass »etwas« passierte. Vorsichtig drückte sie eine Tablette aus der Folienverpackung und nahm sie mit ein paar Schlucken Wasser. Es war wie eine Befreiung. Clara lächelte. Doktor Steidel hatte unrecht gehabt. Dieses Medikament war tatsächlich eine Zauberpille. Gewissenhaft nahm sie jeden Morgen noch vor dem Frühstück eine Pille, denn Sanni hatte ihr eingeschärft, darin nicht nachlässig zu sein. Wenn man sie nur einmal vergaß, war der Schutz für den ganzen Monat dahin.

Sie schickte Freddy nicht mehr nach Hause, wenn er sie nach einem durchtanzten Abend im Kaiserkeller zu ihrer Pension begleitete. Die Schäbigkeit ihres Zimmers und den Lärm aus der Kneipe im Erdgeschoss nahm sie gar nicht mehr wahr, wenn sie in seinen Armen lag. Dann gab es nur noch sie und diesen großartigen Mann, der sie zum Lachen und zum Staunen und zu wunderbaren, ungekannten Gefühlen brachte.

• • •

Ende Oktober lud Freddy Clara zum ersten Mal zu sich nach Hause ein.

»Meine Eltern möchten dich gern kennenlernen. Ich hab ihnen schon so viel von dir erzählt, jetzt sind sie neugierig geworden. Sonntagnachmittag gibt's Kaffee und Kuchen bei uns. Was sagst du?«

»Oh, Freddy. Das ist ja wunderbar. Vielen Dank. Ich freu mich sehr.«

Insgeheim hatte sie sich schon seit Wochen gefragt, weshalb er noch nie vorgeschlagen hatte, dass sie zu ihm nach Blankenese kam. Dass er sie nun gleich zum Kaffeekränzchen mit seinen Eltern einlud, kam ihr wie eine Art Ritterschlag vor. Ob er womöglich ihre Verlobung plante? Seit dem kurzen Gespräch im Kaiserkeller hatten sie darüber nie mehr geredet. Clara wollte nicht altbacken wirken, aber sie waren nun schon einige Monate zusammen und schliefen sogar miteinander – da lag es doch nahe, dass er sie über kurz oder lang mit einem Ring überraschen würde. Vielleicht an diesem Nachmittag.

Die Villa der Tönnsens lag in einer sehr schicken Wohngegend von Blankenese. Sie war umgeben von einem parkähnlichen Garten, der zum Elbufer steil abfiel. Vom Wohnzimmer aus hatte man einen herrlichen Blick durch die breite Fensterfront. In der Tiefe sah Clara den Fluss und die Schiffe darauf, die ununterbrochen den Strom hinaufgefahren kamen oder hinabfuhren in Richtung Nordsee.

»Sie wohnen wirklich unglaublich schön. Ich kann gut verstehen, dass Freddy von München wieder nach Hause zurückgekommen ist. Was für ein herrlicher Ausblick!«

Die Tönnsens hatten Clara den besten Platz an der Kaffeetafel überlassen. Überhaupt wirkten Freddys Eltern sehr freundlich, beinahe zuvorkommend, doch ihr Lächeln blieb merkwürdig unnahbar und kühl. Herr Tönnsen sah aus wie eine gealterte, etwas aufgedunsene Version von Freddy. Über der Stirn lichteten sich seine ergrauenden Haare bereits. Er war ein höflicher Mann von hanseatischer Zurückhaltung und sprach kein Wort mehr als nötig. Clara betrachtete ihn verstohlen und erinnerte sich daran, was Freddy ihr vor vielen Wochen über das Zerwürfnis mit seinem Vater erzählt hatte. Dieser Mann, der ihr im dunkelgrauen Anzug mit weinrotem Einstecktuch am Tisch gegenübersaß, wirkte seriös und mit sich im Reinen. Es war kaum vorstellbar, dass er in der Nazi-Zeit Schuld auf sich geladen haben sollte.

Freddys Mutter, eine kleine, zierliche Person, die ein hochgeschlossenes blaues Wollkleid mit einer Perlenkette darüber trug, war noch immer sehr schön. Sie hatte eine zarte, beinahe durchscheinende Porzellanhaut, an der Oberlippe und um die Augen zeigten sich bereits erste Fältchen, und das akkurat frisierte, einstmals beinahe schwarze Haar schimmerte an den Schläfen schon etwas silbrig.

»Wir freuen uns, dass wir die Freundin unseres Sohnes endlich kennenlernen«, erklärte sie und goss Clara Kaffee in die Tasse. »Es ist doch immer wichtig zu wissen, mit wem der eigene Nachwuchs Umgang hat.«

Clara lächelte und hoffte, dass sie in den Augen dieser Frau bestand, die doch vermutlich einmal ihre Schwiegermutter werden würde. Freddy zwinkerte ihr zu.

»Keine Sorge, Mama, so ein anständiges Mädchen wie Clara ist mir noch nie über den Weg gelaufen.« Er balancierte mit einem Tortenheber ein Stück von dem Frankfurter Kranz, der angeschnitten auf dem Tisch stand, auf Claras Teller.

»Danke. Das ist aber nett, Frau Tönnsen, dass Sie extra eine Torte gebacken haben«, sagte sie höflich.

»Oh nein, für derlei Tätigkeiten ist unsere Haushaltshilfe zuständig.« Freddys Mutter bedachte Clara mit einem geradezu erstaunten Blick ob ihrer Annahme, sie könnte den Samstag in der Küche verbracht haben. »Aber sonntags hat unsere Perle bedauerlicherweise frei«, fügte Frau Tönnsen hinzu. »Und dabei bräuchte man das Personal doch gerade an den Wochenenden, wenn Besuch da ist.«

Herr Tönnsen erkundigte sich nach Claras Eltern und nach ihrer Tätigkeit im Hamburger Verlagshaus. Clara beantwortete alle Fragen bereitwillig und freundlich, schließlich war es ihr wichtig, einen guten Eindruck zu machen. Doch die Unterhaltung blieb steif wie ein Bewerbungsgespräch, eine gemütliche Plauderei wollte sich einfach nicht einstellen. So komfortabel die Villa der Tönnsens auch eingerichtet war, so köstlich die Torte auch schmeckte und so sehr der Blick aus dem Fenster Clara auch gefiel – die Stimmung im Wohnzimmer erschien ihr so kühl und unnahbar, als würde Raureif über allem liegen.

Sie war erleichtert, als die Kaffeetassen geleert waren und Freddy zu seinen Eltern sagte:»Wir gehen ein bisschen rauf in mein Zimmer und hören Musik.«

Freddy wohnte in der obersten Etage der Villa, im ausgebauten Dachgeschoss. Clara war beeindruckt. Sein Zimmer war viel größer als sie erwartet hatte.

»Freddy, das ist ja beinahe ein Tanzsaal!«

In der Mitte des Raumes, wo die schrägen Wände zusammentrafen, war er beinahe fünf Meter hoch. An einem langen Kabel baumelte eine kugelförmige Lampe aus Milchglas wie ein Vollmond. Statt eines Bettes stand eine moderne Klappcouch an der Wand, dazu zwei passende Sessel und ein Tisch. Auf einem Sideboard auf der anderen Seite waren neben einem Plattenspieler seine Bücher aufgereiht.

»Ein Tanzsaal?«, nahm Freddy ihre Bemerkung auf.»Möchtest du gern tanzen?«

Er kramte in seinem Schallplattenregal, und kurz darauf tönte Elvis Presleys samtene Stimme aus den Boxen:»*Are you lonesome tonight ...*« Freddy nahm Clara in den Arm, und sie schmiegte ihren

Kopf an seine Schulter. Nach ein paar Tanzschritten bewegten sie kaum mehr die Füße, wiegten nur noch sanft im Takt der gefühlvollen Musik.

»Ach, das ist herrlich, Freddy«, flüsterte Clara. »Nur das Kaffeetrinken mit deinen Eltern war ein bisschen anstrengend.«

Er küsste ihren Scheitel. »Du wirst dich schon an sie gewöhnen. Sie brauchen immer ein bisschen, bis sie mit jemandem warm werden.«

Clara ließ ihre Blicke durch das Zimmer wandern. An der Wand neben dem Kleiderschrank hing ein Werbeplakat von vor zwei Jahren, auf dem ein Konzert des englischen Sängers Tony Sheridan und seinen Jets im Kaiserkeller angekündigt wurde, daneben ein großer Bilderrahmen, in dem lauter Fotos steckten. Clara erkannte Freddy auf den Bildern, mal als Schüler, mal als junger Mann, mal mit seiner Familie, mal mit Freunden, beim Baden, beim Radausflug oder beim Skifahren. Der Samowar, wegen dem er bei der Hausdurchsuchung in München solchen Ärger bekommen hatte, stand in der Ecke neben der Tür.

Sie tanzten schweigend weiter. Elvis sang jetzt »Can't help falling in love«, und Clara genoss jede Sekunde.

»Hör mal«, sagte Freddy nach einer Weile. »Ich wollte dich mal etwas fragen ...«

Er klang zögernd, als müsste er seinen ganzen Mut für dieses Gespräch zusammennehmen. Clara schloss lächelnd die Augen. Ja, so fühlte es sich gut an. Das war der richtige Moment für einen Antrag.

»Was ist denn los?«, fragte sie mit schnurrender Stimme zurück.

»Na ja, das ist nicht ganz einfach. Du musst mir versprechen, dass du Ja sagst.«

Clara kicherte. »Okay, ich verspreche es dir. Aber jetzt musst du fragen.«

Freddy räusperte sich. »Es geht um die Firma. Die Tönnsen-Werft feiert demnächst ihr 75-jähriges Bestehen. Du weißt schon, Hamburger Traditionsunternehmen, lange Firmengeschichte, viel Prominenz ... Der Bürgermeister kommt, der Wirtschaftssenator, ein Gewerkschaftsfritze. Die werden alle lange Reden halten. Vermutlich wird das nicht besonders lustig. Aber meine Eltern meinten, es wäre gut, wenn ich bei einer so wichtigen Veranstaltung eine Tischdame an meiner Seite hätte. Ich soll da auch eine kleine Ansprache halten, meine erste als Vize-Chef der Werft. Und es wäre so toll, wenn du dabei wärst. Was meinst du? Kann ich auf dich zählen?«

Clara hob den Kopf. Sie war ganz verwirrt von Freddys Worten. Sie hatte erwartet, dass er nach einer zärtlichen Liebeserklärung die Schachtel mit einem Verlobungsring aus der Hosentasche ziehen würde – und dann so was.

»Aber natürlich«, stammelte sie. »Natürlich komme ich mit zur Firmenfeier, wenn du das möchtest.«

»Ah – wunderbar!« Freddy küsste sie überschwänglich. »Super. Vielen Dank. Ich hab gewusst, dass ich auf dich zählen kann.«

Clara stieß ein bitteres Lachen aus. »Und ich hatte schon gedacht, du wolltest mir einen Heiratsantrag machen!«

»Wirklich? Ach, meine liebste kleine Romantikerin, hoffentlich bist du jetzt nicht allzu betrübt. Du weißt doch, wie wenig ich von diesem antiquierten Kitsch halte. Was für ein Glück, dass du mich zur Firmenfeier begleitest, auch ohne dass wir verlobt sind.«

Freddy klang so witzig und unbeschwert wie sonst immer. Noch einmal küsste er sie, und Clara ließ sich ihre Enttäuschung nicht anmerken.

Dann war die Musik zu Ende. Die Schallplatte drehte sich

noch auf dem Teller, und im Lautsprecher knisterte es, als die Nadel in der letzten Rille hängen blieb. Im selben Moment waren vor dem Zimmer Schritte zu hören, und dann klopfte es an der Tür: »Freddy«, rief seine Mutter. »Es ist schon ganz dunkel draußen. Du solltest deinen Besuch jetzt nach Hause fahren, damit es für Clara nicht zu spät wird!«

15.

Die anstehende 75-Jahr-Feier der Tönnsen-Werft war etwas, das nicht nur die Belegschaft und die Familie beschäftigte, auch in den Hamburger Zeitungen wurde das Ereignis groß angekündigt. Als Clara in einer Redaktionskonferenz mitbekam, dass ein Reporter des *Tagesboten* zu der Firmenfeier entsandt werden sollte, war sie stolz darauf, an Freddys Seite dabei zu sein. Mit Sanni und Maria verbrachte sie einen Samstagnachmittag in den Geschäften am Jungfernstieg und probierte vornehme Kleider an, bis sie im Modehaus Jäger und Koch eines fand, das ihr nicht nur gut zu Gesicht stand, sondern auch für das hochoffizielle Fest geeignet war und überdies nur ein bisschen mehr kostete, als sie sich eigentlich leisten konnte. Es war ein cremefarbenes ärmelloses Modell mit schwarzen Tupfen und einem breiten schwarzen Samtgürtel. Ein farblich passendes Bolerojäckchen gehörte dazu. Weil sie kein Geld mehr für neue Schuhe hatte, lieh sich Clara die Pumps von Sanni. Die waren ihr zwar ein wenig zu groß, aber nachdem sie die Spitze etwas mit Watte ausgepolstert hatten, ging es einigermaßen.

»Brauchst du damit ja nicht zu tanzen«, sagte Maria. »Musst du immerzu sitzen auf Stuhl und sehen gut aus.«

»Bloß deine Haare ...« Sanni betrachtete Clara eingehend. Sie schüttelte den Kopf. »So geht das nicht, du brauchst eine neue Frisur.«

»Aber wieso? Freddy liebt meine Locken. Außerdem kann ich mir so einen Luxus wie einen Friseurbesuch gerade wirklich nicht leisten.«

Claras Haare waren seit Monaten nicht mehr geschnitten worden und inzwischen bis über die Schultern gewachsen.

»Ich habe eine bessere Idee«, erklärte Sanni und fasste Claras Locken prüfend zu einem Pferdeschwanz zusammen. »Du hast so ein hübsches Gesicht, das kommt bei deinen langen wuscheligen Haaren gar nicht mehr richtig zur Geltung. In England ist jetzt diese Bienenkorbfrisur der letzte Schrei, wie sie Audrey Hepburn in *Frühstück bei Tiffany* hatte. Erinnerst du dich an den Film, den wir letztes Jahr im Kino gesehen haben?«

Clara nickte versonnen. »Aber klar. Der war hinreißend.«

»Diesen Schick kriegen wir bei dir auch hin!«, versicherte Sanni. »In der Oktoberausgabe der *Constanze* war gerade erst ein ausführlicher Artikel über die aktuelle Frisurenmode mit genauen Anleitungen. Den habe ich mir aufbewahrt ...«

Am Morgen der Firmenfeier kamen Sanni und Maria schon in aller Frühe in Claras Zimmer, um sie für den großen Tag schön zu machen. Sie benötigten fast zwei Stunden, Dutzende Haarklammern und eine halbe Dose Haarspray, bis sich Claras Locken auf ihrem Kopf so türmten, wie Sanni sich das vorgestellt hatte. Tatsächlich sah es so aus, als trüge Clara einen Bienenkorb darunter.

»Mit den hohen Absätzen und dieser unglaublichen Frisur bin ich glatt einen halben Meter größer geworden!« Zufrieden betrachtete Clara sich in dem halb blinden Spiegel, der auf der Innenseite ihres Kleiderschrankes angebracht war. Unter Sannis Anleitung hatte sie ein wenig Lippenstift und etwas Wangenrouge aufgetragen. Ein geschwungener schwarzer Lidstrich und dunkle Wimperntusche betonten ihre Augen.

»Und ich sehe unglaublich glamourös aus. Hoffentlich erkennt Freddy mich überhaupt noch wieder.«

Mit Trippelschritten drehte sich Clara nach rechts und nach links und ließ den Saum ihres neuen Kleides wippen. Maria nickte lächelnd.

»Wenn er dir heute keinen Heiratsantrag macht, dann verstehe ich das wirklich nicht.«

Tatsächlich fielen Freddy beinahe die Augen aus dem Kopf, als er Clara wenig später wie vereinbart beim Pförtnerhäuschen an der Einfahrt zur Tönnsen-Werft abholte.

»Bist du das wirklich? Holla! Du siehst fantastisch aus. Was für eine Frisur! Darf ich dich küssen, oder geht dann was kaputt?«

»Nur ganz vorsichtig«, antwortete Clara augenzwinkernd und spitzte ihre Lippen. »Sonst geht die Farbe ab.«

Er küsste sie sanft. »Und du riechst so gut. Wie ein ganzer Blumenladen ...«

»Du siehst auch toll aus. Lass gucken! Ich habe dich noch nie in so einem schicken Anzug gesehen. Mit weißem Hemd und Krawatte! Und diese blanken Schuhe! Ich glaube, daran könnte ich mich gewöhnen.«

»Bloß nicht.« Freddy griff sich mit zwei Fingern in den Kragen, um ihn vergeblich etwas zu lockern. »Ich habe jetzt schon das Gefühl, mit diesem Schlips keine Luft mehr zu bekommen. In Bluejeans und Lederjacke wäre es mir wohler. Aber jetzt komm mit. Es geht gleich los, der Bürgermeister und die wichtigsten Gäste sind schon da.«

Er nahm Claras Hand, und sie folgte ihm durch das geöffnete Eisentor, das mit einer Girlande aus Tannengrün und weißen

Bändern geschmückt war. Zwischen einem zweistöckigen Backsteinbau zur Rechten, in dem Clara die Büros der Verwaltung vermutete, und einer Produktionshalle auf der anderen Seite waren hoch über dem Werkhof etliche Leinen gespannt, an denen rote und weiße Wimpel flatterten. Musik und Stimmengewirr tönten durch die geöffnete Tür der Halle. Als Freddy und Clara eintraten, war der riesige hohe Raum bereits voller Menschen.

»Normalerweise sieht das hier anders aus«, erklärte Freddy. »Da rattern den ganzen Tag die Produktionsanlagen. Aber heute stehen sie ausnahmsweise mal still, damit wir feiern können.«

Auf der Freifläche zwischen den schweren Maschinen, den Laufkränen und Gabelstaplern, die für die Herstellung von Motorbooten und Jachten gebraucht wurden, waren zahllose Stuhlreihen aufgestellt. Es war kaum mehr ein Sitzplatz frei.

An der Stirnseite des Raumes hatte man eine Bühne errichtet. Darüber hing ein Plakat, das beinahe die ganze Breite der Halle einnahm. *75 Jahre Tönnsen-Werft – Tradition und Verantwortung*, las Clara darauf. Neben einem mit Fähnchen und Blumen geschmückten Rednerpult stand eine Blaskapelle und schmetterte zur Begrüßung der Festgäste ein zünftiges Seemannslied. In der dritten Reihe war am Rand ein Platz für Clara reserviert, und sie setzte sich. Ganz vorne erkannte sie die Köpfe von Freddys Eltern, die sich mit dem Hamburger Bürgermeister unterhielten. Neben der Bühne standen einige Journalisten, Fotoapparate und Notizblöcke in der Hand. Clara entdeckte den Reporter vom *Tagesboten* darunter, Herrn Sonntag aus der Wirtschaftsredaktion. Sie selbst hatte vor lauter Aufregung gar nicht daran gedacht, ihre Kamera mitzunehmen. Aber sie gehörte ja zu den Festgästen und war nicht zum Arbeiten hier. Verstohlen sah sie sich im Publikum um. Sie war froh, so viel Zeit und Geld in ihr Äußeres investiert zu haben. Soweit sie erkennen konnte, waren alle Gäste hier elegant gekleidet – allerdings trug keine der Damen eine so spektakuläre Frisur wie sie.

Dem Auftritt der Musikkapelle folgten die Festreden des Bürgermeisters und des Wirtschaftssenators, auch Freddys Vater trat ans Pult, und nach einer halben Stunde unterdrückte Clara ein Gähnen, als er ausführlich über die Höhen und Tiefen der Firmengeschichte referierte:

»Meine sehr verehrten Damen und Herren, vor 75 Jahren hat mein Großvater diese Firma gegründet. Mein Vater machte sie zu dem erfolgreichen Unternehmen, das ich nach seinem frühen und unerwarteten Tod während des Krieges übernommen habe. Es folgten schwere Jahre, wir alle wissen, was Deutschland in jener dunklen Zeit durchgemacht hat. Doch auch unter meiner Leitung blieb die Tönnsen-Werft auf Kurs, trotzte allen Widrigkeiten und konnte danach in der Zeit des Wirtschaftswunders sogar weiter expandieren und neue Märkte erschließen. Wir haben in den vergangenen fünfzehn Jahren unseren Umsatz verdreifacht und die Zahl unserer Mitarbeiter verdoppeln können ... Nun, meine Damen und Herren, ist es allmählich Zeit, das Ruder an die nächste Generation zu übergeben. Ich darf Ihnen bereits jetzt eine wichtige Personalentscheidung ankündigen. Im kommenden Herbst wird mein Sohn Alfred die Geschäftsführung der Tönnsen-Werft übernehmen.«

In der Halle brandete freundlicher Applaus auf, und Freddy kam zur Bühne. Von Nervosität war ihm nicht das Geringste anzumerken. Mit einem Satz sprang er die kleine Treppe zum Podest hinauf und winkte grinsend ins Publikum wie ein gefeierter Schauspieler.

»Vielen Dank, sehr verehrte Damen und Herren«, rief er. »Und vielen Dank, lieber Vater, für dein Vertrauen. In den vergangenen Jahren hatte ich genug Zeit, um mich in die Geschäfte des Familienunternehmens einzuarbeiten, und mit meinem Vater hatte ich das bestmögliche Vorbild. Seine außergewöhnlichen Leistungen und Fähigkeiten haben dazu beigetragen, unserer Werft Achtung und Ansehen in aller Welt zu verschaffen. Es ist mir Verpflichtung und Ehre, das Lebenswerk meines Vaters und meines Großvaters in ihrem Sinne weiterzuführen ...«

Atemlos verfolgte Clara Freddys Rede. Er sprach engagiert, geradezu euphorisch, er schien da oben am Pult wie ausgewechselt. In Gedanken sah sie den jungen Mann in der abgewetzten Lederjacke vor sich, so wie sie ihn im Sommer auf der Leopoldstraße in München kennengelernt hatte. Voller Verbitterung und Wut auf seinen Vater. Im Streit mit ihm hatte er sogar seine wunderschöne Heimatstadt Hamburg verlassen, um am anderen Ende Deutschlands zu wohnen. Clara klangen Freddys zornige Worte noch in den Ohren. Wie verächtlich hatte er damals über den Bürojob gesprochen. Nie im Leben hatte er in die Fußstapfen seines Vaters treten wollen. Und heute? Das alles schien vorbei und vergessen. Freddy lobte seinen Vater in höchsten Tönen, und der Einstieg in die Chefetage erschien wie die Erfüllung seines größten Lebenstraums. Am Ende seiner Rede umarmten Vater und Sohn einander auf der Bühne, als hätte es das große Zerwürfnis nie gegeben.

»Aber nun kommen wir zum Höhepunkt der Jubiläumsfeier!« Freddy wandte sich erneut an das Publikum. »Auch wenn ich formal noch nicht Chef der Tönnsen-Werft bin, so fällt mir heute doch die ehrenwerte Aufgabe zu, den langjährigen Mitarbeitern unseres Unternehmens einen besonderen Dank auszusprechen.« Freddy nahm einige Urkunden in die Hand, die vor ihm auf dem Pult lagen. »Da wäre als Erster unser Herr Ole Petersen zu nennen, der seit unglaublichen vierzig Jahren als Schweißer bei Tönnsen beschäftigt ist ...«

Nacheinander rief er die zu ehrenden Männer auf, die sich von ihren Plätzen in der Halle erhoben und auf die Bühne traten, um sich von der Werftleitung auszeichnen zu lassen. Schließlich hielt Freddy nur noch eine Urkunde in der Hand.

»Aber es arbeiten ja nicht nur Männer in unserem Betrieb. Zumindest in den Büros ist bei der Tönnsen-Werft zum Glück auch das schöne Geschlecht vertreten. Eine der Damen bitte ich nun zu mir auf die Bühne. Wenn es nicht so uncharmant wäre, würde ich sagen, sie gehört zum Urgestein unseres Unternehmens: Frau Adelheid Kester. Noch mein Großvater hat sie im Jahr 1925 als junges Mädchen in der Buchhaltung eingestellt. Ihm und meinem Vater hat sie in guten und schlechten Jahren treu zur Seite gestanden. Nun geht sie in den wohlverdienten Ruhestand. Danke, liebe Frau Kester. Danke für alles.«

Die Leute applaudierten, doch nirgendwo stand jemand auf, um sich die Urkunde abzuholen.

»Hallo, Frau Kester.« Auch Freddy sah sich suchend um. »Wo sitzen Sie denn? Bitte kommen Sie auf die Bühne!«

Niemand erschien. Der Beifall ebbte ab. Da bemerkte Clara, wie die ältere Dame auf dem Platz neben ihr nervös ihre Finger knetete.

»Ich kann das nicht«, murmelte sie plötzlich. »Nein, ich kann das nicht. Ich geh nicht auf die Bühne.«

»Sind Sie Frau Kester?«, flüsterte Clara.

Die Frau sah erschrocken auf und nickte.

»Ich kann verstehen, dass Sie nervös sind«, versuchte Clara sie flüsternd zu beruhigen. »Mit würde es auch so gehen. Aber es sind doch nur ein paar Schritte, und wenn Sie Ihre Urkunde in Händen halten, freuen Sie sich.«

»Nein«, antwortete Frau Kester zu Claras Verblüffung mit fester Stimme. »Dann freue ich mich ganz und gar nicht.«

In der Halle war es jetzt unruhig geworden. Die Leute scharrten ungeduldig mit den Füßen, und ein erstauntes Raunen ging um, weil sich niemand meldete, um die Ehrung anzunehmen. Auf der Bühne sah Freddy seinen Vater schulterzuckend an.

»Aber warum freuen Sie sich denn nicht?«, fragte Clara ihre Sitznachbarin leise.

Frau Kester schwieg. Sie schien nachzudenken. Schließlich erhob sie sich mit einem Ruck, blieb aber weiterhin an ihrem Platz stehen.

»Nein, danke, ich will diese Urkunde nicht haben«, rief sie laut durch die Halle. »Ich möchte keine Ehrung erhalten von jemandem, der keine Ehre im Leib hat. Und damit meine ich nicht den jungen Tönnsen, sondern den Senior-Chef.«

Das Raunen in der Halle schwoll an. In Freddys Gesicht verschwand das Grinsen, und die Miene seines Vaters wirkte auf einmal wie versteinert.

»Ich verstehe nicht, was Sie meinen, Frau Kester«, rief er ihr von der Bühne aus zu. »Sie arbeiten seit siebenunddreißig Jahren ohne Fehl und Tadel in unserer Firma, ohne dass es von Ihrer oder unserer Seite jemals Grund zur Klage gegeben hätte ...«

»Das ist es ja gerade!« Frau Kester ließ Herrn Tönnsen nicht ausreden. »Jahrelang habe ich geschwiegen. Habe alles heruntergeschluckt. Ohne Protest und ohne Widerworte. Weil ich eine kleine Angestellte der Firma war, die Angst um ihren Arbeitsplatz hatte. Aber jetzt gehe ich in den Ruhestand. Und jetzt sage ich, wie es ist. Sie sind ein schäbiger Mann, und ich will mit der Tönnsen-Werft nie wieder etwas zu tun haben.«

Sie nahm die Handtasche, die an der Lehne ihres Stuhls hing, und ging hoch erhobenen Hauptes durch die Sitzreihe, dann durch die Halle. Bei ihren Worten war es mucksmäuschenstill geworden im Publikum. Die Leute waren wie erstarrt. Nur das Geräusch ihrer Schritte war zu hören und schließlich eine Tür, die mit metallischem Scheppern ins Schloss fiel.

»Wir werden Frau Kester die Urkunde mit der Post zuschicken«, erklärte Herr Tönnsen, als er sich nach ein paar Sekunden des Schrecks wieder gefasst hatte. »Aber jetzt wollen wir unser Firmenjubiläum gebührend feiern. Musik bitte!«

Er klatschte in die Hände, und die Männer der Kapelle nahmen ihre Instrumente wieder auf. Kurz darauf schmetterten sie den Radetzkymarsch durch die Halle.

»Was war denn mit Frau Kester los?«, erkundigte sich Clara, als das Programm auf der Bühne zu Ende war und sie mit Freddy und seinen Eltern zusammenstand.

»Vermutlich machen ihre Nerven nicht mehr mit«, sagte Frau Tönnsen. »Mein Mann hat sich nie im Leben etwas zuschulden kommen lassen. Ganz im Gegenteil, er hat sich stets aufgeopfert für die Werft.«

»Altersverwirrt ist die Kester, ich hätte sie schon vor ein paar Jahren entlassen sollen«, fügte ihr Mann hinzu. »Im Grunde genommen hat sie schon seit Längerem keine Leistung mehr gebracht. Es war der reinste Gnadenakt, diese Frau noch so lange zu beschäftigen.«

Clara fing Freddys Blick auf. Er sah verlegen aus, und sie war sich sicher, dass er mehr wusste. Vermutlich ging es um dieselben Vorfälle, die ihn damals bewogen hatten, sich von seinen Eltern abzuwenden. Aber in deren Gegenwart wagte sie nicht, ihn darauf anzusprechen.

Ein Journalist kam und bat darum, mit Freddy und seinen Eltern ein Interview über die Zukunft der Firma führen zu dürfen, und Clara trat zur Seite. Sie schlenderte durch die Halle und betrachtete die großen Maschinen. Neugierig hob sie am Ende der Halle eine große Plane ein Stück hoch und stellte fest, dass ein im

Rohbau befindliches Boot darunter stand. Das Blitzen eines Fotoapparates lenkte sie ab, und sie drehte sich um. Herr Sonntag stand neben ihr. Verblüfft ließ er die Kamera sinken.

»Fräulein von Thorau, was machen Sie denn hier?«, entfuhr es ihm.

»Ich gehöre zu den geladenen Gästen«, antwortete sie mit Genugtuung. »Ich bin ... die Verlobte des Juniorchefs.«

Im Grunde, dachte Clara, war sie das ja auch.

»Na, herzlichen Glückwunsch! Das ist ja mal wirklich eine gute Partie.«

»Als ich Freddy kennenlernte, wusste ich gar nicht, wer er war, geschweige denn, dass er diese Werft einmal übernehmen würde.«

»Ja, Tönnsen ist ein guter Name in Hamburg. Und dann kommt diese wunderliche alte Dame und macht beinahe einen Skandal aus diesem Festtag.« Er schüttelte den Kopf.

»Haben Sie eine Idee, was dahinterstecken könnte?«, fragte Clara. »Sie sind doch Journalist. Sie kennen sich aus.«

Er zuckte mit den Schultern. »Ich denke, das ist eine Privatsache zwischen der Frau und dem Senior-Chef. Wer weiß, was zwischen den beiden vorgefallen ist. Vielleicht hat er ihr vor vielen Jahren mal versehentlich eine Hand aufs Knie gelegt? Oder sie hat sich so was eingebildet? Wer weiß! Manche Frauen sind verklemmt und nachtragend ... Aber dass sie ihm so etwas an einem Tag wie heute vor dem ganzen Publikum aufs Brot schmiert, das ist wirklich eine Frechheit.« Er packte seinen Fotoapparat ein. »Ich muss leider los. Ich will den Bericht heute noch fertig schreiben. Bis Montag, Fräulein von Thorau! Sie sehen heute übrigens ganz besonders hinreißend aus, wenn ich das sagen darf. Wirklich eine bemerkenswerte Frisur. Allerdings hat sich da eine Strähne aus Ihrem Haarturm gelöst. Ich finde ja, das sieht besonders hübsch und lässig aus, aber vielleicht möchten Sie die ja lieber feststecken ...«

»Oh – vielen Dank für den Hinweis!«

Während Herr Sonntag auf den Ausgang zuging, machte sich Clara auf die Suche nach den Toiletten und fand sie im Vorraum der Halle. Tatsächlich war ihre komplizierte Bienenkorbfrisur ein wenig in Auflösung begriffen, wie sie im Waschraum mit einem Blick in den Spiegel feststellte. Sie zog ein paar Nadeln heraus und versuchte, die lockeren Haarsträhnen wieder festzustecken, als sie aus einer der Toilettenkabinen ein unterdrücktes Schluchzen hörte.

»Ist da jemand?«, rief sie. »Kann ich Ihnen helfen.«

»Nein, danke, mir ist nicht zu helfen.« Es war die Stimme von Frau Kester.

Clara schob die letzte Haarnadel rasch zurück in den Dutt und klopfte an die geschlossene Toilettentür.

»Frau Kester, ich bin's, Ihre Sitznachbarin. Was ist denn los? Weinen Sie etwa?«

Einen Moment lang war es still, dann wurde von innen der Riegel zurückgeschoben. Vorsichtig schob Clara die Tür auf. Frau Kester saß auf dem geschlossenen Toilettendeckel und blickte sie mit verweinten Augen an.

»Ich hätte schon viel früher den Mund aufmachen sollen, aber ich habe mich einfach nicht getraut.«

»Was ist denn los?«, fragte Clara noch einmal.

Frau Kester zuckte müde mit den Schultern.

»Ich habe mich vorhin so geärgert, dass alle Herrn Tönnsen in höchsten Tönen gelobt haben. Ja, es stimmt, dass die Firma die schlimmen Kriegsjahre gut überstanden hat. Aber wieso fragt denn niemand, wie er das gemacht hat? Wie konnte es sein, dass die Werft gerade in dieser Zeit so erfolgreich produziert hat – zumal das Unternehmen kurz vorher so gut wie pleite war. Davon spricht heute niemand mehr.«

Clara schluckte. »Das wusste ich gar nicht, dass es Tönnsens damals so schlecht ging.«

»Ja, es war während der großen Wirtschaftskrise. Da ging es allen Leuten schlecht. Aber mit den Nazis kam der Aufschwung hier im Betrieb. Und wissen Sie auch, warum? Weil auf der Tönnsen-Werft Schiffe für den Krieg gebaut wurden. Und das schon lange bevor diese Hölle losging.«

»Tatsächlich?«, flüsterte Clara erschrocken. »Davon habe ich noch nie gehört.«

»Natürlich nicht. Es ist ja wahrlich kein Ruhmesblatt. Die Tönnsen-Werft wurde ganz offiziell Kriegsmusterbetrieb. Der Chef hat damals eng mit dem Ministerium zusammengearbeitet. Die Werft bekam so viele Aufträge, dass man gar nicht mehr wusste, wie man all die Schiffe bauen sollte. Es gab Geld vom Staat für den Ausbau der Werftanlagen, für eine neue Schweißerei. Und später, im Krieg, kamen dann die Zwangsarbeiter aus dem Osten.«

»Zwangsarbeiter?«, wiederholte Clara ungläubig.

Frau Kester nickte. »Für die war es besonders schlimm. Für einen Hungerlohn wurden die an den gefährlichsten Plätzen der Produktion eingesetzt. Mehr als einmal ist es passiert, dass einer von ihnen verunglückt ist. Von hoch oben abgestürzt und gestorben. Die wurden damals ja nicht groß gesichert. Denn wenn diesen Männern etwas passierte, war das ja nicht so schlimm. Man konnte sich aus den besetzten Ländern jederzeit neue Arbeiter besorgen.« Ihre Stimme klang zutiefst verbittert.

»Ich kann es gar nicht glauben«, flüsterte Clara, »dass Freddys Vater so etwas zugelassen hat.«

Atemlos hörte sie zu, als die alte Frau fortfuhr.

»Ich weiß das, weil ich in den Jahren in der Buchhaltung gearbeitet und alles dokumentiert habe. Aber dann, als der Krieg vorbei war, als der Wiederaufbau begann, da wollte niemand mehr etwas von diesen schlimmen Dingen hören. Eines Tages waren alle Aktenorder aus den Kriegsjahren verschwunden. Unauffindbar, einfach weg. Es war so vieles verbrannt und zerstört nach den Bombenangriffen in Hamburg, wer fragte schon danach? Aber ich weiß es. Ich habe alles gesehen. Ich habe die Bücher geführt, die Verträge abgeheftet, die Telefongespräche gehört. Herr Tönnsen mag kein glühender Nazi gewesen sein. Aber er hat mit ihnen kooperiert. Und gut verdient damit – auf Kosten dieser armen Zwangsarbeiter. Er hat sich von den Nazis sogar das Kriegsverdienstkreuz Erster Klasse ans Revers heften lassen. Jetzt tut er so, als hätte er immer eine weiße Weste gehabt – und alle Leute glauben ihm. Ich wette, der Bürgermeister hätte sich seine Festrede verkniffen, wenn er wüsste, was für einer der alte Tönnsen damals war.« Frau Kester schüttelte den Kopf.

Fassungslos hatte Clara dem Bericht der Frau gelauscht, die noch immer zusammengesunken vor ihr auf dem Toilettendeckel saß.

»Wollen Sie, dass das bekannt gemacht wird?«, fragte sie leise.

»Ich arbeite bei einer Zeitung, ich könnte einen unserer Reporter bitten, mit Ihnen darüber zu sprechen.«

»Ach, nein, das hat ja keinen Sinn. Ich sagte doch, es gibt keine Beweise mehr. Man wird mir nicht glauben.«

»Aber es gibt sicher noch andere Leute, die damals auf der Werft gearbeitet haben, dieser Herr Petersen zum Beispiel. Er wird sich doch auch noch an die Zwangsarbeiter erinnern und daran, dass einige von ihnen umgekommen sind. Man könnte mit ihm reden.«

Frau Kester seufzte.

»In Deutschland interessiert sich doch heute niemand mehr für die alten Zeiten. Alle sind nur noch froh, dass es vorbei ist.« Sie erhob sich und strich ihren Rock glatt. »Es tut mir leid, junges Fräulein, dass ich Sie mit meinen Nöten behelligt habe.«

»Aber keineswegs, Frau Kester. Es ist gut, dass Sie mit jemandem darüber geredet haben.«

Clara trat zur Seite, und die Frau kam aus der engen Toilettenkabine heraus.

»Ich war immer loyal zu Tönnsens, wissen Sie. Mein ganzes Leben lang. Und jetzt, wo ich in Rente gehe, frage ich mich, ob das nicht ein Fehler war.«

Sie drehte den Wasserhahn auf und wusch sich die Tränenspuren aus dem Gesicht. Nachdem sie sich abgetrocknet hatte, drehte sie sich zu Clara um.

»Noch einmal danke schön für Ihre Geduld. Es hat mir gutgetan, mir das von der Seele zu reden. Aber jetzt gehe ich besser nach Hause. Ich schätze, dass ich als Gast auf diesem Fest nicht mehr willkommen bin.«

• • •

Clara hatte an diesem Tag keine Gelegenheit mehr, mit Freddy über die Beobachtungen von Frau Kester zu reden. Er war ständig von Mitarbeitern der Werft, von Journalisten oder anderen Gästen der Jubiläumsfeier umgeben. Erst am nächsten Wochenende, als Clara ihn zu Hause in Blankenese besuchte, war sie endlich wieder einmal mit ihm allein.

»Hereinspaziert«, sagte er, nachdem er ihr die Haustür geöffnet hatte, und sie folgte ihm hinauf in sein Zimmer. Er zeigte gut gelaunt auf einen großen Bilderrahmen an der Wand. Darin prangte eine Zeitungsseite mit einem ganzseitigen, bebilderten

Bericht über die 75-Jahr-Feier der Werft. *Stabwechsel bei Tönnsen – Im nächsten Jahr geht die Leitung der Hamburger Traditionswerft an die vierte Generation*, las Clara in der Titelzeile. Die vielen Fotos, die beim vorigen Mal noch in dem Rahmen gesteckt hatten, lagen achtlos zusammengeworfen auf dem Couchtisch.

»Was sagst du dazu?«, rief Freddy begeistert. »Ein fantastischer Artikel über mich und die glorreiche Zukunft der Tönnsen-Werft. Eine ganze Seite im Wirtschaftsteil. Ich hoffe, du bist ordentlich stolz auf deinen Freund!«

Er küsste sie überschwänglich. Doch Clara machte sich von ihm los.

»Vor einem halben Jahr wolltest du von alledem nichts wissen ...«, staunte sie.

»Ja. Und das war kindisch von mir. Als Sohn des Firmenchefs habe ich schließlich Verantwortung.«

Clara setzte sich auf die Couch und sah ihn an. »Ich habe beim Firmenfest noch mit Frau Kester gesprochen. Sie war ganz aufgelöst und hat mir erzählt, dass dein Vater Kriegsschiffe für die Nazis gebaut hat.« In wenigen Sätzen berichtete sie, was sie von der Buchhalterin erfahren hatte. Freddy blieb unbekümmert.

»Ja, ich weiß, das hört sich alles schlimm an. Aber was hätte mein Vater denn damals machen sollen, als er den Auftrag dazu bekam? So etwas konnte man doch nicht einfach ablehnen, nach dem Motto: ›Nein, danke, Herr Hitler, U-Boote sind so hässlich, wir bauen lieber hübsche Sportjachten!‹ Du bist naiv, Clara.«

»Aber was war mit den Zwangsarbeitern? Frau Kester hat erzählt, dass sogar einige dieser Männer bei der Arbeit verunglückt sind. Und warum hat die Werft in den Jahren keine Steuern zu zahlen brauchen? Warum sind alle Unterlagen aus dieser Zeit verschwunden? Das kann doch nicht in Ordnung sein!«

»Ach, Clara, zerbrich dir bitte darüber nicht den Kopf!«

Freddy setzte sich zu ihr und zog sie an sich. »Andere Zeiten, andere Sitten, sagt man. Jedenfalls kannst du dir sicher sein, dass in der Werft inzwischen alles mit rechten Dingen zugeht, und das wird auch so bleiben, wenn ich auf dem Chefsessel sitze. Ich verspreche es dir.«

»Das glaube ich dir, Freddy, aber ...«

»Ich habe nicht vor, in ein Wespennest zu stechen. Und ich bin heilfroh, dass der Zeitungsfritze den Auftritt von Frau Kester in seinem Artikel nicht erwähnt hat. Wie peinlich wäre das gewesen! Wenn wir sämtliche Leute, die damals Mist gemacht haben, vor Gericht zerrten, käme Deutschland aus den Prozessen gar nicht mehr heraus.«

»Aber, Freddy, das ist genau die Rechtfertigung, über die du dich vor ein paar Monaten noch so aufgeregt hast! Weil dein Vater damit argumentiert hat, hattest du dich doch mit ihm zerstritten.«

Er zuckte mit den Schultern. »Damals war ich eben ein Hitzkopf, mein Schatz. Inzwischen habe ich erkannt, dass mein Vater mit seiner Haltung recht hat. Man muss immer nach vorn schauen, das Wohl der Firma im Blick behalten. Wem nützt es, in alten Zeiten hängen zu bleiben?«

Clara schwieg.

»Komm, lass uns den Geschäftskram jetzt mal vergessen«, bat er mit zärtlicher Stimme. »Ich leg uns ein bisschen Musik auf. Ich hab neulich die Schallplatte mit den Liedern von *West Side Story* gekauft. Du mochtest den Film doch so gern.«

Er stand auf und ging zum Plattenspieler. Als die ersten Takte des Musicals aus den Lautsprechern ertönten, kam er mit wiegenden Schritten und rhythmisch schnipsenden Fingern zu Clara zurück.

Sie musste lachen.

»Du machst das gut. Du siehst tatsächlich ein bisschen so aus wie dieser Tony aus dem Musical.«

»Aber anders als im Film geht unsere Liebesgeschichte natürlich gut aus!«

Er zog sie vom Sofa hoch und küsste sie. Im selben Augenblick erschien Clara alles, was Frau Kester ihr berichtet hatte, so unwirklich. Das Einzige, was zählte, war die Gegenwart, und das war Freddy, dieser verrückte, wunderbare Freddy, der sie liebte und alles, was ihr Sorgen machte, mit seinem strahlenden Lächeln zum Platzen brachte wie eine Seifenblase.

»Ich habe übrigens eine gute Nachricht für dich«, flüsterte er ihr ins Ohr.

»Was denn?«

»Meine Eltern sind nicht da. Sie sind übers Wochenende zu Verwandten ins Alte Land gefahren. Weißt du, was das bedeutet?«

Claras Herz klopfte. »Wir haben sturmfreie Bude? Du meinst – ich kann heute bei dir übernachten?«

»Ja. Heute kommt ganz sicher niemand rauf, um mir zu sagen, dass ich jetzt mein braves Mädchen nach Hause fahren muss.«

Er tippte ihr liebevoll auf die Nasenspitze. Clara kicherte. »Oh, das ist wunderbar. Du ahnst nicht, wie sehr ich mich freue. Endlich mal keine quietschende Matratze, keine pikenden Sprungfedern und keine betrunkenen Matrosen vor der Tür ...«

»Nein, nur du und ich und ein Glas Wein. Den habe ich im Kleiderschrank gebunkert. Warte, ich mache die Flasche auf.«

Clara schob die Fotos zur Seite, damit Freddy die Weinflasche und die Gläser auf den Tisch stellen konnte. Zum ersten Mal betrachtete sie die Bilder, und ihr Blick fiel auf eines, das Freddy zusammen mit einem jungen Mädchen zeigte. Es musste an einem Sommertag am Elbstrand aufgenommen worden sein. Das Mädchen trug einen Badeanzug, im Hintergrund sah man die großen

Kräne des Hafens. Freddy hatte seinen Arm um sie gelegt, und sie küssten einander.

»Wer ist das denn?«, fragte Clara.

Freddy warf nur einen Seitenblick auf das Bild, während er damit beschäftigt war, den Korkenzieher anzusetzen.

»Ach, das ist Paloma. Das Bild ist uralt. Ich glaube, das war unsere Abschiedsfeier nach dem Abitur.«

Clara schluckte. »Sie ist hübsch, sie hat so ein niedliches Muttermal auf der Wange. War sie deine Freundin?«

»Na ja, nichts Ernstes. Wir sind ein paar Wochen miteinander gegangen, dann ist sie für einen Job als Kindermädchen nach Frankreich gezogen. Aber das ist lange her. Ich hab seit Jahren nichts mehr von ihr gehört.« Er zog den Korken aus der Flasche und goss Wein in die Gläser.

Clara vermochte sich das Gefühl nicht zu erklären, das in ihr aufwallte. Sie hatte sich noch nie viele Gedanken über Freddys Vergangenheit gemacht. Er war sieben Jahre älter als sie und hatte natürlich schon mehr erlebt. Aber nun die Gewissheit zu haben, dass er früher einmal ein anderes Mädchen geküsst hatte – und womöglich mehr als das –, erfüllte sie mit einer merkwürdigen Traurigkeit.

Doch als Freddy ihr ein gefülltes Weinglas reichte, schüttelte sie diese Gedanken schnell ab. Man durfte sich doch von der Vergangenheit nicht die Gegenwart verderben lassen. Und die Zukunft schon gar nicht.

»Auf uns beide! Auf ein tolles verliebtes Wochenende! Auf alles, was kommt!« Freddy hob sein Weinglas. Mit leisem Klingen stießen sie an.

»Auf alles, was kommt!«, stimmte Clara leise zu.

16.

»Gut, dass du endlich zu Hause bist!«

Clara hatte sich am Sonntagabend gerade müde die Schuhe von den Füßen gestreift, als Sanni hereinstürzte. »Bist du etwa das ganze Wochenende in Blankenese gewesen? Was haben denn Freddys Eltern zu so viel Unmoral gesagt?«, fragte sie spöttisch.

Clara lächelte selig. »Ach, die waren gar nicht daheim.«

»Nett von ihnen«, kommentierte Sanni grinsend. »Aber am nächsten Wochenende hast du was anderes vor.«

»Wieso?« Clara runzelte die Stirn. »Was ist los?«

Sanni zog ein zerknicktes Flugblatt aus der Hosentasche und faltete es auseinander. »Hier, guck! Da gehen wir hin. Die Zettel hängen gerade überall in der Stadt aus. Erinnerst du dich, wie Freddy uns vor einiger Zeit von dieser Band aus England erzählt hat? Sie heißen die Beatles und treten gerade wieder in Hamburg auf. Im Star-Club. Das ist der neue Tanzschuppen auf der Großen Freiheit.«

Clara nickte. »Die sollen ja nicht schlecht sein, diese Beat-Boys ...«

»Nicht schlecht? Die vier Jungs müssen der absolute Wahnsinn sein! Eine von unseren Tänzerinnen war damals bei einem Konzert, und sie sagt, sie hat noch nie eine Band erlebt, die so viel Stimmung macht. Sie muss das wissen, sie geht jedes Wochenende tanzen. Und in England haben diese Beatles gerade ihre erste Platte rausgebracht.«

»Klingt großartig!« Clara ließ sich nur zu gern von Sannis Schwung anstecken. Mit glänzenden Augen betrachtete sie das Flugblatt. »Die Zeit der Dorfmusik ist vorbei, die Beatles spielen wieder im Star-Club«, stand auf dem orangefarbenen Zettel.

»Das lassen wir uns nicht entgehen.«

Der Star-Club lag gleich gegenüber dem Kaiserkeller an der Großen Freiheit in St. Pauli zwischen dem Roxa und der Monica Bar im ehemaligen Stern-Kino. Am Eingang hatte sich schon eine Schlange von jungen Leuten gebildet, als Clara, Sanni und Freddy am Freitag um kurz nach neun dort ankamen. Dass sie hier richtig waren, erkannten sie unschwer an der Leuchtreklame mit den großen Buchstaben und dem markanten Stern über dem breiten Treppenaufgang. In den Glasschaukästen, in denen früher die Filmplakate gehangen hatten, waren jetzt Fotos der Bands und Musiker ausgestellt, die bereits im Star-Club aufgetreten waren.

»Ziemlich beeindruckend«, staunte Clara mit Blick auf die Bildergalerie. »Bill Haley, Little Richard, Chuck Berry ... Die Größen des Rock 'n' Rolls sind alle schon hier gewesen! Und das, obwohl es den Club doch erst seit ein paar Monaten gibt!«

»Tja, das ist ja auch der angesagteste Schuppen von Hamburg«, erklärte Sanni. »Und guck, man kann die Fotos sogar kaufen. Aber jetzt komm, lasst uns reingehen, sonst sind die besten Plätze weg.«

Nachdem sie an der Kasse drei Mark Eintritt bezahlt und ihre Mäntel an der Garderobe abgegeben hatten, betraten sie den Star-Club. Der riesige Saal war recht dunkel, aber ziemlich schick. Ein buntes Lichtspiel an der Decke tauchte den Raum in wechselnde Farben. Über dem langen Bartresen, der sich bis ins Unendliche auszudehnen schien, baumelten moderne Röhrenlampen. Die Luft war geschwängert von Zigarettenqualm. Claras Augen mussten sich erst an das Dämmerlicht gewöhnen, doch die Atmosphäre im Lokal nahm sie sofort in ihren Bann. Hinter der Bühne, auf der bereits einige Instrumente bereitstanden, leuchtete als Wandgemälde die nächtliche Silhouette von New York.

»Das sieht richtig echt aus«, stellte Clara fest. »So als könnte man in ein paar Metern über die Brooklyn-Bridge direkt zu den Wolkenkratzern nach Manhattan spazieren.«

Auf der Tanzfläche direkt vor der Bühne war schon jede Menge los. Es war so voll, dass die drei nur noch Plätze an einem Tisch fanden, an dem bereits zwei andere Mädchen saßen.

»Haben die Damen etwas dagegen, wenn wir uns dazusetzen?«, fragte Freddy.

»Aber natürlich nicht. Wir sind heute allein unterwegs.« Die beiden rückten lächelnd zur Seite. Die eine von ihnen, die ihre hochtoupierten blonden Haare mit einem schwarzen Satinband zusammenhielt, zwinkerte ihm frech zu. »Jetzt bist du hier der Hahn im Korb – mit vier Mädchen am Tisch.«

Freddy grinste zurück. »Damit habe ich kein Problem, solange die Mädchen so hübsch sind wie ihr.«

Ein Kellner kam, und sie hatten gerade Getränke bestellt, als die Musik aus den Lautsprechern verebbte. Vier junge Männer, gekleidet in dunklen Anzügen mit Krawatte, kamen auf die Bühne und winkten den Leuten im Saal grinsend zu.

»Was haben denn die für ulkige Frisuren?« Sanni amüsierte sich. »So furchtbar lange Haare, die sehen ja aus, als hätten sie Champignons auf dem Schädel!«

»Ja, wie Pilzköpfe sehen die aus«, fand Clara und kicherte.

Doch dann hielt sie die Luft an.

»Guten Abend, Hamburg!«, rief einer der Musiker mit englischem Akzent, und vielstimmiger Jubel schallte von der Tanzfläche zurück.

»Guten Abend, Beatles, macht eine Schau!«

Die vier ließen sich das nicht zweimal sagen. Sie nahmen ihre Instrumente auf und legten los: »*One two three four* ...«

Ein paar Sekunden lang lauschten Clara und Sanni mit offenem Mund. Dann hielt es sie nicht mehr am Tisch, und sie stürmten auf die Tanzfläche. Man konnte unmöglich sitzen bleiben und zugucken, wenn diese Jungs da oben spielten. Man musste einfach tanzen. Man musste hopsen, stampfen, lachen, mit den Armen wild durch die Luft rudern und so laut wie möglich mitsingen, wenn man den Refrain eines Songs wiedererkannte. Und Clara und Sanni hatten fast alle Lieder, die die Beatles mit Witz und Lebenslust zum Besten gaben, schon von anderen Bands im Radio gehört. Aber nie hatten sie so großartig geklungen wie heute.

»Roll over, Beethoven ... Hippy hippy shake ... Twist an shout, come on, come on, baby ...« Clara und Sannie brüllten gegen den unglaublichen Lärm an, der von den Wänden des alten Kinosaals widerhallte.

Das Schreien und Kreischen der Leute übertönte beinahe die durch Lautsprecher verstärkten Stimmen der Sänger, ihre Gitarren und das hämmernde Schlagzeug. Dabei schienen die vier da oben mindestens so viel Spaß zu haben wie die Besucher des Clubs. Sie tobten über die Bühne, schüttelten die Köpfe im Rhythmus der Musik und ließen ihre langen Haare fliegen.

Der Star-Club war zum Hexenkessel geworden, der Krach ohrenbetäubend. Clara hatte das Gefühl, als vibrierte ihr ganzer Körper bis in die tiefsten Eingeweide. Ihre Arme und Beine schienen außer Kontrolle geraten zu sein. Aber sie fand es herrlich. Sie fühlte sich wie aus den Angeln gehoben, Zeit und Raum entrückt, als wäre soeben eine neue Ära der Menschheit angebrochen, und sie war mittendrin.

Freddy tanzte abwechselnd mit ihr und mit Sanni einen übermütigen Twist, und schließlich bat er auch die beiden Mädchen, die unentschlossen am Tisch sitzen geblieben waren, auf die Tanzfläche. Besonders viel Vergnügen machte ihm das Tanzen mit der Blondine, wie Clara mit einem Seitenblick feststellte. Mit drehenden Hüften, Knien und Füßen ging er vor ihr in die Knie, den Rücken weit zurückgelehnt, während sich das Mädchen lachend und mit wackelnden Hüften über ihn beugte.

»Hey!« protestierte Clara, als er wenig später wieder mit ihr tanzte. »Du sollst nicht mit anderen Mädchen herumschäkern!«

»Du bist doch hoffentlich nicht eifersüchtig? Das ist doch bloß ein Spaß.«

Clara schüttelte lachend den Kopf. Sie war viel zu vergnügt, um sich über Freddys kleinen Flirt mit der Blondine zu ärgern. Nichts konnte an diesem Abend ihre fantastische Laune trüben.

Als sich die Beatles nach einer Stunde für eine kleine Pause von der Bühne verabschiedeten, fielen alle erschöpft und verschwitzt auf ihre Stühle. In einem Zug tranken Sanni und Clara ihre Gläser leer, die Limonade darin war längst warm geworden, und die Eiswürfel waren geschmolzen, aber das bemerkten die beiden kaum.

»Was für ein Wahnsinn!« Sanni strich sich eine schweißverklebte Haarsträhne aus der Stirn. »So etwas habe ich noch nie erlebt. Die sind ja fantastisch. O Gott, sind die toll.«

Auch Clara schnaufte noch ein wenig vor Anstrengung. »Ja, eine sensationelle Band, diese Beatles. Ich bin so froh, dass du die Idee hattest herzukommen.«

»Ich weiß nicht, welchen ich am hübschesten finde.« Sanni hatte gar nicht richtig zugehört und lächelte selig. »Vielleicht der eine mit dem goldigen Dackelblick? Der lacht immer so nett. Oder der Dünne in der Mitte, der immer die verrückten Witze macht? Ach, ich weiß nicht, ich finde sie alle vier süß, diese Pilzköpfe aus Liverpool.«

Freddy grinste. »Mir scheint, du hast dir heute Abend eine akute Pilzvergiftung zugezogen, kann das sein?«

Sie lachten.

»Oh ja«, gestand Sanni. »Diese Pilzköpfe machen süchtig.«

Als sich die Beatles gegen vier Uhr morgens nach ein paar Zugaben schließlich von ihrem Publikum verabschiedeten und die ersten hellen Lichter im Star-Club angingen, blieb Sanni tränenüberströmt auf der Tanzfläche stehen und starrte auf die verwaiste Bühne.

»Nein«, schluchzte sie. »Sie sollen noch nicht gehen. Ich will nicht, dass es aufhört.«

Clara und Freddy mussten sie mit sanfter Gewalt zurück zu ihrem Tisch führen, wo sie sich wie benommen auf einen Stuhl fallen ließ. Die beiden anderen Mädchen waren nicht mehr da. Auf dem Tisch standen ihre leeren Gläser und ein überquellender Aschenbecher. Sanni schob ihn zur Seite und stützte ihren Kopf in tiefer Verzweiflung mit den Händen ab.

»Ich halte es nicht aus, die Jungs nicht mehr wiederzusehen. Es war so schön. Es war wie im Himmel. Ich will, dass es weitergeht.«

»Alles Schöne hat mal ein Ende, heißt es doch.« Clara reichte der weinenden Sanni ein Taschentuch. »Und ehrlich gesagt, ich bin hundemüde vom vielen Tanzen. Ich wette, ich habe an jedem Zeh eine Blase. Aber das ist mir dieser Abend wert.«

Sanni putzte sich geräuschvoll die Nase. Dann sagte sie entschlossen: »Wisst ihr was? Ich komme morgen Abend wieder her.

Und übermorgen und an jedem anderen Abend, an dem die Beatles auftreten. Am liebsten würde ich beim Indra kündigen. Ich sterbe, wenn ich die Jungs nicht noch einmal spielen höre.«

Sanni war verrückt nach den Beatles, eine andere Erklärung fand Clara nicht. Zwar war sie vernünftig genug, nicht gleich ihren Job im Indra hinzuwerfen, doch sie rief ihren Chef an und behauptete, an einer schweren, fiebrigen Grippe zu leiden, weshalb sie vorerst das Bett hüten müsse. Stattdessen war sie quicklebendig und verbrachte jede Nacht im Star-Club, um bloß keinen Auftritt der Beatles zu verpassen. Dass sie in diesen zwei Wochen kein Geld verdiente, störte sie nicht. Sie hatte im Indra zuletzt so viel Trinkgeld erhalten, dass sie damit ihren vorübergehenden Verdienstausfall überbrücken konnte. Und viel brauchte sie sowieso nicht. Hauptsache, es reichte für den Eintritt in den Star-Club und zwei Cola am Abend. In diesen Tagen sahen sich die beiden Freundinnen nicht sehr oft. Clara war morgens meist schon auf dem Weg in den Verlag, wenn Sanni – blass, aber glücklich nach einer durchtanzten Nacht – die Treppe zu ihrem Zimmer heraufkam, um dort den Tag zu verschlafen. Wenn sie einander kurz im Hausflur der Pension begegneten, wirkte Sanni jedes Mal wie aufgedreht. Von Müdigkeit oder Erschöpfung war ihr kaum etwas anzumerken, und sie hatte stets etwas Neues zu erzählen.

»Dieser John, das ist ein echter Rabauke, das sag ich dir, und so witzig! Gestern kam er mit einer Klobrille um den Hals auf die Bühne. Was haben wir alle gelacht. Und angeblich hat er eine Affäre mit einer der Barfrauen im Star-Club, munkelt man. Paul, das ist der am Bass, weißt du, der ist Linkshänder. Ich glaube, er ist ein genialer Musiker. Er schreibt sogar selbst Musikstücke. Ist das nicht großartig? Und was für eine tolle Stimme der hat! George dagegen, ich glaube, das ist so ein richtiger Träumer. Dieser versonnene Blick, wenn er dasteht und auf seiner Gitarre herumschrammt, hach, einfach zuckersüß. Na, und dann dieser Ringo mit seinen Trommeln, der scheint ja auch ein ganz Lustiger zu sein, allerdings sieht man von dem nicht viel, immer nur seinen wippenden Haarschopf hinter dem Schlagzeug ...«

Für Sanni gab es kein anderes Thema mehr. Einmal angefangen, konnte sie überhaupt nicht mehr aufhören zu erzählen. Am nächsten Samstagabend begleitete Clara sie noch einmal in den Star-Club, aber als sie auch am Sonntag mit Sanni zum Tanzen gehen wollte, protestierte Freddy.

»Ich möchte mal wieder ins Kino und mir den neuesten Western mit John Wayne und James Stewart ansehen. Diese Beatles verdrehen euch Mädchen bloß die Köpfe«, meinte er augenzwinkernd. »Am Ende verliebt sich einer von denen in dich und nimmt dich mit nach Liverpool, und dann sehe ich dich nie wieder ...«

»So ein Quatsch!« Clara gab ihm einen Kuss. Aber sie hatte nichts dagegen, es sich mal wieder einen Abend lang im Kino gemütlich zu machen, weil ihr vom vielen Tanzen die Füße wehtaten.

An einem Montag Mitte November stand Sanni unerwartet vor dem Eingangsportal, als Clara nach Dienstende aus dem Verlagsgebäude trat. Sie trippelte vor Kälte von einem Fuß auf den anderen und trotzte mit einem kleinen roten Schirm in der Hand dem Novemberregen.

»Ist was passiert?«, fragte Clara erschrocken. »Du hast mich doch noch nie abgeholt.«

»Du musst mir helfen«, sagte Sanni mit leuchtenden Augen und zog Clara am Mantelärmel mit sich. »Stell dir vor, ich habe herausgefunden, wo die Beatles logieren. Im Hotel Germania. Ich hab schon auf dem Stadtplan nachgesehen, das liegt in St.

Pauli, nur einen Fußweg vom Star-Club entfernt. Ich muss dahin, Clara. Ich will die Jungs unbedingt sehen. Ich werde sie abpassen, wenn sie das Hotel verlassen. Du musst bitte mitkommen, mit deiner Kamera. Du musst ein Foto von mir und den Beatles machen. Das ist so wichtig! Es ist vielleicht die letzte Gelegenheit, bevor sie in ein paar Tagen zurück nach Liverpool fahren.« Und sie fügte hinzu, als sie Claras skeptischen Gesichtsausdruck bemerkte: »Bitte, bitte, stell keine Fragen! Ich weiß, das ist idiotisch. Aber tu mir den Gefallen und komm mit!«

»Muss ich mir Sorgen um dich machen, Sanni?«, entfuhr es Clara.

Lachend schüttelte sie den Kopf.

»Warum kaufst du keines der Bilder, die beim Star-Club im Glaskasten aushängen?«

»Pf, diese Bilder kann ja jeder haben. Ich möchte ein besonderes, eines, auf dem ich zusammen mit denen zu sehen bin. Bitte, Clara, hilf mir!«

Sanni hatte tatsächlich ganze Arbeit geleistet. Sie hatte von einem der Kellner im Star-Club nicht nur den Namen des Hotels erfahren, sie hatte auch herausgefunden, dass die vier Musiker allabendlich gegen sieben Uhr zum Einspielen im Lokal auftauchten.

»Das ist ein Fußweg von zehn Minuten zwischen Hotel und Club. Komm, schnell!«, drängte Sanni. »Wir sollten spätestens um halb sieben am Hoteleingang stehen, damit wir da sind, bevor sie rauskommen.«

Clara hakte sich bei ihrer Freundin unter. »An dir ist eine Detektivin verloren gegangen, Sanni. Weißt du etwa auch schon, welche Zimmernummern die vier haben?«

»Nein, so weit bin ich noch nicht. Aber wenn ich mich anstrenge, finde ich das bestimmt auch noch heraus.« Sie streckte

Clara die Zunge raus. »Und jetzt beeilen wir uns besser. Wir müssen noch mal zurück in die Pension, damit du deine Kamera aus dem Zimmer holen kannst. Ist denn noch ein Film drin? Gut. Dann schnell, wir haben keine Zeit zu verlieren, wenn wir pünktlich vor dem Hotel auftauchen wollen.«

Eine Stunde später standen Clara und Sanni vor einem kleinen Hotel mit weißer Fassade, das sich unscheinbar in die Häuserzeile einfügte. Sie suchten sich auf der anderen Seite der schmalen Straße einen Platz unter einem Baum, der ein wenig Schutz vor dem Nieselregen bot. Von hier hatten sie den Eingang des Germania gut im Blick.

Clara hielt die Kamera bereit, doch es tat sich nichts. Nachdem sie fast eine halbe Stunde gewartet hatten, hielten die beiden die Luft an, als endlich die Tür aufging. Allerdings trat nur ein unbekannter Mann in Hut und Mantel aus dem Hotel, musterte die Mädchen kurz und ging dann seines Weges.

»Allmählich bekomme ich kalte Füße«, murmelte Clara und stampfte mit den Schuhen auf wie ein Soldat. »Hoffentlich sind sie nicht schon längst weg ...«

»Nein, bestimmt nicht. Der Kellner hat geschworen, dass sie jeden Tag um die gleiche Zeit in den Club kommen. Sie kommen bestimmt jeden Moment raus. Lass uns bitte noch ein bisschen warten.«

»Meinetwegen. Auch wenn es eine Schnapsidee ist. Hoffentlich holen wir uns hier nicht einen richtig dicken Schnupfen! Sonst kannst du auch die nächsten zwei Wochen deinen Job im Indra vergessen.«

In diesem Augenblick quiekte Sanni auf. Wieder öffnete sich die Hoteltür – und diesmal waren es tatsächlich die vier Musiker aus dem Star-Club, die auf die Straße traten. Heute trugen sie nicht ihre braven dunklen Anzüge, wie bei ihren Auftritten, sondern gewöhnliche Bluejeans und schwarze Lederjacken. Sanni ließ ihren Regenschirm fallen. Ohne auf die Fahrbahn zu achten, stürzte sie auf die vier zu.

»Hello Beatles!«, schrie sie. »I love you. You are the greatest! Ihr seid die allerbesten!«

Verblüfft blieben die vier stehen.

»Bitte ein Foto mit mir. Oder zwei. Oder drei. Please!«

Während Sanni halb in Deutsch, halb in Englisch auf die vier einredete, hatte Clara bereits etliche Male auf den Auslöser gedrückt. Tatsächlich schienen die jungen Männer nichts dagegen zu haben, sich mit der hübschen Sanni ablichten zu lassen. Sie grinsten und verzogen ihre Gesichter zu albernen Grimassen, während Sanni ausgelassen mit ihnen posierte. Einer der Jungs legte sogar seinen Arm um ihre Schultern, während er in Claras Kamera lachte, und Sanni wagte es, ihm einen Kuss auf die Wange zu drücken. Clara knipste und knipste. Nach zwei Minuten war der Spuk vorbei.

»We have to go. Wir müssen los. See you at the Star-Club!« Die Jungs winkten noch einmal, dann ließen sie Sanni stehen und marschierten davon.

»O Gott, ich kann es nicht glauben, wir haben es tatsächlich geschafft!« Sanni kreischte geradezu. »Ich bin so glücklich. Heute ist der allerschönste Tag meines Lebens. O mein Gott, ich habe John tatsächlich geküsst. Hast du das gesehen? Wahnsinn! Ich spüre es noch ganz genau. Ich werde mich nie mehr waschen.« Sanni war außer sich. Sie hopste wie ein Springball vor dem Hotel umher. »Ich wünschte, ich könnte mir die Fotos jetzt sofort ansehen.«

»Hoffentlich sind sie überhaupt etwas geworden«, gab Clara

zu bedenken. »Es ist schon ziemlich dunkel, wir hatten Glück, dass hier direkt vor dem Hotel eine Laterne steht.«

»Egal. Hauptsache, ich kann auf den Bildern ihre Gesichter erkennen. Hast du den Moment drauf, wo ich ihn geküsst habe? Danke, du, ich bin so furchtbar happy.«

»Lass mich noch ein paar Fotos von dir machen«, schlug Clara vor. »Dann ist der Film voll, und ich kann ihn gleich morgen zum Entwickeln bringen.«

»O ja, unbedingt.«

Sanni hob ihren Schirm wieder auf und posierte damit übermütig. Ihr glückliches Lächeln und der rote Farbfleck des Schirms bildeten einen wunderbaren Kontrast zu dem trüben Novemberwetter. Sie war so vergnügt, dass sie den Regen überhaupt nicht zu bemerken schien. Sie tanzte mit ausgebreiteten Armen über den Gehweg, lugte hin und wieder keck unter dem Schirm hervor und sprang schließlich in einem eleganten Satz und mit gespreizten Beinen über eine Pfütze.

»Nicht schlecht«, sagte Clara anerkennend, nachdem sie das letzte Foto auf dem Film verschossen hatte. »Ich bin mir sicher, dass die Bilder trotz des schlechten Wetters großartig werden.«

»Ganz bestimmt werden sie das.«

Clara und Sanni fuhren erschrocken herum, als sie direkt neben sich eine fremde Männerstimme hörten. Sie waren so miteinander beschäftigt gewesen, dass sie gar nicht bemerkt hatten, wie der Mann mit Hut und Mantel, der vorhin das Hotel verlassen hatte, zurückgekommen war.

»*Excuse me*, entschuldigen Sie, bitte, dass ich so frei bin, Sie anzusprechen«, fuhr er in perfektem Deutsch fort, dem seine englische Muttersprache aber noch anzuhören war. »Ich habe Sie schon eine ganze Weile beobachtet. Mein Name ist Colin Baker.« Er lüftete kurz den Hut.

Sanni und Clara nickten nur. Der Mann mochte Ende dreißig sein, er war gut gekleidet und wirkte seriös.

»Sie machen das ausgezeichnet vor der Kamera«, wandte er sich nun an Sanni. »Sind Sie Tänzerin?«

»Hm, ja.« Sanni errötete verlegen. »Ein bisschen. Aber nicht beim Staatsballett. Ich arbeite in einem Tanzclub.«

Er betrachtete ihr Gesicht.

»Sie sind sehr fotogen, junge Lady. Ich könnte mir vorstellen, dass Sie auch auf dem Laufsteg eine gute Figur machen. Hätten Sie Interesse daran? Ich leite eine Agentur für Mannequins in London.«

Sanni und Clara waren so verdutzt, dass sie kein Wort herausbrachten.

»Eine Vermittlung für Fotomodelle und Vorführdamen«, erklärte er noch einmal. Offenbar dachte er, dass die beiden den französischen Begriff dafür nicht kannten.

»Für Fotomodelle?«, wiederholte Sanni ungläubig und zog jede einzelne Silbe in die Länge.

Der Mann nickte.

»Mit Ihren unglaublich langen Beinen haben Sie genau die richtige Figur dafür, und dieses schöne, ausdrucksstarke Gesicht mit den riesigen blauen Augen ...«

Er zog eine Visitenkarte aus der Manteltasche und reichte sie Sanni, die den Aufdruck wortlos studierte. Auch Clara schielte auf die Karte: Colin Baker, Fashion Model Management, Hutchinson Street, London, stand darauf, dazu ein paar Telefonnummern.

»Soweit ich weiß, ist die Designerin Mary Quant auf der Suche nach einem neuen Mädchen für ihre Minirock-Kollektion. Sehr groß und extrem schlank. Ich denke, dass Sie die Richtige dafür wären. Sie können mich jederzeit anrufen. Auch hier im Hotel. Ich bin noch bis nächste Woche in Hamburg. Ich würde mich freuen, von Ihnen zu hören. Wenn Sie interessiert sind, kommen Sie für ein paar Tage zu Probeaufnahmen nach London.«

»Zu Mary Quant? Nach London?«, krächzte Sanni. »Nein, Mister, das kann ich mir leider nicht leisten ...«

Zum ersten Mal erschien so etwas wie ein Lächeln im Gesicht des Mannes. »Machen Sie sich darüber keine Sorgen, verehrtes Fräulein. Die Agentur kommt selbstverständlich für Flug und Hotelkosten auf.«

· · ·

»Oh, nein, *cara* Sanni, darfst du das auf keinen Fall tun! Zu fremde Mann in ein fremde Stadt fahren? Nein, niemals, tut niemals anständiges Mädchen. Nein, erlaube ich das meine Freundin gar nicht.«

Marias Stimme überschlug sich beinahe vor Empörung. Sie war so aufgebracht über das, was Sanni und Clara gerade berichtet hatten, dass sie beinahe vergaß, wie gut ihr Deutsch inzwischen schon geworden war.

Maria, Dino, Sanni, Clara und Freddy saßen im Bella Napoli zusammen. Es war Montag, eigentlich Ruhetag im Restaurant, aber für ihre Hamburger Freunde hatten Maria und Dino immer geöffnet. Vor allem, wenn es die Neuigkeit zu besprechen gab, dass Sanni zu Probeaufnahmen nach London eingeladen worden war. Dino hatte einen Topf Spaghetti mit Tomatensauce gekocht, und nun saßen sie beim Essen im sonst leeren Gastraum des Lokals zusammen.

»Ich finde das klasse!« Freddy nickte Sanni anerkennend zu. »Respekt. So etwas erlebt man nicht alle Tage. Sanni wäre ja schön dumm, wenn sie sich so eine Chance entgehen lassen würde.«

»Das sehe ich auch so. Mein Leben lang wollte ich Schauspielerin werden – und jetzt schaffe ich es immerhin vielleicht auf einen Laufsteg oder auf ein Werbeplakat. Für Mary Quant! Das ist so aufregend! Ich kann das noch gar nicht richtig glauben.« Die Worte sprudelten nur so aus Sanni heraus. So sprachlos sie zwei Tage zuvor bei der Begegnung mit dem Agenten gewesen war, so lebhaft plauderte sie jetzt im Kreis ihrer Freunde. »Und dieser Mister Baker ist wirklich ein netter Mann«, fuhr sie eifrig fort. »Nachdem ich mich von dem Schock erholt hatte, habe ich am nächsten Tag natürlich sofort in seinem Hotel angerufen. Und dann habe ich mich mit ihm in Cölln's Restaurant zum Essen getroffen. O Gott, war ich aufgeregt. Da war alles so vornehm, und ich war so nervös, ich habe nur die Hälfte von dem verstanden, was er mir erzählt hatte. Aber das Wichtigste habe ich dann doch kapiert.« Mit freudig glitzernden Augen zog sie ein Flugticket aus der Handtasche und legte es neben ihrem Teller auf den Tisch. »Hier. Mein Billett für die Reise nach England. Einmal Hamburg-London und zurück. Anfang Dezember sind die Probeaufnahmen. Stellt euch das mal vor! Noch vor Weihnachten werde ich erfahren, ob ich eine Zukunft als Fotomodell habe. Ist das nicht aufregend?«

Maria schüttelte ungläubig den Kopf.

»Was ist, wenn Leuten in England gefallen Fotos mit dir, Sanni? Wirst du dann bleiben da für immer?«

Sanni zuckte mit den Schultern. »Das weiß ich doch jetzt noch nicht. Erst mal muss ich vor den Kameras in London eine gute Figur machen. Komm, Dino, rück mal deinen besten Sekt raus! Der geht auf meine Kosten. Ich verprasse schon mal das Geld, dass ich demnächst vielleicht verdienen werde ...«

Dino ging in die Küche und holte eine Flasche Prosecco und fünf langstielige Gläser aus dem Kühlschrank. Als der Korken mit einem Plopp durch das Lokal flog, verspürte Clara ein dumpfes Gefühl im Magen. Sie freute sich mit Sanni und gönnte ihr die aufregende Reise aus ganzem Herzen. Aber was war, wenn Maria recht hatte? Wenn Sannis Zukunft tatsächlich in London lag? Seit zehn Jahren waren sie und Sanni die engsten Freundinnen. Fast jeden Tag hatten sie einander gesehen. Was würde aus ihrer Freundschaft, wenn sich ihre Lebenswege in ein paar Wochen für immer trennen sollten?

»Prost, Sanni!«, rief Freddy und riss Clara aus ihren trübsinnigen Gedanken. »Auf deine spektakuläre Zukunft als Topgirl!«

Mit Erstaunen stellte Clara fest, dass Sanni kaum mehr ein Wort über die Beatles verlor, seitdem dieser Mister Baker sie angesprochen hatte. Als sie den entwickelten Film ein paar Tage später aus der Drogerie abholte und mit Sanni die Abzüge betrachtete, lächelte diese nur. Die Hysterie, die sie beim Fotografieren mit den Beatles gezeigt hatte, war völlig verschwunden. Seelenruhig betrachtete sie die Fotos.

»Das hat Spaß gemacht mit den vieren«, sagte sie nachdenklich. »Und wenn ich wirklich nach England gehe, habe ich ja vielleicht noch öfter Gelegenheit, einen Auftritt der Beatles mitzuerleben. Aber weißt du, woran ich jetzt denken muss, wenn ich mir die Bilder ansehe? Ich denke nur, das war der Tag, an dem Colin Baker mich angesprochen hat. Was für ein Glück, dass ich so verrückt nach den vier Pilzköpfen war. Sonst wäre mir das nie passiert.«

Clara drückte Sanni an sich. »Ich wünsche dir Glück bei den Probeaufnahmen. Obwohl sich der Gedanke gar nicht gut anfühlt, dass du vielleicht für immer wegziehst.«

»Jetzt warten wir erst mal ab, was die anderen Leute von der Agentur zu mir sagen, Clara. Und wenn sie mich tatsächlich haben wollen, dann musst du mich auf jeden Fall ganz oft in England besuchen kommen.«

Am 3. Dezember 1962 flog Sanni nach London. Zwei Tage später unterschrieb sie den Vertrag bei Fashion Model Management. Damit war es gewiss: Anfang des neuen Jahres würde Sanni nach London ziehen.

17.

Kurz vor Weihnachten fuhr Clara zum ersten Mal seit ihrem Aufbruch aus München zurück zu ihren Eltern, während Sanni in Hamburg blieb und bei ihren letzten Auftritten im Indra an den Feiertagen auf stattliche Trinkgelder hoffte.

Das Haus der von Thoraus lag unter einer dicken Schneehaube, als Clara am späten Nachmittag des 23. Dezember in Grünwald ankam. Es war klirrend kalt, und im tief verschneiten Garten regte sich nichts, so als habe die Welt im Frost den Atem angehalten. Wie still und friedlich der kleine Ort wirkte nach den aufregenden Wochen in Hamburg, dem ständigen Lärm und dem hektischen Treiben in der großen Stadt. Das einzige Geräusch, das Clara hörte, war das Knirschen des Schnees unter ihren Schuhsohlen. Ein Streifen Licht fiel von drinnen auf die unberührte Schneedecke im Garten und ließ ihn weihnachtlich glitzern. Ihr Elternhaus schien kleiner geworden zu sein seit ihrem Aufbruch nach Hamburg. Oder hatte sie selbst sich verändert, seit sie vor viereinhalb Monaten so überstürzt von hier weggegangen war? Unwillkürlich drehte sie den Kopf und blickte nach nebenan. Das Haus der Bertrams lag in völliger Dunkelheit, nicht der kleinste Lichtschimmer erhellte die Fenster. Leo war nicht da. Clara spürte eine Welle der Enttäuschung. Am liebsten hätte sie ihm sofort von all den aufregenden Dingen erzählt, die sie in den vergangenen Monaten erlebt hatte. Seit diesem unerfreulichen Telefongespräch an ihrem ersten Tag in Hamburg hatten sie nichts mehr voneinander gehört, und sie hätte sich so gern mit ihm ausgesöhnt. Hoffentlich war er nicht über die ganzen Feiertage verreist.

In diesem Moment wurde vor ihr die Haustür aufgerissen, und Dora stürzte heraus.

»Hab ich doch richtig gesehen, da bist du ja endlich!« Sie drückte Clara so fest an sich, dass der beinahe die Luft wegblieb. »Komm schnell rein, es ist so fürchterlich kalt hier draußen.«

Clara folgte ihr ins Haus und stellte ihre Tasche ab. Es fühlte sich gut an, so willkommen zu sein. Mit ihrer Mutter hatte sie von Hamburg aus ab und zu telefoniert, und sie wusste, dass sie ihr das klammheimliche Verschwinden und den flüchtigen Abschiedsbrief verziehen hatte. Bei ihrem Vater war sie sich da nicht so sicher.

»Ist Papa auch zu Hause?«, fragte sie mit gesenktem Kopf, während sie sich auf dem dicken Teppich ihre schneebedeckten Schuhe abstreifte. »Und ist er mir noch böse?«

Statt einer Antwort Doras donnerte die Stimme ihres Vaters durch die Diele: »Zu meiner Zeit hätte es für ein solch irrwitziges Unternehmen drei Wochen Hausarrest gegeben!«

Cara fuhr erschrocken herum. Sie hatte gar nicht bemerkt, dass er herangekommen war. Doch als sie sah, dass er bei seinen Worten lächelte, atmete sie erleichtert auf.

»Ich wollte ja gleich am nächsten Tag nach Hamburg fahren und dich eigenhändig wieder nach Hause holen«, fuhr er brummig fort. »So stinksauer war ich auf dich. Aber deine Mutter konnte mich gerade noch davon abhalten. Lass das Kind doch seine eigenen Fehler machen, sagte sie. Wenn wir sie laufen lassen, ist die Chance größer, dass sie bald wieder freiwillig zurückkommt. Und was sehe ich? Wie immer hatte deine Mutter recht.«

Er nahm Clara in die Arme. Doch sie löste sich rasch von ihm. »Erstens bin ich kein Kind mehr, Papa, und zweitens bin ich nur zu Besuch hier. Bitte vergiss das nicht. Aber ich bin froh, dass du nicht mehr wütend bist.« Sie gab ihm einen Kuss auf die Wange, auf der sie ein paar nachlässig rasierte Bartstoppeln kitzelten. Zerknirscht fügte sie hinzu: »Entschuldige, dass ich euch Sorgen gemacht habe.«

»Es war unverantwortlich, Clara«, sagte Curt jetzt ernst. »Was hätte euch alles passieren können!«

»Es ist aber nichts passiert«, schwindelte Clara und beschloss in diesem Moment, ihren Eltern niemals von der brenzligen Situation zu erzählen, die sie beim ersten Autostopp erlebt hatten.

»Über all das müssen wir nicht gleich im Hausflur reden«, entschied Dora. »Häng deinen Mantel auf, Clara, und komm. Der Tee ist gerade fertig.«

In der wohligen Wärme des Hauses fühlte sich Clara wie eine Weltenbummlerin, die von einer jahrelangen Seereise heimgekehrt war. Schon heute, am Tag vor Heiligabend, stand ein Weihnachtsbaum im Wohnzimmer, noch ohne Schmuck. Doch ein paar verpackte Geschenke lagen bereits darunter, dazu einige Schachteln mit bunten Glaskugeln und Lametta. Das ganze Haus war erfüllt von harzigem Tannenduft, vermischt mit dem zarten Geruch der Bienenwachskerzen, die am Adventskranz auf der Anrichte leuchteten.

»Und Weihnachtsplätzchen habe ich auch schon gebacken.« Dora schob Clara über den Tisch eine Tasse heißen Tee und einen Teller mit Keksen zu. »Ausnahmsweise dürft ihr heute schon naschen.«

»Ach, es tut so gut, mal wieder hier zu sein!« Mit einem glücklichen Seufzer ließ sich Clara in die weichen Polster des Sofas sinken, lehnte den Kopf zurück und schloss für einen Moment die Augen.

»Leo lässt dir übrigens Grüße ausrichten.«

»Ach, tatsächlich?« Clara richtete sich wieder auf.

»Er ist verreist«, fuhr Dora fort. »Ich habe gestern kurz mit ihm gesprochen, als er gerade mit einem Koffer in der Hand aus dem Haus kam. Dieses Jahr verbringen die Bertrams die Feiertage bei Verwandten.«

Clara trank einen Schluck Tee. Sie stellte fest, dass sie Leo ein wenig vermisste. Tatsächlich war dies das erste Weihnachtsfest, an dem sie einander nicht sehen würden. In all den Jahren war sie am Vormittag des 24. mit einem Teller selbst gebackener Plätzchen ins Nachbarhaus gegangen, damit Leo von den Köstlichkeiten probierte. Aber vielleicht, überlegte Clara, ist die Zeit für solche Kindereien auch allmählich vorbei.

»Bist du denn glücklich in Hamburg?«, erkundigte sich Curt. »War es das wert, hier alles stehen und liegen zu lassen?«

»Es ist nicht alles so, wie ich es erwartet hatte«, gestand Clara. »Mit Freddy und mir läuft alles wunderbar. Aber irgendwann möchte ich in einem hübscheren Zimmer wohnen, bei dem nicht jeden Abend die Matrosen vor der Tür grölen. Und als Fotografin einen Job zu bekommen, das hat leider bis jetzt auch nicht geklappt.«

»Das hätte ich dir gleich sagen können«, gab Curt zurück. »Welche Zeitungsredaktion gibt einer jungen Frau eine Anstellung, wenn sie nichts vorzuweisen hat als eine abgebrochene Ausbildung? Hingeschmissen nach nur drei Monaten. Hattest du wirklich gedacht, die warten in Hamburg auf ein Mädchen wie dich?«

Seine Worte trafen Clara wie ein Stich.

»Ich habe mehr als eine abgebrochene Ausbildung!«, protestierte sie. »Ich habe einen guten Schulabschluss, ich kann gut fotografieren, das hast du selbst immer gesagt, und ich habe schon eine Reportage in der Studentenzeitung veröffentlicht. Und die war auch gut. Das finden alle, denen ich sie gezeigt habe. Ich kann was, das weiß ich, und irgendwann werde ich es allen beweisen.«

Curt sah sie an. »Ich freue mich über dein Selbstbewusstsein, meine liebe Tochter, natürlich kannst du was, und natürlich wünsche ich dir alles Glück der Welt. Aber ich befürchte, du machst dir das Leben selbst schwer.«

Clara schüttelte trotzig den Kopf. »Immerhin verdiene ich mein eigenes Geld, auch wenn das noch nicht der Beruf ist, von dem ich träume. Ja, es läuft nicht ganz so rund, wie ich das gehofft hatte. Aber deshalb gebe ich noch lange nicht auf.«

Curt und Dora akzeptierten Claras Entscheidung, wenngleich es ihnen nicht leichtfiel. Sie verlebten gemütliche Weihnachtstage mit vielen Gesprächen und langen Spaziergängen durch den Schnee. Als Clara am Tag nach Neujahr zurück nach Hamburg fuhr, brachten ihre Eltern sie zum Bahnhof. Clara winkte ihnen durch das geöffnete Fenster zu, während der Zug langsam losrollte. Sie wollte das Fenster gerade wieder zuschieben, als sie sah, wie auf dem gegenüberliegenden Bahnsteig eine vertraute Gestalt aus dem Zug stieg.

»Leo!«, schrie Clara und riss beide Arme hoch. »Hey, Leo!«

Doch im Lärm des abfahrenden Zuges hörte er sie nicht. Ohne aufzusehen bahnte er sich neben seiner Mutter und den jüngeren Geschwistern seinen Weg durch das Getümmel der Menschen und war nach ein paar Sekunden ihren Blicken entschwunden.

Enttäuscht schloss Clara das Fenster und ließ sich auf ihren

Sitz fallen. Wie schön wäre es gewesen, wenigstens noch kurz einen Gruß von Leo zu erhaschen, bevor sie wieder nach Hamburg fuhr.

...

Am Abend nach Claras Rückkehr standen sie, Sanni und Freddy vor dem geschlossenen Bella Napoli. Eigentlich hatten sie sich mit Dino und Maria für den Abend verabredet, ein letztes Mal zu fünft, bevor Sanni nach England ging. Doch drinnen war alles still und dunkel. In dem kleinen Schaukasten neben der Eingangstür steckte noch die Karte mit dem Silvestermenü, das Dino und Onkel Giancarlo geplant hatten.

»Sie werden uns doch wohl nicht vergessen haben?«, wunderte sich Sanni.

Clara schüttelte den Kopf. »Auf keinen Fall. Das sähe ihnen gar nicht ähnlich, sie haben sich doch selbst so darauf gefreut. Und Betriebsferien können es auch nicht sein. Davon hätte uns Dino erzählt.«

»Zumindest ist da oben jemand zu Hause«, stellte Freddy fest. Es war Licht in den Fenstern der Wohnung, in der Dino und Maria mit ihrem Onkel lebten.

In diesem Augenblick kam ein Krankenwagen mit eingeschaltetem Blaulicht und Sirene herangerast und bremste vor dem Lokal. Zwei Sanitäter stiegen aus, holten eine Trage aus dem Wagen und rannten durch die Haustür, die sich ihnen augenblicklich geöffnet hatte.

»Da ist was passiert!«, rief Clara panisch. »Da ist was mit Dino oder Maria passiert!«

Sie wollte den Männern nachlaufen, doch Freddy hielt sie zurück. »Wenn es etwas Ernstes ist, kannst du ihnen auch nicht helfen, dann bist du ihnen nur im Weg. Wir werden sicher gleich erfahren, was los ist.«

Clara bibberte vor Kälte und vor Sorge, während sie darauf wartete, dass die Sanitäter wieder herunterkamen. Es dauerte etliche Minuten, bis sich die Haustür öffnete. Onkel Giancarlo lag angeschnallt auf der Trage, die Augen geschlossen, an seinem linken Arm war der Schlauch einer Infusion befestigt. Dino und Maria waren den Männern gefolgt. Nachdem die Sanitäter den Patienten in den Wagen geschoben hatten, stieg auch Dino hinein, und kurz darauf raste das Auto wieder so rasch davon, wie es gekommen war. Clara nahm Maria in den Arm.

»Du liebe Zeit, was für ein furchtbarer Schreck. Was ist denn passiert?«

»Hat der Onkel schon seit Weihnachten so schlimme Grippe. Konnte er nicht mehr aus Bett aufstehen, hat immer gehabt die hohe Fieber und viele Husten. Und heute ist ganz schlimm geworden. Ist beinahe nicht mehr aufgewacht den ganzen Tag. Hat so schlimme Fieber und keine *Medicina* hilft.« Tränen rollten aus Marias Augen. »Dino macht so große Sorgen, dass seine Onkel wird nicht mehr gesund. Immer macht sein Onkel nasse, kalte Winter in Hamburg zu schaffen, aber so schlimm wie diese Jahr war noch nie, sagt Dino.«

»Lass uns bloß irgendwo reingehen, sonst werden wir auch noch krank«, bat Sanni, die frierend von einem Fuß auf den anderen trat. Maria kochte in der Wohnung Tee für alle, die Stimmung blieb den ganzen Abend lang gedrückt. Auch als Dino später aus dem Krankenhaus zurückkam, hatte er keine guten Nachrichten.

»Sieht es schlecht aus für alte Mann«, sagte er. Maria begann augenblicklich ein italienisches Gebet nach dem anderen aufzusagen. Die anderen schwiegen betreten.

Onkel Giancarlo starb vier Tage später. Clara war tieftraurig. Sie hatte den freundlichen alten Mann bei ihren vielen Besuchen im Lokal längst lieb gewonnen und erinnerte sich nur zu gern an den stimmungsvollen Abend, an dem er auf der Mandoline gespielt und damit alle Gäste verzaubert hatte.

»Wahrscheinlich hat er schon gespürt in Sommer, dass er wird nicht mehr lange leben, und deshalb hat er gebeten, dass ich soll kommen nach Deutschland«, vermutete Dino betrübt.

Das Bella Napoli blieb vorübergehend geschlossen, damit Dino und Maria alle Formalitäten erledigen konnten, die für die Beerdigung nötig waren. In seinem Testament hatte Onkel Giancarlo verfügt, dass er in Hamburg neben seiner deutschen Frau bestattet werden wollte. Trotz Eiseskälte kamen viele Leute zum Friedhof, es schien Clara, als würden alle Menschen, die einmal in seinem Restaurant gegessen hatten, von dem herzensguten Pizzabäcker Abschied nehmen wollen.

Mit Giancarlos Tod ging das Bella Napoli an Dino über. Zudem hinterließ er den Geschwistern jeweils einen stattlichen Geldbetrag, wie sie Clara anvertrauten. Dino kümmerte sich darum, einen neuen Koch einzustellen, weil sie allein das Lokal nicht bewirtschaften konnten.

Sanni erfuhr von alledem erst später durch einen Brief von Clara. Denn sie war noch vor der Beerdigung endgültig nach London abgeflogen. Clara hatte sie zum Flughafen in Fuhlsbüttel begleitet. Sanni war aufgeregt, und Clara ließ sich von ihrer Vorfreude auf das neue Leben als Mannequin in England anstecken.

»Du musst mir jeden Tag schreiben«, verlangte sie. »Jedenfalls fast jeden Tag. Ich muss wissen, wie es dir geht. Ach – wie wird sich das anfühlen, dich nicht mehr jeden Tag sehen zu können ... Aber ich bin unglaublich stolz auf dich.«

»Vor allem musst du mich so bald wie möglich in London besuchen kommen«, sagte Sanni, und die Freundinnen umarmten sich noch einmal, wie Dutzende Mal zuvor an diesem Vormittag. »Dafür werde ich sorgen!«

Durch die große Fensterscheibe sah Clara wenig später zu, wie die Maschine mit Sanni an Bord Richtung London abhob und nach wenigen Sekunden im Grau des Hamburger Januarhimmels verschwand.

18.

Der Winter 1962/63 war der kälteste, den Clara je erlebt hatte. Ganz Deutschland lag wie unter einer Eisglocke. In den Nächten herrschten wochenlang teils zweistellige Minusgrade, und es schneite viel. Überall im Land waren Straßen und Bahnstrecken eingeschneit und unpassierbar geworden. Flüsse, Kanäle und Seen waren zugefroren. Anfang des Jahres war sogar die Nordseeküste vereist. Die Inseln waren per Schiff nicht mehr erreichbar und mussten aus der Luft versorgt werden. Er herrschte Ausnahmezustand.

Selbst die Elbe drohte zuzufrieren. Die Fähren und Barkassen hatten ihren Betrieb wegen des starken Eisgangs eingestellt. Eisbrecher waren Tag und Nacht unterwegs, um die Fahrrinne der Elbe offen zu halten. Doch die Frachter kamen nur mühsam voran, und an den Hafenkais drohten die Schiffe einzufrieren.

Clara machte sich an einem Sonntag Mitte Januar mit ihrer Kamera auf den Weg. Sie hatte schon länger keine Fotos mehr gemacht, und das ungewöhnliche Wetterphänomen musste sie unbedingt festhalten. Vielleicht ergab sich ja doch noch eine Gelegenheit, Herrn Bargemann davon zu überzeugen, dass sie eine gute Fotografin war. Nun arbeitete sie schon so viele Wochen als Schreibkraft bei der Zeitung, ohne dass es etwas zu beanstanden gab – es war Zeit, einen neuen Vorstoß zu wagen. Wenn es vermutlich auch nicht zu einer eigenen, großen Reportage über die Eiszeit reichte, so konnte sie vielleicht zumindest ein Bild dazu beisteuern.

Schon als Clara an der hoch gelegenen Station Landungsbrücken aus der U-Bahn stieg, konnte sie die enormen Eismassen erkennen, die den breiten Strom bedeckten. Wie zubetoniert wirkte die Elbe, als könne man trockenen Fußes von einem zum anderen Ufer spazieren.

Zwei Schlepper bemühten sich, einen Dampfer zurück ins Fahrwasser zu ziehen, der quer lag und im Packeis feststeckte. Am Ufer standen ein paar Leute, offenbar Sonntagsspaziergänger, warm eingepackt in Schals und Mützen, die den Schlepperkapitänen lauthals ihre Ratschläge und Kommentare zuschrien. Clara fotografierte die Schiffshavarie und wanderte dann weiter am Ufer entlang, am Fischmarkt vorbei zum Elbstrand. Vorsichtig stieg sie über die meterhohen Eisblöcke in Richtung Fluss, wo die Eisschollen träge über das Wasser trieben. Am flachen Ufer bei Teufelsbrück hatte sich das Eis so weit landeinwärts geschoben, dass es bereits die Elbchaussee blockierte. Etliche Feuerwehrleute waren mit schwerem Gerät dabei, die Eisschollen von der Straße zu räumen. Clara knipste und knipste, bis es ihr so kalt war, dass sie meinte, ihre Nasenspitze müsste ihr abfrieren. Als sie den vollen Film später zum Entwickeln brachte, spürte sie eine tiefe Befriedigung.

Am folgenden Nachmittag traf sie sich mit Freddy an der zugefrorenen Binnenalster zum Schlittschuhlaufen. Weil Clara das noch nie ausprobiert hatte, hatte Freddy ihr die Schlittschuhe seiner Mutter mitgebracht, die beinahe perfekt passten. Vorsichtig stieg Clara die flache Böschung hinunter auf die Eisfläche, auf der sich bereits Hunderte Leute tummelten. Kinder flitzten lachend und kreischend auf Kufen umher, Pärchen fuhren Hand in Hand ihre Runden, eine junge Frau drehte kunstvolle Pirouetten, und irgendwo inmitten des Getümmels kläffte ein Hund auf dem Eis. Clara war begeistert. Hier sah es aus wie auf einem einzigen großen Volksfest. An einem Holzhäuschen neben dem Alsterpavillon gab es sogar Rotweinpunsch und heiße Maronen zu kaufen.

»Na, komm schon«, rief Freddy ihr aufmunternd zu, nachdem er bereits eine erste flotte Runde auf den Kufen gedreht hatte. »Oder brauchst du erst einen kräftigen Punsch, bevor du dich aufs Eis traust?«

»Lieber nicht. Sonst liege ich gleich auf der Nase.«

»Warte, ich helfe dir.«

An Freddys Hand wagte sie die ersten Schritte auf Schlittschuhen, anfangs noch ängstlich und unsicher, und mehr als einmal rutschte sie aus, und er musste sie auffangen, damit sie nicht auf dem Hosenboden landete. Aber bald hatte sie den Schwung heraus und glitt neben Freddy über die blanke Fläche.

»Ach, das ist einfach herrlich!«, rief Clara. »Winter mit Eis und Schnee kenne ich aus München nun wirklich gut, aber so eine große Eisbahn mitten in der Stadt – das ist schon etwas ganz Besonderes.«

»Es passiert hier auch nur alle Jubeljahre, dass man auf der Alster Schlittschuh laufen kann. – Komm, wir flitzen rüber zur Außenalster. Da macht es noch mehr Spaß.«

Obwohl ihr die eiskalte Luft in den Lungen brannte und ihre Wangen vom Frost gerötet waren, war Clara überglücklich. Es hatte aufgehört zu schneien, eine kalte weiße Sonne stand am bleichen Himmel, und um sie herum schien sich halb Hamburg auf dem Eis zu vergnügen. Ein paar Jungen sausten mit Eishockeyschlägern in der Hand umher und schossen einander eine kleine schwarze Scheibe zu. Zwei ältere Paare übten sich in einem beschwingten Eistanz. Auch Clara fühlte sich allmählich wohl auf den Kufen, wenngleich sie ein paar Mal ausglitt. Freddy half ihr jedes Mal auf die Beine. Er war ein großartiger Schlittschuhläufer, zügig und selbstbewusst glitt er über das Eis. Und auch in seinen weiten Hosen, dem dicken Strickpullover und der Wollmütze sah er so gut aus, dass sich manche junge Frau im Vorbeifahren nach ihm umsah. Clara drückte seine Hand, die sie nur durch ihren dicken Handschuh spürte. An seiner Seite fühlte sie sich sicher, und als er sie schließlich mit einem aufmunternden Grinsen losließ, stellte sie fest, dass sie sich auch ohne seine Unterstützung auf den Beinen hielt.

»Hey, Freddy! Bist du das wirklich? Das gibt's doch gar nicht!«

Eine junge Frau kam winkend auf Clara und Freddy zugefahren. Sie trug einen aufwendig gestrickten Norwegerpullover zu einer schicken weißen Keilhose und auf dem Kopf eine helle Fellmütze, unter der sich ein paar blonde Locken herauskringelten. Ihren schwungvollen Bewegungen war anzusehen, dass sie nicht das erste Mal auf Schlittschuhen lief. Unmittelbar vor den beiden bremste sie scharf ab und fiel Freddy um den Hals.

»Na so was!«, rief er und gab ihr übermütig einen Kuss auf die Wange. »Das ist ja eine tolle Überraschung. Was machst du denn hier? Bist du wieder in Hamburg? Ich dachte, du lebst jetzt in Paris.«

»Da wohne ich schon lange nicht mehr. Ich arbeite seit zwei Jahren als Empfangsdame da drüben im Hotel Atlantic. Ich bin und bleib eine Hamburger Deern.« Sie lachte und ließ eine Reihe perlweißer Zähne aufblitzen, während eine helle Atemwolke aus ihrem Mund kam. Clara starrte auf das auffallende Muttermal auf ihrer Wange.

»Darf ich vorstellen?«, sagte Freddy. »Das ist Clara aus München. Und das, liebe Clara, ist Paloma, eine frühere Klassenkameradin.«

Er hätte ihren Namen gar nicht zu nennen brauchen. Die junge Frau sah noch genauso aus wie auf dem Foto in Freddys Zimmer.

Clara nickte und lächelte freundlich, doch gleichzeitig verspürte sie wieder diesen Knoten im Bauch, genauso wie an jenem Tag, als sie das Bild entdeckt hatte, auf dem die beiden sich küssten. »Hallo, Paloma«, sagte sie matt. Das überschwängliche Glücksgefühl, das sie gerade noch durchrieselt hatte, war verschwunden. Mit welcher Selbstverständlichkeit diese Paloma Freddy um den Hals gefallen war. Und genauso selbstverständlich hatte er sie geküsst. Es bestand kein Zweifel, dass sie mehr für Freddy war als nur ›eine frühere Klassenkameradin‹ ...

»Du siehst toll aus, Paloma.« Freddy nickte ihr anerkennend zu. »Und so schick. Lass dich angucken. Die Zeit in Frankreich hat dir gutgetan.«

»Danke. Wie ich feststelle, hast du dich auch nicht sehr verändert. So attraktiv und charmant wie eh und je.« Und zu Clara gewandt sagte Paloma: »Und du? Bist du zu Besuch in Hamburg?« Sie bedachte die beiden mit einem taxierenden Blick, als wäre sie nicht ganz sicher, welche Art von Beziehung Freddy und Clara verband.

»Nein«, erklärte Clara. »Ich bin im Sommer hierhergezogen. Ich arbeite beim *Neuen Hamburger Tagesboten*.«

»Oh, wie spannend. Du bist Reporterin?«

Clara zögerte. »Nun ja, sagen wir, ich bin auf dem besten Weg dorthin. Das ist eine längere Geschichte.«

Freddy legte einen Arm um Claras Schultern, zog sie an sich und drückte ihr mit einem lauten Schmatzen einen Kuss auf die Lippen. »Du bist eine fantastische Fotografin und wirst bald eine großartige Karriere als Journalistin machen, da bin ich mir sicher. Stell dir vor, Paloma, Clara hat in München alles stehen und liegen gelassen, nur um bei mir in Hamburg sein zu können. Das nenne ich wahre Liebe.«

Paloma lachte fröhlich. »Tja, wie schön für dich. Und ich habe damals den unverzeihlichen Fehler begangen, nach Paris zu gehen. Aber wie ich sehe, bist du inzwischen darüber hinweggekommen.«

»Du bist noch genauso frech wie früher«, konterte Freddy. »Wahrscheinlich haben sie dich deshalb wieder zurück nach Deutschland geschickt. Weil niemand in Paris so eine ungezogene junge Dame wie dich haben wollte.«

Die beiden schüttelten sich vor Lachen, während Clara in zunehmender Beklommenheit danebenstand. Obwohl sich Freddy und Paloma so viele Jahre nicht mehr gesehen hatten, war noch immer eine enge Vertrautheit zwischen ihnen zu spüren.

»Ach, Freddy, es ist herrlich, dich wiederzusehen«, gestand Paloma unverblümt. »Weißt du noch, wie wir das letzte Mal hier auf der zugefrorenen Alster Schlittschuh gelaufen sind? Wann war das? Vor fünf oder sechs Jahren?«

»1956 glaube ich. Unser letztes Schuljahr. Und wie ich mich daran erinnere. Damals war es ja noch offiziell verboten, das Eis zu betreten.«

»Hihi, was für einen Spaß wir hatten. Bis die Polizei kam und uns vom Eis geholt hat. Weißt du noch, wie der Kerl mit dem Megafon am Ufer stand und uns aufgefordert hat runterzukommen?«

»Na, klar.« Freddy senkte seine Stimme zu einem tiefen Bass: »Achtung, Achtung. Das Betreten der Eisfläche ist strengstens verboten. Es besteht Lebensgefahr. Bitte verlassen Sie augenblicklich die Eisfläche ...«

Paloma warf den Kopf in den Nacken und amüsierte sich herzlich. »Das war ziemlich lustig. Wenn wir bloß nachher nicht diesen Ärger mit unseren Eltern gehabt hätten ...«

»Tja, so sind sie, die Alten«, erklärte Freddy mit einem augenzwinkernden Seitenblick auf Clara. »Den größten Spaß verbieten sie einem immer, nicht wahr?«

Clara nickte verlegen, angesichts seiner offenkundigen Anspielung auf die gemeinsamen Nächte, die ihnen in seinem Elternhaus verwehrt waren. Schweigend hatte sie dem vertrauten Gespräch der beiden zugehört. Sie fühlte sich ausgeschlossen und fehl am Platz, als die zwei so vergnügt über ihre Jugendstreiche plauderten. Wie wenig wusste sie selbst doch von Freddy!

»Was haltet ihr davon, wenn wir zum Alsterpavillon rüberfahren?«, schlug Paloma vor. »Ich hab, ehrlich gesagt, eiskalte Füße, und ein Glas Punsch wäre jetzt genau richtig. Seid ihr dabei?«

»Aber ja. Gute Idee. Kommt, los geht's, wer als Letzter an der Punschbude ankommt, muss eine Runde ausgeben!«

»Hey«, rief Clara. »Warte, Freddy! Ich kann doch noch nicht so schnell ...«

Aber da waren die beiden schon losgelaufen. In Windeseile glitten sie über das Eis. Auf wackeligen Beinen stolperte Clara hinterher, bahnte sich einen Weg durch die umherflitzenden Schlittschuhläufer und rutschte ein wenig beklommen unter der Lombardsbrücke durch, wo es dröhnte und donnerte, weil oben gerade ein Zug über die Gleise fuhr. Als sie endlich die Punschbude am Alsterpavillon erreicht hatte, standen Freddy und Paloma bereits mit dampfenden Bechern in der Hand daneben und unterhielten sich in bester Laune.

»Das war jetzt aber nicht sehr nett von euch«, beschwerte sich Clara, während sie mühsam an Land stapfte. »Ich stehe heute das erst Mal auf Schlittschuhen. Da ist es ja kein Wunder, dass ich als Letzte ankomme.«

»Entschuldige, du hast völlig recht.« Freddy sah sie treuherzig an und reichte ihr sein Punschglas, um sie daraus trinken zu lassen. »Daran habe ich gar nicht mehr gedacht vor lauter Wettbewerbseifer. Kommt nicht wieder vor, versprochen. Dieses Fräulein hier hat einfach einen schlechten Einfluss auf mich.« Er grinste Paloma an.

»Ich wusste ja nicht, dass du noch nicht so gut Schlittschuh fahren kannst«, verteidigte sich Paloma. »Tut mir leid, Clara, das war eine blöde Idee. Und natürlich geht der Punsch hier auf meine Rechnung. Möchtest du auch eine Tüte Maronen dazu?«

»Danke, ja, gerne, aber erst mal muss ich mir die Schlittschuhe abschnallen. Sie sind mir ein bisschen zu eng, und mir tun furchtbar die Füße weh.«

Obwohl sich Paloma am Rest des Nachmittags sichtlich Mühe gab, freundlich zu Clara zu sein, wollte das Gefühl, ausgeschlossen zu sein, nicht weichen. Clara fühlte sich in Palomas Gegenwart wie das fünfte Rad am Wagen. Sie war froh, als es dunkel wurde und sie sich endlich voneinander verabschiedeten.

19.

Claras Hoffnung, ihre Fotos von der zugefrorenen Elbe und dem Packeis am Elbstrand könnten in der Zeitung veröffentlicht werden, erfüllte sich nicht. Als sie am Montag darauf allen Mut zusammennahm und Herrn Bargemann um einen Termin in seinem Büro bat, um ihm die Bilder vorzulegen, betrachtete er sie gar nicht erst. Mit gerunzelter Stirn sah er Clara über seinen großen Schreibtisch hinweg an.

»Ich habe Sie als Schreibkraft eingestellt, Fräulein von Thorau. Und nicht als Reporterin. Es freut mich, dass Sie ein paar hübsche Erinnerungsbilder für Ihr Fotoalbum von diesen sibirischen Zeiten geknipst haben. Aber was denken Sie denn, was mir meine gestandenen Herren Journalisten erzählen, wenn ich ihnen sage, dass eine junge, unerfahrene Dame die große Fotoreportage der nächsten Ausgabe übernimmt? Unsere Zeitung ist kein Kindergarten, wo jeder nach Lust und Laune ausprobieren kann, was ihm Spaß macht. Wenn ein Kollege von der Werbeabteilung auf einmal als Schriftsetzer arbeiten will, würde ich ihm das ja auch nicht erlauben. Jeder an seinem Platz. Sie leisten hier ordentliche Arbeit als Schreibkraft, und das soll auch so bleiben.«

»Aber ich kann viel mehr als das, Herr Bargemann! Bitte, sehen Sie sich meine Bilder doch wenigstens einmal an.«

In aller Ruhe nahm sich der Chefredakteur eine Zigarre aus

dem Holzkasten, der vor ihm auf dem Schreibtisch stand, und entzündete sie umständlich.

»Verehrtes Fräulein von Thorau«, sagte er bedächtig und machte eine Pause, um den Qualm mit leicht zurückgeneigtem Kopf langsam aus seinem Mund entweichen zu lassen. »Es ist schön, dass Sie so viele hübsche Talente besitzen, und es steht Ihnen frei, diese in Ihrer Freizeit auszuleben. Aber hüten Sie sich davor, mit Ihrem unangemessenen Ehrgeiz den Männern ins Gehege zu kommen. Das gibt nur Streit und Eifersüchteleien, und so etwas möchte ich hier nicht haben.«

»Es ist so ungerecht«, beklagte sich Clara wenig später in der Mittagspause bei Hertha. Die beiden saßen in der kleinen Kaffeeküche zusammen und aßen ihre mitgebrachten Butterbrote. »Wenn man Herrn Bargemann so sprechen hört, könnte man meinen, es gebe zwei Klassen von Menschen auf der Welt: Männer und Frauen. Die einen sagen, wo es langgeht, und die anderen fügen sich.«

»Na, so ist es doch auch«, befand Hertha kauend. »Man muss sich damit arrangieren und das Beste für sich draus machen. Herr Bargemann hat recht: Wenn jeder Mann und jede Frau sich so benehmen, wie es sich seit Menschengedenken bewährt hat, dann gibt es keinen Ärger.«

»Das ist nicht dein Ernst, Hertha!« Clara ließ die Hand mit ihrem angebissenen Butterbrot sinken. »Du denkst nicht wirklich, dass Frauen nur dazu da sind, um Männer zu bedienen und ihre Kinder zu kriegen? Wenn das so wäre, dann dürften wir beide hier nicht sitzen. Mensch, Hertha, es ist 1963. Wir leben doch nicht mehr im Mittelalter!«

»Natürlich nicht. Du weißt doch, wie ich das meine. Man muss nur wissen, wie Männer denken und was sie von einem erwarten, dann kann man fast alles von ihnen bekommen.« Hertha kicherte ein wenig herablassend. »Lass sie im Glauben, dass sie die Hosen anhaben, dann fressen sie dir aus der Hand.«

Clara hatte Mühe, ihre Tränen zurückzuhalten. »Wahrscheinlich dauert es noch hundert Jahre, bis Männer und Frauen wirklich so gleichberechtigt sind, wie es in unserem Grundgesetz steht.«

Hertha legte den Kopf zur Seite und betrachtete Clara nachdenklich. Schließlich nahm sie ihre Hand und sagte mit gedämpfter Stimme: »Vergiss das Grundgesetz. Eine Frau hat andere Möglichkeiten. Wenn es dir so wichtig ist, Karriere zu machen, solltest du umdenken. Mach dir Herrn Bargemann nicht zum Gegner, sondern zum Freund. Umgarne ihn ein bisschen. Du hast ein wahnsinnig hübsches Lächeln, weißt du das? Lob ihn, wie gut er die Redaktion führt. Danke ihm, weil er dir diese einmalige Gelegenheit gibt, bei ihm zu arbeiten. Bedauere ihn, weil er immer so schrecklich viel Arbeit hat. Biete ihm an, länger im Büro zu bleiben, um ihm zu helfen. Unentgeltlich, versteht sich. Er wird lernen, dich zu mögen. Dich sehr zu mögen. Er wird dich vielleicht auf ein Getränk einladen nach Dienstschluss, zum Dank für deine außergewöhnliche Einsatzbereitschaft. Und vielleicht sogar einmal zum Essen, wenn es gut geht. Wenn er gerade mal ein bisschen Ärger zu Hause hat. Und dann, bei einem Glas Wein oder zwei, gesättigt von einem guten Braten oder einem kräftigen Süppchen, dann sprichst du noch einmal über deine Fotos. Zeigst ihm noch einmal die Bilder. Dann schaust du ihm verliebt in die Augen und fragst, ob es nicht ausnahmsweise möglich wäre ...«

»Hertha!« Clara schnappte erschrocken nach Atem. »Was redest du denn da? Ich werde doch meinem Chef nicht den Kopf verdrehen, um beruflich etwas zu erreichen! Das ist ... das ist nicht nur unmoralisch, das ist entwürdigend ...«

Hertha blieb unerwartet ernst.

»Es ist unsere einzige Chance als Frau, wirklich etwas zu erreichen. Wir brauchen die Unterstützung eines einflussreichen Mannes, wenn wir vorankommen wollen. Und wie bekommen wir die, wenn wir jung und hübsch sind? Eben, indem sie in uns verliebt sind. Oder so was Ähnliches.«

Clara schüttelte sich. »Aber Herr Bargemann ist nicht in mich verliebt, und ich nicht in ihn. Gott bewahre! Er mag ein guter Chef sein, jedenfalls sofern man als Mann in dieser Redaktion arbeitet – aber alles andere? Nein, Hertha, niemals. Das könnte ich im Leben nicht. Im Übrigen ist er verheiratet, und ich kann mir nichts Peinlicheres vorstellen, als bei Herrn Bargemann dabei abzublitzen. Das stelle ich mir gerade vor: Ich wackele im kurzen Rock mit dem Hintern vor ihm her, und er sagt, bitte benehmen Sie sich, Fräulein von Thorau ... Wie schrecklich. Da setzt er mich doch gleich vor die Tür.«

Ein amüsiertes Funkeln tauchte in Herthas Augen auf. »Du musst natürlich etwas subtiler vorgehen. Und es muss ja auch nicht gleich der Boss sein. Es gibt genug andere wichtige Männer in der Redaktion, die ein gutes Wort für dich einlegen könnten. Du musst nur ihren Beschützerinstinkt wecken. Ich bin mir sicher, es wird sich ein Unterstützer für dich finden, wenn du dich nur ordentlich ins Zeug legst.«

Clara war der Appetit vergangen, und sie schob den Rest ihres angebissenen Butterbrotes zurück in die Pergamentpapiertüte. Dann spülte sie den Käsegeschmack im Mund mit einem Schluck Kaffee hinunter.

»Bitte, Hertha, das ist doch Unsinn!«

»So ist es aber, Clara. Ohne das alles, ohne meine Freude an schönen Kleidern und ohne meine Lust am Flirten wäre ich längst nicht mehr hier.«

»Wieso? Wie meinst du das?«

Hertha zündete sich eine Zigarette an, nahm einen Zug und begann leise zu erzählen: »Vor ein paar Jahren wäre ich hier beinahe gefeuert worden. Ich hatte einen Riesenbock geschossen. Fast wäre der Hauptartikel der nächsten Ausgabe nicht erschienen, weil ich ihn versehentlich in den Reißwolf gegeben hatte, bevor er in den Satz ging. Bis heute weiß ich nicht, wie das passieren konnte. Ich war noch in der Probezeit, und Herr Bargemann wollte mich sofort entlassen. Es war schrecklich.«

»Und dann?«, hauchte Clara neugierig, als Hertha sich unterbrach, um einen Schluck Kaffee zu trinken.

»Ich hatte einen Fürsprecher in der Redaktion«, flüsterte sie. »Ich habe ihn immer noch. Damals habe ich ihm mein Leid geklagt, und er hat eine Stunde lang auf den Chef eingeredet, wie unentbehrlich ich doch für den Betrieb sei und dass mir die Sache entsetzlich leidtue, dass es mir eine Lehre sei und dass so etwas gewiss nie wieder vorkommen werde ... All das, was ich dem Chef auch schon gesagt hatte. Aber auf mich hat Herr Bargemann nicht gehört.« Sie streifte die Asche ihrer Zigarette am Aschenbecher ab. »Erst von meinem Liebhaber hat sich der Chef überzeugen lassen. Ich durfte bleiben.«

Clara hielt erschrocken die Luft an. Es war ganz still in der kleinen Küche, nur die flackernde Neonröhre an der Decke knisterte.

»Von deinem – Liebhaber?«, fragte sie schließlich mit heiserer Stimme. »Du hast einen Liebhaber hier im Verlag?«

»Schon seit ein paar Jahren«, gab Hertha unumwunden zu. »Doktor Lortzing. Unser Vertriebsleiter. Aber das behältst du bitte für dich.«

»Doktor Lortzing? Oh, Hertha. Er ist so viel älter als du, und ich dachte immer, er wäre verheiratet.«

Hertha blickte Clara mit hochgezogenen Augenbrauen an.

»Ja, natürlich, das ist er auch. Er lässt seiner Frau jeden ersten Freitag im Monat einen Strauß Rosen schicken. Ich denke nicht, dass sie etwas von mir weiß.«

»Aber Hertha!«, zischte Clara bestürzt. »Du hast ein Verhältnis mit einem verheirateten Mann?«

Hertha zuckte mit den Schultern, sichtbar ohne jedes schlechte Gewissen. »Was kann ich dafür, dass er verheiratet ist? Er hat es ja selbst so gewollt, das mit uns. Im Übrigen habe ich nichts gegen seine Frau, wirklich nicht, ich traf sie unlängst auf einer Betriebsfeier, ich glaube sogar, dass sie ganz in Ordnung ist.«

Clara schluckte.

»Und seit damals ...?«

»Ja, seit damals treffe ich mich mehr oder weniger regelmäßig mit ihm, wenn seine Frau denkt, dass er Überstunden macht. In den letzten Jahren hat er leider ein bisschen zugenommen. Aber was soll's. Er ist ein mächtiger Mann hier im Verlag, und ich habe keine Lust, es mir mit ihm zu verscherzen. Und mal ehrlich, was spricht dagegen, ab und zu einen hübschen Seidenschal oder ein paar hauchdünne Nylonstrümpfe geschenkt zu bekommen? Von den schicken Abenden in einem Luxushotel abgesehen. – Oh bitte, Clara, guck nicht so wie die heilige Jungfrau! Die Redaktion ist kein Nonnenkloster. Dieses Arrangement hat nur Vorteile auf beiden Seiten. Er schmückt sich gelegentlich mit einer schicken jungen Geliebten, und ich bin praktisch unkündbar ...«

Selbstbewusst warf Hertha den Kopf in den Nacken. Sie trank ihren Kaffee aus und stellte die Tasse auf den Tisch. Dann nahm sie einen letzten tiefen Zug von der Zigarette, drückte sie im Aschenbecher aus und sah auf ihre Armbanduhr. »Aber jetzt komm! Die Mittagspause ist längst rum.«

Das Gespräch mit Hertha ging Clara in den nächsten Tagen nicht aus dem Kopf. Von nun an sah sie Doktor Lortzing mit anderen Augen. Wenn er, was selten genug vorkam, die Räume der Vertriebsabteilung verließ und ins Redaktionsbüro kam, war weder ihm noch Hertha etwas von ihrer Affäre anzumerken. Sie redeten einander höflich mit »Sie«, »Herr Doktor Lortzing« und »Fräulein Fuchs« an und sprachen – wenn überhaupt – nur über dienstliche Dinge, ohne eine Miene zu verziehen. Aber einmal beobachtete Clara doch, wie Doktor Lortzing Hertha im Vorbeigehen, ganz kurz nur und wie aus Versehen, mit dem Handrücken über den stramm sitzenden Rock strich und sie für den Bruchteil einer Sekunde lächelnd zu ihm aufsah. Ob tatsächlich niemand aus der Redaktion etwas von dem Verhältnis der beiden wusste?

Clara schüttelte sich in Gedanken. Nein, und wenn sie nie wieder ein Foto veröffentlichen würde – das war kein Weg für sie.

• • •

Mitte Januar lag ein Brief vor Claras Zimmertür, als sie nach Hause kam – aus England, wie sie an den bunten Marken erkannte. Noch im Mantel riss sie den Umschlag auf.

»Liebe Clara«, schrieb Sanni. »Mein Leben ist so unglaublich aufregend geworden, ich denke dauernd: Hoffentlich träume ich das hier alles nicht nur. Halt dich fest, seit Neuestem bin ich tatsächlich Mannequin bei Mary Quant. Ich werde eines der Mädchen sein, das im nächsten Monat ihre Sommerkollektion auf dem Laufsteg vorführt. Dieses ganze Modebusiness ist so spannend. Allein die vielen Anproben in der Schneiderei, du ahnst nicht, wie lange an den einzelnen Kleidern noch herumgewerkelt wird, bis sie perfekt sind. Ständig gibt es etwas zu verbessen, an den Stoffen, Farben, Proportionen. Da werden Nähte geändert,

Ärmel gekürzt oder kleine Stoffstücke ergänzt. Manche Kleider sehen am Ende ganz anders aus als auf den Entwürfen. Aber jedes einzelne ist großartig. Und wer dabei alles mitreden darf: Mary Quant natürlich, die übrigens eine ganz reizende Frau ist, dazu ihre Chef-Directrice, die Näherinnen, die Assistentinnen, irgendwelche wichtigen Herren, was weiß ich, welche Funktionen sie in der Firma haben ... Jedenfalls ziehen und zupfen sie alle an einem herum, und wenn man nicht aufpasst, pikt einer einem aus Versehen eine Stecknadel in den Po! Aber jetzt komme ich zu dir: Du musst mir nämlich zugucken. Bitte nimm dir für die Schau ein paar Tage frei und besuche mich in London. Ich lade dich ein. Colin hat eine fürstliche Gage für mich ausgehandelt. Davon kaufe ich dir ein Flugticket und buche ein Hotelzimmer. Es ist mein Geburtstagsgeschenk für dich. Wenngleich ich an deinem Ehrentag nicht bei dir sein kann. Aber wir feiern eine Woche später. Am Donnerstag, den 7. Februar sehen wir uns. Das sind nicht mal mehr drei Wochen. Ich freu mich schon so sehr, dir London zu zeigen. Absagen gilt nicht. Sag das gleich deinem Chef. Ich hoffe, es geht dir gut, und Freddy hat nichts dagegen, dass du ihn ein paar Tage in Hamburg allein lässt.

Sei ganz lieb umarmt von deiner Sanni.

PS: Hier heiße ich übrigens Sunny, weil das in England so geschrieben wird, wenn man Sanni sagt. Mein Name ist Sonnenschein. Ist das nicht drollig? Colin sagt, als Sunny kann er mich international noch besser vermarkten. Das klingt ein bisschen, als wäre ich eine Automarke oder ein Sack Kaffee. Aber so nennt man das im Modebusiness. Du siehst, ich lerne jeden Tag etwas Neues dazu.

PPS: Ich habe auch Frau Grotjahn geschrieben und nun endgültig mein Zimmer in der Blauen Glocke gekündigt. Bitte sei nicht traurig, aber es lohnt sich für mich nicht, das Kämmerchen in Hamburg weiter frei zu halten. Vorerst werde ich wohl nicht zurückkommen. Und wenn es doch einmal sein sollte, dann weiß ich ja, dass ich notfalls bei dir schlafen kann.«

Clara las den Brief dreimal hintereinander. Bei Sannis fröhlichen Schilderungen musste sie lächeln, und doch steckte in ihrer Kehle ein harter Klumpen. Sosehr sie Sanni ihr Glück gönnte, sie vermisste ihre Freundin schrecklich. Insgeheim hatte sie in den letzten Wochen gehofft, dass es sich Sanni doch noch anders überlegen und dem Leben in London den Rücken kehren würde. Aber das war nun vorbei.

Sie horchte auf. Aus dem Zimmer nebenan kamen Geräusche. Clara hörte Stimmen, zwei Männer, die sich in einer fremden Sprache unterhielten, und schwere Schritte auf dem Holzboden. Offenbar hatte Frau Grotjahn nicht lange gezögert und bereits neue Mieter einquartiert. Nachdenklich faltete sie den Brief zusammen und schob ihn zurück in den Umschlag. Da klopfte es an der Tür.

»Ja bitte?« Clara hatte einen Überraschungsbesuch von Freddy erwartet, aber es war die Wirtin, die auf der Fußmatte vor ihrem Zimmer stand.

»Lassen Sie mich gleich zur Sache kommen«, erklärte Frau Grotjahn unumwunden. »In den vergangenen Monaten haben Sie mein Pensionszimmer zu einem überaus günstigen Mietzins bewohnt. Aber leider kann ich Ihnen den nicht länger gewähren. Sie bewohnen ein Zweibettzimmer, also müssen Sie auch für ein Zweibettzimmer bezahlen. Ab nächster Woche sind das sechs Mark pro Tag.«

»Sechs Mark?« Clara stöhnte erschrocken. »So viel?«

Frau Grotjahn hob bedauernd die Hände. »Es wird alles immer teurer, mein Fräulein, und ich bin kein Wohltätigkeitsverein.

Ich habe auch meine Kosten. Wenn es Ihnen nicht passt, können Sie jederzeit ausziehen.«

Wie vor den Kopf gestoßen, blieb Clara an der geschlossenen Tür stehen, nachdem die Wirtin wieder gegangen war. Sie rechnete schnell. 180 Mark im Monat, das war ein Vermögen. Wenn sie sich wenigstens wohlfühlen würde in ihrem Zimmer! Clara drehte sich um und betrachtete die karge Einrichtung des Raums. Das hier war ihr nie ein Zuhause geworden. Sie hatte sich an die vergilbten Tapeten und die schäbigen Möbel gewöhnt, aber hässlich war das alles noch immer.

»Ich brauche ein besseres Zimmer«, sagte sie am nächsten Tag zu Hertha, als sie in der Mittagspause in der kleinen Kaffeeküche der Redaktion zusammensaßen. »Wenn ich sparsam bin, kann ich mir vielleicht eine andere Wohnung leisten. Ein Zimmer, in das ich abends gerne nach Hause komme. Und wenn ich mich um mein Frühstück selbst kümmere, kann es nicht so teuer sein.«

»Ja, du musst da raus aus deiner Absteige. Du wirst sehen, wie gut dir das tun wird. Pass auf, wir sitzen hier doch direkt an der Quelle, und praktischerweise ist heute Mittwoch.« Hertha griff hinter sich, wo eine zerlesene Ausgabe des aktuellen *Tagesboten* auf dem Schrank lag, und schlug sie auf. »Mittwochs stehen doch immer die Wohnungsangebote drin.«

Gemeinsam durchblätterten sie den Anzeigenteil der Zeitung und studierten die Inserate. Mit einem Stift strich Clara die Wohnungsangebote an, die für sie infrage kamen. Den Feierabend verbrachte sie damit, in einer Telefonzelle zu stehen und bei den Vermietern anzurufen. In den folgenden Tagen fuhr sie kreuz und quer durch die Stadt, bis sie endlich eine Unterkunft fand, die ihr gefiel, die sie bezahlen konnte und die sie schließlich auch bekam.

Es war ein Zimmer zur Untermiete in einem Backsteingebäude in Altona, neben der Haustür führten ein paar Stufen hinunter zu einem schmalen Nebeneingang, hinter dem sich ihr
künftiges Zuhause verbarg. Es war ein einzelner Raum, der
schlicht, aber gemütlich und mit allem Notwendigen eingerichtet
war. Durch ein breites Fenster oben in der Wand kam genug Licht
herein, und ein elektrischer Ofen sorgte für behagliche Wärme.
Ihre Vermieter waren ein Schiffskoch in Rente und seine Frau, Küche und Bad musste sich Clara mit den beiden teilen. Auch wenn
hundert Mark Mietkosten im Monat nicht gerade billig waren, damit kam sie günstiger weg als in der Pension von Frau Grotjahn.
Dafür verzichtete sie gern darauf, jeden Morgen das Frühstück vor
die Tür gestellt zu bekommen.

»Dann sind wir uns also einig«, sagte Herr Ohlson, ein wohl-
beleibter, rotbärtiger Herr, und reichte Clara die Hand. »Sie können gleich nächste Woche einziehen.«

»Danke, das ist wunderbar. Ich freue mich wirklich sehr.«

»Eines gibt es allerdings noch«, fuhr er fort. »Ich muss Sie bitten, die Miete der ersten drei Monate im Voraus zu bezahlen.«

Clara schluckte. »Das ist aber ein Batzen Geld auf einmal«,
murmelte sie.

Sie ließ ihre Blicke noch einmal durch den gemütlichen Sou-
terrainraum wandern, in dem die drei gerade standen. Er war
eingerichtet wie eine Schiffskoje, Schrank und Tisch waren aus
dunklem Holz, Türen und Schubladen mit glänzenden Messing-
beschlägen versehen. An der Wand gegenüber dem Bett mit dem
meerblauen Satin-Überwurf stand sogar eine elegante Frisierkommode mit einem dreiteiligen Spiegelaufsatz und gepolster-
tem Schemel davor. Clara gefiel das Zimmer auf Anhieb und sie
erklärte sich einverstanden, während sie noch überlegte, wie sie

das viele Geld für die ersten drei Mieten so kurzfristig zusammenbekommen sollte.

Ihr erster Gedanke war es, ihre Eltern anzurufen und um Hilfe zu bitten, doch diese Idee verwarf sie sofort wieder. Sie war nach Hamburg gekommen, um selbstständig zu sein. Auf keinen Fall würde sie kleinlaut eingestehen, dass sie es nicht schaffte, in dieser Stadt auf eigenen Füßen zu stehen. Es musste einen anderen Weg geben. Sicherlich wäre es für Freddy und seine Eltern kein Problem, ihr die Summe vorzustrecken, aber es widerstrebte ihr, die Tönnsens um einen Kredit zu bitten. Von Dino und Maria wusste sie, dass sie gerade selbst eine Menge Geld in einige neue Elektrogeräte für die Restaurantküche investiert hatten. Und Sanni? Sie verdiente gut, das hatte sie gerade erst geschrieben. Aber sie bezahlte Clara schon die Reise nach London und das Hotelzimmer dort, was gewiss nicht gerade billig war. Unmöglich, nun auch noch um ein paar Hundert Mark zu bitten, um den Mietvorschuss zu zahlen. Außerdem würde es viel zu lange dauern, bis der Scheck aus England in Hamburg ankäme. Nein, sie musste das Geld selbst auftreiben.

Clara dachte darüber nach, während sie wenig später im Pensionszimmer über der Blauen Glocke ihre Sachen zusammenpackte. Dabei fiel ihr Blick auf den Fotoapparat, der seit Wochen unbenutzt im Schrank lag. Ihr geliebter Fotoapparat, von dem sie so lange geträumt hatte, das Geschenk ihrer Eltern zum Ausbildungsbeginn. Er war das Wertvollste, das sie besaß. Gedankenverloren nahm sie die Kamera in die Hand, und in diesem Augenblick wusste sie, was sie tun musste. Sie würde ihren Fotoapparat zu Geld machen. Als Schreibkraft bei der Zeitung brauchte sie ihn im Moment ohnehin nicht. Natürlich würde sie die Kamera nicht verkaufen. Aber der Pfandleiher auf der anderen Seite der Straße würde das wertvolle Gerät ganz sicher annehmen und ihr dafür einen Kredit geben. Und wenn sie in der nächsten Zeit sparsam lebte, hätte sie bald genug Geld zusammen, um den Apparat wieder auszulösen.

Am nächsten Tag schob Clara die Tür zum Pfandhaus auf. Der Ladenraum war vollgestellt mit Regalen und offenen Schränken, in denen sich die unterschiedlichsten Gegenstände stapelten: Geschirr, Besteck, Elektrogeräte, Marmorbüsten, Porzellanfiguren, lederne Folianten, silberne Kerzenständer ... Was immer sich zu Geld machen ließ, hatten Leute hergebracht. An einer Kleiderstange hingen Pelzmäntel, Abendkleider und dunkle Anzüge. Die hohen Wände darüber waren behängt mit Ölgemälden, kunstvoll verzierten Spiegeln und großen tickenden Uhren, von denen jede eine andere Zeit anzeigte. Ein durchdringender Geruch nach Mottenkugeln hing in der Luft. Der Pfandleiher, ein kleiner glatzköpfiger Mann mit schlechten Zähnen, saß am anderen Ende des Raumes hinter einer hüfthohen Vitrine aus Glas, in der jede Menge Schmuck auslag, Taschenuhren, Armbanduhren, Perlenketten, Brillantringe, Diamantencolliers, aufwendige Broschen aus Edelsteinen. Es lagen Preisschildchen daneben. Offenkundig waren die Schmuckstücke nie mehr ausgelöst worden und standen jetzt zum Verkauf.

»Moin. Kann ich Ihnen helfen, junge Frau?«, begrüßte sie der Mann in brummelndem Tonfall.

»Ja, ich brauche dringend Geld, ich möchte meinen Fotoapparat beleihen.« Aufgeregt nahm Clara ihre Kamera aus der Tasche und legte sie auf die Theke.

Der Mann betrachtete das Gerät eingehend, drehte am Objektiv, betätigte den Auslöser und öffnete die Klappe des leeren Filmfachs.

»Es ist eine Kodak Retina«, erklärte Clara. »Eine richtig gute Kamera. Eine der ersten automatischen. Mein Vater hat sie mir vor einem Jahr geschenkt, weil ich Fotografin werden will. Sie ist nicht ganz neu, aber tipptopp in Schuss. Passen Sie gut auf sie auf, ich muss sie nämlich unbedingt bald wiederhaben. Was würden Sie mir dafür geben?«

Der Pfandleiher antwortete nicht gleich. Nachdenklich drehte er den Fotoapparat in seinen klobigen, behaarten Händen. Claras Herz klopfte. Schon jetzt tat es ihr im Herzen weh, ihre geliebte Kamera diesem fremden, nicht besonders sympathischen Mann anzuvertrauen. Aber es ging nun mal nicht anders.

»Neunzig Mark«, sagte er schließlich.

»Was?« Clara schüttelte erschrocken den Kopf. »Das ist viel zu wenig. Die Kamera war sehr teuer, sie hat über 300 Mark gekostet, als sie neu war. Das weiß ich genau.«

Der Mann pfiff abschätzig durch seine schadhaften Zähne. »Jetzt ist die Kamera aber nicht mehr neu.«

»So gut wie. Ich habe sie immer gut gepflegt. Und Sie bekommen Ihr Geld ja bald zurück.«

Der Pfandleiher sah auf. »Na gut, ich gebe Ihnen hundert.«

»Das ist nicht genug. Bitte, ich muss drei Monatsmieten im Voraus bezahlen. Ich brauche mindestens 200 Mark.«

»Dann gehen Sie zur Bank und besorgen sich dort einen Kredit.« Schulterzuckend reichte er ihr die Kamera.

Clara traten die Tränen in die Augen. »180«, flüsterte sie flehend. »Und ich verspreche Ihnen, spätestens in vier Wochen bekommen Sie Ihr Geld zurück. Bitte.«

Der Mann schnaubte etwas Unverständliches. Er drehte sich zur Seite und zog die oberste Schublade einer wurmstichigen Holzkommode auf. Dann nahm er ein paar Geldscheine heraus und legte sie zusammen mit einer Pfandmarke vor Clara auf die Theke.

»150 Mark, das ist mein letztes Wort. Damit Sie hier nicht

länger herumflennen. Und in sechs Wochen bringen Sie mir das Geld zurück, sonst verscherbele ich das Ding.«

»Danke«, hauchte Clara und nahm das Geld und die Pfandmarke an sich. »Sie können sich darauf verlassen, ich löse die Kamera in sechs Wochen wieder aus.«

Der Pfandleiher nickte. Er holte ein Formular aus einer Ablage, füllte die leeren Zeilen mit einem Kugelschreiber aus und schob Clara das Blatt zu.

»Der Kreditvertrag.«

Clara runzelte die Stirn, als sie las, was auf dem Blatt stand. »Zinsen und Gebühren kommen auch noch dazu?«, fragte sie seufzend.

»Ein bisschen was muss ich schließlich auch davon haben, dass ich Ihre Kamera in Verwahrung nehme«, knurrte der Mann. »Das ist mein Geschäft.«

Clara nickte und unterschrieb. Sie warf einen letzten Blick auf den Fotoapparat, der ihr schon so gute Dienste geleistet hatte, der ihre Lebensversicherung für eine Zukunft als Fotografin war. Aber es war ja nur ein vorübergehender Abschied. Nur ein paar Wochen, sagte sie sich. Dann gehört er wieder mir.

Zusammen mit dem Geld, das Clara von ihren Eltern zu Weihnachten geschenkt bekommen hatte, reichte der Kredit des Pfandleihers gerade so, um den Ohlsons die geforderte Summe zu bezahlen. Die beiden waren so nett, ihr sogar noch zwanzig Mark zu erlassen. Clara war erleichtert, endlich aus dem schmuddeligen Pensionszimmer über der Kneipe in ihre gemütliche Koje in Altona zu ziehen. Als Willkommensgruß stand sogar ein kleiner Blumenstrauß auf dem Frisiertisch, daneben lag die Hausordnung. Clara überflog den Text. An einer Zeile blieb ihr Blick hängen: »Keine Gäste nach 22 Uhr, Herrenbesuch streng untersagt.«

Sie stöhnte lautlos. Dass ein bürgerliches Ehepaar wie die Ohlsons nicht so großzügig über den sogenannten Kuppelparagrafen hinwegsehen würde wie die Wirtin der Blauen Glocke, hätte sie sich denken können. Es gab da schließlich dieses Gesetz, Paragraph 180, so altmodisch und aus der Zeit gefallen das Clara auch erschien. Vermieter machten sich wegen »Unzucht« strafbar und konnten sogar ins Gefängnis kommen, wenn sie es zuließen, dass in ihren Räumen ein unverheiratetes Paar übernachtete. Clara dachte an die kleine grüne Pillenschachtel in ihrem Kosmetikbeutel. Wie sollte es nun mit ihr und Freddy weitergehen? Auch seine Eltern achteten weiterhin streng darauf, dass Clara spätestens um neun Uhr abends nach Hause fuhr, wenn sie in Blankenese zu Besuch war. Wann würden sie und Freddy wieder Gelegenheit haben, eine Nacht miteinander zu verbringen? Sie hatte sich daran gewöhnt, an den Samstagabenden in seinen Armen einzuschlafen, wenn er nach einem Kinobesuch oder einem Tanzabend bei ihr geblieben war. Nun vermisste sie seine zärtlichen Berühungen, die aufregenden Gefühle und den Spaß, den sie miteinander hatten.

20.

An Claras neunzehntem Geburtstag lud Freddy Clara schick zum Essen ein. Es war das erste Februarwochenende, und am Abend fuhren sie mit einem kleinen Dampfer hinaus zum Mühlenkamper Fährhaus nach Uhlenhorst. Die prächtige weiße Villa am Osterbekkanal beherbergte ein vornehmes Restaurant, in dem er für sie einen Tisch am Fenster reserviert hatte.

»Damit du mal etwas anderes kennenlernst als das Bella Napoli«, sagte er, nachdem ihr der Kellner den Stuhl zurechtgerückt hatte. »Auf die Dauer ist es da doch ein bisschen öde.«

Er schenkte ihr eine herzförmige Schmuckschatulle aus Porzellan. Neugierig hob Clara den Deckel ab und war ein wenig enttäuscht, als sie feststellte, dass statt des erwarteten Rings nur drei kleine Pralinen darin lagen.

»Das Goldgeschmeide gibt's dann zu Weihnachten«, versicherte Freddy mit einem Augenzwinkern.

Ein paar Tage später flog Clara nach London. Die Stadt übertraf alles, was sie erwartet hatte. Schon Hamburg war ihr im Vergleich zu München wie eine riesige Metropole erschienen, aber das Gewimmel in London nahm ihr beinahe den Atem. Die hohen alten Häuser, die vielen Autos, die doppelstöckigen roten Busse, die großen schwarzen Taxilimousinen und die vielen Menschen aus unterschiedlichen Nationen und Kulturen, die die Straßen bevölkerten, das alles war so aufregend, so verwirrend und gleichzeitig doch auch so wunderbar. Sanni hatte Clara in einem alten, aber vornehmen Hotel untergebracht, das schon aus viktorianischer Zeit stammte und direkt am Piccadilly Circus gelegen war. Vom Fenster ihres winzigen, altmodisch eingerichteten Zimmers aus konnte Clara den berühmten Platz überblicken, auf dem zu jeder Tages- und Nachtzeit lebhafter Trubel herrschte. Das Dröhnen der Motoren, das Quietschen von Bremsen und das gelegentliche Hupen eines Autos waren auch durch die geschlossenen Scheiben zu hören. Die großen, bunt beleuchteten Reklametafeln an den Fassaden der Geschäftshäuser flimmerten grell in der beginnenden Dämmerung des späten Februarnachmittags: *Delicious Coca-Cola, Wrigleys Spearmint, Gordons Dry Gin, Smoke Players, Tom Jones live* ... Clara hätte Stunden damit verbringen können, am Fenster zu stehen und das Treiben auf dem Piccadilly Circus zu beobachten. Wie gerne hätte sie jetzt die bunten Lichter fotografiert, die sich im regennassen Asphalt spiegelten. Beinahe schmerzhaft vermisste sie ihre Kamera in diesem Moment. Was für großartige Bilder sie hier hätte machen können! Aber gewiss würde sie Sanni noch einmal besuchen, und dann würde sie alle Fotos nachholen.

Jetzt musste sie sich sputen, damit sie rechtzeitig zur Modenschau kam. Nachdem sie sich umgezogen hatte – sie trug nun das schicke Kleid, das sie bei der Jubiläumsfeier der Tönnsenwerft getragen hatte -, toupierte sie ihre Haare und türmte sie mit viel Haarspray wieder zu einer Bienenkorbfrisur auf, so gut es diesmal ohne Sannis und Marias Hilfe ging, und machte sich auf den Weg.

Zur Vorführung ihrer Sommerkollektion hatte die Modeschöpferin Mary Quant in das altehrwürdige Kaufhaus Harrods geladen. Der legendäre Konsumtempel lag nur zwei U-Bahn-Stationen von ihrem Hotel entfernt im Stadtviertel Knightsbridge, einer wohlhabenden Gegend von London mit prachtvollen Villen aus dem 19. Jahrhundert und schönen grünen Plätzen dazwischen. Das siebenstöckige Kaufhaus, das einen ganzen Straßenblock einnahm, wirkte auf Clara beinahe wie ein Schloss mit seiner prächtigen Fassade, den geschmückten Dachgauben und Türmen, den Fahnen und den dunkelgrünen Markisen vor den spektakulär dekorierten Schaufenstern. Die ganze Pracht des Gebäudes zeigte sich im Inneren. Hunderte Kristalllüster und kostbare Lampen verbreiteten verschwenderischen Glanz zwischen hohen Säulen und geschmückten Wänden, grün livriertes Personal war überall zur Stelle. Und es schien nichts zu geben, was man in diesem Haus nicht kaufen konnte.

Die Schau von Mary Quant fand keineswegs in der Modeabteilung statt, wie Clara erwartet hatte, sondern in der sogenannten »Food Hall« im Erdgeschoss. Als sie die Lebensmittelabteilung betrat, fühlte sie sich augenblicklich versetzt in ein fernes exotisches Land zur Kolonialzeit: Die Decken der einzelnen Hallen waren aus buntem Glas oder mit prächtigen Mosaiken verziert, die Böden aus Marmor, hier und da standen pompöse Skulpturen, Sphinxe oder Pfauen, und die Wände schmückten bunt glasierte Fliesen oder großflächige Gemälde, je nachdem, in welcher Abteilung man sich befand. Kostbare Kandelaber verbreiteten festliches Licht über den vielen üppigen Theken, an denen es alle erdenklichen Köstlichkeiten der Welt zu kaufen oder zu probieren gab, Austern und Hummer auf Eis, Champagner in silbernen Kübeln, französische Trüffelpralinen, seltsam geformte Früchte, die Clara noch nie gesehen hatte ... Das Schlaraffenland erschien ihr nichts dagegen.

Für die Modenschau hatte man in dem breiten Gang zwischen Schokoladenauslage und den Regalen mit französischen Weinen eine Art Laufsteg eingerichtet. An einem Ende trennten zwei lange Vorhänge den Bereich ab, in dem sich die Mannequins und ihre Helfer offenbar auf den großen Auftritt vorbereiteten. Scheinwerfer beleuchteten die Szenerie, deren Licht von den glänzenden gelblichen Kacheln der Wände und Säulen zurückgeworfen wurde. Aus unsichtbaren Lautsprechern tönte bereits leise Musik, als Clara in der hinteren Reihe den Platz fand, der mit ihrem Namensschild für sie gekennzeichnet war. Mit einem scheuen Kopfnicken begrüßte sie die beiden extravagant gekleideten Frauen an ihrer Seite und setzte sich.

Ihr Herz klopfte so aufgeregt, als müsste sie selbst gleich auftreten. Wie mochte sich Sanni gerade fühlen? Ob sie nervös war? Die Vorhänge bewegten sich ein wenig, doch niemand trat hervor. Inzwischen waren alle Stühle besetzt und das Murmeln vieler Menschen erfüllte die Halle. Es waren so viele Besucher gekommen, dass bei Weitem nicht alle einen Platz fanden. Clara ließ ihre Blicke durch das Publikum wandern. Viele der Besucher hielten einen kleinen Schreibblock und einen Stift in Händen, Journalisten, die sich Notizen für ihren Zeitungsbericht machten, oder Einkäufer, die sich gleich aufschreiben würden, welches der vorgeführten Modelle sie für ihre Geschäfte bestellen wollten, vermutete Clara.

Endlich wurde die Musik ausgeschaltet, und ein Ansager trat auf. Clara verstand nicht jedes Wort seiner auf Englisch gehaltenen Ansprache. Aber sie begriff doch, dass er sich als Chef des Kaufhauses vorstellte, dass es ihm eine Ehre war, die neue Kollektion von Mary Quant hier vorführen zu lassen, und dass er dem Publikum eine gute Unterhaltung wünschte. Endlich ging das große Deckenlicht in der Halle aus, und nur noch der Laufsteg war von hellen Scheinwerfern beleuchtet. Das Tuscheln im Saal verstummte. Gleichzeitig ertönte laute, mitreißende Beatmusik, und durch einen Spalt zwischen den Vorhängen trat das erste Mädchen auf. Die junge Frau mit der brünetten Bubikopf-Frisur hatte ein schlichtes hellblaues Kleid mit langen Ärmeln an, dessen Rockteil aber so kurz war, dass Clara nach Luft schnappen musste. Der zarte Stoff bedeckte nur die Hälfte ihres Oberschenkels und wippte bei jedem Schritt. Ihre grazile Taille wurde durch einen breiten Ledergürtel mit auffälliger Schnalle betont. Lässig, mit langen Schritten und wiegenden Hüften stolzierte sie im Rhythmus der Musik über die schwarz-weißen Bodenfliesen. Am Ende der Laufbahn warf sie ein hinreißendes Lächeln ins Publikum, drehte sich einmal um die eigene Achse und marschierte wieder zurück. Clara hob die Hände, um zu applaudieren, doch als sie sah, dass noch niemand anders Beifall klatschte, ließ sie die Hände schnell wieder in den Schoß sinken. Ein Mannequin nach dem anderen trat auf, alle in Miniröcken oder kurzen Kleidchen in bunten Stoffen, manche trugen hochhackige Schuhe, andere flache Slipper oder Sandalen. Die umstehenden Pressefotografen waren eifrig damit beschäftigt, die Mädchen und ihre Garderobe von allen Seiten abzulichten, immer wieder flammten Blitzlichter auf.

Und dann kam endlich Sanni. Clara spürte, wie sie selbst vor Aufregung feuchte Hände bekam. Fast hätte sie ihre Freundin nicht wiedererkannt. Sanni trug das kürzeste und frechste Kleid des Abends, ein Minikleid aus zitronengelbem Stoff, dessen Saum eine Handbreit unterhalb ihres Gesäßes endete. Dazu hatte sie farblich passende Strumpfhosen und kniehohe Stiefel aus glänzendem Plastik an. Auf ihren kurzen Haaren saß keck eine luftige Ballonmütze, unter deren Schirm leuchteten ihre großen hellblauen Augen. Clara fand, dass Sanni mit Abstand das schönste Mannequin von allen war. Und mit diesem Gedanken war sie offenbar nicht allein: Ein Raunen ging beim Auftritt der Freundin durch die Halle, und ein wahres Blitzlichtgewitter brach aus. In ihrem gelben Kleid sah Sanni aus wie ein Sonnenstrahl, der vom Himmel gefallen war. Clara begriff jetzt, weshalb Sanni in England unter dem Künstlernamen Sunny bekannt gemacht wurde: Sie war wirklich ein Sonnenschein, von ihrem Gemüt her und auch optisch.

Am Ende der Schau zeigte sich dann auch Mary Quant, eine junge Frau von nicht einmal dreißig Jahren, die glatten dunklen Haare zu einem akkuraten Pagenkopf geschnitten. Anders als ihre Modelle trug die Modeschöpferin keinen Minirock, sondern ein leicht ausgestelltes dunkelblaues Kleid, das ihr bis zum Knie reichte, mit einer dicken Kette als Gürtel. Nun endlich brandete Applaus auf. Clara klatschte, bis ihr die Handflächen wehtaten.

Als die Show vorbei war, sah sich Clara unschlüssig in der Halle um, die noch immer erfüllt war von Musik, von den Gesprächen und dem Gelächter der vielen Menschen und vom Klicken und Schnurren der Kameras. Sie beobachtete die Fotografen, die die Modedesignerin und ihre Mannequins umlagerten. Sanni stand freudestrahlend mittendrin und genoss ihren Erfolg im Kreis ihrer neuen Londoner Freundinnen und Bekannten. Auch Colin Baker war jetzt dabei, der Mann, der Sanni damals in Hamburg angesprochen hatte. Heute war er kein Fremder mehr für sie, das war nicht zu übersehen. Übermütig umarmte Sanni ihn und drückte ihm einen Kuss auf die Wange, was er lachend geschehen ließ. Sie sah überglücklich aus, und Clara verspürte einen winzigen Stich im Herzen. Wenngleich es mit Sannis Traum, Schauspielerin zu werden, nicht geklappt hatte, so befand sie sich hier doch wie auf einer Bühne und wurde von den Leuten bewundert. Sie hatte es geschafft, sie hatte sich niemals unterkriegen lassen und wurde dafür belohnt mit einem Beruf, den sie liebte.

Clara wurde plötzlich von einer unerwarteten Melancholie erfasst. Was war aus ihren eigenen Träumen geworden? Wehmütig erinnerte sie sich daran, dass sie doch auch einmal hatte Journalistin werden wollen. Eigentlich sollte sie da doch jetzt mit ihrer Kamera mitten im Trubel stehen und Bilder von diesem denkwürdigen Abend machen. Stattdessen stand sie abseits, sie fühlte sich auf einmal fehl am Platz und sehr allein. Warum nur hatte sie ihre Ausbildung so leichtfertig aufs Spiel gesetzt? War es ein Fehler gewesen, sich in Freddy zu verlieben und ihm nach Hamburg zu folgen? Nein, nein, nein, rief sie sich selbst in Gedanken zu. Sie würde ihren Weg schon machen. Wichtig war nur, dass sie so schnell wie möglich ihren Fotoapparat aus dem Pfandhaus holte, wenn sie wieder in Hamburg war.

Clara wandte sich ab und trat auf die Champagnerbar zu. Sie brauchte dringend etwas, das sie ablenkte. Ein Kellner reichte ihr ein Glas. Sie wollte gerade einen ersten Schluck trinken, als sie hörte, wie jemand sie beim Namen rief.

»Clara! Hallo, Clara!«

Diese Stimme kannte sie. Aber das konnte doch gar nicht ...

Sie fuhr so rasch herum, dass der Champagner in ihrem Glas überschwappte und ihr über den Handrücken lief. Im ersten Moment traute sie ihren Augen nicht.

»Leo? Ist das möglich? Du hier?«

Er war es tatsächlich. Wie ein Phantom stand er inmitten der anderen Besucher der Modenschau ein paar Schritte neben der Champagnerpyramide und prostete Clara mit seinem Glas zu. Auch er hatte sich für diesen Abend in Schale geworfen und sah großartig aus in dem dunklen Anzug. Selbst seine widerspenstigen Locken schienen Clara heute ein wenig gebändigt.

Es war so unwirklich, dieses vertraute Gesicht inmitten der vielen unbekannten Menschen zu sehen. So unerwartet und so willkommen war ihr sein Anblick in dieser fremden, beängstigend großen Stadt und in diesem extravaganten Kaufhaus, das ihre Sinne verwirrte und in dem sie sich gerade so verloren vorkam. Mit einem Lächeln im Gesicht bahnte sich Leo einen Weg durch die Menge der Leute, bis er endlich vor ihr stand. Ehe sie ein Wort sagen konnte, hatte er sie in den Arm genommen und an sich gedrückt. »Mensch, Clara ...« In diesem Moment waren all ihre trüben Gedanken verschwunden.

»Sag, was tust du denn hier, Leo?«, rief sie lachend und hielt das tropfende Champagnerglas im ausgestreckten Arm von sich weg. »Ich dachte schon, ich sehe eine Fata Morgana ... Wohnst du jetzt etwa auch in London?«

»Nein, ich bin nur vorübergehend hier. Ich habe beruflich in England zu tun.«

»Das klingt spannend. Bist du fertig mit deinem Studium? Hast du alle Prüfungen geschafft?«

Er nickte. »Ja, sogar mit Auszeichnung. Ich arbeite jetzt als Referendar bei der Frankfurter Staatsanwaltschaft. Da bereiten wir gerade einen großen Prozess vor. Aber davon erzähle ich dir ein anderes Mal. Das passt jetzt nicht hier hin. Und du? Lebst du nicht mehr in Hamburg?«

»Oh doch, ich bin nur zu Besuch hier, um Sannis ersten großen Auftritt bei einer Modenschau mitzuerleben. Sie hat mich eingeladen. Ach, Leo. Ich freue mich wahnsinnig, dich wiederzusehen. Du ... du hast mir gefehlt.«

Die Worte kamen aus Claras tiefstem Herzen. Erst in diesem Moment wurde ihr so richtig klar, wie sehr sie Leo in den vergangenen Monaten vermisst hatte. Und wie sehr sie es bereute, mit ihm gestritten zu haben. Sie hatten einander so viel zu erzählen!

»Du hast mir auch gefehlt, Clara. Das ist wirklich eine glückliche Fügung, dass mein Chef mich ausgerechnet in dieser Woche nach London geschickt hat.«

»Da hast du recht.« Und zerknirscht fügte sie hinzu: »Es tut mir leid, dass ich mich damals wie eine Idiotin benommen habe. Du weißt schon: Als ich dich von Hamburg aus anrief. Du hast es nicht verdient, dass ich so garstig zu dir war. Das wollte ich dir längst schon sagen.«

»Ich weiß. Du warst halt ein bisschen aufgeregt, weil du tief im Herzen wusstest, dass es keine gute Idee war, klammheimlich von zu Hause abzuhauen.«

»Stimmt. Danke, dass du mir nicht mehr böse bist.«

»Das war ich dir nie. Ich kenne dich doch.«

Clara wurde es warm vor Erleichterung. Verlegen wich sie Leos Blick aus.

»Hast du die Modenschau gesehen?«, fragte sie schnell, um von etwas anderem zu reden. »Hat Sanni das nicht toll gemacht?«

»Ja, sie war fantastisch auf dem Laufsteg. Ich las von der Schau heute früh im Hotel in der Zeitung. In dem Bericht war ein Foto, darauf habe ich Sanni wiedererkannt, und da dachte ich, dieses Ereignis darf ich mir nicht entgehen lassen. Deshalb bin ich hergekommen. Ich konnte ihr noch gar nicht gratulieren, sie ist ständig umringt von Presseleuten.«

»Mir geht es genauso«, seufzte Clara.

»Dann stoßen wir schon mal ohne sie an. Auf Sannis Erfolg!« Ihre Gläser klirrten.

»Wo hast du gesessen?«, fragte Clara. »Ich habe dich bei der Vorführung gar nicht unter den Zuschauern gesehen.«

»Ich bin etwas zu spät gekommen und habe mich ganz hinten hingestellt, um nicht zu stören. Und dann habe ich dich entdeckt. Du siehst toll aus mit deiner neuen Frisur. Ich hätte dich im ersten Moment fast nicht wiedererkannt. Erzähl doch mal, wie geht es dir? Bist du glücklich in Hamburg? Was macht deine Karriere als Fotografin? Für welche Zeitung arbeitest du? Und wie kann es sein, dass du ausgerechnet heute keine Kamera dabeihast?«

»Ach, Leo.« Clara trank einen Schluck Champagner, als müsse sie sich erst etwas Mut antrinken, bevor sie weitersprach. Doch dazu kam sie nicht, denn in diesem Augenblick stürzte Sanni mit begeistertem Quieken auf die beiden zu.

»Ja, wen sehe ich denn da? Leo! Kann ich das glauben? Ein hoher Gast aus München! Extra, um mich auf dem Catwalk zu sehen! Ach, du Guter, das rechne ich dir hoch an.«

Sie fiel Leo um den Hals, und er klärte auch Sanni in wenigen Worten über die Zufälligkeit seines Besuches auf. Doch im Trubel, der an der Champagnerbar herrschte, war ein vernünftiges Gespräch unmöglich. Sanni war umringt von den anderen Mannequins, die alle gleichzeitig redeten und lachten und einander zuprosteten, sichtbar erleichtert, dass sie die Modenschau so gut hinter sich gebracht hatten. Hinzu kamen die vielen Presseleute und Fotografen, die nach den Mädchen riefen, um sie abzulichten. Sofort war Sanni wieder abgelenkt und in drei Gespräche gleichzeitig verwickelt.

Leo tippte Clara an die Schulter.

»Was hältst du davon, wenn wir uns hier verabschieden? Es sieht so aus, als hätte deine Freundin heute nicht viel Zeit für uns. Und ehrlich gesagt, ich finde es so unglaublich, dir hier und heute zu begegnen, dass ich dem ganzen Trubel hier gerne entkommen würde.« Es entging Clara nicht, dass sich seine Wangen röteten, während er sprach. »Es gibt hier einen netten Pub ganz in der Nähe, da war ich neulich zum Abendessen. Wollen wir dahin gehen, wir beide? Damit wir uns in Ruhe unterhalten können?«

»Das wäre klasse!« Clara sah sich noch einmal um. Sanni war inmitten der vielen Menschen an der Champagnerbar geradezu abgetaucht. »Wahrscheinlich bemerkt Sanni es gar nicht, wenn wir nicht mehr da sind. Wir sind sowieso für morgen früh verabredet. Also, lass uns losziehen.«

Wenig später saßen Clara und Leo an einem der zerkratzten Holztische im *Hound and Fox*, einer typischen Londoner Kneipe mit einer lang gezogenen Bar auf der einen und kleinen Tischen mit lederbezogenen Sesseln auf der anderen Seite. Der Pub lag im gelblichen Licht der altmodischen Deckenlampen, und die Luft war grau vom Zigarettenqualm der vielen Besucher. Die vergilbten Wände waren dicht behängt mit unterschiedlich großen Gemälden in dunklen Holzrahmen, auf denen Jagdszenen aus alten Zeiten zu sehen waren.

»Nun erzähl mal«, bat Leo, nachdem sie den ersten Schluck ihres *half pints* getrunken hatten. »Was gibt es Neues in Hamburg?«

»Ach, weißt du, meine Zukunftspläne haben sich ein wenig geändert.« Clara drehte das Glas in den Händen und betrachtete die zusammensinkende Schaumkrone.

Leo neigte den Kopf und sah sie fragend an. »Tatsächlich? Wie meinst du das?«

»Es hat nicht gleich geklappt mit meinem Plan, als Fotografin bei einer Zeitung anzufangen.«

»Das tut mir leid«, sagte Leo mitfühlend. »Ich weiß noch, mit welchen großen Hoffnungen du in München dein Fotostudium aufgenommen hast.«

»Ich hätte auf dich hören und das Ganze etwas ernster nehmen sollen.« Clara zuckte mit den Schultern.

»Warte nur ab, du bist ja erst seit ein paar Monaten in Hamburg. Manche Dinge brauchen Zeit.«

»Immerhin habe ich einen Job als Schreibkraft in einer Redaktion gefunden. Da tippe ich an der Schreibmaschine die Artikel der Redakteure. Es ist ganz nett, und ich habe eine tolle Kollegin, mit der ich mich angefreundet habe.«

Sie verschwieg ihm, dass es dabei vor allem darum ging, gut

auszusehen und den Männern kleine Freundlichkeiten zu erweisen.

Leo nickte. »Das ist doch schon mal ein Anfang. Und wenn du es unbedingt willst, darfst du nicht aufhören, an dich zu glauben. Bestimmt kannst du den Leuten irgendwann noch zeigen, wie gut du als Journalistin bist.«

»Danke, es ist nett, dass du so zuversichtlich bist, und natürlich gebe ich die Hoffnung nicht auf.« Clara wusste, dass sie nicht sehr überzeugt klang. »Immerhin verdiene ich damit genug Geld, um mir ein hübsches kleines Zimmer in Hamburg leisten zu können. Und meistens macht mir die Arbeit auch Spaß.«

»Und sonst? Was ist mit deinem Freddy? Seid ihr noch ...«

»Oh, ja, mit Freddy ist alles gut. Er hätte mich gerne hierher nach London begleitet, aber er ist in der Firma seines Vaters unabkömmlich. Er gehört da ja neuerdings zur Geschäftsführung.«

Leos Blicke wanderten zu Claras Händen, die ihr Bierglas umfassten. »Ich sehe keinen Ring, also seid ihr wohl noch nicht verlobt?«

Clara schoss die Hitze ins Gesicht. »Nein, noch nicht. Freddy findet so was reichlich altmodisch. Und er hat ja recht. Wer braucht heutzutage noch einen Verlobungsring, um zusammen zu sein! Und wie sieht es bei dir aus?«, fügte sie hastig hinzu, um von sich selbst abzulenken. »Du trägst auch keinen Ring!«

Leo lachte kurz. »Nein, ich habe gerade gar keine Zeit, um mich nach einer Frau umzusehen. Ich arbeite erst seit ein paar Wochen bei der Staatsanwaltschaft Frankfurt, das ist so spannend, und es ist gerade so viel zu tun, dass ich mich um nichts anderes kümmern kann.«

»Das hört sich wirklich aufregend an. Und weshalb hat man dich nach England geschickt? Was ist das für ein Prozess, von dem du da vorhin erzählt hast?«

Leo trank einen Schluck Bier und wischte sich dann den Schaum von der Oberlippe. Er war wieder ernst geworden.

»Ich bin auf der Suche nach Zeugen. Für eine sehr wichtige Gerichtsverhandlung.«

»Tatsächlich? Ausgerechnet in England? Worum geht es denn da?«

Leo sah sie an. »Das ist ein Prozess, den es so noch nie gegeben hat in Deutschland. Eine unvorstellbar grausame Sache. Möchtest du das wirklich wissen?«

»Ja, natürlich. Es interessiert mich, was du machst.«

Leo schien auf der Suche nach den richtigen Worten. Schließlich fragte er: »Erinnerst du dich daran, wie wir in München darüber sprachen, dass noch immer viele Menschen unbehelligt in Deutschland leben, die damals in der Hitlerzeit große Schuld auf sich geladen haben?«

»Na klar erinnere ich mich an unser Gespräch. Es macht mich immer noch richtig wütend, wenn ich mir das vorstelle.«

Als Leo weitersprach, war seine Stimme so leise, dass Clara Mühe hatte, seine Worte im Lärm des Pubs zu verstehen. »Clara, da leben Leute unter uns, die damals barbarische Verbrechen begangen haben. Die haben Menschen ermordet, Juden. Männer, Frauen, Kinder, Alte und Junge, zu Tausenden, wie in einer Tötungsfabrik, weil sie diese Menschen ausrotten wollten. Hast du davon gewusst?«

Es schnürte Clara die Kehle zu. Sie schüttelte wortlos den Kopf.

»Es gab mehrere solche Vernichtungslager in Deutschland und in den im Krieg besetzten Gebieten. Niemand weiß genau, wie viele Tausend oder sogar Millionen Menschen darin umgebracht wurden. Die Männer, die jetzt angeklagt werden, laufen frei herum, als wäre nichts geschehen. Sie arbeiten als Lehrer oder Bankbeamter, als Apotheker, Richter oder Buchhalter.« Er zuckte mit den Schultern. »Jeder von ihnen könnte dein Nachbar sein, der dir immer ganz freundlich ›Guten Morgen‹ sagt. Aber damals, Clara, damals haben sie in einem dieser Lager gearbeitet, in einem Ort namens Auschwitz, als Wachmänner oder in anderen wichtigen Positionen. Sie tragen die Verantwortung für die Ermordung von Tausenden Menschen. Das werden wir in diesem Prozess nachweisen. Damit diese Verbrecher für immer hinter Schloss und Riegel kommen.«

Am Nebentisch brach Gelächter aus. Zwei Männer prosteten einander in bester Laune zu. Es wirkte grotesk nach dem erschütternden Bericht, den Leo gerade gegeben hatte.

»Davon wusste ich nichts«, flüsterte Clara bestürzt. Sie hatte plötzlich einen bitteren Geschmack im Mund, und das lag nicht nur an dem Schluck Bier, den sie gerade getrunken hatte. »Ich wusste, dass Hitler die Juden verfolgt hat. Aber mir war nicht klar, welche Ausmaße das damals hatte. Du meinst wirklich, sie haben Tausende oder gar Millionen Menschen ...?«

Sie brachte es nicht über die Lippen. Aber Leo hatte sie verstanden, er nickte. Schweigend starrte Clara in ihr halb geleertes Bierglas. Plötzlich war die Modenschau im Harrods ganz weit weg. Es klang so ungeheuerlich, was Leo erzählt hatte, so monströs, dass es jeden heiteren Gedanken auslöschte. Wie konnte man Spaß haben und lachen – wenn es doch gleichzeitig auf der Welt solche Verbrechen gab, die ungesühnt waren.

»Ich bin in England, um Kontakt zu einem Zeugen herzustellen«, fuhr Leo fort. »Zusammen mit ein paar anderen Juristen der Staatsanwaltschaft. Ein Überlebender von damals ist nach dem Krieg hier in der Nähe von London gelandet, und er soll demnächst beim Prozess in Frankfurt als Zeuge aussagen. Er hat das Grauen in Auschwitz miterlebt, und ich muss ihn davon überzeugen, dem Richter in Frankfurt seine Erlebnisse zu schildern, so schrecklich es für ihn vermutlich auch sein wird, sich an das alles zu erinnern. Aber es ist wichtig. Dieser Mann, Samuel Kornblum heißt er, ist ein Zeuge von vielen. Und wir brauchen seine Aussage und die der anderen Zeugen, um die Schuld der Angeklagten zu beweisen. Die Staatsanwaltschaft bereitet das Verfahren schon seit fünf Jahren vor. Das wird ein großes historisches Ereignis, das Deutschland erschüttern wird.«

Clara nickte stumm. Nachdenklich drehte sie das Bierglas in ihren Händen. Schließlich sagte sie: »Und du bist dabei. Du hilfst mit, diese schrecklichen Taten aufzuklären. Du hast so viel Verantwortung! Oh, Leo, ich wünsche dir alles Glück der Welt dabei. Ich hoffe so sehr, dass du den Mann findest, den du suchst, und dass er euch bei dem Prozess unterstützt. Du glaubst gar nicht, wie sehr ich dich dafür bewundere.«

»Es geht mir nicht um Bewunderung. Es geht um Gerechtigkeit. Ich will dafür sorgen, dass Schuldige bestraft werden. Diese Männer, die da vor Gericht kommen, haben sich viel zu lang sicher gefühlt in Deutschland. Aber das ändert sich jetzt, Clara. Wir werden jeden Stein umdrehen, um Beweise für ihre Verbrechen zu finden und diese Mörder hinter Schloss und Riegel zu bringen.«

»Es wird dir gelingen, da bin ich mir sicher. Du bist so gut in dem, was du tust.« Sie räusperte sich verlegen. »Es gab mal eine Zeit, da dachte ich, du bist ein weltfremder und langweiliger Spießer. Aber ich habe mich geirrt. Du hast dich nur darauf konzentriert, das zu lernen, was dir wichtig ist. Was für unser ganzes Land wichtig ist. Und jetzt kannst du dafür sorgen, dass die Gerechtigkeit siegt. Du wirst es schaffen, davon bin ich überzeugt. Ich bin so unglaublich stolz auf dich.«

Ein wenig Verbitterung hatte in ihrer Stimme mitgeklungen. Wie sehr sie Leo darum beneidete, mit sich im Reinen zu sein. Er arbeitete an einer so großen und so bedeutenden Sache. Schon immer hatte er gewusst, was sein Weg war, und er hatte ihn unbeirrt verfolgt. Er wusste, was ihm wichtig war, und würde sein Ziel erreichen. Und sie? Wann war sie von ihrem Kurs abgekommen? Wieder tauchten diese trüben Gedanken auf wie Gewitterwolken am Horizont. Gleichzeitig schämte sich Clara für ihr Selbstmitleid. Wie gering waren ihre Sorgen angesichts des Leids der vielen Menschen, von dem Leo gerade erzählt hatte.

»Danke, Clara. Es bedeutet mir viel, dass du das sagst.« Er legte seine Hand auf ihre und drückte sie. »Ich freue mich, dass wir uns hier getroffen haben. Es macht mir Mut, zu wissen, dass du an mich glaubst. Ich werde viel Glück und alle deine guten Wünsche brauchen während des Prozesses. Und weißt du was? Du wirst es auch schaffen. Irgendwann werden auch deine Träume wahr werden, das spüre ich genau. Du bist doch ein so starkes Fräulein, du bist schon so weit gekommen. Du wirst dich durchbeißen und deine Chance als Fotografin bekommen. Und ich denke, dein Freddy unterstützt dich dabei, oder?«

Clara nickte vage. Sie spürte die Wärme von Leos Hand auf ihrer und fragte sich, wie sie sich jemals hatte mit diesem Menschen streiten können. Unwillkürlich begann sie, ihn mit Freddy zu vergleichen. Ach, wenn doch auch Freddy so sehr an sie glauben würde! Sie unterdrückte einen Seufzer. Wie wenig bedeutete ihm doch ihr Traum, als Journalistin zu arbeiten! Er war großzügig und mitreißend, ja, aber bei allem Spaß, den sie miteinander hatten, waren ihm ihre Zukunftspläne im Grunde herzlich egal. Eigentlich ging es immer nur um ihn, um seine Pläne und seine Ideen, und Clara folgte ihnen immer gerne, weil das Leben mit ihm so leicht und heiter war, prickelnd wie ein Glas Coca-Cola. Aber in diesem Moment fühlte sie, dass sie etwas an Freddy vermisste. Vertrauen und Anerkennung. Warum konnte er ihr nicht so viel Wertschätzung entgegenbringen wie Leo?

Am anderen Ende des Pubs wurde es wieder laut. Vier Männer, die den Abend damit verbracht hatten, kleine Pfeile auf eine Zielscheibe zu werfen, waren in Streit geraten. Der Barkeeper musste kommen und die Auseinandersetzung schlichten. Die Unruhe im Lokal brachte Clara zurück in die Gegenwart.

»Ich glaube, ich muss allmählich gehen«, sagte Leo nach einem Blick auf seine Armbanduhr und leerte den Rest in seinem Glas mit einem Zug. »Es ist schon elf durch, und ich muss um halb sechs raus, um den Morgenzug nach Rochester zu bekommen. Da besuche ich Herrn Kornblum.«

Leo bezahlte und brachte Clara noch zurück zum Hotel.

»Lass uns bald wieder voneinander hören«, sagte er. »Ich möchte unbedingt wissen, wie es bei dir in der Zeitungsredaktion weitergeht.«

»Gerne. Und du musst mir dann erzählen, ob ihr bei eurem Prozess Erfolg habt.«

»Klar, mach ich.«

Vor der Eingangstür verabschiedete sich Leo von ihr mit einer hastigen Umarmung, bevor er mit raschen Schritten auf den Eingang zum U-Bahnhof Piccadilly Circus zuging.

Clara konnte nicht einschlafen, als sie kurz darauf in ihrem Hotelzimmer im Bett lag. Von unten drang der Verkehrslärm des großen Platzes zu ihr herauf, und durch die dünnen Fenstervorhänge schimmerten die bunten Lichter der Leuchtreklamen. Mit offenen Augen lag sie da und starrte an die Decke. Was für ein Tag. Statt einen lustigen Abend mit Sanni zu verbringen, wie sie es erwartet hatte, war es ein so ernstes Gespräch mit Leo geworden. Was für ein Zufall, dass er ausgerechnet an diesem Wochenende auch in London war. Sie sah sein Gesicht vor sich, die Nickelbrille auf der leicht gekrümmten Nase, die drahtigen Lockenhaare. Einerseits war er ganz der Alte geblieben, und doch hatte er sich verändert. Er war erwachsener geworden, reifer, noch vernünftiger, als er damals schon gewesen war. Ob das mit dem schrecklichen Prozess zu tun hatte, den sie da in Frankfurt gerade vorbereiteten? Auch wenn es ein schweres Gesprächsthema gewesen war, es hatte so gutgetan, endlich wieder einmal Zeit mit ihm zu verbringen. Wie sehr sie ihren Freund in den vergangenen Monaten vermisst hatte. Wann würden sie einander wiedersehen? An Leo zu denken, erfüllte Clara auf einmal mit einer merkwürdigen Wehmut, die sie sich nicht erklären konnte.

Den nächsten Vormittag verbrachte sie zusammen mit Sanni bei einem Spaziergang durch die Stadt. Sie besuchten die wichtigsten Sehenswürdigkeiten, den Uhrturm Big Ben und die Tower Bridge, sie beobachteten den Wachwechsel vor dem Buckingham Palast und fütterten Enten im Hydepark, während die Strahlen der Frühlingssonne durch die noch kahlen Bäume tanzten. Bevor Clara zum Flughafen aufbrechen musste, saßen sie in Mantel und Wollschal warm verpackt auf einer Bank am See und blickten über das Wasser.

»Es ist schade, dass ich gestern Abend nur so wenig Zeit für dich hatte, Clara. Tut mir leid. Aber du hast ja gesehen, wie es nach der Schau zuging.«

»Du musst dich wirklich nicht entschuldigen. Ich bin froh, dass ich dir beim Vorführen der Kleider zusehen durfte. Und du warst das beste Mannequin von allen.«

»Danke. Das ist lieb von dir. Hast du mir nicht angesehen, wie wahnsinnig aufgeregt ich war?«

»Kein bisschen.«

»Gut. Colin war auch sehr zufrieden mit mir. Ich glaube, es ist das größte Glück meines Lebens, dass ich ihm begegnet bin.«

Bei diesen Worten lag ein seliger Ausdruck in Sannis Gesicht. Clara betrachtete ihre Freundin forschend.

»So wie du aussiehst, meinst du das nicht nur beruflich, oder? Ich habe euch gestern nach der Modenschau beobachtet. Wie ihr euch in die Augen geschaut habt ...«

Sanni nickte. »Ja, das wollte ich dir gerade erzählen. Er ist so viel mehr für mich als nur der Mann, der dafür sorgt, dass ich als Vorführdame und Fotomodell gebucht werde. Er ist ... wir sind ...«

Selten hatte Clara erlebt, dass Sanni die richtigen Worte fehlten.

»Verliebt? Ihr seid ein Liebespaar?«, half sie nach.

Sanni nickte glücklich. »Und es ist mir ganz ernst mit ihm. Das ist nicht nur ein Flirt oder eine Affäre. Das ist was ganz Großes.«

»Ich freu mich sehr für dich!« Clara schlang die Arme um Sanni und drückte sie fest an sich. Dabei trat ihr ein vertrauter Duft in die Nase. Sie schnupperte.

»Oh. Chanel No 5?«

»Ja. Ich habe mir sofort einen neuen Flacon gekauft von dem ersten Scheck, den ich für meine Fotoaufnahmen in London bekommen habe.« Sanni lachte leise. Doch es schwang ein wenig Bitterkeit mit. »Eigentlich müsste ich meinem Vater ja dankbar sein, dass er damals das Fläschchen ausgeschüttet hat. Sonst wäre ich vermutlich nicht von zu Hause weggegangen, nicht in Hamburg gelandet, ich wäre nicht auf dem Beatleskonzert gewesen, wäre nicht Colin begegnet und niemals nach London gekommen ... Im Grunde habe ich seinem Jähzorn mein ganzes Glück zu verdanken. Meine Karriere, meine Liebe, meine Zukunft. Ist das nicht absurd?«

»Es ist wunderbar, dass du das alles geschafft hast und dass es dir gut geht. Aber ...« Mit einem schiefen Lächeln sah sie Sanni an. »Dann wirst du so schnell nicht wieder nach Hamburg zurückkehren, oder?«

»Vermutlich. Ich bin in der nächsten Zeit auch vertraglich hier gebunden. Bitte sei nicht traurig. Es ist meine riesengroße Chance. Ich habe plötzlich Möglichkeiten, von denen ich vor ein paar Monaten nicht einmal geträumt habe. Stell dir vor, ich mache demnächst bei einer internationalen Kampagne für Bademode mit. Für die Fotos fliegen wir in die Karibik. Ist das nicht aufregend?«

Clara schüttelte ungläubig staunend den Kopf. »In die Karibik? So weit weg? Das ist verrückt, Sanni. Und ganz wunderbar. Was für ein Leben du auf einmal führst!«

»Ja. Ich denke auch manchmal, ich muss mich kneifen, weil ich es selbst nicht glauben kann. Bin ich wirklich noch die Sanni Achinger aus München-Schwabing, die sich mit ihrem Vater wegen ein paar Marilyn-Monroe-Fotos an der Wand gezankt hat? Es ist, als wäre ich ein anderer Mensch geworden.«

Sie blickten über den See, wo sich zwei Enten unter heftigem Flügelschlagen vom Wasser erhoben und in einem großen Bogen davonflogen.

»München, Schwabing, zu Hause ... Das ist alles so weit weg«, sinnierte Clara. »Hast du eigentlich in letzter Zeit Kontakt zu deinen Eltern gehabt? Was sagen die denn zu deinem Erfolg?«

Sanni zuckte mit den Schultern.

»Ich habe an Weihnachten mit ihnen telefoniert und erzählt, dass ich in London als Mannequin engagiert bin. Aber sie haben nur gesagt, wenn es mein Traum ist, als Kleiderständer für andere

Leute zu arbeiten, können sie mir auch nicht helfen. Ich glaube, wenn die Bademoden-Reklame in der Öffentlichkeit anläuft, brauche ich mich zu Hause überhaupt nicht mehr blicken zu lassen.«

»Das ist traurig«, antwortete Clara mitfühlend. Doch Sanni schüttelte energisch den Kopf, so als wolle sie alle trüben Gedanken von sich abtropfen lassen. »Das ist egal. Ich brauche meine Eltern nicht, um glücklich zu sein. Ganz im Gegenteil. Ohne sie geht es mir besser denn je. Ich stehe auf eigenen Beinen und verdiene mehr Geld, als ich es jemals erwartet hätte. Und für die Liebe habe ich Colin. Es geht mir großartig, Clara. Ich kann mir kein erfüllenderes Leben vorstellen. Außer natürlich, dass mir meine beste Freundin fehlt.« Sie drückte Claras Hand. »Und du? Ich habe gesehen, wie du gestern mit Leo verschwunden bist. Hattet ihr noch einen schönen Abend?«

»Ja. Wir haben uns lange unterhalten, über seinen Job und über meinen ... Es war, als wenn wir uns nie gestritten hätten. Was für ein verrückter Zufall, dass er gerade jetzt in London ist und von deiner Modenschau erfahren hatte. Er bereitet gerade einen furchtbar wichtigen Prozess in Frankfurt vor, dafür suchen sie sogar Zeugen in England. Es sollen einige Männer vor Gericht kommen, die in der Nazi-Zeit schreckliche Sachen gemacht haben. Das Verfahren ist geradezu historisch, sagt Leo. Er meint, das wird unser Land verändern, weil endlich die deutsche Vergangenheit aufgearbeitet wird.«

»Hey, deine Augen leuchten ja richtig, wenn du von Leo erzählst.«

»Quatsch.« Clara wurde verlegen. »Ich bin bloß froh, dass wir nicht mehr zerstritten sind. Ich habe mich damals nach meinem Aufbruch aus München wirklich wie ein Esel benommen. Zum Glück ist er nicht nachtragend.«

21.

Freddy empfing Clara am Hamburger Flughafen. Schon von Weitem sah sie, wie er ihr hinter der Sperre mit einer langstieligen roten Rose in der Hand zuwinkte. Beim Anblick seines vertrauten schönen Gesichts mit dem hinreißenden Lächeln bekam sie weiche Knie. Sie ließ ihre Tasche fallen und fiel ihm in die Arme.

»Lieb, dass du mich abholst! Was für eine Überraschung! Es ist schön, wieder da zu sein. Auch wenn es klasse war in London. Das ist so eine aufregende Stadt! Und Sanni war fantastisch auf dem Laufsteg.«

»Ich hoffe, du hast mich ein bisschen vermisst?«

»Na klar!« Sie gab ihm einen Kuss. »Und ich hab dir so viel zu erzählen.« Kurz dachte sie an Leo. Doch sie beschloss, Freddy nichts von ihrem Treffen zu sagen. Warum sollte sie! Vermutlich interessierte es ihn ohnehin nicht besonders, dass sie sich mit ihrem Kindheitsfreund ausgesöhnt hatte.

»Aber, sag mal, müsstest du jetzt nicht eigentlich noch im Büro sitzen?«

»Tja, man muss Prioritäten setzen«, erklärte er grinsend. »Und ich kann mir heute nichts Wichtigeres vorstellen, als mein Mädchen wieder in Empfang zu nehmen. Ich hatte nämlich schon Sorgen, dass sie dich gleich in London behalten und auch auf den Laufsteg schicken, weil du so furchtbar hübsch bist.«

»Du schwindelst, du alter Schmeichler!« Clara kicherte und schmiegte sich glücklich an ihn, während sie durch die Halle auf den Ausgang des Flughafengebäudes zugingen. »Brauchst du heute nicht mehr in die Firma zu gehen?«

»Nein. Für heute habe ich Schluss gemacht. Und ehrlich gesagt, am liebsten würde ich überhaupt nicht mehr hingehen.«

Erschrocken blieb Clara mitten in der Drehtür stehen. »Wie meinst du das?«

»Am liebsten würde ich in der Werft kündigen.« Freddy zog sie mit sich ins Freie, wo sein bunter Bulli am Fahrbahnrand parkte. »Mein Alter und ich – wir haben einfach zu viele Meinungsverschiedenheiten.«

»Aber das verstehe ich nicht. Ich dachte, ihr hättet euch zusammengerauft. Auf der Jubiläumsfeier sah es aus, als würdet ihr euch gut verstehen.«

Er zuckte mit den Schultern. »Zwischendurch ging es ja auch. Aber in den letzten Wochen haben wir uns nur noch gestritten. Ständig sagt er mir, was ich zu tun habe.« Er änderte seine Stimme und ahmte den hanseatischen Tonfall seines Vaters nach, als er weitersprach: »Heute Nachmittag kommt der neue Lieferant zur Besichtigung. Sieh zu, dass im Lager alles tipptopp aussieht. Und frag doch mal nach, ob die Verträge von Steinke & Co. schon vorliegen ... Tu dies! Tu das! Als wäre ich noch der kleine Sohnemann, der sein Zimmer aufräumen soll, weil die Oma zu Besuch kommt. So geht das den ganzen Tag. Man könnte glatt vergessen, dass mein Vater vor ein paar Monaten dem Tod noch knapp von der Schippe gesprungen ist, so unermüdlich wie er wieder schuftet. So will ich jedenfalls nicht leben.«

»Hast du schon mit deinem Vater darüber gesprochen?«

»Nein, nicht direkt, ich will ja nicht riskieren, dass er vor Schreck wieder einen Herzinfarkt bekommt. Aber ich habe ihm gesagt, dass ich im Sommer eine längere Zeit Urlaub nehmen werde, damit ich im Herbst gut erholt seine Nachfolge antreten kann, wenn er sich endgültig aus dem Betrieb zurückgezogen hat.«

»Und damit ist er einverstanden?«

Freddy verzog das Gesicht zu einer Grimasse. »Natürlich nicht. Aber er kann mich ja schlecht einsperren, oder? Das einzig Ärgerliche an der Sache ist, dass er mir den Autoschlüssel für den kleinen Flitzer abgenommen hat. Wenn ich meinen Job als Geschäftsführer nicht ernst nehme, hätte ich auch kein Anrecht auf seinen Porsche, hat er gesagt. Ich sag ja, er behandelt mich manchmal wie einen ungezogenen Jungen. Aber damit kann ich leben.«

Freddy öffnete eine Wagentür, die dabei neuerdings ein wenig quietschte, und warf Claras Reisetasche ins Auto. Grinsend drehte er sich zu ihr um. »Und dann können wir endlich das machen, was wir schon so lange tun wollten, mein Schatz: Wir fahren mit dem Bulli in der Welt herum. Am liebsten würde ich sofort starten. Ab in den Süden, wo es warm ist und nicht so sibirische Temperaturen sind wie hier. Brr, ich hab den Frost so satt. Und da, wo es uns gefällt, halten wir an. Hauptsache, wir sind zusammen und die Sonne scheint. Drei oder vier Monate sollten wir für die Reise unbedingt einplanen.«

»So lange? So viel Urlaub bekomme ich im Zeitungsverlag ganz gewiss nicht. Und wovon sollen wir leben in der Zeit?«

Mit großen Augen war Clara neben dem Wagen stehen geblieben.

»Ich plündere einfach mein Sparkonto«, erklärte Freddy leichthin. »Das reicht für eine Weile. Vergiss nicht, dass ich Automechaniker bin, ich finde überall Arbeit, wenn uns das Geld ausgeht. Und deine Stellung im Verlag? Na, die kündigst du einfach.

Das wird dir doch wohl nicht schwerfallen. Du arbeitest da doch sowieso bloß als kleine Tippse.«

Clara schluckte. Freddy hatte ja recht, das war nicht der Beruf, für den sie brannte. Und doch verletzte sie die herablassende Art, mit der er darüber sprach. Leo hätte niemals so verächtlich geredet, ganz gleich womit sie ihr Geld verdiente.

»Das stimmt«, sagte sie. »Aber ich hoffe ja immer noch, dass ich irgendwann die Gelegenheit bekomme zu beweisen, dass ich eine gute Reporterin bin.«

Er öffnete ihr die Beifahrertür. »Ich mag deine beruflichen Ambitionen, wirklich. Aber dein Traum, Journalistin zu sein, ist dir doch hoffentlich nicht wichtiger als ich. Im Zweifelsfall würdest du doch alles stehen und liegen lassen, um mit deinem Liebsten die Welt zu bereisen, oder?«

»Ja, natürlich.« Clara stockte. Diese Antwort fühlte sich merkwürdig an. Aber ein Nein wäre auch falsch gewesen. »Das eine hat nun wirklich nichts mit dem anderen zu tun«, fügte sie rasch hinzu.

Freddy lachte schon wieder. »Hey, komm schon, freu dich! Auf jeden Fall werden wir eine famose Reise haben, wir nehmen uns so viel Zeit, wie wir wollen.«

Nachdenklich setzte sich Clara auf den Beifahrersitz und drehte die Rose in ihrer Hand. Sie beobachtete, wie Freddy einstieg und den Motor startete.

»Vertrau mir einfach, Clara. Wir sind jung, wir haben Lust, was Aufregendes zu erleben. Und das sollten wir tun, solange es geht. Jeden Tag hinter dem Schreibtisch zu sitzen und im Büro zu versauern, das können wir machen, wenn wir alt und faltig sind.«

Freddy war so vergnügt und lebensfroh, wie sie ihn damals in München kennengelernt hatte. All das Angepasste und Etablierte, das er in den vergangenen Monaten an den Tag gelegt hatte, war verschwunden. Er schaltete das Autoradio ein und summte mit, als das Lied der Schlagersängerin Nana Mouskouri aus den Lautsprechern dudelte: »Ich schau den weißen Wolken nach und fange an zu träumen ...«

Freddy gab Gas, um noch über die nächste Kreuzung zu fahren, bevor die Ampel von Gelb auf Rot sprang. »Weißt du was? Nächstes Wochenende starten wir schon mal auf Sylt.« Er zwinkerte Clara zu. »Meine Eltern haben da ein Ferienhäuschen. Du wirst es lieben.«

»Aber sind die beiden denn damit einverstanden? Sie erlauben doch nicht einmal, dass ich bei euch in Blankenese übernachte.«

Freddy lachte leise. »Ich habe nicht vor, sie um Erlaubnis zu bitten. Sie sind gestern mit Bekannten zum Skiurlaub in die Schweiz gefahren.«

Clara schwieg. Ein heimliches Wochenende auf Sylt, das klang gut. Die freien Tage mit Freddy würden sicherlich wunderbar werden. Und doch verspürte sie noch etwas anderes, ein dumpfes Gefühl von Unbehagen. Er hatte sie nicht einmal gefragt, ob sie Lust darauf hatte.

• • •

Mit der Lohntüte am Ende der Woche hatte Clara endlich genug Geld zusammen, um ihre Kamera aus dem Pfandhaus zu holen. Am liebsten wäre sie am Freitag gleich nach Feierabend dorthin gefahren, doch als sie aus dem Verlagshaus kam, stand Freddy dort an seinen VW-Bus gelehnt.

»Hereinspaziert, meine Liebste! Wir sind startklar für unser Liebeswochenende auf der Insel. Der Tank ist voll, und ich hab das Auto sogar noch extra geputzt für dich. Siehst du, wie es glänzt?«

»Das ist so nett von dir. Aber ich muss vorher noch kurz zum Pfandleiher. Am Montag läuft der Vertrag aus, den ich mit ihm geschlossen habe. Wenn ich ihm nicht rechtzeitig das Geld bringe, verkauft er meine Kamera am Ende noch.«

Freddy machte eine wegwerfende Handbewegung. »Heute ist doch erst Freitag. Und wir sollten besser keine Zeit vertrödeln, es ist noch ein langer Weg bis Sylt. Wir müssen uns beeilen, wenn wir heute Abend den letzten Autozug über den Hindenburgdamm bekommen wollen. Um deine Kamera kümmerst du dich, wenn wir wieder zurück sind.«

Clara ließ sich überzeugen. In Windeseile packte sie in ihrem Zimmer ein paar Kleider zusammen, und während sie auf der Landstraße Richtung Norden entlangrollten, schwärmte Freddy von Sylt und erzählte, was er dort schon alles erlebt hatte, und je näher sie der Insel kamen, desto größer wurde Claras Vorfreude.

Es wurde ein traumhaftes Wochenende. Das Haus der Tönnsens, eine kleine, reetgedeckte Kate, lag in der Nähe von Westerland gleich hinter den Dünen, und die beiden verbrachten das Wochenende damit, am endlosen Strand entlangzuspazieren. Das Meer wogte schieferfarben, weiß gestreift von den Schaumkronen der anrollenden Wellen. Ein kalter Wind ging, und obwohl sie sich so warm angezogen hatte, wie sie konnte, fröstelte Clara bald bis auf die Knochen. Sie schlang den Wollschal enger um ihren Hals. Freddy schien nichts dergleichen zu empfinden. Er zog Schuhe und Strümpfe aus, krempelte sich die Hosenbeine seiner Bluejeans auf und hopste, mal lachend, mal fluchend, ein paar Schritte durch das eisige Wasser, das im Rhythmus der Wellen über den Sand rollte und beständig kleine Muschelschalen und anderes lebloses Meergetier anschwemmte, während über ihnen die Möwen kreischten. Später saßen sie eingemummelt in eine warme Decke im Häuschen der Tönnsens vor dem gemütlich lodernden Kaminfeuer und tranken kräftigen schwarzen Tee aus dickem bauchigem Porzellangeschirr. Zum Abendessen kochten sie gemeinsam Makkaroni mit Tomatensauce, ein einfaches Rezept, dessen Zubereitung Clara oft genug im Bella Napoli beobachtet hatte. Dazu plünderten sie die Weinvorräte in der kleinen Küche.

»Deine Eltern werden merken, dass wir hier waren, wenn sie das nächste Mal herkommen«, gab Clara zu bedenken und schwenkte den Rotwein in ihrem Glas.

Freddy prostete ihr zu. »Na und? Dann meckern sie eben, wenn sie merken, dass ein paar Weinflaschen fehlen. Es ist mir jeden Ärger wert, mit dir hier zu sein.«

Sie küsste ihn lachend.

In der Nacht, als Freddy längst schlief, nachdem sie sich stundenlang geliebt hatten, lauschte Clara seinem gleichmäßigen Atem und dem Wind, der das Gebälk der alten Kate knacken ließ. Sie drehte sich zur Seite und betrachtete sein vertrautes Gesicht, das von einem milchigen Mondstrahl beleuchtet wurde, der sich für einen Moment durch die Wolken schob. Selbst im Schlaf schien Freddy zu lächeln. Er ging einfach seinen Weg, und alle Widerstände schienen sich von selbst in Luft aufzulösen. Warum konnte sie ihr Leben nicht auch so leichtnehmen! Ob sie es tatsächlich wagen würde, hier alles hinter sich zu lassen und mit ihm zu dieser langen Reise ins Ungewisse aufzubrechen? Wo mochten sie in ein paar Monaten sein? Vielleicht tatsächlich in Marokko? Oder in Griechenland? In der Türkei womöglich? Und doch keimte bei diesen aufregenden Zukunftsvisionen ein Gedanke auf, der sie seufzen ließ. Was würde aus ihrem Traum werden, als Journalistin zu arbeiten, wenn sie hier in Hamburg alles stehen und liegen ließ, um Freddy auf seinen abenteuerlichen Wegen zu begleiten? Sicher, sie würde von unterwegs tolle Fotos machen, und sie könnte vielleicht eine Reisereportage schreiben, die in irgendeinem Magazin veröffentlicht wurde, wenn sie Glück hatte. Aber was dann? Wie lange würde es gut gehen, sich an Freddys Seite treiben zu lassen, von Luft und Liebe zu leben? Würde sie damit glücklich werden? Oder würde sie immer etwas vermissen? Unvermittelt tauchte Leos Gesicht vor ihrem inneren Auge auf, und seine Worte kamen ihr in den Sinn, an denen sich damals ihr Streit entzündet hatte: »Irgendwann bereust du, dass du seinetwegen alles hingeworfen hast, und wenn er dich darin bestärkt, dann ist er nicht der richtige Mann für dich.« So ähnlich hatte Leo gesprochen, und damals hatte sie das wütend gemacht. Heute sah sie klarer und konnte in aller Ruhe darüber nachdenken. Clara dachte an den Kompass, den Leo ihr geschenkt hatte. War sie noch auf dem richtigen Kurs? Oder war sie bereits dabei, sich von ihrem Plan, Journalistin zu werden, zu verabschieden? Nein, schoss es ihr durch den Kopf. Sie beschloss, ihre Kamera gleich am Montag früh auszulösen, noch bevor sie zum Verlag fuhr. Der Gedanke, bald endlich wieder fotografieren zu können, ließ sie schließlich zufrieden einschlafen.

Doch als sie am Sonntagabend nach Hamburg zurückfahren wollten, streikte der VW-Bus. Freddy drehte den Zündschlüssel, aber anstatt anzuspringen, gab der Motor nur ein Röcheln von sich.

»Verdammt! Was ist denn da los?« Er stieg aus, öffnete die untere Heckklappe und betrachtete den Motor. Doch draußen war es bereits so dämmerig, dass im Gewirr von Schläuchen, Drähten und Metallteilen nicht viel zu erkennen war.

»Dann fahren wir eben einen Tag später nach Hause«, sagte er und ließ die Klappe wieder zuschnappen. »Ich sehe mir das morgen genauer an. Bestimmt streikt die alte Batterie, weil es so kalt ist. Montags hat auch die Werkstatt in Westerland geöffnet, da geben sie mir sicherlich Starthilfe, und ich bekomme hoffentlich auch Ersatzteile, wenn ich welche brauche.«

»Aber ich muss doch morgen früh um neun in der Redaktion sein!«, rief Clara entsetzt.

»Ach was, entspann dich! Du rufst einfach an und sagst, dass du dir den Magen verdorben hast und leider erst am Dienstag kommen kannst. Das ist kein Weltuntergang. Das habe ich auch schon mal gemacht.«

»Ich hasse es zu lügen. Und was ist mit meiner Kamera? Ich muss doch morgen meine Kamera auslösen.«

»Nur die Ruhe! Der Pfandleiher wird sie nicht gleich in aller Frühe verkaufen.« Er strich ihr tröstend übers Haar. »Dann löst du sie eben erst morgen Abend aus. Komm, mein Mädchen, mach nicht so ein besorgtes Gesicht. Ist es nicht wunderbar? Das Schicksal schenkt uns noch einen Extra-Tag am Meer. Ich finde das famos.«

Tatsächlich lief Clara am Montagmorgen noch vor dem Frühstück zum Inselpostamt, um in der Redaktion anzurufen und sich krankzumelden, während sich Freddy um den Motor des Wagens kümmerte. Allerdings war die Reparatur etwas komplizierter, als sie sich das vorgestellt hatten. Sie mussten warten, bis am Nachmittag ein Ersatzteil vom Festland auf die Insel gebracht wurde. Erst später am Abend funktionierte der Motor endlich wieder, und sie konnten aufbrechen. Es war fast Mitternacht, als Freddy Clara vor dem Haus in Altona absetzte.

Obwohl sie nur ein paar Stunden Schlaf gefunden hatte, stand sie am Dienstag zeitig auf, nahm ihr gespartes Geld und fuhr nach St. Georg zum Pfandhaus. Doch der Laden war noch geschlossen. Clara biss sich auf die Lippen, als sie auf einem Schild an der Tür die Geschäftszeiten las. Erst um zehn Uhr öffnete der Pfandleiher. Da musste sie längst bei der Arbeit sein. Sie bemühte sich, ein wenig von Freddys Gelassenheit an den Tag zu legen. Dann würde sie ihre Kamera eben ein paar Stunden später wieder in der Hand halten. Gleich nach dem Dienst in der Redaktion würde sie noch einmal herfahren.

Hertha, die von Claras Wochenendausflug mit Freddy wusste, empfing sie mit einem zweideutigen Augenzwinkern. »Na, meine Liebe, zum Glück geht es dir heute wieder besser. Man sieht dir gar nicht mehr an, dass du gestern so eine schreckliche Magenverstimmung gehabt hast.«

»Hör bloß auf«, flüsterte Clara. »Wenn ich daran denke, dass ich geschwindelt habe, dann wird mir wirklich schlecht.«

»Ich schweige wie ein Grab«, versicherte Hertha und unterdrückte ein Lachen. »Aber nur, wenn du mir in der Mittagspause alle schmutzigen Einzelheiten eures Liebesabenteuers erzählst.«

»Du bist schrecklich!«

»Ich weiß. Deshalb magst du mich ja so gern.«

Am frühen Abend um fünf Minuten vor sechs stieß Clara die Tür des Pfandleihhauses auf. Gott sei Dank, sie hatte es gerade noch vor Ladenschluss geschafft! In raschen Schritten marschierte sie auf die Theke zu, wo sie der Pfandleiher mit einem Nicken begrüßte.

»Guten Abend«, sagte sie atemlos. »Ich bin hier, um meinen Fotoapparat auszulösen. Die Kodak Retina.«

Sie nahm den Pfandschein und die Geldnoten aus ihrer Börse und breitete sie vor ihm aus. Der Pfandleiher sagte nichts. Er griff neben sich in die Ablage und zog ein Blatt heraus. Es war der Vertrag, den Clara unterschrieben hatte. Er schob sich eine Brille auf die Nase und studierte das Papier, dann sah er sie an.

»Die Frist ist gestern abgelaufen.«

»Ja, ich weiß. Aber ich habe es gestern nicht mehr rechtzeitig zu Ihnen geschafft. Wir waren am Wochenende auf Sylt, und unser Auto ... Egal, jetzt bin ich ja hier. Da ist das Geld. Die Summe stimmt. Bitte zählen Sie nach. Und dann geben Sie mir bitte ganz schnell meine Kamera.«

Der Pfandleiher schüttelte den Kopf. »Sie haben das unterschrieben. Laufzeit des Darlehens endet am Montag, den 18. Februar. Das war gestern. Heute ist der 19.«

»Ja, ich weiß«, wiederholte Clara mit wachsender Ungeduld. »Ich bezahle Ihnen den Tag natürlich, wenn Sie darauf bestehen.«

»Darum geht es nicht. Wenn Sie die Laufzeit des Kredits verlängern wollen, müssen Sie das zuvor schriftlich beantragen.«

»Es ist doch nur ein Tag ...«

Der Pfandleiher betrachtete sie einen Moment wortlos. Sein Unterkiefer machte mahlende Bewegungen. Dann schüttelte er den Kopf.

»Ich habe die Kamera heute Vormittag verkauft. Tut mir leid, junges Fräulein. Ich konnte ja nicht wissen, dass Sie noch Interesse daran haben.«

Clara stieß einen Schrei aus: »Was haben Sie getan?«

»Es gab einen Interessenten. Er hat einen ordentlichen Preis geboten. So läuft das Geschäft.«

»Meine Kamera? Aber Sie durften doch meine Kamera nicht verkaufen! Ich habe Ihnen doch gesagt, dass ich sie unbedingt wiederhaben muss.«

Der Mann zuckte mit den Schultern. Sein fleckiger Zeigefinger tippte auf Claras Unterschrift auf dem Vertrag. »Dann hätten Sie sich rechtzeitig bei mir melden müssen. Ich kann ja nicht riechen, dass Sie den Kreditvertrag verlängern wollen ...«

Clara spürte, wie ihre Knie zu zittern begannen. Sie krallte sich an der Theke fest, weil sie meinte, ohnmächtig werden zu müssen.

»Meine Kamera«, wimmerte sie ungläubig. »Es war meine Kamera. Mein Vater hat sie mir geschenkt, weil ich Fotografin werden will. Ich muss sie zurückhaben. Bitte, helfen Sie mir.«

»Ich befürchte, das liegt nicht in meiner Macht, junges Fräulein. Der Apparat ist weg.«

22.

Dino reichte Clara eine der karierten Servietten, die normalerweise im Gastraum des Bella Napoli neben den Tellern lagen,
wenn die Tische für die Gäste frisch eingedeckt wurden. Abwechselnd wischte sie sich die Nase und die Augen damit trocken.
Sie saß zusammengesunken auf einem Stuhl in der Küche des
Lokals, wo sich auf allen erdenklichen Flächen schmutziges Geschirr, Gläser, Besteck, Töpfe und Pfannen stapelten. Der letzte
Besucher des Restaurants war gerade gegangen, und normalerweise würden Maria und Dino jetzt mit Lappen und Bürste in den
Händen am Spülbecken stehen, um die Küche für den Einsatz am
nächsten Tag wieder auf Hochglanz zu bringen. Aber heute hatten sie keinen Blick für das Chaos, das sie umgab. Die beiden saßen neben Clara und betrachteten sie mitfühlend. Maria drückte
ihre Hand.

»Tut es mir so leid«, flüsterte sie. »Hast du so große Pech.«

Nachdem Clara schließlich wie betäubt aus dem Pfandhaus
gestolpert war, hatte sie gleich von der nächsten Telefonzelle aus
in Blankenese angerufen. Doch Freddy war nicht zu Hause.

Die Haushaltshilfe der Tönnsens ging dran und erzählte, dass
er sich für diesen Abend mit einem Freund zum Tennisspielen
verabredet hatte. »Und so wie ich die jungen Herren kenne, gehen

sie nachher noch etwas trinken. Soll ich ihm eine Nachricht hinterlassen?«

»Nein, vielen Dank. Das muss ich ihm selbst erklären.«

Enttäuscht hatte Clara aufgelegt. Den Rest des Abends war sie ratlos auf dem quietschenden Holzboden ihres kleinen Zimmers auf und ab gelaufen, mal sich, mal Freddy, mal den Pfandleiher verwünschend, bis ihr einfiel, wo sie vielleicht Trost finden konnte, und noch spät am Abend war sie zum Bella Napoli gefahren. Nur zwei Menschen gab es, denen sie um diese Uhrzeit ihr Herz ausschütten konnte: Dino und Maria. In allen Einzelheiten hatte sie den beiden gerade erzählt, in welche Misere sie geraten war. Und dabei hatte ihre Stimme zwischen Selbstmitleid und schierer Wut geschwankt.

»Ich kann es nicht glauben, dass ich meine gute Kamera verloren habe. Es war ein Geschenk meines Vaters. Er hat immer an mich geglaubt. Dieser Fotoapparat war etwas Besonderes, das wertvollste Stück, das ich besessen habe. Und jetzt ist er weg. Unwiederbringlich. O Gott. Wie konnte ich nur so nachlässig sein! So entsetzlich dumm! Wieso habe ich nur auf Freddy gehört? Ich hätte die Kamera gleich am Freitag wieder auslösen sollen.« Clara stöhnte. »Was soll jetzt bloß aus mir werden?«

Dino räusperte sich. »Wenn es ist dir ernst mit Beruf von *Giornalista*, wirst du das schaffen. Auch ohne die ganz besondere Fotoapparat von dein *Papà*. Bin ich mir ganz sicher. Musst du dir neue Kamera kaufen, vielleicht eine, die nicht ganz so gut ist wie alte. Aber macht auch gute Fotos.«

»Wenn das mal so einfach wäre. Ein guter neuer Fotoapparat ist so teuer. Es würde ewig dauern, den Betrag dafür zusammenzusparen. Das, was ich bei der Zeitung verdiene, brauche ich, um meine Miete zu bezahlen und meinen restlichen Lebensunterhalt zu bestreiten. Da bleibt nicht viel übrig.«

Clara knüllte die tränenfeuchte Serviette in ihren Händen. Und alles nur wegen eines Wochenendes auf Sylt, dachte sie verbittert. War es das wert gewesen? Auch wenn sie den Fotoapparat lange nicht mehr benutzt hatte, allein ihn zu besitzen hatte ihr immer die Gewissheit gegeben, dass sie einmal als Journalistin arbeiten würde. Und nun? Nun war die Kamera weg und sie der Erfüllung ihrer Träume ferner denn je.

»Wird es sich finden ein Lösung«, gab sich Maria zuversichtlich und strich über Claras Hand.

In diesem Moment hörten sie Schritte im Gastraum, die Klapptür knarzte, und schon steckte Freddy seinen Kopf in die Küche.

»Guten Abend allerseits! Wusste ich's doch, dass ich dich hier finde, Clara.«

»Oh, Freddy!« Sie sprang auf und stürzte sich in seine Arme. »Wie gut, dass du da bist.«

Er drückte sie an sich. »Als ich vom Tennisspielen nach Hause kam, fand ich einen Zettel neben dem Telefon. Unsere Perle hat geschrieben, dass du angerufen hast, und dabei hättest du sehr traurig geklungen. Da bin ich natürlich sofort in die Stadt gefahren, um dich zu trösten – was immer auch dir Kummer bereitet. Und als ich sah, dass in deinem Zimmer alles dunkel war, aber die Vorhänge nicht zugezogen – da habe ich messerscharf geschlossen, dass du bei Dino und Maria bist.«

»Danke, dass du gekommen bist. Es ist etwas Furchtbares geschehen.«

»Was denn?«

Sie sah ihn an. »Mein Fotoapparat ist weg. Ich bin zu spät gekommen, der Pfandleiher hat ihn verkauft.«

Freddy stutzte, dann breitete sich ein erleichtertes Grinsen in seinem Gesicht aus.

»Ach, du meine Güte, Clara, der Fotoapparat. Und ich dachte schon, es wäre was richtig Schlimmes passiert.«

»Aber Freddy, das ist schlimm!«

»Ja, ich weiß, dass du an deiner Kamera hängst. Und der Pfandleiher ist ein Idiot, dass er sie so schnell weiterverkauft hat. Das tut mir echt leid. Aber, hey, es ist nur ein Fotoapparat ...«

Clara schluckte. »Es ist nicht nur ein Fotoapparat. Es ist viel mehr als das ...« Sie rang nach Worten. Wie sollte sie Freddy erklären, was die Kamera ihres Vaters für sie bedeutete!

»Komm, Schatz, mach dich nicht verrückt wegen dem Ding. Du hast doch seit Ewigkeiten nicht mehr fotografiert. Und hat dir was gefehlt? Ich habe nicht den Eindruck.« Er strich ihr tröstend mit beiden Händen über die Wangen und wischte ihre Tränen weg. »Immerhin hast du ja Geld für die Kamera bekommen. Und nur deshalb konntest du dein schönes Zimmer in Altona mieten. Ich finde, dafür hat sich der Verkauf gelohnt.«

»Das schon, aber ...«

Er küsste sie mitten im Satz. »Das Leben kann auch ohne Fotoapparat ganz famos sein, das verspreche ich dir. Und für deinen Schreibjob im Zeitungsverlag brauchst du ihn sowieso nicht.«

»Aber genau das ist es doch. Ich will nicht für immer als Schreibkraft arbeiten. Ich möchte Journalistin werden, ich möchte Fotos machen und Reportagen schreiben, und dafür brauche ich eine Kamera. Aber ich verdiene nicht genug Geld, um mir einfach eine neue zu kaufen.«

»Habe ich vielleicht eine Idee«, mischte sich Dino ein. Er und Maria sahen sich an. Sie nickten einander zu, und dann sagte Dino: »Wenn du magst und die Zeit hast, kannst du uns nach dein Arbeit in Büro hier in Küche von Ristorante helfen. Kannst dir an die Abende eine bisschen Geld dazuverdienen, bis du hast genug für neue Kamera.«

Clara war gerührt über den Vorschlag der beiden, doch sie schüttelte den Kopf. »Das ist nett von euch. Aber das wird nicht klappen. Ich habe in der Redaktion oft bis abends zu tun. Manchmal bringen uns die Redakteure erst kurz vor Redaktionsschluss ihre Artikel zum Tippen.«

Maria dachte nach. »Vielleicht geht an den Wochenenden? Können wir da immer gebrauchen jede Hand für die Hilfe, weil ist so viele Leute in Lokal.«

»Nein«, schaltete sich Freddy ein. »Ihr seid wirklich goldig, aber irgendwann muss Clara auch mal freimachen. Das Leben besteht ja nicht nur aus Arbeit. Die Wochenenden brauchen wir, um uns von der ganzen Schinderei im Büro zu erholen und ein bisschen Spaß zu haben.«

»Ich bin euch sehr dankbar, dass ihr mir helfen wollt«, sagte Clara zu Dino und Maria. »Aber ich habe noch nie in einem Restaurant gearbeitet, ich bin mir nicht sicher, ob ich euch eine große Hilfe wäre ...«

Sie versuchte zu lächeln. »Und eigentlich hat Freddy recht: Im Moment brauche ich die Kamera ja wirklich nicht so dringend«, fügte sie zögerlich hinzu.

»Das hast du schön gesagt.« Freddy legte einen Arm um Claras Schulter, um sie an sich zu drücken. »Und jetzt komm! Es ist furchtbar spät geworden. Ich fahre dich nach Hause.«

Das Haus der Ohlsons lag in tiefer Dunkelheit, als Freddy wenig später am Straßenrand den Motor seines VW-Busses ausstellte.

»Ich mag dich gar nicht allein lassen heute Nacht«, sagte er. »Was hältst du davon, wenn ich mich heimlich mit ins Haus schleiche? Es scheint niemand mehr wach zu sein.«

»Bitte nicht, Freddy. Du weißt genau, dass Herrenbesuch in meinem Zimmer verboten ist. Ich habe so viel Pech gehabt in letzter Zeit, ich möchte auf keinen Fall auch noch aus meinem Zimmer fliegen, weil ich die Hausordnung missachtet habe.«

Freddy stöhnte leise. »Die Bruchbude über der Blauen Glocke hatte weiß Gott ihre Vorteile«, knurrte er. »Aber gut, so ist es nun. Dann lass uns wenigstens übers Wochenende noch einmal nach Sylt fahren. Solange meine Eltern noch nicht aus dem Urlaub zurück sind.«

»Das klingt gut. Aber versprich mir, dass dein Auto nicht wieder streikt.«

Sie stieg aus und sah dem Wagen nach, wie er die Straße hinunterknatterte. Nachdenklich ging sie in ihr Zimmer. Der Gedanke an das Wochenende auf der Insel erfüllte sie mit weniger Begeisterung als sie Freddy hatte glauben machen. Sie musste immerzu an ihren Fotoapparat denken, und der Kummer über den Verlust überwältigte sie erneut. Wo mochte die Kamera sein? Wer mochte sie gekauft haben? Wie sehr hatte sie sich darauf gefreut, bald wieder damit zu fotografieren. Sie vermisste den Apparat beinahe körperlich.

Traurig klappte sie ihre Börse auf und nahm die Geldnoten in die Hand, mit denen sie die Kamera beim Pfandleiher hatte auslösen wollen. Das Geld reichte einfach nicht für einen neuen Fotoapparat, so oft sie die Scheine auch drehte und wendete. Sie biss sich auf die Lippen. Dinos Vorschlag kam ihr in den Sinn. Und was wäre, wenn sie sein Angebot doch annehmen würde? Wenn sie ein paar Monate lang an den Wochenenden im Bella Napoli aushelfen würde, bis sie genug Geld zusammen hatte, um sich eine neue Kamera zu kaufen? Sicher, es würde schrecklich anstrengend werden, an sieben Tagen in der Woche zu arbeiten, und sie hatte keine Erfahrung in einer Restaurantküche. Aber so schwierig konnte es doch nicht sein, Geschirr zu spülen und Gemüse zu schnippeln. Und sie würde es tun, um ihr Herzensziel zu erreichen. Um endlich wieder fotografieren zu können. Deshalb war sie doch nach Hamburg gekommen. Sie wollte doch nicht den Rest ihres Lebens die Texte von anderen abtippen. Sie konnte doch so viel mehr. Und irgendwann würde sie das beweisen können.

Als sie tags darauf ihre Arbeit beim *Hamburger Tagesboten* beendet hatte, fuhr sie schnurstracks zum Bella Napoli und erzählte Dino und Maria, dass sie es sich anders überlegt hatte.

»Ich tu's. Ich helfe euch in der Küche. Ich fange gleich am Samstagabend an. Sagt mir, was ich machen soll.«

Maria lächelte. »Ist das große Überraschung. Freue ich mich, dass wir zusammen arbeiten. Ist es gar nicht schwierig. *Non è complicato.* Musst du die Zwiebeln und die Tomaten schneiden und die Geschirr spülen. Bekommst du gute Geld, und bald kannst du kaufen dein neue Kamera. *Va bene?*«

Clara lächelte.

»Ja, natürlich ist das gut. Danke, Maria. Danke, euch beiden. Das ist so lieb von euch. Ihr seid echte Freunde.«

Sie stand auf und umarmte erst Maria und dann Dino.

»Ist dir sicher auch nicht zu viele Arbeit?«, erkundigte sich Dino mit hoch erhobenen Augenbrauen. »Freddy hat Sorge, dass alles für dich zu anstrengend, die ganze Woche arbeiten an Schreibmaschine in Zeitung und an Wochenende in unsere Küche.«

Clara schüttelte rasch den Kopf. »Das macht mir nichts aus. Hauptsache, ich kann so bald wie möglich Geld für eine neue Kamera zusammensparen. Und Freddy ...« Sie seufzte bei dem Gedanken, was er wohl dazu sagen würde. »Nun, Freddy muss an den nächsten Wochenenden eben mal auf mich verzichten. Er wird das schon verstehen.«

Doch darin irrte sich Clara. Noch am selben Abend rief sie ihn an und berichtete ihm von ihrem Arrangement mit Maria und Dino.

»Ich mach es einfach, Freddy. Ich fange gleich am Samstag im Bella Napoli an. Jeweils von siebzehn Uhr bis Mitternacht. Dino gibt mir wirklich einen fairen Stundenlohn. Und dann kann ich mir bald einen neuen Fotoapparat kaufen.«

»Wie bitte? Du hast zugesagt? Du willst allen Ernstes jedes Wochenende im Bella Napoli schuften? Neben deinem Job in der Redaktion? Und ich? Wann sollen wir uns denn dann noch sehen? Wir haben doch vereinbart, dass wir am Wochenende wieder eine Spritztour nach Sylt machen.«

»Die machen wir ein anderes Mal. Es ist ja nur für ein paar Wochen. Aber ich brauche unbedingt wieder eine Kamera. Es ist schlimm genug, dass ich den Apparat verloren habe, bloß weil ich zu nachlässig war. Das passiert mir nicht noch einmal. Jetzt spare ich mir die Anzahlung für die neue Kamera zusammen. Und wenn ich sie gekauft habe, dann stottere ich den Rest im Laufe des Jahres in kleinen Raten ab. Ich war heute in der Mittagspause in einem Fotogeschäft und habe das mit dem Verkäufer so besprochen. Ich habe auch schon ein Modell gefunden, das mir gefällt. Die Kamera ist zwar vielleicht nicht ganz so perfekt wie die, die mein Vater mir geschenkt hatte, aber sie macht auch sehr gute Bilder.«

»Das hast du alles schon in Erfahrung gebracht? Ohne mit mir darüber zu reden?«

»Aber ja, warum nicht? Wir sind doch nicht verheiratet! Ich finde es so nett von Maria und Dino, dass sie mir helfen. Das Lokal macht ja erst am Abend auf. Tagsüber können wir uns an den Wochenenden ja auf jeden Fall sehen und spazieren gehen oder einen kleinen Ausflug machen.«

»Spazierengehen …«, knurrte Freddy. »Ich möchte mit meiner

hübschen Freundin am Abend ausgehen, auf eine Party, zum Tanzen, ins Kino. Und ich möchte mit dir nach Sylt fahren, damit wir nachts zusammen sein können. Aber wenn du lieber bis zum frühen Morgen in der Restaurantküche Teller schrubben willst, dann können wir das wohl alles vergessen.«

»Bitte, Freddy, sei nicht böse. Es ist ja nur vorübergehend. Ich brauche unbedingt eine Kamera, wenn ich als Journalistin arbeiten will.«

»Ich kapiere das nicht, Clara. Warum ist dir das eigentlich so wichtig? Du hast doch einen Job, bei dem du Geld verdienst. Warum bist du damit denn nicht zufrieden? Die meisten Frauen leben ganz gut mit so einer Anstellung. Warum willst du unbedingt Journalistin werden?«

Clara schluckte. Im ersten Augenblick wusste sie keine Antwort darauf. Dann sagte sie: »Weil ich möchte, dass die Leute wissen, was auf der Welt los ist. Damit sie die Wahrheit erfahren. Ich will darüber schreiben, was gerade passiert und was geschehen ist. Ich will auf all die Missstände und Ungerechtigkeiten hinweisen, die es in unserem Land gibt. So wie ich das in meinem Artikel für die Unizeitung gemacht habe.« Leos Gesicht stand plötzlich vor ihr, sein entschlossener Blick, während er ihr in London von dem Frankfurter Prozess erzählt hatte, und eindringlich fügte sie hinzu: »Es ist mein größter Wunsch. Den will ich nicht aufgeben.«

»Das ist dein größter Wunsch?« Freddy war hörbar gekränkt. »Mein größter Wunsch ist es, mit dir zusammen zu sein. Spaß mit dir zu haben. Hoffentlich bald mit dir die große Tour in den Süden zu machen. Davon träume ich. Und du? Du träumst von einem Fotoapparat! Bin ich dir denn gar nicht wichtig? Bedeute ich dir so wenig, dass du lieber in dieser stinkigen Pizzaküche arbeitest, um deine neue Kamera kaufen zu können, als mit mir zusammen zu sein?«

Noch nie hatte Freddy so aufgebracht mit ihr gesprochen. Clara hörte den Zorn in seiner Stimme und schwieg erschrocken in den Telefonhörer. Hatte sie unrecht? War sie etwa gerade dabei, einen Fehler zu machen? War es egoistisch von ihr, jede freie Minute im Bella Napoli zu verbringen, um Geld für einen neuen Fotoapparat zu verdienen? Doch je länger sie über diese Frage nachdachte, desto mehr spürte sie selbst Groll in sich aufwallen. Natürlich liebte sie Freddy und nichts lieber wollte sie, als jeden Tag mit ihm zusammen zu sein. Aber da war doch auch dieser Traum. Dieser Drang in ihr, als Journalistin zu arbeiten. Einen Beruf zu haben, der sie erfüllte. War das tatsächlich so illusorisch?

»Warum kannst du mich nicht bei meinen Plänen unterstützen?«, rief sie. »Wieso muss immer alles nach deinem Kopf gehen? Begreifst du denn gar nicht, dass ich noch etwas anderes von meinem Leben erwarte, als nur Spaß zu haben? Ich möchte etwas tun, das mich mit Stolz erfüllt und zufrieden macht, etwas, das mir wichtig ist, worin ich gut bin. Und das ist der Beruf einer Journalistin.«

Sie hielt inne.

»Und ich dachte, es erfüllt dich mit Stolz, wenn du mit mir zusammen bist«, stieß Freddy hervor. Er klang zutiefst verbittert.

»Das eine schließt das andere doch nicht aus.«

Einen Augenblick lang war es still in der Leitung. Jede Art von Zank war Clara zuwider. Sie hätte Freddy gerne besänftigt. Kurz dachte sie darüber nach, wie es wäre, nachzugeben. Sie könnte bis auf Weiteres als Schreibkraft in der Redaktion arbeiten, so lange, bis sie und Freddy heiraten würden. Dann würde sie zu ihm und seinen Eltern in die große Villa nach Blankenese ziehen. Sicherlich würde sie bald Kinder bekommen. Sie würde sehr wohlhabend sein und ein gutes, ruhiges Leben führen. Eine Haushälterin würde sich um den Alltag kümmern. An den Wochenenden würden sie schicke Partys geben oder nach Sylt fahren. Sie würden aufregende Urlaubsreisen machen. Vielleicht würde ihr Freddy irgendwann einen neuen Fotoapparat schenken, damit sie Bilder für das Familienalbum machen konnte ... Auf einmal sah Clara das alles ganz klar vor sich. Und genauso klar sah sie, dass das nicht ihr Weg war.

»Freddy, es sind nur ein paar Wochen. Ich werde im Bella Napoli aushelfen, bis ich die Anzahlung für die Kamera zusammen habe. Und danach wird mit uns alles so sein wie immer.«

Er schnaubte verärgert in den Hörer. »Na, dann viel Spaß dabei. Melde dich, wenn du irgendwann wieder Zeit für mich hast.«

»Sei doch nicht böse, Freddy. Es dauert doch gar nicht so lang.«

Es knackte in der Leitung. Clara blieb noch einen Moment wie benommen in der Telefonzelle stehen. Noch nie hatten sie und Freddy so heftig miteinander gestritten. Und noch nie hatte sie ihn so energisch zurechtgewiesen. Es tat ihr leid, dass er enttäuscht von ihr war. Aber ein Leben ohne Fotoapparat? Das war unmöglich. Endlich hängte sie den Hörer in die Gabel und trat hinaus.

Clara hatte nicht erwartet, dass die nächste Zeit so hart werden würde. Von montags bis freitags saß sie konzentriert an ihrer Schreibmaschine im Büro und tippte gewissenhaft die Wirtschaftsberichte, Sportreportagen, Konzertbesprechungen und was die Redakteure ihr sonst noch für die nächste Ausgabe des *Hamburger Tagesboten* diktierten. Die Wochenenden verbrachte sie in der Küche des Bella Napoli, um Dino, Maria und dem neuen Koch beim Zubereiten der Speisen und nachher beim Aufräumen zu helfen. Es war unerträglich heiß neben dem Pizzaofen, beim Knoblauchpressen und Zwiebelschneiden liefen ihr die Tränen aus den Augen, und wenn das Lokal am späten Abend schloss, waren ihre Finger rot und rissig vom Spülen der vielen Teller. Aber sie biss die Zähne zusammen und beklagte sich nicht. Der Gedanke, bald wieder einen Fotoapparat in den Händen zu halten, ließ sie alle Müdigkeit und Erschöpfung vergessen. Nur der Streit mit Freddy lag ihr schwer auf der Seele. Dabei war es weniger Kummer darüber, dass er ihr schmollte. Mit jedem Tag, an dem sie nichts voneinander hörten, wuchs ihre Empörung darüber, dass er ihr so heftige Vorwürfe gemacht hatte. Umso erleichterter war sie, als er eine Woche nach dem Telefongespräch am späten Samstagnachmittag unerwartet in der Küche des Bella Napoli auftauchte.

»Ich wollte nur nachsehen, ob du tatsächlich hier bist und beim Pizzamachen hilfst oder vielleicht heimlich mit einem anderen Kerl unterwegs bist«, behauptete er, ein verschmitztes Grinsen im Gesicht, als hätten sie nie gestritten. Clara spürte förmlich, wie ihr ein Stein vom Herzen fiel.

»Nein, wie du siehst, bin ich hier tatsächlich schwer beschäftigt. Ach, es ist nett, dass du uns besuchen kommst. Auch wenn ich leider gar keine Zeit für dich habe. Sieh dir diesen Berg von Salat an, den muss ich noch klein schneiden, bevor das Lokal aufmacht. Und pass bloß auf, dass dein schickes Hemd keine Tomatenspritzer abbekommt. Die Sauce auf dem Herd blubbert wie verrückt.«

»Dann geht es der Sauce wie meinem Herzen. So sehr vermisse ich dich, liebste Clara.«

Sie wurde rot über Freddys verrückte Liebeserklärung. Dino, der neben dem Koch an der Arbeitsplatte stand und gerade mit mehligen Händen einen Pizzateigfladen durch die Luft wirbeln ließ, hatte eine unbeteiligte Miene aufgesetzt, als verstünde er kein Wort von dem, was die beiden miteinander redeten. Maria war nicht in der Küche, sondern im Gastraum damit beschäftigt, Gläser auf die Tische zu stellen.

»Kann dein strenger Chef dich nächsten Freitag vielleicht ausnahmsweise für einen Abend entbehren?«, fragte Freddy mit einem Seitenblick auf Dino. »Da spielt wieder eine Band aus England im Kaiserkeller. Diesmal sind es zwar nicht die Beatles, aber wie man hört, machen die Hurricanes auch tollen Rock 'n' Roll. Sie sind ziemlich gefragt. Ich hab sicherheitshalber schon zwei Karten für uns gekauft. Na, Dino, wie sieht es aus? Überlässt du mir mein Mädchen nächstes Wochenende für einen Abend?« Freddy tippte ihm freundschaftlich auf die Schulter.

Doch noch bevor Dino etwas darauf sagen konnte, antwortete Clara rasch:

»Das ist furchtbar lieb von dir, Freddy. Ich freue mich so sehr darauf, bald mal wieder mit dir zum Tanzen in den Kaiserkeller zu gehen. Aber ich muss arbeiten. Spätestens in drei Wochen habe ich die Anzahlung für die Kamera zusammen, und dann feiern wir. Das verspreche ich dir.«

Freddys heitere Miene verdüsterte sich augenblicklich. »In drei Wochen ... Das ist ja noch eine Ewigkeit. Und ich dachte, du freust dich.«

»Das tu ich ja auch, aber ...«

»Und was mache ich jetzt mit den Konzertkarten?«

»Vielleicht kannst du sie wieder zurückgeben.«

»Ist in Ordnung für mich, Clara, wenn du möchtest Tanzen gehen an die nächste Freitag«, schaltete sich Dino ein. »Kann ich verzichten auf deine Arbeit in die Küche. Möchte ich nicht, dass ihr zwei habt die Streit.«

»Wir haben keinen Streit«, erklärte Clara. »Wir verschieben

das Tanzen bloß um ein paar Wochen. Komm schon, Freddy, zieh nicht wieder ein so beleidigtes Gesicht! Sieh dir diese fantastischen Windbeutel an. Die musst du probieren. Maria hat sie heute früh gebacken, sie sind ein Gedicht. Hier, nimm dir einen. Dino hat bestimmt nichts dagegen.« Sie hob eine Kuchenplatte vom Tisch, auf der sich Dutzende dieser kleinen mit Sahne gefüllten und mit Puderzucker bestäubten Gebäckstücke türmten, und hielt sie Freddy hin, damit er sich eines herunternehmen konnte. Doch Freddy schüttelte den Kopf.

»Danke schön, hab keinen Appetit auf Windbeutel. Das einzige Süße, auf das ich Lust habe, bist du.« Er nahm ihr die Platte ab, stellte sie zurück auf den Tisch und gab Clara, die verlegen lächelnd vor ihm stand, einen Kuss. »Dann will ich hier mal nicht länger stören. Wir sehen uns in drei Wochen. Und wehe, du überlegst es dir dann noch einmal anders.«

»Ganz bestimmt nicht!«

Eine Woche später überreichte Dino Clara zur ihrer großen Überraschung einen Briefumschlag, nachdem sie am späten Freitagabend den letzten Teller abgetrocknet und in den Schrank geräumt hatten. Es lagen Geldscheine in dem Kuvert.

»Dino, was ist das?«

»Ist Geld für deine Fotokamera. Jetzt kannst du sie kaufen. Möchte ich nicht, dass Freddy muss noch länger warten auf seine süße Mädchen. Sonst wird noch richtig böse.«

»Aber das kann ich nicht annehmen. Es ist zu viel Geld. Dafür habe ich noch nicht lange genug hier gearbeitet.«

»Ist in Ordnung für mich. Sagen wir, ist eine – wie sagt man auf Deutsch? – eine Vorschuss. Und dann kommst du hier zum Arbeiten in die nächsten Monate, wenn du hast Zeit und es für euch beide ist in Ordnung. Egal wann.«

»Oh, Dino. Das ist wahnsinnig nett von dir. Kann ich das denn wirklich annehmen?«

»Ich bin Chef von Ristorante. Wenn ich sage, du bekommst die Geld, dann bekommst du die Geld.«

Clara umarmte ihn. Vor Rührung brachte sie kaum ein Wort heraus. »Du bist der beste Mensch, den es auf dieser Welt gibt«, flüsterte sie ihm schließlich ins Ohr und drückte ihm einen freundschaftlichen Kuss auf die schlecht rasierte Wange. »Abgesehen von Freddy vielleicht ...«

Verlegen wand er sich aus ihrer Umarmung.

»*Va bene.* Jetzt gehst du nach Hause, ist schon spät genug. Und dann machst du dir schöne freie Wochenende mit dein Schatz – und mit dein neues Fotoapparat.«

Am Samstagmorgen hielt es Clara nicht lange im Bett. Mit dem Geld, das sie zusammengespart hatte, betrat sie gleich nach Ladenöffnung das Fotogeschäft in der Mönckebergstraße und kaufte die Kamera, eine gebrauchte Leica, die sie so lange schon in der Auslage bewundert hatte, dazu die passende Tasche aus hellbraunem Leder. Als sie das kostbare Stück an der Kasse entgegennahm, fühlte es sich an, als wäre sie endlich wieder komplett. Endlich konnte sie wieder fotografieren. Voller Stolz betrachtete sie den Apparat. Wie viel hatte sie dafür geopfert! Sie hatte auch in ihrer Freizeit hart gearbeitet, sie hatte sich das Geld vom Mund abgespart, sie hatte auf so vieles verzichtet, sogar für eine Weile auf Freddy – und nun hielt sie die Belohnung für all die Mühen in den Händen. Am liebsten hätte sie sofort ein paar Bilder gemacht. Eine Filmrolle war bereits eingelegt. Draußen vor dem Laden nahm Clara den Deckel vom Objektiv, hielt die Kamera vor das Auge und nahm den spitzen Turm von Sankt Petri, der am Ende der Straße aufragte, vor die Linse. Probeweise stellte sie Blende, Belichtungszeit und Entfernung ein, doch sie drückte nicht auf den Auslöser. Jetzt hatte sie keine Zeit für eine Fotosafari, sie musste sofort zu Freddy und ihm ihre neue Errungenschaft zeigen. Sorgfältig steckte sie die Kamera zurück in die Tasche. Wie sehr er sich über ihren Überraschungsbesuch freuen würde. Und dann würden sie ein wunderbares Wochenende miteinander verbringen. Während sie mit dem Bus hinaus nach Blankenese fuhr, war sie so vergnügt, dass sie die ganze Zeit leise vor sich hin summte: »Hey, hey baby, I wanna know, if you'll be my girl ...«

In den Vorgärten der schmucken Blankeneser Villen war zu erkennen, dass der lange harte Winter endlich vorbei war. Büschelweise blühten an diesem herrlichen Märzmorgen die Krokusse, gelb und violett, und am Magnolienbaum vor dem Haus der Tönnsens, in dessen Zweigen schon eine Meise flötete, gingen die ersten weißen Knospen auf. Die Garage war offen, doch der Wagen von Freddys Vater stand nicht darin. Offensichtlich hatte Freddy sturmfrei. Oben im Haus waren beide Fensterflügel in seinem Zimmer sperrangelweit geöffnet, und laute Musik klang heraus. Clara lächelte. Sie erkannte die Melodie. Es lief die Schallplatte mit der Musik der »West Side Story«, die Freddy für sie gekauft hatte, damals, als sie die erste Nacht hier verbracht hatte. Bei der Erinnerung daran machte ihr Herz einen glücklichen Hopser. Clara beschleunigte ihre Schritte und lief über den gewundenen Steinweg auf die Eingangstür an der anderen Seite des Hauses zu. Vielleicht waren seine Eltern ja über das ganze Wochenende verreist, und sie konnte auch heute Nacht mit Freddy zusammenbleiben. Nach den Wochen der Trennung sehnte sie sich mehr denn je danach.

Sie nahm die drei Stufen vor der Tür in einem Satz und drückte auf die Klingel, aber nichts geschah. Sie wartete einen Augenblick, dann klingelte sie noch einmal. Endlich hörte sie,

dass drinnen jemand die Treppe hinunterkam. Die Tür ging auf –
und Paloma stand vor ihr.

Clara spürte förmlich, wie ihr die Kinnlade hinunterklappte.
Paloma starrte sie nicht weniger verblüfft an. Sie trug ein tür-
kisfarbenes Babydoll-Nachthemd aus hauchdünnem Nylon mit
einem tiefen, spitzenbesetzten Ausschnitt und einer niedlichen
Schleife unter der Brust. Es bedeckte kaum ihren Po. Ihre Füße
mit den kleinen lachsrot lackierten Nägeln waren nackt, ihre
Haare verwuschelt, und der schwarze Kajalstift auf ihrem Oberlid
war verschmiert, als hätte sie am Abend zuvor versäumt, das
Make-up wegzuwaschen.

»Was ...«, fragte Paloma, die als Erste ihre Stimme wiederge-
funden hatte, »was machst du denn hier?«

Erst jetzt setzte der Schock ein. Clara spürte ihre Beine auf
einmal kaum mehr.

»Dasselbe wollte ich dich gerade fragen«, stieß sie hervor.

»Ich dachte, es ist Freddy«, stotterte Paloma, als müsse sie
sich dafür entschuldigen, die Tür geöffnet zu haben. »Er ist zur
Bäckerei gefahren, um Brötchen fürs Frühstück zu kaufen.«

»Brötchen fürs Frühstück?«, krächzte Clara ungläubig.

Paloma nickte. »Er hat kein Wort davon gesagt, dass du heute
kommen würdest. Er hat gesagt, mit euch sei Schluss, weil du ja
neuerdings keine Zeit mehr für ihn hast.«

»Das – das hat er gesagt?«

Paloma zuckte mit den Schultern, während sie nickte. Aber
sie antwortete nicht.

Von der Straße her näherte sich das Dröhnen eines Motors.
Bremsen quietschten, dann verebbte das Geräusch. Eine Wagentür wurde zugeworfen, und im nächsten Augenblick bog Freddy
um die Hausecke. Das muntere Liedchen, das er gerade noch ge-
pfiffen hatte, erstarb auf seinen Lippen, als er Clara erblickte. Von

einer Sekunde auf die andere wurde er leichenblass. In seinen Händen trug er nicht nur eine Brötchentüte. Offenbar war er unterwegs auch noch an einem Blumenladen vorbeigegangen, denn er hatte einen kleinen Strauß aus dunkelroten Moosröschen mit Schleierkraut mitgebracht. Clara starrte Freddy an wie einen Geist. Mit der Rechten krallte sie sich am Lederriemen ihrer Kameratasche fest, als könnte sie das davon abhalten, ohnmächtig zu werden. Sie war unfähig, auch nur einen einzigen Schritt zu tun.

»Freddy ...« Mehr brachte sie nicht über die Lippen.

»Ja, Mensch, Clara ... Da ist ja mal ein Ding ...« Freddy lächelte schief und so fassungslos, wie sie ihn noch nie erlebt hatte. »Tja, was soll ich sagen ...«

Clara wollte nichts davon hören. Nichts mehr sehen und nichts mehr wissen. Sie stolperte die Treppenstufen hinunter, schubste Freddy zur Seite, rannte an ihm vorbei, durch das Gartentor zurück und lief blind vor Tränen die Straße hinunter.

»Clara! Warte doch! Halt mal!«

Sie blieb nicht stehen, als sie hörte, dass Freddy ihr nacheilte. Sie wollte einfach nur weg von hier, egal wohin.

Nach ein paar Schritten holte er sie ein. »Bitte lass uns reden«, sagte er und fasste sie an der Schulter. Clara blieb stehen, doch sie schüttelte seine Hand ab.

»Was gibt es da noch zu reden?«, schrie sie.

»Es ist nicht so, wie du denkst«, setzte er an und fuhr sich mit beiden Händen durch die Stirnlocke. Die Bäckertüte und den Blumenstrauß hatte er zurückgelassen.

»Willst du mir etwa weismachen, dass Paloma nicht heute Nacht bei dir geschlafen hat?«

»Ja, nein ... Okay, wir waren zusammen heute Nacht, aber nur, weil du ja nie mehr Zeit für mich hast. Ich war mit ihr gestern

Abend auf dem Konzert der Hurricanes im Kaiserkeller, und dann habe ich ein bisschen was getrunken, weil ich so sauer war, dass du mich dauernd versetzt hast. Dann hat sie mich nach Hause gefahren, und dann, na ja, meine Eltern sind verreist, und dann ist es ... dann ist es eben passiert. Aber glaub mir, das hat gar nichts zu bedeuten.«

»Das hat nichts zu bedeuten?« Clara erkannte ihre eigene Stimme kaum wieder, so schrill klang sie. »O doch, Freddy, mir bedeutet es sehr viel, dass du mit einem anderen Mädchen geschlafen hast. Ich dachte ... ich dachte, du liebst mich.«

»Aber das tu ich doch auch, Clara. Es war ein Fehler, ja, ich habe Mist gemacht, das tut mir leid. Aber wenn du nicht dauernd im Bella Napoli gearbeitet hättest, dann wäre das nie im Leben passiert.«

Clara antwortete nicht. Fassungslos starrte sie ihn an.

»Du bist und bleibst die wichtigste Frau in meinem Leben«, fuhr Freddy fort. Er legte seine Hände an ihre Schultern und schüttelte sie sanft. »Daran kann so ein kleiner Ausrutscher wie der mit Paloma nichts ändern. Bitte verzeih mir.«

Freddy lächelte jetzt, sein vertrautes, gewinnendes Lächeln, das sie doch immer so gerngehabt hatte. Aber heute sah es auf einmal wie eine Maske aus.

»Und der Rosenstrauß?«, fragte sie tonlos. »Was für eine Bedeutung hatte der?«

»Ach, bitte, Clara. Sei nicht kleinlich. Ich habe mich doch entschuldigt. Jeder Mensch macht mal einen Fehler. Wenn du mal aus Versehen mit deinem lieben Freund Dino im Bett landen würdest, weil ihr vielleicht beim Tellerwaschen im Ristorante ein bisschen zu viel Wein getrunken habt, dann ... na ja, das fände ich zwar nicht gerade toll, aber – hey, wir sind doch alle menschlich.

Dann würde ich doch auch kein Drama daraus machen. So was passiert.«

Clara schwieg wie gelähmt. Alles, was Freddy sagte, klang so unglaublich. So als spräche plötzlich ein fremder Mensch zu ihr. Noch einmal sah sie Paloma in ihrem süßen Babydoll vor sich. Woher kam dieses Nachthemd, wenn sie doch ursprünglich gar nicht hatte bei ihm übernachten wollen? Aus dem Kleiderschrank von Freddys Mutter stammte es gewiss nicht!

»Wir sind doch anders, wir zwei«, fuhr Freddy fort. »Wir glauben an das Leben, an die Liebe und an die Freiheit. Wir lassen uns doch von so überkommenen Kategorien wie Treue und Anstand nicht einengen. Das ist so was von gestern. Daran haben vielleicht unsere Eltern geglaubt. Aber wir doch nicht. Wir sind doch keine Spießer, Clara. Komm, sei mir wieder gut! Du bist doch mit mir nach Hamburg gekommen, um dir den Wind der Freiheit um die Nase wehen zu lassen.«

»Ja«, sagte Clara, nachdem sie Freddys Worte eine Weile hatte auf sich wirken lassen. »Den Wind der Freiheit. Da hast du recht.« Sie schob seine Hände von ihren Schultern. »Aber das, was du Freiheit nennst, ist nicht meine Freiheit.«

»Was heißt denn das jetzt?« Freddy betrachtete sie argwöhnisch. »Du willst mich doch wohl hier nicht einfach so …«

»Doch.« Clara ließ ihn nicht ausreden. »Ich kann nicht mehr. Leb wohl, Freddy. Ich glaube, es ist besser, wenn wir uns nicht wiedersehen.«

Sie drehte sich um und ging davon, und ihre Beine fühlten sich an wie Blei, während sie mit beiden Händen die Fototasche vor ihrer Brust umklammerte.

23.

Mechanisch wie eine Aufziehpuppe gelangte Clara zurück in die Stadt. Erst als sie sich in ihrem Zimmer auf den gepolsterten Schemel vor der Frisierkommode fallen ließ und das rotfleckige, verweinte Gesicht betrachtete, das ihr aus dem Spiegelaufsatz dreifach entgegensah, begriff sie wirklich, was geschehen war. Freddy hatte sie betrogen, und sie hatte sich von ihm getrennt. Schluss, aus, vorbei.

Die Einsamkeit erfasste sie mit aller Macht. Da, wo in ihrer Brust bisher das Herz gewesen war, schien nur noch eine finstere kalte Grube zu sein. Eine tiefe Hoffnungslosigkeit riss sie mit wie eine Welle, ihr Körper begann zu zittern. War es das wert gewesen? Immer wieder sah sie Paloma vor sich, wie sie da in ihrem hauchdünnen Babydoll-Nachthemd an der Tür gestanden hatte, und Freddy, wie er mit dem Rosenstrauß in der Hand fröhlich trällernd um die Ecke kam. Und beim Gedanken daran verwandelte sich Claras Kummer in heiße Wut. Freddy hatte sie nicht nur mit seiner früheren Freundin betrogen, er hatte sie auch angelogen.

Wie oft mochten er und Paloma an all den Abenden zusammen gewesen sein, während sie in der Küche des Bella Napoli geschuftet hatte, um sich den neuen Fotoapparat kaufen zu können? Sie nahm die Porzellandose, die Freddy ihr zum Geburtstag geschenkt hatte, vom Frisiertisch und warf sie voller Zorn gegen die Wand, wo sie klirrend in tausend Stücke zerbrach.

Den Samstagabend verbrachte Clara im Bella Napoli und half dort in der Küche. Da sie ohnehin nicht wusste, was sie tun und woran sie denken sollte, konnte sie genauso gut den Rest ihres Kredites bei Dino abarbeiten. In wenigen Worten hatte sie berichtet, was passiert war, und die beiden hatten ihr zugehört und versucht, sie aufzumuntern. Am Sonntagvormittag unternahm Clara mit Dino einen langen Spaziergang durch den alten Elbpark, während Maria zu Hause blieb, weil sie Lorenzo dringend wieder einen ausführlichen Brief schreiben musste, wie sie erklärte. Es war ein kühler, windiger Tag, aber die Sonne schien auf das gewaltige Bismarckdenkmal, das hoch über den Baumwipfeln aufragte. Clara tat es gut, sich zu bewegen und nicht allein daheimsitzen und über ihr aus den Fugen geratenes Leben grübeln zu müssen.

»Es ist gut, dass ist vorbei«, sagte Dino, nachdem sie eine Weile über die Speisen für die neue Wochenkarte des Lokals und über den anstehenden Besuch eines sizilianischen Weinhändlers gesprochen hatten. »Weißt du jetzt, dass du nicht geworden wärst glücklich mit dein Freddy. Besser vor die Hochzeit traurig sein für eine bisschen, als nach die Hochzeit für immer.«

»Da hast du natürlich recht. Aber es tut trotzdem weh.«

»Ja. Aber Schmerzen werden kleiner in einige Zeit.«

»Danke, dass du mich tröstest, Dino. Du bist ein guter Mensch.« Ein paar Schritte gingen sie schweigend. Dann fragte Clara: »Wieso hast du eigentlich keine Freundin? Keine Verlobte? War da keine in San Pietro, die du hättest heiraten wollen?«

Er räusperte sich verlegen. Clara hoffte, dass sie ihm mit ihrer Frage nicht zu nahe getreten war. Über solche persönlichen Dinge hatte sie noch nie mit ihm gesprochen. Anders als Maria behielt er seine Gefühle meist für sich. Doch heute antwortete er bereitwillig.

»Es hat gegeben gutes Mädchen, mit dem ich verloben wollte. Aber wollte sie nicht mitkommen nach Deutschland. Hat sie einen anderen Mann geheiratet, als ich sagte, dass ich will übernehmen Ristorante von Onkel Giancarlo in Hamburg.« Er zuckte mit den Schultern. »Kann man nicht machen. Haben wir wohl auch nicht gut zusammengepasst mit unsere Pläne für Leben.«

»Schade, dass die Sache auseinandergegangen ist. Du hättest eine gute Frau an deiner Seite verdient.«

»Ist schon fast vergessen. Habe zu viele Arbeit, um zu denken an die vergangenen Geschichten. Und Maria ist gute Hilfe für mich und sehr fleißig.«

»Aber was wird sein, wenn deine Schwester im Sommer zurückgeht nach Italien? Ach, ich darf selbst gar nicht daran denken, dass ich dann schon wieder eine Freundin verlieren werde. Und was ist mit dir? Du wirst eine Kellnerin einstellen müssen, oder?«

Dino zuckte nur mit den Schultern.

Schweigend gingen sie weiter. Dann sagte Clara:

»Erzähl mir von San Pietro, von deinem Zuhause. Wie war das, bevor du nach Deutschland gekommen bist?«

»Oh, ist eine kleine arme Dorf mit viele Zitronen, nicht viele Arbeit sonst. Sind viele Männer gegangen nach Deutschland zu finden Arbeit in fremde Land. Aber ich wollte nicht arbeiten in die Fabrik oder auf die Werft. Wollte haben Ristorante und kochen feine Speisen für die glückliche Gäste. Mein Vater war dagegen. Wollte er, dass ich mit meine Bruder übernehme Zitronenplantage. Hat gegeben eine bisschen die Streit. Aber ich habe unbedingt gewollt nach Deutschland. Als Onkel Giancarlo gefragt, ob ich will kommen und helfen mit ihm hier in Hamburg, habe ich sofort gesagt: Ja, ich komme.«

»Und waren deine Eltern sauer auf dich?« Clara verbesserte sich sofort, weil sie nicht wusste, ob Dino die doppelte Bedeutung des Wortes kannte: »Ich meine, waren sie dir böse?«

»Eine bisschen, ja, am Anfang. Aber bald haben eingesehen, dass sie können mich nicht zurückhalten, weil meine Träume sind stärker als alte Tradition von Familie. Ich will gehen mein Weg. Und jetzt, wo ich immer schicke eine bisschen die Geld nach Hause, sie sind zufrieden mit meine Entscheidung.« Dino lachte leise. Doch rasch wurde er wieder ernst. »Manchmal man muss bisschen kämpfen für seine Weg und seine Zukunft, Clara. Auch du hast gekämpft für deine Traum, weil du hast hart gearbeitet, um deine neue Fotoapparat zu kaufen.«

»Ja, wenigstens das habe ich geschafft.« Clara seufzte.

»Ist erste Schritt auf deine Reise, um eine gute *Giornalista* zu werden. Wenn du nicht gibst auf deine Traum, wirst du stark genug sein zu schaffen, was du willst.«

»Danke. Ich bin froh, dass du an mich glaubst, Dino.«

»Das ist nicht so wichtig, dass ich glaube. Wichtig ist, musst du selbst glauben an dich.«

Dinos Worte gingen Clara auf dem Heimweg durch den Kopf. War es wirklich so einfach, die eigenen Ziele im Leben zu erreichen? Genügte es, auf sich selbst zu vertrauen, wenn ihr doch immer wieder Steine in den Weg gelegt wurden? Beim *Hamburger Tagesboten* glaubte niemand an ihr Können als Fotografin. Freddy hatte sich mit der nächstbesten Frau getröstet, nur weil sie an ein paar Samstagabenden nicht mit ihm ausgehen konnte. Wie sollte man da nicht an sich selbst zweifeln?

Es war dunkel geworden, als sie nach ihrem Spaziergang mit Dino und ihrem anschließenden Spüldienst in der Restaurantküche zurück nach Altona kam. Das Haus der Ohlsons lag finster und wie verlassen, kein einziges Fenster war erleuchtet. Im Licht einer Straßenlaterne kramte Clara in ihrer Handtasche nach dem Schlüssel. Sie erschrak, als sie vor der Tür die Bewegung eines Schattens wahrnahm. Da stand jemand an der Treppe zu ihrem Souterrainzimmer.

»Clara! Da bist du ja endlich.«

Es war Freddy. Er sprang mit einem Satz die drei Stufen hinauf ins Licht.

Claras Herz machte einen dumpfen Schlag. »Du – hier?«

Freddy nickte grinsend. In der einen Hand hielt er einen riesigen Strauß mit langstieligen dunkelroten Rosen, in der anderen eine Champagnerflasche. Beides streckte er ihr entgegen. »Ich warte schon den ganzen Abend auf dich. Und ich frage nicht, wo du gewesen bist. Ich will gar nicht wissen, ob du dich mit einem anderen Mann getröstet hast. Sei's drum. Schließlich hast du was gut bei mir. Aber wenn du noch länger gebraucht hättest, dann wären die Blumen vertrocknet. Ich befürchte, der Schampus ist schon ein bisschen zu warm geworden, um gleich damit anzustoßen.«

»Freddy ...« Claras Mund blieb vor Verblüffung offen. Sie war stehen geblieben und betrachtete ihn wie eine Fata Morgana. »Was tust du hier?«

»Ich will mit dir reden. Bitte vergiss, was ich getan habe. Wir fangen einfach noch mal von vorne an.« Unvermittelt sank Freddy vor ihr auf das linke Knie, das andere Bein angewinkelt. Er legte den Rosenstrauß und die Champagnerflasche neben sich auf den Boden und faltete die Hände.

»Ich bitte dich inständig um Verzeihung für meinen unentschuldbaren Fehltritt und schwöre bei allen Sternen des Himmels, dass ich dir für den Rest meines Lebens treu bleiben werde, ganz gleich, wie oft und wie lange du mich und mein Liebesbedürfnis auch vernachlässigst. Möchtest du, Fräulein Clara von Thorau, mich, Alfred Tönnsen junior, zu deinem Ehemann nehmen und lieben und ehren, so lange bis der Tod uns scheidet?«

Clara war so verblüfft, dass sie kein Wort herausbrachte.

»Möchtest du dein bisheriges Leben mit all seinen Mühsalen hinter dir lassen und deine Zukunft an meiner Seite verbringen?«, fuhr Freddy ungerührt fort. »Ich schwöre, dass ich dich von nun an auf Händen tragen und stets auf Rosen betten und dir nie wieder Anlass geben werde, unglücklich zu sein. Liebste Clara, möchtest du die Meine werden für immer und ewig, mit mir zusammen das große Glück erleben, so sage bitte laut und deutlich: Ja!«

Seine hellen Zähne blitzten im Licht der Straßenlaterne, als er Clara anlachte, so fröhlich und so selbstbewusst wie immer. Für einen Moment durchfuhr sie ein Strom von Glück, von dem sie nicht geahnt hatte, dass sie es noch fühlen konnte. Da war etwas in ihr, das sich danach sehnte, sich in seine Arme zu werfen und »Ja« zu sagen. Das den ganzen hässlichen Streit und die Sache mit Paloma vergessen wollte. In diesem Augenblick schien sich zu erfüllen, worauf sie seit ihrer ersten Begegnung mit Freddy gehofft hatte.

Aber da war auch etwas anderes in ihr, eine leise mahnende Stimme und die unausgesprochene Frage: Ist es das, was du in deinem tiefsten Inneren wirklich möchtest, Clara?

»Komm schon«, rief Freddy vergnügt und diesmal ohne all die spöttische Theatralik, mit der er seinen Antrag gemacht hatte. »Sag endlich Ja! Mir tut allmählich das Knie weh. Oder vermisst du einen Ring? Tut mir leid, heute ist Sonntag, die Geschäfte haben zu, sonst hätte ich dir ganz bestimmt einen gekauft, bevor ich hergekommen bin. Versprochen.«

Clara sah ihn schweigend an. Ein Moped knatterte hinter ihr die Straße entlang, dann war es wieder still.

»Bitte steh auf, Freddy«, antwortete sie schließlich, und ihre Stimme war fest und klar. »Nimm die Rosen und den Champagner und geh nach Hause. Du hast mich schon so oft enttäuscht, und ich habe keine Lust mehr, mir noch mal von dir das Herz brechen zu lassen. Es tut mir leid, und es macht mich traurig, aber ich habe meine eigenen Vorstellungen, wie meine Zukunft aussehen soll, und darin kommst du neuerdings nicht mehr vor. Ich habe viel zu oft auf dich gehört in den vergangenen Monaten und mich dabei von meinem Kurs abbringen lassen. Weil ich so verliebt in dich war, hätte ich beinahe vergessen, was mir wirklich wichtig ist. Aber das ist jetzt vorbei. Ich vertraue wieder auf mich selbst, auf das, was ich bin und kann und erreichen will. Es gibt Menschen, die mich dabei bestärken, und du gehörst nicht dazu. Ob ich ohne dich glücklich werde, das weiß ich nicht, aber ich weiß ganz sicher, das ich es mit dir nicht werde.«

Freddy betrachtete sie mit gerunzelter Stirn und offenem Mund. Schließlich stand er auf.

»Na, wenn du meinst ...«, sagte er. »Aber die Rosen musst du behalten, ich habe sonst keine Verwendung dafür.«

Er drückte ihr den Strauß in die Hand und ging.

Als Clara die Blumen wenig später in einer Vase, die sie aus der Küche der Ohlsons geholt hatte, vor dem Spiegel ihrer Frisierkommode abstellte, sah sie, dass einige schon ihre Köpfe hängen ließen. Sie waren zu lange ohne Wasser gewesen. Clara lächelte müde. Die Rosen erschienen ihr wie ein Abbild ihrer Liebe zu Freddy: die ganze Herrlichkeit war dahin. Aber heute tat es nicht mehr so weh. Es gab eine Zukunft, auch ohne ihn.

24.

Anfang April kam der Frühling mit aller Macht nach Hamburg. Frau Ohlson hatte Clara ihr altes Fahrrad vermacht, und Clara freute sich, dass sie nun flott in der Stadt unterwegs sein konnte und nicht mehr auf die Straßenbahn angewiesen war. Die Tage wurden allmählich wieder länger, und sie unternahm jeden Abend eine kleine Tour mit dem Rad, wenn sie die Redaktion des *Tagesboten* verließ. Rund um die Alster zeigten sich die Bäume in zartem Grün, das Wasser war belebt von Booten, deren bunte Wimpel im Fahrtwind flatterten, und in den Parks und Vorgärten der Harvestehuder Villen blühten die Tulpenrabatten und die rosaroten Kirschbäume. Schon beim ersten Sonnenstrahl hatten die Wirte Tische und Stühle vor die Lokale gestellt, und da saßen die Leute nun in Hut und Mantel, um ihren Kaffee, ihre Limonade oder ihre Eisschokolade an der frischen Luft zu genießen, obwohl es dafür eigentlich noch zu kalt war. Jedes Mal, wenn Clara ein Liebespaar sah, das Hand in Hand über die Alsterpromenade spazierte, fühlte sie einen Stich im Herzen. Dann dachte sie daran, wie sie hier an Freddys Arm gegangen und wie glücklich sie einmal mit ihm gewesen war. Doch der Schmerz darüber, wie sehr er sie enttäuscht hatte, ließ jeden Tag ein wenig nach, und mit der aufblühenden Natur kehrte auch ihre Zuversicht zurück.

Die Kamera einsatzbereit um die Schulter gehängt, radelte sie eines Nachmittags durch die Straßen auf der Suche nach hübschen Frühlingsmotiven. Plötzlich stutzte sie und brachte ihr Fahrrad mit einem lauten Quietschen der Bremsen zum Stehen. Von einem riesigen Werbeplakat neben der Straßenbahnhaltestelle Jungfernstieg lächelte Sanni auf sie herab. Vor Schreck über diesen unerwarteten Anblick und durch das abrupte Bremsmanöver wäre Clara fast die Kamera heruntergerutscht. Das überdimensionale Foto zeigte ihre Freundin an einem weißen, menschenleeren Traumstrand, sie lehnte sich gegen den Stamm einer Kokospalme, das Gesicht von der Sonne beschienen, und trug nichts als einen winzigen roten Bikini. »Sunstar Bademoden. Der nächste Sommer kommt bestimmt«, stand daneben. Clara mochte ihren Augen kaum trauen. Aber es war Sanni, daran gab es keinen Zweifel. Sie hatte es also tatsächlich geschafft! Sie war für eine internationale Werbekampagne gebucht worden. Kein Wunder, Sanni sah wunderschön und sehr verführerisch aus. Man bekam sofort Lust, sich diesen kleinen roten Bikini zu kaufen in der Hoffnung, dann eine genauso gute Figur zu machen wie sie.

Zwei Oberstufenschüler, die mit ihren Schultaschen unter dem Arm an der Haltestelle auf die Bahn warteten, starrten mit breitem Grinsen im Gesicht auf Sannis lange Beine und das, was die drei Stoffdreiecke des Bikinis von ihrem leicht gebräunten Körper bedeckten.

Plötzlich begann der eine von ihnen zu singen: »*Itsy Bitsy Teenie Weenie Honolulu Strandbikini* ...«, der Gute-Laune-Sommerhit von Caterina Valente, der seit zwei Jahren im Radio lief.

»Schicke Biene auf dem Plakat«, murmelte der andere anerkennend. »So einen Bikini sollte meine Freundin mal anziehen ...«

»Obszön ist das, eine Unverschämtheit, so einen Nackedei hier mitten in der Stadt aufzuhängen«, beschwerte sich eine alte

Frau, die gerade vorbeiging, und erhob empört ihren Krückstock. »Das sollte man verbieten. Gucken Sie da nicht so hin, Sie Flegel!« Sie warf den Jungen einen missbilligenden Blick zu und schlurfte dann kopfschüttelnd weiter.

Clara nahm die Kamera heraus und knipste das Plakat, um Sanni später einmal zeigen zu können, wie die Reklame in Hamburg aussah. Sie war viel zu aufgedreht, um jetzt nach Hause zu fahren. Stattdessen radelte sie kreuz und quer durch das Stadtzentrum auf der Suche nach weiteren Plakaten, und tatsächlich fand sie zwischen Jungfernstieg, Rathaus und Michel noch fünf weitere großformatige Werbeplakate, auf denen Sanni in ihrem roten Bikini mit herausforderndem Lächeln an der Palme lehnte und auf die Passanten herabblickte. Das Bild zog die Blicke aller auf sich, kaum einer, der im Vorbeigehen nicht einen Kommentar abgab, sei es ein bewundernder Pfiff, sei es ein empörtes Grummeln.

Selbst in der Redaktion des *Tagesboten* blieb die Werbekampagne nicht unbeachtet. Wie Clara erfuhr, wollte die Wäschefirma Sunstar eine Fotoanzeige in der Zeitung buchen, und nun gingen die Meinungen auseinander, ob so ein frivoles Bild im Blatt den Lesern und Leserinnen zugemutet werden könne.

»Ich mache mir wirklich Sorgen, dass viele Leute ihr Abonnement kündigen, wenn wir zulassen, dass in unserer angesehenen Zeitung ein so freizügiges Bild abgedruckt wird«, fasste Herr Bargemann, der Redaktionsleiter, seine Bedenken bei der nächsten Konferenz zusammen.

»Das ist absolut richtig.« Einer der älteren Redakteure nickte. Es war Herr Kienhoff, der Redakteur, der Clara damals ihren ersten Artikel diktiert hatte. »Wir müssen nicht jede schamlose Mode mitmachen. Als seriöse Zeitung tragen wir Verantwortung.«

Und ein Redakteur aus dem Feuilleton fügte hinzu: »Schlimm genug, dass schon auf der Kinoleinwand Frauen im Bikini auftauchen und unsere Jugend verderben, wie in diesem Agentenfilm aus England ...«

»Oh ja«, flüsterte Hertha und stieß Clara begeistert in die Seite. »Das war in *James Bond – 007 jagt Doktor No*, den Film habe ich auch gesehen. Sensationell! Wie Ursula Andress im weißen Bikini den karibischen Wellen entsteigt, die Haare tropfnass, ein Messer am Höschen, und diesem knallharten Agenten den Kopf verdreht – was für eine erotische Szene! Einfach nur atemberaubend. Hast du den Film auch gesehen?«

»Leider nein«, flüsterte Clara und schüttelte den Kopf, während sie mahnend einen Finger auf die Lippen legte. Doktor Bargemann hatte ihr Getuschel bereits bemerkt und warf den beiden jungen Frauen einen missbilligenden Blick zu.

»Diese Anzeige würde unsere Zeitung aber auf jeden Fall ins Gespräch bringen«, sagte ein Kollege aus der Wirtschaftsredaktion gerade, und der Chef der Werbeabteilung warnte: »Wenn wir sie nicht drucken, geht uns eine Menge Geld flöten, dann wandert Sunstar mit der Kampagne zur Konkurrenz.«

Doch Herr Bargemann schüttelte den Kopf.

»Dann sollen die sich den Ärger mit ihren Lesern einhandeln. Unser Blatt bleibt sauber. Wir sind eine anständige Zeitung und kein billiges Sex-Blättchen. Ende der Diskussion.« Damit war es entschieden.

»Manchmal kann der Chef so entsetzlich spießig sein«, seufzte Hertha, als sie und Clara nach der Besprechung zurück an ihre Schreibtische gingen. »Ich wette, die Ausgabe mit der Bikiniwerbung wird der Renner. Sämtliche Jungs zwischen fünfzehn und fünfundfünfzig werden sich genau diese Zeitung kaufen – weil sie sich das hübsche Bikinimädchen ausschneiden und zu

Hause übers Bett hängen oder heimlich in der Nachttischschublade aufbewahren wollen ...« Sie schüttelte lachend den Kopf.

»Ich werde mir die Zeitung mit der Anzeige auch auf jeden Fall kaufen«, gestand Clara. »Das hübsche Bikinimädchen ist nämlich meine Freundin Sanni. Mit ihr bin ich im vorigen Jahr von München nach Hamburg gezogen, und seit ein paar Monaten lebt sie als Mannequin in London. Ich war dabei, als der Chef der Modell-Agentur sie angesprochen hat.«

»Was? Du bist mit diesem Wahnsinnsmädchen befreundet? Das ist ja unglaublich.«

»Oh ja. Ich hatte dir doch vor ein paar Wochen erzählt, dass ich eine Freundin in London besuche und zugucke, wie sie auf einem Laufsteg die neuen Miniröcke von Mary Quant präsentiert. Ich bin furchtbar stolz auf sie. Die Sunstar-Anzeige ist ihre erste internationale Kampagne als Fotomodell.«

»Wie beneidenswert. Darf ich deine Freundin kennenlernen, wenn sie das nächste Mal nach Hamburg kommt? Ich hätte so gern ein Autogramm von ihr.«

»Klar, das freut sie bestimmt. Aber sie ist furchtbar beschäftigt, ich weiß wirklich nicht, wann das sein wird.«

Kurz vor Redaktionsschluss kam Herr Kienhoff an Claras Schreibtisch, in der Hand ein handschriftlich verfasstes Manuskript, im Mundwinkel wie immer eine Zigarette.

»Fräulein von Thorau, mein Leitartikel für morgen früh muss noch getippt werden. Wenn Sie dann bitte schön ...«

Clara nickte und verkniff sich einen raschen Blick auf die große Uhr an der Wand. Eigentlich hatte sie schon längst Feierabend, aber es war eher die Ausnahme, dass sie die Redaktion pünktlich verließ. Fast jeden Tag hatte einer der Redakteure noch »bitte ganz schnell und furchtbar dringend« etwas zu diktieren, wenn sie gerade gehen wollte. Sie klappte die Schreibmaschine also noch einmal auf und spannte einen Bogen Papier zwischen die Walzen. Das hatte sie mittlerweile schon so oft gemacht, dass sie die Handgriffe vermutlich auch im Schlaf hätte verrichten können. Kurz darauf flogen ihre Finger über die Tasten, während Herr Kienhoff seinen Artikel diktierte.

»Moderne Werbung und warum wir uns wehren müssen – von Albert Kienhoff.« Er räusperte sich kurz, nachdem er die Titelzeile seines Artikels diktiert hatte, und fuhr dann fort: »Der verbreitete Verlust von Anstand und Moral in unserer Gesellschaft kann einem Angst und Bange machen. Wohin sind wir gekommen, wenn obszöne Fotos von nahezu unbekleideten Frauen jetzt nicht nur hinter vorgehaltener Hand in schmuddeligen Hinterzimmern kursieren, sondern öffentlich und überdimensional an den Plakatwänden unserer Städte ausgestellt werden, zum Schaden unserer Kinder und Jugendlichen, die diesen Bildern schutzlos ausgeliefert sind! Was die aktuelle Bademodenwerbung der Firma Sunstar, die gerade überall in Deutschland das Straßenbild prägt, mit den Seelen unserer Jüngsten macht, können wir nur erahnen. Wie soll jemand, der schon in frühen Jahren mit solchen schockierenden Fotos konfrontiert wird, zu einem ehrbaren Erwachsenen heranreifen? Besonders aber gilt es, an die Psyche unserer jungen Mädchen zu denken ...«

Seine Stimme wurde mit jedem Satz lauter. Herr Kienhoff redete sich in Rage. Clara kam kaum mit dem Tippen hinterher, obwohl sie durch die monatelange Übung an der Maschine inzwischen tatsächlich sehr schnell geworden war.

»Wir machen uns mitschuldig, wenn wir derartig unmoralische Werbeplakate nicht umgehend verbieten. Wir werden Zeugen einer Verwahrlosung unserer Gesellschaft, ausgelöst durch Frauen, die den Pfad der Tugend verlassen haben, um ihr vermeintliches Lebensglück außerhalb von Heim und Familie zu suchen. Diesen Umbruch gilt es zu stoppen. Wir müssen zurück in alte und bessere Zeiten. Gewiss war in der Vergangenheit nicht alles rosig, aber unter Adolf wussten die deutschen Frauen wenigstens noch, was sich gehört und was ihre eigentliche Rolle ist, nämlich die der treu und anständig sorgenden Ehegattin und Mutter ...«

Die letzten Sätze hatte Clara nicht mehr mitgeschrieben. Erschrocken lauschte sie Herrn Kienhoffs Stimme. Als er sein Diktat für einen Moment unterbrach, um an seiner Zigarette zu ziehen, fragte sie: »Soll ich das wirklich schreiben? Das mit Adolf?«

»Ja, natürlich«, schnauzte er. »Denken Sie, ich diktiere Ihnen das aus Spaß?«

»Ich meine bloß ...«

»Sie haben gar nichts zu meinen. Sie sind hier, um meinen Text zu tippen.«

Clara betrachtete ihre kurz manikürten Fingernägel, die reglos auf den Tasten der Schreibmaschine lagen.

»Nein«, brachte sie leise heraus. »Tut mir leid, das kann ich nicht.«

»Was können Sie nicht?«

»Ich kann das nicht schreiben, das mit der treusorgenden deutschen Frau unter Hitler. Ich frage mich, was das Bikini-Plakat damit zu tun hat. Außerdem finde ich nicht, dass man irgendetwas aus der Gedankenwelt dieses Verbrechers gutheißen kann. Möchten Sie den Frauen heute ernsthaft vorschreiben, dass Kinderkriegen und Erziehung ihr einziger Lebensinhalt ist?«

Sie sah ihn an. Während sie gesprochen hatte, war das sonst so fahle Gesicht des Redakteurs vor Zorn rot angelaufen. Mit einer heftigen Bewegung zerdrückte er seine Zigarette in einem Aschenbecher auf der Fensterbank und baute sich vor ihr auf.

»Sie erlauben sich die Frechheit, meinen Leitartikel zu kritisieren? Sie wollen mir, der ich seit zwölf Jahren Ressortleiter bei dieser Zeitung bin, Vorhaltungen machen? Was nehmen Sie sich eigentlich heraus, junges Fräulein? Ich lasse mir doch von so einer kleinen, ungebildeten Tippse nicht sagen, wie ich meine Artikel zu schreiben habe!«

Er brüllte so laut durch das große Büro, dass alle anderen für einen Moment still verharrten.

»Aber Herr Kienhoff ...«

»Schluss. Geben Sie her!«

Er streckte die Hand aus. Folgsam kurbelte Clara das halb beschriebene Blatt aus der Maschine und reichte es ihm. Aus den Augenwinkeln nahm sie wahr, dass Hertha den Vorfall erschrocken beobachtete. Sie hatte eine Hand vor den Mund gelegt und schüttelte warnend und kaum merklich den Kopf.

»Fräulein Fuchs, Sie übernehmen das.«

Der Redakteur wechselte an den Schreibtisch der Chefassistentin, wo Hertha mit unbewegtem Gesicht das Blatt einspannte und seinen Artikel weitertippte, ohne auch nur einmal aufzusehen. Als das Diktat beendet war, wandte sich Herr Kienhoff noch einmal an Clara:

»Ihr Verhalten wird Konsequenzen haben, mein Fräulein. Darauf können Sie sich verlassen.«

Mit zitternden Händen klappte Clara ihre Schreibmaschine zu. Sie sah, wie der Redakteur auf seinen harten Sohlen quer durch das Büro stampfte, dann an Doktor Bargemanns Bürotür klopfte und eintrat.

»Herrje«, sagte Hertha leise und beugte sich zu Clara herüber. »Was hast du nur getan? Du darfst dich doch nicht einmischen in das, was die Redakteure diktieren.«

»Aber wenn es doch so ein Mist ist?«, flüsterte Clara. »Er kann doch nicht ernsthaft schreiben, dass unter Adolf ...«

»Clara, das kann uns völlig egal sein, was sich die Herren Redakteure da ausdenken. Und wenn es der größte Blödsinn unter der Sonne ist. Augen zu und durch! Wir sind nur hier, um das zu tippen, was sie uns vortragen.«

Clara schüttelte den Kopf. »Nein, das finde ich nicht. Irgendwo sind Grenzen. Weißt du, beim Schreiben hatte ich das Gefühl, ich beleidige Sanni. Das ist doch meine Freundin, die er mit seinem Leitartikel beschimpft. Meine Freundin und alle anderen modernen Frauen, die selbstbewusst im Beruf stehen und Spaß im Leben haben und nicht ihren einzigen Daseinszweck darin sehen, dem Großdeutschen Volk möglichst viele arische Kinder zu gebären wie damals im Dritten Reich ...«

Sie verdrehte angewidert die Augen. »Diese Zeiten sind zum Glück vorbei, Hertha.«

Bei diesen Worten verspürte Clara eine tiefe innere Ruhe. Ja, sie hatte richtig gehandelt. Sie hatte sich von ihrem inneren Kompass leiten lassen, und das fühlte sich gut an.

Hertha kam nicht dazu, etwas zu antworten. Denn das Telefon auf ihrem Tisch klingelte. Sie nahm den Hörer ab und wechselte nur wenige Worte. Als sie wieder aufgelegt hatte, sah sie Clara mit besorgter Mine an.

»Du sollst zum Chef gehen. Jetzt gleich.«

25.

Dino und Maria hatten vor einigen Tagen ein paar Tische, Stühle und Sonnenschirme in den kleinen Hof hinter dem Bella Napoli gestellt. Um zwischen den kahlen Mauern der umstehenden Gebäude ein wenig italienisches Flair aufkommen zu lassen, hatten sie zwei Terrakottatöpfe mit blühenden Oleanderbäumchen zwischen die Tische geschoben.

An einem der Tische saßen nun Clara und Maria, zwei halb geleerte Kaffeetassen vor sich. Es war der Vormittag nach dem Eklat im Verlag, das Restaurant noch geschlossen, und die beiden konnten ungestört miteinander reden.

»Tut es mir so leid«, flüsterte Maria und drückte Claras Hand. »Bin ich ganz traurig, dass du hast deine Job bei die Zeitung verloren. Und dein Chef gar nix mehr sprechen mit dir?«

»Nein, nicht viel. Er hat mich in sein Büro bestellt und nur gesagt, es stünde mir nicht zu, mich in die Arbeit der Redakteure einzumischen. Solche Respektlosigkeiten könne er in seinem Verlag nicht dulden. Ich musste sofort meine Sachen packen und gehen.«

Clara schluckte bei der Erinnerung an die Ereignisse des vergangenen Tages. Noch immer sah sie das wutverzerrte Gesicht von Herrn Kienhoff vor sich, die ernste Miene des Chefredakteurs in dem Moment, in dem er ihre fristlose Kündigung aussprach, und Herthas ungläubigen Blick, mit dem sie zusah, wie Clara ihre wenigen persönlichen Habseligkeiten vom Schreibtisch räumte.

»Doktor Bargemann hat dich tatsächlich gefeuert?«, hatte sie geflüstert. »Knall auf Fall?«

Clara hatte genickt. In diesem Augenblick war sie selbst viel zu erschrocken gewesen, um Zorn, Kummer oder Enttäuschung zu fühlen.

»Soll ich versuchen, noch ein gutes Wort für dich einzulegen?«

»Das ist lieb von dir, Hertha, aber ich befürchte, das hat keinen Sinn mehr. Er hat mich bereits ausbezahlt. Es ist vorbei.«

Hertha hatte sie zur Tür begleitet. Die beiden Frauen umarmten einander zum Abschied.

»Lass uns in Verbindung bleiben«, bat Hertha, was Clara ihr nur zu gerne versprach. Mit einem in den Raum gemurmelten »Auf Wiedersehen« und wackeligen Knien hatte sie das Redaktionsbüro verlassen.

Das war es also gewesen mit ihrer kurzen Karriere beim *Hamburger Tagesboten*, dachte sie bitter, während sie im Paternoster nach unten fuhr. Zuerst war ihr Traum als Journalistin zu arbeiten geplatzt, dann war das mit Freddy vorbei gewesen, und jetzt hatte sie auch noch ihre Anstellung als einfache Schreibkraft verloren. Sie musste wieder bei null anfangen. Und dennoch war es richtig gewesen, Nein zu sagen. Sie wollte nicht dazu beitragen, dass so ein frauenverachtender, vorgestriger Artikel gedruckt wurde, und hatte Haltung bewiesen. Leo wäre stolz auf sie, dachte sie mit einem bitteren Lächeln. Und Sanni auch.

Wie nie zuvor vermisste sie ihre beiden Freunde. Doch die waren unerreichbar weit weg. Leo saß vermutlich gerade in seinem Büro in Frankfurt, um mit den Kollegen von der Staatsanwaltschaft diesen großen Prozess vorzubereiten, und Sanni spazierte womöglich irgendwo auf dieser Welt über einen Laufsteg, während um sie herum die Fotokameras klickten. So war Maria die Erste gewesen, der Clara von ihrem Rauswurf berichtete.

»Immerhin habe ich noch den Lohn für die Woche bekommen«, fuhr Clara fort und drehte die leere Kaffeetasse in den Händen, nachdem sie den letzten Schluck getrunken hatte. »Aber jetzt stehe ich mit nichts da, Maria. Und ich muss doch irgendwo Geld verdienen, um meine Miete zu bezahlen und alles.« Sie holte tief Luft und fuhr fort: »Meinst du, ich könnte wieder bei euch anfangen? Ich meine so richtig, nicht nur ein paar Stunden in der Woche.«

Ein Lächeln huschte über Marias Gesicht.

»*Nessun problema.* Iste bestimmt keine Probleme. Bin ich sicher, dass Dino wird das haben sehr gerne. Ist er doch immer froh, wenn du da bist.«

Clara lächelte erleichtert.

»Danke, Maria. Oh, das wäre toll, wenn Dino einverstanden ist.«

Maria nickte. »Ist er ganz bestimmt. Haben wir beide so viele zu tun jetzt in die Sommer, sind wir glücklich, wenn hilfst du bei Arbeit.«

Noch am selben Abend schlüpfte Clara in der Küche des Bella Napoli in ihren alten Kittel, der noch immer am Haken hinter der Tür hing, und trat erneut ihren Dienst an. Dieses Mal spürte sie die Hitze des Pizzaofens und den beißenden Knoblauchgeruch kaum mehr. Beim Hacken der Zwiebeln entlud sich ihre ganze Wut über die Kränkungen, die sie in den vergangenen Wochen erlebt hatte, und schließlich hatte sie nur noch einen Gedanken im Kopf: Was erlaubten sich diese Männer eigentlich?

Die Sache mit Herrn Kienhoffs Leitartikel ließ Clara keine Ruhe. Sie hatte sich die Ausgabe des *Tagesboten* gekauft, in der er abgedruckt worden war, und noch immer wallte Empörung in ihr auf, wenn sie die Worte las, die sie sich geweigert hatte zu tippen: »... unter Adolf wussten die deutschen Frauen wenigstens noch, was sich gehört und was ihre eigentliche Rolle ist, nämlich die der treu und anständig sorgenden Ehegattin und Mutter ...«

Sie hatte sich den Artikel ausgeschnitten, und wie eine Mahnung lag er vor dem Spiegel auf ihrem Frisiertisch. Ja, es bestätigte sich immer wieder, was Freddy und Leo gesagt hatten: Auch wenn in Deutschland nach dem Krieg ein neues Zeitalter angebrochen war, die vielen Leute, die Hitler damals zugejubelt hatten, waren ja – trotz aller Entnazifizierungsprogramme – nicht plötzlich ausgestorben. Noch immer gab es an wichtigen Stellen in Deutschland Menschen, die im alten Geiste dachten und handelten. Und dieser unsympathische Herr Kienhoff gehörte offensichtlich dazu.

Plötzlich hatte Clara eine Idee. Sie nahm einen Briefblock und einen Stift aus der Schublade ihres Nachtschranks und begann mit raschen Zügen und ohne einmal abzusetzen zu schreiben.

»Sehr geehrte Redaktion des *Hamburger Tagesboten*! Mit Entsetzen habe ich den Leitartikel Ihres geschätzten Kollegen Albert Kienhoff gelesen. Ich bin erschüttert über die verqueren Ansichten, die dieser Mann in Ihrem Blatt verbreiten darf. Anstatt sich über das Foto einer hübschen jungen Frau im Bikini aufzuregen, sollten wir unser Augenmerk vielmehr auf die Tatsache richten, dass auch achtzehn Jahre nach Kriegsende noch immer viele alte Nazis unbescholten in unserem Land leben. Und das sogar in Positionen, in denen sie ihr übles Gedankengut straflos in der Öffentlichkeit kundtun dürfen – wie der Artikel Ihres Redakteurs nahelegt. Ich protestiere ausdrücklich gegen diese Gesinnung. Frauen sind nicht nur auf der Welt, um die Kinder ihrer Ehemänner auf die Welt zu bringen und deren Haushalt in Ordnung zu halten. Nein, meine Herren, falsch gedacht! Kochen, Bügeln und Putzen sind keine natürlich weiblichen Tätigkeiten. Frauen können sehr viel mehr als das. Sie können auch Fotografieren oder Zeitungsartikel schreiben, sie können die neue Mode präsentieren oder in einer Pizzeria ihren Mann stehen ...«

Clara schrieb und schrieb, und mit jedem Satz fiel etwas von der Verbitterung ab, die sie seit ihrem Rausschmiss quälte. Die Worte flossen beinahe selbstständig aus der Spitze ihres Füllfederhalters. Als sie nach zwei rasch beschriebenen Seiten schließlich ihren Namen unter den Text setzen wollte, stockte sie. Wenn die Redaktion erfuhr, dass sie selbst diesen flammenden Leserbrief verfasst hatte, würde er dort sofort im Papierkorb landen. Das durfte nicht geschehen. Sie dachte kurz nach, dann unterschrieb sie mit einem Fantasienamen: »Freundliche Grüße, Ihre treue Leserin Margarita Napoli.«

Als Absender gab sie die Adresse der Pizzeria an. Sie las sich den Brief nicht noch einmal durch, sondern faltete ihn zusammen und stecke ihn in ein Kuvert. Einen Tag später lag er bereits im Postkasten.

Es gab ihr ein gutes Gefühl. In bester Laune trat sie ihren Dienst im Bella Napoli an. Als sie beim Zwiebelschneiden plötzlich anfing ein Lied zu pfeifen, sah sie Dino, der neben ihr gerade den Pizzateig knetete, erstaunt an.

»Hast du gute Nachrichten bekommen? Du bist so vergnügt heute!«

Clara lächelte zurück und erzählte ihm von ihrem Brief an die Zeitung.

»Hast du das gut gemacht.« Dino nickte anerkennend. »Muss man sich immer wehren. Sonst bekommt Bauchschmerzen.«

In den folgenden Tagen ging Clara auf dem Weg zur Pizzeria jedes Mal am Kiosk vorbei und kaufte sich die aktuelle Ausgabe des *Tagesboten*, um nachzusehen, ob ihr Leserbrief bereits gedruckt worden war. Doch jedes Mal wurde sie enttäuscht.

Das Einzige, was ihre Aufmerksamkeit weckte, als sie eines Tages die Zeitung aufschlug, war eine hübsch gerahmte Annonce in der Rubrik Familienanzeigen. Sie enthielt nur wenige Worte, und doch setzte Claras Herzschlag für einen Moment aus.

»Wir haben uns verlobt – Paloma de Vries und Alfred Tönnsen junior – Hamburg-Blankenese im April 1963.«

Nun traten ihr doch die Tränen in die Augen. So lange hatte sie vergeblich darauf gehofft, dass Freddy sich mit ihr verloben würde. Aber immer hatte er sie hingehalten. Und bei Paloma ging es auf einmal ganz schnell. Die Buchstaben verschwammen vor ihren Augen, als sie sich in Erinnerung rief, wie glücklich sie einmal mit Freddy gewesen war, wie sehr sie ihn geliebt hatte – und wie tief er sie enttäuscht hatte. Bei diesem Gedanken knüllte sie die Zeitung zusammen und warf sie in den Papierkorb. Sie wischte sich die Tränen weg. Es war vorbei. Nichts brachte das Glück der Vergangenheit zurück. Sie musste nach vorn schauen.

Vier Tage später wedelte Dino mit einem Brief in der Hand, als er zu Clara in die Küche des Bella Napoli kam.

»Post von die Zeitung!«, rief er und zeigte auf den Absender. »Redaktion Neuer Hamburger Tagesbote. Leserservice.«

»Sie haben geantwortet? Oh, wie aufregend. Gib her!«

Clara legte Messer und Schneidbrett zur Seite, wischte sich die Hände an der Schürze ab und nahm ihm den Brief aus der Hand. Rasch riss sie das Kuvert auf.

Das Schreiben war nur kurz.

»Sehr geehrtes Fräulein Napoli! Vielen Dank für Ihren Brief an unsere Redaktion. Angesichts der vielen Zuschriften, die wir derzeit erhalten, sehen wir leider keine Möglichkeit, Ihren Leserbrief zu veröffentlichen. Mit freundlichen Grüßen ...«

Mit diesem Brief steckte ihr eigener klein zusammengefaltet im Umschlag. Sie hatten ihn zurückgeschickt. Clara ließ enttäuscht die Arme sinken.

»Ich wette, mein Beitrag war ihnen zu kritisch«, sagte sie zu Dino. »Ich wette, wenn ich geschrieben hätte, was für ein kluger und toller Mann dieser Herr Kienhoff ist, dann hätten sie in ihrer Zeitung ein Plätzchen zur Veröffentlichung gefunden.«

Dino nahm Claras Leserbrief in die Hand und las ihn. Er nickte anerkennend.

»Hast du genau gesagt ganz richtig. Frauen können überall gut arbeiten. Und nicht nur in die Küche.« Er zwinkerte ihr zu. »Übrigens: Erwarten wir heute Abend große Gesellschaft in die Lokal, brauche ich Hilfe bei Bedienung. Magst du helfen in Ristorante bei die Gäste?«

»Im Ernst, Dino? Aber ich habe noch nie gekellnert.«

»Ist es nicht schwer. Musst du nur Teller tragen und vielleicht ab und zu Bestellung aufnehmen.« Er lächelte. »Wenn wird *difficile*, dann kümmere ich selbst, wenn Leute fragen welchen Wein, und wenn das nachher um Kassieren geht. Obwohl du das bestimmt auch gut kannst, weil du bist kluge Frau.«

Clara lachte. Für einen Moment vergaß sie alle Rückschläge der vergangenen Wochen.

»Du bist ein Schatz, Dino. Wie bin ich froh, dass wir uns auf der Fahrt nach Hamburg damals kennengelernt haben.«

Dino nahm eine saubere weiße Servierschürze aus dem Wäscheschrank.

»Ist heute für dich.«

Clara zog den fleckigen Arbeitskittel aus und band sich die Schürze um.

»Perfetto!« Dino nickte. Er reichte ihn einen Stift und einen schmalen Schreibblock, auf dem sie die Wünsche der Gäste notieren konnte, und Clara steckte beides in die Schürzentasche. Weil sie auf die Schnelle nicht wusste, wohin damit, schob sie die Post vom Zeitungsverlag gleich mit dazu.

Trotz ihrer Zuversicht war sie am Abend dann doch ziemlich nervös, als sie Maria zum ersten Mal beim Kellnern in der Gaststube half. Heute waren ungewöhnlich viele Gäste in das Lokal gekommen. In der Ecke, wo Clara und Sanni damals bei ihrem ersten Besuch im Bella Napoli gesessen hatten, waren drei Tische zu einer langen Tafel zusammengeschoben worden. Dort saßen zwölf Frauen um die vierzig beieinander und schwatzten und lachten so laut, dass es im ganzen Lokal widerhallte. Sie aßen und tranken reichlich und hielten Clara, Maria und Dino auf Trab. Auf dem Weg zwischen Tisch und Küchentür rief ihr auch immer wieder mal jemand eine Bestellung zu: »Bitte bringen Sie mir noch ein Glas von diesem fantastischen sizilianischen Rotwein! Könnte ich bitte noch einen kleinen Salat zu meiner Pizza haben? Wo bleiben denn meine Makkaroni?« Clara schrieb alles auf den Notizblock aus ihrer Schürzentasche, damit sie nicht den Überblick verlor, und reichte die Wünsche an Dino und den Koch in der Küche weiter. Trotzdem schwirrte ihr bald der Kopf, und obwohl sie versuchte, nicht durcheinanderzukommen, brachte sie doch einmal eine Pizza Margerita zu jemandem, der Spaghetti Bolognese bestellt hatte, und in der Küche rutschten ihr in der Hektik fünf leere Gläser vom Tablett, die mit lautem Klirren auf dem Steinboden zersprangen. Doch niemand nahm es ihr übel, und sie bekam von den meisten Gästen im Lokal ein großzügiges Trinkgeld.

Später am Abend, als sich das Bella Napoli allmählich leerte, taten Clara die Füße weh vom vielen Hin-und-her-Laufen. Auch die meisten Damen von der Tischrunde hatten sich schon verabschiedet, nur eine der Frauen saß noch am Ende der langen Tafel und nippte genüsslich an ihrem Glas Wein. Als Clara die leeren Gläser auf ein Tablett lud, bemerkte sie, dass die fremde Frau sie beobachtete.

»Ist alles in Ordnung?«, erkundigte sie sich bei ihr. »Oder haben Sie noch einen Wunsch?«

»Nein, danke. Ich genieße nur noch die letzten Tropfen dieses wunderbaren Chiantis.« Doch sie trank nicht, sondern drehte das Glas in den Händen, während sie über etwas nachzudenken schien.

»Kennen Sie ein Fräulein Napoli?«, fragte sie schließlich unvermittelt.

Clara wären beinahe die Weinflaschen aus der Hand gerutscht.

»Wie bitte?« Woher kannte diese Frau den geheimen Namen, mit dem Clara ihren Leserbrief an den *Hamburger Tagesboten* unterschrieben hatte? Sie hatte nur Clara und Dino davon erzählt. Niemand außer diesen beiden wusste davon.

»Tut mir leid, ich war neugierig.«

Die Frau nahm einen Briefbogen in die Hand, der vor ihr auf dem Tisch gelegen hatte, und faltete ihn auseinander. »Der hier ist Ihnen vorhin aus der Schürzentasche gefallen. Ich habe ihn vom Boden aufgehoben. Entschuldigen Sie bitte, dass ich ihn gelesen habe. Ich weiß, dass sich so etwas nicht gehört. Aber ich bin leider fürchterlich neugierig. Das muss an meinem Beruf liegen. Ich bin selbst Journalistin.« Sie lächelte verschmitzt, während sie Clara den Brief zurückgab, die ihn verlegen zurück in die Schürzentasche schob.

»Den Brief habe ich geschrieben«, erklärte Clara.

»Sie heißen nicht wirklich Napoli – oder?«

Clara schüttelte den Kopf. »Ich wollte nicht, dass die Leute von der Zeitung meinen echten Namen erfahren, weil ich eine Weile dort in der Redaktion gearbeitet habe und Sorge hatte, dass sie meinen Leserbrief deshalb nicht drucken würden. Aber es hat nichts genützt. Sie haben ihn sowieso nicht veröffentlicht.«

Die Frau nickte. »Hm, so was soll's geben. Und dabei ist er so großartig geschrieben!«

Clara sah sie verblüfft an. »Finden Sie?«

»Ja, glauben Sie mir. Sie müssen wissen, ich bin Redakteurin bei einer Illustrierten, und ich verspreche Ihnen, bei uns wäre Ihre Zuschrift auf jeden Fall gedruckt worden. So einen klugen und flott geschriebenen Text habe ich selten gelesen, von einer jungen Frau zumal ...«

Clara schnappte nach Luft. »Danke! Das bedeutet mir sehr viel.«

Die Frau trank nun doch den letzten Schluck Wein aus und schob Clara das leere Glas zu.

»Sie arbeiten noch nicht lange als Kellnerin im Bella Napoli, oder? Ich bin öfter hier, aber ich habe Sie hier noch nie gesehen.«

»Das stimmt. Ich bin heute nur ausnahmsweise im Lokal eingesprungen. Eigentlich bin ich ...« Clara zögerte. Wie sollte sie diesen Satz beenden? Wer oder was war sie eigentlich? Bei diesem Gedanken spürte sie einen Stich im Herzen. Nichts war geblieben von ihren hochfliegenden Plänen. Sie war erst als Fotografin und dann auch als Redaktionsschreibkraft gescheitert. Nicht einmal Freddys Braut war sie geworden, und selbst als Kellnerin hatte sie heute keine besonders gute Figur gemacht. »Ich bin ein Niemand«, hätte sie der fremden Frau am liebsten gesagt. Aber sie biss für einen Augenblick die Zähne zusammen und schluckte die Tränen der Enttäuschung hinunter, die in ihren Augen aufzusteigen drohten. Dann sagte sie: »Ich habe ein paar Wochen als Schreibkraft beim *Neuen Hamburger Tagesboten* gearbeitet. Aber man hat mich gefeuert, weil ich es gewagt habe, einen Redakteur für seinen Leitartikel zu kritisieren. Dabei ging es um diese Bikini-Plakate, die jetzt überall aushängen. Ich habe ihm ungefähr das gesagt, was ich dann in meinem Leserbrief geschrieben habe. Na ja, eigentlich ist es egal, denn ich wollte ja sowieso Journalistin werden, aber ...« Clara stockte. Es brannte schon wieder verdächtig in ihren Augenwinkeln. »Sagen wir, ich bin gerade dabei, mein Leben neu zu sortieren.«

»Das ist gut.« Die Frau nickte. »Vielleicht kann ich Ihnen dabei helfen. Hätten Sie morgen Vormittag Zeit für ein Gespräch? Um elf im Café Wirth am Mönckebergbrunnen? Ich würde mich freuen.«

Sie öffnete ihre Handtasche und reichte Clara eine Visitenkarte. Ungläubig wanderte Claras Blick über die Buchstaben, die darauf gedruckt waren: »Frau Ilse Löhndorff, Redaktion Modernes Leben, *Aktuelle Revue*, Hamburg.«

···

Frau Löhndorff war noch nicht da, als Clara am nächsten Vormittag das Café Wirth betrat. Bei dem trüben Wetter, das dem frühlingshaften Intermezzo in Hamburg ein Ende bereitet hatte, war das Lokal gut besucht, während draußen auf der verwaisten Terrasse neben dem sprudelnden Mönckebergbrunnen das Regenwasser von den zusammengestellten Gartenmöbeln tropfte. Gedämpftes Stimmengewirr lag wie das Summen eines großen Bienenschwarms im Raum. Zwei Kellnerinnen in weißen Spitzenschürzen trugen kleine Silbertabletts mit Kaffee und Kuchen zu den weiß eingedeckten quadratischen Tischen. Es duftete nach frisch gebrühtem Kaffee, und in der halbrunden Glasvitrine gleich am Eingang standen verlockend aussehende Köstlichkeiten bereit, Marmorkuchen, Sahnetorten, Windbeutel und dergleichen mehr, aber Clara war so aufgeregt, dass sie überhaupt keinen Appetit verspürte. Vor Nervosität hatte sie kaum geschlafen in dieser Nacht, doch jetzt war sie hellwach.

Über drei Stufen betrat sie den hinteren Raum des Cafés, wo sie einen freien Tisch am Fenster fand. Sie setzte sich auf einen der gepolsterten Stühle und hatte gerade eine Tasse Kaffee bestellt, als Frau Löhndorff hereinkam.

»Guten Morgen, verzeihen Sie meine Verspätung, aber wir hatten in der Redaktion noch eine wichtige Besprechung, die sich leider etwas in die Länge gezogen hat.« Sie schüttelte den nassen Schirm aus und legte ihn auf die Fensterbank, bevor sie sich den Mantel auszog und über die Stuhllehne hängte. »Was für ein Wetter!« Sie setzte sich. »Aber nun zu Ihnen. Ich freue mich, dass Sie Zeit für ein Plauderstündchen haben. Vermutlich wundern Sie sich, dass ich Sie um ein Treffen gebeten habe, nicht wahr?«

Clara nickte. »Und dabei habe ich mich Ihnen noch gar nicht vorgestellt.«

»Dann schießen Sie los. Ich habe Zeit. Ich freue mich darauf, Sie kennenzulernen.«

Clara nannte ihren Namen. »Ich bin im vorigen Jahr aus München nach Hamburg gekommen, weil ich hoffte, hier als Journalistin Fuß fassen zu können.« Sie stieß einen Seufzer aus. »Und weil ich ein bisschen verliebt war. Leider in den falschen Mann ...«

Ehe sie sichs versah, hatte sie der fremden Frau in ein paar Zügen ihre Geschichte erzählt, vom ersten Tag an der Münchner Lehranstalt für Photographie bis zum gestrigen Abend, an dem sie zum ersten Mal als Kellnerin im Bella Napoli ausgeholfen hatte.

Als sie fertig war, war ihr Kaffee, den die Bedienung inzwischen gebracht hatte, kalt. Aber es tat so gut, endlich einmal jemandem das Herz ausschütten zu können, auch wenn sie die Frau, die ihr am Tisch gegenübersaß, gar nicht kannte.

Doch Frau Löhndorff nickte verständnisvoll. »Oh, ja. Das Leben schlägt bisweilen die verrücktesten Kapriolen. Als junges Mädchen habe auch ich davon geträumt, meine große Liebe zu heiraten und viele Kinder zu bekommen. Aber dann hat der Krieg alle Pläne durchkreuzt. Mein Verlobter kam nicht mehr aus Russland zurück, und mich hat es aus Schlesien nach Hamburg verschlagen. Nie hätte ich gedacht, dass ich einmal als unverheiratete Frau im Beruf meinen Mann stehen würde. Aber so hat es sich ergeben, jetzt ist der Journalismus meine große Liebe, und ich kann mir kein erfüllteres Leben vorstellen.«

Sie unterbrach sich für einen Moment, weil die Kellnerin kam und ein kleines Tablett mit einer Tasse und einem Kännchen Kaffee vor ihr abstellte. »Aber nun will ich Sie nicht länger auf die Folter spannen«, fuhr sie fort, während sie sich Kaffee und Milch in die Tasse goss. »Wie Sie wissen, war es mir ein außerordentliches Vergnügen, Ihren Leserbrief zu lesen, den die Kollegen beim *Tagesboten* bedauerlicherweise nicht veröffentlichen wollten. Ich bin mir sicher, dass Sie damit vielen Menschen aus dem Herzen sprechen. Vor allem vielen Frauen. Wie sieht es aus? Hätten Sie Lust, für unsere Illustrierte zu arbeiten?«

Clara schluckte erschrocken. Mit großen Augen sah sie Frau Löhndorff an und brachte keine Antwort über die Lippen.

»Wir sind ein aufgeschlossenes, modernes Blatt«, setzte die andere nach, als Clara verblüfft schwieg. »Und wir suchen gescheite junge Frauen, die für unsere Redaktion genau solche Sachen schreiben wie Sie. Was halten Sie davon, wenn Sie Ihren Text bei uns veröffentlichen? Natürlich nicht als Leserbrief, sondern als größeren Artikel. Unter der Überschrift: Was junge Leute heute über die Generation ihrer Eltern denken. Könnten Sie sich das vorstellen?«

»Ob ich mir das vorstellen könnte?« Endlich fand Clara ihre Sprache wieder. »Und wie! Oh, das wäre unglaublich. Es wäre fantastisch, einen ganzen Zeitungsartikel dazu zu schreiben. Es gibt ja nicht nur diesen Herrn Kienhoff, dem der Geist der Vergangenheit noch im Kopf herumspukt. Es leben noch viele Menschen unter uns, die so denken wie er. Diese grauenvolle Zeit der deutschen Geschichte ist kein abgeschlossenes Kapitel, sondern erschreckende Realität in Deutschland.«

Clara redete mit Feuereifer, und Frau Löhndorff nickte zustimmend.

»Es klingt so, als hätten Sie den Artikel für unsere Illustrierte im Kopf schon fast fertig. Sehr gut. Schreiben Sie nach Herzenslust. Sie bekommen so viel Zeit, wie Sie brauchen. Aber machen Sie etwas Gutes daraus. Und wenn Sie fertig sind, rufen Sie mich an.«

»Das mache ich. Ich danke Ihnen für diese Chance.«

»Gern geschehen, ich bin schon sehr gespannt auf Ihren Text. Und danach sehen wir weiter. Ich könnte mir gut vorstellen, dass Sie in Zukunft eine wöchentliche Rubrik bei uns schreiben. ›Was junge Frauen von heute denken‹, oder so ähnlich.«

»Tatsächlich? Das wäre … das wäre die Erfüllung meines größten Traumes. Und ich hätte auch schon eine Idee für meinen nächsten Artikel. Wie wäre es, wenn ich von meinen beiden Freundinnen schreibe? Deren Lebenswege sind etwas ganz Besonderes. Die eine ist von München nach London gegangen, um dort als Mannequin zu arbeiten, die andere von einem Dorf in der Nähe von Neapel nach Hamburg, um mit ihrem Bruder hier eine Pizzeria zu führen. Ich könnte damit zwei beeindruckende Beispiele für den Werdegang moderner Frauen in Europa schildern.«

Frau Löhndorff schmunzelte über Claras Begeisterung und Engagement.

»Das klingt sehr vielversprechend, Fräulein von Thorau.« Und sie fügte hinzu: »Frauen wie wir müssen in diesen Zeiten zusammenhalten.«

Es klang wie eine Verschwörung, und Clara hätte am liebsten einen Luftsprung gemacht vor Freude.

Noch am selben Tag schickte sie einen Brief an Sanni und schrieb ihr, was geschehen war. Ein paar Tage später kam ein Telegramm aus London zurück. »Go for it stop alles Liebe Sanni«

Am Abend, als sie mit Maria und Dino in der Küche des Bella Napoli stand und sie die Speisen für die Restaurantgäste vorbereiteten, erzählte Clara auch den Geschwistern von ihrer Bekanntschaft mit Frau Löhndorff und dem Artikel, den sie schreiben sollte.

»Herzlich Glückwunsch«, rief Dino. »Hast du endlich geschafft deine Einstieg als eine *giornalista*. Habe ich immer gewusst, wird das klappen eines Tages. Komm, müssen wir machen kleine Feier.«

Tatsächlich holte er eine Flasche Spumante aus dem Kühlschrank und füllte drei Gläser, mit denen sie auf Claras Zukunft bei der *Aktuellen Revue* anstießen.

»Vielen Dank, ihr seid so lieb, aber erst einmal ist es ja nur ein Artikel zur Probe«, sagte sie.

»Wirst du gut machen«, gab sich Maria zuversichtlich. »Wenn sie sehen, wie schön du kannst schreiben, lassen dich nicht mehr gehen. Brauchst du nicht mehr Arbeit machen hier in die Küche.«

»Keine Sorge!« Clara lachte. »Wenn ihr Hilfe im Lokal braucht, komme ich jederzeit zurück. Und vielleicht handelt mein nächster Artikel ja von dir, Maria. Wenn ich die wöchentliche Kolumne bekomme, schreibe ich davon, wie du in San Pietro alles hinter dir gelassen hast, deine Familie und deinen Verlobten, um für ein Jahr in Deutschland zu leben. Ich finde, du kannst auch sehr stolz auf dich sein. Du bist sehr mutig und sehr gut in dem, was du tust.«

»Ja? Findest du das?«

Da lag plötzlich etwas in ihrer Stimme, das Clara stutzig machte. Sie betrachtete ihre Freundin verstohlen. Maria lächelte zwar, aber es wirkte gezwungen.

»Was ist los?«, erkundigte sie sich leise, nachdem Dino die beiden allein gelassen hatte, um am anderen Ende der Küche Geschirr auf ein Tablett zu laden. »Ich sehe dir doch an, dass dich etwas beschäftigt.«

Maria wich ihrem Blick aus. »Hast du so große Glück, dass du hast erreicht deine große Traum, und freue ich mich sehr für dich. Aber ich ...« Sie senkte ihre Stimme zu einem Flüstern, damit ihr Bruder nichts hörte. »Habe ich auch eine große Traum.«

Clara nickte verwundert. »Das weiß ich doch, du sehnst dich nach Lorenzo zurück.«

»Ist da noch etwas anderes. Muss ich dir ein Geheimnis erzählen.«

Clara hielt den Atem an.

Nachdem Dino mit dem Stapel frischer Teller aus der Küche gegangen war, um die Tische im Gastraum einzudecken, zog Maria einen Zettel aus der Schürzentasche und faltete ihn auseinander. Es war eine ausgerissene Zeitungsanzeige. Mit großen Augen überflog Clara den Inhalt. »Eiscafé mit schöner Terrasse zu verpachten«, las sie. »Wir suchen für die Zeit der Internationalen Gartenbauausstellung in Hamburg kurzfristig einen Pächter für eine kleine, voll eingerichtete Eisdiele im Park Planten un Blomen ...«

Clara blickte auf. »Sag bloß, du interessierst dich dafür?«

Maria nickte verschämt, so als wäre sie selbst erstaunt über ihre Herzenswünsche. »Das wäre meine große Traum.«

Clara war verblüfft. »Du erstaunst mich immer wieder. Du möchtest tatsächlich dieses Eiscafé übernehmen?«

Noch einmal nickte Maria. Dann brach es aus ihr heraus: »Würde ich haben so große Freude an die Arbeit in kleine Lokal in schöne Park mit die Blumen überall. Würde ich da verkaufen *Caffè* und *Gelato* und nicht mehr stehen ganze Tag und ganze Abend in heiße Küche neben Pizzaofen. Immer riechen ganze Tag nach die Zwiebeln und gebranntes Käse. Denke manchmal, bekomme ich hier keine Luft mehr. Würde ich viel lieber sein auf kleine Terrasse mit die Sonne in Gesicht und viele Blumen überall. Und ist ja nur für ein Sommer ...«

»Das ist ja aufregend. Ich finde die Idee großartig. Aber so eine Pacht ist bestimmt teuer. Und sicher müsstest du eine Ablöse für die Einrichtung zahlen. Oder eine Kaution. Hättest du denn genug Geld dafür?«

Maria biss sich kurz auf die Lippen. »Habe ich doch von Onkel Giancarlo geerbt die Geld. Wollte ich sparen für Hochzeitskleid und neue Möbel und für *Bambini*, wenn wir einmal haben, Lorenzo und ich. Aber jetzt wünsche ich ausgeben für kleine Café!«

Clara schüttelte bewundernd den Kopf. »Du bist noch so viel mutiger, als ich es erwartet hätte. Und was sagen Lorenzo und Dino zu deinen Plänen?«

Das Lächeln verschwand aus Marias Gesicht. »Habe ich noch nicht erzählt. Bist du die Erste, die erfährt von meine geheime Träume.«

»Das ist mir eine große Ehre. Aber du musst unbedingt mit den beiden sprechen. Lorenzo sollte rechtzeitig erfahren, dass du womöglich länger in Hamburg bleibst. Und Dino müsste ja einen Ersatz für dich im Lokal finden.« Noch einmal betrachtete

Clara die Anzeige. »Ich bin mir sicher, dass das Café gut laufen wird. Die Blumenschau zieht garantiert viele Leute in den Park. Und was gibt es Schöneres, als beim Spaziergang zwischendurch eine kleine Pause zu machen und sich einen Kaffee oder ein Eis zu gönnen. Ich werde auf jeden Fall so oft wie möglich vorbeikommen. Oh, ich drücke dir ganz fest die Daumen, dass es klappt!«

»Danke. Bist du meine liebe Freundin.« Maria seufzte leise. »Aber gibt noch eine Problem: Traue ich mich nicht, Lorenzo zu erzählen, dass ich vielleicht noch nicht fahre zurück nach Italien in Sommer. Wenn ich bekomme die Café, wir müssen Hochzeit verschieben bis in Herbst. Wird er wütend sein? Wird seine Mama noch mehr schimpfen, dass ich bleibe länger bei die schlechte Deutsche?«

Trotz Marias sorgenvoller Miene lachte Clara, während sie den Kopf schüttelte. »Ach, Maria. Als ich dich kennenlernte, wärst du lieber heute als morgen zurückgefahren nach San Pietro, um wieder mit Lorenzo zusammen zu sein. Und jetzt möchtest du unbedingt die Hochzeit verschieben, damit du deinen eigenen Betrieb übernehmen kannst? Das ist unglaublich. Aber ich finde es toll, ich bin so stolz auf dich. Und Lorenzo und Dino sollten es auch sein.«

»Ist ja noch nicht sicher, ob klappt«, flüsterte Maria. Noch einmal seufzte sie leise. »Und weiß ich nicht, ob mein Bruder einverstanden. Bin ich doch mit ihm nach *Germania* gekommen, um zu helfen in die Ristorante.«

»Er wird dich verstehen. Er weiß doch selbst, wie wichtig es ist, seinen Träumen zu folgen.«

Maria zuckte zweifelnd mit den Schultern. »Jetzt muss ich erst probieren, ob ich überhaupt bekomme die Pacht von die Café. Wenn nicht klappt, braucht Dino auch nix zu hören davon. Wie sagt man in Deutschland: Will nicht erschrecken alle die Pferde.«

Sie unterbrach sich, weil Dino zurück in die Küche kam.

· · ·

In den nächsten Tagen war Clara mit Feuereifer bei der Sache, zunächst, um Maria bei ihrer heimlichen Bewerbung für das Café im Planten un Blomen zu helfen, und dann, um ihren großen Artikel für die *Aktuelle Revue* zu verfassen. Das Vertrauen, das Frau Löhndorff in sie setzte, beflügelte sie. Schon früh am Morgen saß sie an der Frisierkommode, die ihr inzwischen als Schreibtisch diente, und feilte an ihrem Brandbrief gegen die alten Nazis. Die großen Klappspiegel waren beklebt mit Notizzetteln, die sie sich seit ihrem Treffen mit Frau Löhndorff gemacht hatte, sobald ihr eine Idee, ein Argument oder eine knackige Formulierung in den Sinn gekommen war. Für Kinobesuche oder Schaufensterbummel hatte sie keine Zeit mehr. Jede freie Minute arbeitete sie an ihrem Text. Die Abende verbrachte sie weiterhin im Bella Napoli. Und während sie das Gemüse schnitt oder die schmutzigen Teller spülte, stellte sie sich vor, wie es wäre, nicht mehr in dieser stickigen Küche, sondern tatsächlich als Journalistin ihr Geld zu verdienen.

Als sie eines Abends das Lokal betrat, fünf Tage waren seit ihrem Gespräch mit Maria vergangen, schlugen ihr schon an der Eingangstür laute Stimmen entgegen. Noch war das Restaurant nicht für Besucher geöffnet und der Gastraum leer. Doch in der Küche schien es hoch herzugehen. Dino und Maria überboten einander mit heftigen Worttiraden. Worum es ging, konnte Clara nicht verstehen, da die beiden italienisch sprachen, aber sie stritten erbittert miteinander, das war nicht zu überhören. Rasch ging sie durch die Wirtsstube und stieß die Klapptür zur Küche auf.

»Hey! Was ist denn hier los? Kann ich euch helfen?«

Die Geschwister unterbrachen ihre Auseinandersetzung und starrten Clara mit hochroten Köpfen an. Auf dem Fliesenboden lag zerbrochenes Porzellan. Ob sich daran der Streit entzündet hatte oder der Teller aus blankem Zorn auf dem Boden zerschmettert worden war, vermochte sie nicht zu sagen.

»*Scusa*«, murmelte Dino verlegen und wrang das Geschirrtuch, das er in den Händen hielt. »Entschuldigung, habe dich gar nicht kommen hören.«

»Kein Wunder bei der Lautstärke, mit der ihr euch anschreit. So habe ich euch ja noch nie erlebt. Was ist denn los, um Himmels willen? Weinst du etwa, Maria?«

Sie ging auf ihre Freundin zu und drückte sie an sich. Statt einer Antwort löste sich Maria rasch aus Claras Armen, griff energisch nach Besen und Kehrblech, die an einem Nagel an der Wand hingen, und fegte wortlos die Scherben auf.

»Hast du gewusst, dass sie will übernehmen das Café in Park?«, stieß Dino hervor. Nur mühsam unterdrückte er seine Empörung. Auf seiner Stirn hatte sich eine steile Zornesfalte gebildet, und seine dunklen Augen funkelten. »Das geht nicht. Ist sie gekommen mit nach Deutschland, um zu helfen mir in Ristorante. So ist mit Familie vereinbart. Ich erlaube nicht, dass sie macht eigene Geschäfte.«

»Aber Dino!« Nun war es an Clara, empört zu sein. »Wie kannst du so etwas sagen? Das hast du nicht zu bestimmen. Maria ist alt genug, um ihre eigenen Entscheidungen zu treffen. Sie hat mir neulich von ihren Plänen erzählt, und ich finde das toll.«

Verärgert schleuderte Dino das Geschirrtuch auf die Arbeitsplatte. »Aber ich bin großer Bruder. Bin wie Vater für sie hier in Deutschland und muss aufpassen, dass sie nicht macht dumme Sachen.«

»Ist keine dumme Sache«, protestierte Maria, während sie die

Scherben klirrend in den Mülleimer schüttete. »Ist gute Geschäft. Will ich viel lieber draußen in schöne Park mitten in die Blumen arbeiten als jede Tag in die Küche. Und du bist nicht mein Ehemann, der mir kann verbieten.«

Dino reagierte heftig mit einem italienischen Wortschwall, von dessen Inhalt Clara nichts verstand.

»Ich begreife dich nicht, Dino«, sagte sie, als der sich unterbrach, um Luft zu schnappen. »Du hast es mir doch neulich erst selbst noch gesagt: Man muss um seine Träume kämpfen. Erinnerst du dich? Es war so ein großer Trost für mich. Wie kannst du dasselbe deiner Schwester verwehren? Wenn es ihr Traum ist, dieses Eiscafé zu pachten, und wenn sie die nötigen Mittel dafür hat, dann darfst du sie nicht daran hindern. Maria ist eine erwachsene Frau und kann ihre eigenen Entscheidungen treffen. Du bist doch auch gegen den Widerstand deiner Eltern nach Deutschland gegangen, um das Lokal hier zu übernehmen. Gerade du musst doch deiner Schwester die Erfüllung ihrer Träume zugestehen.«

Dino ließ Claras Worte eine Weile auf sich wirken.

»Aber sie hat versprochen, mir zu helfen bis zu ihr Hochzeit«, wandte er schließlich ein. Er war ruhiger geworden. »Ist immer so viele Arbeit hier. Jetzt, wo Onkel Giancarlo nicht mehr da. Wie soll ich das alles schaffen ohne Maria?«

»Dann musst du dir eben jemand anders für das Lokal suchen. Maria ist nicht die einzige Frau in Hamburg, die kellnern und Geschirr spülen kann. Ich helfe dir gerne dabei, eine Stellenanzeige aufzugeben, wenn du magst. Und falls in der Küche mal Not am Mann ist, weißt du, dass du auf mich zählen kannst.«

Und Maria sagte versöhnlich zu ihrem Bruder: »Meine Café macht schon am Abend um sechs Uhr zu. Danach kann ich auch kommen hier und eine bisschen mitarbeiten, wenn du brauchst.«

Dino begann vor dem Pizzaofen auf und ab zu gehen. »Und

was sollen wir Lorenzo sagen? Er würde das nie erlauben, wenn schon wäre Marias Ehemann. Ganze Familie wartet schon so lange auf Hochzeit, und jetzt müssen wir verschieben, weil Maria – wie sagt man in Deutschland? – weil Maria hat verrückte Flusen im Kopf!«

Clara unterdrückte ein Lächeln über Dinos drolligen Versprecher und entgegnete: »Das sind keine Flausen. Das ist ihr Herzenswunsch. So wie es dein Herzenswunsch war, dieses Lokal zu führen. Nur weil sie eine Frau ist, darfst du ihr da keine Steine in den Weg legen. Die Zeiten ändern sich, Dino. Ich weiß nicht, wie es in Italien ist, aber in Deutschland dürfen Frauen seit einiger Zeit auch ohne die Einwilligung ihres Ehemanns einen Beruf ausüben. Und was die Heirat angeht: Dann findet sie eben ein paar Monate später statt. Der Pachtvertrag geht ja nur bis Oktober. Und danach wird die Hochzeit nachgeholt. Im Übrigen müssen wir jetzt ohnehin erst mal abwarten, ob Maria das Café übernehmen kann.«

Clara fing Marias Blick auf, in dem etwas Verschmitztes lag, das sie noch nie an ihrer Freundin wahrgenommen hatte. In aller Ruhe hängte Maria Besen und Kehrblech wieder auf. Dann wischte sie sich die Hände an ihrer Schürze ab und hob den Kopf.

»Brauchen wir nicht mehr zu warten. Habe ich heute morgen mit die Leute von das Gartenschau gesprochen. Und die sagen, dass freuen sich, weil echte Italienerin wird sein in schöne kleine *Gelateria* in Park.« Sie löste im Rücken die Schleife am Bindeband ihrer Schürze und hängte sie an den Haken an der Tür. »So ist entschieden. Morgen unterschreibe ich Vertrag für Pacht. Basta.«

Dino starrte seine Schwester mit offenem Mund an. »*Incredibile!*«, schnaubte er. »Glaube ich das nicht.«

»Ist aber so. Bis ich gehe zu mein Arbeit in Café, helfe ich finden neue *cameriera* für Ristorante.«

Selbst Clara war sprachlos über Marias Entschlossenheit. Nichts war mehr geblieben von dem scheuen und schüchternen Mädchen, das sie vor ein paar Monaten kennengelernt hatte.

»Maria!«, rief sie endlich. »Ich gratuliere dir. Das ist ja fantastisch. Und ich verspreche, dass ich jeden Sonntag vorbeikomme, um mir von dir ein Erdbeereis servieren zu lassen. Und vielleicht auch an allen anderen Tagen der Woche.«

Dino war mit versteinerter Miene stehen geblieben. Ungläubig starrte er seine Schwester an. Dann knurrte er: »Ist aber nicht so einfach, leiten ein Geschäft. Besonders für Frau. Hat man viele Arbeit und viele Verantwortung.«

»Weiß ich doch«, antwortete Maria mit einem Lächeln, und es schien Clara, als hätte sie noch nie so schön ausgesehen. »Habe ich das doch alles von dir gelernt, *mio caro fratello*.«

Sie stellte sich auf die Zehenspitzen und gab ihrem Bruder einen Kuss auf die Wange.

Dino grollte noch ein wenig. Aber es blieb ihm nichts anderes übrig, als zu akzeptieren, dass seine Schwester ihren eigenen Weg einschlagen wollte.

. . .

Maria war förmlich aufgeblüht. Nachdem ihr der Herr von der Parkverwaltung die Schlüssel ausgehändigt und ihr viel Glück und gute Geschäfte gewünscht hatte, betrachtete sie ihre künftige Wirkstätte mit leuchtenden Augen und roten Wangen. Es war schon fertig eingerichtet, denn der Pächter, der das Café ursprünglich hatte übernehmen wollen, hatte einen schweren Autounfall gehabt und war deshalb sehr kurzfristig abgesprungen. Alles war bis auf den letzten kleinen Kaffeelöffel bereit.

Am Tag vor der Eröffnung der Gartenbauausstellung drehte

Maria stundenlang die Schaufeln der Eismaschine, rührte und wendete die cremige Masse, bis sie mit dem Ergebnis zufrieden war, und füllte sie dann in die gekühlten Metallwannen im Tresen ihres Cafés.

Clara, die ihr dabei zusah, gingen die Augen über. Vanille, Schokolade, Waldmeister, Erdbeere, Zitrone, Haselnuss – es gab kaum eine Geschmacksrichtung, die Maria nicht herzustellen wusste. Clara durfte von jeder Sorte ein Löffelchen probieren und schloss genussvoll die Augen, während sie sich das Eis auf der Zunge zergehen ließ.

»Hmm, Maria. Das ist das Köstlichste, was ich je gegessen habe. Ich kann gar nicht sagen, welches Eis mir am besten schmeckt. Du bist eine fantastische Eismacherin. Jetzt verstehe ich erst wirklich, weshalb du nicht länger in der Pizzeria arbeiten wolltest.«

Maria lächelte glücklich. »Ist gut? *Benissimo!* Mein Opa hat gehabt *Gelateria* in San Pietro. Habe ich manchmal in den Ferien geholfen. War immer schönste Ort der Welt für mich als ich war eine kleine *ragazza.*«

»Und das hier wird auch einer der schönsten Orte der Welt«, versicherte Clara, noch den Geschmack von Waldmeistereis im Mund. Sie war vor die Tür getreten und ließ ihre Blicke über den Parksee wandern, der jetzt im milden Licht des frühen Aprilabends lag.

Maria wusch den Putzlappen aus und hängte ihn über dem Wasserhahn zum Trocknen auf, dann kam sie zu Clara hinaus und ließ sich neben ihr an einem der runden Tischchen nieder. Ein paar Frühlingsvögel sangen in den Zweigen der umstehenden Büsche und Bäume, und irgendwo am anderen Ufer quakte ein Frosch. Bald würden die Besucher durch die Gartenbauausstellung strömen und hoffentlich an einem der gemütlichen Plätze hier ein Eis genießen und die herrliche Aussicht bewundern.

»Du hast mir noch gar nicht erzählt, was Lorenzo zu dem allen gesagt hat«, stellte Clara fest. »Wie hat er es aufgenommen, dass seine kleine schüchterne Maria jetzt eine echte Geschäftsfrau geworden ist? Und dass eure Hochzeit verschoben werden muss.«

Maria seufzte leise. »Habe ich telefoniert mit ihm. War er eine bisschen traurig, weil ich bleibe länger in Hamburg. Eine bisschen sehr traurig. Und auch eine bisschen ärgerlich. Hat gefragt, ob ich neue Freunde und neue Leben in die Land von die Feinde mehr liebe als ihn ...« Sie stockte. Das vorfreudige Strahlen, das in den vergangenen Tagen in ihren Augen gestanden hatte, wich einem sorgenvollen Blick. »Ich weiß es nicht. Bin ich ein bisschen kaputt. Wie sagt man in die deutsche Sprache? Bin ich ganz zerrissen. Habe ich doch große Liebe für Lorenzo und für mein klein Dorf San Pietro. Aber freue ich mich doch auch so sehr auf meine Café und meine Gäste.«

»So ist das manchmal«, erklärte Clara tröstend. »Aber nur weil du Lust darauf hast, für ein paar Monate deine kleine Gelateria hier zu führen, heißt das ja nicht, dass du Lorenzo nicht mehr liebst.«

Maria nickte nachdenklich. »Ist gut, dass ich Café in Herbst wieder abgeben muss. So ist entschieden, dass ich dann gehe zurück nach Italien.«

Clara sah sie fragend an. »Aber, Maria, könnest du dir denn etwa vorstellen, für immer in Hamburg zu bleiben?«

Maria schüttelte den Kopf, so schnell und vehement, als wäre sie selbst erschrocken über ihre Worte. »No, certo che no. Natürlich nicht. Gehöre ich doch nach San Pietro und zu mein liebste Lorenzo und meine ganze liebe famiglia.«

26.

Während Maria tags darauf die ersten Gäste in ihrem Café bewirtete, fieberte Clara der Veröffentlichung ihres Artikels in der *Aktuellen Revue* entgegen. Aufgeregt hatte sie das Redaktionsgebäude am Gänsemarkt besucht, um Frau Löhndorff ihren fertigen Bericht vorzulegen. Die hatte den Text mit einem Lächeln im Gesicht durchgelesen, und als sie fertig war, hatte sie genickt. »Ausgezeichnet, Fräulein von Thorau, genauso habe ich mir das vorgestellt. Ich denke, das können wir so drucken.«

Als der Artikel Ende April endlich erschien, war es für Clara wie ein Feiertag. Sie kaufte gleich vier Hefte der Ausgabe. Eines schickte sie zu ihren Eltern, ein anderes an Sanni nach London, und auch Leo bekam ein Exemplar. Aus dem letzten schnitt sie sorgfältig die beiden Seiten ihres Artikels heraus und befestigte die Blätter mit Klebstreifen an der Wand über dem Nachttisch in ihrem Zimmer. Jeden Tag wollte sie sich daran erinnern, was sie geschafft hatte: einen Artikel in einer Illustrierten zu veröffentlichen, die in ganz Deutschland gelesen wurde. Und zwar nicht irgendeinen Artikel, sondern einen Text, über den gewiss vielerorts gesprochen, vielleicht sogar gestritten wurde. Clara stellte sich vor, wie Familien beim Abendessen, Freunde in der Kneipe und Studentinnen im Hörsaal zusammensaßen und sich die Köpfe heißredeten. Würden ihre Worte jemanden zum Nachdenken bringen? Gar dazu, seine Meinung zu ändern? Noch einmal betrachtete sie die dicke Überschrift: »Erst die Karriere, dann die Moral? Eine junge Frau von heute rechnet mit ewiggestrigen Zeitgenossen ab – von Clara von Thorau«.

War sie jemals so stolz gewesen?

Neben Frau Löhndorff waren auch die anderen Verantwortlichen in der Redaktion der *Aktuellen Revue* sehr zufrieden mit Claras Artikel. Sie erhielt den Auftrag, von nun an jede Woche eine Kolumne für die Illustrierte abzuliefern, in der sie ihre persönlichen Eindrücke zu den Themen schilderte, die die Menschen im Lande gerade beschäftigten. Ideen hatte sie schon zuhauf, und sie platzte beinahe vor Glück, dass sie endlich in ihrem Herzensberuf arbeiten konnte. Sie erhielt zu ihrer übergroßen Freude wöchentlich einen festen Lohn und sogar einen eigenen Schreibtisch in der Redaktion. Anders als beim *Tagesboten* gab es bei der *Aktuellen Revue* kein großes Büro für alle, sondern einzelne kleinere Räume, in denen je zwei Redakteure zusammensaßen. Clara teilte sich ihr Büro mit einem Kollegen. »Doktor Rolf Gerdes, Leiter der Politikredaktion«, stand auf dem kleinen Namensschild draußen an der Tür, was ihr gehörigen Respekt einflößte. Doch wie sie feststellte, war Herr Gerdes trotz seiner Führungsposition in der *Revue* ein umgänglicher und unkomplizierter Mann, der Clara schon am ersten Tag ihres Zusammenarbeitens das Du anbot.

»Herzlich willkommen, Fräulein von Thorau. Oder darf ich Clara sagen? Es ist mir eine Ehre, das Büro mit unserer aufstrebenden jungen Kollegin zu teilen. Zumal sie dazu noch so einen hübschen Anblick bietet.« Er war von seinem Schreibtisch aufgestanden, als sie eintrat, und reichte ihr nun die Hand. »Bitte, nimm Platz. Dein Schreibtisch steht bereit. Und wie ich hörte, kannst du deine Texte sogar selbst auf der Maschine schreiben?

Äußerst praktisch. Ich bin Rolf. Und wenn du etwas wissen möchtest, kannst du mich das gerne fragen.«

»Vielen Dank.«

Rolf war ein hoch aufgeschossener Mittdreißiger mit einer blonden Stoppelfrisur, einem ungezwungenen Lächeln und vertrauenerweckenden braunen Augen. Er strahlte die Gelassenheit eines Mannes aus, der genau wusste, wer er war und was er wollte. Clara fühlte sich augenblicklich wohl in seiner Gegenwart.

Sie ließ ihren Blick durch den Raum wandern, in dem es bis auf zwei Wandschränke rechts und links nur die beiden Schreibtische gab, die Rückseite an Rückseite vor der Fensterfront standen. Dazwischen befand sich auf einem schwenkbaren Podest ein Telefon, das von beiden Arbeitsplätzen aus zu erreichen war. Der linke Schreibtisch war bis auf eine Schreibmaschine und eine Schale mit Stiften leer, auf dem anderen türmten sich Dokumente, Zeitungen, Notizblätter und andere Unterlagen, in denen Rolf offenbar gerade für einen Artikel recherchierte. Auf der Fensterbank daneben entdeckte Clara eine gerahmte Fotografie, die eine lächelnde junge Frau mit zwei kleinen Kindern unter einem blühenden Apfelbaum zeigte.

»Deine Familie?«, fragte sie überflüssigerweise. Rolf nickte.

»Ja, das ist meine liebe Angetraute, seit sieben Jahren schon, und unsere beiden Kinder.«

»Sehr hübsch«, entgegnete Clara höflich.

»Danke. Und du? Verliebt, verlobt, verheiratet?«

»Oh, nein, nichts von alledem. Ich bin einfach nur verrückt vor Freude, hier arbeiten zu können.«

Jetzt lachten sie beide. War Clara im ersten Moment noch ein wenig enttäuscht gewesen, ihr Büro nicht mit Frau Löhndorff zu teilen, so freute sie sich jetzt, Tisch an Tisch mit diesem sympathischen Kollegen arbeiten zu können. Fiebrig vor Aufregung und

Vorfreude setzte sie sich auf ihren Stuhl und schob die Schreibmaschine auf die richtige Position. Sie öffnete eine Schublade, in der sie einen Stapel Schreibpapier entdeckte. Am liebsten hätte sie sofort drauflosgetippt.

»Komm«, sagte Rolf und stand auf. »Erst mal ist es Zeit für die Käsekonferenz.«

»Käsekonferenz?« Clara riss verwundert die Augen auf.

Er grinste. »Diese Bezeichnung hat sich für die große Redaktionskonferenz am Freitag eingebürgert. Dabei gibt es erst mal eine Manöverkritik, und wir besprechen, was im letzten Blatt gut lief und was nicht, dann beraten wir ausführlich über die Themen und Termine der kommenden Wochen. Und damit wir bei den stundenlangen Diskussionen keine schlechte Laune bekommen, versorgt uns unsere Assistentin immer mit etwas Käse, Brot und Wein.«

Außerdem standen ein paar Flaschen Kognak und etliche Aschenbecher auf dem blanken Holztisch im Konferenzsaal, wie Clara feststellte, als sie hinter Rolf den großen hellen Raum betrat. Die meisten Redaktionsmitglieder hatten sich dort bereits versammelt. Trotz der gekippten Fensterscheiben roch es durchdringend nach Zigarettenqualm. Am anderen Ende des Tisches saß Frau Löhndorff und nickte Clara zur Begrüßung freundlich zu. Clara sah sich neugierig um. Die Wände waren dekoriert mit gerahmten Titelblättern vergangener Ausgaben der *Aktuellen Revue*, eine Bildergalerie berühmter Köpfe und wichtiger Ereignisse, die Deutschland und die Welt in den vergangenen Jahren beschäftigt hatten. Eine lachende Marilyn Monroe war da zu sehen unter der Überschrift »Tod in Einsamkeit – wie starb der Hollywoodstar wirklich?«, daneben das Foto eines Polizisten, der mit fassungslosem Blick vor einer Mauer stand, »Berlin geteilt – die DDR sperrt ihre Bürger ein«. Clara erkannte den greisen Bundeskanzler Adenauer auf einem der Titelbilder, aber auch das glamouröse amerikanische Präsidentenpaar John und Jackie Kennedy, die auf den Stufen vor dem Weißen Haus in Washington in die Kamera winkten, Elvis Presley mit der Gitarre in der Hand und den berühmten Torschuss von Bern, mit dem die deutsche Fußball-Nationalmannschaft im Jahr 1954 so spektakulär Weltmeister geworden war. Einmal, so schwor sich Clara beim Anblick der Bilderrahmen, einmal würde auch eine Titelstory von ihr in dieser Galerie auftauchen!

»Hallo, Fräulein von Thorau!«

Vor lauter Tagträumerei hörte sie erst beim dritten Mal, dass im Konferenzsaal ihr Name gerufen wurde. Erschrocken fuhr Clara herum. Die Besprechung der Redaktion hatte längst begonnen, und sie sah, dass alle Blicke am Tisch auf sie gerichtet waren.

»Herzlich willkommen im Team der *Aktuellen Revue*«, sagte Frau Löhndorff gerade. »Auf eine gute Zusammenarbeit! Wir freuen uns, mit Ihnen eine junge und engagierte Kollegin mit an Bord zu haben.«

»Vielen Dank, aber ich glaube, noch mehr freue ich mich, ein Teil dieser großartigen Redaktion zu sein.«

Es kam aus Claras tiefstem Herzen. Endlich gehörte sie richtig zum Kreis der Journalisten und konnte ihre Geschichten in die Welt tragen.

Kurz darauf war die Diskussion über die Themen der kommenden Woche und wie man sie am besten für die Zeitschrift umsetzen sollte, in vollem Gange. In dem Maße, in dem sich die Käseplatten und die Wein- und Kognakflaschen auf dem Tisch leerten, füllten sich die Aschenbecher, und der Wortwechsel in der Runde wurde lauter und lebhafter. Clara lauschte aufgeregt, was da besprochen wurde: »Wie wäre es mit einem Porträt des Schahs von Persien im nächsten Heft? Er führt jetzt das Frauenwahlrecht in seinem Land ein.« – »Ja, warum soll denn dann wieder ein Mann im Mittelpunkt des Berichts stehen? Warum stellen wir nicht seine Frau vor? Farah Diba ist übrigens seine dritte Gattin!« – »Und haben wir schon einen Reporter zur Vogelfluglinie geschickt? Das letzte Stück der Straßenverbindung zwischen Hamburg und Kopenhagen ist jetzt für den Verkehr freigegeben.« – »Guter Vorschlag. Jemand sollte die ganze lange Route mal ausprobieren und eine Reportage über die Fahrt schreiben.« – »Apropos Reportage. Ich biete mich für einen Selbstversuch an. In Berlin gibt es Joghurts jetzt in kleinen Bechern aus Plastik zu kaufen. Den kann man anschließend einfach wegwerfen, ist das nicht praktisch?« Ideen wurden vorgestellt und verworfen, Schwerpunkte gesetzt, Fragen besprochen und Aufträge zur Recherche vergeben. Auch Clara wagte gelegentlich ihre Meinung zu dem ein oder anderen Thema beizutragen und wurde rot vor Freude, als sie sah, dass Rolf und Frau Löhndorff das ein oder andere Mal zustimmend nickten, wenn sie sprach.

Clara war glücklich. Wie anders fühlte es sich an, in dieser Konferenz mit am Tisch zu sitzen. Hier war sie nicht mehr die einfache Schreibkraft, die mit Stift und Notizblock in der Hand gleich neben der Tür saß, stets bereit, sofort aufzuspringen, um das Telefon zu bedienen oder frischen Kaffee aus der Küche zu holen, wenn einer der Herren Redakteure das verlangte. Hier war sie eine von ihnen, und wie selbstverständlich stimmte die Runde ihrem Vorschlag zu, für eine der nächsten Ausgaben eine Reportage über die Internationale Gartenschau zu schreiben, die Ende des Monats in Hamburg ihre Tore für das Publikum öffnete und sogar von einer eigens dafür gebauten Gondelbahn bestaunt werden konnte.

»Und dann müssen wir noch ein ganz großes Thema besprechen«, meldete sich Rolf Gerdes zu Wort und drückte seine Zigarette im Aschenbecher aus. »Den Staatsbesuch von US-Präsident Kennedy im Sommer. Ich habe heute die Bestätigung bekommen, dass ich zum offiziellen Presseteam gehöre, das Kennedy und Adenauer am 26. Juni bei ihrer Visite in Berlin begleitet. Zum ersten Mal nach dem Krieg kommt ein amerikanischer Präsident nach Deutschland, das wird eine Riesensache.«

Clara war beeindruckt. Ihre Blicke wanderten noch einmal zu der gerahmten Titelseite, auf der das Präsidentenpaar zu sehen war. John Fitzgerald Kennedy war seit gut zwei Jahren im Amt. Der charismatische Staatschef und seine attraktive Frau Jacqueline galten als Traumpaar der Politik und wurden weltweit verehrt wie Hollywoodstars. Clara vermochte es sich gar nicht vorzustellen, dass Rolf den US-Präsidenten und seine Frau in ein paar Wochen persönlich kennenlernen und ihnen womöglich die Hand schütteln durfte!

»Wir sollten über eine Extra-Ausgabe der *Revue* nachdenken«, fuhr Rolf unterdessen fort. »Was ich plane, sind eine Reportage vor Ort, eine große Fotostrecke vom Besuch, eine Zeittafel mit den historischen Hintergründen ...«

»Das klingt sehr umfangreich, Rolf, aber gut«, stellte Frau Löhndorff fest. »Vielleicht solltest du einen Kollegen mit nach Berlin nehmen? Er könnte dir bei der Recherche helfen, auch wenn er nicht direkt im Pressetross mitfahren kann.«

»Ja, das wäre vermutlich hilfreich. Er könnte die Stimmung in der Stadt einfangen, ein paar Straßenumfragen machen und Fotos schießen. Wie sieht es mit dir aus, Henri?«

Der angesprochene Kollege hob bedauernd die Hände. »Tut mir leid, Rolf, ich stehe nicht zur Verfügung. Ende Juni bin ich mit meiner Familie in den Sommerferien. Der Campingplatz am Gardasee ist schon gebucht.«

»Reist denn die First Lady auch mit?«, erkundigte sich ein anderer Redakteur grinsend, ein stämmiger Typ, der kaum mehr ein Haar auf dem glänzenden, eiförmigen Schädel hatte. Soweit Clara wusste, war er für die Sportberichte im Heft zuständig. »Wenn die schöne Jackie nach Berlin kommt, lasse ich hier alles stehen und liegen und fahre mit«, fuhr er fort. »Notfalls auf eigene Kosten. Das wäre es mir wert, diese Wahnsinnsfrau einmal von Angesicht zu Angesicht zu sehen.«

In der Runde brach fröhliches Gelächter aus.

»Leider nein, Olli«, entgegnete Rolf. »Sie ist schwanger und will sich so eine lange Reise nicht antun. Soweit ich weiß, lässt sich der Präsident diesmal von seiner Schwester begleiten.«

»Schade, an der bin ich nicht interessiert. Dann musst du dir leider eine andere Gesellschaft für die Fahrt nach Berlin suchen.«

Clara sah ein Schmunzeln in vielen Gesichtern. Lag es an den Käseplatten, am Wein oder am Kognak? Es herrschte heitere Gelassenheit im Konferenzraum.

»Es ist ja noch ein wenig Zeit bis dahin«, beschloss Frau Löhndorff die Besprechung. »Es wird sich jemand finden, der dir in Berlin zuarbeitet, Rolf, aber jetzt wünsche ich allen erst mal ein schönes Wochenende.«

»Und?«, fragte Rolf, als er und Clara wenig später zurück in ihr Büro gingen. »Wie hat dir dein erster Tag bei uns gefallen?«

»Wunderbar. Ich freue mich jetzt schon auf Montag, weil ich dann wieder arbeiten kommen kann.«

Rolf lachte. »Das ist die richtige Einstellung. Auf jeden Fall nehme ich das als Kompliment und bin erleichtert, dass du mich nicht allzu unsympathisch findest.«

»Oh nein, keineswegs«, gestand Clara, und es ging ihr ganz leicht von den Lippen.

Als sie nach Hause radelte, war sie ganz beschwingt vor Freude. Sie machte genau das, wovon sie immer geträumt hatte:

Sie arbeitete als Journalistin in einer großen Redaktion. Endlich war sie angekommen! Sie hatte bei der Redaktionssitzung mitdiskutiert, als die Kollegen über die Themen des nächsten Heftes sprachen, man hatte ihr zugehört und ihre Gedanken ernst genommen. Und schon bald würde wieder ein Artikel von ihr in der Zeitschrift stehen, den viele Tausend Menschen in ganz Deutschland lesen würden. Das fühlte sich großartig an, viel besser noch, als sie es sich ausgemalt hatte.

Am Montagmorgen streikte Claras Fahrrad. Sie war nur wenige Meter gefahren, als sie bemerkte, dass der hintere Reifen platt war. Vermutlich war sie bei der letzten Fahrt über eine Glasscherbe gefahren. Hastig schob sie das Rad zurück und lehnte es an die Hauswand. Sie hatte weder die Zeit noch das Material, um den Reifen zu flicken, und rannte zur Straßenbahnhaltestelle. Mit hochrotem Kopf, außer Atem und eine Viertelstunde zu spät kam sie ins Büro.

Rolf Gerdes saß schon am Schreibtisch und blickte auf, als sie mit einer Entschuldigung auf den Lippen eintrat.

»Hattest du am Freitag nicht gesagt, du kannst es kaum abwarten, am Montag wieder herzukommen?«, fragte er mit einem Augenzwinkern. »Und jetzt lässt du mich so lange warten!«

»Mein Fahrrad hat einen Platten, es ging nicht schneller.«

»Kein Problem. Das Viertelstündchen sei dir verziehen.«

Sie war froh, dass er ihre Verspätung so gelassen nahm, und während des Arbeitstages dachte sie nicht mehr daran; die Konferenzen, Besprechungen, das Recherchieren für ihren nächsten Artikel, das Texten und Korrigieren beanspruchten ihre ganze Konzentration.

Am späten Nachmittag nahm Rolf seine Jacke von der Lehne seines Schreibtischstuhls. »Ich mache Feierabend für heute. Wie sieht es bei dir aus? Vielleicht kann ich dich ein Stück mitnehmen auf dem Heimweg, wo du doch kein Fahrrad hast. Ich bin mit dem Wagen hier.«

»Aber nein, das ist nicht nötig, ich kann genauso gut mit der Straßenbahn fahren.«

»Ach was, das war wieder ein anstrengender Tag heute, und du siehst ein bisschen müde aus. Ich fahr dich schnell heim. Meine Frau wird es mir nachsehen, wenn ich ein bisschen später als sonst nach Hause komme. Sie kennt mich schon ...«

»Na gut.« Claras Herz klopfte. »Wenn es dir keine Umstände macht, gern. Ich habe auch alles erledigt für heute. Vielen Dank schon mal.«

Zwanzig Minuten später hüpfte Clara die Stufen zu ihrem Zimmer hinunter, während sie hörte, wie vor dem Haus der Motor von Rolfs Wagen aufheulte und das Auto zügig davonfuhr. Es war nett von ihm gewesen, sie nach Hause zu fahren. Was für eine Erleichterung war es doch, mit einem so sympathischen Mann wie Rolf Gerdes zusammenarbeiten zu können und nicht mehr mit diesem grässlichen Herrn Kienhoff vom *Tagesboten*. Er war ein guter Journalist, und von ihm würde sie gewiss eine Menge lernen können. Clara lächelte ihr Spiegelbild an, das ihr dreifach von der Frisierkommode entgegenblickte. Es war so wunderbar, dass sie endlich ihre Bestimmung gefunden hatte.

27.

»Es kann nicht schaden, wenn dich ein so wichtiger Mann in der Redaktion unter seine Fittiche nimmt.« Mit spitzen Fingern fischte Hertha die rote kandierte Kirsche von ihrem Eisbecher und schob sie sich genüsslich in den Mund. »Ich nehme an, du lässt dich jetzt jeden Tag von deinem Chef nach Hause fahren?«

»Blödsinn!«, rief Clara. »Ich hab mein Rad gleich zur Reparatur gebracht.«

»Trotzdem. Ich sage dir eine große Karriere bei der *Aktuellen Revue* voraus.« Hertha lächelte kauend.

Clara errötete. »Dieser Rolf ist kein Zauberer. Meine Artikel muss ich schon allein schreiben. Und ehrlich gesagt: Das will ich auch!«

Die beiden saßen unter einem der weißen Sonnenschirme vor dem See-Pavillon des Planten un Blomen und genossen das frische Sahneeis, das Maria ihnen gerade herausgebracht hatte. Sie hatten Glück gehabt, noch zwei freie Plätze vor dem Café zu finden, denn es herrschte Hochbetrieb im Park. Es war Samstagnachmittag, die Internationale Gartenbauausstellung hatte ihre Tore geöffnet, und nach etlichen Regentagen zeigte sich heute endlich mal wieder die Sonne. Den ganzen Vormittag lang war Clara durch die Anlage spaziert. Sie hatte die exotischen Pflanzen in den tropischen Gewächshäusern besucht, die riesige Wasserfontäne auf dem See bewundert und sogar eine Fahrt mit der neu errichteten Gondelbahn unternommen, die vom Dammtor über das lang gestreckte Ausstellungsgelände bis hin zum Millerntor führte, um sich die bunten Blumenbeete von oben anzusehen. Dabei hatte sie Dutzende Fotos gemacht. Unterwegs hatte sie sich mit vielen Besuchern der Gartenschau unterhalten und auch lange mit einem der Architekten gesprochen. Von ihm hatte sie erfahren, welche Schwierigkeiten es im Vorfeld der Ausstellung gegeben hatte. Erst hatte die verheerende Sturmflut von 1962 gewaltige Schäden auf dem Gelände angerichtet, und dann hatte der extreme Frost des vergangenen Winters den Gärtnern beinahe einen Strich durch die Rechnung gemacht, weil viele Pflanzen erfroren waren. Erst im letzten Moment war alles fertig geworden. Clara brannte schon darauf, aus all ihren Eindrücken und Informationen einen ausführlichen Artikel für die nächste Ausgabe der *Aktuellen Revue* zu schreiben. Jetzt aber freute sie sich einfach nur, die müde gelaufenen Füße von sich zu strecken und zusammen mit Hertha den Frühlingstag zu genießen, einen köstlichen Eisbecher vor sich und vor Augen die weiß glitzernden Wasserfontänen auf dem Parksee, die in einer munteren Choreografie immer wieder hoch und höher in den Himmel schossen.

»Willst du denn gar nicht wissen, weshalb ich mich heute mit dir treffen wollte?«, nahm Hertha das Gespräch wieder auf. Clara sah sie an. Hertha streckte ihr die linke Hand entgegen und wackelte mit den Fingern. Auf einem schmalen Goldring funkelte ein kleiner Diamant in der Sonne. Das Schmuckstück hatte Clara noch nie gesehen.

»Du darfst mir gratulieren«, sagte Hertha. »Ich bin frisch verlobt.«

»Verlobt? Oh, was für eine schöne Überraschung! Herzlichen Glückwunsch. Das ist ja wunderbar! Aber, Hertha, wer ... ich meine, Herr Lortzing kann es doch nicht sein, oder? Er ist ja verheiratet.«

»Aber nicht mehr lange.« Ein triumphierendes Lächeln lag in Herthas Gesicht. »Olaf hat die Scheidung eingereicht. Er hat es mir selbst erst kürzlich erzählt. Als Überraschung an unserem Jahrestag. Der Gerichtstermin ist schon in ein paar Wochen. Er wird schuldig geschieden, weil wir doch schon so lange ein Verhältnis haben. Aber das ist egal, Hauptsache, es geht schnell. Und wenn das Ganze vorbei ist, dann werden wir heiraten. Vielleicht schon im Laufe des Sommers. Er sagt, ich bin seine große Liebe. Und ich bin glücklich.«

Tatsächlich lag da ein seliger Schimmer in ihren Augen.

»Ach, Hertha, ich freue mich riesig mit dir. Das ist ja unglaublich. Wirklich fantastisch. Und der Ring ist toll. Er sieht sehr kostbar aus.«

»O ja, das will ich hoffen.« Hertha betrachtete den Diamanten mit verliebtem Blick. »So ein edles Schmuckstück habe ich noch nie besessen.«

»Aber ...« Clara hatte ihre Verblüffung über die unerwartete Nachricht noch nicht überwunden. »Aber bist du dir sicher, dass du genauso für Herrn Lortzing empfindest? Ist er auch die Liebe deines Lebens?«

Hertha sah auf. Sie antwortete mit einem sonderbaren Ernst in der Stimme.

»Aber ja. Er ist ein guter Mann. Warum sollte ich ihn nicht lieben? Schau, man muss das vernünftig sehen. Die große romantische Liebe verpufft sowieso irgendwann. Da wäre es doch dumm, sich an jemanden zu binden, der einem nicht wenigstens in finanzieller Hinsicht langfristig Freude machen kann.«

Clara schluckte. »Ich kenne niemanden, der sein persönliches Lebensglück so überlegt und zielstrebig angeht wie du.«

Hertha zuckte mit den Schultern und löffelte ungerührt ihr Eis. »Ich hab mir geschworen, dass ich niemals so enden möchte wie meine Mutter.«

»Was war denn?« Clara ließ ihren Eislöffel sinken. »Du hast mir nie etwas von deiner Familie erzählt.«

»Das hatte seine Gründe.«

Hertha zögerte, doch als sie Claras fragendem Blick begegnete, erzählte sie mit gesenkter Stimme weiter: »Mein Vater starb im Krieg, weißt du, und meine Mutter hat es nicht ausgehalten, allein zu sein mit ihrem Kind in all dem Chaos. Sie hat den erstbesten Mann geheiratet, der sich für sie interessierte. Erst war er ja ganz lustig, aber dann stellte sich heraus, dass mein Stiefvater ein Säufer und Spieler war. Und brutal noch dazu. Er hat das ganze Geld verprasst und ihr nichts als einen Berg von Schulden hinterlassen, als er eines Morgens besoffen ins Hafenbecken fiel. Ich bin im Elend aufgewachsen, Clara, und damals habe ich es mir geschworen: Wenn ich einen Mann heirate, dann weiß ich sehr genau, wen und vor allem warum.«

Clara nickte bestürzt. Diese Hertha Fuchs, die ihr hier gerade gegenübersaß, kannte sie nicht. Unvorstellbar, dass diese attraktive Frau mit den schicken, eng geschnittenen Kleidern und dem stets perfekten Make-up eine so düstere und traurige Vergangenheit hatte.

»Es tut mir leid, dass du eine so schwere Kindheit hattest. Aber wie stark du geworden bist! Ich bewundere dich sehr. Du hast so vieles geschafft, du kannst stolz auf dich sein.«

»Ja, das bin ich auch. Ich weiß, dass ich es weit gebracht habe.« Nun lächelte sie wieder. »Mit eiserner Disziplin und den neuesten Burda-Schnittmustern.«

»Burda-Schnittmuster?« Clara starrte ihre Freundin an. Her-

thas zartrosa Kostüm aus Boucléstoff mit den dekorativen gold-
farbenen Knöpfen sah aus, als wäre es von Chanel.

»Na, denkst du, ich lasse mir meine Garderobe beim Schnei-
der machen? Oh, nein. Das Beste, was meine Mutter mir vermacht hat, ist ihre Nähmaschine. Anstatt meinen sauer verdienten Lohn im Kino oder in irgendwelchen Tanzkellern auszugeben,
habe ich in Schnittmuster und Stoffe investiert.«

»Das Kostüm hast du selbst genäht? Es ist hinreißend!«

»Danke. Mittlerweile habe ich tatsächlich etwas Übung im
Nähen.«

Die beiden sahen auf, weil Maria plötzlich an den Tisch kam
und ihr Gespräch unterbrach. Sie winkte aufgeregt mit einem
Brief in der Hand.

»Muss ich stören, Entschuldigung, habe ich gerade bekommen von der Postmann«, rief sie mit geröteten Wangen. »Kann
ich gar nicht glauben.«

»Was ist denn los?«, rief Clara. »Ist es eine gute Nachricht?«

Maria zuckte mit den Schultern. »Weiß ich noch nicht genau.«
Sie überlegte kurz. »Ist gut, aber ist bisschen Problem. Kommt
von Amt.«

»Ein Problem? Nun sag schon, was schreibt das Amt?«

Ein tiefer Seufzer entwich Maria, als sie das Blatt auseinander-
faltete und ihre Augen noch einmal über den Text wandern ließ.
»Schreiben, dass kleine Café hier in Park soll vielleicht auch bleiben, wenn große Schau für Blumen ist zu Ende. Leute von Amt
fragen, ob ich kann machen weiter mit meine Lokal in nächste
Jahr. In Winter ist zu, aber wenn wieder kommt Frühling, soll wieder öffnen mein Gelateria.«

»Oh, Maria, was für aufregende, großartige Nachrichten. Das
heißt, du hast alles richtig gemacht. Die Leute von der Parkverwaltung sind zufrieden mit dir.« Clara sprang auf und fiel ihr um

den Hals. »Kein Wunder, sieh nur, wie dein Laden brummt! So viele Leute lieben dein Eis. Natürlich wirst du im nächsten Jahr weitermachen, oder? Davon hast du doch immer geträumt, das weiß ich genau. Dann kommst du im nächsten Jahr zurück nach Hamburg? Ich freu mich wie verrückt. Und Dino garantiert auch.«

»Halt, halt. Aber ist noch nix entschieden. Und ...« Maria schluckte. »Darf ich das doch nicht machen. Haben wir Hochzeit in Herbst, Lorenzo und ich. Kann ich doch nicht sagen, ich will nächste Jahr weitermachen mit mein klein Café und fahren wieder für so lange Zeit in die Deutschland.« Plötzlich traten Tränen in ihre Augen. »Liebe ich mein Arbeit hier mit die gute *Gelato* und die viele nette Leute, aber liebe ich doch auch Lorenzo. Was nur soll machen?«

Clara legte erschrocken die Hände vor den Mund. Vor lauter Begeisterung über die Anfrage der Behörde hatte sie Marias Verlobung ganz vergessen.

»Hallo, Fräulein!« An einem Tisch auf der anderen Seite der Terrasse rief jemand nach Maria. »Wir möchten bezahlen, bitte.«

»*Scusi, un momento, per favore.*« Sie winkte dem Gast freundlich zu. »Komme ich sofort zu Ihnen.«

Als sie ihr Gesicht wieder Clara und Hertha zuwandte, sah Maria bestürzt und unglücklich aus. Leise sagte sie zu den beiden: »Wahrheit ist: Kann ich mir gar nicht vorstellen, für immer zurückgehen nach mein klein Dorf und Rest von Leben bleiben da und haben die viele *Bambini* und kochen und putzen den ganzen Tag. Jetzt, wo ich weiß, wie viele Spaß mir macht Leben mit viele Leute in große Stadt Hamburg und mit meine Arbeit hier ...«

Clara ergriff Marias Hand und schüttelte sie energisch. »Dann darfst du das Angebot nicht ausschlagen! Sonst würdest du für den Rest deines Lebens dieser großartigen Chance nachtrauern. Sprich mit Lorenzo! Vielleicht findet ihr gemeinsam eine Lösung.

Er könnte sich auch einen Job in Hamburg suchen. Es gibt doch so viele Männer aus Italien, die zum Arbeiten nach Deutschland kommen ...«

Maria schüttelte langsam und ungläubig den Kopf. »Denke ich nicht, dass funktioniert. Lorenzo wird nicht kommen, niemals in die Deutschland. Würde seine Mama sehr böse werden. Und in mein Dorf wird niemand verstehen, wenn ich arbeite hier in fremde Land so viele Monate in Jahr. In mein *Villaggio* sagen, Frau muss immer sein bei Mann und mit die Kinder.«

Clara schwieg und seufzte leise.

»Hallo, Fräulein!« Die Stimme des Gastes am anderen Ende der Terrasse wurde ungeduldiger. »Bezahlen, bitte!«

Maria riss sich von Clara los. »Habe ich leider keine Zeit mehr, länger zu unterhalten mit euch, bitte entschuldigen, muss ich arbeiten!«

Sie stopfte den Brief in ihre Schürzentasche, setzte ein Lächeln auf und machte sich auf den Weg zu dem Tisch, an den sie gerufen worden war. Clara sah ihr nachdenklich nach.

...

»Meine Frau ist verreist«, erklärte Rolf eines Morgens. Clara sah von ihrer Schreibmaschine auf, in die sie gerade einen frischen Bogen Papier eingespannt hatte. Wortlos blickte sie ihn an.

»Besucht mit den Kindern für ein paar Tage ihre Eltern in Husum.« Er lächelte Clara durch den sich kräuselnden Rauch seiner Zigarette an. »Weil ich ein hundsmiserabler Koch bin, muss ich heute Abend im Restaurant essen. Und ich hasse es, allein zu essen. Würdest du mir die große Freude machen, mich zu begleiten?«

»Ins Restaurant? Mit dir? Ich … ich weiß nicht.« Sie spürte, wie ihr die Hitze in den Kopf stieg.

»Warum? Bist du schon verabredet?«

Sie schüttelte stumm den Kopf.

»Na, da habe ich ja Glück. Wonach ist dir? Labskaus? Scholle? Wiener Schnitzel? Du hast die freie Wahl. Und selbstverständlich bist du eingeladen.«

Als Clara noch immer zögerte, drückte er die Zigarette im Aschenbecher aus, stützte die Ellenbogen auf die Schreibtischplatte und beugte sich vor.

»Es ist wirklich nur ein Abendessen, Clara. Ich werde vorher bei meinen Schwiegereltern anrufen und den Kindern am Telefon Gute Nacht sagen, und dann erzähle ich meiner lieben Gattin, dass ich mit einer netten, neuen Kollegin einen Happen essen gehe. Bist du nun zufrieden?«

Clara war bei seinen Worten hochrot geworden. Da hatte sie gedacht, er wäre auf dem besten Wege, ihr ein unmoralisches Angebot zu machen, und dann sagte er so etwas. Sie schämte sich ihrer Gedanken.

»Aber ja«, antwortete sie. »Ich freue mich. Ich war schon lange nicht mehr in einem Restaurant zum Essen.«

»Na, dann wird es aber höchste Zeit.«

Am Abend saßen sie einander im Lokal gegenüber. Das Essen hatte köstlich geschmeckt, sie waren beim Kaffee. Rolf zeigte Clara ein Foto von seiner Familie, das er in seinem Geldbeutel mit sich trug. Es war etwas neuer als das, was auf seinem Schreibtisch stand, einer seiner Söhne trug darauf eine Schultüte in der Hand, der andere streckte dem Fotografen frech die Zunge raus. »Meine Prachtkerle«, sagte er dazu und steckte das Bild wieder weg, nachdem er es selbst noch kurz betrachtet hatte.

»Entzückend«, murmelte Clara. »Du hast eine hübsche Frau.«

Rolf zündete sich eine Zigarette an. »Ja, sie ist wirklich fabelhaft und fleißig, eine gute Mutter. Aber ich muss gestehen, dass mir manchmal etwas fehlt, seit die Jungs auf der Welt sind. Ihr Leben dreht sich nur noch um die Kinder, wenn du weißt, was ich meine.«

Clara nickte vage. Sie hatte das Gefühl, sich bei ihrem Gespräch auf Glatteis zu bewegen.

»Mit dir ist das ganz anders«, fuhr Rolf fort. Er legte den Kopf in den Nacken und blies Rauch hinauf zu dem rot bezogenen Lampenschirm, der über dem Tisch baumelte. »Du verstehst, was ich meine, wenn ich über meine Arbeit spreche und über die Themen und Diskussionen in der Redaktionskonferenz. Das tut wirklich gut.«

Clara senkte den Blick und verrührte den Zucker in ihrer Kaffeetasse. Sie freute sich darüber, von ihrem Vorgesetzten wie eine Ebenbürtige behandelt zu werden, und dennoch war ihr ein wenig unbehaglich zumute.

»Ich finde übrigens, dass du große Fortschritte gemacht hast bei deinen Artikeln«, fuhr Rolf fort. »Frau Löhndorff hat einen guten Fang gemacht mit dir.« Er lächelte.

»Danke. Es bedeutet mir viel, dass du mit meiner Arbeit zufrieden bist.«

»Würdest du dir zutrauen, demnächst an einer größeren Geschichte mitzuschreiben?«

Clara schnappte nach Luft. »Was für eine Geschichte?«

»Es geht um den Staatsbesuch von US-Präsident Kennedy. Ich habe immer noch keinen Kollegen gefunden, der mich auf der Dienstreise nach Berlin begleiten kann. Und diese Sache ist zu groß und zu wichtig, als dass ich mich allein darum kümmern könnte. Ich brauche dringend jemanden an meiner Seite, der mich bei der Berichterstattung unterstützt. Ganz offiziell und von der Redaktion beauftragt. Was meinst du?«

»Oh, Rolf, das würdest du mir wirklich zutrauen?« Clara wurde es beinahe schwindlig vor Aufregung. Vergessen war alle Befangenheit. »Das ist unglaublich! Ich will nichts lieber, als mit nach Berlin kommen und Kennedy mit eigenen Augen sehen. Er soll ja so ein unglaublich charismatischer Mann sein. Das wäre … das wäre himmlisch!«

Rolf betrachtete sie grinsend.

»Also bist du dabei?«

Clara nickte. Sie spürte die Vorfreude wie eine warme Woge in ihrem Herzen. »Hoffentlich ist Frau Löhndorff einverstanden.«

»Warum sollte sie nicht?«

Tatsächlich hatte Frau Löhndorff nichts dagegen, dass Clara Rolf bei seiner Reise nach Berlin begleitete. Clara vermochte nicht zu sagen, welches Gefühl in ihr überwog: die Freude darüber, den Besuch des US-Präsidenten selbst miterleben und an einem so großen Bericht mitarbeiten zu dürfen – oder die Aufregung, bei dieser wichtigen Sache bloß nichts zu verpatzen.

· · ·

Froh über die Ablenkung stieg Clara am nächsten Sonntagabend die Treppe hinter dem Gastraum des Bella Napoli hinauf, um Maria zu ihrem Geburtstag zu gratulieren. Da sie sich mit den Geschwistern meist im Restaurant traf, war sie noch nicht oft in deren Wohnung im Stockwerk über dem Lokal gewesen, die sie von Onkel Giancarlo übernommen hatten. Im Hausflur duftete es verlockend nach frisch gebackenem Hefeteig, nach geschmolzenem Käse, Knoblauch und Basilikum. Fröhliches Stimmengewirr war aus der Pizzeria zu hören. Wenngleich seine Schwester heute Geburtstag hatte, konnte es sich Dino nicht leisten, das Lokal zu schließen.

Maria erwartete sie in der geöffneten Wohnungstür, und bei ihrem Anblick stutzte Clara. Die Freundin trug heute ein leuchtend rotes Kleid mit einem weit schwingenden Rock und einem eng anliegenden Oberteil, das ihre schlanke Taille aufs Vorteilhafteste zur Geltung brachte.

»Maria! Du siehst fantastisch aus. Ist das neu?«

Maria nickte lachend und strich sich ein wenig verlegen mit beiden Händen an den Hüften über den Stoff.

»Ja, habe ich selbst gemacht. Ist von eine diese Schnittmuster. Dein Freundin Hertha hat neulich zu mir gebracht alle ihre *modelli*. Hat sie mir gesagt, braucht sie die Schnitte nicht mehr, weil ist sie bald verheiratete Frau und kann sich kaufen die schicken Kleider.«

»Ach, diese Hertha! Was für eine nette Idee. Und wie ich sehe, bist du in der Schneiderkunst genauso talentiert wie sie.«

»Danke. Ist neue Kleid nicht zu kurz? Man sieht etwas von die Knie.«

»Nein, kein bisschen. Es steht dir hervorragend. Und du hast so wunderschöne Beine, die solltest du nun wirklich nicht länger verstecken.« Clara überreichte ihrer Freundin das kleine Geschenk, das sie mitgebracht hatte, eine Flasche mit herrlich duftendem Badeschaum, weil sie wusste, wie gerne sich Maria nach einem langen Tag auf den Beinen in der Wanne entspannte. »Herzlichen Glückwunsch zum Geburtstag, liebe Maria!«

»Oh, *mille grazie*.« Maria wickelte das Geschenkpapier ab, öffnete den Verschluss und schnupperte. »Hmm. So wunderbare Duft – wie eine Strauß von Rosen.«

Sie gab Clara einen freundschaftlichen Kuss auf die Wange.

»Was möchtest du trinken? Ein Glas *Vino*? *Rosso* oder *bianco*? Oder lieber ein Glas Prosecco zur Feier von Geburtstag?«

»Ein Glas Weißwein wäre toll.«

Clara folgte Maria ins Wohnzimmer, wo der flache Tisch vor dem ausladenden Sofa mit Stapeln von Rechnungen, Quittungen, Kontoauszügen und anderen Papieren bedeckt war. Auf dem Fußboden daneben lagen ein paar Aktenordner.

»O je. Sag bloß, du arbeitest auch an deinem Ehrentag?«

Maria stellte die Flasche mit dem Badeschaum zwischen den Unterlagen ab und hob bedauernd die Schultern.

»Was soll ich machen? Muss getan werden. Finanzamt ist egal, wann ich habe Geburtstag.«

Während Maria zwei Gläser und eine Flasche Wein aus der Küche holte, setzte sich Clara auf einen Sessel und sah sich im Wohnzimmer um. Es war hier fast nichts verändert worden seit Onkel Giancarlos Tod. Die hohe Glasvitrine mit dem übereinander getürmten Steingutgeschirr stand noch immer an der Wand, daneben die schwere Kommode aus Nussbaumholz im Barockstil mit halbrunden und mit aufwendigen Intarsien verzierten Schubladen, auf der heute eine Vase mit Blumen stand. Selbst Onkel Giancarlos Bilder hingen noch an den Wänden, gerahmte Fotos neben Ölgemälden, die alle ein ähnliches Motiv zeigten: Landschaften und Stadtansichten Süditaliens. Nur die schweren dunklen Fenstervorhänge waren nicht mehr da. Stattdessen hingen dort nun luftige Bahnen aus hellem Voilestoff, die vor den gekippten Scheiben leicht wehten.

»Du hast dir eine Menge Arbeit aufgehalst mit dem Café«, stellte Clara fest, als Maria zurückkam und die Unterlagen auf dem Wohnzimmertisch ein wenig zur Seite schob, um Platz zu schaffen für die beiden Gläser und die Weinflasche.

»Ja, habe ich immer viel zu tun. Und Eismachen in Café und

reden mit die Gäste macht mir mehr Spaß als mit Kram von Papiere, kannst du mir glauben. Aber gehört das auch dazu.«

Sie stießen leise mit den Gläsern an.

»Alles Gute und viel Glück für dein neues Lebensjahr«, sagte Clara. »Du bist eine tolle, mutige Frau, und ich bin sehr froh, dass wir uns kennengelernt haben.«

»Und ich auch. Ich danke dir für schöne Freundschaft. Habe ich nicht viel Gelegenheit in Hamburg, um kennenlernen nette Mädchen. Du hast gemacht, dass meine Heimweh ist beinahe verflogen.«

»Das freut mich. Schade, dass Dino und Sanni heute Abend nicht dabei sein können. Eigentlich sollten sie jetzt hier sein und mitfeiern. – Und Lorenzo natürlich auch«, fügte Clara rasch hinzu.

»Ja, aber von Sanni und auch von Lorenzo habe ich bekommen gestern schöne lange Briefe mit viele Glückwünsche, und Dino hat heute Morgen schon gratuliert und die Blumen geschenkt. Aber weißt du, bei unsere Familie in Italien ist Geburtstag nicht so wichtig. Ist Namenstag größere Fest.«

Maria stellte ihr Glas ab und stand auf. »Jetzt habe ich fast vergessen, habe ich vorbereitet auch eine Kleinigkeit zu essen. Bisschen Käse mit die Weintrauben und die Oliven.«

Als Maria mit einem vollbeladenen Tablett aus der Küche kam, schellte die Türglocke. Verblüfft hielt sie inne. »Wer kann sein? Erwarte ich heute keine Besuch mehr.«

»Warte, ich gehe hin und mache auf, dann kannst du in Ruhe das Tablett abstellen.«

Clara ging zur Tür. Als sie öffnete, stand ein Fremder vor ihr, ein mittelgroßer, eher stämmiger junger Mann mit gebräunter Haut und tief liegenden fast schwarzen Augen, die vollen dunklen Haare aus der hohen, eckigen Stirn gekämmt. Er trug einen leichten Mantel über dem hellen Anzug und in der rechten Hand einen kleinen Reisekoffer. Beim Anblick Claras schien er nicht weniger verblüfft zu sein als sie über ihn. Von irgendwoher kam ihr dieses Gesicht bekannt vor, dämmerte es ihr, aber sie konnte sich beim besten Willen nicht erinnern, wo sie diesen Mann schon einmal gesehen haben könnte.

Er redete in Italienisch auf sie ein, doch das Einzige, was sie in diesem Wortschwall verstand, war der Name Maria.

»Maria!«, rief Clara. »Ich glaube, hier ist Besuch für dich. Soll ich ihn reinlassen?«

Clara hörte Schritte hinter sich und dann einen Schrei. Maria fiel dem Mann an der Tür um den Hals, drückte ihn an sich und bedeckte sein Gesicht mit ungestümen Küssen.

»Lorenzo!«, rief sie ungläubig. »*Mio caro Lorenzo*!« Der Rest war italienisch, und Clara konnte nur erahnen, was Maria da, hin- und hergerissen zwischen Glückstaumel und völliger Verblüffung, von sich gab. Und jetzt erkannte Clara ihn auch von den Fotos wieder, die Maria ihr einmal gezeigt hatte.

»Ist mein lieber Lorenzo«, erklärte Maria schließlich überflüssigerweise, »mein allerliebster Lorenzo ist mit den Zug die weite Weg von San Pietro nach Hamburg gekommen, ohne zu verraten. Ist gefahren in die böse Land von Deutschland. Ist große Überraschung für mich zu Geburtstag. Ist es ganz große Liebe.« Halb zog, halb schob sie ihn in die Wohnung, während sie ihn immer wieder küsste. Auch er lächelte, doch es kam Clara so vor, als wäre er viel zu müde, um sich über das Wiedersehen so ausgelassen freuen zu können wie Maria. Wie viele Tage mochte er unterwegs gewesen sein von San Pietro? Und was mochte seine Mutter dazu gesagt haben?

»Guten Abend, Lorenzo, ich freue mich, dich endlich kennenzulernen. Sei herzlich willkommen! Benvenuto in Hamburg.«

Clara und Lorenzo gaben einander die Hand. Maria erklärte: »Kann er leider keine Deutsch sprechen. Aber ich werde übersetzen, damit wir uns können unterhalten. Komm, Lorenzo. *Vieni!* Wir haben gerade ein Flasche von die weiße Wein aufgemacht. Magst du etwas essen? *Hai fame?* Du musst hungrig sein nach lange Reise!«

Maria sprach halb Italienisch, halb Deutsch, damit Clara der Unterhaltung folgen konnte.

»Soll ich nicht besser nach Hause gehen?«, erkundigte sich Clara verlegen. »Vielleicht wollt ihr lieber allein sein. Ihr habt euch so lange nicht gesehen ...«

»Nein, nein.« Maria schüttelte resolut den Kopf. »Erst müssen wir zusammen bisschen feiern, dass wir uns alle wiedersehen, und du lernst endlich kennen mein zukünftige Ehemann.«

Lorenzo hatte seinen Koffer im Flur abgestellt. Nun stand er unschlüssig mitten im Wohnzimmer und betrachtete Maria. Dabei ruhte sein Blick lange auf ihrem Kleid, dann sagte er etwas, und Clara wunderte sich, weil seine Miene so ernst blieb. Für einen Moment erstarb das Lächeln auf Marias Gesicht, doch sie hatte sich rasch gefangen und antwortete ihm ebenfalls auf Italienisch, lächelnd und leichthin, wie es Clara erschien.

»Lorenzo gefällt mein Kleid nicht«, erklärte sie auf Claras fragenden Blick hin. »Er meint, es ist zu rot und zu kurz und oben zu eng, und so etwas würde ich zu Hause ganz sicher nicht anziehen. Ich habe gesagt, ist ganz in Mode.«

»Aber gerade Italienerinnen sind doch bekannt dafür, dass sie sich besonders schick und sehr modisch kleiden.« Clara staunte. »Deshalb hat das lange schwarze Kleid doch auch gar nicht zu dir gepasst.«

Maria unterdrückte einen Seufzer. »In Rom vielleicht und in Mailand ist die Mode wichtig für die Frauen. Aber nicht in unsere klein Dorf. Da ist vor allem alte *tradizione* wichtig und dass Frauen sind anständig angezogen.«

»Sag Lorenzo bitte, ich finde, dass du toll aussiehst. Die Farbe Rot steht dir ganz ausgezeichnet, und der Schnitt zeigt, was du für eine klasse Figur hast.«

»Danke, liebe Clara. Aber denke ich, ist genau das, was Lorenzo nicht mag.«

Er wollte wissen, was sie auf Deutsch gesagt hatte, aber Maria tat ihm den Gefallen nicht. »Ist Sache zwischen Freundinnen und nix für die Männer!«, antwortete sie keck und gab ihm einen Kuss.

Sie holte ein drittes Glas aus der Küche und goss Lorenzo Wein ein. Er hatte sich inzwischen auf das Sofa gesetzt und sah sich die Zettelwirtschaft auf dem Wohnzimmertisch an. Er fragte, und sie erklärte ihm, was es mit den Papieren für das Finanzamt auf sich hatte.

»Maria ist so furchtbar fleißig«, erklärte Clara, nachdem die drei noch einmal auf den Geburtstag angestoßen hatten. »Sie arbeitet jeden Tag von morgens bis abends.«

Lorenzo sagte etwas zu Maria. Er legte seinen Arm um sie und drückte sie an sich. Maria lächelte selig und übersetzte: »Lorenzo findet, dass ich schon bin ganz dünn geworden von die viele Arbeit. Aber ich habe gesagt, dass ich habe nix Appetit mehr, weil ich ihn vermisse schrecklich.«

Clara hätte den Mann, den Maria so sehr liebte, zwar gerne etwas besser kennengelernt, aber sie fühlte sich zunehmend fehl am Platz, als sie sah, wie die beiden Händchen haltend auf dem Sofa saßen und sich verliebt in die Augen sahen. Sie wollte die Zweisamkeit der beiden nicht länger stören und verabschiedete sich.

...

Als sie später im Bett lag, dachte Clara über diesen Abend nach. Sie stellte sich vor, wie Maria und Lorenzo einander gerade in den Armen hielten, endlich wieder glücklich vereint. Wie groß seine Liebe und seine Sehnsucht sein mussten, dass er diese lange und beschwerliche Reise von San Pietro nach Hamburg auf sich genommen hatte, um endlich wieder mit seiner Freundin zusammen sein zu können. Sie freute sich sehr für Maria. Gleichzeitig stellte sie fest, dass es ihr nicht mehr wehtat, allein zu sein. Selbst der Gedanke an Freddy machte sie heute nicht mehr traurig. Sie hatte eine Arbeit, die sie ausfüllte, die sie zufriedener und selbstbewusster machte, als sie es je an seiner Seite gewesen war.

Ein Geräusch ließ sie erschrocken die Augen aufschlagen. Der Blick auf das grünlich leuchtende Zifferblatt ihres Weckers zeigte ihr, dass es auf Mitternacht zuging. Sie lauschte. Da war etwas, draußen vor den Oberlichtern. Vielleicht eine Katze? Aber nein. Jemand klopfte an die Scheibe. Jetzt hörte sie es deutlich. Da ihr Zimmer an der Front des Hauses im Souterrain lag, war das Fenster von der Straße her gut zu erreichen. Ihr Herz schlug rasch. Aber ein Einbrecher konnte es nicht sein, der würde gewiss nicht anklopfen, bevor er in eine fremde Wohnung stieg. Entschlossen warf Clara die Bettdecke zurück und stand auf. Sie schob einen Stuhl unter das Fenster, stieg hinauf und öffnete den Fensterflügel einen Spalt breit.

»Ist da jemand?«, rief sie und fuhr zusammen, als plötzlich direkt vor ihr Marias Gesicht auftauchte, von der Seite gespenstisch beleuchtet durch den gelblichen Schein der Straßenlaterne vor dem Haus.

»Gott sei Dank, bist du wach!«, rief sie. »Muss ich reden mit dir. Bitte lass mich ein in deine Zimmer. Wollte ich nicht an Tür klingeln, weil Angst, deine Vermieter verbieten, dich zu besuchen mitten in die Nacht.«

»Du liebe Zeit, Maria, was ist los?«

Clara nahm Marias Hand und half ihr, über den Stuhl hereinzuklettern. Dann schloss sie das Fenster und knipste Licht an.

Erst jetzt sah sie, dass Marias Gesicht verweint und voller roter Flecken war. Sie trug noch immer das neue Kleid, an dessen Oberteil jetzt eine Naht aufgeplatzt war, vermutlich war es zu eng gewesen für die Kletterei.

»Sag bitte sofort, was los ist!«, rief Clara, nachdem sich Maria auf der Bettkante niedergelassen hatte. »Geht es dir nicht gut? Ist jemand krank? Verletzt? Lorenzo – oder Dino? Nun sag schon!« Sie spülte das Zahnputzglas aus, das am Rande des Waschbeckens im Zimmer stand, füllte kaltes Wasser hinein und reichte es Maria, die langsam ein paar Schlucke trank.

»Lorenzo«, stieß sie endlich hervor. »Er ist ...«

Sie zuckte hilflos mit den Schultern, als fehle ihr das richtige Wort.

»Was ist mit Lorenzo?« Clara setzte sich neben sie.

»Er ist wieder gefahren weg.« Maria schluchzte so sehr, dass das Glas in ihren Händen bebte und etwas Wasser auf ihren Rock spritzte. »Wir haben gehabt die Streit. Schreckliche Streit.«

»Aber wie das auf einmal? Ich habe doch gesehen, wie sehr ihr euch gefreut habt, dass ihr endlich wieder zusammen seid nach so langer Zeit.«

Maria nickte. »Ja, wir haben gefreut. War ich so glücklich, dass er kommen mich besuchen. Aber dann ... er hat gesagt, ich soll nicht länger sein in Hamburg. Bin ich doch schon viel länger hier, als wir vereinbart damals. Und war nie die Rede davon, dass ich habe eigene kleine Lokal. Hat er gesagt, ich bin Verlobte, habe ich versprochen ihn zu heiraten und will er nicht länger warten.

Aber ich, ich habe gesagt, kann ich noch nicht kommen nach Hause, weil ich habe Vertrag mit Verpächter von mein Café für die ganze Sommer.«

»Und?«

»Habe ich gefragt, ob er nicht auch kommen kann nach Deutschland. Hat er doch keine gute Arbeit in Italien, immer bisschen hier und bisschen da auf Baustelle. Wir können zusammen arbeiten hier in Café. Ich habe vielleicht Möglichkeit, mein Café auch in die ganze nächste Jahre zu haben, mit die Punsch in Winterzeit und Eis in Sommer. Ich könnte Verwaltung von Park vorschlagen. Haben wir eine gute Zukunft zusammen. Aber er sagte, kann er nicht weggehen von seine Mama und Rest von Familie, weil Familie muss immer zusammenbleiben. Und schon gar nicht kann bleiben in die Deutschland, weil das würde brechen Herz von seine Mama.«

Maria schöpfte Atem, bevor sie weitersprach. »Habe ich daran erinnert, dass Dino auch gegangen ist nach Deutschland, weil hier besser Geld zu verdienen als in San Pietro und schickt jede Monat bisschen Geld nach Hause für Familie. Außerdem gibt viele gute Menschen in diese Land, ist nicht alle Leute schlecht hier, und Leben macht Spaß in Hamburg, mit die gute Freunde und schöne Geschäfte. Aber er hat ...« Bei der Erinnerung daran, was Lorenzo geantwortet hatte, brach Maria endgültig in Tränen aus. Clara zog die Nachttischschublade auf und reichte ihr ein Taschentuch. Maria fuhr sich damit über die Nase, dann knüllte sie es gedankenverloren in den Händen.

»Nun sag schon!« Clara legte den Arm um Marias Schultern. Noch einen Augenblick zögerte Maria, dann brach es aus ihr heraus: »Lorenzo ist ganz wütend geworden. Hat gesagt, habe ich mich so sehr verändert, bin ich gar nicht mehr sein süße kleine Braut von früher. Haben die Mädchen hier schlechte ... wie sagt man? ... schlechte Wirkung auf mich. Bin ich ganz verdorben von Leben in Deutschland.«

Clara schluckte betroffen. »Das hat er tatsächlich gesagt?«

Maria nickte. »Dann hat verlangt, ich muss entscheiden, was ich mehr liebe. Mein Arbeit oder mein Verlobter. Jetzt sofort. Und wenn ich habe entschieden, ist für immer.«

»O Gott, das ist hart. Und du? Was hast du getan?«

»Was denkst du? Ich bin hier. Ich habe gesagt, ich muss machen bis in Herbst meine Arbeit in Café, weil ich habe gemacht die Vertrag, und komme ich nach Hause, wenn ist Saison vorbei. Und dann hat er gesagt: Also ist dir dein Arbeit lieber als dein Verlobter, dann weiß er Bescheid und kann ja gleich wieder fahren nach Hause. Ich habe gesagt, nein, aber Lorenzo ...« Ein heftiger Schluchzer schüttelte sie. »Lorenzo hat gesagt, dann ist vorbei. Dann ich liebe ihn nicht genug zum Heiraten. Und dann, er ist ...«

Den Rest konnte Clara nicht mehr verstehen, weil sich Maria in ihre Arme warf und bitterlich weinte.

»Und dann ist er tatsächlich gleich wieder zurück nach Italien gefahren?«, fragte sie leise und spürte, wie Marias Kopf an ihrer Brust nickte.

Schweigend umklammerten sie einander. Clara strich Maria liebevoll über die dunklen Locken, aber tröstende Worte fand sie nicht.

Nach einer Weile richtete sich Maria auf. Sie wischte sich mit dem zerdrückten Taschentuch durch das Gesicht.

»Lorenzo ist altmodische Mann, der nur kennt seine Familie und wie seine Mama und seine Oma leben in San Pietro. Kann er sich nicht vorstellen, dass Frauen gibt, die anders machen als vor hundert Jahren. Die nicht immer nur denken an böse Sachen aus Krieg.« Energisch putzte sie sich die Nase. Ihre Stimme klang empörter mit jedem Wort. »Wenn ich richtig überlege, bin ich froh, dass Verlobung mit Lorenzo ist vorbei. Will ich gar nicht heiraten so dumme Mann von alte Zeiten. Ja, bin ich bisschen anderes Mädchen geworden in Deutschland. Bisschen mehr klug, bisschen mehr mutig, bisschen mehr – wie heißt? – emaz … emiz …?«

»Emanzipiert«, half Clara ihr lachend, den richtigen Begriff auszusprechen. Sie war erleichtert darüber, dass Marias Selbstbewusstsein zurückgekehrt war. »Und vielleicht hast du sogar recht. So ein Mann wie Lorenzo, der sich nicht vorstellen kann, jemals aus dem Haus seiner Mama auszuziehen, ist kein Bräutigam für dich. Du hast einen anderen Mann verdient, einen, der sieht, was für eine großartige, tapfere junge Frau du bist. Einer, der es gut findet, dass du mehr erwartest vom Leben, als nur Kinder zu bekommen und immer für die Familie da zu sein.«

Maria seufzte tief. »Hoffentlich gibt solche Mann auf die Welt.«

»Das hoffe ich für uns beide«, sagte Clara. »Und wenn nicht, dann werden wir eben in unserem Beruf glücklich. Du mit deinem Café und ich als Journalistin.«

28.

Von ihrem Hotelzimmer aus blickte Clara auf die viel befahrene Tauentzienstraße. Drei Etagen unter ihr rollten in mehreren Spuren unentwegt Autos, Mopeds, Doppeldecker-Busse und Straßenbahnen vorbei. Sie hatte die Fensterflügel geöffnet, der Lärm der Stadt und der Geruch von Staub und Motorgasen drangen ins Zimmer, vermischt mit Bratwurstduft von einer nahe gelegenen Imbissbude. Das ist also die berühmte Berliner Luft, dachte sie glücklich und war gleichzeitig zum Bersten aufgeregt. In wenigen Stunden würde sie den berühmten amerikanischen Präsidenten mit eigenen Augen sehen.

Das Zimmer lag im dritten Stock. Wenn sie sich ein wenig hinausbeugte, konnte sie bis zum Breitscheidplatz blicken, wo der von Bomben zerstörte Turm der Kaiser-Wilhelm-Gedächtniskirche in den Himmel ragte wie ein fauler Zahn. Unverändert seit dem letzten Tag des Krieges stand die Ruine da, als Mahnmal, wie Clara wusste, um daran zu erinnern, dass es so viel Hass und Zerstörung wie damals nie wieder geben durfte. Einen Augenblick lang wanderten ihre Gedanken zu ihrer Kindheit, als sie mit Dora eine Weile hier in der Nähe gelebt hatte. Wie sehr sich Berlin in den vergangenen zehn Jahren verändert hatte. Der Stadtverkehr brauste lebhafter denn je, und von den Kriegsschäden, die damals noch hier und da das Stadtbild geprägt hatten, war bis auf die Kirchenruine nichts mehr übrig. An allen Ecken gab es schicke neue Gebäude. Gleich neben dem Torso des alten Kirchturms war in krassem Gegensatz dazu ein moderner, sechseckiger Turm errichtet worden. Dahinter entdeckte Clara ein vielstöckiges Bürogebäude mit reichlich Glas an der Fassade, in denen sich das Licht des frühen Sommerabends spiegelte. Auf dem flachen Dach des riesigen Quaders leuchteten die großen Buchstaben der Telefunken-Werbung. Daneben wehten an zwei Fahnenmasten die deutsche und die amerikanische Flagge. Auch viele der Geschäfte, die die Tauentzienstraße säumten, waren beflaggt, die meisten mit dem Sternenbanner der USA. Es war nicht zu übersehen, dass Berlin einen großen Staatsbesuch erwartete. Vor einer Stunde waren sie und Rolf auf dem Flughafen Tegel gelandet und hatten soeben ihre Hotelzimmer bezogen. Eigentlich hatte sie längst ihre wenigen Sachen aus der Reisetasche in den Schrank räumen wollen, aber dazu war sie nicht gekommen. Es war viel zu spannend, aus dem Fenster auf das Gewimmel dieser großen Stadt zu blicken.

Es klopfte an ihrer Zimmertür und Clara schloss das Fenster. »Ja, bitte?«

Rolf schob seinen Kopf in den Raum. »Bist du fertig mit Auspacken? Ich habe ein Taxi bestellt, damit wir zur Mauer fahren können. Ich will mir dieses grässliche Bollwerk von drüben mal mit eigenen Augen ansehen. Es wäre schön, wenn du mich begleiten könntest. Oder möchtest du dich hier noch etwas ausruhen?«

»Oh nein, natürlich nicht. Ich muss die Mauer sehen und Bilder davon machen.«

Clara griff nach ihrer Fototasche und folgte Rolf.

»Ich habe als Kind eine Zeit lang in Berlin gelebt«, erzählte sie ihm, als sie auf der Rückbank des Taxis saßen und sich durch die Straßen der großen Stadt chauffieren ließen. »Erst im Osten, dann im Westen. Es war im Jahr des DDR-Aufstandes 1953. Damals war die Stadt im Grunde noch eins, wenngleich es schon deutlich zu spüren war, ob man im Ostteil oder im Westteil lebte. Unvorstellbar, dass jetzt eine Mauer mitten durch die Stadt geht und sie in zwei Hälften teilt.«

»Ja.« Rolf nickte. »Es ist ein Verbrechen. Ich hoffe sehr, dass Präsident Kennedy das bei seiner Rede morgen ansprechen wird.«

Wenig später standen sie stumm vor Ratlosigkeit auf dem Platz vor dem Brandenburger Tor. Nur wenige Menschen waren zu sehen. »Achtung! Sie verlassen jetzt West-Berlin«, stand auf einem großen Schild. Das Wort »jetzt« war unterstrichen, wie um die Dringlichkeit dieser Information zu betonen. Als wäre das nötig gewesen! Eine mehrere Meter hohe Mauer schlängelte sich über die verwaiste Betonfläche und versperrte den Blick auf die andere Seite. Wenn man genug Abstand nahm, war dahinter der obere Teil des Berliner Wahrzeichens mit der kupfernen Quadriga zu sehen. Clara erkannte, dass die fünf Durchfahrten des Tors mit langen Stoffbahnen verhängt waren, vier Mal rot und in der Mitte die DDR-Flagge mit schwarz-rot-goldenen Streifen und Hammer und Zirkel, blickdicht, so als sollte im Westen auch wirklich niemand mitbekommen, was im Osten der Stadt vor sich ging. Vielleicht wollten aber auch die Machthaber im Osten verhindern, dass die Berliner von dort in den Westen schauen konnten, überlegte sie.

Ein etwa fünf Meter hohes weißes Podest mit Holztreppe und Geländer stand unweit der Mauer auf dem diesseitigen Teil des Platzes. Zwei Polizisten hielten daneben Wache. Clara trat auf die beiden Männer zu.

»Verzeihung – dürfen wir mal raufsteigen und gucken, was man von da oben sieht?«

»Nein, tut mir leid«, antwortete der eine. »Das ist keine Aussichtsplattform für Spaziergänger. Hier wird US-Präsident Kennedy bei seinem Staatsbesuch morgen Station machen, um sich den Osten anzugucken.«

»Wir sind Reporter«, erklärte Rolf und zückte seinen Journalistenausweis. »Ich gehöre zum Presse-Tross des Präsidenten und würde mir gerne heute schon mal einen Eindruck von der deutschen Teilung verschaffen.«

Die beiden Polizisten sahen einander an, dann nickte der eine und gab den Zugang zum Podest frei. »Zwei Minuten«, sagte er.

»Danke.«

Clara und Rolf stiegen die hölzernen Stufen hinauf. Die Plattform war geräumig, bot Platz für zehn Leute, schätzte Clara. Von hier oben war das Brandenburger Tor in voller Gänze zu sehen. Vor dem rot verhängten Bauwerk patrouillierten bewaffnete DDR-Grenzsoldaten, den Blick Richtung Westen gerichtet. Einer hielt ein Fernglas vor den Augen und schien die Vorgänge auf dem Podest genau zu beobachten. Die Mauer war dicker, als Clara erwartet hatte, breit genug, dass man bequem darauf herumlaufen könnte, wie sie von ihrem Aussichtsplatz her feststellte. Auf dem Gelände zwischen der Mauer und dem Brandenburger Tor standen rechts und links hohe Stahlmasten mit Bündeln von Scheinwerfern, die den Grenzbereich nachts vermutlich grell ausleuchteten. Clara lief ein kalter Schauer über den Rücken. Sie versuchte, sich daran zu erinnern, ob sie damals als Kind je durch das Tor gegangen war, aber sie konnte sich nicht daran erinnern. Es war einfach zu lange her, und sie war noch so jung gewesen. Nun konnte sie gar nicht genug Fotos machen von den roten Fahnen am Brandenburger Tor, von den martialisch aussehenden DDR-Grenzern und vor allem von der hässlichen, rasch und lieblos aufgeschichteten Mauer, die diese lebendige Stadt in zwei so verschiedene Hälften teilte. Nur eine Mauer, ein paar Meter Nie-

mandsland – und doch waren es zwei Welten, die hier zusammen-
stießen.

»An dieser Mauer sind Menschen gestorben, Clara. Die DDR-
Grenzer haben den Befehl, auf jeden zu schießen, der eine Flucht
aus dem Osten versucht. Und trotzdem gibt es Leute, die es wagen. Sie sind bereit, ihr Leben zu riskieren, um in den Westen zu
gelangen. Das muss man sich mal vorstellen!« Rolf schüttelte den
Kopf, während er sprach, als könne er seinen Worten selbst nicht
glauben.

»Wie furchtbar muss es in der DDR sein, wenn die Menschen
lieber alles zurücklassen und ihr Leben aufs Spiel setzen, als dort
zu bleiben!«, stellte Clara fest.

Rolf nickte nur. Bedrückt sah sie nach Ostberlin hinüber. Irgendwo dort lebte ein Onkel von ihr, Doras Bruder, der nach dem
Krieg in diesem Teil der Stadt gelandet war und dem es die Umstände nicht erlaubt hatten, in den Westen zu gehen. Ob er sich
das manchmal gewünscht hatte, bevor der Bau der Mauer solchen
Gedankenspielen ein jähes Ende bereitete? Clara schüttelte sich.

»Wenn Sie dann bitte wieder herunterkommen!«, rief einer
der Polizisten herauf. »Unbefugten ist es eigentlich nicht gestat-
tet, das Podest zu betreten.«

»Einen Moment noch«, rief Clara, einer plötzlichen Einge-
bung folgend. »Ich habe eine Bitte. Wäre es möglich, dass einer
von Ihnen ein Foto von uns beiden macht? Hier oben mit dem
Brandenburger Tor im Hintergrund?«

»Nein!«, rief Rolf unerwartet schroff, noch bevor einer der
beiden Wachmänner reagieren konnte. »Kein Foto von uns beiden!«

»Aber, warum nicht?«

»Du musst das verstehen.« Er senkte seine Stimme. »Meine

Frau weiß nicht, dass du auch in Berlin bist. Ich habe ihr gesagt, dass ich alleine verreise. Das ist besser so.«

Clara schluckte. »Du hattest doch gesagt, das hier ist eine ganz normale Dienstreise.«

Als er nicht antwortete, fügte sie hinzu: »Und ich habe doch nicht vor, das Bild deiner Frau zu zeigen. Ich möchte es nur für mich allein haben, zur Erinnerung. Das hier ist so ein besonderer Moment. Bitte.«

»Nein, Clara, das geht nicht. Ich will nicht, dass es ein Foto gibt, auf dem wir zusammen zu sehen sind. Ich möchte nicht, dass die Dinge unnötig kompliziert werden.«

In seiner Stimme lag plötzlich ein scharfer Unterton, den sie nicht kannte und der sie beklommen machte. Sie packte ihre Kamera ein und folgte ihm die Stufen hinunter.

Auf dem Rückweg zum Taxistand kamen sie an einem Kiosk vorbei.

»Oh, fein!«, sagte Clara. »Ich möchte meiner Mutter eine Ansichtskarte schicken. Sie muss unbedingt wissen, wie es in Berlin inzwischen aussieht – und dass ich hier an sie denke und an unsere Zeit hier in dieser Stadt.« Sie lächelte plötzlich. »Bei ihrem allerersten Besuch in Berlin hat sie mir damals auch eine Karte geschickt. Ach, das ist schon so lange her!«

Aus einem drehbaren Ständer suchte sich Clara eine hübsche Postkarte aus, die neben dem obligatorischen Bärenwappen einige Ansichten der Stadt zeigte, die Siegessäule, den Kurfürstendamm mit den Resten der Gedächtniskirche und die neue Kongresshalle in Berlin, deren Dach sich so spektakulär wölbte, dass die Einheimischen das Gebäude scherzhaft als »schwangere Auster« bezeichneten. Rolf zog einen Kugelschreiber aus der Innentasche seines Sakkos und reichte ihn Clara. Rasch schrieb sie ein paar Zeilen an Dora: »Es ist so aufregend, wieder in Berlin zu sein.

Wenn du das hier liest, liebe Mama, dann habe ich den größten Tag meiner bisherigen Karriere als Journalistin schon hinter mir, und du kannst schwarz auf weiß in der *Aktuellen Revue* lesen, was ich beim Besuch des US-Präsidenten erlebt habe.«

. . .

»Sei mir nicht böse, dass ich vorhin so streng war. Es tut mir leid, wenn ich dich erschreckt habe.«

Rolfs Stimme war wieder so freundlich, wie Clara sie kannte. Er lächelte sie entschuldigend an.

»Ist schon gut. Ich ... hätte nur gern eine bleibende Erinnerung an diese aufregenden Tage hier.«

»Ich bin mir sicher, dass du unsere kleine Reise nicht vergessen wirst, auch wenn es davon kein Beweisfoto für dein Poesiealbum gibt.«

Die beiden saßen nach dem Abendessen an der Hotelbar zusammen. Der raumlange Holztresen mit den hohen runden Drehstühlen war gut besucht, auch alle Tische in dem niedrigen Raum waren besetzt. Der Qualm zahlloser Zigaretten hing in der Luft, vermischt mit einem Duftpotpourri unterschiedlichster alkoholischer Getränke. Clara drehte ihr Martiniglas zwischen den Fingern und betrachtete die grüne Olive, die an einem kleinen bunten Spieß in der klaren Flüssigkeit schwamm. Niemals zuvor hatte sie einen Cocktail getrunken, und obwohl sie nur ein paar Mal daran genippt hatte, fühlte sie sich schon ein bisschen beschwipst. Was vermutlich auch daran lag, dass Rolf zum Essen eine Flasche Rotwein spendiert hatte. Sie kam sich sehr erwachsen vor.

»Diese Reise hier soll dir ja schließlich zu deinem großen journalistischen Durchbruch verhelfen«, fuhr Rolf fort. Er zog eine Zigarettenschachtel aus der Innentasche seines Sakkos, bot Clara höflich eine an, obwohl er inzwischen wissen musste, dass sie nicht rauchte, und sie schüttelte wie immer den Kopf. Nachdem der Kellner an der Bar Rolf Feuer gegeben hatte, zog er an seiner Zigarette und blies den Rauch mit vorgeschobener Unterlippe nach oben.

»Ich habe mir das folgendermaßen vorgestellt«, erklärte er schließlich. »Ich übernehme den offiziellen Part der Staatsvisite, schreibe über Kennedys Besuchsprogramm, seine Reden, die Ansprachen von Bürgermeister Brandt und Kanzler Adenauer, diesen ganzen politischen Kram. Du guckst dich derweil in der Stadt um, schaust den Berlinern aufs Maul. Was sagen die Leute zu Kennedy? Was erhoffen sie sich von ihm? Und mach vor allem viele Fotos. Ich möchte Gesichter sehen, Emotionen. Wenn alles vorbei ist, setzen wir uns zusammen und schreiben unsere große Reportage, du und ich. Kennedy in Berlin, ein historischer Tag für Deutschland – oder so ähnlich. Bist du dabei, Clara?«

»Was für eine Frage!« Ihre Wangen glühten vor Freude. »Aber ja, deshalb bin ich doch hier. Meine erste große Reportage für die *Revue*. Das ist so aufregend!«

»Und wie!«

Plötzlich lag Rolfs Hand auf ihrem Knie. Die Berührung kam so unterwartet, dass Clara kurz den Atem anhielt. Sie trank einen Schluck Martini, um ihre Verlegenheit zu überspielen.

»Du bist eine tolle Frau«, fuhr er fort. »Ich glaube an dich. Ich bin überzeugt davon, dass du eine große Zukunft als Journalistin vor dir hast. Du bist nicht nur ein ziemlich hübsches, sondern auch ein sehr patentes Fräulein, das gefällt mir. Und wenn ich irgendetwas tun kann, um dich zu fördern, mache ich das immer gerne. Vergiss das nicht!«

»Danke«, hauchte Clara mit hochrotem Kopf. »Das ist nett von dir.« Ein Prickeln schien in der Luft zu liegen, sie wagte nicht, ihn anzusehen. Sie fischte die Olive aus ihrem Glas und schob sie in den Mund.

Auf ihrem Knie spürte sie die Wärme seiner Hand, die er sanft ein paar Zentimeter höher schob. Herthas Worte kamen ihr in den Sinn, die sie damals noch so bestürzt hatten, als Hertha von ihrer Büroaffäre erzählt hatte: »Mit der Zeit lernst du, in ihren Blicken zu lesen, in ihren Bewegungen und in der Art, wie sie mit dir sprechen. Wenn ihre Stimme diesen weichen Tonfall bekommt, dann wollen sie was von dir ... Ein kleiner Flirt, ein bisschen Liebe ...«

Und was war das hier?

Verlegen wechselte sie die Sitzposition, und Rolf nahm seine Hand von ihrem Bein. Er stellte sein geleertes Glas auf die Theke, zog einen Geldschein aus der Hosentasche und legte ihn dazu.

»Wollen wir gehen?«, fragte er. »Wir haben morgen einen anstrengenden Tag.« Ein Lächeln lag in seiner Stimme.

Clara nickte und trank den letzten Rest Martini mit einem Schluck. Als sie hinter ihm die Bar durchquerte, hatte sie das Gefühl, als wären alle Augen im Raum auf sie gerichtet. Als wäre sie aus Glas, und jeder könnte bis auf den Grund ihres klopfenden Herzens blicken.

Im Aufzug begegnete ihr Rolfs Blick in den verspiegelten Wänden. Sie waren allein in der kleinen Kabine, die surrend aufwärts ruckelte.

»Du bist wirklich schön«, sagte er leise. Mit zwei Fingern fasste er unter ihr Kinn und hob ihr Gesicht an. Seine Augen waren ihren so nah, dass sie die kleinen dunklen Pünktchen auf seiner Iris sehen konnte, und der herbe Duft seines Rasierwassers stieg ihr in die Nase. Ihr Körper vibrierte vor Anspannung. Was passierte hier gerade?

»In meinem Zimmer steht ein Eiskübel mit einer Flasche Sekt«, fuhr Rolf fort. »Und zwei Gläser habe ich auch besorgt. Was meinst du: Wollen wir schon mal anstoßen auf deine Zukunft bei der *Aktuellen Revue*?«

Sein Blick war fordernd und zärtlich gleichermaßen. Claras Herz schlug dumpf wie eine Glocke in ihrem Brustkorb. Er war ihr Chef, und sie mochte ihn wirklich gern, aber das hier? Wohin sollte das führen? Sie war wie versteinert. Erst als er sich zu ihr beugte, um sie zu küssen, stieß sie ihn erschrocken von sich.

»Nein«, brachte sie heraus. »Es – es ist schon so spät, und ich will unbedingt fit sein für morgen. Das – das geht nicht.«

In diesem Moment öffneten sich die Lifttüren im dritten Stock. Clara fuhr herum und stolperte hinaus, sie hastete den Gang entlang. Mit bebenden Händen sperrte sie ihre Zimmertür auf und warf sie hinter sich ins Schloss. Dann ließ sie sich aufs Bett fallen. Sie schloss die Augen. Es dauerte eine Weile, bis das Hämmern ihres Herzens nachließ.

29.

Sämtliche Einwohner Westberlins schienen an diesem Mittwoch, den 26. Juni 1963 auf den Beinen zu sein. Aus der Tageszeitung, die im Frühstücksraum des Hotels ausgelegen hatte, wusste Clara, dass die Kinder heute schulfrei hatten. Behörden arbeiteten nur im Notbetrieb, und viele Firmen waren geschlossen; alles, damit die Leute den Besuch des US-Präsidenten miterleben konnten. In dem Artikel war auf einem Schaubild zu sehen gewesen, welche Route die Präsidentenkolonne auf ihrem Weg vom Flughafen durch die Stadt nehmen und an welchen Plätzen Kennedy auftreten würde, markiert durch eine blaue Linie und rote Kringel auf einem vereinfachten Stadtplan. Wer es irgendwie einrichten konnte, versuchte nun einen Platz am Straßenrand zu finden, um dem berühmten Gast aus Amerika zuzuwinken. Schon am Morgen, als Clara durch die Drehtür des Hotels nach draußen trat, waren Tauentzienstraße und Kurfürstendamm so bevölkert, als gäbe es in den Geschäften der Einkaufsstraßen heute alles umsonst. Es war ein warmer, sonniger Tag, der Himmel wölbte sich blau und wolkenlos über der Stadt, und an den Häuserfronten wehten die Fahnen im böigen Sommerwind. Ein Prickeln schien in der Luft zu liegen, zwei Stunden, bevor die Fahrzeugkolonne des US-Präsidenten am Kurfürstendamm erwartet wurde.

Clara war erleichtert, dass das Frühstück ohne jede Peinlichkeit verlaufen war. Rolf hatte seinen Annäherungsversuch und ihre brüske Ablehnung nicht mehr angesprochen. Als sie um kurz vor acht in den Frühstücksraum kam, war er schon fertig mit dem Essen und schob seine geleerte Kaffeetasse zur Seite.

»Guten Morgen, Clara, wie ich sehe, hat dir der Schönheitsschlaf gutgetan«, sagte er freundlich, während er seine Serviette zusammenfaltete. »Trink in Ruhe deinen Kaffee. Ich muss leider schon los. Die Air Force One aus Washington landet in zwei Stunden am Flughafen Tegel, da ist noch einiges zu besprechen mit den Berliner Presseleuten, und ich darf die Ankunft des Präsidenten nicht verpassen.« Er stand auf. »Wir sehen uns heute Abend, wenn alles vorbei ist. Es wird die Reportage deines Lebens, das verspreche ich dir. Vergiss nicht, unterwegs Notizen zu machen und natürlich viele gute Fotos.«

Sie nickte nur und sah ihm nach, wie er zwischen den Tischen dem Ausgang zuging. Mit einem erleichterten Seufzer ließ sie sich auf ihren Stuhl sinken. Wie es aussah, hatte der kleine Zwischenfall im Aufzug keine Auswirkungen auf ihre Zusammenarbeit. Vielleicht war ihm die Sache inzwischen selbst ein wenig peinlich, dachte Clara. Vermutlich hatte er gestern Abend einen kleinen Schwips gehabt und hoffte, dass sie das Thema in Zukunft genauso wenig ansprechen würde wie er. Rolf war ein vernünftiger Mann, ein Profi. Heute gab es nur eines, was wichtig war im Leben eines Journalisten – und das war der Staatsbesuch des US-Präsidenten. Clara goss sich Kaffee in die Tasse und beschloss, die Angelegenheit zu vergessen.

Mit der Kameratasche über der Schulter und Stift und Notizblock in den Händen bahnte sich Clara wenig später ihren Weg über den Kurfürstendamm. Schon jetzt, Stunden vor dem Eintreffen der Präsidentenkolonne, war auf den Gehwegen kaum mehr ein

Durchkommen. Und immer mehr Menschen strömten heran, um sich einen Platz zu sichern, von dem aus sie einen Blick auf den berühmten Gast aus Amerika werfen konnten. Viele Leute hatten amerikanische Flaggen mitgebracht, die sie begeistert schwenkten, manche hielten selbst gebastelte Plakate in den Händen, mit denen sie den US-Präsidenten begrüßen wollten: »Welcome, Mr President«, las Clara auf dem einen und auf einem anderen: »Berlin grüßt Kennedy«.

Clara wandte sich an zwei junge Frauen, die Arm in Arm am Straßenrand standen und zum Zeitvertreib mehr schlecht als recht, aber fröhlich lachend die amerikanische Nationalhymne sangen.

»Entschuldigung«, sprach Clara die beiden an. »Ich bin Reporterin von der *Aktuellen Revue* in Hamburg. Darf ich Sie fragen, was Sie von dem Besuch des US-Präsidenten erwarten?«

»Na klar«, antwortete die eine bereitwillig. »Ich freue mich darauf, den mächtigsten Mann der Welt mit eigenen Augen zu sehen.«

»Und er ist so attraktiv«, fügte die andere kichernd hinzu. »So ein smarter Sonnyboy, dieser Mister Kennedy, der könnte glatt in einem Modemagazin auftauchen. Und wir? Wir haben nur unseren uralten Bundeskanzler Adenauer ...«

Kichernd wandten sich die beiden wieder ab und sangen weiter.

»Und Sie?«, erkundigte sich Clara bei einem Mann, offenbar ein Bauarbeiter in der Vormittagspause, der mit staubiger Kappe und schmutzigem blauen Arbeitsoverall an der Straße stand. »Weshalb wollen Sie den US-Präsidenten sehen?«

»Ich will ihm zurufen, dass er sich für die Deutsche Einheit einsetzen soll. Er muss etwas unternehmen, damit die da drüben diese verfluchte Mauer mitten in unserer Stadt wieder abbauen.«

»Und ich hoffe, dass Kennedy uns verspricht, immer an der Seite Deutschlands zu stehen«, rief eine ältere Dame, die hinter dem Bauarbeiter am Straßenrand stand, Clara zu. »Damit sich die Russen bloß nicht auch noch unser freies Westberlin einverleiben ...«

»Vielen Dank!«

Clara machte sich ein paar Notizen und ging weiter. Sie befragte hier und da die wartenden Leute und schrieb sich die Antworten auf. Dann steckte sie Block und Stift in die Tasche, nahm die Kappe vom Objektiv ihrer Kamera und begann zu fotografieren, die Menschen am Straßenrand, die geschmückten Häuser, die beiden sommersprossigen Schuljungen, die mit einem breiten Grinsen im Gesicht auf ihren Fahrrädern hinter der wartenden Menge entlangfuhren.

Sie bemerkte, dass sich die Präsidentenkolonne näherte, noch bevor sie etwas von den Fahrzeugen sah oder hörte. Es war gegen elf, als plötzlich eine Unruhe unter den vielen Menschen am Straßenrand ausbrach. Es erschien Clara wie eine Welle, die aus Richtung Joachimstalerstraße durch die Menge rauschte.

»Er kommt! Er kommt!«, schrien die Leute und schwenkten ihre Fahnen. Zunächst hörte Clara nur das dumpfe Brummen vieler Motoren. Und dann sah auch sie den Autokorso, der im Schritttempo über den Kurfürstendamm rollte, unzählige Polizeiwagen und Begleitfahrzeuge. Endlich kam auch die offene Limousine des amerikanischen Präsidenten in Sicht, auf beiden Seiten flankiert von Dutzenden weiß gekleideten Polizisten auf Motorrädern. Jubelgeschrei brandete unter den Zuschauern auf, und auch Clara spürte, wie ihr Herz plötzlich wild zu schlagen begann. Vor Aufregung vergaß sie im ersten Moment zu fotografieren. Doch dann nahm sie rasch wieder ihre Kamera auf und knipste los.

Präsident Kennedy stand in seinem Wagen, einem schwarzen

Lincoln Continental, dessen Motorhaube über und über mit Luftschlangen und Konfetti bedeckt war. Da war er also, der mächtigste Mann der Welt, nur wenige Schritte von ihr entfernt. Präsident Kennedy, für den Marilyn Monroe damals ihr verruchtes Geburtstagsständchen gesungen hatte. Der Mann, auf den so viele Menschen in Deutschland in diesen kritischen Zeiten kurz nach dem Mauerbau ihre Hoffnung setzten. Mit strahlendem Lächeln winkte er den Leuten am Straßenrand zu. Er trug einen dunkelblauen Anzug mit schmaler dunkler Krawatte. Wie elegant er war, und doch wirkte er so jugendlich! Clara beobachtete, wie er sich mit der Hand durch die vom Wind zerzausten Haare fuhr, in denen ein paar Konfettischnipsel hingen. Beinahe verlegen wirkte das, ein bisschen angespannt, so als könnte er selbst nicht glauben, in was für ein Tohuwabohu er hier hineingeraten war.

Auf der rechten Seite des offenen Wagens stand Bundeskanzler Adenauer, unschwer zu erkennen an seinem greisen, von Falten zerfurchten Gesicht. Es war dem 87-Jährigen anzusehen, wie viel lieber er auf der langen Fahrt durch die Stadt gesessen hätte. Richtig erschöpft sah er schon aus. Der Mann in der Mitte mit den ausgeprägten Geheimratsecken in der breiten Stirn war Berlins Bürgermeister Brandt. Alle drei Männer standen aufrecht, hielten sich mit einer Hand an einer über der Windschutzscheibe angebrachten Reling fest und grüßten die Menge am Straßenrand, von wo ihnen lautes Rufen entgegenschallte. »Herzlich willkommen in Berlin! Welcome, Mister Kennedy!«

Auch in den oberen Stockwerken der hohen Geschäftshäuser waren sämtliche Fenster geöffnet, und auf allen Balkonen drängten sich Menschen. Die Leute lehnten dort und winkten, schwenkten Amerikafahnen oder große weiße Taschentücher. Und immer wieder warfen Zuschauer von oben mit beiden Händen Konfetti und Berge von herausgerissenen Zeitungsstreifen auf die vorbeifahrenden Autos. Es sah aus, als würde es schneien, die Fahrbahn war schon ganz weiß von den vielen Papierschnipseln. Und immerzu schrien die Leute vor Begeisterung. »Kenne-dy! Ken-ne-dy!« Manche warfen sogar Blumen auf die Motorhaube des Wagens. Es war eine Stimmung wie bei einem Festtagsumzug. So rasch sie konnte, wechselte Clara die Filmspule und fotografierte weiter.

Sie entdeckte die beiden jungen Frauen wieder, die vorhin noch so fröhlich gesungen hatten. Sie standen ganz vorn am Gehweg und streckten ihre Arme aus, als hofften sie, Präsident Kennedy die Hand schütteln zu können, was die dichte Polizeiabsperrung allerdings unmöglich machte. Doch plötzlich tat sich eine kleine Lücke zwischen den Sicherheitsleuten am Straßenrand auf. War einer der Polizisten abgelenkt gewesen? Ehe noch irgendjemand registriert hatte, was geschah, hatten sich die beiden Frauen hindurchgezwängt und rannten zwischen zwei langsam dahinrollenden Motorrädern auf den Wagen des Präsidenten zu. Es waren nur wenige Schritte, eine Sache von Sekunden, und Clara hielt den Atem an. Während die eine Frau sofort von den Leibwächtern des Präsidenten weggezerrt wurde, gelang es der anderen, die Limousine zu erreichen. Sie streckte ihre Hand aus und tatsächlich: Der Präsident ergriff sie und schien sie für einen Augenblick festzuhalten, während er sie anlächelte. Clara drückte auf den Auslöser. Ja, das war der Moment. Sie wusste sofort, dass dieses Foto eines der besten war, das sie je gemacht hatte. Perfekt für die Reportage. Und dann war auch schon alles vorbei. Polizisten stürzten auf die Frau zu, rissen ihr die Arme auf den Rücken und hielten sie fest. Während die Fahrzeugkolonne langsam weiterrollte, wurde sie fortgeführt. Noch einmal gelang es Clara, das Gesicht der jungen Frau zu fotografieren. Obwohl der harte Griff der Polizisten ihr sicherlich wehtat, lächelte sie überglücklich, und Clara wusste: Welche Konsequenzen auch immer dieser Zwischenfall für sie haben würde, die Tatsache, dass sie US-Präsident Kennedy die Hand gegeben hatte, würde sie ihr Leben lang nicht vergessen und alle Unannehmlichkeiten, die nun kommen mochten, aufwiegen.

Als die Limousine des Präsidenten vorbeigerollt war, folgten noch fast dreißig weitere Fahrzeuge, unter anderem ein großer Bus, über dessen Windschutzscheibe ein Pappschild mit der Aufschrift *Press Pool* angebracht war. Irgendwo da drin sitzt Rolf, dachte Clara, aber sie hielt vergeblich nach ihm Ausschau. Der Bus mit den vielen Journalisten aus aller Welt war einfach zu voll.

Schließlich war auch das letzte Polizeimotorrad vorbeigefahren. Wie benommen blieben die meisten Leute noch einen Augenblick lang an der Straße stehen. Schließlich löste sich die Anspannung. Clara sah überall glückliche Gesichter, die Leute plauderten und lachten, nur eine alte Dame, die neben Clara stand, schluchzte laut, und Tränen liefen ihr übers Gesicht.

»Was ist denn los?«, rief Clara erschrocken.

»Ich habe Kennedy gesehen«, stieß die Frau erschüttert hervor und presste beide Hände auf die Brust. »Ich kann es nicht glauben. Ich habe diesen wunderbaren amerikanischen Präsidenten mit eigenen Augen gesehen. Was für ein Tag! Ich ... ich weiß gar nicht, was ich nun tun soll.«

Clara nickte ihr zu. Die aufgelöste Frau erinnerte sie ein wenig an Sanni und ihren kleinen Nervenzusammenbruch damals nach dem Konzert der Beatles. Tatsächlich hatte US-Präsident Kennedy die Ausstrahlung eines gefeierten Popstars. »Ich kann Sie gut verstehen«, sagte sie zu der Fremden. »Das war wirklich ein sehr bewegender Moment. Ich bin auch furchtbar froh, dass ich Kennedys Fahrt hier miterleben durfte.«

Aus tränenverschleierten Augen lächelte die Dame Clara zu. »Ich glaube, das war der schönste Moment meines Lebens ...«

Clara zögerte kurz. Dann stellte sie sich vor und fragte: »Hätten Sie etwas dagegen, wenn ich Sie fotografiere?« Die alte Frau war einverstanden, und Clara drückte erneut auf den Auslöser. Trotz ihrer verweinten Augen sah die Frau sehr glücklich und dankbar aus. Clara war sich sicher, dass auch dieses Bild in ihrer großen Reportage Verwendung finden würde. Alle Leute in Deutschland sollten sehen, wie gerührt die Menschen in Berlin über den Besuch des US-Präsidenten waren.

Nachdem die Fahrzeugkolonne endgültig in Richtung Breitscheidplatz verschwunden war, löste sich die Menschenmenge am Kurfürstendamm allmählich auf. In den oberen Stockwerken wurden die Fenster geschlossen, und die Leute verschwanden von den Balkonen. Clara hörte, wie sich hinter ihr drei junge Männer etwas zuriefen. »Los, kommt! Wir müssen zum Rathaus Schöneberg! Da hält Kennedy nachher seine Rede!«

Sie steckte den Fotoapparat in ihre Tasche und holte den Zeitungsausschnitt mit Kennedys Route heraus, den sie sich beim Frühstück herausgerissen und eingesteckt hatte. 13 Uhr, Ansprache des US-Präsidenten am Rathaus Schöneberg, las sie. Sie ließ ihre Blicke über die roten Markierungen auf der Stadtplan-Skizze wandern. Wie es aussah, waren es nur wenige Kilometer von hier bis zum Rathaus, das konnte sie rasch zu Fuß gehen. Doch Clara war bei Weitem nicht die Einzige mit dieser Idee. Zu Tausenden schoben sich die Leute dicht an dicht durch die Straßen. Und aus jedem U-Bahn-Schacht strömten weitere Menschen dazu. Je näher sie dem Rathausplatz kam, desto verstopfter waren die Gehwege, sodass sie manchmal minutenlang nicht weiterkam. Gab es eigentlich irgendeinen Menschen in Berlin, der an diesem Tag nicht auf den Beinen war?

Als sich Clara dem Rathaus mit dem hohen quadratischen Uhrturm näherte, war der riesige Platz davor schwarz von Menschen. Es mussten Hunderttausende sein, die da Schulter an Schulter zusammengedrückt standen, den Blick bereits auf das große Gebäude gerichtet, an dessen Balkon sich eine quer angebrachte, viele Meter lange blau-weiß-rote Fahne im Wind bauschte. Direkt vor der Fassade hatte man eine gewaltige Tribüne aufgebaut, an der die amerikanische Flagge hing, links daneben die deutsche Fahne, rechts die mit dem Berliner Bären.

Inmitten der Menge auf dem Platz standen zwei hohe Podeste, auf denen Fernsehleute ihre Kameras ausrichteten. Fahnen wehten an langen Masten, und auch viele der wartenden Leute hielten die amerikanische Flagge in den Händen oder winkten mit weißen Taschentüchern. Hier und da saßen kleine Kinder auf den Schultern ihrer Eltern und schwenkten Berlin-Wimpel. Auf der anderen Seite des Platzes hielten mehrere Leute ein Transparent in die Höhe, das an drei Besenstielen befestigt war. In gelber Schrift auf schwarzem Stoff konnte Clara lesen: »Wann fällt die Mauer?«

Auf dem Platz vor dem Rathaus war es jetzt so voll, dass sie beinahe keine Luft bekam. Und noch immer drängten von den völlig verstopften Zufahrtsstraßen weiter Leute heran. Sie konnte sich kaum mehr bewegen, ständig wurde sie von einem Ellenbogen angerempelt, oder es trat ihr jemand auf den Fuß. Selbst auf den umliegenden Hausdächern saßen Leute, die den US-Präsidenten sehen wollten.

Es war Mittag geworden, und die Sonne brannte beinahe senkrecht herunter. Am Rathaus geschah noch immer nichts. Clara schwitzte und war durstig, aber daran konnte sie jetzt nichts ändern. Mit Mühe schaffte sie es, in dem Gedränge ihren Fotoapparat aus der Tasche zu holen. Sie reckte die Kamera in die

Luft. Auf gut Glück drückte sie ein paar Mal auf den Auslöser und hoffte, dass sie mit einigen dieser blind geschossenen Fotos später etwas würde anfangen können. Dann kam ihr eine Idee: Sie schlängelte sich durch die Menschenmassen bis zu einem Fahnenmast in der Nähe und kletterte ein Stück hinauf. Jetzt konnte sie besser sehen. Mit den Füßen auf dem schmalen Sockel schlang sie einen Arm um die Stange und fotografierte weiter, so gut es in dieser unbequemen Position ging. Nach einer Weile rutschte sie wieder hinunter.

Immer lauter schallten Sprechchöre durch die Menge: »Kenne-dy! Ken-ne-dy!« Ein Chor aus hunderttausend Kehlen, dem Clara sich irgendwann nicht mehr entziehen konnte. Schließlich gab auch sie sich der begeisterten Stimmung hin und schrie mit. »Ken-ne-dy! Ken-ne-dy!« Es war wie ein Rausch, als könnte es keiner mehr erwarten, endlich den amerikanischen Präsidenten zu erleben.

Die Turmuhr des Rathauses zeigte fünf Minuten nach eins, als der Herbeigerufene schließlich die Tribüne betrat, neben ihm wieder Brandt und Adenauer und etliche Begleiter. Tosender Jubel brach in der Menge aus. Minutenlang lärmten die Leute, lauter als zuvor und schwenkten die Fahnen. Mehrmals setzte Bürgermeister Brandt an, um seine Begrüßungsansprache zu halten, doch das begeisterte Schreien der Hunderttausenden Menschen auf dem Platz ließ ihm keine Chance. Mit fast zehn Minuten Verspätung konnte der Bürgermeister endlich seine kleine Rede halten, und anschließend richtete sich auch Bundeskanzler Adenauer an die Menge. »Liebe Freunde, ihr seid hierhin gekommen, um den Präsidenten Kennedy zu hören ...« Zustimmender Applaus unterbrach ihn. »Und deswegen werde ich mich auf ganz wenige Sätze beschränken ...« Die Leute klatschten jetzt lauter, und tatsächlich sprach der erschöpfte alte Kanzler nur sehr kurz.

Als er fertig war, hallte erneut hunderttausendfacher erwartungsvoller Jubel über den großen Platz. Erst als der amerikanische Präsident an das Rednerpult mit den vier Mikrofonen trat, beruhigte sich die Menge vor dem Rathaus allmählich und verstummte schließlich. Es war, als würden alle Menschen gleichzeitig den Atem anhalten. Kennedy fuhr sich noch einmal mit dieser typischen Geste durchs Haar. Er drehte sein Redemanuskript in den Händen, aber er warf keinen Blick auf die Papiere, als er auf Englisch zu sprechen begann: »Meine lieben Berliner und Berlinerinnen! Ich bin stolz, heute in Ihre Stadt zu kommen ...« Begeisterungsstürme auf dem Platz unterbrachen die Rede des Präsidenten. Clara konzentrierte sich darauf, inmitten des Geschubses und Gedränges ein halbwegs vernünftiges Foto von dem Mann am Rednerpult zu bekommen. Doch dann hielt sie inne. Kennedys Stimme schallte klar über den Platz. »Vor zweitausend Jahren war der stolzeste Satz, den ein Mensch sagen konnte, der: Ich bin ein Bürger Roms. Heute ist der stolzeste Satz, den jemand in der freien Welt sagen kann ...« Bis dahin hatte der US-Präsident in seiner Muttersprache gesprochen. Doch die folgenden Worte brachte er auf Deutsch heraus: »Ich bin ein Berliner ...«

Kennedys nächste Sätze gingen unter im frenetischen Jubelgeschrei der gewaltigen Menschenmenge. Vom Rest seiner Rede konnte Clara nur noch einzelne Wortfetzen verstehen, weil immer wieder Jubel im Publikum aufbrandete. Auch wenn sie nicht jede englische Vokabel kannte, so begriff sie doch den Inhalt seiner Ansprache. »Es gibt Leute, die sagen, dem Kommunismus gehöre die Zukunft. Sie sollen nach Berlin kommen ... Die Mauer ist die abscheulichste und stärkste Demonstration für das Versagen des kommunistischen Systems ... Die Freiheit ist unteilbar ...«

Erst zum Schluss seiner Rede wurde es noch einmal leise auf dem Platz. Clara lief ein ehrfürchtiger Schauer über den Rücken, als sie die letzten Worte Kennedys vernahm. »Alle freien Menschen, wo immer sie leben mögen, sind Brüder dieser Stadt Berlin, und deshalb bin ich als freier Mann stolz darauf, sagen zu können ...« Und diesen Satz sprach er wieder klar und deutlich auf Deutsch: »Ich bin ein Berliner!«

Ein Freudensturm brach auf dem Platz vor dem Rathaus aus. Die Leute schrien und jauchzten, es war ohrenbetäubend. Sie schwenkten ihre Fahnen, pfiffen und klatschten in die Hände oder fielen einander um den Hals, und in manchen Gesichtern sah Clara Freudentränen über die Wangen laufen. Nichts, was Clara bis dahin erlebt hatte, war so mitreißend wie dieser Augenblick. Ehe sie sichs versah, hatte eine Frau, die neben ihr stand, sie in die Arme genommen und ihr einen Kuss auf die Wange gedrückt.

»Mein Gott, haben Sie das gehört? Kennedy hat tatsächlich gesagt, dass er ein Berliner ist! Jetzt weiß ich, dass die USA wirklich immer an unserer Seite stehen werden.«

Clara nickte, selbst wie benommen.

»Ken-ne-dy! Ken-ne-dy!« Es ging wie ein Orkan durch die schier endlose Menschenmenge. Unaufhörlich schrien die Leute seinen Namen, wie mit einer einzigen gewaltigen Stimme. Niemand schien die Hitze und das Gedränge mehr wahrzunehmen. Hunderttausende Berliner gaben sich gemeinsam ihrer Euphorie hin und ihrer Dankbarkeit dem Mann gegenüber, der da noch immer auf der Tribüne stand, in die Sonne blinzelte und den Leuten zuwinkte. Clara ließ den Fotoapparat sinken. Ihre Hände bebten. Jetzt hatte sie selbst Tränen in den Augen. Sie war keine Berlinerin, aber sie fühlte die Glückseligkeit all dieser Menschen hier bis tief in ihr eigenes Herz. Und sie wusste: Dies war ein Moment für die Geschichtsbücher, ein historischer Augenblick, von dem die

Menschen in Deutschland noch in hundert Jahren reden würden. Und sie war ein Teil davon.

30.

Es war warm und stickig in der fensterlosen Dunkelkammer im obersten Stockwerk des Verlagsgebäudes, und der scharfe Geruch der Chemikalien stieg Clara in die Nase. Aber auch wenn es die Möglichkeit dazu gegeben hätte: Es verbot sich ohnehin, ein Fenster oder eine Tür zu öffnen, um etwas kühle Hamburger Regenluft hereinzulassen, denn der kleinste Lichtschein von draußen hätte all ihre Bilder vom Kennedybesuch verdorben. Seit der Katastrophe von damals, als sie vor der wichtigen Prüfung ihre Negative ruiniert hatte, war ihr beim Entwickeln ihrer Fotos nie wieder ein Fehler passiert.

Wenig später war Clara dabei, die Abzüge herzustellen. An einem Metallgestell baumelten die getrockneten Negativstreifen, in der Schale mit Entwicklerflüssigkeit lag bereits Fotopapier. Und dann kam wieder dieser besondere Moment, in dem auf dem weißen Nichts die ersten Konturen entstanden, erst die dunklen Stellen, dann die Grautöne, bis sie sich nach und nach zu einem fertigen Bild entwickelten. Sie erkannte die Szenen wieder: die jubelnden Menschenmassen am Straßenrand, die Präsidentenlimousine, Kennedy auf dem Balkon.

Mit wenigen geübten Handgriffen erledigte Clara auch den Rest, nahm die Bilder mit einer Pinzette heraus und legte sie in die Schale mit der Flüssigkeit, die leicht nach Essig roch und die

Entwicklung des Fotos stoppte, damit es am Ende nicht komplett schwarz würde. Danach in das Fixiererbad, wo das Bild haltbar gemacht wurde, anschließend wässerte sie die Fotos und hängte sie zum Trocknen auf.

Auch wenn sie das alles inzwischen schon hundertmal gemacht hatte, heute war die Arbeit in der Dunkelkammer aufregender als sonst. Das lag zum einen daran, dass Rolf neben ihr saß und jeden ihrer Handgriffe im schummrigen Licht der Fotolampe beobachtete. Er war ihr so nah, dass sie wieder sein Rasierwasser riechen konnte, diesen herben, zitronigen Duft, der ihr von jenem Moment im Aufzug des Berliner Hotels so vertraut war. Doch er berührte sie nicht und verhielt sich auch sonst sehr professionell. Sie waren nicht allein in dem kleinen dunklen Raum. Zu Claras Erleichterung war Frau Löhndorff mitgekommen, um dabei zu sein, wenn die Bilder vom Kennedybesuch Gestalt annahmen.

»Ich kann es gar nicht abwarten, zu sehen, wie es war«, hatte sie bei der Vormittagskonferenz gesagt. »Ach, wenn ich höre, was für eine Stimmung in der Stadt geherrscht hat, dann wünschte ich, ich wäre selbst mit nach Berlin gefahren.«

Zum anderen klopfte Claras Herz, weil sie wusste, wie wichtig die Aufnahmen waren, die sie tags zuvor am Kurfürstendamm und auf dem Platz vor dem Schöneberger Rathaus gemacht hatte. Zum ersten Mal sollten ihre Fotos eine große Reportage in der *Aktuellen Revue* schmücken. Millionen Menschen in allen Teilen Deutschlands würden sie sehen, würden anhand ihrer Bilder einen Eindruck von diesem historischen Tag in Berlin und der Begeisterung der Menschen erhalten. Die Fotos mussten einfach gut geworden sein, wenigstens einige davon. Hoffentlich waren nicht zu viele verwackelt! Hoffentlich hatte sie die wichtigsten Szenen gut eingefangen! Während sie nach außen hin sicher und gewandt jeden Handgriff erledigte, schickte Clara in Gedanken ein Stoßgebet nach dem anderen gen Himmel.

Und dann hingen die Bilder fertig an der Leine. Sie schaltete das Licht im Raum an.

»Na, dann sehen wir doch mal, welche Ausbeute du mitgebracht hast«, sagte Rolf.

Rasch ließ Clara ihre Blicke über die Abzüge wandern. Am liebsten hätte sie gejauchzt vor Freude. Sie hatte alles richtig gemacht. Zwar waren ein paar der Fotos, die sie mit hochgereckten Armen und wahllos von den Menschenmassen auf dem Schöneberger Rathausplatz gemacht hatte, nicht zu gebrauchen. Einmal war nur ein Fahnenmast zu sehen, einmal der abgeschnittene Uhrturm. Aber die meisten Fotos dieses Tages waren perfekt. Das sah sie sofort.

Auch Frau Löhndorff nickte anerkennend.

»Gut gemacht, Fräulein von Thorau. Sehr beeindruckende Aufnahmen. Hier, das Bild mit den beiden Frauen ist großartig. Wie haben die denn die Straßensperrung durchbrochen? Das muss unbedingt ins Heft. Und die alte Dame mit den Tränen im Gesicht, wie bewegend! Das müssen die Leser auch zu sehen bekommen. Ach, und dann diese Menschenmenge vor dem Rathaus, mein Gott, das waren ja Hunderttausende ...« Zu fast jedem Foto machte Frau Löhndorff eine lobende Bemerkung, und Clara bekam heiße Wangen vor Freude.

»Das sind so viele wunderbare Bilder. Das wird eine ganz fantastische Reportage, was meinen Sie, Herr Gerdes?«

»Absolut«, antwortete er grinsend. »Ich bin wirklich froh, dass ich so eine fähige Fotografin mit nach Berlin genommen habe.«

Clara spürte plötzlich seine Hand an ihrer Taille, während Frau Löhndorff noch immer damit beschäftigt war, die aufgehängten Bilder zu betrachten. War das Absicht oder ein Versehen? Clara war verwirrt. Rasch wandte sie sich von ihm ab, um die Chemikalien aufzuräumen.

In der großen Redaktionskonferenz wurden später zwölf Fotos aus Claras Sammlung ausgewählt, um den Sonderbericht über Kennedys Besuch in Berlin zu illustrieren. Drei Bilder kamen aus dem Angebot einer Fotoagentur dazu, die über den Bildtelegrafen geschickt worden waren. Sie zeigten den Präsidenten in Momenten, die Clara nicht miterlebt hatte: die Begrüßung am Flughafen, sein Besuch am Brandenburger Tor und am Checkpoint Charlie.

Den Rest des Tages verbrachten Clara und Rolf zusammen im Büro, um an dem Text der Reportage zu feilen. Anfangs war sie etwas nervös, wieder allein mit ihm im Zimmer zu sein, aber er verhielt sich so kollegial, wie er es sonst auch immer getan hatte, und ihre Anspannung ließ nach.

Sie freute sich, dass er interessiert zuhörte, als sie ihm ihre Erlebnisse schilderte, und sie lauschte begeistert, als er von der Landung der Präsidentenmaschine auf dem Flughafen Tegel berichtete, von dem Moment an, als Kennedy von der Gangway winkte und herabstieg.

»Das ist wirklich ein bemerkenswerter Mann«, erzählte Rolf. »Ich kenne keinen Politiker mit einem solchen Charisma wie Kennedy. Und ich habe in meiner Laufbahn schon so manche Politiker begleitet.«

Auch die Fahrt durch die Stadt im Präsidentenkonvoi mit den vielen amerikanischen Journalisten im Pressebus musste aufregend und wunderbar gewesen sein. Und doch wusste Clara: Die euphorische Stimmung inmitten der Abertausend jubelnden Berlinerinnen und Berliner miterlebt zu haben, war etwas, das sie mit keinem anderen Erlebnis tauschen wollte. Rolf hörte nickend zu, als Clara von ihren Begegnungen mit den Menschen in der Stadt berichtete, von den Hoffnungen der Leute und ihrer Dankbarkeit nach der bewegenden Ansprache Kennedys.

»Ich weiß auch schon, wie wir in unsere Story einsteigen«, rief Clara eifrig. »Was hältst du davon: *Der 26. Juni 1963 wird als historischer Tag in die Geschichte der Bundesrepublik Deutschland eingehen. Wogen der Begeisterung schlugen über dem US-Präsidenten zusammen, als er in seiner Limousine durch die Straßen von Berlin rollte. Und als Kennedy vor dem Rathaus Schöneberg rief, ›Ich bin ein Berliner‹, da kannte der Jubel der Hunderttausenden keine Grenzen mehr ...«*

»Sehr gut.« Rolf nickte anerkennend. »Du sprichst ja beinahe druckreif. Das ist auf jeden Fall ein Einstieg, der die Leser neugierig macht.«

Es war später Nachmittag, als sich Rolf eine Zigarette anzündete und mit einem tiefen Seufzer in seinem Bürostuhl zurücklehnte. Fast fünf Stunden lang hatten sie getextet, diskutiert, beraten und an einzelnen Formulierungen gefeilt, bis sie mit ihrer Reportage zufrieden waren.

»Ich glaube, wir sind fertig«, sagte er. »So können wir den Text stehen lassen. Danke, Clara, das ist eine klasse Story geworden. Du hast wirklich gut gearbeitet. Ich würde sagen, du machst jetzt Feierabend. Du musst völlig k. o. sein nach diesen anstrengenden Tagen. Geh ruhig nach Hause! Ich kümmere mich hier um die letzten Korrekturen. Wir haben ja alles besprochen.«

Clara nickte, auch wenn sie insgeheim gern dabei gewesen wäre, wenn ihre erste große Reportage in den Satz ging. Aber sie wollte kein allzugroßes Aufhebens darum machen, und die Erschöpfung steckte ihr tief in den Knochen. »Danke. Das ist nett von dir.«

Gleichzeitig müde und aufgedreht von den Ereignissen der vergangenen Tage verließ Clara das Büro. Weil sie keine Lust hatte, noch etwas einkaufen zu gehen und sich daheim allein ihr Abendbrot zuzubereiten, bestellte sie sich in der Kantine des Verlagshauses etwas zu essen. Währenddessen breitete sie noch einmal die Fotos vor sich aus, die sie in Berlin gemacht hatte, und ließ ihre Erlebnisse in der Stadt Revue passieren. Sie geriet ins Träumen und sah erst auf, als die Bedienung an ihren Tisch kam und sie darauf hinwies, dass die Kantine eigentlich schon seit einer Weile geschlossen hatte.

Als Clara durch das Foyer des Verlagshauses dem Ausgang zuging, war es draußen bereits dunkel. Ein warmes Summen erfüllte das ganze Gebäude, als wäre sie in einen großen Bienenstock geraten. Clara lächelte. Der Druck hatte begonnen. Im Kellergeschoss rotierten die riesigen Walzen, und sämtliche Wände vibrierten leise im Rhythmus der Rotationsmaschinen. Sie liebte dieses Geräusch. Es hieß: Alles ist gut, wieder geschafft, das neue Heft ist fertig. In Gedanken sah sie den großen Produktionsraum vor sich, hörte den tosenden Lärm der Maschinen und meinte, diesen typischen Geruch nach Druckerschwärze und Schmieröl zu riechen. Sie wusste, wie es dort unten aussah, seit Frau Löhndorff sie an einem ihrer ersten Arbeitstage mit zum Ausdruck genommen hatte. In wahnwitziger Geschwindigkeit liefen da gerade die Zeitungsseiten durch die Druckzylinder, um von dort in schrägen Bahnen von oben nach unten quer durch den Raum zu fahren, wo die Blätter automatisch geschnitten, gefaltet und mit den anderen Teilen der Zeitschrift zusammengefügt wurden. Schon morgen früh würde die neue Ausgabe der *Aktuellen Revue* in den Läden und Kiosken ausliegen. Mit einem ihrer Fotos auf dem Titelblatt und ihrem Namen über der großen Reportage des historischen Besuchs von US-Präsident Kennedy in Berlin. Mit einem Lächeln im Gesicht fuhr Clara nach Hause.

Wie immer am Freitagmorgen stand Clara etwas früher auf, um auf dem Weg zum Verlagshaus noch beim Kiosk vorbeizugehen und sich die aktuelle Ausgabe der *Revue* zu kaufen. Natürlich lagen auch in der Redaktion immer ein paar Hefte für die Mitarbeiter und Mitarbeiterinnen aus, aber es machte Clara Freude, an dem bunten Zeitungsstand ihr eigenes Exemplar zu kaufen. Schon von Weitem erkannte sie die markanten roten Buchstaben auf dem Cover und darunter das große Titelfoto, das sie und Rolf gestern aus der Menge ihrer Bilder ausgesucht hatten. Es passte perfekt: Zu sehen war US-Präsident Kennedy, wie er winkend in seiner Limousine stand, umgeben von jubelnden Zuschauern am Straßenrand, die Windschutzscheibe des Wagens war über und über mit Blumen, Luftschlangen und Konfetti bedeckt. Sie war so stolz! Zum ersten Mal schmückte eines ihrer Bilder ein Titelblatt, dazu die Schlagzeilen, die sie vorgeschlagen hatte: *»Begeisterungstaumel um Kennedy – Berlin feiert den US-Präsidenten – 16 Seiten Sonderbericht.«*

»Moin, Fräulein Clara!« Der dicke alte Mann in der Verkaufsbude kannte sie inzwischen. »Wieder eine *Aktuelle Revue* für die Dame?«

Clara strahlte ihn an. »Ja. Und diesmal steht meine erste große Reportage drin. Fast alle Fotos sind von mir. Ich war nämlich beim Kennedybesuch in Berlin dabei.«

»Na, da muss ich ja gleich mal kieken …«

»Ich hoffe, mein Bericht gefällt Ihnen.« Clara vermochte ihren Stolz kaum zu verbergen. »Es war wirklich ein atemberaubender Tag.«

Rasch legte sie dem Verkäufer das Geld auf den Verkaufstresen und zog ein Heft aus der Zeitschriftenauslage. Noch im Gehen blätterte sie es auf. Sie konnte es nicht erwarten, ihren Namen über der großen Reportage zu lesen. Gleich nach den ersten Seiten begann der lange Bericht.

»Kennedy erobert die Herzen der Berliner im Sturm«, las Clara in der Überschrift. »So wurde noch kein Staatsmann in Deutschland gefeiert. Eine ausführliche Reportage über den historischen Tag in Berlin von Doktor Rolf Gerdes, dem Leiter unserer Politikredaktion.«

Clara stutzte. Wieso war da nur Rolf aufgeführt? Und sie? Wo stand ihr Name? Hastig blätterte sie durch den langen Artikel. Auf jeder Seite waren einige ihrer Fotos abgedruckt, und auch der größte Teil des Textes stammte von ihr, wie sie beim Überfliegen der Reportage feststellte, so wie sie es tags zuvor mit Rolf vereinbart hatte. Aber unter keinem der Bilder war ihr Name zu lesen. Aufgeregt biss sich Clara auf die Lippen. Vielleicht war sie am Schluss des Artikels genannt worden. Doch da war nichts. Wie oft sie auch hin und her blätterte, nirgendwo stand geschrieben, welchen Anteil sie an dem großen Bericht über den Kennedybesuch hatte. Es wurde nicht einmal erwähnt, dass die allermeisten der abgedruckten Fotos von ihr waren. Clara spürte, wie ihre Knie weich wurden. Ihre Hände zitterten vor Bestürzung. Was war da passiert? Wer hatte ihren Namen aus dem Text gelöscht? Als hätte sie keine Silbe dieser Reportage geschrieben! Als wäre sie an diesem historischen Tag in Berlin nie dabei gewesen!

Als sie wenig später die Tür zu ihrem gemeinsamen Büro aufriss, saß Rolf am Schreibtisch und telefonierte. Er begrüßte Clara mit einem Kopfnicken. Es fiel ihr schwer zu warten, bis er sein Gespräch beendet hatte. Als er endlich den Hörer auf die Gabel legte, sprudelte es aus ihr heraus:

»Mein Name steht nicht im Heft! Was ist passiert? Und meine Fotos? Wieso werde ich nicht als Fotografin erwähnt?«

Sie schlug klatschend mit dem Heft auf seinen Schreibtisch.

Rolf lächelte kühl. »Beruhige dich, Clara, natürlich steht dein Name im Heft.«

»Aber ... Ich habe mir unseren Artikel dreimal durchgelesen.«

»Du wirst im Impressum erwähnt. Hier!« Rolf blätterte die letzte Seite des Magazins auf. »Bitte schön, da steht es schwarz auf weiß. Redaktionelle Mitarbeit dieser Ausgabe: Clara von Thorau.«

»Redaktionelle Mitarbeit!«, stieß Clara verächtlich hervor. »Das klingt, als hätte ich dir ein paar Bilder aus dem Archiv geholt oder ab und zu einen Anruf für dich erledigt. Dabei habe ich den größten Teil unserer Story geschrieben. Ohne mich wäre diese Reportage überhaupt nicht möglich gewesen. Ich war es, die sich mit den Leuten auf der Straße unterhalten hat, ich habe die Freudentränen in ihren Gesichtern gesehen, ich habe miterlebt, wie die beiden Frauen die Polizeiabsperrung durchbrachen, um Kennedy die Hand zu schütteln. Ich habe das alles beschrieben und fotografiert. Ich habe es verdient, als Autorin genannt zu werden.« Ihre Stimme brach.

»Bitte, werde nicht hysterisch, Clara. Setz dich doch erst mal.«

Erschöpft und unglücklich ließ sie sich auf ihren Schreibtischstuhl fallen. »Gestern Abend, als wir unseren Text fertig hatten, da stand mein Name noch unter der Titelzeile, Rolf. Das weiß ich genau. Ich war so stolz. Ich habe sogar um Mitternacht noch meine Eltern angerufen und gesagt, sie müssen sich unbedingt heute das Heft kaufen, damit sie meinen Namen über dem großen Kennedy-Sonderbericht lesen. Und jetzt? Jetzt ist er weg. Wie kann das sein?«

»Hör zu, Clara.« Rolf senkte seine Stimme. »Ich weiß deine Mitarbeit sehr zu schätzen. Und, ja, du hast gute Formulierungen geliefert und großartige Fotos beigesteuert. Und die ganze Redaktion ist begeistert. Aber du kennst doch meine Situation. Meine Frau darf auf keinen Fall erfahren, dass du mich in Berlin begleitet hast, das begreifst du doch hoffentlich. Was meinst du, was sie mir für eine Szene machen würde, wenn sie plötzlich lesen würde, dass ich mit einer hübschen jungen Kollegin zusammen dort war.«

Clara schnappte empört nach Luft. »Wegen deiner Frau? Du hast meinen Namen gelöscht, damit deine Frau nicht eifersüchtig wird?« Ihre Stimme wurde schriller mit jedem Satz. »Aber warum sollte sie? Es ist doch nichts Ungewöhnliches, dass zwei Kollegen an einem Artikel arbeiten, vor allem, wenn es eine so umfangreiche Geschichte ist. Und in der Redaktion hat doch auch jeder mitbekommen, dass wir zusammen nach Berlin gefahren sind.« Sie zuckte mit den Schultern. »Nur, weil ein Redakteur und eine Mitarbeiterin zusammen unterwegs sind, muss das noch lange nicht heißen, dass sie ...« Clara zögerte, die Dinge klar auszusprechen. » ... Dass sie ein Liebesverhältnis haben.«

Der Blick aus Rolfs grauen Augen begegnete ihrem über dem Tisch. »Ich habe meiner Frau gesagt, dass ich allein nach Berlin reise. Ich hatte keine Lust auf diese leidigen Diskussionen mit ihr. Und damit ist alles gesagt.«

Er nahm den Telefonhörer in die Hand und blätterte in dem Adressbuch, das vor ihm auf dem Schreibtisch lag. Offenkundig war das Gespräch mit Clara für ihn beendet.

Eine Welle der Wut erfasste sie. »Ist es, weil ich in Berlin nicht mit auf dein Zimmer gegangen bin? Ist das die Retourkutsche, weil du etwas anderes von mir erwartet hattest?«

Rolf sah sie noch einmal an. Da lag etwas in seinem Blick, das Clara nicht gleich deuten konnte, etwas zwischen Spott und Verärgerung. Mit kühler Stimme sagte er: »Ich weiß nicht, wovon du sprichst.«

Claras Augen funkelten zornig. »Doch, das weißt du ganz genau. Und mir ist klar, weshalb deine Frau es nicht leiden kann, wenn du mit einer Kollegin auf Dienstreisen gehst. Vermutlich war ich nicht die Erste, der du so ein zweifelhaftes Angebot gemacht hast. Weißt du was?«, fügte sie trotzig hinzu. »Ich habe große Lust, deine Frau anzurufen und ihr alles zu erzählen. Oder wenigstens Frau Löhndorff. Sie soll ruhig wissen, was für ein Mann du bist.«

Rolfs Gesichtsausdruck veränderte sich. Clara sah ein Glitzern in seinen Augen, kalt wie Eis.

»Das wirst du nicht wagen.« Seine Stimme klang unnahbar, wie die eines Fremden. »Vergiss nicht, dass ich in dieser Redaktion am längeren Hebel sitze. Ein Wort zu meiner Frau oder zur Löhndorff, und du kannst hier deine Sachen packen. Glaub mir, Clara, ich meine das ernst. Ich kann dafür sorgen, dass gleich morgen die Kündigung auf deinem Tisch liegt. Du wärest nicht die Erste. Das geht ganz schnell.«

Clara hatte das Gefühl, einen Tritt in den Magen erhalten zu haben. Sie spürte eine brennende Übelkeit aufsteigen. Es war, als hätte Rolf eine Maske abgenommen. Doch sie wich seinem frostigen Blick nicht aus. War das wirklich derselbe Mann, der vor zwei Tagen noch so charmant und liebenswürdig zu ihr gewesen war? Mit dem sie getrunken und gelacht hatte? Clara hätte sich am liebsten übergeben. Wie sollte sie in Zukunft jeden Morgen in dieses Büro kommen und Rolf gegenübersitzen?

»Ich glaube, die Redaktionskonferenz beginnt gleich«, sagte sie und stürzte aus dem Zimmer.

Die Sitzung im großen Konferenzsaal erlebte Clara wie hinter einer Glasglocke. Sie hörte, wie die Kollegen ihren Artikel und ihre Fotos lobten und sich wunderten, dass ihr Name nicht veröffentlich worden war. Aber sie brachte kein Wort über die Lippen. »Fräulein von Thorau ist einfach zu bescheiden«, sagte Rolf dazu und schnippte die Asche von seiner Zigarette in den großen Kristallaschenbecher auf dem Tisch. »Es ist ja ihre erste große Reportage für unser Blatt und sie hat sich beim Texten noch nicht ganz sicher gefühlt. Da wollte sie ihren Namen lieber nicht so prominent im Blatt lesen.«

Bei dieser dreisten Lüge hätte Clara am liebsten aufgeschrien. Aber sie rang sich ein Lächeln ab und schwieg. Er hatte sie in der Hand, das hatte er deutlich genug gemacht. Eine falsche Bemerkung, und dann wäre ihre Karriere hier vorbei. Und das wollte sie keinesfalls riskieren.

Während die Runde bereits über die Themen der kommenden Ausgaben der Zeitschrift diskutierte, überschlugen sich Claras Gedanken: Wie sollte es mit ihr weitergehen? Hatte sie noch eine Zukunft in dieser Redaktion? Ihre Blicke wanderten über die eingerahmten Titelbilder der vergangenen Jahre. Ob auch ihr Foto von dem umjubelten US-Präsidenten einmal in dieser Galerie hängen würde, neben all den anderen großartigen Covern? Sie unterdrückte einen Seufzer. Mit welch hohen Erwartungen sie vom Kennedybesuch aus Berlin zurückgekommen war. Sie hatte sich schon als neue Starreporterin der *Aktuellen Revue* gesehen, bewundert und gefördert vom Leiter der Redaktion Politik persönlich. Aber diese Träume waren zerplatzt. Stattdessen musste sie aufpassen, dass Rolf sie nicht vor die Tür setzte. Zutiefst beschämt starrte sie vor sich hin. Warum war sie überhaupt mit ihm in die Hotelbar gegangen? Warum hatte sie seine Hand nicht sofort von ihrem Knie geschoben? Sie presste die Lippen aufeinander. Wie sollte sie ihm jemals wieder unter die Augen treten können? Künftig würde jeder Arbeitstag eine Qual werden. Wäre es nicht vielleicht besser, Rolfs Schritt zuvorzukommen und hier Schluss zu machen? Sie könnte Dino bitten, ihr wieder einen Job als Kellnerin zu geben. Bei diesem Gedanken brannten Tränen unter ihren Lidern.

»Fräulein von Thorau!«

Clara fuhr hoch. Erschrocken stellte sie fest, dass sich der Konferenzsaal bereits geleert hatte. Sie saß noch als Einzige an dem großen Tisch, Frau Löhndorff stand neben ihr und hatte ihr fragend die Hand auf die Schulter gelegt. »Ist alles in Ordnung mit Ihnen? Sie waren heute so schweigsam in der Besprechung, und ehrlich gesagt, Sie sind ziemlich blass um die Nase. Sie werden uns doch hoffentlich nicht krank?«

»Oh – Entschuldigung. Nein, ich bin nicht krank. Es ist nur ...« Clara wusste nicht weiter.

Frau Löhndorff zog einen Stuhl zurück und setzte sich. Sie musterte Clara mit gerunzelter Stirn. »So, und jetzt erzählen Sie mir bitte mal, was hier los ist. Gestern waren Sie noch das blühende Leben, glücklich, lebhaft und zu Recht begeistert von den Ereignissen in Berlin. Und heute? Blass und stumm wie ein Fisch, Sie sehen so unglücklich aus, dass ich Sie kaum wiedererkenne. Haben Sie schlechte Nachrichten bekommen? Ist etwas Schlimmes in Ihrer Familie passiert?«

Clara schüttelte den Kopf. »Nein, da sind alle wohlauf. Aber ...« Sie rang nach Worten. »Ich ... ich weiß nicht, ob es langfristig so eine gute Idee ist, hier in der Redaktion zu arbeiten ...«

»Wie bitte? Wie kommen Sie denn darauf? Alle Leute hier am Tisch haben Ihren Text über den Kennedybesuch gerade in höchsten Tönen gelobt. Wie um alles in der Welt kommen Sie plötzlich auf den Gedanken, nicht mehr zu uns zu passen? Haben Sie ein Angebot von einem anderen Blatt bekommen?«

»Nein, nein, das ist es nicht. Ich möchte ja auch eigentlich nichts lieber, als für die Aktuelle Revue zu schreiben. Aber ...«

»Wissen Sie was, Fräulein von Thorau?« Frau Löhndorff unterbrach sie kopfschüttelnd. »Ich glaube, Sie sind tatsächlich krank. Vielleicht war der Einsatz in Berlin für einen Neuling wie Sie doch ein bisschen viel, und Sie haben sich überanstrengt. Sie gehen jetzt nach Hause, machen sich eine große Kanne Pfefferminztee und legen sich ins Bett. Es ist ja ohnehin bald Wochenende. Und am Montag kommen Sie erholt und ausgeruht zurück.«

»Ich weiß nicht, ob das ...«

»Keine Widerrede! Sie tun, was ich gesagt habe!«

Betrübt schwang sich Clara wenig später auf ihr Fahrrad. Zu allem Überfluss regnete es in Strömen, und sie hatte keinen Regenmantel dabei. Nach wenigen Minuten war sie klatschnass, ihre Klamotten waren durchgeweicht, das Wasser tropfte aus ihren Haaren. Wie ein begossener Pudel kam sie zu Hause an, und genauso fühlte sie sich auch.

. . .

Maria war gerade dabei, auf der Terrasse vor dem Café das Regenwasser von den Tischen zu wischen und die gekippten Stühle aufzurichten, als Clara zu ihr kam. Noch war der Himmel wolkenverhangen, aber immerhin tropfte es nicht mehr. Clara hatte es keine Viertelstunde lang alleine ausgehalten. Zu Hause hatte sie sich nur etwas Trockenes angezogen, nach ihrem Regenmantel gegriffen und war dann gleich wieder losgeradelt.

Mit erschöpftem Lächeln sah Maria auf und begrüßte ihre Freundin.

»Ciao, Clara! Freue ich mich, dass du kommst besuchen. Musst du nicht arbeiten heute für Zeitung?«

»Ach, Maria. Es ist alles so furchtbar.«

»O je. Was passiert?«

»Etwas Schreckliches. Ich weiß gar nicht, ob ich je wieder ein Wort für die *Aktuelle Revue* schreiben kann.«

Maria ließ erschrocken den Putzlappen fallen. »Sag, was los?

Siehst du so traurig aus. Komm, setzen zu mir. Mache ich dir starke *Caffè*, dann geht gleich besser und erzählst du alles.«

Sie schob Clara einen Stuhl hin und wischte sicherheitshalber noch einmal mit dem Lappen darüber.

Clara ließ sich darauf fallen.

»Danke, aber einen Kaffee brauche ich nicht. Ich bin aufgewühlt genug.«

Stockend berichtete Clara, was in Berlin und in den Tagen danach geschehen war, und Maria reagierte bestürzt.

»*Dio mio!* Das ist ein schlechte Mann. Tut mir so leid für dich. Was tust du nun?«

Clara zuckte mit den Schultern. »Ich weiß es nicht. Oh, Maria, ich habe mich schrecklich getäuscht in Rolf. Anfangs war er immer so nett zu mir, und jetzt ertrage ich es nicht mehr, ihm jeden Tag im Büro gegenübersitzen zu müssen. Zu wissen, dass er am längeren Hebel sitzt und dass ich mich gar nicht wehren kann. Das ist furchtbar.«

»Kann ich dich gut verstehen. Aber wichtig ist, dass du hast keine Schuld an die ganze Sache.«

»Ja, aber was hilft mir das? Ich bin ihm völlig ausgeliefert. Er ist ein Mistkerl. Ich will ihn nie wiedersehen.« Endlich rollten die Tränen, die sie so lange zurückgehalten hatte, über Claras Wangen. »Am liebsten würde ich gar nicht mehr zurück in die Redaktion gehen«, schluchzte sie. »Der ganze Spaß ist vorbei.«

Maria betrachtete sie erschrocken. Sie zog eine Papierserviette aus ihrer Schürze und reichte sie Clara. Die verbarg ihr Gesicht darin und weinte.

Maria setzte sich zu ihr. Sie legte den Arm um ihre Schultern und drückte Clara an sich. »Machen nicht die Eile. *Tutto andrà bene*«, flüsterte sie. »Wird alles gut.«

Clara putzte sich die Nase. Sie richtete sich auf und knüllte die

Serviette in ihren Händen. »Es ist so traurig, Maria. Gestern war ich der glücklichste Mensch auf der Welt und heute ...?«

»Lass nicht hängen dein Kopf. Kommst du heute Abend mit zu mein Bruder. Wenn du magst, kannst du Dino ein bisschen helfen in die Küche, macht das andere Gedanken.«

Tatsächlich fragte Dino nicht viel, als Clara wenig später in der Restaurantküche vor ihm stand. »Ich kann heute nicht alleine sein, bitte frag nicht, warum«, war ihre einzige Erklärung, während sie nach der Schürze am Haken griff.

»Bist du hier immer willkommen«, sagte er. »Egal, was ist passiert. An Wochenende kann ich gebrauchen jede Hand im Lokal, weißt du doch.«

»Danke, ich will gleich anfangen. Soll ich Gemüse putzen?«

Sie wandte sich um, doch Dino hielt sie zurück. Er betrachtete sie nachdenklich. »Maria hat erzählt, dass du hast gehabt große Pech bei deiner Arbeit. Das tut mir sehr leid.«

»Am liebsten würde ich da alles hinschmeißen!« stieß Clara verbittert hervor. »Vielleicht sollte ich meine Zukunft lieber als Küchenhilfe in deinem Lokal sehen. Hier sind die Menschen wenigstens nett!«

»Nein! Darfst du nichts überstürzen. Was immer ist geschehen, überlege dir gut, ob es wert ist, aufzugeben dein große Traum. Habe ich mir heute früh die Illustrierte gekauft und dein Artikel über den Kennedybesuch gelesen. Den hast du doch geschrieben, oder?«

Clara nickte. »In großen Teilen, ja. Und fast alle Fotos sind von mir.«

»Auch wenn mein Deutsch ist noch nicht perfekt, weiß ich, dass er gut war. Beim Lesen hatte ich Gefühl, in Menge von Menschen mit dabei zu sein.«

»Danke«, sagte Clara noch einmal. »Die Vorstellung, ich würde für sehr lange Zeit keine Zeitungsartikel mehr schreiben, tut mir ja auch in der Seele weh. Aber künftig jeden Tag diesem Mann gegenüberzusitzen, der so gemein zu mir war, und seinen Launen ausgeliefert zu sein? Nein, Dino. Das will ich auch nicht.«

Statt mit einer Tasse Tee im Bett zu liegen, wie es Frau Löhndorff empfohlen hatte, stand Clara am Freitagabend in der Küche des Bella Napoli und hackte pfundweise Zwiebeln wie ehedem. Und niemand wunderte sich, dass ihr dabei die Tränen in Sturzbächen übers Gesicht liefen.

Am Sonntagmorgen begleitete sie Dino auf den Fischmarkt. Es war gerade mal sechs Uhr, als er seinen alten Lieferwagen in der Nähe der Landungsbrücken abstellte.

»Gleich, wenn die Händler ihre Stände aufmachen, bekommt man die besten Waren«, erklärte er. Clara hatte sofort zugesagt, als er sie tags zuvor gebeten hatte mitzukommen, obwohl es bedeutete, dass sie ihren Wecker schon auf Viertel nach fünf stellen musste. Aber da sie sich seit ihrem Kummer über die Situation bei der *Aktuellen Revue* ohnehin die halbe Nacht schlaflos und unglücklich in ihrem Bett herumwälzte, war sie froh über jede Ablenkung.

Die Sonne stand schon am Himmel, als sie den großen Markt am Hafen erreichten. Über den Buden kreischten Schwärme von Möwen, und ein leichter Wind wehte den öligen, brackigen Geruch der Elbe herüber. Vom Fluss her war das Tuten der Schiffe zu hören. Zu ihrer Verblüffung stellte Clara fest, dass es hier keineswegs nur Fisch, Krabben und Hummer zu kaufen gab, wie sie erwartet hatte. »Frisch vom Kutter«, war auf Pappschildern an den Marktständen zu lesen. Doch es gab hier so viel mehr als das. Nichts war ausgefallen genug, dass es auf dem Markt nicht angeboten wurde: Bananen, Zitronen, alle Sorten von Gemüse und Obst. Gewiss hatte der Markt einmal als Fischmarkt angefangen, in alten Zeiten, als Altona noch ein kleines Fischerdorf gewesen war. Aber das war längst vorbei. Inzwischen konnte man dort alles kaufen, von lebenden Ferkeln über Gartenzwerge und Kochtöpfe bis hin zum Regenschirm oder wonach einem sonst der Sinn stand.

Dino drückte Clara einen Einkaufszettel in die Hand.

»Ich gehe rüber zu Auktionshalle und kümmere mich um den Fisch«, sagte er mit einem Nicken in Richtung eines großen Gebäudes, in dessen Glaskuppel sich das Sonnenlicht spiegelte. »Und du besorgst die Gemüse. Eine Kiste von allem. Sag, ist für Bella Napoli. Leute von Markt kennen mich schon und helfen dir, alles zum Wagen zu tragen. Da treffen wir uns in ein Stunde.«

Schon war er im Getümmel des Markttages verschwunden.

Clara las, was Dino ihr aufgeschrieben hatte.

»Pomodori, cipolle, limoni, cetrioli.« Sie hatte im Lokal genug Italienisch gelernt, um zu wissen, dass sie Tomaten, Zwiebeln, Zitronen und Gurken kaufen sollte.

»Frische Aale, vier Mark, für Sie drei fuffzich, junge Frau«, pries einer der Händler seine Ware an, und von gegenüber rief ein anderer: »Nu, kommt man ran, Kinners, fünf Mark für alles, und ich leg noch eine Schillerlocke drauf ...«

Clara schüttelte verlegen den Kopf und machte sich auf den Weg zu den Gemüseständen auf der anderen Seite des Platzes. Trotz der frühen Stunde waren die Gassen zwischen den Ständen schon gut besucht. Hausfrauen und Frühaufsteher schlenderten dort neben verspäteten Nachtbummlern herum oder balgten sich an einem Obststand lachend um die einzelnen Bananen, die der Händler unter anfeuernden Rufen in die Menge schleuderte.

Sie war froh, Dino begleitet zu haben. Der Trubel auf dem

Markt lenkte sie von ihren Sorgen ab. Seit zwei Tagen ging ihr unentwegt durch den Kopf, ob sie ihre Kündigung einreichen sollte. Wie Frau Löhndorff wohl reagieren würde? Clara hatte ihr so viel zu verdanken, und sie mochten einander, das war sicher. Und sie war doch so glücklich darüber, als Journalistin Anerkennung gefunden zu haben. Aber allein der Gedanke, am Montag an ihren Schreibtisch in Rolfs Büro zurückkehren zu müssen, löste Übelkeit in ihr aus.

Clara hatte einen Stand mit Tomaten gefunden und betrachtete den Berg an roten Früchten, der sich vor ihr auftürmte. Auch hier war das Gedränge groß.

»Komm man ran, Mädchen, die Tomaten beißen nicht!«, begrüßte sie der Markthändler, schnitt ein Stück Tomate ab und reichte es ihr, als sie näher kam. »Gestern gepflanzt, heute gepflückt.«

Die umstehenden Leute lachten, und Clara probierte die Tomate. Sie schmeckte wirklich köstlich.

»Ich nehme ein Pfund«, rief eine Frau neben ihr und winkte dem Mann am Stand zu. Clara drehte sich zu ihr um. Die Stimme kam ihr bekannt vor, und dieses kleine faltige Gesicht, das heute unter einem karierten Sommerhut hervorlugte, hatte sie doch irgendwo schon einmal gesehen. Sie stutzte.

»Frau Kester!«, rief sie. Sie erkannte die Frau wieder, die ihr damals bei der Jubiläumsfeier der Tönnsen-Werft das Herz ausgeschüttet hatte. »Was für eine Überraschung, Sie hier zu treffen.«

Die Frau blinzelte ein paar Mal irritiert, bis auch sie sich erinnerte.

»Ah«, machte sie, »das Fräulein aus der Damentoilette.«

»Ja. Wie geht es Ihnen?«

Frau Kester antwortete nicht gleich. Sie nahm dem Markthändler die gefüllte Papiertüte ab, drückte ihm dafür ein paar

Münzen in die Hand und schob die Tüte in ihr Einkaufsnetz. Dann wandte sie sich wieder Clara zu.

»Danke, ganz gut. Ich bin jetzt tatsächlich in Rente und habe mich noch immer nicht ganz daran gewöhnt, so viel freie Zeit zu haben.«

»Das kann ich mir vorstellen. Es ist auch eine große Umstellung nach den vielen Jahren im Büro.«

Clara wollte sich dem Händler zuwenden, um ihre Bestellung aufzugeben, als Frau Kester an ihrem Ärmel zupfte.

»Wissen Sie«, sagte sie zögerlich. »Ich habe öfter an unser Gespräch gedacht.«

»Tatsächlich?« Clara sah sie verwundert an.

Die alte Frau nickte. »Was Sie damals gesagt haben, hat mich nachdenklich gemacht. Es ist gut, dass ich Sie treffe ... Hätten Sie – hätten Sie vielleicht einen Augenblick Zeit, dass wir uns ein wenig unterhalten können? Da drüben an der Wurstbude bekommen wir auch einen Kaffee.«

»Aber gern.« Clara war verblüfft. »Ein paar Minuten kann ich auf jeden Fall entbehren.«

Sie erledigte rasch ihre Einkäufe, bat den Händler, mit dem Abtransport der Gemüstekisten noch etwas zu warten, und folgte Frau Kester zu einem Imbissstand in der Nähe. Nachdem die beiden ihre Kaffeetassen entgegengenommen und ein wenig über das Wetter geplaudert hatten, wurde Clara unruhig.

»Aber weshalb wollten Sie mich denn nun sprechen, Frau Kester?«, fragte sie.

Die alte Dame hob den Kopf.

»Stellen Sie sich vor, ich habe etwas entdeckt.«

Clara stutzte. »Was denn? Sie machen mich neugierig.«

Frau Kester begann zu erzählen: »Es ist nämlich so: Als ich an meinem letzten Arbeitstag im Büro der Werft meine Sachen zusammengepackt habe, da ist mir etwas in die Hände gefallen. In siebenunddreißig Jahren kommt ja eine Menge Kram zusammen, wenngleich im Krieg und danach vieles verloren gegangen ist.« Sie hielt inne, um einen Schluck zu trinken.

»Wovon reden Sie? Was haben Sie gefunden?«, fragte Clara aufgeregt.

»Eine Mappe mit Dokumenten aus dem Jahr 1943. Ich kann mir nicht erklären, wie die in meine persönlichen Unterlagen geraten ist. Ich war doch immer so ordentlich. Jedenfalls ist sie noch da, alt und vergilbt, aber alles lesbar. Die Dokumente belegen eindeutig, dass die Werft in diesem Jahr den Auftrag zum Bau zweier U-Boote erhielt. Und mehr doch: Dass bei der Produktion zehn sogenannte Ostarbeiter eingesetzt wurden, Kriegsgefangene aus Russland, zu viel schlechteren Konditionen als die anderen Arbeiter. Das steht da alles, schwarz auf weiß.«

»Damit haben Sie den Beweis für Ihre Behauptungen«, rief Clara. »Damit können Sie belegen, dass es in der Werft nicht immer so ehrenwert zugegangen ist, wie es die Tönnsens behaupten.«

Frau Kester nickte. »Das stimmt. Und ich habe meine Meinung geändert. Ich möchte jetzt, dass die Sache bekannt wird. Man darf doch über das Schicksal der Zwangsarbeiter nicht länger schweigen! Diese armen Menschen haben auf der Werft schrecklich gelitten. Dazu muss sich der alte Herr Tönnsen doch endlich bekennen. Wenigstens muss er sich entschuldigen für das Leid, dass er anderen zugefügt hat.«

»Ich finde, Sie haben recht, Frau Kester.«

Die alte Frau neigte sich Clara zu und senkte die Stimme, sodass sie im Lärmen des Marktes kaum mehr zu verstehen war. »Hören Sie, Fräulein, Sie haben mir damals gesagt, dass Sie einen

Journalisten kennen. Meinen Sie, dieser Mann könnte sich meiner Angelegenheit annehmen?«

Bei dieser Frage durchfuhr es Clara wie ein Stromstoß. Da war ein Kribbeln in ihrem Körper, das sie vom Scheitel bis zu den Fußsohlen erfasste. Für einen Augenblick vergaß sie Dino und den Grund, weshalb sie heute zum Fischmarkt gekommen war. Was Frau Kester über die Werft zu erzählen hatte, war eine Sensation, eine so brisante Geschichte, die keinen Journalisten kaltlassen konnte. Sie hatte es in der Hand, allen Menschen zu erzählen, welche Schuld die Hamburger Traditionswerft in diesen finsteren Zeiten auf sich geladen hatte. Vielleicht hatten die Zwangsarbeiter oder ihre Angehörigen ja sogar Anspruch auf eine Entschädigung. War es nicht ihre Pflicht, die Wahrheit aufzudecken? Sie spürte etwas in sich, das stärker war als die Kränkung, die sie durch Rolf Gerdes erfahren hatte.

»Ich werde mich darum kümmern«, sagte sie. »Ich bin selbst Journalistin. Ich arbeite seit einiger Zeit für die *Aktuelle Revue*. Bitte kommen Sie doch heute Abend ins Bella Napoli, dieses italienische Lokal in St. Pauli. Dann unterhalten wir uns. Und vergessen Sie nicht, die Dokumente mitzubringen. Ich will alles bis ins letzte Detail wissen. Dann werde ich einen Artikel schreiben, der ans Licht bringt, was damals auf der Werft los war.«

Ein Lächeln huschte über das Gesicht der alten Frau.

»Einverstanden«, antwortete sie.

Clara lächelte auch. Ein Gefühl von Stärke und Vorfreude durchflutete sie.

Sie musste es tun, ganz gleich, wie schwer es ihr fallen würde, sie würde zurück ins Büro gehen.

Frau Kester war nicht allein, als sie wie vereinbart am Abend das

Bella Napoli betrat und auf den Tisch zusteuerte, an dem Clara schon auf sie wartete.

»Erinnern Sie sich an Herrn Petersen? Er wurde bei der Jubiläumsfeier ebenfalls geehrt. Er hat schon damals im Krieg als Schweißer auf der Werft gearbeitet. Ich habe ihn angerufen und gefragt, ob er auch etwas dazu sagen möchte.«

Clara nickte dem alten Mann freundlich zu, dessen Gesicht von jahrzehntelanger Arbeit in Hitze, Schweißrauch und Funkenflug gezeichnet war. Nervös drehte er seine graue Schirmmütze in den Händen, die er beim Eintreten in das Lokal noch auf dem Kopf getragen hatte.

»Ja, natürlich erinnere ich mich. Ich danke Ihnen beiden, dass Sie gekommen sind. Bitte setzen Sie sich zu mir.«

»Als ich ihm erzählte, ich treffe eine Redakteurin von der Zeitung, die was schreiben will über damals, da hat Herr Petersen sofort gesagt, dass er mitkommt«, erklärte Frau Kester.

Der alte Werftarbeiter nickte. »Wird auch Zeit, dass die Leute erfahren, was im Krieg los war bei uns«, murmelte er. »Diese armen Kerle aus dem Osten, was mussten die schuften. Zwölfstundenschichten hatten die, sogar sonntags und nachts, und sie wurden mit einem Hungerlohn abgespeist. Eine Schande ist das. Und wie die gehaust haben! In kalten Baracken auf dem Werftgelände, das sie nicht verlassen durften, wie die Sklaven. Aber das ist alles vergessen. Heute reden sie in der Firma nur noch von den schicken Sportjachten, die da jetzt gebaut werden und für die die Tönnsens in der ganzen Welt gefeiert werden ...«

Clara nahm einen Stift in die Hand und klappte ihren Schreibblock auf.

»Ich mache mir ein paar Notizen. Ich möchte alles wissen.«

Sie unterbrach sich, weil Dino an den Tisch trat. Er begrüßte die Gäste und verteilte die Speisekarten. Mit einem warmen Lächeln sah er Clara an.

»So schade es ist, dass ich in Küche auf dich muss verzichten. Aber bin ich froh, dass du wieder weißt, wo du eigentlich hingehörst.«

Am Montagmorgen im Verlagshaus führte Claras erster Weg sie zu Frau Löhndorffs Bürotür. Sie klopfte entschlossen.

»Ah, wie schön, Sie sind wieder gesund«, wurde sie drinnen empfangen. »Ich hatte mir vorige Woche wirklich Sorgen um Sie gemacht.«

»Danke, ja, es geht mir besser. Ich muss mit Ihnen reden, bitte. Haben Sie kurz Zeit für mich? Es ist wichtig.«

Überrascht hob Frau Löhndorff die Augenbrauen.

»Nanu, was gibt es denn? Bitte nehmen Sie Platz.«

Clara setzte sich und zog ihr Notizheft aus der Tasche.

»Es geht um die Tönnsen-Werft. Ich habe etwas Ungeheuerliches herausgefunden, darüber muss ich unbedingt einen Artikel schreiben. Wussten Sie, dass dort im Zweiten Weltkrieg U-Boote gebaut wurden? Und zwar von russischen Zwangsarbeitern?«

»O Gott. Nein.«

»Aber es gibt Belege dafür.«

»Zwangsarbeiter auf der Tönnsen-Werft? Ich kann es nicht glauben. Das ist einer der Hamburger Traditionsbetriebe, ein angesehenes Unternehmen. Haben die nicht erst im vorigen Herbst ein Jubiläum gefeiert? Ich erinnere mich. Da waren sie groß in der Presse. Was wissen Sie – und woher?«

Clara erzählte es ihr.

Frau Löhndorff legte erschrocken die gefalteten Hände vor den Mund. Mit versteinerter Miene dachte sie nach, dann sagte sie: »Das sind erschütternde Vorgänge. Das gibt einen Skandal in der Stadt. Und Sie sind sich sicher, dass sich alles genau so zugetragen hat?«

Clara nickte. »Eine ehemalige Buchhalterin hat Belege von damals in ihren Unterlagen gefunden.« Sie zog die Dokumentenmappe, die ihr die alte Dame gegeben hatte, aus ihrer Tasche und reichte sie Frau Löhndorff. »Bitte sehen Sie sich das hier an. Diese Papiere beweisen, dass die Tönnsen-Werft beim Bau von U-Booten mit dem Kriegsministerium zusammengearbeitet hat. Und der alte Schweißer hat mir bestätigt, dass dabei Zwangsarbeiter beschäftigt wurden. Er erinnert sich noch gut. Er hat mit eigenen Augen gesehen, wie einer dieser Männer in den Tod gestürzt ist.«

Frau Löhndorff nahm die Dokumente in die Hand und besah sie sich nacheinander mit hochgezogenen Augenbrauen. Dann sah sie auf und schüttelte den Kopf.

»Ihr Engagement in Ehren, Fräulein von Thorau, Sie haben gut recherchiert. Aber für eine so brisante Sache sind Sie einfach noch nicht erfahren genug. Das ist tatsächlich eine große Story, die wir uns nicht entgehen lassen dürfen. Und da muss ein journalistisches Vollblut dran. Ich werde mit Herrn Gerdes darüber sprechen. Am besten geben Sie ihm all Ihre Aufzeichnungen und was Sie sonst noch an Belegen haben. Er wird sich der Sache annehmen.«

Frau Löhndorff griff bereits zum Telefonhörer.

»Nein!«, rief Clara und presste ihre flache Hand auf die Papiere, die zwischen ihr und Frau Löhndorff auf dem Schreibtisch lagen. »Die bekommt Herr Gerdes nicht. Auf keinen Fall. Das ist meine Geschichte. Ich gebe sie nicht aus der Hand.«

Frau Löhndorff hielt inne und betrachtete ihren empörten Ausbruch mit Erstaunen. »Herr Gerdes ist Profi in diesen Dingen. Die Angelegenheit ist bei ihm gut aufgehoben. Und Sie beide haben sich doch immer gut verstanden.«

»Nein«, beharrte Clara. Ihre Augen glitzerten wütend. »Diese Story will ich alleine schreiben. Ich weiß, was ich tue. Ich habe mit den beiden Zeugen gesprochen, und ich werde natürlich auch der Geschäftsführung der Werft Gelegenheit geben, sich zu den Vorwürfen zu äußern. Ich werde nichts behaupten, was ich nicht belegen kann. Bitte! Geben Sie mir zwei Wochen!«

Frau Löhndorff ließ den Telefonhörer sinken.

»Ich kann das«, setzte Clara hinzu. »Und ich möchte die Chance bekommen, das zu beweisen.«

Frau Löhndorffs Kiefer mahlten, während sie überlegte. »Ich muss gestehen, Ihr Ehrgeiz gefällt mir«, sagte sie schließlich. »Nun gut. Vielleicht reißt mir die Geschäftsleitung unseres Blattes den Kopf ab. Aber was soll's. Ich gebe Ihnen diese Chance. Ihr Text wird allerdings nicht veröffentlicht, bevor die juristische Abteilung unseres Hauses nicht jedes einzelne Wort geprüft hat.«

Clara nickte schnell, während Frau Löhndorff fortfuhr. »Und falls wir zu der Entscheidung kommen, dass Sie Fehler gemacht haben, wird Ihre Story eingestampft. Haben Sie das verstanden?«

Noch einmal nickte Clara. »Ich werde mein Bestes geben.«

»Davon gehe ich aus. Wir werden sehen, ob das für eine Veröffentlichung reicht.« Frau Löhndorff sah auf ihre Armbanduhr. »Aber jetzt muss ich los. Ich habe eine wichtige Besprechung mit dem Verleger.«

»Da wäre noch etwas«, sagte Clara zaghaft.

»Was denn?«

»Wenn es möglich wäre, würde ich gern ein anderes Büro haben.«

»Wie bitte?« Frau Löhndorff sah aus, als habe sie nicht richtig verstanden. »Warum das denn? Sie wissen genauso gut wie ich, dass sämtliche Büros in unserer Redaktion belegt sind. Das ist der Grund, weshalb Sie mit an Herrn Gerdes' Schreibtisch sitzen.

Und bei ihm und seiner langjährigen journalistischen Erfahrung sind Sie in guten Händen.«

»Nein, ich möchte nicht mehr in seinem Büro sitzen.«

Mit ratlosem Blick betrachtete Frau Löhndorff Clara.

»Können Sie mir das bitte erklären?«

Clara spürte, dass sie über und über errötete. »Ich ... ich möchte einfach einen eigenen Arbeitsplatz haben.«

Frau Löhndorff, die bereits aufgestanden war, um zu ihrer Besprechung zu gehen, setzte sich wieder. Sie stützte ihre Ellenbogen auf der Tischplatte ab und lehnte ihr Kinn auf die verschränkten Hände. Ein paar Sekunden lang musterte sie Clara schweigend. Dann fragte sie ruhig:

»Was ist in Berlin passiert, Clara?« Noch nie hatte Frau Löhndorff sie mit ihrem Vornamen angesprochen, und Claras Atem ging schneller. »Ich weiß, dass Herr Gerdes nicht ganz die Wahrheit gesagt hat, als er behauptete, es sei Ihr Wunsch gewesen, Ihren Namen aus der Reportage zu streichen. Dazu kenne ich Sie inzwischen gut genug. Und dann Ihr plötzlicher Zusammenbruch am Freitag. Also, was ist los, Clara?«

»Nichts ... Besonderes«, brachte sie heraus. »Es ist nur so, dass ... dass mich der viele Zigarettenqualm in seinem Zimmer stört. Herr Gerdes raucht die ganze Zeit.«

Frau Löhndorff riss verblüfft die Augen auf. Offensichtlich hatte sie eine andere Antwort erwartet. »Natürlich raucht er«, sagte sie. »Das mache ich auch gelegentlich. So ist das nun einmal. Wo Menschen zusammenkommen, da wird geraucht. So wie auch Kaffee getrunken wird und manchmal ein Gläschen Kognak. Das lässt sich leider nicht ändern.«

»Doch«, sagte Clara entschieden. »Ich könnte das kleine Büro da hinten am Ende des Ganges beziehen.« Mit dem Daumen wies sie in die Richtung.

»Das ist kein Arbeitszimmer. Das ist der Lagerraum für Büromaterial. Ständig kommt da jemand hinein, um einen Stapel Papier, frisches Farbband für die Schreibmaschine oder einen Stift aus dem Schrank zu holen. Und es gibt keinen Telefonanschluss.«

»Ich weiß, aber das macht mir nichts aus. Ich habe mir den Raum angesehen. Es ist gerade noch genug Platz, dass man einen kleinen Schreibtisch und einen Stuhl vor das Fenster stellen könnte. Bitte, Frau Löhndorff. Es wäre mir furchtbar wichtig. Gerade weil ich mich auf eine so knifflige Geschichte konzentrieren muss, möchte ich gerne einen eigenen Arbeitsplatz haben.«

Sie registrierte ein belustigtes Funkeln in den Augen ihrer Vorgesetzten. Frau Löhndorff sah aus, als unterdrückte sie ein Grinsen.

»Also gut. In Ordnung. Ich werde gleich den Hausmeister anrufen und ihn bitten, Tisch und Stuhl für Sie in das Zimmerchen zu bringen. Und dann legen Sie los mit dieser Tönnsen-Geschichte. Zwei Wochen sind schneller rum, als Sie denken.«

»Danke.« Clara wäre der Frau am liebsten um den Hals gefallen.

Wenig später betrat sie lächelnd Rolfs Büro und sammelte ihre wenigen persönlichen Habseligkeiten zusammen. Ein gerahmtes Foto, das sie und Sanni im Englischen Garten in München zeigte, einen Rechtschreibduden und ein paar Muscheln, die sie am Elbstrand gefunden hatte.

Rolf, der rauchend über einer aufgeschlagenen Tageszeitung an seinem Schreibtisch saß, blickte auf.

»Was ist los? Du verlässt uns? Sag bloß, du hast gekündigt!« Er schnalzte gehässig mit der Zunge, während er die Asche seiner Zigarette in den Aschenbecher schnippte.

»Nein, ich habe nicht gekündigt.« Clara steckte das Bild, das Buch und die Muscheln in ihre Tasche und hängte sie sich über die Schulter. Dann klappte sie den Deckel ihrer Schreibmaschine zu und hob sie mit beiden Händen hoch. »Ich beziehe ein eigenes Büro, damit ich in Ruhe an meiner Enthüllungsstory für die übernächste Ausgabe der *Revue* arbeiten kann.«

Wie schade, dass sie keinen Fotoapparat zur Hand hatte, um seinen Gesichtsausdruck festzuhalten. Rolf glotzte wie ein Karpfen auf dem Trockenen. Noch ehe er etwas entgegnen konnte, sagte sie mit einem Kopfnicken: »Und jetzt sei bitte so nett und halt mir die Tür auf, damit ich die Maschine rüberbringen kann.«

Rolf war völlig perplex. Wortlos stand er auf und machte ihr den Weg frei.

»Danke.« Mit hocherhobenem Kopf verließ Clara sein Büro.

31.

In den nächsten Tagen war Clara die Erste, die morgens in die Redaktion kam, und die Letzte, die abends die Bürotür hinter sich schloss. Es tat gut, wieder mit dem Fahrrad in der Stadt unterwegs zu sein, und noch besser fühlte es sich an, arbeiten zu können, ohne dass Rolf ihr dabei gegenübersaß. Gewissenhaft ging sie die Aufzeichnungen durch, die sie sich im Bella Napoli bei ihrem Gespräch mit Frau Kester und Herrn Petersen gemacht hatte, und schrieb eine Notiz, wenn sie feststellte, dass sie bei der ein oder anderen Sache noch etwas nachfragen musste. Sie kramte stundenlang im Archiv des Verlages, um aus alten Zeitungsberichten mehr über die Geschichte der Werft zu erfahren und Agenturfotos herauszusuchen, mit denen sie ihren Artikel illustrieren konnte. Dazu kam die wöchentliche Kolumne, an die sie Frau Löhndorff noch erinnert hatte. Die zu schreiben war Clara vertraglich verpflichtet, und sie lieferte den Text dazu pünktlich zum Redaktionsschluss ab. In dieser Woche hatte sie sich mit der Rolle von Frauen in der Werbung beschäftigt, genauer gesagt in der Reklame für Haushaltsgeräte. Sie hatte sich gefragt, weshalb auf den Bildern, die für Geschirrspülmaschinen und Staubsauger warben, eigentlich immer nur Frauen gezeigt wurden. »Wenn das weibliche Geschlecht mittlerweile durchaus erfolgreich auch seinen Mann im Beruf steht, wieso können die

Herren der Schöpfung dann nicht auch ihre Fähigkeiten im Haushalt unter Beweis stellen?«, so lautete der Kerngedanke. Ihre Kolumne hatte in der Redaktionskonferenz für viel Schmunzeln gesorgt, doch für das Verfassen des Artikels ging viel Zeit drauf, die Clara für die Tönnsen-Story fehlte.

Die Stunden verflogen. Manchmal wurde es schon dunkel draußen, wenn sie das Verlagsgebäude verließ, und ihr Magen knurrte, weil sie den ganzen Tag lang nicht daran gedacht hatte, etwas zu essen. Aber es war, wie Dino gesagt hatte: Sie wusste wieder, wo sie hingehörte.

Sie hatte sogar schon eine Idee für eine Überschrift. Rasch spannte sie einen Bogen Papier in die Schreibmaschine und begann zu tippen. »Ein vergessenes Kapitel in der Geschichte der Tönnsen-Werft – alte Dokumente beweisen: Bei dem Hamburger Traditionsunternehmen haben Zwangsarbeiter einst U-Boote für die Wehrmacht gebaut. Von Clara von Thorau.«

Schnurrend und fast wie von selbst schlugen die Typenhebel auf das Blatt, Buchstabe für Buchstabe, Wort für Wort, Satz für Satz. Clara war glücklich. Sie hatte ihre Bestimmung gefunden. Sie würde eine erfolgreiche Journalistin sein. Nicht, weil sie einem Kollegen schöne Augen machte. Nicht, weil einem Mann ihr hübsches Gesicht gefiel und er sie förderte im Gegenzug für Gefälligkeiten oder ein bisschen *Amore*. Nein, sie würde eine erfolgreiche Journalistin sein, weil sie es konnte.

• • •

Nachdem Clara alle Informationen zusammengetragen hatte, die sie für ihren Artikel brauchte, fuhr sie zur Tönnsen-Werft hinaus, um Freddys Vater mit den Vorwürfen zu konfrontieren. Sie hatte bereits mit seiner Sekretärin telefoniert, sich als Journalistin vorgestellt und einen Termin vereinbart, ohne näher zu erklären, worum es bei dem Gespräch gehen sollte.

Es war ein windiger, regnerischer Julitag, als sie am Werftgelände in Finkenwerder vor dem Pförtnerhäuschen stand und ihr Rad an einen Laternenmast lehnte. Nichts war mehr zu sehen von der großen Jubiläumsfeier, zu der sie im Herbst hergekommen war. Die Girlanden und die bunten Wimpel waren verschwunden, der Hof war zugestellt mit parkenden Autos, das hohe Tor verschlossen. Von der Produktionshalle her drangen heute keine Musik und kein Stimmengewirr herüber, sondern dröhnender Maschinenlärm. Der Pförtner gewährte ihr Zugang durch ein kleines Drehkreuz an der Seite und beschrieb ihr den Weg. Clara durchquerte den Hof, betrat das Backsteingebäude und ging die klingenden Eisenstufen zum ersten Stock hinauf zu den Räumen der Geschäftsleitung. Eine Sekretärin begrüßte sie freundlich. »Guten Tag, Sie sind die junge Dame von der *Aktuellen Revue*, die mit Herrn Tönnsen sprechen wollte, nicht wahr?«

Clara nickte, und die Frau erhob sich. Sie öffnete eine Tür zu einem Nebenzimmer und ließ Clara eintreten. Zu ihrer Verblüffung saß dort nicht der alte Herr Tönnsen am Schreibtisch, sondern Freddy. Sie stoppte erschrocken. Am liebsten wäre sie gleich wieder umgekehrt. Aber sie unterdrückte diesen Impuls.

»Oh, guten Morgen, Freddy. Du hier? Ich dachte, du wolltest die Firma verlassen, um auf große Reise zu gehen. Ich wollte eigentlich deinen Vater sprechen.«

»Na so was, Clara.« Freddy war nicht minder verblüfft über das unerwartete Wiedersehen. »Tja, mein Vater fällt leider wieder für eine Weile aus, und ich muss hier für ihn einspringen. Na ja. Hat ja auch seine Vorteile, ordentlich Geld zu verdienen. Paloma hat so ihre Ansprüche.« Er grinste ein wenig gequält. »Wie es aussieht, werde ich jetzt doch allmählich ein anständiger Mann. Stell dir vor, wir wollen nächstes Jahr heiraten, meine alte Schulfreundin Paloma und ich.«

Clara schluckte. »Ich habe in der Zeitung gelesen, dass ihr euch verlobt habt, herzlichen Glückwunsch«, sagte sie steif.

»Danke, danke.« Freddy fuhr sich in dieser vertrauten Geste mit beiden Händen durch die Haare. »Tja, wer hätte das gedacht. Paloma ist in gewisser Weise noch spießiger als du. Sie hat mir sozusagen die Pistole auf die Brust gesetzt und gedroht, Schluss mit unserem Lotterleben zu machen, wenn wir uns nicht bald verloben.« Er spreizte seine linke Hand und betrachtete den schmalen goldenen Ring an seinem Finger. »Wenn man sich dran gewöhnt hat, sieht er gar nicht schlecht aus – oder?«

Clara antwortete nicht und blieb mit zusammengepressten Lippen an der Tür stehen.

»Komm doch rein«, forderte Freddy sie schließlich auf und zeigte auf den Besuchersessel neben dem Schreibtisch. »Setz dich. Das ist ja eine echte Überraschung! Ich wusste gar nicht, dass du es sein würdest, als die Sekretärin mir für heute einen Termin mit einer Journalistin von der *Aktuellen Revue* in den Kalender geschrieben hat. Dann hast du es also wirklich geschafft? Ich gratuliere. Weshalb bist du hier? Möchtest du einen Artikel über mich schreiben? Wie gut sich Tönnsen junior in der Geschäftsführung der Werft macht?«

Nun grinste er doch wieder sein nettes, freches Freddy-Grinsen, und für einen Moment spürte Clara dieses altbekannte Flattern im Bauch. Doch sie schluckte alle Gefühle, die sie je für den jungen Mann hinter dem Schreibtisch empfunden hatte, hinunter.

»Ich befürchte, du kannst mir nicht helfen. Wann wäre es denn möglich, mit deinem Vater zu reden?«

Freddy zuckte mit den Schultern. »Nächste Woche vielleicht.

Er hat sich gestern Abend im Garten den Fuß verknackst und muss eine Weile zu Hause bleiben, um sich zu schonen. Ich werde die Firma ja sowieso im Herbst übernehmen, da schadet es nicht, schon vorher ein bisschen Verantwortung zu tragen.«

»Du bist so anders geworden«, stellte Clara trocken fest. »Beinahe seriös.«

»Tja, so ist das. Und du? Wie geht es denn dir so? Wollen wir einen Kaffee trinken gehen? Viel Zeit habe ich nicht, aber wir könnten kurz in die Kantine ...«

Einen Moment lang geriet Clara in Versuchung. Doch dann atmete sie tief durch und raffte ihre Tasche.

»Nein, danke, Freddy. Ich will dich gar nicht lange aufhalten. Wie gesagt, ich habe ein paar Fragen an deinen Vater.«

»Worum geht es denn? Du kannst mich alles fragen, was die Werft angeht.«

»Es geht um diese Sache von damals. Erinnerst du dich an das, was ich dir im vorigen Jahr über die alte Buchhalterin Frau Kester erzählt habe? Dass in eurer Werft während des Krieges Zwangsarbeiter schuften mussten? Ich habe inzwischen nicht nur Zeitzeugenberichte, sondern auch Belege dafür. Und ich schreibe darüber gerade einen großen Artikel für die *Aktuelle Revue*.«

»Du tust was?« Plötzlich war jedes Grinsen aus Freddys Gesicht verschwunden. »Du willst diesen ganzen Mist tatsächlich veröffentlichen?«

»Ja.«

»Das ist doch irre, Clara. Das ist totaler Müll. Das erlaube ich dir gar nicht.«

Freddy schleuderte diese Worte geradezu heraus.

»Ich befürchte, es steht nicht in deiner Macht, mir da etwas zu erlauben oder zu verbieten«, entgegnete Clara kühl. »Was ich möchte, ist mit deinem Vater darüber zu reden. Er soll Gelegenheit bekommen, mit seiner Stellungnahme in meinem Artikel aufzutauchen.«

»So ein Schwachsinn!« Freddy war feuerrot geworden. »Du willst mir das Leben also wirklich schwer machen. Na prima, mit dieser Nummer habe ich bestimmt einen grandiosen Start als Geschäftsführer. Danke schön.« Seine Stimme bebte vor Sarkasmus. »Ist das deine Revanche, weil ich mich mit Paloma verlobt habe? Ich hätte nicht gedacht, dass du so mies und nachtragend bist. Dabei hast du doch selbst mit mir Schluss gemacht.«

»Ich bin weder mies noch nachtragend. Ich will nur die Wahrheit erzählen. Das ist mein Job als Journalistin. Das Ganze hat nichts mit dir zu tun.«

»Pah. Natürlich hat es das. Du ruinierst den guten Ruf unserer Firma. Also auch meinen Ruf. Wer hat denn was davon, wenn du diese hässlichen alten Geschichten auskramst? Damals war Krieg, verdammt noch mal! Das ist alles fast zwanzig Jahre her, vergessen und vorbei. Und irgendwann muss man die Vergangenheit auch Vergangenheit sein lassen. Das habe ich dir damals schon gesagt. Mein Vater ist ein ordentlicher Geschäftsmann, der jeden Pfennig anständig verbucht und fantastische Boote baut. Das ist das Einzige, was irgendjemanden in der Welt jetzt noch interessieren sollte.«

»Niemand bezweifelt, dass auf eurer Werft schicke Jachten entstehen. Aber das alles hier«, Clara breitete die Arme aus, »die Firma, die viele Arbeitsplätze, euer Wohlstand, eure teuren Autos, eure wunderschöne Villa in Blankenese, das Häuschen auf Sylt, das alles hättet ihr nicht, wenn dein Vater damals nicht so gute Kontakte zu den Nazibonzen gehabt hätte. Wenn die ihm nicht die großen Aufträge für die Kriegsmarine zugeschoben und die Steuern erlassen hätten. Wenn ihr nicht diese Zwangsarbeiter aus dem Osten angeheuert hättet. Diese Firma war praktisch pleite, bevor mit der Aufrüstung für den Krieg die Blütezeit der Werft begann.«

»Du weißt nicht, was du da sagst, Clara. Selten habe ich so einen Blödsinn gehört. Und jetzt gehst du besser raus, bevor ich wirklich wütend werde.«

»Freddy, das ist die Wahrheit. Und ich kann es beweisen.«

»Gar nichts kannst du. Auf Wiedersehen.« Er stand auf, um ihr die Tür zu öffnen, und schlug sie schwungvoll hinter ihr zu.

Clara ließ sich von Freddys Empörung nicht einschüchtern. Nach ihrem Besuch im Werftbüro radelte sie schnurstracks zum Fähranleger von Finkenwerder und fuhr über die Elbe nach Blankenese. Dann würde sie Herrn Tönnsen eben zu Hause mit ihren Recherchen konfrontieren.

Wie anders es in Blankenese aussah als bei ihrem Ausflug im vorigen Sommer, als sie zusammen mit Freddy und Sanni am Sandstrand in der Sonne gelegen hatte. Heute fröstelte sie, als sie von der Fähre stieg. Dicke Wolken zogen über den Himmel, der genauso grau war wie das Wasser des Flusses. Ein böiger Wind wehte Clara immer wieder die Kapuze ihres Regenmantels vom Kopf, ihre Haare hingen strähnig herab, sie waren schon ganz feucht vom Regen, der unaufhörlich herabströmte. Am Ufer waren kaum Menschen zu sehen. Nur in der Ferne ging ein Mann mit seinem Hund spazieren. Kläffend sprang das braunweiß gefleckte Tier den Möwen nach, die in dem dunklen Saum, den die flachen Wellen auf dem Sand hinterließen, nach etwas Essbarem pickten.

Clara stellte ihr Fahrrad am Anleger ab und stieg rasch die Stufen in den Ort hinauf. Da sie noch nie vom Elbufer aus zum Haus der Tönnsens gegangen war, fand sie sich im Gewirr der vielen Treppen nicht gleich zurecht. Aber schließlich erkannte sie die weiße Villa in dem großen Garten wieder. Auf ihr Klingeln öffnete eine Haushälterin, eine rundliche ältere Dame in makelloser weißer Spitzenschütze mit passendem Häubchen.

»Sie wünschen bitte?«

»Ich müsste Herrn Tönnsen senior sprechen. Es ist wichtig.«

»Bitte, Fräulein, treten Sie ein.«

Freddys Vater empfing Clara im Wohnzimmer, wo er auf dem Sofa saß, das rechte Bein auf einem gepolsterten Hocker hochgelegt. Seine Frau war nicht da. Er wollte höflich aufstehen, um sie zu begrüßen, als Clara hereinkam, doch sie hielt ihn zurück.

»Bitte, bleiben Sie sitzen. Freddy hat mir von Ihrem Missgeschick mit dem verknacksten Fuß erzählt, ich komme gerade aus dem Büro der Werft.«

»Danke.« Der alte Tönnsen ließ sich zurück in die Kissen sinken. »Elfriede, bitte reichen Sie unserem Besuch eine Tasse Tee«, rief er der Haushälterin zu, die Clara ins Zimmer gebracht hatte. »Die junge Dame sieht ganz verfroren aus.« Und an Clara gewandt sagte er: »Mein Sohn hat mich gerade angerufen. Er hat mir Ihren Besuch angekündigt. Bitte nehmen Sie doch Platz.«

Folgsam setzte sich Clara auf den Sessel gegenüber.

»Ich muss Sie sozusagen beruflich sprechen, als Journalistin.«

»Ja, davon hat Freddy erzählt. Er war sehr aufgebracht. Er meinte, Sie hätten irgendwelche alten Dokumente ausgegraben. Was könnte das sein?«

»Es geht um die U-Boote, die in den Vierzigerjahren auf Ihrer Werft für Hitlers Kriegsministerium gebaut wurden, und um die Zwangsarbeiter, die damals eingestellt worden sind«, kam sie sogleich auf den Punkt.

Herr Tönnsen richtete sich ruckartig in seinem Sessel auf. Clara zog ihr Notizbuch aus der Handtasche und erklärte auch Freddys Vater eingehend, was sie in ihrem Artikel schreiben wollte. Noch während sie sprach, sah sie, wie dem alten Herrn die Farbe aus dem Gesicht wich. Seine Haut, die gebräunt war von sonnigen Nachmittagen auf dem Tennisplatz und langen Wochenenden auf Sylt, wirkte auf einmal fahl und grau.

Als Clara fertig war, blieb es einen Moment lang still im Zimmer. Von der Elbe her war das dumpfe Tröten eines Schleppers zu hören.

»Sie können gar nicht mitreden«, sagte Herr Tönnsen schließlich tonlos. »Sie haben das alles ja gar nicht miterlebt. Was wissen Sie schon, was damals los war in Deutschland!« Er sah aus dem Fenster, wo der Regen gegen die Scheiben tropfte. Mit rauer Stimme sprach er weiter. »Was hätte ich denn tun sollen, junges Fräulein? Hätte ich das Lebenswerk meines Vaters opfern sollen? Die Werft kaputtgehen lassen und Hunderte Leute in Arbeitslosigkeit und Armut schicken sollen? Nur um mich mit diesen braunen Kameraden nicht gemein zu machen? So einfach ist das nicht. Man hat Verantwortung als Geschäftsmann. Man muss den Kopf hochhalten, wenn die Zeiten stürmisch werden, damit man nicht untergeht. Und wenn so eine Anfrage aus dem Reichskriegsministerium kommt, dann kann man sich nicht einfach wegducken. Dann steht man in der Pflicht. Für sein Land. Für seine Leute.«

»Und was ist mit den Zwangsarbeitern? Wie konnten Sie zulassen, dass Männer unter diesen miserablen Bedingungen auf Ihrer Werft arbeiteten und dabei sogar ihr Leben riskierten? Wenn ich richtig informiert bin, ist sogar jemand zu Tode gekommen.«

»So war das eben damals«, erklärte Herr Tönnsen schulterzuckend. »Das haben alle großen Unternehmen so gemacht. Unsere Männer waren ja im Krieg. Wie hätten wir denn die Produktion am Laufen halten sollen ohne die Russen? Die armen Teufel galten nicht viel damals. Zwanzig Jahre später mag man anders darüber urteilen. Jetzt sind wir alle schlauer. Aber damals war das eben so.« Erneut richtete er den Blick auf Clara. »Ich habe mir nichts vorzuwerfen, junges Fräulein. Nein, ich nicht. Ich habe für die Werft gelebt, immer, seit ich sechzehn war, an jedem einzelnen Tag. Ich habe geackert, ich habe gekämpft, ich habe die Tönnsen-Werft erfolgreich durch die finstersten Tage gebracht. Und ich bereue nichts.« Er schwieg abrupt, und seine Worte hallten durch den großen Raum mit dem glänzenden Marmorboden. Dann sprach er doch noch weiter, und seine Augen waren voller Bitterkeit. »Aber wissen Sie was, Fräulein Clara? Jetzt bin ich müde. Müde von allem. Müde von damals, von heute und von Ihnen. Ihr Bericht bestärkt mich darin, dass es höchste Zeit ist, mich aus der Firma zu verabschieden.«

Clara schluckte betreten. Die Haushälterin brachte eine Tasse Tee und stellte sie vor Clara auf dem Tischchen ab. Doch sie ließ die Tasse unberührt.

»Darf ich das so in meinem Artikel schreiben?«, erkundigte sie sich leise.

Freddys Vater sah sie an, der Blick aus seinen hellen, wässrigen Augen war zutiefst erschöpft.

»Schreiben Sie doch, was Sie wollen«, sagte er.

Sehr nachdenklich fuhr Clara nach Hause. Das Gespräch mit Herrn Tönnsen hatte sie mehr aufgewühlt, als sie erwartet hatte. Stand es ihr zu, über die Vergangenheit zu urteilen und die ganze Sache an die Öffentlichkeit zu bringen? Oder war sie im Unrecht?

Sie dachte plötzlich an Leo. Ganz unerwartet stand ihr sein Gesicht vor Augen. Wenn sich einer in solchen Dingen auskannte, dann er. Schließlich war er Jurist. Seit ihrer Begegnung in London hatten sie kaum mehr etwas voneinander gehört. Das Letzte war eine Ansichtskarte aus Frankfurt gewesen, auf der er sich dafür bedankt hatte, dass sie ihm damals ihren ersten Artikel der *Revue* geschickt hatte. Sie waren beide viel zu sehr mit ihrem Leben beschäftigt, um einander regelmäßig zu schreiben. Aber er war trotzdem noch immer ihr bester Freund und würde sie verstehen. Sie beschloss, Leo nach seiner Meinung zu fragen. Und zwar sofort. Sie brauchte Gewissheit. Da seine Mutter an diesem Tag Geburtstag hatte, war sie sicher, dass er zu Hause in Grünwald sein würde. Sie steuerte die nächste Telefonzelle an, nahm den Hörer ab und warf ein paar Münzen ein. Tatsächlich kam er ans Telefon, nachdem sie Frau Bertram ihre Glückwünsche ausgesprochen hatte.

»Hallo, Clara. Was für eine Überraschung, dass du anrufst. Wie geht es dir?«

»Eigentlich ganz gut. Tut mir leid, dass ich mich so lange nicht mehr gemeldet habe. Aber ich brauche deinen Rat. Als Jurist.«

»Okay. Wie kann ich dir helfen?«

»Du weißt doch, worauf es ankommt, wenn man jemanden mit dem konfrontiert, was er während der Nazizeit getan hat ...«

»O ja, das kann mal wohl sagen. Wir kommen gut voran mit unserer Prozessvorbereitung. Gerade formulieren wir die Anklage. Vielleicht kann das Verfahren noch in diesem Jahr beginnen. Aber sag, was hast du auf dem Herzen?«

Clara berichtete ihm von ihrer Recherche über die Tönnsen-Werft und die Reaktion von Freddys Vater.

»Und jetzt tut mir der Mann irgendwie leid«, schloss sie. »Habe ich ein Recht, die alte Geschichte noch einmal aufzuwärmen? Es ist ja wirklich alles schon so lange her, und er sagt, so war das damals eben.«

Leo atmete hörbar aus.

»Clara, genau dasselbe sagen die Männer, die wir in Frankfurt vor Gericht bringen wollen: ›Damals haben das alle so gemacht, wir können ja nichts dafür ...‹«

»Aber Leo! Das, was sich Herr Tönnsen hat zuschulden kommen lassen, ist ganz gewiss nicht mit den Verbrechen von Auschwitz zu vergleichen.«

»Natürlich nicht. Aber falsch war es auf jeden Fall, die Arbeiter aus Russland wie Sklaven zu behandeln. Es gibt Menschenrechte, die gelten zu jeder Zeit. Da kann sich keiner rausreden. Und genau darum geht es doch: Zu zeigen, dass Leute unter uns leben, die sich damals schuldig gemacht haben. Mit deinem Artikel kannst du das beweisen. Damit bringst du vielleicht andere Leute zum Nachdenken. Oder zum Reden. Es geht darum, das Unrecht von damals nicht länger unter den Teppich zu kehren. Das gilt für die großen Menschheitsverbrechen, denen wir bei der Frankfurter Staatsanwaltschaft auf der Spur sind, genauso wie für andere Taten.«

»Danke, Leo. Du hast recht.« Clara nickte versonnen. Wieso sollte sie auf Herrn Tönnsens Befindlichkeiten Rücksicht nehmen, wo niemand danach fragte, wie es den geschundenen Zwangsarbeitern heute ging? »Jetzt bin ich mir meiner Sache wieder sicher. Ich werde den Artikel schreiben.«

»Natürlich wirst du das. Ich bin gespannt darauf. Viel Glück!«

»Viel Glück auch dir – und bis bald mal wieder.«

»Ja, bis bald.«

Clara hängte ein und atmete tief durch. Nach dem Gespräch mit Leo fühlte sie sich wie gestählt. Wenn sie eine ernst zu nehmende Journalistin sein wollte, durfte sie nicht immer den leichtesten Weg gehen. Sie würde anecken und manche Leute empören. Sie musste mit Widerstand rechnen. Aber so war es nun einmal, wenn die Wahrheit ans Licht kommen sollte.

. . .

Bis auf kleine Korrekturen bei einigen Formulierungen hatte die Rechtsabteilung der *Aktuellen Revue* nicht viel zu bemängeln, als Clara eine Woche später den Text für ihre Story über die Werft vorlegte. In erster Linie ließ sie darin Frau Kester und Herrn Petersen zu Wort kommen, die berichtet hatten, was sie damals im Büro und in der Fertigungshalle erlebt hatten. Besonders eindringlich war die Schilderung des alten Werftarbeiters, der sich noch sehr genau an den Tag erinnern konnte, an dem einer der Zwangsarbeiter verunglückte. Der völlig ausgezehrte Mann war bei Lackierarbeiten am Rand des Baudocks aus zwölf Metern Höhe in die Tiefe gestürzt, weil er nicht gesichert gewesen war. Die Werftleitung war, ohne mit der Wimper zu zucken, darüber hinweggegangen. Zwei Tage später hatte ein anderer Mann an seiner Stelle gearbeitet, genauso wenig gesichert wie der Erste. Auch die Erklärung des alten Tönnsen gab Clara wieder, und sie schloss ihren Artikel mit dem Hinweis, dass die Leitung der Werft bald komplett in die Hände des jungen und unbelasteten Juniorchefs übergehen werde und damit wohl endgültig neue Zeiten in der Firma anbrechen würden.

»Sehr gut gemacht, Fräulein von Thorau.« Frau Löhndorff nickte Clara von ihrem Schreibtisch aus zu, nachdem sie das Manuskript gelesen und mit ihrem Stift hier und da noch ein paar kleine Tippfehler ausgebessert hatte. »Eine haarsträubende Geschichte! Es ist gut, dass Sie einen versöhnlichen Schluss gefunden haben. Die Sache wird sicherlich trotzdem einigen Wirbel auslösen, aber da es kein Dementi von der Werftleitung gibt, steht einer Veröffentlichung nichts im Wege.«

Sie setzte ihre Signatur unter den Text und reichte Clara die Papierbögen zurück. »Sie können das gleich zum Setzer bringen.«

»Danke!«

Mit einem Lächeln im Gesicht stand Clara auf, um sofort zu den Männern an den lärmenden Linotype-Maschinen zu laufen, damit sie ihren Text dort für die nächste Ausgabe der *Revue* eingaben. Doch Frau Löhndorff hielt sie zurück. »Einen Moment noch, Fräulein von Thorau.«

Erstaunt blieb Clara stehen. »Ja, bitte?«

»Da gibt es noch etwas, das ich Ihnen sagen muss.« Frau Löhndorff sah ernst aus. »Es gibt gewisse personelle Veränderungen im Hause.«

Clara schluckte. Bitte nicht, schoss es ihr durch den Kopf. Bitte entlassen Sie mich nicht, bitte nicht jetzt, wo ich doch gerade anfange, eine richtige Journalistin zu sein ... Die Papierbögen zitterten vor Aufregung in ihren Händen.

Frau Löhndorff legte die Fingerspitzen zusammen und sah Clara an. »Vom kommenden Monat an werden Sie im Büro von Herrn Gerdes arbeiten.«

»Nein«, stieß Clara hervor. In die Erleichterung, auch weiter hier arbeiten zu können, mischte sich die unerträgliche Vorstellung, wieder mit Rolf an einem Tisch sitzen zu müssen.

»Bitte verlangen Sie das nicht von mir, Frau Löhndorff. Ich habe mich mit meinem kleinen Behelfsbüro am Ende des Ganges gut arrangiert. Wirklich. Ich möchte auf keinen Fall ...«

Ganz unerwartet tauchte ein feines Lächeln im Gesicht ihrer Vorgesetzten auf. »Ich war noch nicht fertig, Fräulein von Thorau«, erklärte sie ruhig. »Es ist so, dass Herr Gerdes im kommenden Monat die Korrespondentenstelle in Washington übernimmt. Er verlässt unsere Redaktion. Auf eigenen Wunsch. Und da die Geschäftsführung beschlossen hat, die Leitung der Politikredaktion mir zu übertragen, wird sein Büro frei. Ich nehme an, in diesem Fall haben Sie nichts dagegen, mit Ihrer Schreibmaschine wieder umzuziehen?«

Claras Wangen waren feuerrot geworden. Sie hatte das Gefühl, durchsichtig zu sein, so als könnte Frau Löhndorff tief in ihre Seele blicken und die Bestürzung erkennen, die die Erwähnung seines Namens in ihr auslöste.

Verlegen senkte sie den Blick.

»Das ... das wäre natürlich ganz wunderbar«, stammelte sie und fügte hastig hinzu: »Und natürlich freue ich mich für Herrn Gerdes, dass er seine Karriere in Amerika fortsetzen darf. Ich wusste gar nicht, dass es sein Plan war, ins Ausland zu gehen.«

»Das wusste niemand. Für uns alle kam seine Entscheidung sehr plötzlich. Offenbar ist irgendwas vorgefallen, das ihn dazu bewogen hat, unserer Redaktion so schnell wie möglich den Rücken zu kehren und mit Frau und Kindern aus Hamburg wegzuziehen. Und das, wo er doch vor noch gar nicht langer Zeit das neue Haus gekauft hat.«

Frau Löhndorff betrachtete Clara forschend, doch diese schwieg in der Hoffnung, dass ihr die andere dieses überwältigende Gefühl von Triumph nicht an den Augen ablas. Rolf ging ihretwegen, da war sich Clara sicher. Er verließ die Redaktion, weil er es nicht ertragen konnte, wie wenig sie sich von ihm einschüchtern ließ. Und vielleicht auch, weil er Angst davor hatte, dass sie sein mieses Verhalten irgendwann einmal aufdecken würde – ganz ungeachtet seiner Drohungen. Sie presste die Lippen aufeinander, um das Grinsen in ihrem Gesicht zu unterdrücken. Sie hatte gewonnen.

• • •

Am Tag, nachdem ihr Artikel über die Tönnsen-Werft in der *Revue* erschienen war, erkannte Clara eine vertraute Gestalt, als sie das Redaktionsgebäude verließ. Freddy lehnte ein paar Schritte neben dem Eingangsportal an einer Litfaßsäule. Er rauchte, doch bei Claras Anblick ließ er die Zigarette fallen und trat sie mit der Fußspitze aus. Er ging einen Schritt auf sie zu, und Clara erschrak über den grimmigen Ausdruck in seinem Gesicht.

»Du hast es also wahr gemacht«, sagte er ohne jeden Gruß. »Du hast diese blöde Geschichte von damals tatsächlich veröffentlicht.«

»Freddy, das ist keine blöde Geschichte, das ist ...«

Er ließ sie nicht ausreden. »Wie kannst du es wagen, den Namen unserer Familie derart in den Dreck zu ziehen! Nur, damit du mit deiner Story groß rauskommst. Damit dein Name im Blatt steht und du vor allen Leuten damit angeben kannst. Ich hätte nie gedacht, dass du so rücksichtslos und egoistisch bist.«

Seine Augen funkelten wütend, doch Clara wich seinem Blick nicht aus.

»Du weißt, dass das nicht stimmt«, sagte sie ruhig. »Ich habe nur meinen Job als Journalistin gemacht. Dazu gehört es nun einmal, die Wahrheit ans Licht zu bringen.«

»Einen Blödsinn hast du gemacht.« Freddy fauchte vor Empörung. »Weißt du, was du damit ausgelöst hast? Mein Vater hat einen Notar zu uns bestellt, nachdem er gestern deinen bescheuerten Artikel gelesen hat, und dann hat er Nägel mit Köpfen gemacht. Er zieht sich aus der Werft zurück, und zwar mit sofortiger Wirkung. Du darfst mir gratulieren, ich habe die alleinige Geschäftsführung übernommen. Die Verträge sind unterschrieben, die Tinte ist gerade erst getrocknet. Vor dir steht der alleinige Chef der Hamburger Traditionswerft Tönnsen persönlich.«

Seine Stimme klang sarkastisch. Clara erwiderte nichts, weil sie spürte, dass er noch nicht fertig war.

»Vielen Dank für die Beschleunigung meiner Karriere«, fuhr Freddy grimmig fort. »Vielen Dank, dass du meine Lebenspläne durchkreuzt hast. Denn eigentlich wollten Paloma und ich in der kommenden Woche endlich zu unserer großen Reise aufbrechen: Frankreich, Spanien, Marokko, drei Monate lang ins Blaue fahren, kein Ziel, kein Plan, immer der Nase nach ... Du erinnerst dich? Du wolltest ja damals nicht mitkommen.« Er schnappte nach Luft. »Aber die ganze Tour ist jetzt gestrichen. Stattdessen werde ich mir ab morgen jeden Tag in aller Frühe den Wecker stellen und ins Büro fahren, den ganzen Tag am Schreibtisch sitzen, die Geschäftsbücher wälzen und mit irgendwelchen Langweilern Verkaufsverhandlungen führen. Na, großartig. Ich dachte, ich könnte dieses Leben noch eine Weile hinauszögern. Aber nein, da kommt diese aufstrebende junge Journalistin aus München und verbreitet irgendwelche alten Geschichten aus dem Krieg. Wirklich toll gemacht, Fräulein von Thorau.«

Clara starrte ihn an.

»Das ist dein größtes Problem an der Sache?«, fragte sie ungläubig. »Dass du auf deine große Fahrt ins Blaue verzichten musst? Dass du ein paar Monate früher als gehofft die Verantwortung für die Firma übernehmen musst und arbeiten wirst wie die meisten anderen Leute auch?«

»Ich hatte meine Pläne«, erklärte Freddy trotzig. »Und mit deinem blöden Artikel hast du sie zunichtegemacht.«

Clara ließ ihre Blicke über sein zorniges Gesicht wandern. Mit einer energischen Handbewegung strich er sich die dunkle Strähne aus der Stirn. Die Geste war ihr so vertraut, und doch kam es ihr vor, als stünde sie einem unbekannten Menschen gegenüber. Wie hatte sie sich jemals in diesen Mann verlieben können? Wie hatte sie ihn für charmant, klug und witzig halten können? In diesem Moment erkannte sie, was Freddy wirklich war.

»Du wirfst mir vor, egoistisch zu sein«, sagte sie ruhig zu ihm. »Aber genau das bist du: Ein selbstsüchtiger Mensch, dem es einzig und allein um sein eigenes Vergnügen geht. Du könntest meinen Artikel als Chance begreifen, um dich mit deinem Vater auszusprechen, um die Geschichte der Werft aufzuarbeiten. Um zu zeigen, dass Tönnsen aus den Fehlern der Vergangenheit gelernt hat. Stattdessen bedauerst du dich nur selbst, weil deine vergnüglichen Reisepläne geplatzt sind. Weil du nicht länger nach Lust und Laune in den Tag hinein leben kannst. Ich habe dich immer bewundert, Freddy, für deinen Mut und deine Frechheit. Aber jetzt erkenne ich, was du in Wahrheit bist: ein reiches und verwöhntes Bürschchen, das nie gelernt hat, wirklich Verantwortung zu übernehmen.«

Freddy sah sie einen Moment sprachlos an. Dann drehte er sich auf dem Absatz um und ging davon. Clara blickte ihm nach. Sie hatte diesen Mann geliebt, sie hatte mit ihm geschlafen, gelacht, getanzt und gefeiert. Aber war das wirklich derselbe Freddy gewesen wie der, der da jetzt die Straße hinunterging, die schwarze Lederjacke lässig über die Schulter geworfen? Sie spürte einen Schmerz im Herzen, in der Gewissheit, dass gerade ein Abschnitt ihres Lebens zu Ende gegangen war. Erst in diesem Moment, so erkannte sie, erlosch ihre Liebe zu Freddy endgültig. Und dieser Gedanke erfüllte sie mit einer tiefen Ruhe und einer freudigen Erwartung an alles, was von nun an kommen würde. Sie stieg auf ihr Rad und fuhr los.

32.

Claras Artikel über die Vergangenheit der Werft löste nicht nur bei den Tönnsens großen Wirbel aus. Verschiedene Zeitungen berichteten über die Sache, sogar der *Neue Hamburger Tagesbote*, was Clara mit größter Genugtuung erfüllte. Vor ein paar Monaten noch hatte man sie da vor die Tür gesetzt und sich geweigert, ihren kritischen Leserbrief zu drucken – und nun schrieben die Herren Redakteure in aller Ausführlichkeit über das Ergebnis ihrer Recherche bei der Tönnsen-Werft. Ob man beim *Tagesboten* überhaupt noch wusste, um wen es sich bei dieser jungen Journalistin handelte?

Der Sommer verging wie im Flug. Anstatt in die Ferien zu fahren, kam Clara jeden Tag zur Arbeit in die Redaktion, und schon bald war es eine Selbstverständlichkeit, dazuzugehören und in jeder Ausgabe der *Aktuellen Revue* einen Artikel zu veröffentlichen. Gerade in der Urlaubszeit, in der viele Kollegen verreist waren, gab es viel für sie zu tun, und Clara nutzte die Gelegenheit zu zeigen, was sie konnte, auch wenn es nicht gerade weltbewegende Themen waren, über die sie in dieser nachrichtenarmen Zeit schrieb. Für ihre pfiffigen Reportagen über den Alltag eines Strandkorbvermieters an der Elbe, die Nachtschicht einer Krankenschwester in der Notaufnahme der Universitätsklinik Eppendorf oder den täglichen Einsatz des Michel-Türmers, den Clara bei seinem abendlichen Trompetenspiel hoch oben im Kirchturm begleitete, bekam sie großes Lob von ihren Kollegen. Sie vermisste nichts. An den Wochenenden fuhr sie bei schönem Wetter manchmal mit Maria und Dino hinaus zum Elbstrand, und die drei genossen einen Tag in der Sonne. Doch jedes Mal freute sie sich, wenn sie am Montag darauf wieder ihr Büro betrat.

Es war ein Tag Ende August, als das Telefon auf ihrem Schreibtisch klingelte. »Ferngespräch aus London«, sagte die Dame von der Vermittlung, nachdem Clara den Hörer abgenommen hatte.

Sie nickte verblüfft. »Ja, bitte, stellen Sie durch.«

Es war Sanni.

»Hallo Clara, ich bin's.«

Ihre Stimme klang anders als sonst. Ernst und ohne jeden Funken Fröhlichkeit, die sie doch sonst in beinahe jeder Lebenslage versprühte. Clara hätte ihre Freundin fast nicht wiedererkannt.

»Was ist los? Du hast mich ja noch nie im Büro angerufen.«

»Ich muss mit dir reden.«

»Jetzt gleich?«, fragte Clara verwundert. »Dann nehme ich mir einen Augenblick Zeit für dich. Es muss wohl wichtig sein.«

»Ja. Aber ich will nicht am Telefon darüber sprechen. Ich bin morgen in Hamburg. Ich habe ein Shooting im Hotel Atlantic. Können wir uns sehen?«

Seit Sanni in London lebte, benutzte sie immer öfter englische Begriffe, wenn sie sprach. Inzwischen wusste Clara schon, dass es bei einem »Shooting« darum ging, Fotos zu machen.

»Natürlich. Unbedingt. Ich freu mich auf dich. Wann passt es dir? Ich könnte am Nachmittag etwas früher freimachen.«

»Das ist gut. Um vier am Hotel Atlantic? Und dann gehen wir ein bisschen an der Alster spazieren. Also bis morgen.«

Sie legte auf, noch bevor Clara sich verabschieden konnte. Mit gerunzelter Stirn betrachtete sie den monoton tutenden Telefonhörer in ihrer Hand. Sanni hatte sich merkwürdig benommen. Noch nie hatte sie ihre Freundin so reserviert und kurz angebunden erlebt. Vielleicht war sie ja einfach nur müde von den vielen anstrengenden Terminen, von den vielen Menschen, mit denen sie täglich zu tun hatte, und von dem vielen Herumreisen, überlegte Clara. Doch sie hatte kein gutes Gefühl. Nachdenklich legte sie auf.

Am folgenden Nachmittag lief Clara unruhig vor dem noblen Hotel an der Alster auf und ab, das mit seiner prächtigen weißen Fassade und den beiden Figuren auf dem Dach, die eine Weltkugel trugen, zu den Wahrzeichen Hamburgs gehörte. Eine halbe Stunde später als vereinbart kam Sanni heraus. Ihr war nicht mehr anzusehen, dass sie vor ein paar Minuten noch in prächtiger Garderobe und mit viel Make-up vor der Kamera posiert hatte. Jetzt trug sie ein schlichtes hellblaues Sommerkleid und war abgeschminkt, was Clara verwunderte, denn Sanni pflegte das Haus normalerweise nicht zu verlassen, ohne wenigstens etwas Lippenstift aufgetragen zu haben. Sie sah ernst und blass aus und hatte tiefe dunkle Ringe unter den Augen. Ohne ein Lächeln begrüßte sie Clara. Die war sehr besorgt.

»Es war wirklich höchste Zeit, dass du endlich mal wieder hergekommen bist.« Sie nahm Sanni in die Arme und drückte sie fest an sich. »Du warst viel zu lange weg.«

Sanni nickte nur. Sie hakte sich bei Clara ein, und kurz darauf schlenderten sie am Wasser entlang. Es war ein sonniger Tag. Segelboote kreuzten über den Binnensee, zwischen ihnen schipperte ein Ausflugsdampfer mit flatternden Wimpeln. Die Uferwege waren bevölkert von Spaziergängern. Clara betrachtete ihre ungewohnt schweigsame Freundin von der Seite. Sanni schien mit ihren Gedanken ganz woanders zu sein.

»Wie lange kannst du bleiben?«, erkundigte sie sich. »Wenn du magst, kannst du so lange bei mir wohnen. Ich habe zwar nur ein Bett im Zimmer, aber wir können zusammenrücken.«

»Das ist lieb, danke. Aber die Firma, die mich für das Shooting gebucht hat, bezahlt mir auch ein Hotelzimmer.«

»Etwa im Atlantic?«

»Nein, ich wohne etwas weniger feudal ein paar Straßen weiter. Im Hotel Atlantic haben wir nur die Fotos gemacht. Weil es da diese schönen herrschaftlichen Säle mit den großen Fenstern und den wunderbaren alten Möbeln gibt. – Es waren übrigens Brautkleider, die ich vorgeführt habe.« Sie stieß ein freudloses Lachen aus. »Ausgerechnet Brautkleider.«

Clara blieb stehen und sah ihre Freundin an. »Was ist los, Sanni? Bitte sprich mit mir. Ich fühle doch ganz genau, dass da irgendwas nicht in Ordnung ist.«

Sanni zog sie noch ein paar Meter mit sich zu einer Bank, die etwas abgelegen unter einer Trauerweide am Uferweg stand. Dort ließen sich die beiden nieder. Stumm betrachtete Sanni ein Entenpaar, das vor ihnen im Wasser nach Fressbarem tauchte.

»Geht es dir nicht mehr gut in London?«, erkundigte sich Clara, als Sanni weiter schwieg. »Bekommst du nicht mehr genug Aufträge? Oder ist etwas mit dir und Colin passiert? Habt ihr euch getrennt?«

Sannis Antwort kam schroff und absolut unvermittelt. »Ich bin schwanger.«

Clara fuhr herum. Unwillkürlich wanderte ihr Blick auf Sannis Bauch, der so flach und mager war wie eh und je.

»Aber Sanni ... Das ist ja ... Bist du dir sicher?«, entfuhr es ihr.

Sanni nickte. »Ich war beim Arzt. Ich weiß es seit einer Woche.«

Clara nahm ihre Hand und lächelte sie an. »Na, das sind ja aufregende Nachrichten.«

Doch Sannis Gesicht blieb so freudlos wie zuvor.

»Es ist von Colin, nicht wahr?«, fuhr Clara fort. »Hast du ihm schon davon erzählt? Was sagt er? Werdet ihr jetzt heiraten?«

Sanni ächzte. »Ach, Clara. Du kannst dir doch denken, dass es eine Katastrophe ist. Für mich genauso wie für ihn. Colin war schon mal verheiratet und hat gesagt, so einen Fehler macht er nicht ein zweites Mal. Außerdem könne er seinen Kindern so was nicht antun.«

»Aber wie konnte das denn überhaupt passieren? Du nimmst doch auch die Antibabypille.«

Sanni zuckte mit den Schultern. »Es muss etwas schiefgegangen sein. Du weißt doch, wie viel ich in der Welt herumfliege, von einer Zeitzone in die andere. Vermutlich habe ich dabei irgendwann mal nicht aufgepasst und vergessen, eine Pille pünktlich einzunehmen. Nun ist es passiert, und es ist müßig zu fragen, warum. Ich muss sehen, dass ich das wieder in Ordnung bringe.«

»In Ordnung bringen – wie meinst du das?«

»Na, das kannst du dir doch wohl denken! Ich bin Mannequin, mein Job ist es, mich in schönen Kleidern in schönen Posen fotografieren zu lassen. Mein Körper ist mein Kapital. Ich kann es mir weder leisten schwanger zu sein noch ein Kind zu haben. Wie stellst du dir das vor?«

»Du – du könntest vorübergehend Mannequin für Umstandsmoden werden ...«, schlug Clara halbherzig vor.

Sanni stieß ein bitteres Lachen aus. »Ich werde gebucht, weil ich so schlank bin. Weil ich eine Taille von 56 cm habe. Ich laufe in spektakulären Miniröcken von Mary Quant über den Catwalk und posiere für eine internationale Bademodenkampagne. Ich habe durchaus nicht vor, demnächst Zirkuszelte zu tragen.«

Clara räusperte sich betroffen. »Und was sagt Colin dazu? Er ist dein Manager, dein Geliebter, der Vater deines Kindes. Er muss dich unterstützen.«

»Ach, Colin ... Er will von dem Kind genauso wenig wissen wie ich. Er meint, ich soll es wegmachen lassen. Sonst ist meine Karriere zu Ende, sagt er. Schließlich habe ich gerade erst angefangen durchzustarten. Ich kann mir keine Babypause leisten, sonst bin ich raus aus dem Business. In ein oder zwei Jahren hat die Modewelt meinen Namen längst schon wieder vergessen. Das kann ich nicht riskieren.«

Clara beobachtete, wie Sanni eine Hand auf ihren Bauch legte, als wolle sie fühlen, ob sich das Leben darin bereits regte.

»Und du?«, fragte sie leise. »Wie geht es dir bei diesem Gedanken? Möchtest du auch, dass dieses Kind ...« Clara suchte nach dem richtigen Begriff. »Dass dieses Kind verschwindet?«

»Natürlich möchte ich das«, antwortete Sanni unwirsch. »Ein Kind ist das Letzte, was ich in meinem Leben gebrauchen kann.«

Clara erschrak über Sannis groben Tonfall. Sie wandte sich ab und ließ ihre Blicke über die Alster wandern, wo in der Ferne ein schmales Ruderboot, ein Achter, unterwegs war. Die Kommandos des Steuermanns drangen bis zu ihr herüber. Gleichmäßig zogen die Ruder durchs Wasser, und die Oberkörper der Sportler bewegten sich synchron vor und zurück. Das Boot schien schwerelos dahinzugleiten. Seufzend sah sie den Ruderern nach. Wenn das Leben doch immer so harmonisch und ruhig verlaufen könnte ...

»Und wenn du auf dein Herz hörst?«, setzte Clara erneut an.

»Ich höre ja auf mein Herz«, fauchte Sanni. »Und mein Herz

sagt laut und deutlich Nein. Ich liebe meinen Job vor den Kameras und auf dem Laufsteg viel zu sehr, um ihn wegen eines Kindes aufzugeben, das niemand haben will. Was soll denn werden aus mir? Denkst du, ich gehe zurück zu meinen Eltern und verkrieche mich in meinem alten Kinderzimmer? Stehe den Rest meines Lebens hinter der Theke in der Schwabinger Bäckerei, während das Kleine über meine Füße krabbelt?« Sie schüttelte unwillig den Kopf.

Dann fügte sie hinzu: »Wir wollten aufbrechen in die Freiheit, als wir aus München weggegangen sind. Erinnerst du dich? Wir hatten Pläne. Wir hatten Träume. Und ich hab es geschafft! Denkst du, ich werfe meine Zukunft so einfach weg? Im Übrigen bräuchte ich mich mit einem dicken Bauch zu Hause gar nicht mehr blicken lassen. Ein uneheliches Kind? Pah. Du kennst doch meine Eltern. Mein Vater würde mich wahrscheinlich gleich achtkantig hinauswerfen, wenn er davon erführe. O nein, Clara, es ist alles entschieden.«

Sanni zog einen Zettel aus ihrer Handtasche und faltete ihn auseinander. Es war ein schmaler Papierstreifen mit Bierwerbung darauf, wie ihn Kellner im Lokal benutzen, um die Bestellung aufzunehmen. Unter einem Wappen mit galoppierendem Ritter waren mit krakeligen Bleistiftbuchstaben ein Name und eine Adresse darauf geschrieben. Es war nicht Sannis Schrift.

»Hier habe ich die Lösung meines Problems«, erklärte sie und strich das Papier glatt. »Ein Arzt, der Verständnis für die Nöte von Frauen hat. Dieser Mann wird dafür sorgen, dass mir bald nicht mehr so schlecht ist morgens und dass ich meinen schönen schlanken Körper behalten werde. Ich denke, ich lass das lieber hier in Deutschland machen als in England, weißt du, mein Englisch ist noch nicht gut genug, um all die medizinischen Details zu verstehen, die mir der Doktor vielleicht erklären wird.«

Erschrocken sah Clara von dem Notizzettel in Sannis Augen. »Und woher kennst du den Arzt? Das ist doch ...«

»Ja, natürlich ist das verboten. Aber was soll ich machen? Denkst du, ich bin die Einzige, die es trotzdem tut? Und zum Glück gibt es Ärzte, die sich nicht blindlings an Recht und Gesetz halten, wenn es darum geht, eine Frau von einer unglücklichen Schwangerschaft zu befreien.«

Clara runzelte die Stirn. »Und wer hat dir diese Adresse gegeben?«

Verlegen zwirbelte Sanni an einer Ecke des Papierstreifens.

»Ich bin heute früh gleich nach der Landung zur Blauen Glocke gefahren. Ich war mir sicher, wenn ein Mensch in dieser Stadt die richtigen Kontakte im halb legalen Milieu hat, dann ist es Frau Grotjahn. Sie kennt alles und jeden in Hamburg. Und ich hatte recht. Ich musste ihr ein bisschen zureden und meine große Not schildern, bis sie endlich weich wurde und den Namen und die Adresse des Arztes herausgerückt hat. Streng vertraulich natürlich. Wenn ich es richtig verstanden habe, dann hat dieser Doktor schon einigen Damen, die in ihrem Hause verkehren, aus der Patsche geholfen.«

Clara schluckte.

»Und wann wirst du diesen Arzt aufsuchen?«

»Jetzt«, antwortete Sanni entschlossen und steckte den Zettel zurück in ihre Handtasche. »Und du musst mitgehen! Je schneller ich die Sache hinter mich bringe, desto besser ist es. Aber ich brauche dich an meiner Seite, falls doch etwas schiefgeht ...«

»Nein, Sanni!«, rief Clara erschrocken. »Ich lasse nicht zu, dass du dich in Lebensgefahr begibst. Du kennst diesen Arzt nicht, was, wenn das ein Kurpfuscher ist? Bitte überstürze nichts! Bitte denk noch eine Nacht darüber nach!«

»Weißt du, wie viele Nächte ich schon darüber nachgedacht

habe? Seit ich weiß, dass ich schwanger bin, kann ich an nichts anderes mehr denken. Ich habe Angst, ich bin verzweifelt. Und ich habe mich entschieden. Es gibt nur diese eine Lösung. Das Kind muss verschwinden. Es würde furchtbar unglücklich werden mit einer Mutter, die es nicht haben will, und einem Vater, der es hasst ...«

Sanni begann plötzlich zu weinen. Sie senkte den Kopf und versteckte ihr Gesicht in den Händen. Clara erschrak. Seit jenem traurigen Geburtstag, an dem Marilyn Monroe gestorben war, hatte sie Sanni nicht mehr so verzweifelt erlebt. Clara fand kein Wort, mit dem sie ihre Freundin hätte trösten können. Sie legte ihre Arme um sie und drückte Sanni an sich. Ihre Schultern wurden von Schluchzern geschüttelt.

»Es geht nicht, Clara«, stieß Sanni dumpf hervor. »Ich kann dieses Kind nicht bekommen. Ich weiß doch selbst ganz genau, wie es sich anfühlt, von den Eltern nicht geliebt zu werden.«

»Sag doch so was nicht!«

»Doch. Meinen Vater habe ich vom ersten Atemzug an enttäuscht. Er hatte so sehr gehofft, dass sein erstgeborenes Kind ein Sohn wird, sein Stammhalter, sein ganzer Stolz. Die Zukunft seiner Bäckerei. Und dann kam ich, viel zu früh und dann noch ein Mädchen, während die Frau seines Bruders gleich drei stramme Jungs hintereinander bekommen hat! Was ist dagegen schon ein Mädchen wert ... Und diese Enttäuschung hat er mich jeden einzelnen Tag meines Lebens spüren lassen.«

»Aber Sanni, du kannst doch die Gefühle deines Vaters nicht mit deinen vergleichen. Und deine Mutter ...«

»Meine Mutter denkt immer dasselbe wie mein Vater. Du kennst sie doch. Und dann war ich auch noch so ganz anders, als sie sich das vorgestellt hatte. Frauen müssen immer lieb sein, aushalten, dienen, findet meine Mutter. Wehe, wenn sie eine eigene

Meinung haben und ein freies, selbstbestimmtes Leben führen wollen – so wie ich. Das hat sie mir nie verziehen. Ach, Clara, ich weiß, wie es sich anfühlt, in einer Familie nicht willkommen zu sein. Und das werde ich meinem Kind ersparen. Dieses ganze verdammte Leben werde ich meinem Kind ersparen.«

Sanni hob den Kopf und wischte sich mit beiden Handrücken die Tränen aus den Augen.

»Es ist entschieden, Clara. Noch heute Abend wird mein Problem gelöst sein. Morgen fliege ich zurück nach London, und alles wird weitergehen wie zuvor. Ich verstehe, wenn du mich nicht zu diesem Arzt begleiten willst. Womöglich würdest du dich damit strafbar machen. Und vermutlich ist es besser so. Ja, tatsächlich. Wenn ich es mir recht überlege, will ich lieber allein dorthin fahren. Ich kann mir nämlich vorstellen, dass dieser Doktor nicht besonders erpicht darauf ist, dass viele Leute davon erfahren, was für verbotene Operationen er nach seiner Sprechstunde noch in seiner Praxis durchführt. Am Ende kommt irgendwann die Polizei und lässt dort alles auffliegen.«

Mit einem Ruck stand sie von der Bank auf. »Ich muss los, Clara, bevor seine Praxis für heute schließt.«

Clara schluckte noch einmal. Die Sorge um Sanni steckte ihr wie ein Pfropfen in der Kehle.

»Bitte pass auf dich auf. Bitte mach keinen Fehler. Man hört und liest manchmal so schreckliche Sachen von diesen heimlichen Operationen. Ich – ich habe solche Angst um dich.«

»Wird schon gut gehen. Ich bin ja nicht die erste schwangere Frau, die der Doktor behandelt.«

Sie hob ihre Rechte mit ausgestrecktem Daumen und drehte sich ab, um zu gehen.

»Warte!« Clara sprang auf und lief Sanni nach. »Ich lass dich nicht allein. Ich bin deine Freundin. Ich komme mit. Vielleicht brauchst du nach der Operation Hilfe. Wir stehen das zusammen durch.«

Die beiden bestiegen eines der Taxis, die vor dem Hotel Atlantic auf Kundschaft warteten, und ließen sich zu der Adresse chauffieren, die Frau Grotjahn auf den Zettel geschrieben hatte. Keiner im Wagen sprach, während sie durch die Stadt fuhren. Der Weg war weiter, als Clara erwartet hatte. Offenbar residierte der Arzt in einem Vorort von Hamburg. Nach einer Weile wurde der Verkehr weniger, die Straßen schlechter, die Häuser kleiner. Vor einem unscheinbaren, von Efeu umwucherten Haus hielt das Taxi schließlich an. Sanni zahlte, und die Freundinnen stiegen aus. Am Gartentor hing ein Schild: Dr. med. Aribert Schöneberg, Frauenkrankheiten und Geburtshilfe. Während das Taxi davonfuhr, schob Sanni das Törchen auf und schritt auf die Haustür zu.

»Dann wollen wir mal«, sagte sie und drückte auf die Klingel.

Eine ältere Dame in weißem Kittel und Schwesternhäubchen öffnete die Tür. »Ja, bitte?«

»Guten Tag, ich möchte zu Doktor Schöneberg, bitte. Es ist dringend. Ich habe keinen Termin, aber ich brauche Hilfe. Ich ... ich fühle mich seit ein paar Wochen nicht wohl.«

Die Frau nickte mit unbewegter Miene. Sie schien sofort begriffen zu haben, um was es ging. Ihr Blick wanderte zu Clara, die ein paar Schritte hinter Sanni stehen geblieben war. »Und Sie, fühlen Sie sich auch nicht wohl?«, erkundigte sie sich brummig.

Clara schüttelte schnell den Kopf. »Nein, nein, ich begleite meine Freundin nur, für den Fall, dass es irgendwelche Komplikationen gibt.«

»So? Nun, die Einzelheiten besprechen Sie am besten mit dem Doktor.«

Kurz darauf saßen Clara und Sanni im Wartezimmer, einem

kleinen, stickigen Raum, in dem rechts und links an den Wänden ein paar Stühle aufgereiht waren. Trotz des gekippten Fensters roch es nach einer unangenehmen Mischung aus altem Schweiß und Desinfektionsmitteln. Eine hochschwangere Frau saß da und strickte einen Babystrampler aus dottergelber Wolle. Als die beiden hereinkamen, hatte sie lächelnd aufgesehen und sich dann wieder in ihre Handarbeit vertieft. Clara nahm sich eine der Zeitschriften, die auf einem runden Tisch mitten im Raum ausgebreitet lagen, und blätterte lustlos darin herum. Aber sie nahm die Bilder und Berichte gar nicht wahr, ihre Gedanken kreisten nur um das, was Sanni wohl gleich erwarten würde. Die saß beinahe reglos neben ihr, den Blick gesenkt, die Hände ineinander verschränkt. Nur das gelegentliche Wippen ihres rechten Fußes zeigte, dass Sanni nervös war.

»Gleich bin ich dran, und dann hab ich es geschafft«, flüsterte sie, nachdem die Krankenschwester die schwangere Frau hinaus in den Behandlungsraum gerufen hatte. Clara nahm Sannis Hand und drückte sie.

»Ich wünsche dir Glück«, sagte sie leise.

»Unkraut vergeht nicht«, erwiderte Sanni trotzig und versuchte zu grinsen, was ihr aber nicht recht gelingen wollte. Aufgeregt begann sie an ihrer Unterlippe zu nagen. Schließlich kam die Schwester erneut in den Warteraum.

»Der Doktor hat jetzt Zeit für Sie«, sagte die Frau, und Sanni folgte ihr aus dem Zimmer.

Clara sah ihr mit pochendem Herzen nach. Nie zuvor schien sich die Zeit so sehr gedehnt zu haben wie an diesem Spätnachmittag, während sie allein in dem stickigen Wartezimmer saß und darauf wartete, dass Sanni zurückkam. Mit Schaudern erinnerte sie sich an den gynäkologischen Behandlungsstuhl und die verschiedenen Gerätschaften, die sie damals in der Praxis von Doktor Steidel gesehen hatte. Was mochte im Raum nebenan gerade vor sich gehen? Hatte die Operation bereits begonnen? Ob es wehtat? Ob Sanni weinte? Ob sie diese Entscheidung irgendwann bereuen würde?

Leise und undeutlich vernahm sie die dunkle Stimme des Arztes durch die Wand, dazwischen sprach Sanni. Doch was die beiden miteinander beredeten, war nicht zu verstehen. Nach einer Weile wurde es still im Behandlungszimmer.

Clara hielt es auf ihrem Sitz nicht mehr aus. Sie stand auf und riss einen Fensterflügel auf. Tief atmend stand sie da und starrte in den verwilderten Garten hinaus, in dem ungestutzte Obstbäume lange Schatten warfen. Unter ihnen lag das erste Fallobst auf der Wiese. Ein dumpfer Geruch nach Brackwasser und Torf drang ins Wartezimmer. In der Nähe musste Moorland sein. Clara schloss die Augen und faltete die Hände vor der Brust wie zu einem Gebet. »Lieber Gott, lass alles gut gehen«, murmelte sie. »Lass Sanni das hier alles heil überstehen.«

Clara vermochte nicht zu sagen, wie viel Zeit vergangen war, als sich die Tür des Wartezimmers wieder öffnete. Sanni trat ein. Sie schien Clara blasser denn je, riesengroß wirkten ihre hellen blauen Augen in dem schmalen Gesicht, das so weiß war wie die Wand hinter ihr. Sie wirkte zutiefst erschöpft.

»Komm«, sagte sie mit heiserer Stimme. »Lass uns gehen.«

Clara trat auf sie zu und drückte sie sanft an sich. Sanni war so mager. Clara spürte jeden einzelnen Knochen ihres Rückens unter ihren Händen.

»Ist alles in Ordnung? Hast du Schmerzen? Ruh dich lieber noch ein bisschen aus. Wir haben keine Eile. Ich bin froh, dass nichts Schlimmes passiert ist. Jetzt ist alles vorbei, und du hast dein altes Leben wieder.«

Sie strich ihrer Freundin tröstend über das Haar.

»Nein«, flüsterte Sanni in Claras Ohr. »Nichts ist vorbei. Jetzt fängt das neue Leben an.«

· · ·

»Ich hab es nicht getan«, sagte Sanni leise, als sie später im Bella Napoli am Tisch unter der Mandoline zusammensaßen. »Ich konnte es einfach nicht. Ich weiß nicht, warum.«

Maria saß bei ihnen, und auch Dino ließ die anderen Gäste des Lokals einen Moment warten, um Sanni zuzuhören. Mit bestürztem Blick hatten er und seine Schwester ihrem geflüstert vorgetragenen Bericht gelauscht.

»Dio mio«, raunte Maria ein ums andere Mal. »Was für schlimme Geschichte. Bin ich so froh, dass du nicht gemacht hast Operation. Wir sind alle da für dich und dein klein Bambino«, versprach sie und drückte Sannis Hand. Dino nahm die Weinflasche vom Tisch, die er zur Feier des Wiedersehens aus der Küche geholt hatte, und stellte sie zur Seite. »Dann trinken wir ab jetzt alle nur noch Wasser mit dir!«

Sanni nickte. »Ich kann es selbst noch nicht so ganz begreifen. Als ich in den Behandlungsraum kam, war ich mir ganz sicher, dass ich eine Abtreibung haben wollte. Ich dachte, es könne nichts Schlimmeres für mich geben als ein Kind. Aber dann ...« Sie zuckte mit den Schultern, und wieder traten Tränen in ihre Augen. »Als der Doktor sagte, in Ordnung, dann legen wir mal los, und als er die Spritze aufzog, da ... da habe ich es auf einmal so lieb gehabt, dieses kleine unbekannte Würmchen in mir.« Sie legte eine Hand auf ihren Bauch und ließ die Tränen einfach so durch ihr Gesicht laufen.

»Ich habe an meinen Vater gedacht, dem sein Beruf immer wichtiger als alles andere war. Wichtiger als sein Kind.« Sie schluchzte leise. »Ich hatte mir einmal geschworen, es anders zu machen. Ich habe mir immer gesagt, wenn ich mal ein Kind haben sollte, dann würde es für mich das Liebste und das Wichtigste auf der Welt sein. Ich würde alles andere stehen und liegen lassen für dieses Kind. Und nun?« Mit tränenverschleiertem Blick sah sie auf und wischte sich mit dem Handrücken über die tropfende Nase. »Ich habe es nicht übers Herz gebracht, das Kind wegmachen zu lassen. Ich will es lieben, ich will gut zu ihm sein. Ich weiß, dass es verrückt ist, und es widerspricht allem, was ich für mein Leben geplant hatte. Aber es wird sich ein Weg finden. Ich bin noch jung. Vielleicht kann ich ja doch wieder als Mannequin arbeiten, wenn das Kind ein bisschen älter ist. Oder als Maskenbildnerin oder Kostümbildnerin oder Modistin fürs Theater oder beim Film. Schließlich kenne ich mich mit Klamotten, Schminken und Frisieren gut aus. Es wird schon gut gehen. Ich bin ja nicht die einzige Frau auf der Welt, die ein Kind bekommt, ohne verheiratet zu sein.«

Clara legte eine Hand auf Sannis Unterarm, erleichtert darüber, dass sie zu ihrem alten Optimismus zurückgefunden hatte. »Du kannst jederzeit auf mich zählen. Und auf Maria und Dino auch, nicht wahr, ihr zwei? Wir werden dir immer zur Seite stehen. Gemeinsam schaffen wir das.«

»O ja.« Maria nickte. »Ganz sicher, wir sind wie eine große Familie. Werden wir alle sehr lieb haben deine klein *Bambino*.«

»Und wette ich«, fügte Dino hinzu. »Wenn deine Eltern lernen kleine Enkelkind kennen, sie werden es lieben wie eigenes Kind und euch beide für immer in Herzen haben.«

»Na ja, da bin ich mir nicht sicher. Aber ich danke euch.« Sanni schluckte gerührt. »Ich seid wunderbar.«

»Vor allem musst du jetzt Colin berichten, dass du dich anders entschieden hast«, sagte Clara. »Auch wenn ihr nicht verheiratet seid, hat er dir und deinem Kind gegenüber Pflichten. Er muss Unterhalt zahlen.«

Sanni nickte. Noch immer war ihr Gesicht voller roter Flecken vom Weinen. »Der wird sich wundern. Morgen früh fliege ich zurück. Ich habe in den nächsten Wochen noch einige Fototermine in London. Die werde ich wahrnehmen, solange man mir die Schwangerschaft nicht ansieht. Und dann sehe ich weiter.«

Noch einmal drückte Clara Sanni an sich. Mit dem Versprechen, sich bald wieder zu melden, reiste sie am nächsten Tag zurück nach England.

33.

Auf einmal wurde es wieder richtig Herbst in Hamburg. Clara saß im Konferenzsaal der *Aktuellen Revue*. Draußen schlug der Regen gegen die großen Fenster und lief in Strömen die Scheiben hinunter. Böiger Wind ließ ab und zu ein nasses, braunes Laubblatt vorbeiwirbeln. Der Anblick des schlechten Wetters ließ sie frösteln. Obwohl die knackenden Heizkörper im Raum eine trockene Hitze verbreiteten, umschlang sie ihre Kaffeetasse mit beiden Händen, um sich daran zu wärmen. Sie war mit den anderen Mitarbeitern und Mitarbeiterinnen am Tisch im Besprechungszimmer zusammengekommen, um die nächsten Ausgaben der *Aktuellen Revue* vorzubereiten. Noch gut zwei Monate waren es bis Weihnachten, und die Runde beriet über die Themen des Festtagsheftes.

»Man kann nicht früh genug anfangen mit der Planung«, erklärte Frau Löhndorff. »Immerhin ist die Weihnachtsnummer unsere meistverkaufte Ausgabe im Jahr und wird ein bisschen umfangreicher werden als die normalen Hefte.« Ihr Blick traf den Claras. »Und ich habe auch schon eine Idee, was Sie zu dem Heft beitragen können, Fräulein von Thorau. Wir planen einen größeren Artikel über die verschiedenen Weihnachtsbräuche in der Welt. Das Julfest in Schweden zum Beispiel, die große Weihnachtslotterie in Spanien oder Christmas in Amerika, wo der Weihnachtsmann die Geschenke durch den Kamin ins Haus bringt ... Da gibt es einiges zu recherchieren, am besten telefonieren Sie auch mit unseren Korrespondenten vor Ort, dazu setzen wir einige hübsche Fotos aus unserem Archiv – und fertig ist ein stimmungsvoller Bericht für die Festtage. In der Weihnachtsausgabe wollen wir unsere Leser möglichst nicht mit streitbaren Artikeln ärgern.«

Clara sah, wie alle Köpfe am Tisch nickten und zustimmend murmelten: »Ja, so eine Geschichte hatten wir schon länger nicht mehr. – Gute Idee. – Und natürlich muss sie die passenden Koch- und Backrezepte dazu heraussuchen. Das lesen die Leute immer gern.«

Clara schluckte ihre Verdrossenheit hinunter. Nach ihrer Reportage über den Kennedybesuch und ihrem Artikel über die Tönnsen-Werft hatte sie jede Woche darauf gehofft, endlich einmal wieder ein brisantes zeitgeschichtliches Thema recherchieren zu können. Aber jedes Mal wurden ihre Hoffnungen enttäuscht. In den Augen von Frau Löhndorff und den anderen Kollegen war sie noch immer eher für die leichten und unterhaltsamen Kolumnen zuständig.

»Ja, natürlich, ich kümmere mich um die Weihnachtsbräuche«, antwortete sie schließlich und unterdrückte einen Seufzer, während die Besprechung weiterging.

Henri Vogt hatte sich gemeldet, der Politikredakteur, der Rolf damals nur deshalb nicht zum Kennedybesuch nach Berlin begleitet hatte, weil er bereits seinen Familienurlaub an den Gardasee gebucht hatte.

»Da gibt es noch etwas Wichtiges, über das wir reden müssen«, sagte er und faltete nachdenklich ein paar bedruckte Briefbögen auseinander, die vor ihm auf dem Tisch lagen. »Ich habe hier die Presse-Ankündigung zu einem großen Prozess in Frankfurt.« Während er sprach, ließ er seine Blicke über die Zeilen des

Schreibens wandern, als könne er nicht ganz glauben, was er da las. »Es ist auch ein Mann aus Hamburg angeklagt. Strafsache gegen Mulka und andere, steht da. Klingt harmlos, aber es geht wohl um schwere Verbrechen während der Nazi-Zeit. Insgesamt sind 22 Männer angeklagt, wegen Mord oder Beihilfe zum Mord an Juden in einem von diesen Gefangenenlagern von damals. Und zwar an ...« Er stockte. »Das muss ein Druckfehler sein. Tausendfacher Mord? Das kann ja wohl nicht ...«

Clara fuhr hoch. Henris Worte hatten sie wie ein Blitzschlag getroffen.

»Doch, das stimmt«, unterbrach sie ihn hastig, ohne dass ihr jemand das Wort erteilt hätte. »Das ist eine ganz grauenhafte Sache, die da vors Gericht kommt. Ich habe davon schon gehört. Das waren keine Gefangenenlager damals. Das waren Todeslager. Und das Lager in Auschwitz war das schlimmste. Zigtausende jüdische Gefangene haben die Nazis da ermordet. Millionen womöglich. Und jetzt leben diese Männer unter uns, als wäre nichts gewesen.«

Sie sah, dass alle Augen im Raum auf sie gerichtet waren und verstummte erschrocken. Es war plötzlich totenstill geworden, das einzige Geräusch machten die Regentropfen an den Fensterscheiben.

»Was wissen Sie denn davon?«, erkundigte sich Frau von Löhndorff schließlich. Das Erstaunen in ihrer Stimme war nicht zu überhören.

Clara strich sich, verlegen über die unerwartete Aufmerksamkeit aller, eine Locke aus der Stirn. »Ein Freund von mir arbeitet bei der Frankfurter Staatsanwaltschaft«, erklärte sie. »Er ist Jurist, ich traf ihn vor ein paar Monaten zufällig in London, und damals hat er mir von diesem Prozess erzählt. Die Anwälte haben jahrelang ermittelt und in aller Welt Zeugen aufgesucht, damit diese schrecklichen Verbrechen endlich aufgearbeitet und gesühnt werden können. Es ist ein wichtiger Prozess. Mindestens so wichtig wie derzeit die Nürnberger Prozesse gleich nach dem Krieg, als die schlimmsten Verbrecher des Nazi-Regimes verurteilt wurden.«

Henri räusperte sich. »Also, wenn das stimmt, was hier steht, dann wird das tatsächlich ein Prozess von einem Ausmaß, wie es ihn in Deutschland noch nie gegeben hat.« Er las laut: »22 Angeklagte, 360 Zeugen, 183 Verhandlungstage, und allein die Anklageschrift umfasst 700 Seiten. Prozessauftakt ist am 20. Dezember ...«

»Herrje! Müssen wir diese ganzen hässlichen alten Geschichten wieder aufwärmen?« Olli, der Sportreporter, wog skeptisch seinen blanken Schädel. »Schlimm genug, dass so was wie Auschwitz in Deutschland passieren musste. Irgendwann muss man doch endlich einen Schlussstrich ziehen.«

»Aber man darf diese Leute doch nicht einfach davonkommen lassen, als wäre nichts geschehen!«, rief Clara erschrocken. Auf einmal wurde es laut im Konferenzsaal.

»So ein Aufwand für so eine alte Geschichte«, rief jemand. »Was das wieder kostet! Da kann man unsere Steuergelder wirklich sinnvoller einsetzen.«

Eine lebhafte Diskussion entflammte, bis Frau Löhndorff eingriff.

»In Ordnung, Henri, du gehst da hin«, entschied sie und nickte. »Ich sehe ein, dass wir um die Berichterstattung nicht herumkommen. Ganz Deutschland wird über diesen Prozess diskutieren, da können wir uns nicht abseitshalten. Du wirst nach Frankfurt fahren, Henri, und für unser Heft vom ersten Prozesstag berichten. Und dann sehen wir weiter.«

»Oh, bitte ...« Clara hob die Hand. »Darf ich Henri begleiten?

Ich möchte so gern über diesen Prozess schreiben. Vier Augen und vier Ohren hören mehr als zwei. Bitte.«

»Was wollen Sie denn bei so einem hässlichen Mordprozess?« Henri Vogt runzelte die Stirn. »Ich nehme an, dass es da um ziemlich unappetitliche Dinge geht. Das ist ganz sicher nichts für junge Damen.«

»O doch, das ist gerade für meine Generation sehr wichtig«, beharrte Clara. »Und ich möchte dabei sein. Ich will die Täter sehen. Ich will wissen, was für Menschen das sind, die damals so furchtbare Dinge getan haben. Ich könnte Henri zuarbeiten, so wie ich es beim Kennedybesuch in Berlin getan habe, vielleicht mit anderen Prozessbeobachtern über ihre Eindrücke reden.«

»Noch sind es keine Täter, sondern nur Angeklagte«, bemerkte Henri Vogt. »Wir wollen hier niemanden vor dem Richterspruch verurteilen. Vielleicht stellt sich am Ende alles als Humbug heraus.«

»Ganz sicher nicht. Dazu gibt es viel zu viele Zeugen, die all die grausigen Vorwürfe bestätigen.«

Frau von Löhndorff betrachtete Clara kopfschüttelnd. »Das ist nun wirklich keine Sache, mit der sich eine junge, unerfahrene Journalistin befassen sollte. Da müssen wir schon einen gestandenen Kollegen hinschicken. Und zwei Redakteure kann ich hier in der Vorweihnachtszeit nicht entbehren. Vermutlich wird im Winter wieder die halbe Belegschaft ausfallen, wegen Grippe oder Urlaub, so ist es doch immer. Tut mir leid, Fräulein von Thorau. Sie bleiben hier, und Henri Vogt übernimmt die Berichterstattung vom Prozess in Frankfurt allein. Das muss reichen.«

Clara senkte enttäuscht den Kopf. Wie gerne hätte sie von diesem aufregenden und wichtigen Prozess berichtet, für den Leo schon so lange und so engagiert arbeitete. Und wie gern hätte sie ihn dabei wiedergesehen, hätte beobachtet, wie er sich im Verhandlungssaal neben all den anderen Juristen schlug. Leos wuscheliger Haarschopf tauchte in Gedanken vor Clara auf. Sie sah ihn vor sich, wie er ihr damals in dem Londoner Pub von der Sache erzählt hatte, so ernst, so eindringlich und doch auch ganz ruhig in der Gewissheit, ein Stück deutsche Geschichte zu schreiben. Plötzlich spürte sie, dass es keineswegs nur das Interesse an diesem historischen Prozess und die Suche nach der Wahrheit war, die sie nach Frankfurt zogen. Es war auch ein großes, unerklärliches Verlangen danach, Leo wiederzusehen.

Unzufrieden fügte sich Clara in ihren Arbeitsauftrag. Sie verbrachte Stunden im Verlagsarchiv und in der hauseigenen Bücherei, wo sie in staubiger Kellerluft lustlos dicke Enzyklopädien durchblätterte und abgewetzte grüne Mappen, in denen wichtige Zeitungartikel abgeheftet waren, um Informationen für ihren Artikel über Weihnachtsbräuche in aller Welt zu finden. Wie viel lieber hätte sie sich auf den großen Prozess in Frankfurt vorbereitet und dann über dieses historische Ereignis berichtet.

Zu Hause in ihrem Zimmer in Altona betrachtete sie die drei Artikel, die inzwischen an der Wand ihres Zimmers klebten: Ihre erste Kolumne, die aus ihrem Leserbrief entstanden war, die Reportage über den Kennedybesuch und die Story über die Tönnsen-Werft. Sie hatte bewiesen, dass sie schreiben konnte, sprach sie sich Mut zu. Ihr Blick blieb auf dem Titelfoto hängen, das den amerikanischen Präsidenten auf seiner Fahrt durch Berlin zeigte und das sie damals geschossen hatte. An jenem Tag hatte ihr Leben als Reporterin richtig angefangen. So bitter die Reise nach Berlin auch geendet hatte, trotz aller Enttäuschung über Rolf, dieser Tag war einer der schönsten ihres Lebens gewesen. »Danke, Mister President«, murmelte sie, und in diesem Moment war es ihr, als winkte er ihr von dem Foto ganz persönlich zu. Irgendwann würde sie wieder die Gelegenheit bekommen, allen zu zeigen, dass sie mehr konnte, als Weihnachtsbräuche zu schildern. Da war sich Clara sicher. Jetzt aber war es wichtiger, Leo für seinen ersten großen Prozess die Daumen zu drücken. Zu seinem Geburtstag Ende Oktober schrieb sie ihm einen Brief, in dem sie ihm viel Glück wünschte für alles, was vor ihm stand. Dann hielt sie kurz inne und setzte noch hinzu: »Ich hoffe, wir sehen uns bald wieder.«

Aus dem regnerischen Oktober wurde ein regnerischer November. Scharfer Wind blies dunkle Wolken über den Himmel. Das Wasser der Elbe stieg, und im Radio warnten sie stündlich vor Hochwasser. Anwohner des Fischmarkts wurden aufgefordert, ihre Autos aus diesem tief gelegenen Teil der Stadt in Sicherheit zu bringen, damit sie nicht weggeschwemmt würden. Die verheerende Sturmflut vom Februar 1962 war den Hamburgern noch in Erinnerung, und trotzdem strömten jede Menge Schaulustige zum Hafen, um das Spektakel zu bestaunen, gut verpackt in Gummistiefel und wasserdichte gelbe Öljacken, an denen der Sturm zerrte. Auch Clara wagte sich zu den Landungsbrücken, wo der Regen beinahe waagerecht durch die Luft peitschte. So ein Wetter kannte sie aus München nicht, das wollte sie unbedingt mit der Kamera festhalten. Sie hielt ihren Apparat mit beiden Händen umklammert und fotografierte, wie das Wasser über die Uferbefestigung schwappte.

Obwohl sie völlig durchnässt und durchgefroren war, beschloss sie, noch nicht nach Hause zu gehen, sondern den Abend im Kino zu verbringen und sich dort aufzuwärmen. Das war allemal besser, als allein in ihrem Zimmer zu sitzen und sich den Kopf in Gedanken über ihre Zukunft zu zerbrechen. Seit ein paar Wochen lief die neueste Komödie mit Heinz Rühmann auf der Leinwand. Genau das Richtige, um sich abzulenken, dachte

Clara. Tatsächlich tat es gut, im weichen Polster des Kinosessels zu versinken und sich ganz und gar dem witzigen Film hinzugeben. Immer wieder brach im Kinosaal prustendes Gelächter aus. Doch plötzlich, die Vorstellung hatte kaum eine halbe Stunde gedauert, ging ohne Vorwarnung das Licht im Saal an, und der Film wurde unterbrochen. Empörtes Gemurmel wallte auf. Auch Clara sah sich erschrocken um. Gab es etwa Feueralarm? Doch es war kein Qualm zu riechen.

In den Lautsprechern an den Wänden knackte es, und dann kam eine Durchsage. Ein Mann sprach mit so brüchiger Stimme, dass Clara Mühe hatte, ihn zu verstehen: »Sehr geehrte Kinogäste. Soeben erreicht uns die furchtbare Nachricht, dass der amerikanische Präsident John F. Kennedy gestorben ist. Er wurde bei seinem Besuch in Dallas in Texas während einer Fahrt im offenen Wagen erschossen. Auch im Krankenhaus konnte er nicht mehr gerettet werden. Drei Schüsse wurden auf die Wagenkolonne des Präsidenten abgefeuert. Seine Frau Jackie, die ihn begleitete, blieb unverletzt.«

Noch einmal knackte es. Die Durchsage war zu Ende.

Im Kino war es mucksmäuschenstill. Nur die Lüftung surrte leise. Alle Besucher schienen gleichzeitig den Atem angehalten zu haben. Dann war hier und da ein Schluchzen zu hören. Clara saß wie versteinert in ihrem Sessel, nachdem ihr Herz einen einzigen heftigen Schlag getan hatte. Sie war so schockiert, dass sie nicht einmal weinen konnte. Was war das? Kennedy sollte tot sein? Dieser großartige Staatsmann, den sie kürzlich noch in Berlin bewundert hatte? Der Mann, auf den so viele Menschen auf der Welt, vor allem in Deutschland, ihre Hoffnungen gesetzt hatten. Er war doch noch so jung gewesen! Er hatte doch noch so vieles vorgehabt! Wie sollte es auf der Welt weitergehen ohne John F. Kennedy?

Wortlos und in Tränen aufgelöst verließen die ersten Besucher den Kinosaal. Dann gingen immer mehr Leute hinaus, ihre Gesichter von tiefer Trauer gezeichnet. Auch Clara stand auf. Niemand kam auf die Idee, den Film noch zu Ende zu sehen. Wer interessierte sich für Heinz Rühmanns komische Scherze angesichts dieses tragischen Ereignisses in Amerika?

Draußen vor dem Kinogebäude standen einige Menschen noch unschlüssig herum, andere diskutierten oder lagen sich weinend in den Armen, ungeachtet des kalten Regenwetters. Die meisten aber sahen zu, dass sie rasch nach Hause kamen, um aus dem Radio oder dem Fernseher mehr zu erfahren über das Attentat auf Kennedy.

Clara konnte jetzt unmöglich heim in ihr kleines Zimmer, wo noch immer ihr Zeitungsartikel vom Kennedybesuch in Berlin an der Wand klebte. Unvorstellbar, jetzt die Fotos zu sehen, auf denen der freundlich winkende amerikanische Präsident von der jubelnden Menge gefeiert wurde. Wie eine Zeitenwende war ihr der Tag in Berlin damals vorgekommen, der Aufbruch in ein neues, aufregendes Leben. So viele ihrer Hoffnungen und Träume von damals waren inzwischen geplatzt. Und jetzt war auch noch Kennedy tot. Wie verirrt lief Clara durch die abendlichen Straßen von Hamburg und spürte kaum mehr, dass es regnete.

Ohne es beabsichtigt zu haben, kam sie am Gänsemarkt vorbei. Sie sah zum Verlagshaus hinauf und stellte fest, dass alle Fenster in der Redaktion hell erleuchtet waren. Vermutlich waren einige Kollegen trotz der späten Stunde zusammengekommen, um eine Sonderausgabe der *Aktuellen Revue* vorzubereiten. Kurz entschlossen betrat sie das Gebäude und lief die Stufen hinauf.

Sie hatte recht.

»Ah, gut, dass Sie auch kommen, Fräulein von Thorau.« Frau Löhndorff begrüßte sie im Konferenzraum, wo die Redaktionsleiterin bereits mit Henri Vogt und zwei anderen Kollegen zusammensaß. Ihre Stimme war heiser, und ihre Wangen waren ungewöhnlich blass, es war ihr anzumerken, wie schockiert auch sie über die Ermordung des US-Präsidenten war. »Sie haben von Dallas gehört?«

Clara nickte stumm.

»Wir können jede Hilfe gebrauchen«, fuhr Frau Löhndorff fort. »Ich habe alle Kollegen, die per Telefon zu erreichen waren, zusammengerufen. Wir werden noch heute Nacht ein Extraheft drucken. Nur wenige Seiten, aber die Leute sollen morgen früh etwas in den Händen halten. Setzer und Drucker sind bereits informiert. Fräulein von Thorau, Sie gehen am besten sofort hinaus und fragen die Leute auf der Straße, was der Tod Kennedys für sie bedeutet. Wir brauchen eine Umfrage und Fotos dazu. Vielleicht können Sie ein paar Bilder von Ihrer Berlinreise dazu beisteuern? Henri, Sie tragen alle Informationen zusammen, die Sie über den Anschlag bekommen können. Was genau ist in Dallas passiert? Was sagen die Augenzeugen? Hat man den Täter schon gefasst? Was könnte sein Motiv gewesen sein? Wie geht es der First Lady? Was passiert nun im Weißen Haus und so weiter. Dazu brauchen wir Fotos, viele Fotos. Die Leute wollen Bilder sehen, aus allen Blickwinkeln. – Mein Gott, ich kann es einfach nicht fassen ...« Für einen Augenblick ließ sich Frau Löhndorff von ihren Emotionen überwältigen und schloss kopfschüttelnd die Augen, bevor sie sich wieder aufrichtete und zu ihrer professionellen Haltung zurückkehrte: »Ich werde einen Nachruf auf JFK schreiben: Der Tod eines Hoffnungsträgers ...« Sie schluckte noch einmal. »Und jetzt gehen wir an die Arbeit, wir haben nicht viel Zeit ...«

An Schlaf war nicht zu denken in dieser Nacht. Nach und nach kamen über die Nachrichtenagenturen weitere Einzelheiten über die Ereignisse in Dallas. Der Fernschreiber im Redaktionsbüro tickerte ohne Ende und spuckte viele Meter bedrucktes Lochstreifenpapier aus, auf dem jedes einzige Detail zu lesen war, das die Polizei in Dallas und das Weiße Haus in Washington veröffentlichten. Über den Bildtelegrafen waren schon wenige Minuten nach dem Attentat die ersten körnigen Schwarz-Weiß-Fotos vom Tatort angekommen. Sie zeigten zunächst Kennedy und seine Frau, wie sie nebeneinander auf der Rückbank eines offenen Wagens saßen und der Menge am Straßenrand freundlich zuwinkten. Dann war auf den Bildern zu sehen, wie sich Jackie mit entsetztem Blick über den zusammengesunkenen Körper ihres Mannes beugte, Blutspritzer auf ihrem hübschen Kostüm mit dem passenden Pillbox-Hütchen. Es gab Fotos von Sicherheitsleuten, die auf den Wagen zustürzten, um Kennedy noch zu helfen, dann Bilder von ungläubig schreienden Zuschauern und schließlich ein Foto von der Präsidentengattin, wie sie sichtbar schockiert über das Heck des Wagens kletterte, auf der Flucht vor den tödlichen Schüssen. Clara fröstelte beim Anblick dieser Bilder.

Sie ging die jüngsten Meldungen aus dem Fernschreiber durch. Offenbar war der Täter kurz nach dem Anschlag in einem Kino festgenommen worden, wo er sich hatte verstecken wollen. Was den Mann zu dem Attentat bewegt haben könnte, wusste niemand. Inzwischen kamen Kondolenzbekundungen aus allen Hauptstädten der Welt.

Wie es ihr aufgetragen worden war, streifte Clara mit dem Schreibblock in der Hand wenig später durch die abendlichen Straßen Hamburgs, um die Stimmung unter den Menschen einzufangen. Ihr schien es, als wäre in der Stadt heute weniger los als an einem anderen Freitagabend. Selbst über den Jungfernstieg und die Mönckebergstraße flanierte heute kaum jemand an den hell erleuchteten Schaufenstern vorbei. Anstatt Kinos, Theater und Restaurants zu besuchen, saßen die meisten Leute vermutlich gerade daheim vor ihren Radios und Fernsehgeräten, um zu erfahren, was genau sich da heute im fernen Dallas ereignet hatte. Die wenigen Leute, die an diesem Abend unterwegs waren, hatten bislang noch gar nichts von der Ermordung Kennedys gehört und zeigten sich zutiefst erschüttert, als Clara sie darauf ansprach. Manche brachen in Tränen aus. »Was für ein Verlust! Kennedy hat immer an der Seite Deutschlands gestanden.« – »So ein wunderbarer Mensch wird auf dem Höhepunkt seines Schaffens aus dem Leben gerissen.« – »Ach, ich kann es nicht fassen. Da macht man sich Gedanken über seine Frisur und seine Kleidung, und auf einmal ist das alles so unwichtig, wenn man bedenkt, was geschehen ist ...« Alle Menschen, mit denen Clara sprach, waren sich einig: Mit dem US-Präsidenten war ein Held gestorben, der für Deutschland den Aufbruch in eine bessere Welt geebnet hatte.

Als sie in die Redaktion zurückkam, ging es dort hektisch zu. Knapp drei Stunden blieben, um die Sonderausgabe fertigzustellen. Ständig mussten die Texte umgeschrieben und den aktuellen Informationen aus Amerika angepasst werden, die unentwegt über den Fernschreiber hereinratterten. Und im Minutentakt kamen neue Fotos an, die die schlimmen Stunden dokumentierten. Selbst Henri Vogt war das Entsetzen über die Tat im Gesicht abzulesen, während er – mangels Sekretärin zu dieser späten Stunde – mit zwei Fingern in die Schreibmaschine tippte, was mittlerweile über das Attentat und seine Folgen bekannt war. Sein Büro, dessen Tür sperrangelweit offen stand, war voller Zigarettenqualm. In ihrem Zimmer zog Clara die Schreibtischschublade auf und nahm die Mappe mit den Fotos heraus, die sie damals in Berlin gemacht hatte. Seit jenem Tag, an dem sie in diesem Raum zusammen mit Rolf Gerdes an der Reportage über den Kennedybesuch gearbeitet hatte, hatte sie sich die Bilder nicht mehr richtig angesehen.

Jetzt musste sie beim Anblick der Fotos mit den Tränen kämpfen. Genau so wollte sie den US-Präsidenten in Erinnerung behalten: Wie er aufrecht in der offenen Limousine stand und mit einem charmanten Lächeln dem Publikum am Straßenrand zuwinkte. Vermutlich war er ähnlich ungeschützt auch durch die Straßen von Dallas gefahren, als der Attentäter aus dem Hinterhalt seine Schusswaffe auf ihn gerichtet hatte. Was nur mochte den Mann dazu bewogen haben, diesen auf der ganzen Welt beliebten Politiker zu erschießen?

Es war weit nach Mitternacht, als die Sonderausgabe fertig war und die Druckmaschinen im Keller des Verlagsgebäudes zu dröhnen begannen.

Am folgenden Morgen brachten fast alle Zeitungen und Illustrierten ein Extrablatt zum Tod des amerikanischen Präsidenten heraus, wie Clara feststellte, als sie nach ein paar Stunden Schlaf wie üblich zum Kiosk ging. Es gab nur ein Thema, und die Schlagzeilen waren praktisch überall die gleichen: Attentat in Dallas – Kennedy ermordet – Kopfschuss aus dem Hinterhalt – die Welt trauert um den amerikanischen Präsidenten.

»Moin, Fräulein Clara, kein guter Tag heute«, stellte der Kioskverkäufer mit ernster Miene fest, während er ihr die jüngste Ausgabe der *Aktuellen Revue* reichte. »Wer hätte so etwas erwartet.«

»Ja, es ist furchtbar. Vor ein paar Monaten habe ich in meiner Reportage aus Berlin noch geschildert, wie begeistert die Leute Präsident Kennedy gefeiert haben, und jetzt musste ich schreiben, wie traurig die Leute über seinen Tod sind.«

Sie ließ ihre Blicke über die ausgehängten Magazine wandern. Meist waren die Titelbilder zum Zeichen der Trauer schwarz umrahmt, so wie auch auf der *Aktuellen Revue*. In allen Details wurde über den Anschlag berichtet. Aber eine Frage blieb ungeklärt: Was hatte den Attentäter angetrieben? Warum musste dieser charmante und geistreiche junge Staatschef sterben?

»Bestimmt wurde er umgebracht, weil er damals ein Verhältnis mit Marilyn Monroe hatte«, behauptete Sanni. »Erinnerst du dich an das Geburtstagsständchen, das sie im vorigen Jahr gesungen hat? Diese Stimme, diese Blicke, dieses unverschämt enge durchsichtige Glitzerkleid ... So tritt man doch nicht vor einem Mann auf, schon gar nicht vor dem US-Präsidenten, sofern man nicht eine Affäre mit ihm hat. Ich wette, irgendjemand war sauer auf Kennedy, weil er seine schöne Jackie mit Marilyn betrogen hat. Die Monroe musste doch auch so früh sterben. Und jetzt der Kennedy ... Es ist eine böse Verschwörung!«

»Ich weiß nicht, Sanni. Ist das nicht ein bisschen viel Klatsch und Tratsch?«, überlegte Clara laut.

Es war ein paar Tage nach dem Mord von Dallas, und die beiden saßen am frühen Abend bei zwei Gläsern Limonade im Bella Napoli zusammen. Sanni war aus London nach Hamburg zurückgekommen. Direkt vom Flughafen war sie hergefahren, ihr Koffer stand neben dem Tisch.

Seit ihrem letzten Treffen im August hatten die beiden einander nicht mehr gesehen, und Clara hatte zum ersten Mal Sannis rundes, strammes Bäuchlein gespürt, als sie ihre Freundin vorhin zur Begrüßung an sich gedrückt hatte.

»Wie auch immer, ich bin froh, dass du wieder hier bist«, fuhr Clara fort. »Und noch glücklicher macht es mich zu sehen, dass es dir offenbar gut geht. Da ist so ein schönes Leuchten in deinen Augen, das habe ich lange nicht mehr darin gesehen.«

Sanni drehte ihr Glas in den Händen.

»Ja, es ist alles in Ordnung. Die Frau Doktor ist zufrieden damit, wie sich mein Schätzchen entwickelt, inzwischen muss ich auch nicht mehr jeden Morgen die Kloschüssel umarmen, und der Rest ... nun ja, wir werden sehen.«

Aus der Restaurantküche waren das Klappern von Geschirr und die lebhaften Stimmen von Dino und Maria zu hören, die gerade dabei waren, die Speisen für den Abend vorzubereiten. In den Wintermonaten hatte Marias Café im Planten un Blomen nur an den Wochenenden geöffnet. Nachdem sie beschlossen hatte, in Hamburg zu bleiben, hatte sie das mit der Parkverwaltung so vereinbart, um auch in dieser Jahreszeit mit dem Verkauf von heißem Tee und Punsch ein paar Einnahmen zu haben. An den übrigen Tagen half sie ihrem Bruder im Lokal aus, so wie früher. Die Küchentür quietschte, und mit zwei großen Pizzatellern in den Händen trat Maria in den Gastraum. Lächelnd kam sie an den Tisch und stellte die Platten vor Clara und Sanni ab. Überrascht sahen die beiden auf.

»Wünschen Dino und ich eine gute Appetit«, erklärte Maria. »Ist Einladung von Haus für beste Freundinnen. Vor allem du musst gut essen, Sanni, damit dein klein *Bambino* wird groß und stark! Bist du zum Glück nicht mehr so dünne Zweiglein wie früher.«

»Danke schön, und keine Sorge, ich bin auf dem besten Wege, mich in einen Walfisch zu verwandeln«, entgegnete Sanni mit einem schiefen Grinsen. Sie sah Maria nach, die von anderen Restaurantgästen an den Tisch gerufen wurde, und fügte hinzu: »Ich freue mich, dass es Maria wieder gut geht.«

Clara nickte. »Ja, ich bin auch froh, dass sie über die Trennung von Lorenzo hinweggekommen ist. Und wer weiß, vielleicht kommt er eines Tages zurück, weil er sich darauf besonnen hat, was für eine großartige Frau Maria ist. So wie du auch! Jetzt sag doch mal, wie geht es dir denn?«

Sanni rührte mit dem Strohhalm in der Limonade, die vor ihr stand, und beobachtete die kleinen Bläschen, die in der Flüssigkeit aufstiegen.

»Das mit London ist zu Ende. Nach den letzten Fotoshootings habe ich meinen Vertrag mit der Agentur aufgelöst. Inzwischen passe ich in kein Kleid mehr, und an Bikinifotos ist schon gar nicht mehr zu denken.«

»Hm. Und jetzt? Wie geht es weiter mit dir?«

Sanni zuckte mit den Schultern. »Colin war nicht gerade begeistert über meinen Entschluss, unser Baby zu bekommen. Er hat mir große Vorwürfe gemacht, dass ich meine Karriere als Mannequin sausen lasse, ja, dass ich unsere ganze Beziehung ruiniere, nur für so einen kleinen Schreihals ... Ach, Clara, erst in diesem Moment ist mir klar geworden, dass Colin mich gar nicht richtig liebt. Er hat es geliebt, sich mit einer schönen, begehrten Frau zu schmücken, mit mir zusammen ein sorgloses ungebundenes Leben zu genießen. Mehr war es nicht, und jetzt, wo ich nicht mehr auf den Laufstegen der Welt bewundert werde, weil meine Figur aus dem Leim geht, will er nichts mehr mit mir zu tun haben.«

»Oh, Sanni«, flüsterte Clara erschrocken. »Das ist schäbig. Das tut mir so leid ...«

»Natürlich tut es weh, das zu erkennen. Und obwohl es mich nicht wirklich überrascht hat, habe ich doch viel weinen müssen. Zumal ich den Verdacht habe, dass er mit dem neuen, jungen Mannequin, das er neulich mit zum Fotoshooting brachte, etwas am Laufen hat ...« Sanni stockte kurz, weil ihr die Stimme zu kippen drohte. Doch sie hatte sich rasch wieder gefasst. »Aber ich werde darüber hinwegkommen, denn es gibt einen neuen Menschen, der meinem Leben einen Sinn gibt und der bald meine ganze Aufmerksamkeit brauchen wird. Es ist merkwürdig, ich liebe dieses kleine Wesen schon jetzt sehr, obwohl ich es noch nie gesehen habe. Und Colin hat versprochen, mich finanziell zu unterstützen, ein bisschen wenigstens, auch wenn wir kein Paar mehr sind.«

Clara legte ihre Hand auf Sannis und hielt sie fest.

»Du bist stark. Du schaffst das alles. Und ich bin immer da, wenn du mich brauchst.«

Sanni nickte. »Danke. Das weiß ich doch. Und Dino und Maria sind auch da. Es ist gut, Freunde zu haben. Mit euch zusammen schaffe ich es wirklich.« Sanni schnitt sich ein Stück Pizza ab und begann zu essen.

»Dino hat mich gefragt, ob ich in den nächsten Wochen im Bella Napoli aushelfen möchte«, sagte sie kauend. »Solange ich mir das in meinem Zustand zumuten kann, sagte er. Und natürlich habe ich zugesagt. Ich bin froh, dass ich bei ihm Geld verdienen kann.«

Über Claras Gesicht glitt ein ironisches Lächeln. »Was würden wir nur machen, wenn uns die zwei nicht immer aus der Patsche helfen würden ...«

»O ja, es war ein Glück, dass sie uns damals an der Tankstelle begegnet sind. Und ich darf auch bei ihnen wohnen, so lange bis ich etwas Eigenes gefunden habe. Maria meinte, es sei genug Platz, schließlich hätten sie damals mit Onkel Giancarlo auch zu dritt dort oben gelebt. Ich glaube, es wird großen Spaß machen mit den beiden.«

»Siehst du, allmählich wendet sich alles zum Guten.«

Sanni nickte. Sie ließ die Gabel zögernd sinken und sagte dann: »Ich werde morgen für eine Weile nach München fahren.«

Clara sah verblüfft auf. »Zu deinen Eltern?«

»Ja. Es wird Zeit, dass ich mich mit ihnen ausspreche. Ich habe gestern sehr lange mit meiner Mutter telefoniert. Es war das erste Mal seit mehr als einem Jahr, dass wir miteinander geredet haben. Und weißt du was: Sie hat geweint vor Freude, als ich ihr erzählt habe, dass ich nach Hause komme.« Sanni lächelte durch einen Schleier von Tränen, die in ihre Augen gestiegen waren. »Und dann hat sie gesagt, mein Vater freut sich auch.«

»Oh, Sanni … Das ist eine wunderbare Nachricht.«

»Ja. Vielleicht schaffen wir es, uns zu versöhnen. Jedenfalls will ich alles dafür tun. Auch wenn ich ihnen noch nicht gesagt habe, dass sie ein Enkelkind bekommen.«

»Es ist genug Zeit vergangen, um es noch einmal zu versuchen. Ich drücke dir die Daumen.« Clara stockte. »Aber du musst zurückkommen!«, setzte sie erschrocken nach.

»Natürlich komme ich zurück. Was denkst du? Mein Kind soll doch eine echte Hamburger Deern werden!« Sanni lachte plötzlich hell auf, so laut und herzlich wie früher. Es klang wunderbar.

»Woher willst du denn wissen, dass es ein Mädchen wird?«, fragte Clara.

»Keine Ahnung. Ich habe es einfach im Gefühl.«

...

Während sich Sanni auf den Weg nach München machte, war Clara mit den Vorbereitungen für die Weihnachtsausgabe der Aktuellen Revue beschäftigt. Sie besuchte ausländische Konsulate in Hamburg und telefonierte mit einigen Korrespondenten der Illustrierten, um sich über die Festtagsgepflogenheiten in anderen Ländern zu informieren. Sie sprang sogar über ihren Schatten und sprach mit Rolf Gerdes in Washington über Weihnachtsbräuche in Amerika, er war kurz angebunden, aber er verhielt sich so, als wäre zwischen ihnen nie etwas vorgefallen.

In der Stadt war zu sehen, dass die Feiertage näher rückten.

Üppige Weihnachtsbeleuchtung ließ die Einkaufsstraßen glanzvoll erstrahlen. Alle Geschäfte waren festlich dekoriert. Am Schaufenster des Spielwarenladens Kinderparadies am Neuen Wall Nummer sieben drückten sich die Kleinen ihre Nasen platt, wie es schon Generationen vor ihnen getan hatten, um von den liebevoll ausgestellten Kasperlefiguren, Käthe-Kruse-Puppen, Teddybären, Holzeisenbahnen und Spielzeugdampfmaschinen zu träumen. Clara stellte sich vor, wie auch Sannis kleines Mädchen hier eines Tages mit glänzenden Augen stehen und das viele Spielzeug bestaunen würde.

Am ersten Adventswochenende schlenderten Clara und Maria über den Weihnachtsmarkt am Michel, betrachteten den Christbaumschmuck und anderes Kunsthandwerk, das an den vielen Holzbuden zum Verkauf geboten wurde, und ließen sich ein Glas Punsch und gebrannte Mandeln schmecken.

Trotz der Aufregung der letzten Wochen konnte Clara den Prozess in Frankfurt nicht vergessen. Fast jeden Tag spuckte der Nachrichtenticker in der Redaktion im Vorfeld ein Detail dazu aus. Einmal entdeckte sie sogar Leos Namen in einer Meldung, in der die Beteiligten des Verfahrens vorgestellt wurden, und freute sich. Doch sie hatte sich damit abgefunden, dass sie den Prozess nur aus der Ferne verfolgen würde. Zum Jahreswechsel hatte sie ein paar Tage Urlaub und würde über die Feiertage endlich einmal wieder zu ihren Eltern fahren. Dann würde sie hoffentlich auch Leo treffen, und er konnte ihr alles erzählen.

Auch in den Büros der *Aktuellen Revue* war zu spüren, dass Weihnachten vor der Tür stand. Zwar ging es kurz vor Redaktionsschluss so betriebsam zu wie jedes Mal, aber gleichzeitig lag etwas in der Luft, das alle heiter und gelassen stimmte, ein ansteckendes Gefühl von vorweihnachtlicher Leichtigkeit und Wohlbefinden. Bei den Redaktionskonferenzen wurden Teller mit selbst gebackenen Plätzchen und Christstollen herumgereicht, und der Metteur sang den ganzen Tag lang lauthals und ziemlich falsch »Süßer die Glocken nie klingen«, während er die Seiten der nächsten Ausgabe zusammenbaute.

Eine Woche vor Weihnachten kam Clara an der geöffneten Bürotür von Frau Löhndorff vorbei, um am anderen Ende des Flurs einen Stapel Papiere in den Reißwolf zu werfen, und hörte, dass ihre Vorgesetzte telefonierte. Clara bekam nur den einen Teil des Gesprächs mit, aber dass es sich um schlechte Nachrichten handelte, war sofort klar. Bestürzt blieb sie stehen.

»Ach, um Gottes willen, das ist ja eine Katastrophe«, rief Frau Löhndorff in heller Aufregung. »Ausgerechnet so kurz vor Weihnachten. Es tut mir furchtbar leid. Ich wünsche Ihnen gute Besserung ... Ja. Das weiß ich auch noch nicht. Hauptsache, es geht Ihnen bald besser. Alles Gute – und trotzdem frohe Feiertage!«

Sie legte auf, stützte ihre Arme auf dem Schreibtisch ab und vergrub ihr Gesicht kopfschüttelnd in den Händen. Scheu trat Clara näher und klopfte gegen die offene Tür.

»Entschuldigung«, sagte sie leise. »Kann ich helfen? Ist etwas Schlimmes passiert? Die Tür steht auf, ich habe mitbekommen, wie Sie telefoniert haben.«

»Ach, Fräulein von Thorau.« Betrübt hob Frau Löhndorff den Kopf. »Das war Kollege Vogt. Er ist gestern Abend im Schneematsch ausgerutscht und hat sich einen komplizierten Handgelenksbruch zugezogen. Er wird noch heute operiert und fällt mindestens für die nächsten zwei Monate aus. Was für ein Drama. Ich weiß nicht, wie ich ohne ihn hier so lange auskommen soll.«

Claras Puls schien für einen Moment auszusetzen. »Kollege Vogt?«, wiederholte sie. »Das ist ja schrecklich bitter für ihn. Und ich wünsche ihm natürlich auch eine rasche Genesung mit seinem gebrochenen Handgelenk. Aber ...« Sie schnappte nach Luft. »Wer wird jetzt vom Auschwitz-Prozess berichten?«

Frau Löhndorff betrachtete Clara nachdenklich. »Tja, das ist die große Frage. Kollege Vogt wird es jedenfalls nicht sein.« Plötzlich glättete sich ihr von Sorgenfalten durchzogenes Gesicht, und sie begann zu lächeln. Ihr Blick ruhte voller Wärme auf Clara. »Wenn ich es mir recht überlege, fällt mir eigentlich nur eine Person ein, die unseren Reporter in Frankfurt ersetzen könnte ... Sie sind doch sicher bald fertig mit Ihrem Weihnachtsartikel, nicht wahr?«

34.

Der 20. Dezember 1963 war ein Wintertag wie im Märchen. Es schneite in dicken Flocken, die schneebedeckten Dächer, Bäume und Gehwege hatten Frankfurt in eine Stadt wie aus Zuckerguss verwandelt. Auf dem Platz vor dem Römer war ein Weihnachtsmarkt aufgebaut. Warm eingemummelte Menschen vergnügten sich zwischen den festlich geschmückten Buden, in denen Christbaumschmuck, Spielzeug, Bienenwachskerzen, Lebkuchen und andere Herrlichkeiten für die anstehenden Feiertage verkauft wurden. Es duftete nach gebrannten Mandeln, Zuckerwatte und Glühwein. Vor dem haushohen Tannenbaum, an dem unzählige elektrische Kerzen leuchteten, drehte sich klingelnd ein Karussell im Kreis, begleitet vom Juchzen der Kinder.

All diese Eindrücke standen Clara noch im Sinn, während sie nur wenige Meter entfernt davon im großen Parlamentssaal des Rathauses saß und mit klammen Händen den Worten des vorsitzenden Richters Hans Hofmeyer lauschte, der soeben den Auschwitz-Prozess eingeleitet hatte.

»Die Verhandlung vor dem Schwurgericht am Landgericht Frankfurt am Main ist eröffnet.« Seine Worte hallten noch von den holzvertäfelten Wänden wider. Clara war eine von wenigen Frauen in dem riesigen Raum im ersten Stock des Rathauses, der für die Verhandlung ausgewählt worden war, weil jeder Gerichtssaal der Stadt zu klein gewesen wäre für diesen gewaltigen Prozess mit so vielen Beteiligten. Journalisten aus aller Welt waren nach Frankfurt gekommen, um das Verfahren zu beobachten, das nach dem Hauptangeklagten ganz schlicht »Strafsache gegen Mulka und andere« genannt wurde. Als eine von ihnen saß Clara auf der Pressetribüne, von der man – wie von einem Balkon – einen guten Blick hinunter auf das Geschehen hatte. Der Mann neben ihr war offenbar aus England oder Amerika angereist, jedenfalls schloss Clara das aus den fremdsprachigen Notizen, die er sich auf seinem Schreibblock gemacht hatte.

Richter, Staatsanwälte, Verteidiger, Übersetzerinnen, Protokollführer, Geschworene und einige der Zeugen hatten auf den Bänken der Stadtverordneten Platz genommen, um ein Menschheitsverbrechen von unvorstellbarer Grausamkeit ans Licht der Öffentlichkeit zu bringen. Angeklagt waren 22 ehemalige Bewacher des Konzentrationslagers Auschwitz. Die Männer saßen ruhig und mit ausdruckslosem Gesicht auf ihren Plätzen, irgendwie teilnahmslos, fand Clara, so als besuchten sie eine Theatervorstellung oder einen Vortrag. Falls sie erwartet hatte, hier Ungeheuer oder abscheuliche Monster in Menschengestalt zu sehen, so wurde sie enttäuscht. Sie sah ganz biedere, harmlos wirkende Bürger in dunklen Anzügen mit Krawatte und passendem Einstecktuch, die inzwischen als Kaufmann, Handwerker, Lehrer, Arzt oder Apotheker arbeiteten, wie Clara in der Ankündigung des Prozesses erfahren hatte. Keiner von ihnen machte den Eindruck, als werde er von einem schlechten Gewissen geplagt. Gelegentlich tuschelten sie mit ihren Anwälten, die neben ihnen saßen, oder lächelten sogar. Nichts ließ erkennen, welch grausamer Verbrechen sie angeklagt waren.

Worum es bei diesem Prozess ging, war auch an den großen Schautafeln zu erkennen, die vor den hohen, verhängten Fenstern aufgestellt worden waren. Sie zeigten detailreiche Skizzen des Konzentrationslagers Auschwitz. Clara vermochte sich nicht vorzustellen, dass jeder einzelne der zahllosen, akkurat angeordneten schwarzen Striche auf dem Bild eine Baracke darstellte, in der Hunderte oder gar Tausende Juden damals unter bestialischen Bedingungen zusammengepfercht worden waren. Die Bezeichnungen Gaskammer und Verbrennungsofen, die sie beim Hereinkommen auf einer der Skizzen gelesen hatte, ließen ihr einen kalten Schauer über den Rücken laufen.

Claras Blicke wanderten erneut durch den Raum. Tatsächlich entdeckte sie Leo unter den Staatsanwälten und ihren Begleitern, und ihr Herz machte einen kleinen Satz. War es die Erleichterung, ihn wiederzusehen? Oder der Stolz darauf, mit einem der Männer befreundet zu sein, die diesen gewaltigen Prozess ins Rollen gebracht hatten? Clara war viel zu aufgeregt, um sich diese Fragen zu beantworten. Leo bemerkte sie nicht. Er saß auf einer der hinteren Bänke, wie seine Kollegen war er gekleidet in eine schwarze Robe, ein Stapel Akten lag vor ihm auf dem Pult, und er lauschte mit konzentriertem Blick den Worten des Richters. Der hatte sich gerade davon überzeugt, dass alle Angeklagten sowie Verteidiger, Sachverständige und die ersten Zeugen anwesend waren, und den sechs Geschworenen den Eid abgenommen. Anschließend forderte er die Zeugen auf, den Raum für die Verhandlung zu verlassen, damit sie später unbeeinflusst durch die Vorgänge im Gerichtssaal ihre Aussagen machen konnten. Nachdem die Männer und Frauen aufgestanden und hinausgegangen waren, begann die Verlesung der Anklageschrift.

Clara schlug ihren Schreibblock auf und fasste den Stift fester, doch mit zunehmender Dauer des Vortrags fiel es ihr schwerer, sich Notizen zu machen. Zu furchtbar war das, was sie und all die anderen Menschen hier zu hören bekamen. Der Richter schilderte in aller Ausführlichkeit, wofür sich die Angeklagten zu verantworten hatten. Es ging um Folter, Mord und Vernichtung von Zigtausenden Menschen, das Lager Auschwitz war eine Fabrik des Tötens gewesen. In den kurzen Sprechpausen, die der Richter zum Atemholen oder Umblättern seiner Akten benötigte, war es bedrückend still im Saal. Nur ab und zu kam aus den Reihen der Zuhörer ein unterdrücktes Stöhnen oder ein gequälter Seufzer, wenn die Details allzu schrecklich waren.

»Robert Mulka, Adjutant des Lagerkommandanten, angeklagt wegen gemeinschaftlicher Beihilfe zum gemeinschaftlichen Mord an mindestens 3000 Menschen ... Franz Lucas, Lagerarzt, angeklagt wegen gemeinschaftlicher Beihilfe zum gemeinschaftlichen Mord an mindestens 4000 Menschen. Josef Klehr, Sanitätsdienstgrad, angeklagt wegen Mord in 475 Fällen sowie gemeinschaftlicher Beihilfe zum gemeinschaftlichen Mord in mindestens 2730 Fällen ...«

So ging es minutenlang. Clara wurde schlecht angesichts dieser Zahlen und der Monstrosität der Verbrechen. Sie meinte, keine Luft mehr zu bekommen. Am liebsten hätte sie ihren Notizblock auf den Boden geworfen und wäre hinausgelaufen. Auf den Weihnachtsmarkt vielleicht, dessen fröhliches Lärmen leise und gedämpft durch die geschlossenen Fenster hereinklang.

»Wilhelm Boger, Lager-Gestapo, angeklagt wegen Mordes in fünf Fällen und gemeinschaftlichen Mordes in 109 Fällen sowie gemeinschaftlicher Beihilfe zum gemeinschaftlichen Mord an mindestens 1010 Menschen ...«, tönte die nüchterne Stimme des Richters durch den Saal.

Clara wusste, dass sie die schrecklichen Dinge, von denen sie gerade hörte, auch da draußen im Trubel zwischen Lebkuchen, Lametta und Rauschgoldengeln nicht würde vergessen können. Sie musste das aushalten, sie durfte nicht weglaufen. Sie war hier, um über diesen Prozess und die Untaten dieser 22 Männer zu berichten. Die Menschen in diesem Land hatten viel zu lang hinweggesehen über all das, was damals in Auschwitz und den anderen Lagern geschehen war, hatten es ignoriert, verdrängt, vergessen, den Mantel des Schweigens darübergehängt. Nach den Schrecken des Krieges und der Nazizeit wollte man endlich wieder in einer heilen Welt leben und den mühsam erworbenen Wohlstand genießen. Aber nun wurde die Behaglichkeit der Wirtschaftswunderjahre jäh gestört durch einen Prozess, der das ganze Ausmaß der damaligen Verbrechen, das massenhafte Morden in den Konzentrationslagern ans Licht brachte. Mit Tränen in den Augen notierte sie in Stichpunkten, was sie gerade zu hören bekam.

Als der Richter die Verhandlung gegen Mittag für eine Viertelstunde unterbrach, war Clara geradezu erleichtert. Sie brauchte dringend eine Pause. Langsam stand sie auf und schob sich mit den vielen anderen Menschen im Saal dem Ausgang zu. Unweit von ihr entdeckte sie drei der ehemaligen SS-Offiziere von der Anklagebank. Einer von ihnen war der Hauptangeklagte, der Hamburger Kaufmann Robert Mulka, schlohweißes Haar, gerötete Wangen, sein dunkelblauer Anzug saß makellos. Mit hocherhobenem Kopf und einem Lächeln im Gesicht unterhielt er sich mit den anderen beiden. Als die Männer den Saal verließen, salutierten die am Ausgang postierten Polizisten vor ihnen mit einer zackigen Handbewegung. Erschrocken über diese Geste fuhr Clara zusammen. Hatte sich denn gar nichts geändert? Diese Leute waren als Massenmörder angeklagt, es bestand kein Zweifel, dass sie als Wachmänner in diesen furchtbaren Todeslagern gearbeitet hatten, und doch wurden sie behandelt wie Ehrenmänner, denen es Achtung zu zollen galt.

Im Foyer ging es zu wie in einer Theaterpause. An einer Theke wurden Getränke und Häppchen zum Essen gereicht. Der hohe

Raum war erfüllt vom Geplauder der vielen Menschen, gelegentlich klirrten Gläser. Angeklagte, Anwälte und Prozessbeobachter standen in Grüppchen zusammen, um über das bisher Geschehene zu diskutieren. Einige der angeklagten Männer hatten es sich in einer großen, ledernen Sitzgruppe vor der Wand des Foyers mit überschlagenen Beinen gemütlich gemacht und rauchten. Einer von ihnen, ein Mann mit einer Narbe auf der rechten Wange, wie sie bei Studenten einer schlagenden Verbindung früher oft zu sehen war, paffte eine dicke Zigarre.

Die ganze Szenerie erschien Clara so unwirklich. Sie hatte die Bilder von anderen Mordprozessen vor Augen, bei denen die Angeklagten von schwer bewaffneten Polizisten bewacht oder gar in Handschellen hereingeführt wurden. Hier, wo es zuging wie auf einer zwanglosen Party, war nicht mehr zu unterscheiden, wer Mörder, wer Opfer und wer Richter war. Es schien Clara ein Sinnbild des deutschen Alltags: Die Täter sind mitten unter uns.

Sie spürte, dass ihr jemand auf die Schulter tippte, und fuhr herum. Es war Leo.

»Clara«, sagte er. Trotz seiner blassen Wangen stand ihm die Freude und das Erstaunen über das Wiedersehen ins Gesicht geschrieben. »Was machst du denn hier? Wie schön dich zu sehen. Machst du Fotos vom Prozess? Ich habe nicht gewusst, dass du hier sein würdest.«

»Ich habe es vor ein paar Tagen selbst noch nicht gewusst. Ich bin ganz kurzfristig für einen Kollegen eingesprungen.« Sie erzählte ihm rasch, wie es dazu gekommen war. »Es tut gut, dich wiederzusehen. Wenngleich ich mir wünschte, dass es etwas fröhlichere Umstände wären. Ich hab in den letzten Wochen so oft daran gedacht, wie du mir in London zum ersten Mal von diesem Prozess erzählt hast. Nun ist also der große Tag da ...«

»Ja«, sagte Leo nur. »Jetzt geht es los.«

Clara betrachtete ihn. Seine Haare waren kürzer geschnitten als sonst, und auch die schwarze Robe ließ ihn fremd erscheinen. Doch da war noch etwas anderes. Es lag etwas in seinen Augen, das sie an ihm nicht kannte. Sie schimmerten matt hinter den Brillengläsern. War es Müdigkeit oder Erschöpfung nach den vielen Wochen und Monaten unermüdlicher Arbeit, um den Prozess auf die Beine stellen zu können?

»Ich hätte ehrlich gesagt nicht erwartet, dass es so schrecklich werden würde«, gab sie unumwunden zu. »Es ist beinahe unerträglich, dem Richter zuzuhören, wenn er erzählt, was den Männern vorgeworfen wird.«

Leo nickte. »Und das ist nur die Anklageschrift, Clara. Warte nur ab, bis die Zeugen zu Wort kommen. Niemand kann sich vorstellen, was diese Menschen damals erlebt haben. Ich weiß, was sie sagen werden. Ich war dabei, als sie bei der Staatsanwaltschaft ihre Aussagen gemacht haben.« Er schüttelte langsam den Kopf bei der Erinnerung daran. »Eine unserer Sekretärinnen hat beim Mitschreiben einen Nervenzusammenbruch bekommen. Sie konnte einfach nicht mehr aufhören zu weinen. Wir waren alle am Rande unserer Kräfte.« Er sah sie an, sein Blick war ernst. »Es wird sehr schlimm werden, Clara. Ich bin mir nicht sicher, ob du dir das antun solltest, wenn es Anfang des Jahres mit den Zeugenvernehmungen losgeht.«

»Natürlich werde ich dabeibleiben«, entgegnete Clara schnell. »Es waren entsetzliche Verbrechen. Aber niemand in Deutschland darf davor die Augen verschließen. Das hast du doch selbst gesagt. Und wenn du es geschafft hast, diese Zeugen zu einer Aussage zu bewegen, dann werde ich es hoffentlich auch schaffen, davon zu berichten.«

Er lächelte kaum merklich. Doch der Ausdruck von tiefer Erschöpfung wich nicht aus seinem Gesicht.

Ein Gong verkündete das Ende der Mittagspause, und die Leute im Foyer strömten zurück in den Verhandlungssaal.

»Ich muss auch wieder los«, sagte Leo. »Es hat gutgetan, dich kurz zu sprechen.« Er drückte Claras Hände.

»Sehe ich dich wieder?«, rief sie und griff nach dem Ärmel seiner Robe, als er sich abwandte. »Ich bin noch bis morgen in Frankfurt, bevor ich weiterfahre zu meinen Eltern.«

»Oh – ja, gerne. Natürlich. Ich war mir nicht sicher, ob du Zeit hast für mich.«

Jetzt flog doch eine leichte Röte über Leos Wangen.

»Die nehme ich mir, Leo. Ich hab dir so viel zu erzählen.«

»In Ordnung. Dann nach der Verhandlung auf einen Apfelwein beim Wagner?«

Clara sah ihm nach, wie er mit wehender Robe davoneilte. Dann ging sie zurück auf die Pressetribüne.

Clara und Leo trafen sich am frühen Abend in einer traditionsreichen Apfelwein-Schenke im Frankfurter Stadtteil Sachsenhausen. Im Wirtsraum, dessen Luft bereits jetzt zum Schneiden war von Zigarettenqualm, Essensgerüchen und den Ausdünstungen der vielen Besucher, saßen sie einander an einem langen Tisch auf Holzbänken gegenüber. Sie waren froh, noch zwei Plätze bekommen zu haben. Im Lokal war es so voll und so laut wie an einem Bahnhof, sie mussten sich bei ihrer Unterhaltung beinahe anschreien. Vor ihnen stand ein graublau gemusterter Krug aus Steingut mit zwei dazu passenden Bechern, und Clara probierte zum ersten Mal dieses goldgelbe, säuerliche Getränk. Leo hatte eine Flasche Sodawasser und ein wenig Brot, Käse und Zwiebeln zum Apfelwein mitbestellt.

»Wie geht es dir nach dem ersten Prozesstag?«, erkundigte

sie sich. »Bist du stolz darauf, ein Teil dieser wichtigen Sache zu sein?«

Leo zuckte mit den Schultern, den Blick auf den Becher in seinen Händen gerichtet. »Stolz ist nun wirklich nicht das richtige Wort. Es ist eher Erleichterung darüber, dass es endlich losgeht, nachdem wir jahrelang darauf hingearbeitet haben. Anfangs wusste niemand, ob es tatsächlich zum Prozess kommen würde.«

»Ja, ihr habt es geschafft. Und du hast deinen Teil dazu beigetragen. Ich finde, du darfst ruhig etwas stolz auf dich sein.«

Leo schien nicht recht zu wissen, ob er lächeln sollte. »Vor allem bin ich furchtbar müde. Es waren unglaublich anstrengende Monate.«

»Sei mir nicht böse, aber das sieht man dir an. Ich habe dich noch nie so blass und mit so tiefen Augenringen gesehen.«

Leo rückte seine Brille zurecht. »Hoffen wir mal, dass die ganze Mühe nicht umsonst war. Dass die Zeugen ihre Aussagen machen und dass die Männer auf der Anklagebank auch tatsächlich verurteilt werden für all die scheußlichen Verbrechen, die sie zu verantworten haben. Wenigstens diese.« Bei diesen Worten fiel ein Schatten über Gesicht.

»Was ist denn los, Leo?« Clara betrachtete ihn forschend. »Ich sehe dir an, dass dich etwas quält. Das habe ich heute Mittag schon gedacht. Dabei könntest du doch zufrieden sein, dass ihr die 22 Männer vor Gericht gebracht habt.«

»Ja. Wir haben 22 Männer vor Gericht gebracht. Aber was heißt das schon? Eigentlich müssten es 22 Millionen sein. Es gibt keinen Gerichtssaal auf der Welt, der diese Schuld aufarbeiten könnte.«

Clara erschrak. »22 Millionen? Aber Leo, wie meinst du das?«

Er schüttelte abwehrend den Kopf, so als wolle er ihrer Frage ausweichen, doch dann antwortete er, und seine Augen flackerten vor Zorn, als er Clara ansah. Er sprach mit gedämpfter Stimme, sodass sie Mühe hatte, ihn im Lärm der Wirtsstube zu verstehen. »Sechs Millionen Juden sind ermordet worden. So etwas kann doch nicht im Verborgenen geschehen! Wer hat von alledem gewusst? Wer hat geschwiegen? Wer hat mitgemacht?« Hastig trank er einen Schluck, bevor er weitersprach. »Es gibt so viele Täter von damals. Der Horror von Auschwitz fing ja nicht erst hinter den Lagertoren an. Es gab die Lokführer, die die Züge mit den Menschen dorthin gefahren haben, es gab Sekretärinnen, die die Bestellungen für das Giftgas geschrieben haben, die Buchhalter, die das Geld der ermordeten Juden zählten, die Köche, die den SS-Männern das Mittagessen zubereitet haben ... Was wussten all diese Leute? Was taten sie? Was tun sie jetzt? Es waren so viele Rädchen im Getriebe der Todesmaschinerie. Verstehst du? Wo soll man da anfangen? Wo beginnt die Schuld, Clara?«

Sie zuckte ratlos mit den Schultern, bestürzt über seine Verbitterung.

»Ja, wir haben 22 Männer vor Gericht gebracht«, wiederholte Leo. »Und die Staatsanwaltschaft hat jahrelang geforscht, um wenigstens ein paar Verantwortliche zu finden und Zeugen, die ihre Taten bestätigen können. Aber je mehr Beweise wir entdecken, je mehr Zeugen wir aufgetrieben haben, desto klarer wurde mir: Das Ganze ist uferlos. Ein Wespennest ist nichts dagegen. Es waren damals zu viele, die an irgendeiner Stelle mitgemacht haben. Und wenn wir noch zehn Jahre lang alle Akten und Dokumente durchforsten, die wir finden – wir werden niemals alle Täter zur Verantwortung ziehen können. Es ist zum Verzweifeln.«

Clara langte über den Tisch und legte eine Hand auf Leos Arm. »Ich verstehe deine Wut und deine Enttäuschung. Aber das heute ist ein Anfang. Ein erster Schritt. Immerhin erfährt die Welt jetzt, was damals wirklich geschehen ist. Man redet darüber. Ich schreibe darüber. Und vielleicht wird es in ein paar Jahren den nächsten Prozess geben.«

Leo nickte. »Ja, Clara, es ist gut, dass das jahrelange Schweigen vorbei ist. Mord sollte niemals verjähren.« Seine Stimme klang jetzt ruhiger, wenngleich noch immer voller Verbitterung. »Aber weißt du, manchmal ekelt es mich an. Alles. Ich kann niemandem mehr ins Gesicht sehen. Gestern saß ich in der Straßenbahn, mir gegenüber war ein Mann, Ende sechzig, der freundlich grüßte, er trug eine Aktentasche auf dem Schoß. Ich dachte, war der auch dabei damals? Wie viele Menschen hat er auf dem Gewissen? Gehört er auch vor Gericht? So geht es mir jeden Tag, egal wo ich bin, auf der Straße, im Geschäft, hier im Lokal.« Er sah sich um. »Da hinten, die beiden Männer am Tresen. Was haben sie im Krieg getan? Ich weiß es nicht. Verstehst du, Clara? Ich fange an, die Menschen zu hassen. Alle Menschen. Weil jeder ein Täter sein könnte, so nett und freundlich er auch aussehen mag. Auch damals hat man den Leuten nicht angesehen, welche bestialischen Grausamkeiten sie verübt haben.«

Langsam schob Clara den Teller mit ihrem angebissenen Käsebrot zur Seite. Leos Verzweiflung schlug ihr auf den Magen. Es gab nichts, das ihn in diesem Augenblick hätte trösten können. In ihrer Hilflosigkeit stand sie auf, setzte sich neben ihn auf die äußerste Kante der Bank und schlang die Arme um ihn. Auch wenn sie keinen Rat für ihn hatte, es tat gut, zu spüren, dass sich die Anspannung seines Körpers ein wenig legte.

»Danke«, murmelte er und plötzlich drückte er sie so fest an sich, als wäre er ein Schiffbrüchiger, der einen Rettungsring umklammert. Ihr blieb beinahe die Luft weg. Seine Locken kitzelten ihre Wange. Sie spürte, wie sich sein Brustkorb beim Atmen hob und senkte, und ihr Herz begann dumpf zu pochen.

»Das geht vorbei«, sprach sie ihm ins Ohr. »Ich bin mir ganz sicher, dass deine Albträume aufhören werden. Vergiss nicht, es gibt auch die guten Menschen. Die gab es damals, und die gibt es heute. Du bist einer davon, du und die anderen Staatsanwälte. Die Richter, die hoffentlich ein angemessenes Urteil fällen. Und unsere Freunde, unsere Eltern ...«

Leo löste die Umarmung. Er lächelte wieder, aber es war ihm anzusehen, wie schwer ihm das fiel.

»Danke, Clara. Danke für deine Zuversicht.« Er wandte sich ab und drehte den Becher mit Apfelwein in der Hand, aber er trank nicht. »Ja, wenn ich an meinen Vater denke, tröstet mich das ein bisschen. Er war ein aufrichtiger Mensch, der immer auf der richtigen Seite gestanden hat. Das sagt mir meine Mutter immer, und das macht mir Mut.«

Es war spät am Abend, als sie sich auf den Heimweg machten. Leo brachte sie zurück zum Hotel, schweigend und ohne einander zu berühren gingen sie durch die Straßen, während aus den Wirtshäusern das vergnügte Lärmen der Gäste tönte. Clara war verwirrt. Das Herzklopfen, das in dem Moment begonnen hatte, als Leo sie an sich gedrückt hatte, wollte nicht nachlassen. Sie hatten einander auch früher schon gelegentlich in den Arm genommen, an Geburtstagen oder zu anderen Anlässen. Und manchmal auch, wenn sie traurig oder ängstlich gewesen war. Aber nie hatte er sie so gehalten wie an diesem Abend. Etwas war anders gewesen. Da war eine Nähe zwischen ihnen gewesen, die sie nie zuvor gespürt hatte. Die sie nie zuvor erwartet, nie für möglich gehalten hatte. Sie waren doch beste Freunde aus Kinderzeiten. Sie kannten einander in- und auswendig. Aber jetzt? Heute Abend war etwas anders geworden. Da war etwas Neues zwischen ihnen aufgeflammt, etwas, das Clara nicht benennen konnte. Und das sie zutiefst irritierte.

War es, weil sonst immer Leo vorangegangen war? Weil er der Ältere war, der Reifere, der Vernünftige. Bisher war immer Clara diejenige gewesen, die von ihm Rat, Hilfe und Unterstützung erhalten hatte. Aber heute Abend war sie es, die Leo tröstete und aufzubauen versuchte. Nie zuvor hatte sie ihn so zweifelnd und ratlos erlebt. Und nie zuvor hatte er sie so angesehen wie heute.

Sie hatten nicht mehr über den Prozess gesprochen an diesem Abend. Clara hatte von ihrem Leben in Hamburg erzählt, von ihrer Enttäuschung über Freddy und der Sache mit Rolf, aber auch von ihrer Arbeit bei der *Aktuellen Revue,* und natürlich von Sannis Schwangerschaft. Es war ihr leichtgefallen, mit Leo über all diese Dinge zu reden, die peinlichen und die schönen, und er hatte sich mit ihr gefreut oder den Kopf geschüttelt und ließ Sanni alle guten Wünsche ausrichten. Und doch erschien es Clara, als wäre er mit seinen Gedanken noch immer im Gerichtssaal.

Sie gingen ein Stück der Uferstraße am Main entlang und dann die Stufen zum Eisernen Steg hinauf, der Sachsenhausen mit der Innenstadt verband. Mitten auf der Brücke blieben sie stehen. Sie lehnten sich gegen das verschnörkelte Geländer und sahen auf den Fluss hinab, der schwarz und träge dahinfloss. Hier und da spiegelten sich Lichter flimmernd auf den Wellen.

»Ich bin froh, dass du hier bist«, sagte Leo unvermittelt. »Ich hab dich vermisst.«

Da lag etwas in seiner Stimme, das sie noch nie wahrgenommen hatte, etwas Warmes, Zärtliches. Clara sah ihn an. Hitze flammte über ihre Wangen. Doch der Moment der Nähe verflog so schnell, wie er gekommen war. Leo räusperte sich, er schob seine Brille zurecht, und Clara war es, als würde sie aus einem Traumgespinst gerissen.

»Es ist schon ziemlich spät«, sagte er knapp, beinahe unwirsch. »Wir sollten hier nicht länger rumtrödeln, ich muss früh raus.«

Ein paar Minuten später verabschiedeten sie sich vor dem Hotel.

»Gute Nacht, Clara!« Leo berührte nur flüchtig ihre Schulter.

»Auf Wiedersehen! Sehe ich dich an Weihnachten?«, fragte sie. »Wirst du zu Hause sein?«

»Nein, vermutlich nicht. Ich stecke bis über die Ohren in Arbeit. Der Prozess geht ja gleich nach den Feiertagen weiter. Ich bin noch nicht so routiniert wie die anderen Staatsanwälte und werde die Zeit nutzen, um einen Stapel Akten durchzuarbeiten. Ich darf einfach nichts übersehen in dieser Sache.«

»Schade. Bitte arbeite nicht zu viel. Du solltest dir zwischendurch auch mal Zeit für was Schönes nehmen.«

Im Licht, das durch das Glas der Hoteltür nach draußen fiel, sah Clara, dass Leo ganz leicht lächelte.

»Das habe ich ja heute Abend gemacht«, sagte er.

Clara verspürte wieder diese plötzliche Wärme, die wie eine Welle durch ihren Körper floss.

»Ja, das war schön, trotz allem ... Also dann ... gute Nacht, Leo.«

»Gute Nacht, und ich hoffe, wir sehen uns an einem der nächsten Prozesstage wieder.«

»Ganz bestimmt.«

Sie nickte mit einem merkwürdigen Gefühl im Bauch und schob die Tür auf. Als sie sich noch einmal zu ihm umdrehte, winkte er ihr kurz zu, bevor er sich abwandte und mit raschen Schritten im Dunkel verschwand.

• • •

Bis in die Nacht hinein saß Clara an dem Tisch in ihrem Hotelzimmer, vor sich den eng beschriebenen Schreibblock mit den Notizen, die sie sich im Gerichtssaal gemacht hatte. Immer wieder meinte sie die Stimme des Richters zu hören, sah sie die grinsenden Gesichter der angeklagten Offiziere vor sich. Sie war müde und erschöpft von allem, was sie heute erlebt und erfahren hatte, doch der Bericht vom Prozessauftakt musste fertig werden.

Als sie mit ihrem Artikel endlich zufrieden war, schlief sie nur ein paar Stunden, um ihn in aller Frühe per Telefon an die Redaktion in Hamburg durchzugeben.

• • •

Die Ereignisse des Frankfurter Prozesses wühlten Clara so sehr auf, dass sie die Weihnachtsfeiertage in München im Kreise der Familie kaum genießen konnte. Sie saßen in der elterlichen Villa gemütlich bei Gänsebraten, gutem Wein und Plätzchen im Wohnzimmer unter dem geschmückten Weihnachtsbaum zusammen, während andernorts so viele Menschen noch immer keine Lebensfreude empfinden mochten, angesichts des Grauens, das sie in Auschwitz erfahren hatten, oder der Trauer um die Familienmitglieder, die sie in den Lagern verloren hatten. Durfte man je wieder lachen und fröhlich sein, nach all dem Furchtbaren, das geschehen war? Diese Gedanken beschäftigten Clara, und es fiel ihren Eltern auf, dass sie schweigsamer war als sonst.

»Was bedrückt dich?«, fragte Dora am Nachmittag des ersten Weihnachtsfeiertags, als sie zusammen Kaffee tranken. Vor dem Fenster tanzten die Schneeflocken, und im Radio sang ein Kinderchor »O du fröhliche« ...

Dora schob Clara mit einem auffordernden Kopfnicken den Teller zu, auf dem sich Vanillekipferl, Kokosmakronen und Lebkuchen türmten. »Ist es dieser Prozess in Frankfurt? Ich habe davon in der Zeitung gelesen. Furchtbar. Vielleicht wäre es besser gewesen, die *Aktuelle Revue* hätte jemand anders dorthin geschickt. Du bist viel zu jung, um dich mit diesen Verbrechen zu belasten.«

»Nein. Ich will das alles unbedingt hören.« Clara nahm ein Vanillekipferl vom Teller und knabberte daran, aber heute schmeckte sie fast nichts auf der Zunge. »Deshalb bin ich doch Journalistin geworden«, erklärte sie. »Weil ich wissen will, was in unserem Land los ist, und weil ich den anderen Menschen davon berichten will. Ich muss die Wahrheit erfahren, wie schrecklich die auch sein mag. Das ist meine Aufgabe. Und vor dieser Verantwortung werde ich nicht weglaufen.«

»Du bist erwachsen geworden in Hamburg«, stellte Curt fest und betrachtete seine Tochter mit väterlichem Stolz.

»Vielleicht, Papa. Ich hoffe so sehr, dass ich diesen Prozess weiter beobachten darf. Anfang des Jahres werden die Angeklagten zur Sache vernommen. Ihre Anwälte haben schon angedeutet, dass die Männer alle Schuld von sich weisen werden. Stellt euch vor, sie bestreiten gar nicht, dass es die unsagbar vielen Morde an Juden gegeben hat! Aber sie sagen, sie hätten ja nur Befehle ausgeführt. Hätten sie sich geweigert, dann wären sie selbst umgebracht worden.«

Der Kinderchor im Radio sang jetzt »Kling, Glöckchen, klingelingeling …«, und das heitere Weihnachtslied klang Clara in diesem Moment wie Hohn in den Ohren.

Plötzlich fiel ihr etwas ein. »Papa!« Sie sah ihren Vater an. »Du hast doch damals Fotos gemacht in diesem Lager, oder? Das hast du mir erzählt. War das etwa in Auschwitz?«

Er nickte blass und wortlos.

»Du hast gesagt, die Bilder wären zu schlimm für mich, und

ich durfte sie nicht sehen. Aber jetzt ... Jetzt musst du sie mir bitte zeigen. Ich bin kein Kind mehr.«

Curt und Dora wechselten einen sorgenvollen Blick, der Clara nicht entging.

»Vielleicht kann ich die Bilder für einen der nächsten Artikel über den Prozess verwenden«, fügte sie hinzu. »Es wäre wirklich wichtig für mich.«

Curt trank einen Schluck Kaffee und stellte die Tasse dann nachdenklich ab. »Nun gut«, sagte er schließlich. »Vielleicht ist es tatsächlich Zeit, die alten Bilder ans Licht zu holen. Ich kann das, was ich damals gesehen habe, ja nicht ungeschehen machen dadurch, dass ich die Fotos wegsperre.«

Er stand auf und ging aus dem Zimmer, um wenig später mit einer Zigarrenschachtel in der Hand zurückzukommen. Das flache Kistchen war sichtbar alt und zerkratzt. Während Dora das Geschirr zusammenräumte und in die Küche trug, setzte sich Clara mit ihrem Vater auf das Sofa, und Curt klappte den Pappdeckel auf.

»Ich habe mir die Fotos seit so vielen Jahren nicht mehr angesehen. Ich hatte keinen Mut dazu. Vielleicht wollte ich einfach nicht wahrhaben, dass es diese unvorstellbaren Grausamkeiten damals in unserem Land gegeben hat. Dass es Menschen gab, die dafür verantwortlich waren, und noch mehr Menschen, die davon wussten, ohne etwas dagegen zu unternehmen.« Er schluckte. »So wie ich.«

Clara hörte eine tiefe Bitterkeit in seiner Stimme. Mit angehaltenem Atem nahm sie ihm die Fotos ab, die er ihr, eines nach dem anderen, reichte. Die Bilder waren alt und vergilbt, manche Aufnahmen verwackelt. Es war ihnen anzusehen, dass sie rasch und ohne jede fotografische Sorgfalt gemacht worden waren.

»Die Fotos sind von 1943, ich habe sie heimlich aufgenommen, als ich damals für das Propagandaministerium gearbeitet habe«, erklärte Curt mit belegter Stimme. »Wenn irgendjemand mitbekommen hätte, dass ich in diesem Lager fotografiert habe, dann ... Ich weiß nicht, was dann mit mir passiert wäre. Vermutlich würde ich nicht mehr leben. Aber ich musste etwas tun, ich wollte festhalten, was ich in Auschwitz gesehen habe. Für wen auch immer.«

Clara hörte gar nicht mehr richtig zu. Wie gebannt sah sie auf das, was sie da in ihren Händen hielt. Das Bild eines Güterzugs, der an einer Laderampe stand, dahinter ein lang gestrecktes Backsteingebäude mit einem großen Tor in der Mitte. Der Strang der Gleise führte dorthin. Doch es war kein Vieh, das aus den offenen Waggons getrieben wurde, es waren Menschen, unzählige Männer, Frauen und Kinder. An ihrer Kleidung steckte ein gelber Stern. Die Leute mit den angstvoll aufgerissenen Augen schienen sie direkt anzusehen. Was mochte aus diesen Menschen geworden sein? Ob jemand auf diesem Foto das Todeslager überlebt hatte? Ob einer von ihnen demnächst in Frankfurt als Zeuge vor dem Prozess aussagen würde? Sie legte das Bild zur Seite und betrachtete das nächste. Eine Gruppe abgemagerter Kinder, bleich und mit verstörtem Gesichtsausdruck blickten sie in die Kamera. Sie kauerten in gestreifter Häftlingskleidung hinter einem hohen Stacheldrahtzaun. Tränen traten in Claras Augen. Es waren Kinder! Was für ein Mensch musste man sein, um diese kleinen unschuldigen Kinder so furchtbar zu quälen?

»Ich weiß nicht, ob du das nächste Foto sehen willst ...«, sagte Curt zögernd und bedeckte das Bild in seiner Hand mit der anderen.

»Doch«, entschied Clara. Sie rückte näher an ihn heran. »Du musst es mir zeigen. Ich will alles wissen, was damals geschehen ist.«

Er reichte es ihr. Im nächsten Moment meinte Clara, ihr Magen müsste sich umdrehen. Erst hatte sie gar nicht begriffen, was auf dem Foto zu sehen war. Dann erkannte sie: Es war ein Berg von Leichen, es waren nackte, bis auf die Knochen abgemagerte tote Menschen, die zu Dutzenden übereinander in eine flache Grube geworfen waren, als wären sie Müll.

Clara ließ das Bild fallen. Mit einem Würgen sprang sie auf und lief aus dem Wohnzimmer. Sie erreichte gerade noch die Toilette, wo sie in die Knie ging und sich erbrach. Weinend blieb sie anschließend auf dem Boden sitzen und lehnte den Kopf an die kühle Kachelwand. Das Foto mit dem Leichenberg stand ihr vor Augen, als hätte es sich in ihre Netzhaut gebrannt. Was hatte sie denn erwartet? Ihr Vater hatte sie gewarnt. Und die vielen toten Menschen, die sie gerade gesehen hatte, waren nur ein winziger Bruchteil der sechs Millionen Juden, die in Deutschland ermordet worden waren.

Dora trat ins Badezimmer, dessen Tür Clara in der Eile nicht zugesperrt hatte. Wortlos setzte sie sich neben sie und legte ihren Arm um Claras Schultern.

»Mir ging es beinahe genauso, als dein Vater mir damals in Ostpreußen diese Bilder gezeigt hat«, sagte Dora, nachdem sie eine Weile gemeinsam geschwiegen hatten. »Es muss im Sommer 1944 gewesen sein. Diesen Abend werde ich nie vergessen.« Sie seufzte leise. »Bis dahin habe ich mir nicht vorstellen können, zu welcher Grausamkeit manche Menschen fähig sind.«

»Du hast gewusst, dass diese Todeslager existieren?« Clara schluchzte. »Papa hat es auch gewusst. Er ist ja selbst dort gewesen. Wie viele Leute wussten noch davon?« Sie fuhr sich mit dem Handrücken über die Nase. »Leo hat recht. Millionen Leute haben sich schuldig gemacht. Wie konntet ihr das zulassen? Warum habt ihr weggesehen? Warum habt ihr nichts dagegen unternommen?«

»Ach, Clara, als wir davon erfahren haben, war es viel zu spät. Da hatte uns dieses schlimme Regime schon in seinem Würgegriff. Wer es gewagt hat, sich dagegen aufzulehnen, riskierte sein Leben. Eine falsche Bemerkung – und man wurde gefangen genommen, verhaftet, umgebracht. Die Leute waren wie gelähmt und haben sich nicht getraut, den Mund aufzumachen. Dein Vater wäre selbst in so ein Konzentrationslager verschleppt worden, wenn er bekannt gemacht hätte, was er damals in Auschwitz gesehen und erlebt hat.« Dora stockte kurz. »Dabei waren wir nach Hitlers Machtergreifung anfangs noch so voller Zuversicht gewesen. Es herrschte geradezu eine Aufbruchstimmung in Deutschland, als die schlimme Wirtschaftskrise endlich vorbei war. Aber dann ...?« Sie schüttelte sich fast unmerklich. »Schon bald kontrollierten Hitler und seine Nazis das Leben jedes Menschen bis in die tiefsten Winkel des Alltags, und dann gab es praktisch kein Entrinnen mehr vor seiner menschenverachtenden Diktatur.«

»Hitler hat nur deshalb so viel Macht bekommen, weil sich niemand rechtzeitig gegen ihn aufgelehnt hat«, rief Clara wütend. »Weil niemand mutig genug dazu war. Nur, weil ihr alle feige wart, konnte so ein unfassbares Verbrechen geschehen.«

Dora schwieg lange, bevor sie antwortete.

»Damals konnte man nicht einmal dem eigenen Nachbarn trauen. Ich hatte große Angst, als mir irgendwann aufging, in was für einer Welt wir damals lebten. Aber es gab durchaus ein paar Leute, die mutig waren und den Versuch unternahmen, Hitler aus dem Weg zu räumen. Und tatsächlich gehörte dein Vater zu ihnen. Auch wenn er anfangs auf der falschen Seite der Geschichte stand, ich finde, jetzt kannst du stolz auf ihn sein. Wenngleich diese mutigen Männer um Graf von Stauffenberg gescheitert sind. Die wenigsten der Aufständischen haben überlebt. Ja, man hätte sich viel früher wehren müssen. Aber wer in Deutschland hat anfangs erkannt, in was für eine Welt wir da hineinsteuerten?«

»Umso wichtiger ist, dass jetzt alles aufgedeckt wird«, sagte Clara entschlossen.

Dora streichelte ihre Wange, als wäre sie noch ein kleines Mädchen. Clara zog einen Streifen Toilettenpapier vom Halter und putzte sich die Nase. »Jetzt muss ich mir die anderen Fotos ansehen. Ich halte das aus.« Sie stand auf. Mit hocherhobenem Kopf ging sie zurück ins Wohnzimmer.

Obwohl sie nicht aufhören konnte zu weinen, sah sich Clara den ganzen Stapel Fotos durch. Ein schmiedeeisernes Tor mit der Aufschrift »Arbeit macht frei«. Menschen, die sich in einer Baracke drängten. Ein Gebäude, das aussah wie ein riesiger Backofen. Ein Berg von Schuhen. Und immer wieder die Laderampe mit den Gleisen. Bei einem der letzten Bilder blieb Claras Blick hängen. Es zeigte eine Gruppe Gefangener vor dem geöffneten Durchgang eines mehrere Meter hohen Stacheldrahtzaunes. Soweit Clara erkennen konnte, handelte es sich um Frauen. Alle trugen die gleiche gestreifte Häftlingskleidung, dazu weiße Kopftücher. Eine von ihnen trug ein schlafendes Kind im Arm. Oder war es tot? Clara schluckte. Eine uniformierte Wärterin stand daneben, auf den dunklen Locken ein militärisches Schiffchen. Sie sah mit kaltem Lächeln zur Seite, auf den Mann, der im Vordergrund des Fotos stand. Es war ein bulliger Typ im weiten Armeemantel mit kniehohen Lederstiefeln, Handschuhen und schwarzer Offizierskappe. Neben seinem rechten Mundwinkel zog sich eine leicht gebogene tiefe Narbe über die Wange. Er hatte den rechten Arm erhoben und schwang mit grimmigem Blick eine Reitpeitsche, um die gefangenen Frauen hinter den Stacheldrahtzaun zu treiben. Clara vermochte ihre Augen nicht von dem Mann auf dem Foto abzuwenden. Wo hatte sie dieses Gesicht mit der Narbe schon einmal gesehen? Als sie ihn erkannte, lief ihr ein kalter Schauer über den Rücken.

35.

»Gute Arbeit, Fräulein von Thorau. Ein beeindruckender Bericht vom ersten Prozesstag in Frankfurt. Nach allem, was ich gelesen habe, kann ich mir gut vorstellen, was sich im Gerichtssaal zugetragen hat. Was für unvorstellbar schlimme Taten ... Hoffentlich hat Sie das alles nicht zu sehr belastet?«

»Es nimmt einen schon sehr mit ...«, gab Clara zu, nachdem Frau Löhndorff sie bei der ersten Redaktionskonferenz im neuen Jahr vor der versammelten Mannschaft der *Aktuellen Revue* in höchsten Tönen gelobt hatte. »Aber das schaffe ich. Darf ich auch weiterhin vom Prozess berichten? Demnächst beginnen die Zeugenaussagen. Dann wird die ganze Wahrheit über diese Todeslager ans Licht kommen. Die Anwälte haben Überlebende aus ganz Europa aufgespürt ...«

»Halt, halt, halt!« Frau Löhndorff hob abwehrend die Hand. »Ich freue mich über Ihren Ehrgeiz, Fräulein von Thorau, aber ich kann Sie leider nicht auf Dauer hier entbehren. Die Leserinnen lieben Ihre Kolumnen. Die werden Sie auch künftig jede Woche schreiben.«

Sie stockte, als sie Claras flehenden Blick bemerkte. »Aber in Ordnung. Meinetwegen dürfen Sie demnächst wieder nach Frankfurt fahren und Ihre Eindrücke vom Prozess schildern. Kollege Vogt wird ja leider noch eine Weile ausfallen.«

»Danke. Aber da ist noch etwas, Frau Löhndorff, über das ich mit Ihnen reden möchte.«

Nach der Konferenz hatte sich der Sitzungssaal geleert, und Clara hielt ihre Vorgesetzte zurück.

»Ich war über die Weihnachtsfeiertage in München, und mein Vater hat mir ein paar Fotos mitgegeben.« Clara öffnete ihre Handtasche und nahm die alte Zigarrenschachtel heraus. »Es sind Bilder aus Auschwitz. Auf einem der Fotos habe ich einen der Angeklagten wiedererkannt.«

Clara nahm das Bild heraus, das den die Peitsche schwingenden Mann mit den Frauen vor dem Stacheldrahtzaun zeigte, und erklärte Frau Löhndorff, was es mit dem Foto auf sich hatte.

»Das ist ja furchtbar.« Frau Löhndorff schüttelte sich angewidert. »Was für ein schrecklicher Mensch!«

»Ich bin mir sicher, dass dieses Bild wichtig für den Prozess sein könnte«, erklärte Clara. »Es beweist, dass der Mann tatsächlich in diesem Todeslager gewesen ist. Ich möchte das Foto dem Gericht vorlegen.«

Frau Löhndorffs Miene wurde skeptisch.

»Das sollten Sie sich gut überlegen. Ich schicke Sie nach Frankfurt, damit Sie als unvoreingenommene Beobachterin vom Prozess berichten. Neutral und sachlich. Die journalistische Ethik verlangt Objektivität von uns und dass wir mit emotionaler Distanz das jeweilige Geschehen schildern. Das schließt eine Kooperation mit der Anklage aus. Wenn Sie dieses Foto vorlegen und womöglich in den Zeugenstand gerufen werden, ist es vorbei mit Ihrer Reportertätigkeit. Dann muss ich Sie abziehen. Sie müssen sich entscheiden, was Ihnen wichtiger ist: Die journalistische Arbeit oder ...«

»Oder die Wahrheit«, fiel Clara ihr ins Wort, als Frau Löhndorff noch zögerte, ihren Satz zu beenden.

»Ja. Das mag in Ihren Ohren bitter klingen. Aber so sind hier nun einmal die Spielregeln. Behalten Sie das Foto für sich. Das Gericht in Frankfurt wird es gewiss auch ohne Ihre Hilfe schaffen, für Gerechtigkeit zu sorgen.«

Nachdenklich ging Clara zurück in ihr Büro und breitete die Fotos vor sich auf dem Schreibtisch aus. Eindringlich hatte sie ihren Vater darum gebeten, diese Bilder mit nach Hamburg nehmen zu dürfen, und er hatte sie ihr schließlich überlassen.

»Mach etwas damit«, hatte er an jenem Weihnachtsnachmittag noch zu ihr gesagt. »Ich habe die Fotos jahrzehntelang versteckt, weil mich ihr Anblick zu sehr geekelt hat. Ich habe versucht zu vergessen, was damals in Deutschland geschehen ist. Aber das war nicht richtig. Man darf so ein Verbrechen niemals vergessen.«

Noch einmal betrachtete Clara die Fotos, und wieder fröstelte sie beim Anblick des Leides, das sie dokumentierten. Gerechtigkeit, dachte sie bitter. Wie könnte es für diese unvorstellbare Grausamkeit je Gerechtigkeit geben? Sie begriff jetzt, was Leo gemeint hatte. Kein Gerichtsurteil dieser Welt konnte eine solche unermessliche Schuld sühnen.

Clara legte die Bilder zurück in die Schachtel und verstaute sie in ihrer Schreibtischschublade. Nachdenklich sah sie aus dem Fenster, wo grauer Januarregen aus tief hängenden dunklen Wolken nieselte. Ein paar Möwen segelten im Wind. Frau Löhndorff hatte recht. Drei Richter, vier Staatsanwälte und 360 Zeugen würden genug Beweise zusammentragen, um die Wachmänner von Auschwitz zu verurteilen. Dazu brauchte es nicht dieses eine alte Foto. Schließlich war sie keine Anwältin. Sie war Reporterin, und das wollte sie auch bleiben.

Und doch lag die Schachtel mit Curts alten Fotos in ihrer Tasche, als Clara Anfang März erneut den Zug nach Frankfurt bestieg, um von den Zeugenaussagen im Prozess zu berichten. Mit diesen Bildern vor Augen, da war sie sich sicher, würde sie das Geschehene, was sie später von den Zeugen hören würde, noch eindrucksvoller schildern können. Auch wenn ihr beim Gedanken an all das Schlimme, was sie dort erfahren würde, elend zumute war, so freute sie sich doch gleichzeitig darauf, endlich Leo wiederzutreffen. Seit diesem merkwürdigen Abend in Frankfurt hatten sie einander nicht mehr gesehen. Zu ihrem zwanzigsten Geburtstag vor ein paar Wochen hatte er ihr nur eine Glückwunschkarte geschickt mit einem kurzen Gruß darauf und der Entschuldigung, er habe zu viel zu tun, um ihr einen langen Brief zu schreiben. Clara wollte unbedingt wissen, ob er mit dem Verlauf des Prozesses zufrieden war.

Im Foyer lächelte ein Brautpaar in die Kamera, als Clara zum zweiten Mal den Frankfurter Römer betrat. Die Hochzeitsgesellschaft war bester Laune, die Leute schwatzten und lachten und und warteten offensichtlich darauf, dass sich die Türen zum Trauzimmer des Standesamts öffneten.

Wie beim vorigen Mal dachte Clara über die absurde Gleichzeitigkeit der Ereignisse nach, während sie kurz darauf oben im Parlamentssaal auf der Pressetribüne Platz nahm und hinunterblickte auf die Bänke der Angeklagten, der Anwälte, der Richter und Geschworenen und aller anderen Leute, die mit dem Prozess direkt zu tun hatten. Hier wurde das grausigste Verbrechen der Menschheit verhandelt, und im selben Haus feierten zur selben Zeit zwei Menschen den glücklichsten Tag ihres Lebens. Aber so war es wahrscheinlich seit jeher auf der Welt, überlegte sie, auch damals, als Millionen jüdische Männer, Frauen und Kinder hinter Stacheldraht dahinsiechten und ermordet wurden, hatten andere Menschen gelacht und das Leben gefeiert.

Wieder spürte Clara, dass ihre Hände klamm und kalt wurden

aus Abscheu vor dem, was geschehen war. Doch sie beschloss, sich dieses Mal nicht mehr von ihren Gefühlen überwältigen zu lassen. Nüchtern und sachlich würde sie von diesem Verhandlungstag berichten, so wie Frau Löhndorff es von ihr erwartete. Sie legte ihren Schreibblock und ihren Stift bereit, denn allmählich füllte sich der Saal. Auch der englischsprechende Kollege erschien wieder auf seinem Platz und nickte ihr zur Begrüßung zu. Er stellte seine große Aktentasche ab, aus der er nicht nur Papier und Stift, sondern auch ein Deutsch-Englisches Wörterbuch herausnahm und vor sich auf das Pult legte. Seine Fotokamera hängte er über die Stuhllehne. Inzwischen hatte Clara ein paar Worte mit ihm gewechselt und erfahren, dass er eigens aus Amerika zu diesem Prozess angereist war, weil er als Einziger in seiner Redaktion Deutsch sprechen konnte.

Mit Spannung beobachtete Clara, wie die Angeklagten an der Seite ihrer Anwälte in den Saal gebracht wurden. Sie hatte sich von Frau Löhndorff ein Opernglas ausgeborgt, damit sie sich die Männer besser ansehen konnte. Nun hob sie das Glas an die Augen, stellte es scharf und betrachtete ihre Gesichter. Vor allem der Mann mit der Narbe interessierte sie. Zunächst konnte sie nur sein Profil sehen, doch dann drehte er sich seinem Anwalt zu, und in diesem Moment war sein Schmiss auf der Wange deutlich zu erkennen. Die Narbe war etwas verwachsen in den zwanzig Jahren, die vergangen waren, seit Curt ihn fotografiert hatte, und das Gesicht war natürlich älter geworden, aber er war der SS-Offizier mit der Peitsche, da war sich Clara so sicher, dass es sie schauderte.

Die Richter betraten den Saal, und alle erhoben sich für einen Moment, nur die Plätze der Zeugen blieben noch leer. Clara hielt Ausschau nach Leo und entdeckte ihn in den Reihen der Staatsanwälte. Er trug wieder diese ungewohnte schwarze Robe und war mit ernster Miene dabei, in den Akten zu blättern, die vor ihm auf dem Pult lagen. Der Richter sprach ein paar Worte zur Begrüßung, es war der 25. Verhandlungstag, und dann wurde der erste Zeuge hereingebeten.

»Herr Aron Wojcik, bitte!«

Ein schmächtiger alter Herr mit schütterem weißem Haar und dunkler Hornbrille trat ein. Er trug einen abgetragenen grauen Anzug, an dessen Knöpfen er beständig herumzupfte, während er dem Richter die geforderten Angaben zur Person machte. Er stammte aus Polen und sprach kein Deutsch, eine Dolmetscherin übersetzte seine Aussage.

»Tag für Tag kamen vier, fünf, sechs, an manchen Tagen sogar zehn Züge nach Auschwitz, alle voller Menschen. Auf der Rampe war immer großer Betrieb. Da haben die Männer geguckt, wer von den Leuten kann arbeiten, wer muss weg. Und die haben sie dann in die Gaskammern geschickt. Aber das wussten die Leute natürlich nicht. Man hat gesagt, jetzt bringen wir Sie erst einmal in die Duschen, damit Sie nach der langen anstrengenden Reise schön sauber werden. Da wurden Männer, Frauen und Kinder getrennt. Es war so ein schreckliches Weinen auf der Rampe, wenn die Familien auseinandergerissen wurden.« An dieser Stelle stockte die Dolmetscherin, die Stimme drohte ihr wegzubrechen.

»Brauchen Sie eine Pause?«, erkundigte sich der Richter. Die Frau schüttelte den Kopf. Sie nahm einen Schluck aus dem Wasserglas, das vor ihr stand, und nach einem auffordernden Nicken des Richters fuhren Zeuge und Übersetzerin mit der Aussage fort. »Tausend und Abertausende waren es jeden Tag, die abgeführt wurden in die Gaskammer. Das Krematorium reichte bald nicht mehr für die vielen Toten, wir mussten Gräben ausheben, um sie alle wegzuschaffen, sehr große Gräben ...«

Clara biss die Zähne zusammen und blinzelte die Tränen weg,

die ihr schon wieder in die Augen treten wollten, und protokollierte so gut es ging, was der alte Mann berichtete.

»Erkennen Sie einen dieser Männer wieder? Haben Sie einen dieser Männer in Auschwitz gesehen?«, erkundigte sich der Richter und wies auf die Reihe der Angeklagten. Der Zeuge nickte und wies auf den Hauptangeklagten, den Hamburger Kaufmann Mulka.

»Er war da«, sagte der Mann. »Er war an der Rampe. Ich habe ihn gesehen. Er hat dagestanden und sich die Leute angesehen, die aus dem Waggon getrieben wurden, und dann hat er entschieden, wer von ihnen noch ein bisschen leben darf und wer nicht.«

»Das ist nicht wahr«, rief der Angeklagte laut in den Saal. »Das ist eine infame Lüge. Ich habe als Adjutant des Lagerführers gearbeitet. Ich war den ganzen Tag im Büro. Ich hatte mit all dem, was da auf der Rampe, in den Baracken und in den Duschräumen passiert ist, nichts zu tun. Im Übrigen war ich ein Soldat. Ich verlange, wie ein Soldat behandelt zu werden. Ein Soldat führt Befehle aus, ohne zu fragen warum. Ich habe nur meine Pflicht und Schuldigkeit getan.«

»Ruhe bitte, Herr Angeklagter«, mahnte der Richter. »Sie werden noch Gelegenheit haben, zu Wort zu kommen.«

Nach der Vernehmung verließ Herr Wojcik den Saal, und der nächste Zeuge wurde hereingebracht, ein kleiner Mann mit rundem Gesicht und großen dunklen Augen, um die dreißig Jahre alt. Auch er war nervös angesichts der Aufgabe, die ihm hier bevorstand, immer wieder schob er sich die brünette Haarlocke zur Seite, die jedes Mal erneut in die Stirn rutschte.

»Herr Jehuda Bacon«, sagte der Richter, nachdem die Formalien geklärt waren. »Bitte berichten Sie uns, was Sie im Lager Auschwitz erlebt haben.«

Die Muttersprache dieses Zeugen war hörbar Slawisch, doch

er sprach recht gut Deutsch. Obwohl er manchmal nach den richtigen Begriffen suchte, konnte Clara jedes Wort gut verstehen, denn es war totenstill im Saal geworden, als der Mann von seinem Alltag im Konzentrationslager erzählte.

»Ich war noch ein Kind, als ich in das Lager kam. Meine Häftlingsnummer war 168 194. Hier!« Er schob den Ärmel seiner dunkelblauen Strickjacke hoch, und Clara konnte durch das Opernglas erkennen, dass da eine Nummer eintätowiert war. »Dreizehn Jahre war ich, aber ich musste arbeiten wie ein Mann. Jeden Tag, im Sommer und im Winter, egal ob ich müde war oder nicht, jeden Tag elf Stunden. Jeden Morgen wurden wir um vier Uhr mit der Trillerpfeife geweckt, und dann ging es erst mal zum Appell. Ich war einer der Buben, die die schweren Rollwagen ziehen mussten, die mit den Ziegelsteinen für den Bau neuer Baracken beladen waren. Pferdegespanne gab es ja nicht im Lager. Und wenn einer von uns nicht mehr konnte und zusammenbrach, dann kam der Aufseher mit dem Knüppel. Und er schrie, ich werd euch Beine machen, ihr faules Pack. Aber mehr als einmal stand ein Junge trotzdem nicht mehr auf, als er geschlagen wurde, weil er nämlich tot war.«

Bei diesen Worten wanderte Claras Blick zu den Angeklagten. Zeigten sie endlich einen Anflug von Scham oder Reue? Doch die Gesichter der Männer blieben unbewegt.

»Ganz schlimm«, fuhr der Zeuge leise fort, nachdem er ein paar Mal tief durchgeatmet hatte, »ganz schlimm war es im Winter, wenn es schneite und zu kalt war, um neue Baracken zu bauen. Dann mussten wir in großen Blecheimern die Asche aus dem Krematorium holen und die vereisten Wege damit bestreuen, damit die Herren Offiziere bequem darauf gehen konnten und nicht ausrutschten.«

Clara vernahm ein ächzendes Geräusch in der Stille des Moments und drehte sich um. Eine junge Frau, die einige Reihen hinter ihr den Prozess von den Zuschauerbänken aus beobachtete, stand auf und verließ den Saal mit grünlichem Gesicht und wankenden Schritten. Mit zitternden Händen protokollierte Clara das Gesagte für ihren Bericht.

Auch der amerikanische Reporter neben ihr stöhnte manchmal, wenn ein besonders grausiges Detail ans Licht der Öffentlichkeit kam.

»Manchmal bereue ich, dass ich hierher zum Prozess gekommen bin«, gestand er Clara leise ein. »Bei allem, was wir 1945 von unseren Truppen erfahren haben, nachdem die Konzentrationslager befreit worden waren – das hier hatte ich nicht erwartet ...«

»Niemand hat das erwartet«, gab Clara zurück. »Außer denen, die dabei waren. Aber wir müssen das aushalten. Vor allem ich, weil ich Deutsche bin und zudem Journalistin. Ich muss das aufschreiben, auch wenn es wehtut. Alle Menschen in Deutschland müssen erfahren, welche Verbrechen damals bei uns geschehen sind.«

Schließlich wurde es Nachmittag, die letzte Vernehmung des Tages stand an. Der Richter rief Frau Ella Goldberg auf.

Eine hochgewachsene Frau in den Fünfzigern betrat den Zeugenstand. Clara war sich sicher, dass sie einmal eine richtige Schönheit gewesen war, mit ihren von silbrigen Strähnen durchzogenen dunklen Locken und den aparten mandelförmigen Augen. Doch ihr Gesicht war gezeichnet von jahrelanger Erschöpfung. Ihre Haut wirkte grau, und unter ihren Augen lagen dunkle Schatten.

»Als wir ins Lager kamen, mussten wir uns als Erstes nackt ausziehen«, erzählte sie, nachdem der Richter sie aufgefordert hatte, von ihrer Zeit in Auschwitz zu berichten. »Dann wurden uns die Haare geschoren, und wir bekamen Häftlingskleidung, gestreifte Kittel und Holzschuhe. Unterwäsche und Strümpfe gab es nicht. Wir hatten immer blutige Füße in den Holzpantinen, und wir waren immerzu hungrig. Es gab nicht viel zu essen, manchmal etwas Suppe aus Rüben oder fauligen Kartoffelschalen, manchmal war auch Gras drin oder Sägespäne. Aber wir haben das gegessen, um nicht zu verhungern. Ich hatte es später etwas besser. Ich habe mit einigen anderen Frauen in der Lagerküche gearbeitet. Da konnten wir manchmal ein paar Kartoffelschalen stibitzen, die noch nicht verfault waren. Aber das war gefährlich. Einmal wurde meine Schwester erwischt, wie sie sich eine Kartoffelschale in den Mund gesteckt hat. Der Aufseher hat sie angeschrien und gesagt, was ihr denn einfiele, den Schweinen das Futter zu stehlen. Und dann hat er sie mit der Peitsche geschlagen.«

Die Stimme der Frau war mit jedem Satz leiser geworden und schließlich fast nur noch ein Flüstern.

»Bitte sprechen Sie etwas lauter«, sagte der Richter. »Damit wir Ihre Aussage hören können, Frau Goldberg. Es ist wichtig.«

Die Zeugin nickte und fuhr fort, doch ihre Stimme versagte immer wieder. »Meine Schwester sagte, sie werde nie wieder eine Kartoffelschale essen, aber der Aufseher hat gar nicht zugehört. Er hat sie immer und immer wieder mit der Peitsche geschlagen, sosehr sie auch geweint und geschrien hat. Ich habe gesagt, er solle aufhören, wir hätten nicht gewusst, dass die Kartoffelschalen für die Schweine seien, und dann hat er mich auch geschlagen.«

Im Saal war es so still geworden, dass man eine Stecknadel hätte auf den Boden fallen hören können. Alle Leute im Raum schienen gleichzeitig den Atem angehalten zu haben. Nur die Angeklagten lehnten mit verächtlicher Miene in ihren Sitzen.

»Würden Sie diesen Aufseher wiedererkennen?«, übernahm

der Richter wieder das Wort. »Ist der Mann mit der Peitsche hier im Saal?«

Mit schweißigen Händen beobachtete Clara, wie Frau Goldberg von einem Beamten aus dem Zeugenstand geführt wurde, um die Männer auf der Anklagebank in Augenschein zu nehmen. Sie hob ihr Opernglas und sah zu, wie die Zeugin einen nach dem anderen betrachtete, dabei bebten die Lippen der Frau. Als sie dem Mann mit der Narbe gegenüberstand, wurde sie leichenblass und trat erschrocken einen Schritt zurück.

»Ich – ich glaube, ja, ich denke, es war dieser Mann«, stammelte sie, sichtbar schockiert über das Wiedersehen. »Er hatte so einen Schmiss im Gesicht.«

»Viele Männer haben einen Schmiss im Gesicht, wenn sie in einer schlagenden Studentenverbindung waren«, schaltete sich dessen Anwalt ein. Seine Stimme klang herablassend. »Das beweist nun wirklich gar nichts, liebe Frau Goldberg.«

»Aber dieses Gesicht«, rief die Zeugin verzweifelt. »Diese Augen! Diese kleinen, kalten Augen. Teufelsaugen, haben wir immer gesagt. Der Offizier mit den Teufelsaugen. Ja, ja, ich denke eigentlich schon, dass er es ist, der damals als Aufseher in der Lagerküche gearbeitet hat.«

Der Richter räusperte sich. »Bitte, Frau Zeugin, was denn nun? Wir brauchen Klarheit. Können Sie mit absoluter Gewissheit sagen, dass dies hier der Mann aus Auschwitz ist, oder nicht?«

»Nein, ich meine, ja ...« Die Frau begann plötzlich zu weinen. »Aber Herr Richter, es ist ja alles schon so lange her«, rief sie mit erstickter Stimme. »Damals trug er immer eine Uniform, eine Mütze und Stiefel, er war jünger und hatte volles dunkles Haar. Und die Narbe war noch frisch und rot. Ich weiß es nicht genau. Ich bin mir jetzt gar nicht mehr sicher. Aber ich denke, ja .... Und wenn es nicht derselbe Mann ist, dann sieht er ihm wenigstens sehr ähnlich.«

»Die Zeugin kann nicht bestätigen, dass mein Mandant damals als Aufseher im Lager Auschwitz gearbeitet hat«, erklärte der Anwalt laut und mit ruhiger Stimme. »Da die meinem Mandanten zur Last gelegten Tatvorwürfe im Verlaufe des Prozesses bislang nicht nachgewiesen werden konnten, werde ich einen Freispruch für ihn beantragen.«

»Ich bin niemals in Auschwitz gewesen«, behauptete der Angeklagte. »Ich habe dieses Lager nie in meinem Leben betreten. Ich habe niemals eine Peitsche gegenüber einem Menschen erhoben. Ich weiß nicht, wie diese Person auf die Idee kommt, mich mit derart infamen Vorwürfen zu belästigen.«

Frau Goldberg stieß einen gurgelnden Laut aus, sie tastete einen Moment lang mit den Armen in der Luft, als wolle sie irgendwo Halt suchen, dann sank sie zu Boden. Augenblicklich waren ein paar Polizisten und Saaldiener zur Stelle, die ihr aufhalfen, nachdem sie wieder zu sich gekommen war, und sie zurück zu ihrem Platz führten. Zwei Rettungssanitäter, die am Eingang postiert gewesen waren, eilten mit ihren Köfferchen heran und verarzteten die verstörte Frau.

»Die Zeugenbefragung ist für heute beendet«, erklärte der Richter.

Clara hatte die Szene mit versteinerter Miene beobachtet. Durch ihr Opernglas sah sie, wie sich das vernarbte Gesicht des Angeklagten zu einem zufriedenen Lächeln verzog. Obwohl es nicht besonders warm war im Prozesssaal, schwitzte sie am ganzen Leib. Wenn nicht ein Wunder geschah, wenn nicht doch noch irgendwann ein Zeuge oder eine Zeugin auftrat, die den Aufseher von damals zweifelsfrei wiedererkannte, würde er diesen Gerichtssaal in ein paar Monaten als freier Mann verlassen. Sie dachte an das Foto, das sie zusammen mit den anderen Bildern in der Nachttischschublade ihres Hotelzimmers aufbewahrte. Sie hatte seinen herrischen Blick vor Augen und die hocherhobene Hand mit der Peitsche, die ängstlichen Gesichter der Frauen am Stacheldrahtzaun. Mit diesem Bild könnte sie beweisen, dass der Mann als Aufseher in Auschwitz gearbeitet hatte und die Zeugin mit ihrer Vermutung richtiglag.

Aber sie durfte sich doch nicht in den Prozess einmischen. Sie war hier als Reporterin und hatte Frau Löhndorff versprochen, neutral und unvoreingenommen zu berichten. Das war ihr Job und sonst nichts. Sie hatte so viel erreicht in den vergangenen Jahren, sie hatte so viele Klippen umschifft, um endlich ihren Traum wahr zu machen und als Journalistin arbeiten zu können. Nein, das durfte sie nicht einfach hinwerfen. Sie musste sich hier raushalten. Und der Prozess war ja noch lange nicht zu Ende. Es würden noch viele andere Zeugen aussagen. Aber was, wenn sich in den nächsten Monaten tatsächlich keine Beweise für die Täterschaft des Mannes finden würden?

Clara wischte sich den kalten Schweiß von der Stirn. Sie bemerkte, dass Leo kurz zu ihr aufsah. Als ihre Blicke sich kreuzten, meinte sie wieder diesen tiefen Schmerz in seinen Augen zu lesen. Sollte die Selbstüberwindung und der Mut dieser Frau vergeblich gewesen sein? War es sinnlos gewesen, diese Zeugin zu ihrer quälenden Aussage zu bewegen? All diese Fragen erkannte Clara in seinem Blick. Dann wurde er von einem der anderen Staatsanwälte angesprochen und wandte sich ab.

Clara sah zu, wie Frau Goldberg jetzt aus dem Gerichtssaal geleitet wurde, die Zeugin konnte sich kaum auf den Beinen halten, die beiden Rettungssanitäter mussten sie immer wieder auffangen, weil ihre Knie nachgaben. Noch einmal wanderte Claras Blick zurück zu dem Mann mit der Narbe. Er und sein Anwalt nickten einander wissend zu, der Anwalt klopfte seinem Mandanten ein paar Mal zuversichtlich auf die Schulter.

In diesem Moment hatte Clara das Gefühl, sie müsse sich gleich wieder übergeben, wenn nicht sofort – … Ehe ihr so richtig bewusst wurde, was sie tat, schnellte sie von ihrem Sitz auf.

»Hohes Gericht!«, rief sie durch den Saal und hob die Hand. »Herr Vorsitzender, die Zeugin hatte recht mit ihrer Vermutung. Ich kann beweisen, dass der Angeklagte derselbe Mann ist, der damals in Auschwitz die Frauen mit seiner Peitsche gequält hat.«

Alle Augen richteten sich auf Clara, die mit zitternden Knien auf der Pressetribüne stand. Es entstand ein aufgeregtes Gemurmel unter den vielen Leuten angesichts dieser unerwarteten Wendung des Prozesses. Auch Leo sah zu ihr auf. Doch noch lauter war das Tosen, das in diesem Augenblick in Claras Kopf aufrauschte. Sie befürchtete schon, gleich so ohnmächtig zu werden wie Frau Goldberg, die in der offenen Tür stehen geblieben war und sich mit ungläubigem Blick umwandte. Doch Clara hielt sich auf den Beinen, beide Hände umklammerten die Brüstung.

»Bitte Ruhe im Saal!«, rief der Richter, und dann noch einmal: »Ruhe bitte!« Es dauerte einen Moment, bis der Lärm abebbte.

»Es gibt ein Foto, Herr Vorsitzender«, fuhr Clara fort. »Ich habe ein Foto aus Auschwitz, auf dem der Angeklagte zweifelsfrei zu erkennen ist. Mein Vater hat dort während des Kriegs heimlich fotografiert und die Aufnahmen aus dem Lager geschmuggelt.«

Nun war es absolut still im Saal. Clara sah das vernarbte Gesicht des Angeklagten auf sich gerichtet. Auch auf die Entfernung erkannte sie, dass es voller Hass war, die Augen zu zwei schmalen Schlitzen verengt. Es sah wie eine grässliche Fratze aus, und falls sie noch irgendwelche Zweifel gehabt haben sollte, dass es sich bei diesem Mann um den Offizier auf dem Foto handelte, so waren sie jetzt vollends ausgeräumt.

Der Generalstaatsanwalt erhob sich.

»Hohes Gericht«, sagte er. »Ich beantrage eine Unterbrechung der Verhandlung aufgrund neuer Beweismittel.«

Der Richter nickte. »Stattgegeben.«

»*Gosh!* – Das ist ja mal ein Ding«, murmelte der amerikanische Reporter.

36.

Draußen vor dem Rathaus betrat Clara die nächste Telefonzelle, warf ein paar Münzen ein und rief bei der *Aktuellen Revue* in Hamburg an. Sie wusste, dass Frau Löhndorff selten vor sechs oder sieben Uhr abends das Büro verließ, und tatsächlich war sie auch an diesem Abend noch zu sprechen.

»Ich hab es getan«, sagte sie atemlos, nachdem die Vorzimmerdame sie mit Frau Löhndorff verbunden hatte.

»Was genau?«, erkundigte sich diese zerstreut.

Clara schluckte. »Ich habe dem Gericht von dem Foto aus Auschwitz erzählt. Es soll als Beweismittel für den Prozess verwendet werden. Ich habe morgen einen Termin bei der Staatsanwaltschaft. Da werde ich das Foto zeigen.«

Sie berichtete, was sich im Gerichtssaal ereignet hatte. Als Antwort kam ein langes Schweigen. Nur die Fernverbindung knisterte leise im Telefonhörer.

Schließlich räusperte sich Frau Löhndorff. »Nun gut, Sie haben sich dazu entschieden, Ihre Unparteilichkeit im Prozess aufzugeben, Fräulein von Thorau. Sie wissen, was das bedeutet.«

»Man kann in diesem Prozess nicht unparteilich sein. Ich kann es jedenfalls nicht. Nicht, nachdem ich gehört habe, was die Zeugen von damals berichtet haben. Nicht, nachdem ich gehört habe, wie die Angeklagten hochnäsig und siegesgewiss jede

Schuld von sich weisen.« Es sprudelte plötzlich nur so aus Clara heraus. »Die Millionen Toten und die zahllosen gequälten Menschen hat es gegeben, daran besteht kein Zweifel – aber auf einmal will niemand dafür verantwortlich sein. Ich kann doch nicht zusehen, wie ein Mörder feixend vor Vergnügen als freier Mann aus dem Gerichtssaal spaziert, wenn es mir möglich ist, den Beweis für seine Gräueltaten vorzulegen. Das bin ich den Opfern von damals schuldig.«

»Ich verstehe das durchaus. Es ist Ihr gutes Recht. Und aus moralischer Sicht haben Sie gewiss das Richtige getan. Aber dennoch ist eine solche aktive Einmischung in eine Gerichtsverhandlung nicht mit unseren journalistischen Grundprinzipien zu vereinbaren. Mit sofortiger Wirkung sind Sie von der Berichterstattung des Prozesses abgezogen. In zwei Wochen kommt Kollege Vogt aus dem Krankenstand zurück, dann wird er übernehmen. Und sobald Sie in Frankfurt Ihre Angelegenheiten bei der Staatsanwaltschaft erledigt haben, nehmen Sie bitte den nächsten Zug und kommen zurück nach Hamburg. Die nächste Ausgabe der *Revue* steht kurz vor dem Redaktionsschluss. Da brauche ich jeden Mann und jede Frau im Team.«

. . .

Zwei Tage danach erschienen Clara die Ereignisse in Frankfurt wie ein ferner Traum. Tatsächlich hatte sie den Ermittlern das Foto ihres Vaters aus Auschwitz zur Verfügung gestellt, und es würde nun im Prozess als Beweismittel gelten. Leo war dabei gewesen und hatte sie dankbar umarmt. »Du hast alles richtig gemacht«, hatte er gesagt. »Ich bin sehr stolz auf dich. Vielen Dank und Respekt für deine Tapferkeit. Ich bin mir sicher, dass der Angeklagte schuldig gesprochen wird.«

Aber sie würde das nicht mehr miterleben.

Wie in einem Dämmerzustand war sie Leo gefolgt, als er sie nach dem Gespräch mit dem Oberstaatsanwalt noch kurz durch das Gebäude geführt und ihr sein Büro gezeigt hatte, seinen Schreibtisch, auf dem sich Berge von Akten türmten, und dann hatte sich Clara von ihm verabschiedet.

»Mach's gut, Leo. Ich wünsche euch alles Glück der Welt für das Urteil.«

»Vielen Dank, das können wir gebrauchen. Aber du hast einen wichtigen Teil dazu beigetragen, dass wir hoffentlich Erfolg haben werden.« Er wirkte verlegen, als er hinzufügte: »Tut mir leid, dass du nicht mehr dabei sein wirst. Ich werde dich auf der Pressetribüne vermissen.«

»Und ich dich.« Sie lächelte schwach. »Eigentlich sollte ja sowieso ein Kollege vom Prozess berichten. Ich bin froh, dass ich wenigstens für ein paar Tage einspringen durfte.«

Was nützte es, ihm zu sagen, dass sie neben der Genugtuung, etwas zu einem gerechten Urteil beizutragen, auch betrübt darüber war, das Ende des Prozesses nicht mehr als Journalistin begleiten zu können.

· · ·

Es kam Clara so unwirklich vor, auf einmal wieder in ihrem Hamburger Büro an der Schreibmaschine zu sitzen und an ihrer Kolumne für die nächste Ausgabe der Revue zu feilen: »Die Antibabypille ist zweifelsohne eine großartige Erfindung. Für Frauen bedeutet sie so etwas wie eine Revolution. Endlich können sie selbst und verlässlich darüber bestimmen, ob sie schwanger werden wollen oder nicht. Das bedeutet Freiheit und Unabhängigkeit. Aber bedeutet es auch Gleichberechtigung? Nein! Denn wieder sind es die Frauen, die mit der Einnahme eines Medikamentes die Hauptlast für Verhütung und Familienplanung tragen. Ob es je auch eine solche Arznei für Männer geben wird? ...«

Clara ließ die Hände von der Tastatur sinken. Sicher, dieses Thema war wichtig. Sie hatte sich gefreut, als Frau Löhndorff bei der letzten Konferenz zugestimmt hatte, dass sie einen Artikel über die Vor- und Nachteile der Antibabypille schrieb. Und die meisten Leserinnen und Leser der *Aktuellen Revue* lasen so etwas vermutlich lieber als die grausigen Schilderungen der Zeugen im Auschwitz-Prozess. Wer mochte sich schon mit den Schrecken der deutschen Vergangenheit beschäftigen, wenn die Gegenwart im Frühjahr 1964 doch so aufregend und voller Möglichkeiten war! Und trotzdem erschien ihr der eigene Text heute so unbedeutend, verglichen mit dem, was da gerade vor Gericht in Frankfurt besprochen wurde. Clara seufzte. Hatte sie sich verändert? Immer wieder wanderten ihre Gedanken zu dem Prozesssaal im Römer. Wie gern hätte sie miterlebt, wie Leo und die anderen Staatsanwälte die Schuld des SS-Offiziers nachwiesen und der für den Rest seines Lebens hinter den verdienten Gittern landete. Wie gern hätte sie gesehen, dass sich Leos müdes Gesicht ein wenig aufhellte, in der Erkenntnis, dass all seine Arbeit und die vielen schlaflosen Nächte nicht vergeblich gewesen waren. Und wie gern hätte sie darüber einen langen Artikel für die *Aktuelle Revue* geschrieben, damit alle Menschen in Deutschland davon erfuhren.

Aber nun – sie hatte sich entschieden, jetzt war es nicht mehr zu ändern. Und die Hauptsache war ja, dass das alles so geschah und nicht, dass sie es war, die davon berichtete.

Immerhin, dachte sich Clara, ich bleibe ein Rädchen im journalistischen Betrieb der *Aktuellen Revue*. Ich darf weiterhin Kolumnen und kleine Artikel für den hinteren Teil der Illustrierten schreiben. Sie sah wieder Frau Löhndorffs ernsten Gesichtsausdruck vor sich, als sie Clara an diesem Morgen begrüßte, und meinte etwas Enttäuschung in ihrer Stimme gehört zu haben:

»Sie haben zuletzt wirklich gute Arbeit als Journalistin geleistet, Fräulein von Thorau. Und ich denke, dass Sie eine große Karriere als Gerichtsreporterin vor sich gehabt hätten. Aber nun ist es, wie es ist.«

Clara biss die Zähne zusammen. Selbst wenn sie ihren Job in der *Aktuellen Revue* verloren hätte, selbst wenn sie wieder als einfache Schreibkraft hätte arbeiten müssen oder sogar als Spülhilfe in Dinos Küche – es war richtig gewesen, sich in den Prozess einzumischen und die Wahrheit ans Licht zu bringen. Das spürte sie in der Tiefe ihres Herzens.

Unvermittelt wanderten ihre Gedanken zu Sanni. Wie ähnlich ihr beider Leben verlief, überlegte sie. Sie hatten beide gerade ihre berufliche Erfüllung gefunden, ein Traum war Wirklichkeit geworden. Und dann? Geplatzt. Vorbei. Sie waren von einem Tag auf den anderen zu einer harten Kehrtwende gezwungen, wenn auch aus sehr unterschiedlichen Gründen. Gewiss machte Sannis Leben gerade die größte Veränderung durch, in ein paar Monaten würde sie Mutter sein. Nachdenklich betrachtete Clara das Foto auf ihrem Schreibtisch, das sie und Sanni im Englischen Garten zeigte. Clara hatte das Bild mit Selbstauslöser gemacht, an jenem Tag vor zwei Jahren, an dem sie Sannis Fotos für die Schauspielschule geschossen hatte. Wie unbekümmert sie auf dem Bild lachten. An diesem Nachmittag waren sie so übermütig und voller Vorfreude auf die Zukunft gewesen. Auf dem Weg des Lebens, so war es ihnen vorgekommen, ging es immer nur bergauf. Dass es Abstürze und Enttäuschungen geben würde, war ihnen damals nicht in den Sinn gekommen. Wie tapfer Sanni nun die Entscheidung trug, ihr unerwartetes Kind zu bekommen, dachte Clara. Tatsächlich hatte sie sich bei ihrem Besuch in München mit ihren

Eltern ausgesprochen, und sie hatte festgestellt, dass die beiden mehr unter der langen Trennung gelitten hatten als sie selbst. Die Achingers hatten es schließlich akzeptiert, dass Sanni anders war, als sie sich das von ihrer Tochter gewünscht hatten. Sogar die Tatsache, dass sie unehelich schwanger war, nahmen sie hin. »Es bleibt ihnen nichts anderes übrig«, hatte Sanni erklärt, als sie vor ein paar Wochen zurück nach Hamburg gekommen war. »Eine andere Tochter haben sie schließlich nicht. Und stell dir vor, meine Mutter hat mich sogar gefragt, ob ich das Baby in München zur Welt bringen möchte, damit sie mir in der ersten Zeit helfen kann. Ist das nicht nett?«

Sanni arbeitete inzwischen tatsächlich als Bedienung im Bella Napoli, wobei Dino peinlichst darauf achtete, dass sie regelmäßig Pausen machte und nicht nach zehn Uhr abends auf den Beinen war. »Darf nicht zu anstrengend sein für dein klein *Bambino* in Bauch«, mahnte er immer wieder. Falls es Sanni betrübte, nicht mehr im Blitzlichtgewitter der internationalen Modewelt, sondern in einer kleinen verqualmten Pizzeria auf dem Hamburger Kiez ihr Geld zu verdienen, so ließ sie sich das jedenfalls nicht anmerken. »Es macht Spaß, die Leute sind nett – und wer weiß, was in ein paar Jahren sein wird«, sagte sie schulterzuckend. Einmal erkannte ein Gast ihr Gesicht von der Bademoden-Werbung wieder und bat sie tatsächlich um ein Autogramm, was sie ihm gerne und mit einem herzlichen Lächeln gab. Mit ihrem unerschütterlichen Optimismus und ihrer Willenskraft würde Sanni alles schaffen, was auf sie zukam. Davon war Clara überzeugt. Und vielleicht tatsächlich irgendwann auch wieder in der Modebranche Fuß fassen.

Wie viel weniger dramatisch doch ihr eigenes Leben verlief, ging es Clara durch den Kopf. Auch wenn nun jemand anders vom Frankfurter Prozess berichten würde – sie hatte ihren Job in der

Redaktion und war anerkannt unter ihren Kollegen. Das war doch das Wichtigste.

Clara wollte gerade weiterschreiben, da klopfte es an ihrer Bürotür und Frau Löhndorff trat ein.

»Entschuldigen Sie die Störung.« Sie reichte Clara einen Brief. »Der kam gerade mit der Post. Es scheint dringend zu sein, ein Eilbote hat ihn gebracht.«

Verwundert drehte Clara das Kuvert in den Händen. Sie las den Absender: Rolf Gerdes, Korrespondentenbüro Washington. Augenblicklich beschleunigte sich ihr Pulsschlag.

»Was hatte das zu bedeuten?« Ratlos sah Clara auf.

»Das frage ich mich auch.«

Frau Löhndorff zuckte mit den Schultern und blieb an der Tür stehen.

Clara nahm den Brieföffner zur Hand. Rolf hatte ihr noch nie geschrieben. Seit sie vor einem halben Jahr für die Weihnachtsausgabe recherchiert hatte, hatte sie keinen Kontakt mehr zu ihm gehabt. Neugierig schnitt sie das Kuvert auf. Es lag die herausgerissene Seite einer amerikanischen Tageszeitung darin. Clara faltete sie auseinander, Rolf hatte einen Artikel in der Mitte des Blattes mit einem Kugelschreiber markiert. Wort für Wort las sie den englischen Text, und je mehr sie begriff, desto größer wurden ihre Augen.

»Gibt es ein Problem?«, erkundigte sich Frau Löhndorff, die sich gerade zum Gehen wenden wollte. »Sie sind ja ganz bleich geworden.«

Clara sah auf. »Das müssen Sie lesen«, hauchte sie und hielt ihr den Zeitungsausschnitt hin.

Frau Löhndorff kam zurück.

»Mein Englisch ist leider nicht besonders gut«, erklärte sie mit einem Blick auf den fremdsprachigen Text und hob bedauernd die Schultern. »Vielleicht können Sie den Artikel für mich übersetzen?«

Clara nickte. Langsam und immer wieder nach dem richtigen deutschen Wort suchend, trug sie vor, was in dem Bericht der amerikanischen Tageszeitung stand:

»Ein German Fräulein beweist Mut in schweren Zeiten. Eindrücke vom Frankfurter Auschwitz-Prozess von unserem Deutschland-Korrespondenten, John Miller. Eigentlich war die junge Dame aus Hamburg als Reporterin in den Gerichtssaal gekommen. Obwohl ihr immer wieder Tränen des Entsetzens und des Abscheus in die Augen traten, dokumentierte sie tapfer die bewegenden Aussagen der Zeugen und Zeuginnen, die von dem unermesslichen Leid erzählen, dass ihnen während des Krieges im Konzentrationslager Auschwitz zugefügt wurde. Es waren Taten der Grausamkeit, für die es eigentlich keine Worte gibt. Selbst beim Zuhören war es, als würden vor einem die Tore der Hölle geöffnet. ›Ich muss das aufschreiben, auch wenn es wehtut‹, sagte die junge Journalistin. ›Alle Menschen in Deutschland müssen erfahren, welche Verbrechen damals bei uns geschehen sind.‹ Was für eine bewundernswerte Einstellung und wahrlich keine Selbstverständlichkeit in der Bundesrepublik. Doch dann kam der Moment, in dem einer Zeugin die Nerven versagten. Obwohl alle Menschen im Gerichtssaal an ihrer Miene ablesen konnten, dass sie in der Reihe der Angeklagten einen ihrer damaligen Peiniger wiedererkannt hatte, wagte sie nicht, ihn eindeutig zu identifizieren. Zu tief schien das Trauma zu sein, das dieser Mann bei der bedauernswerten Frau ausgelöst hat. Hatte sie tief in ihrem Innersten immer noch Furcht vor den Peitschenschlägen, unter denen sie in der Lagerküche von Auschwitz gelitten hatte? Alles deutete darauf hin, dass diese Taten ungesühnt bleiben. Der Anwalt des Angeklagten kündigte bereits an, einen Freispruch für seinen Mandanten erwirken zu wollen, weil ihm nicht nachgewiesen werden konnte, tatsächlich einer der Täter gewesen zu sein. In diesem Moment vergaß die junge Journalistin, weshalb sie eigentlich in diesem Gerichtssaal saß. Aus den Beständen ihres Vaters waren einige Fotos aus Kriegszeiten in ihre Hände gelangt, und auf einem sei der Täter eindeutig zu identifizieren, wie sie dem Hohen Gericht mitteilte. Der Aufruhr im Saal war unbeschreiblich. Die junge Reporterin wurde von der Staatsanwaltschaft einbestellt, um ihr Foto als Beweismittel für die Anklage zur Verfügung zu stellen. ›Ich darf nun nicht mehr auf die Pressetribüne zurückkehren‹, mit diesen Worten verabschiedete sich die Kollegin von dem Autor dieser Zeilen. Sie hatte vor der Wahl gestanden: Journalistische Karriere oder Gerechtigkeit – und sie hatte ihre Entscheidung getroffen. Wichtiger als ihr eigener Lebenstraum war es ihr, die Wahrheit ans Licht zu bringen. Das nötigte allen Kollegen auf der internationalen Pressetribüne großen Respekt ab. Repräsentiert diese tapfere junge Frau die neue Generation in Deutschland? Ist die Zeit des Schweigens und Vertuschens nun wirklich vorbei? Werden nun endlich allen Menschen die Augen geöffnet? Dann ist es mir nicht mehr bange um dieses Land.«

Neben dem Artikel war ein kleines Foto abgebildet, das sie in dem Moment zeigte, in dem sie aufgestanden war und sich zu Wort gemeldet hatte. Bei dem Tumult, der daraufhin im Gerichtssaal ausgebrochen war, hatte sie gar nicht bemerkt, dass der amerikanische Reporter sie fotografiert hatte. Tief berührt von seinen Worten faltete Clara den Zeitungsartikel zusammen. Als sie ihn zurück in den Umschlag schieben wollte, fiel ein Notizzettel heraus. Clara erkannte Rolfs schwungvolle Handschrift. Seine Botschaft war nur kurz.

»Das habe ich heute früh in unserer Zeitung gefunden«, schrieb er. »Ich wollte es dir nicht vorenthalten.«

Die Buchstaben verschwammen vor Claras Augen.

»Das ist ja ein sehr bemerkenswerter Zeitungsartikel, den Kollege Gerdes geschickt hat.« Frau Löhndorffs Stimme riss sie aus ihrer Benommenheit. »Sie scheinen diesen amerikanischen Reporter ziemlich beeindruckt zu haben.«

Clara blickte auf. Für ein paar Sekunden hatte sie ganz vergessen, dass sie nicht allein im Raum war. Sie sah in die verblüffte Miene ihrer Vorgesetzten und nickte stumm.

Auch Frau Löhndorff schwieg. Sie wandte den Kopf und starrte aus dem Fenster, als gäbe es da draußen auf dem Gänsemarkt etwas, das ihr Interesse erregt hatte. Doch ihre Augen waren in eine unbestimmte Ferne gerichtet.

»Vielleicht habe ich einen Fehler gemacht«, gestand sie schließlich. Es klang beinahe so, als spräche sie zu sich selbst. »Vielleicht habe ich das alles falsch eingeschätzt. Wahrscheinlich kann man die Situation gar nicht beurteilen, wenn man selbst nicht im Verhandlungssaal gewesen ist.« Sie richtete ihre Aufmerksamkeit wieder auf Clara, und die vertraute Entschlossenheit blitzte in ihren Augen auf. »Vergessen Sie, was ich neulich gesagt habe. Ich glaube, es gibt Momente, da ist die Wahrheit wichtiger als die Neutralität. Auch für eine Gerichtsreporterin. Beeilen Sie sich mit Ihrem Artikel über die Antibabypille. Und dann kümmern Sie sich wieder um den Prozess in Frankfurt. Ich will wissen, was die Verteidigung zu den Anklagepunkten sagt, wie die Plädoyers der Staatsanwaltschaft ausfallen und welche Urteile der Richter spricht. Und hoffentlich bekommt dieser widerliche Mann mit der Peitsche die lebenslange Zuchthausstrafe, die er verdient.«

Mit zitternden Händen wählte Clara kurz darauf die Telefonnummer der Frankfurter Staatsanwaltschaft.

»Ich möchte bitte Herrn Bertram sprechen«, sprach sie gegen

das laute Klopfen ihres Herzens an, und als man sie mit seinem Büro verbunden hatte, rief sie: »Leo! Ich bin wieder dabei! Stell dir vor, ich darf wieder vom Prozess berichten! Ich komme zurück nach Frankfurt.«

. . .

Es war ein sonniger Tag Ende April, als Clara erneut als Gerichtsreporterin nach Frankfurt reiste. Wie immer bezog sie ihr Zimmer in dem Hotel, das sie schon von ihren letzten Besuchen kannte. Rasch packte sie die Sachen zusammen, die sie für den Prozess brauchte, Notizheft, Kugelschreiber, Fotoapparat und auch das Opernglas. Sie war aufgeregt. Wie würde es sich anfühlen, wieder dabei zu sein? Wie weit war die Gerichtsverhandlung inzwischen fortgeschritten? Ob der amerikanische Journalist wieder neben ihr sitzen würde? Sie musste ihm unbedingt sagen, was er mit seinem Artikel bewirkt hatte. Und dann würde sie auch endlich Leo wiedersehen. Was immer sie an furchtbaren Erlebnissen gleich von den nächsten Zeugen und Zeuginnen hören würde, alles war auszuhalten, wenn sie wusste, dass er mit im Saal saß und sie später mit ihm über alles reden konnte.

Das Gerichtsverfahren fand inzwischen nicht mehr im Rathaus statt. Es war in ein schmuckloses Bürgerhaus im Frankfurter Gallusviertel verlegt worden, unweit von Hauptbahnhof und Messehalle gelegen und erst vor Kurzem errichtet. Hier war einfach mehr Raum als im Römer für die vielen Menschen, die sich inzwischen für den Auschwitz-Prozess interessierten.

Schon in dem hellen und geräumigen Foyer des neuen Hauses herrschte ein gewaltiges Gedränge, als Clara am Morgen hereinkam. Eine Traube von Journalisten umringte den Generalstaatsanwalt, einen knorrigen älteren Herrn mit großer Hornbrille, und bestürmte ihn mit Fragen. Radioreporter reckten ihm ihre Mikrofone entgegen, eine Fernsehkamera surrte, und gleißendes Scheinwerferlicht leuchtete die Szenerie aus. Auch Clara zückte ihren Notizblock.

»Herr Generalstaatsanwalt«, rief sie und erhob die Hand mit dem Stift. »Clara von Thorau von der Aktuellen *Revue* aus Hamburg. Sind Sie mit dem Verlauf des Prozesses zufrieden? Erwarten Sie, dass die Zeugenaussagen und die Beweise reichen werden, um die Angeklagten zu verurteilen?«

Clara musste ihre Fragen noch einmal lauter wiederholen, um sich gegen das Stimmengewirr ihrer zumeist männlichen Kollegen durchzusetzen. Dann ruhten die grauen Augen des Generalstaatsanwalts auf ihr.

»Eines unserer wichtigsten Anliegen haben wir bereits erreicht, junges Fräulein. Wie Sie sehen, erfährt unser Prozess Aufmerksamkeit im ganzen Land, ja, in der ganzen Welt. Mittlerweile gibt es kaum mehr einen Menschen in Deutschland, der nicht weiß, welche Untaten in Auschwitz geschehen sind. Was die weiteren Prozesstage bringen werden und wie am Ende das Urteil ausfällt – dem möchte ich heute nicht vorgreifen. Im Übrigen ...«, fuhr der grauhaarige Mann fort. »Es geht in diesem Prozess nicht nur um die Bestrafung der Täter. Es geht vor allem um die Opfer. Hier bekommen die Männer und Frauen zum ersten Mal die Gelegenheit, der Weltöffentlichkeit ihre schrecklichen Erlebnisse, ihre erschütternden Geschichten zu schildern. Das darf man nicht vergessen.«

Clara nickte. Ein wichtiges Zitat. Genau so würde sie es in ihrem Artikel schreiben.

»Darf ich noch ein Foto machen?«

»Ja, aber während der Verhandlung sind Film- und Fotoaufnahmen nicht zugelassen.«

»Ich weiß.«

Clara nahm ihre Kamera und drückte ein paar Mal auf den Auslöser. Mit einem dieser Bilder würde sie ihren Artikel illustrieren, um zu zeigen, wie viele Menschen sich inzwischen für den Prozess interessierten.

Kurz darauf ertönte ein Gong, und die Menge strömte in den Saal. Clara folgte den Leuten.

Wie anders es hier drinnen aussah als bei den Verhandlungen im Römer. Vorn auf der Bühne, wo an anderen Tagen Konzert- und Theateraufführungen stattgefunden hatten, waren die Plätze der Richter und der Geschworenen. Auf der linken Seite saßen auf einem leicht erhöhten Podest die angeklagten SS-Offiziere mit ihren Verteidigern, dahinter beobachtete eine Reihe Polizisten das Geschehen. Vor der gegenüberliegenden Wand waren, ebenfalls leicht erhöht und durch einen breiten Gang von ihnen getrennt, die Sitze der Staatsanwälte und Nebenkläger. Unterhalb der Bühne stand ein kleiner Tisch mit einem Mikrofon darauf und einem Stuhl davor, an dem die Prozessteilnehmer später ihre Aussagen machen würden.

Clara betrachtete das alles von den Presserängen aus, die einen guten Blick auf den ganzen Raum boten. Dessen Wände waren mit Holz und Klinkern ausgekleidet, als solle auch der Ort des Geschehens den Charakter des Prozesses widerspiegeln: streng und ernst. Zu dem allerdings passte so gar nicht das Getuschel und Geschnatter einer ganzen Schulklasse, die heute im Gerichtssaal zu Besuch war und sich auf den hinteren Zuschauerplätzen zusammendrängte, doch die aufgeregten Stimmen der Jungen und Mädchen verstummten augenblicklich, als der Richter das Wort ergriff und den Prozesstag eröffnete.

Der amerikanische Journalist, dessen Artikel Clara zu verdanken hatte, wieder hier sein zu dürfen, saß nicht auf der Pressetribüne. Dabei hätte sich Clara so gern bei ihm für seine freundlichen Worte bedankt. Auch Leo war nicht zu sehen. Clara ließ ihre Augen mehrmals über die Reihen der Staatsanwaltschaft wandern, um enttäuscht festzustellen, dass er heute tatsächlich nicht beim Prozess war. An seiner Stelle saß ein anderer Mann in schwarzer Robe, ein untersetzter älterer Herr, den Clara bislang noch nie im Gerichtssaal gesehen hatte. Ob Leo krank war? Oder hatte er etwas so Dringendes zu tun, das wichtiger war als an der Verhandlung teilzunehmen? Hatte er einen Termin mit einem weiteren Zeugen?

Auch am nächsten Tag erschien Leo nicht in den Bänken der Staatsanwälte, und wieder saß der andere Mann auf seinem Platz. Und dabei kam doch heute dieser Herr Kornblum zu Wort, der Zeuge, den Leo damals in London aufgesucht hatte, um ihn zur Aussage im Prozess zu bewegen. Clara hielt für einen Augenblick die Luft an, als sein Name aufgerufen wurde und der Mann den Saal betrat, ein Mittvierziger mit runder Nickelbrille, gekleidet in einen Tweedanzug. Nachdem er in der Zeugenbank Platz genommen hatte, beantwortete er die Fragen des Richters mit leiser Stimme, gelegentlich musste die Dolmetscherin ihn bitten, lauter zu reden. Und wieder lief es Clara eiskalt über den Rücken, als sie hörte, was Samuel Kornblum aus seiner Zeit im Konzentrationslager Auschwitz berichtete. »Ich war erst zwanzig Jahre alt. Ich hatte noch nie eine Leiche gesehen. Und dann waren da Hunderte in dem Raum, alle übereinander. Männer, Frauen, Kinder. Fünfhundert, sechshundert tote Menschen, ich weiß es nicht. Und da war dieser Geruch ...«

»Welcher Geruch?«, hakte der Richter nach.

Der Zeuge rang nach Worten: »Ein bisschen nach Mandeln. Nach bitteren Mandeln. Nach Gift. Ich wollte nicht hineingehen, ich blieb an der Tür stehen. Aber der Aufseher hatte einen Knüppel, den hat er mir auf den Rücken gehauen. Ich dachte, er schlägt mich tot, und er hat gesagt: Los, rein da, und ausziehen.«

»Sie sollten die Leichen ausziehen?«, erkundigte sich der Richter. Sachlich und nüchtern kam diese Frage.

Samuel Kornblum nickte. »Ja. Und dann bin ich reingegangen. Ich habe mit den Schuhen angefangen. Die Schuhe konnte man noch ausziehen, aber die Kleider nicht. Die bekam man nicht runter. Die Leichen waren schon ganz steif.«

Tränen brannten in Claras Augen, als sie sich die Aussage des Zeugen notierte. Hatte sie erwartet, dass sie mit der Zeit abstumpfen würde gegenüber diesen schlimmen Berichten? Nein, jeder Tag, an dem sie hier im Prozess den Zeugen zuhörte, war so unerträglich wie der andere. Clara sah auf. Am liebsten hätte sie geschrien: »Hört auf, das ist nicht auszuhalten!« Oder sie hätte Herrn Kornblum in den Arm genommen, um ihn zu trösten und ihm für seinen Mut zu danken. Ihm war anzusehen, welche Überwindung ihn dieser Auftritt vor Gericht kostete. Es war Leo gewesen, der ihn davon überzeugt hatte, nach Frankfurt zu kommen und in aller Öffentlichkeit seine grauenhaften Erlebnisse von Auschwitz zu schildern. Er war so tapfer. Er hatte sein Versprechen eingehalten. Wieso ließ Leo ihn jetzt allein?

Es ließ Clara keine Ruhe. Sie musste wissen, was geschehen war. In aller Frühe, noch bevor der neue Prozesstag begann, ging sie zur Frankfurter Staatsanwaltschaft. Sie kannte den Justizpalast in der Gerichtsstraße ja schon von ihrem letzten Besuch, als sie dort das Beweisfoto für den Prozess abgegeben hatte. Heute verweilte sie keine Sekunde lang vor dem prächtigen, schlossähnlichen Gebäude mit dem halbrunden Vorbau, den Säulen und Mauervorsprüngen, den Schmuckornamenten und Steinfiguren unter dem spitzen Dachgiebel, die sie beim vorigen Mal noch so bestaunt hatte, sondern schob gleich das Eingangsportal über den drei flachen Stufen auf. Rasch stieg sie im Foyer die breite Treppe hinauf und lief den langen hellen Gang entlang, bis sie die Büros der Generalstaatsanwaltschaft gefunden hatte. Energisch klopfte sie an die Tür des Vorzimmers. Als sie eintrat, saßen dort die beiden Sekretärinnen, die sie bereits kannte, an ihren Schreibtischen.

»Guten Morgen«, sagte Clara, ein wenig außer Atem, weil sie so schnell gelaufen war. »Ich muss dringend Herrn Staatsanwalt Leo Bertram sprechen. Er war sonst immer im Gerichtssaal beim Auschwitz-Prozess. Aber da sehe ich ihn neuerdings nicht mehr. Hat er einen anderen Fall zu bearbeiten? Oder ist er krank?«

Die beiden Frauen wechselten einen Blick über ihre Schreibmaschinen hinweg. Die ältere von ihnen, eine Mittfünfzigerin mit Brille, deren brünette Wasserwellen an den Seiten schon grau gesträht waren, antwortete schließlich: »Es tut mir leid, junges Fräulein. Herr Bertram arbeitet nicht mehr bei der Staatsanwaltschaft.«

»Wie bitte?« Clara taumelte mit dem Rücken gegen den Türstock.

»Ja. Er hat vor ein paar Tagen kurzfristig seine Kündigung eingereicht. Sie können mir glauben, dass seine Entscheidung – zumal sie für uns alle sehr überraschend war – hier nicht besonders gut ankam. Herr Bertram hat während des Prozesses und in den Monaten zuvor großartige Arbeit geleistet. Ich habe selbst gehört, wie der Generalstaatsanwalt ihn kürzlich noch sehr gelobt hat, und das ist bei Herrn Bauer keine Selbstverständlichkeit. Aber er war nicht mehr von seiner Entscheidung abzubringen. Er hat hier einfach alles hingeworfen. Die Kollegen waren sehr verärgert, weil sie so kurzfristig einen Ersatzmann für den Prozess finden mussten.« Und die andere Sekretärin, eine junge Frau, die ihre langen blonden Haare mitten auf dem Kopf zu einem Dutt hochgesteckt hatte, fügte hinzu:

»Wie man hört, hat er eine sehr lukrative Stellung in einer Wirtschaftskanzlei angenommen. Ich hätte so etwas nie im Leben von Herrn Bertram erwartet. Eigentlich war er Staatsanwalt mit Leib und Seele. Der Prozess um Auschwitz, der da gerade läuft, das war ihm immer eine Herzensangelegenheit. Jedenfalls dachten wir das.« Sie zuckte mit den Schultern. »Man kann in einen Menschen nicht hineinsehen. Offenbar hat ihn die Aussicht auf das viele Geld dann doch zu sehr verlockt.«

Sie zuckte mit den Schultern.

Clara war wie versteinert an der Tür stehen geblieben.

»Nein«, brachte sie endlich hervor. »Das kann nicht sein. Das glaube ich nicht. Ich kenne Leo, also Herrn Bertram, schon seit so vielen Jahren. Es war ihm niemals wichtig, viel Geld zu verdienen und ein Leben im Luxus zu führen. Ganz sicher nicht! Er ist Jurist geworden, weil er eine Mission hatte. Vor allem bei diesem Prozess. Er wollte Gerechtigkeit für die Opfer von Auschwitz. Falls es so etwas wie Gerechtigkeit in diesem Fall überhaupt geben kann. Jedenfalls eine Bestrafung der Täter. Darum ging es ihm. Das weiß ich genau, denn ich habe oft genug mit ihm darüber geredet.«

»Es tut mir leid, junges Fräulein.« Nun sprach wieder die ältere Vorzimmerdame. »Mehr können wir Ihnen nicht sagen. Das Einzige, was wir sicher wissen, ist, dass Herr Bertram nicht mehr hier arbeitet.« Sie rückte ihre Brille zurecht. »Er hat seinen Schreibtisch und den Schrank im Büro bereits ausgeräumt und seinen Hausausweis abgegeben.«

Clara schluckte. Die Nachricht über Leos plötzlichen Weggang von der Staatsanwaltschaft hatte sie wie ein Schlag getroffen. Nur mit Mühe fand sie ihre Stimme wieder. »Können Sie mir denn sagen, wo ich ihn erreichen kann?«

Die Sekretärinnen sahen einander fragend an. »Rottmann und Kornmeier? Oder Lückeberger und Partner? Eine von diesen noblen Kanzleien wird es wohl sein«, erklärte die junge Frau mit dem Dutt. »Näheres hat er uns nicht verraten. Aber vielleicht haben Sie Glück. Ich weiß, dass er im Café Hauptwache nachmittags manchmal eine kleine Kaffeepause macht. Jedenfalls hat er das getan, als er noch bei uns gearbeitet hat.«

An diesem Tag folgte Clara den Ereignissen im Verhandlungssaal nur unkonzentriert. Noch immer wurden Zeugen befragt, die ihre furchtbaren Erlebnisse aus dem Lager in allen Einzelheiten schilderten, manche weinend, manche dem Nervenzusammenbruch nahe. Auch heute hatte der Richter viele Nachfragen, und auch heute saßen die angeklagten SS-Offiziere neben ihren Anwälten und beobachteten die Vernehmung, manche mit verächtlicher Miene, manche so gelangweilt, als ginge sie das alles gar nichts an. Clara machte sich seitenweise Notizen, aber immer wieder ertappte sie sich dabei, dass ihre Gedanken abschweiften und Leos Gesicht auf dem weißen Blatt ihres Schreibblocks auftauchte. Wieso war er nicht mehr hier? Wieso hatte er von einem Tag auf den anderen alles hingeworfen? Er hatte sich doch so sehr dafür eingesetzt, die Täter ins Gefängnis zu bringen. Was war geschehen, dass ihm das auf einmal nicht mehr wichtig war? Es musste etwas passiert sein.

Sie beschloss, ihn zu suchen. Sie musste herausfinden, was Leo dazu bewogen hatte, dem Auschwitz-Prozess und der gesamten Staatsanwaltschaft den Rücken zu kehren. Erst wenn sie das erfahren hatte, würde sie sich wieder auf die Berichterstattung des Prozesses konzentrieren können.

Als der Richter die Verhandlung am frühen Nachmittag für zwei Stunden unterbrach, packte sie ihre Sachen zusammen und machte sich auf den Weg zur Hauptwache. Mit der Straßenbahn war es nur ein kurzes Stück bis dorthin. Das kleine barocke Gebäude, das einst als Polizeiquartier errichtet worden war, aber schon seit Jahrzehnten als Lokal diente, lag auf einem vom Straßenverkehr umtosten Platz mitten im Stadtzentrum. Es war ein milder Frühlingstag, und das schöne Wetter hatte viele Leute aus den umliegenden Büros und Geschäftsräumen gelockt, um die Mittagspause im Freien zu verbringen. Vor dem Café waren die Sitzplätze unter den hellen Sonnenschirmen gut besucht, Kellner in weißen Westen flitzten über die Terrasse, um den Gästen Kaffee, Tee, Limonade, frisch gebackene Waffeln mit Schlagsahne oder ein Stück Frankfurter Kranz an den Tisch zu bringen. Doch so verlockend diese Köstlichkeiten auch aussahen, Clara hatte kaum einen Blick dafür, weil sie unter all den Gästen des Cafés Ausschau nach Leo hielt. Schon wollte sie sich enttäuscht wieder abwenden, als sie sein Gesicht an einem Tisch unter den Arkaden entdeckte. Ihr Herz machte einen erleichterten Satz. Er hatte dort offenbar mit einem Kollegen zusammengesessen, der sich jetzt erhob und mit einem kurzen Händedruck von Leo verabschiedete. Leo selbst war am Tisch sitzen geblieben, nachdenklich, wie es Clara vorkam. Er sah noch immer erschöpft und überarbeitet aus. Selbst auf die Entfernung hin waren die tiefen Schatten unter seinen Augen zu erkennen.

So schnell es angesichts der eng gestellten Cafétische möglich war, bahnte sich Clara einen Weg zu ihm.

»Leo!«

Er sah verblüfft zu ihr auf. »Clara«, sagte er nur.

Sie setzte sich auf den Stuhl, den der andere Mann gerade verlassen hatte. Auf dem Tisch vor ihr stand noch seine benutzte

Kaffeetasse, Clara schob sie zur Seite und wischte ein paar Kuchenkrümel vom Tischtuch.

»Ich war heute früh bei der Staatsanwaltschaft, weil ich dich beim Prozess vermisse. Die Sekretärinnen haben mir gesagt, dass du deinen Job hingeworfen hast und jetzt bei einer Wirtschaftskanzlei arbeitest.«

Leo zuckte wortlos mit den Schultern.

»Von ihnen weiß ich auch, dass du hier öfters deine Mittagspause verbringst«, fuhr Clara fort. »Ich bin so froh, dass ich dich gefunden habe.«

Er betrachtete sie. Da lag etwas Melancholisches in seinem Blick, er lächelte und sah doch gleichzeitig tieftraurig aus.

»Es ist schön, dich zu sehen, Clara. Und ich freue mich wirklich, dass die Sache mit dem Beweisfoto für dich gut ausgegangen ist.«

Ein Kellner kam zum Tisch, und Clara bestellte sich einen Milchkaffee.

»Das war sehr stark von dir«, fügte Leo hinzu, als der Ober wieder gegangen war. »Dass du deine Karriere als Journalistin riskiert hast, um für Gerechtigkeit zu sorgen.«

»Danke. Aber was ist mit dir? Immerhin kann sich die Staatsanwaltschaft nun ziemlich sicher sein, dass der Mann mit der Narbe nicht so einfach davonkommt. Freust du dich denn darüber gar nicht?«

Leo nickte halbherzig. »Doch, natürlich, es war sehr hilfreich, dass du das Foto zur Verfügung gestellt hast.«

»Aber?«, fragte Clara. Denn diese Frage hing nach Leos Worten unausgesprochen in der Luft. »Warum bist du nicht mehr dabei? Warum hast du das alles hingeworfen? Ich weiß doch, wie wichtig dir das immer war.«

»Gar nichts weißt du«, antwortete Leo grob.

»Dann sag's mir bitte. Ich will es verstehen.«

Der Kellner brachte Clara den Milchkaffee, und sie trank langsam einen Schluck des heißen Getränks, während sie darauf wartete, dass Leo etwas sagte, doch er schwieg.

»Bitte«, wiederholte Clara leise. »Wir sind doch Freunde. Seit wir uns kennen, sind wir beste Freunde, wir haben früher nie Geheimnisse voreinander gehabt. Wieso bist du auf einmal so komisch? Bitte, Leo, was ist passiert?«

Er sah sie nicht an, als er endlich antwortete, sondern blickte an ihr vorbei auf die Trambahn und vielen Autos, die auf beiden Seiten des spitz zulaufenden Platzes an der Hauptwache vorbeifuhren.

»Weißt du noch, wie wir damals beim Wagner über unsere Eltern gesprochen haben? Wie ich sagte, dass es mir ein Trost sei, einen Vater gehabt zu haben, der einer von den Guten war? Dass er mir ein Vorbild sei und die Erinnerung an ihn mir Mut macht bei all diesen furchtbaren Aussagen der Zeugen?«

Clara nickte stumm.

»Er war keiner von den Guten, Clara. Er war in der Partei, wie so viele andere auch. Und nicht nur das. Er war ein glühender Anhänger Hitlers.«

Scheppernd stellte Clara ihre Tasse ab. Auf der Straße quietschten die Bremsen eines Autos, und jemand hupte. »Woher weißt du das auf einmal?«

»Ich habe recherchiert. Ich wollte es genauer wissen. Mit meinem Vater habe ich darüber nie sprechen können. Als er starb, kurz vor Kriegsende, war ich ja noch ein kleines Kind. Also bin ich vor ein paar Tagen nach Berlin gefahren, zu den Amerikanern, die da in einem Archiv alle Dokumente aus der Zeit des Nationalsozialismus zusammengetragen haben. Sie haben mich reingelassen, und ich habe die Karteikarte meines Vaters gefunden.« Leo stürzte den Rest Kaffee in seiner Tasse in einem Schluck hinunter, als könne er damit seine Enttäuschung fortspülen. »Er war von Anfang an Parteimitglied, und zwar nicht nur ein kleiner Mitläufer, sondern ein ziemlich hohes Tier.« Da lag eine Verbitterung in seinen Augen, die Clara an ihm nicht kannte. »Meine Mutter hat mich angelogen. Seit ich denken kann, hat sie mich belogen, was meinen Vater angeht. Jedenfalls in der Zeit nach dem Krieg, als ich alt genug war, ein paar Fragen zu stellen. Sie wollte unbedingt, dass ich gut von ihm denke, dass ich ihn bewundere. Dass ich ihn als Helden in Erinnerung behalte. Und das habe ich getan, mein Leben lang. Mein verstorbener Vater war der Größte und Beste für mich. Ein anständiger, aufrechter Mann, der sich auch in den finstersten Zeiten dem System nicht gebeugt hat. Und jetzt? In Wirklichkeit war er ein Lump. Ein Lump wie Millionen andere Deutsche auch.« Leo sah sie jetzt an, und sein Gesicht war von seelischem Schmerz verzerrt. »Woran soll ich glauben, Clara? Wie kann ich die Männer von Auschwitz verfolgen, wenn selbst mein eigener Vater einer von denen war, die dem Morden schulterzuckend zugeguckt haben? Würde er selbst hier vor Gericht stehen, wenn er noch lebte? Würde er auch so grinsen wie die Angeklagten und behaupten, es träfe ihn keine Schuld? Ich weiß es nicht!«

Clara schwieg erschrocken, unfähig, auch nur ein einziges Wort herauszubringen. Nie zuvor hatte sie Leo so bestürzt, so verzweifelt erlebt.

»Entschuldigung«, murmelte er und ließ ihren Arm los. »Du kannst ja nichts dafür.«

Als der Kellner an ihrem Tisch vorbeikam, bezahlte Leo die Getränke. Clara beobachtete das alles wie in einem schlechten Traum.

»Als ich aus Berlin zurückkam, habe ich meine sofortige Kündigung bei der Staatsanwaltschaft eingereicht«, erklärte Leo, während er den Geldbeutel zurück in die Jackentasche steckte. Seine Stimme klang jetzt wieder gefasster. »Ich kann das nicht mehr, ich bin raus. Und es ist mir egal, ob sie da sauer auf mich sind oder nicht. Vorbei. Morgen fange ich bei Rottmann und Kornmeier an. Du darfst mir gratulieren. Ich bin jetzt Juniorpartner in einer Wirtschaftskanzlei. Künftig werde ich Unternehmen in Steuerfragen und bei Firmenübernahmen beraten. Dabei muss ich mich wenigstens nicht wie ein Heuchler fühlen.«

Er stieß ein gequältes Lachen aus.

Clara schüttelte den Kopf. »Du bist Jurist geworden, weil es dir immer um die Gerechtigkeit ging ...«

»Gerechtigkeit!« Leo stieß das Wort aus, als wäre es eine unflätige Bemerkung. »Das ist doch alles eine Illusion.«

»Aber Leo! Wir haben doch beweisen können, dass der Mann mit der Narbe ...«

Leo fiel ihr ins Wort: »Ja, vielleicht kriegen wir einen dran. Vielleicht sogar alle 22 Angeklagten. 22 Männer von Zigmillionen. Alle anderen gehen munter ihres Weges. Werden in ihren Familien vielleicht sogar als Helden gefeiert wie mein Vater. Ist das gerecht? Nein. Ich gebe es auf, Clara.« Leo räusperte sich. »Tut mir leid, ich muss los. Ich komme sowieso schon zu spät zu meinem Termin. Und du musst ja auch wieder zurück in den Prozesssaal.« Damit stand er auf. Wie betäubt sah sie ihm nach, wie er mit gesenktem Kopf über den Platz ging, auf die Straßenbahnhaltestelle zu.

Das alles kam so überraschend und war so bestürzend für Clara, dass sie einen Moment lang unfähig war zu reagieren.

War das Leo? Dieser aufrechte, tatkräftige Leo? Der Mann, der immer unbeirrt seinen Weg gegangen war auf der Suche nach Gerechtigkeit. Und der ihr selbst immer so viel Mut gemacht hatte. Wo wäre sie jetzt, wenn er ihr damals in München nicht zugeredet hätte, ihren Artikel über die Schwabinger Krawalle zu schreiben? Er war es gewesen, der ihr gezeigt hatte, wo ihre Bestimmung lag. Durch ihn hatte sie ihre Liebe zum Journalismus entdeckt. Und nun? Was war mit seiner Bestimmung? Leo war nicht mehr wiederzuerkennen in seiner Verzweiflung und Niedergeschlagenheit – und in dem absurden Beschluss, als Wirtschaftsanwalt im feinen Zwirn Unmengen von Geld zu verdienen.

»Leo!«

Clara sprang so energisch vom Stuhl, dass er umkippte. Mit großen Schritten rannte sie ihm nach. »Leo! Warte auf mich!«

Sie erreichte ihn in dem Moment, in dem sich eine Bahn der Haltestelle näherte.

»Du machst einen Fehler«, sagte sie atemlos und fasste seinen Arm. »Du bist ein großartiger Staatsanwalt. Das darfst du nicht aufgeben. Du hast so viel geschafft, und ich bewundere dich so sehr dafür. Vom ersten Tag an, an dem du mir in London von diesem Prozess erzählt hast, habe ich dich für deinen Einsatz bewundert. Bitte gib das nicht auf! Du hast Verantwortung. All die Zeugen, die sich dir anvertraut haben und die jetzt unter Tränen ihre Aussagen machen, sie haben es verdient, dass du mit ihnen den Prozess durchstehst. Wie viel größere Qualen erleiden diese Menschen! Wir sind nicht schuld an den Fehlern unserer Eltern, Leo. Aber wir machen uns schuldig, wenn wir nichts daraus lernen. Die einzige Antwort auf das Furchtbare der Vergangenheit ist, selbst das Richtige zu tun. Und du weißt genau, was das ist.«

Die Bahn bremste, und die Türen öffneten sich klappernd.

»Das sagt sich so einfach. Aber ich komme nicht damit klar.« Leo schüttelte Claras Hand ab. Er drehte sich nicht mehr um, als er einstieg und die Bahn ein paar Sekunden später abfuhr.

37.

Im Gerichtssaal kreisten Claras Gedanken immer wieder um Leo. Es war, als wäre er ein anderer Mensch geworden. Nachdenklich nahm sie später im Hotelzimmer den Kompass in die Hand, den Leo ihr vor zwei Jahren geschenkt hatte und den sie seit einiger Zeit immer in ihrer Handtasche aufbewahrte. Sie hatte ihren Weg gefunden, das wusste sie. Aber wann war Leo von seinem Kurs abgekommen?

An der Hotelrezeption ließ sie sich im Telefonbuch die Adresse der Wirtschaftskanzlei Rottmann und Kornmeier heraussuchen. Dann verpackte sie den Kompass. Der Brief, den sie Leo schrieb, war nur kurz. »Damit du im Leben nicht die Orientierung verlierst. Die Kompassnadel zeigt immer nach Norden.«

Das in etwa waren die Worte gewesen, mit denen er ihr den Kompass am ersten Tag ihrer Ausbildung geschenkt hatte. Clara meinte, Leos Stimme noch im Ohr zu haben. Damals hatte sie ein wenig gespottet über sein seltsames Geschenk. Frei und unabhängig hatte sie sein wollen, ohne dass ihr jemand Vorschriften machte und sagte, wo es langgehen sollte. Aber sie hatte gelernt, dass man ohne Orientierung nicht wirklich frei sein konnte. Oft genug hatte sie Leos Rat in den Wind geschlagen und war in die Irre gegangen. Aber inzwischen hatte sie ihren inneren Kompass gefunden, und nun war es Leo, der ihre Hilfe benötigte. Sie betrachtete die Tintenbuchstaben auf dem Blatt, dann setzte sie rasch und ohne nachzudenken noch eine weitere Zeile dazu: »In Liebe, für immer Deine Clara.«

Hastig verpackte sie den Brief. Dann lief sie noch einmal los. Sie durfte keine Zeit verlieren, die Zeugen des Prozesses brauchten Leo. Es war schon dunkel, als sie die schicke Villa in Sachsenhausen erreichte, in der die Wirtschaftsanwälte Rottmann und Kornmeier residierten. Leos Name stand noch nicht auf dem schweren Messingschild am Portal. Clara warf den Brief in den Briefkasten. Erst als sie den dumpfen Aufprall hörte, wurde ihr bewusst, was sie Leo gerade geschrieben hatte: In Liebe, für immer deine Clara? Und da durchfuhr es sie wie ein Stromschlag. Was hatte sie nur getan? Das war doch nicht Liebe, das zwischen ihr und Leo. Das war Freundschaft, eine gute, lange Freundschaft aus Kindertagen, aber doch nicht mehr! O Gott, was hatte sie sich nur dabei gedacht, auf einmal von Liebe zu schreiben? Sie hob die Klappe des Postkastens an, aber natürlich war es aussichtslos, den Brief wieder herausfischen zu wollen. Clara biss sich auf die Lippen. Was mochte Leo von ihr denken, wenn er morgen ihre Zeilen las?

Sie atmete tief durch. Nun, es war geschehen und ließ sich nicht mehr ändern. War da in ihrer Sorge um Leo ein Gefühl an die Oberfläche gekommen, das sie selbst gar nicht hatte wahrnehmen wollen? Während sie langsam zurück zur Trambahnhaltestelle ging, dachte sie an den Abend, den sie und Leo damals hier in der Nähe verbracht hatten. Die herzliche Umarmung im Wagner. Den Moment, als sie zusammen auf dem Eisernen Steg gestanden und aufs Wasser geblickt hatten. Wie nah sie sich ihm damals gefühlt hatte. Ob er das auch gespürt hatte? Diese Gewissheit, im richtigen Augenblick am richtigen Ort zu sein? Oder hatte sie sich das alles nur eingebildet, weil der Apfelwein seine

Wirkung tat ... Wie würde Leo nun auf ihre Worte reagieren? Ob sie ihm peinlich sein würden? Womöglich das Ende ihrer Freundschaft besiegelten, weil er ihre Empfindungen nicht teilte und sie nicht verletzen wollte? Clara seufzte leise. Aber was immer Leo nun von ihr denken mochte: Das Entscheidende war doch, dass er den Kompass bekam und ihre Botschaft las. Dass er sich wieder auf das besann, was ihm wichtig war: Dafür zu sorgen, dass die Verbrechen von Auschwitz aufgedeckt wurden und die Menschen, die dafür vor Gericht gebracht worden waren, bestraft wurden.

...

» ... Die Angeklagten leugnen die Taten, sie lügen, dass sich die Balken biegen. Doch mit jedem Prozesstag kommt ein Stückchen mehr von der Wahrheit ans Licht, dank der Zeugen und Zeuginnen, die unter Aufbietung all ihrer Kräfte und unter größten seelischen Schmerzen über die Höllenqualen berichten, die ihnen damals in Auschwitz zugefügt wurden, während die Täter von einst ihnen grinsend ins Gesicht sehen. Noch ist kein Urteil gefallen, und angesichts der Einzelheiten, die beim Prozess in Frankfurt ans Licht kommen, gewinnt man den Eindruck, dass kein Gericht der Welt diese monströsen Taten sühnen kann. War also alles vergeblich? Die leidvollen Aussagen der Opfer und die erschütternde Wiederbegegnung mit ihren Peinigern? Die akribische Arbeit und die schlaflosen Nächte der Ankläger? Nein. Mag auch die unermessliche Schuld niemals getilgt werden, wichtig ist die bittere Erkenntnis, dass wir Deutschen uns mit unserer Vergangenheit beschäftigen müssen. Fast zwanzig Jahre lang wurde in diesem Land verdrängt, dass nicht nur Hitler und ein paar andere böse Männer für all die Verbrechen von damals verantwortlich waren. Das perfide System der Nazi-Herrschaft war nur möglich, weil

Millionen Menschen mitgemacht haben. Auch wenn vermutlich nur die wenigsten der Mitschuldigen je vor Gericht gestellt werden, so ist doch eines erreicht mit diesem Prozess: Das, wofür der Name Auschwitz steht, werden die Menschen in Deutschland, ja, in der ganzen Welt nie mehr vergessen können, und sie dürfen es auch nie mehr vergessen. Das ist die Botschaft, die bleiben wird.«

Noch einmal hatte sich Clara ihren Text durchgelesen, der in der nächsten *Revue* erscheinen sollte. Dazu hatte sie eines der Fotos ausgesucht, die sie im Foyer des Gerichtssaals gemacht hatte, um den Bericht zu illustrieren. Mit ernstem Blick sah der Generalstaatsanwalt in die Kamera, umringt von zahllosen Pressevertretern aus aller Welt. Mochte das auch kein spektakuläres Foto sein, kein besonderer Blickwinkel, keine außergewöhnliche Perspektive, so bewies das Bild doch, auf wie viel Interesse der Auschwitz-Prozess mittlerweile stieß.

Nachdem auch Frau Löhndorff mit respektvollem Lächeln ihr Okay gegeben hatte, brachte Clara die Blätter zum Setzer. Es würde für eine Weile der letzte Artikel über den Prozess sein. Das Urteil war erst für das nächste Jahr angekündigt. Sie sah auf ihre Armbanduhr. Es war nach fünf. Wenn sie pünktlich zu ihrer Verabredung kommen wollte, musste sie jetzt losgehen.

Sanni saß auf derselben Bank am Uferweg der Alster, auf der sie Clara damals von ihrer Schwangerschaft erzählt hatte. Sie sah müde aus, aber sie lächelte. Vor ihr stand ein großer blauer Kinderwagen, den sie mit einer Hand am Griff leicht schaukelte.

Auf Zehenspitzen schlich Clara heran, ließ sich neben Sanni nieder und drückte sie an sich.

»Endlich bist du wieder da! Geht es dir gut? Hat die Kleine die lange Reise von München gut überstanden? Darf ich sie sehen?«

»Dreimal ja!«, antwortete Sanni grinsend, beugte sich vor und zog das Kissen ein wenig zur Seite, mit dem ihr Baby zugedeckt war. »Darf ich vorstellen? Bella Achinger, das hübscheste kleine Mädchen unter der Sonne.«

Mit angehaltenem Atem blickte Clara in den Kinderwagen und betrachtete das winzige Gesicht unter dem weißen Mützchen.

Vor vier Wochen war Sannis Baby im Schwabinger Krankenhaus auf die Welt gekommen. Eine Weile hatte sie noch bei ihren Eltern in der Georgenstraße gewohnt, und die Freundinnen hatten währenddessen einige Male miteinander telefoniert. Gestern Abend war Sanni mit ihrem Kind zurück nach Hamburg gekommen. »Ich glaube, ich habe diesen Geruch nach Wind und Wasser vermisst«, erklärte sie.

»Bella schläft, und sie sieht sehr zufrieden aus«, stellte Clara fest. »Und du hast absolut recht. Es ist das niedlichste Baby, das ich je gesehen habe. – Hier, das ist für euch.«

Sie reichte Sanni einen kleinen Plüschhasen, den sie tags zuvor im Spielwarenladen Kinderparadies am Neuen Wall gekauft hatte.

»Danke, der ist ja goldig!« Vorsichtig legte Sanni das Spielzeug neben das schlafende Kind in den Wagen.

»Ich bin froh, dass du damals nicht …«, setzte Clara an, aber Sanni unterbrach sie mit einer unerwartet heftigen Bewegung.

»Pst!«, rief sie erschrocken. »Daran darfst du mich nicht erinnern. Bitte sprich nie mehr davon. Bella soll niemals erfahren, dass es eine Zeit gegeben hat, in der ich wünschte, es gäbe sie nicht.«

Clara sah Tränen in Sannis Augen glitzern und nickte.

»Es gibt immer einen Weg«, sagte sie leise. »Auch wenn der manchmal anders aussieht, als wir es geplant hatten.«

»Da hast du recht. Und es ist nicht immer der schlechteste.«

Eine Weile saßen sie schweigend nebeneinander und hingen ihren Gedanken nach. Dann sagte Sanni:

»Stell dir vor, Colin hat mir den Kontakt zu einer Werbeagentur vermittelt. Die suchen eine junge Mutter mit einem hübschen Baby für einen Reklamefilm. Und ich werde mich da vorstellen. Vielleicht machen Bella und ich bald im Fernsehen Werbung für Kindercreme. Wäre das nicht wunderbar? Du musst mir unbedingt die Daumen drücken.«

· · ·

Das Wiedersehen mit Sanni und das Gespräch über ihre Zukunftspläne hatten Clara für ein paar Stunden vom Nachdenken über ihre eigene Situation abgehalten. Doch als sie nach Hause kam und feststellte, dass sie auch heute keinen Brief aus Frankfurt erhalten hatte, war sie enttäuscht. Fünf Tage waren vergangen, seit sie das Päckchen mit dem Kompass bei Rottmann und Kornmeier eingeworfen hatte, und Leo ließ absolut nichts von sich hören. Wenigstens ein Dankeschön hatte sie erwartet, irgendeine Reaktion, einen kurzen Anruf vielleicht. Und wenn es nur der knappe Hinweis wäre, dass sich ihre Lebenswege von nun an wohl besser nicht mehr kreuzen sollten. Aber nichts dergleichen geschah. Sie begriff nicht, warum Leo stumm blieb. Hatte er den Kompass und ihre lieben Worte nur mit einem gleichgültigen Schulterzucken hingenommen? Bedeutete sie ihm so wenig? Oder hatte sie mit ihrem unverblümten Liebesgeständnis alles kaputt gemacht?

Während der Redaktionskonferenz am nächsten Tag war Clara unkonzentriert, und Frau Löhndorff musste sie mehrfach ansprechen, weil sie nicht mitbekommen hatte, dass jemand eine Frage an sie gerichtet hatte. Als sie kurz vor dem Feierabend ihren

Schreibtisch im Büro aufgeräumt hatte, beschloss sie, ins Kino zu gehen, um sich abzulenken und nicht immer nur daran zu denken, was Leo wohl gerade machte.

Sie hätte ihn beinahe nicht wiedererkannt. Zuerst hielt sie den Mann, der draußen neben der Eingangstür des Verlagshauses wartete, für einen Fremden. Er trug einen grauen Anzug, dem anzusehen war, wie teuer er gewesen war, dazu die passende Krawatte nebst Einstecktuch, blanke schwarze Schuhe und sogar einen Hut. Erst als er auf sie zukam und Clara ihm ins Gesicht blickte, sah sie, dass es Leo war. Sie war so perplex, dass für einen Moment ihre Atmung aussetzte.

»Du? Hier?«, stieß sie schließlich hervor. »Was tust du denn in Hamburg?«

»Ich wollte dir eigentlich einen Brief schreiben«, erklärte Leo ernst. »Aber ich habe hundertmal angefangen und ihn jedes Mal wieder zerrissen. Dann habe ich gedacht, es ist wohl besser, wenn ich dich ansehe bei dem, was ich dir zu sagen habe.«

Clara spürte das dumpfe Klopfen ihres Herzens.

»Dann musste es wohl etwas Wichtiges sein«, sagte sie.

Leo nickte. Er zögerte kurz, bevor er weitersprach. »Es tut mir leid, dass wir neulich in Frankfurt im Streit auseinandergegangen sind. Ich war nicht besonders nett.«

Sie grinste schief. »Bist du etwa extra nach Hamburg gekommen, um mir das zu sagen?«

So leichthin ihre Worte auch klangen, Leos Geständnis versetzte sie innerlich in äußerste Hochspannung. Doch er antwortete nicht.

»Du siehst verändert aus«, stellte sie verlegen fest, um das Schweigen zu brechen, und ließ ihre Blicke noch einmal über seine ungewohnte Garderobe wandern. »Ziemlich vornehm. So wie man sich einen Anwalt vorstellt, der bei einer noblen Wirtschaftskanzlei arbeitet und sehr viel Geld verdient.«

Sie versuchte, sich nicht anmerken zu lassen, wie enttäuscht sie noch immer über seine Entscheidung war, wenngleich sie anerkennen musste, dass er gut aussah in dem feinen Zwirn.

»Tja, das mag wohl sein.« Leo streckte die Arme aus, um sein Sakko zu betrachten, als bemerke er erst jetzt, was für einen eleganten Anzug er trug. »Den habe ich mir vorige Woche gekauft, weil man bei Rottmann und Kornmeier so einen Auftritt von mir erwartet. Aber ehrlich gesagt, ich trage ihn heute zum ersten Mal.«

»Tatsächlich?« Clara runzelte verwundert die Stirn. »Hast du beruflich zu tun in Hamburg?«

»Nein. Ich wollte gut aussehen, wenn ich mit dir rede.«

Nun war sie vollends verblüfft.

»Gehen wir ein paar Schritte?«, fragt Leo.

Das war Clara recht. Hinter ihr strömten die Mitarbeiter und Mitarbeiterinnen des Verlags aus dem Gebäude, und vor ihnen brausten Autos über den Gänsemarkt. Eine Straßenbahn klingelte schrill. Das war nicht die richtige Umgebung für so ein wichtiges Gespräch. Sie schlenderten den kurzen Fußweg Richtung Alster. Clara war stumm vor Aufregung. Ihr Puls ging schnell.

»Schön hier«, sagte Leo, während sie am Ufer entlangspazierten, und ließ seine Blicke umherwandern. Auf dem Wasser zogen wie immer Ruder-, Segelboote und Ausflugsdampfer ihre Bahnen, dazwischen tummelten sich Schwäne und Möwen. Spaziergänger flanierten im Licht des frühen Abends schwatzend über die Promenade. Unter einer Weide saß ein Angler. Und hinter den Häuserreihen des Jungfernstiegs ragten die Kirchtürme der Innenstadt auf. »Ich kann mir vorstellen, dass du gerne in Hamburg lebst.«

Clara hatte heute keinen Blick für die Schönheit der Stadt.

»Jetzt erzähl schon«, drängte sie. »Warum bist du hier? Doch sicher nicht, um die Sehenswürdigkeiten von Hamburg zu bestaunen – oder?«

»Nein. Ich wollte dir nur persönlich sagen, dass ich bei Rottmann und Kornmeier alles hingeworfen habe, gleich am ersten Tag. Ich bin wieder bei der Frankfurter Staatsanwaltschaft, Clara. Ich habe meine Kündigung widerrufen. Mein Chef, der Generalstaatsanwalt, hat mir zwar ordentlich den Kopf gewaschen, weil ich so plötzlich wieder zurückwollte, aber er hat es schließlich akzeptiert.«

»Du bist – du bist wieder beim Prozess?«, fragte Clara ungläubig und mit heiserer Stimme.

Leo nickte. »Ich hab mir deine Worte zu Herzen genommen. Auch wenn ich mich jetzt bei den Herren Rottmann und Kornmeier nicht mehr blicken lassen darf, so wütend waren sie darüber, dass ich diese hochdotierte Stelle ausgeschlagen habe. Aber ich konnte nicht anders. Ich musste immer an das denken, was du mir an der Tramhaltestelle gesagt hast. Und was du mir dann geschrieben hast. Danke für den Kompass, Clara. In dem Moment, als ich den Kompass sah, da hatte ich das Gefühl, mein Leben kommt wieder in die richtige Bahn. Du hattest recht mit allem. Ich war ein Idiot. Ein Feigling. Die Fehler, die unsere Eltern gemacht haben, dürfen uns nicht davon abhalten, es besser zu machen.«

Clara nickte nur. Am liebsten hätte sie Leo umarmt vor Freude und Erleichterung. Sie hatte das Bedürfnis, ihm ganz nah zu sein.

»Auf der Zugfahrt hierher habe ich übrigens deinen Kommentar in der *Aktuellen Revue* gelesen«, fuhr Leo fort. »Der war toll. Du hast es ganz richtig gesagt: Es geht bei diesem Prozess nicht nur um das Urteil. Es geht darum, die Mauer des Schweigens zu bre-

chen, hinter der sich die Täter von damals viel zu lang sicher gefühlt haben.«

Clara griff die Ärmel seines Anzugs mit beiden Händen und
schüttelte Leo aufgeregt.

»Genauso ist es. Oh, ich bin so froh, dass du dich anders entschieden hast. Dass du den Zeugen und Zeuginnen wieder bei-
stehst.«

»Ja, ich habe mich bei Herrn Kornblum schon dafür entschuldigt, dass ich bei seiner ersten Aussage nicht im Gerichtssaal war.
Das wird nie wieder vorkommen. Ich will mich nicht länger vor
meiner Verantwortung drücken. Ich will mit mir im Reinen sein.
Und – und mit dir auch.«

Der Blick in Leos Augen veränderte sich bei diesen Worten.
Clara lief ein Schauer über den Rücken, bei dem sie nicht recht
wusste, ob er heiß oder kalt war. Er wollte sie daran erinnern,
dass sie Freunde waren, dass es das war, was sie verband, und
keine Liebe. Vielleicht hatte er recht damit, und doch tat es weh.
Sie presste ihre bebenden Lippen aufeinander, damit Leo ihre
Enttäuschung nicht bemerkte. Sie durfte doch jetzt nicht noch in
Tränen ausbrechen!

»Bitte, Leo, ich will dich nicht verlieren«, brachte sie schließlich hervor. »Nur weil ich so eine alberne Dummheit gemacht und
was von Liebe geschrieben habe. Vergiss das bitte ganz schnell!
Lass uns einfach nicht mehr daran denken. Dann sind wir wieder
im Reinen.«

»Das ist unmöglich, Clara. Ich kann an nichts anderes mehr
denken.«

Sie starrte betreten zu Boden. Was hatte sie nur getan!

Doch als Leo weitersprach, war seine Stimme weich und voller
Zärtlichkeit. »Hast du denn gar nicht bemerkt, wie viel du mir be-
deutest? So lange schon. Ach, Clara, ich hab dich viel mehr als nur

gern. Du bist der wichtigste Mensch in meinem Leben. Aber ich konnte dir doch nicht sagen, dass ich dich liebe, weil ich nicht riskieren wollte, deine Freundschaft zu verlieren. Und dann – als ich deinen Brief las ...«

Er brauchte nicht weiter zu sprechen. Sie sahen einander an, und auf einmal war alles ganz leicht. Clara schlang ihre Arme um ihn und schloss glücklich die Augen, als Leo sie liebevoll an sich drückte. So vertraut war ihr seine Gestalt, sein schlanker Körper mit den eckigen Schultern, der lockige Haarschopf, der Lavendelhauch seines Shampoos, und doch war auf einmal alles anders. Neu und aufregend, und es fühlte sich so richtig an. Als sie einander küssten, während in der Ferne ein Ausflugsdampfer trötete, nahm sie nichts anderes mehr wahr als seine Lippen, seine Arme und den Duft seiner Haut. Erst jetzt wurde ihr bewusst, wie sehr sie sich nach seiner Nähe gesehnt hatte in den vergangenen Jahren. Diesen langen Weg mit all ihren Fehlentscheidungen hatte sie gehen müssen, um endlich hier in Leos Armen anzukommen. Und nirgendwo wollte sie lieber sein.

»Was meinst du«, fragte Leo leise, sein Mund war ganz nah an ihrem Ohr. »Könntest du dir vorstellen, dein Leben mit mir zu verbringen?«

»Aber ja.« Clara schmiegte sich noch enger an seine Brust, hinter der sie das Schlagen seines Herzens spürte, und lächelte. »Das tu ich doch längst.«

NACHWORT

Ich bin ein Kind der Sechzigerjahre. Geboren 1964 kann ich mich aber gerade noch an das erinnern, was damals in meinem engsten Umfeld passierte. Im Laufe der Jahre habe ich mich immer öfter gefragt: Was war das für eine Zeit, in die ich hineingeboren wurde? Was hat mich und meine Generation zu den Menschen gemacht, die wir heute sind? Und je mehr ich mich damit beschäftigte, desto konkreter wurde die Idee für einen Roman.

Fest steht, dieses Jahrzehnt war eine faszinierende Epoche – und das schon lange vor den Studentenprotesten der 68er. Es war eine Zeit des Aufbruchs: Junge Mädchen wollten sich nicht länger mit der traditionellen Frauenrolle zufriedengeben und drängten in einen Beruf, der sie ausfüllte. Die Pille ermöglichte unverheirateten Paaren neue Freiheiten, die Verbreitung des Fernsehens veränderte den Alltag, und die Gesellschaft wurde bunter durch die Menschen, die aus anderen Ländern nach Deutschland kamen, um hier zu arbeiten. Gleichzeitig begann es in vielen Familien zu brodeln. Junge Leute gerieten in Konflikt mit ihren Eltern, nicht nur wegen ihrer Frisur oder Kleidung, sondern weil sie sich auf einmal für die Vergangenheit interessierten. Weil sie wissen wollten, wie es zu den Verbrechen der Nazizeit kommen konnte. Die entscheidende Frage war: „Was habt ihr gewusst?" Tatsächlich erfuhren viele Menschen durch den Auschwitz-Prozess zu Beginn der Sechzigerjahre zum ersten Mal vom Ausmaß des Grauens, das sich in den Konzentrationslagern der Nationalsozialisten ereignet hatte. All das wandelte die deutsche Gesellschaft nachhaltig.

Diese spannende Zeit hoffe ich, mit meinem Roman „Der Freiheit entgegen" erlebbar zu machen. Dabei ist es mir wichtig, das Geschehen von damals einerseits detailgetreu und realistisch darzustellen, andererseits soll die Geschichte natürlich auch unterhaltsam sein. Deshalb vermische ich in meinem Roman ganz bewusst Fakten mit Fiktion: Den Angeklagten mit der Narbe hat es im Auschwitz-Prozess nicht gegeben, ebenso wenig die junge engagierte Journalistin, die im Gerichtssaal für Aufsehen sorgt. Auch die Namen und Biografien einiger Zeugen, die im Roman eine Rolle spielen, habe ich erfunden. Gleichzeitig lasse ich aber auch historische Personen zu Wort kommen, beschreibe reale Ereignisse – wie das Beatleskonzert in Hamburg und den Kennedybesuch in Berlin – und zitiere aus echten Zeugenaussagen, auf die ich bei meinen Recherchen in den Protokollen des Prozesses gestoßen bin. Mich mit Originaldokumenten, Filmen, Fotos und anderem Archivmaterial zu beschäftigen oder mit Zeitzeugen zu sprechen, nimmt einen großen Teil meiner Arbeit als Autorin ein, und ich freue mich jedes Mal, wenn ich auf ein weiteres interessantes Detail stoße, das meine Geschichte voranbringt oder bereichert. Zur künstlerischen Freiheit gehört es allerdings auch, die Realitäten gelegentlich ein wenig der Handlung anzupassen. Denn zum Glück ist ein Roman ja keine wissenschaftliche Abhandlung, sondern soll vor allem eines: Beim Lesen Freude machen.

Ihre Theresia Graw

Verlorene Träume – eine junge Frau beweist Mut in dunklen Zeiten

Ostpreußen 1939: Während die Welt aus den Fugen gerät, wächst die junge Dora Twardy behütet auf dem Pferdegestüt ihrer Familie auf. Der Tochter des Gutsherren mangelt es an nichts, auch nicht an Verehrern. Doch als die deutsche Wehrmacht Polen angreift, muss Dora schlagartig erwachsen werden. Ihr Vater wird eingezogen und übergibt ihr die Verantwortung für den Hof. Mit aller Kraft kämpft Dora um den Erhalt des Familienbesitzes. In den Wirren des Krieges stehen ihr zwei Männer bei: der sanftmütige Freund ihres Bruders, Wilhelm von Lengendorff, und der abenteuerlustige Kriegsfotograf Curt von Thorau. Zu spät erkennt Dora, wen sie wirklich liebt ...

Theresia Graw
So weit die Störche ziehen
Roman

Klappenbroschur
Auch als E-Book erhältlich
www.ullstein.de

ullstein

Ein Eifeldorf wird zum Spielball der Geschichte

1919: Körperlich und psychisch schwer versehrt kehrt der junge Bauer Albert Lintermann in sein Heimatdorf Wollseifen zurück. Seine Frau Bertha erträgt seinen Anblick nicht und begegnet ihm mit Abscheu und Entsetzen. Doch Albert lässt sich nicht unterkriegen, und es gelingt ihm, seinen Platz in der Familie und der Dorfgemeinschaft wiederzufinden, nicht zuletzt, weil ihm Leni, die Verlobte seines im Krieg gefallenen Freundes, dabei hilft. Eine Zeit lang sieht es so aus, als könne das Leben wieder in geordneten Bahnen verlaufen: Die Familie wächst, der Hof wird größer und trotz der zunehmenden Inflation hält der Fortschritt Einzug in Wollseifen. Bis die Nationalsozialisten in die karge ländliche Idylle einfallen und das Schicksal der kleinen Eifelgemeinde und ihrer Bewohner für immer besiegeln ...

Anna-Maria Caspari
Ginsterhöhe
Roman

Klappenbroschur
Auch als E-Book erhältlich
www.ullstein.de

ullstein

Der Krieg steht bevor. Düstere Zeiten brechen an. Zwei Buchhändlerinnen setzen für ihre Überzeugungen alles aufs Spiel.

München, 1913. Für die rebellische Elly wird ein Traum wahr, als sie in der Buchhandlung in der Amalienstraße ihre Ausbildung beginnen darf. Zusammen mit ihrer wissbegierigen Freundin Henni liest sie jedes Buch, das ihr in die Finger kommt. Gegen alle Widerstände gründen Elly und Henni einen Salon für Schriftstellerinnen, doch die harsche Zensur des Kaiserreichs lässt nichts unversucht, um den jungen Buchhändlerinnen Steine in den Weg zu legen. Schließlich bricht der erste Weltkrieg über sie hinein und als Ellys Freund Leo an die Front gerufen wird, können sie sich nicht mehr in ihre Bücher flüchten ...

Heidi Rehn
Die Buchhandlung in der Amalienstraße
Roman

Taschenbuch
Auch als E-Book erhältlich
www.ullstein.de

ullstein

Tragisch und komisch, warmherzig und witzig, alltäglich und wunderbar wahnsinnig

An einem heißen Sommertag, auf dem Weg zu ihrer Tochter, steht Grace Adams im Stau. Und auf einmal ist alles zu viel. Sie lässt das Auto mitten auf der Straße stehen und stürmt los: Grace ist entschlossen, ihr Leben umzukrempeln. Sie läuft zu ihrer Tochter, die sie nicht auf ihrer Geburtstagsparty sehen will. Sie geht auf ihren Ehemann zu, der sich von ihr getrennt hat. Sie nähert sich dem schrecklichen Ereignis an, das ihre Familie zerstören kann. Sie wird ihrer Tochter beweisen, dass man jederzeit wieder aufstehen kann, egal wie tief man fällt. Denn Grace Adams ist unglaublich. Ihr Ehemann und ihre Tochter wussten das mal. Jetzt wird Grace sie daran erinnern.

Fran Littlewood
Die unglaubliche Grace Adams
Roman

Aus dem Englischen von Katharina Naumann
Klappenbroschur
Auch als E-Book erhältlich
www.ullstein.de

ullstein

Eine Ärztin im Hamburg der Kaiserzeit kämpft für die Rechte der Frauen

Hamburger Hafen, 1910: Anne Fitzpatrick ist eine der ersten Ärztinnen Deutschlands und arbeitet unter großen Anfeindungen in einem Frauenhaus. Ihre Mission ist es, Frauen zu helfen, denen Leid zugefügt wurde. Als die couragierte Pastorentochter Helene bei ihr auftaucht und mitarbeiten will, unterstützt Anne die junge Frau in ihrem Wunsch, etwas Sinnvolles zu tun. Da werden neben dem Frauenhaus im Hafenbecken zwei Leichen entdeckt. Die Opfer hatten Kontakt zur neuen Frauenbewegung, so wie Anne selbst auch. Die Polizei spielt den Vorfall jedoch als Mord im Milieu herunter. Aber warum ermittelt der wortkarge Kommissar Berthold Rheydt trotzdem weiter? Zusammen mit Helene sucht Anne nach Antworten und gerät dabei in immer größere Gefahr.

Henrike Engel
Die Hafenärztin. Ein Leben für die Freiheit der Frauen
Roman

Klappenbroschur
Auch als E-Book erhältlich
www.ullstein.de

ullstein